J.M. Redmann

Mississippi

Aus dem Amerikanischen von Monika Brinkmann

Ariadne Krimi 1055
Argument

Titel der amerikanischen Originalausgabe: Death by the Riverside

Redaktion: Else Laudan
Lektorat: Michael Haupt und Else Laudan

Deutsche Erstausgabe

Rentzelstraße 1, 20146 Hamburg
Telefon 040 / 45 36 80 — Telefax 040 / 44 51 89
Titelgraphik: Johannes Nawrath
Signet: Martin Grundmann
Texterfassung durch die Übersetzerin
Fotosatz: Steinhardt, Berlin
Druck: Clausen & Bosse, Leck
ISBN 3-88619-555-4

Für JPC
für all die langen Nächte, roten Zeichen,
sowie für außergewöhnliche Leistungen in der
»Das Leben imitiert die Kunst«-Kategorie.

Dank an die, die ein widerspenstiges und ungezogenes Manuskript lasen: an Maude Brickner, die die ganze Nacht damit verbrachte (und an Rock, der sich mit ihrer Schlaflosigkeit abfand); an Lynn und Maureen (die echten »Nein, *ich* bin hier der KV«-Mädels aus Boston), die das ganze Ding lasen — und laut noch dazu; an meine Schwester Connie, die mir ihre Schwesternschaft nicht ganz aufkündigte, nachdem sie es gelesen hatte; an Lauren Heller, die den leuchtenden Schlampen-Einschlag beitrug; und an Evelyn Rudahl für ihre Kommentare und das nur allzu nötige Korrekturlesen.

Dank auch an W.L. Cain für seine telefonischen (faulen) Ratschläge; an Joyce Cain dafür, daß sie — unter anderem — mich ihren Computer benutzen ließ; und an Kim für die Landkarten und die Louisiana Rechtsberatung.

Meiner Katze werde ich nicht danken. Sie war zu absolut nichts nütze.

1. Kapitel

Die Treppen waren steiler geworden, oder vielleicht wurde ich einfach älter. Oder vielleicht haßte ich auch bloß die Aussicht, meine gute Nikon auf Fotos von ergrauten Geschäftsmännern in Hotelzimmern mit billigen blonden Miezen zu verschwenden, die Sorte mit den miesen Farben. M. Knight, Privatdetektiv, steht auf der Tür am Ende des Flurs im dritten Stock. Ich bin M. Knight. Das »M« steht für Michele — dieses Geschäft ist auch so hart genug. Meine ganz engen Freundinnen nennen mich Micky, die weniger engen, wie es ihnen paßt. Wenn ich Glück habe, Michele.

Hepplewhite miaute, als ich die Tür aufschloß. Kein Name, den ich für irgend etwas, tot oder lebendig, gewählt hätte. Man hatte sie mir als Bezahlung für einen Job überlassen. Die unschlagbar beste Mäusefängerin östlich des Mississippi, hatten sie gesagt. Den Mississippi kann ich durch mein Badezimmerfenster sehen, wenn ich mich aufs Klo stelle. Unschlagbar im Haarelassen, wenn Sie mich fragen. Weiße Haare auf allem Dunklen, schwarze Haare auf allem Weißen — na ja, Hellgrauen.

Vielleicht haßte ich in Wirklichkeit die Tatsache, daß ich nicht in der Lage war, den nächsten Scheidungsfall abzulehnen. Ich versuchte, mir die richtig schäbigen Fälle vom Hals zu halten, aber von irgendwas mußte die Miete bezahlt werden. Zur Zeit arbeitete ich nicht. Wenn es hart kam, konnte ich mich immer noch an der Bar im *Gertrudes Stein* nützlich machen. Wenn es ganz hart kam. In Bars gerate ich auch so oft genug in Schwierigkeiten.

Im Januar ging es in der Stadt des Halbmonds gemächlich zu. Die Meisterschaft um den Sugar Bowl war entschieden, der Super Bowl wurde woanders ausgetragen, und Mardi Gras lag in noch zu weiter Ferne, um für Unruhe zu sorgen. *Gertie's* brauchte wahrscheinlich überhaupt keine Barmixerin.

Hepplewhite miaute wieder.

»Geh dir 'ne Ratte fangen. Ich hab' noch keine müde Mark für diesen Scheidungsfall gesehen«, sagte ich. Sie hatten sich scheiden und wieder verheiraten lassen, und ich war immer noch nicht bezahlt. Heppy verstummte. Sie war schon lange genug bei mir, um den Klang meiner Stimme zu verstehen. Trotzdem gab ich ihr etwas Trockenfutter.

Das Telefon klingelte. Ich brauchte eine Weile, um festzustellen, unter welchem Haufen es begraben war. Es klingelte und klingelte. Schuldeneintreiber sind hartnäckig.

»Hallo, hier ist die Privatdetektei M. Knight«, sagte ich und versuchte wie die Sekretärin zu klingen, die ich mir nicht leisten konnte.

»Hallo«, kam als Antwort. Eine Frauenstimme. Alle meine Schuldeneintreiber sind Männer. Große, kräftige Männer. »Ich muß so schnell wie möglich Mr. Knight sehen. Es ist dringend.«

Ich sagte ihr, sie solle vorbeikommen, wir hätten am Nachmittag noch einen Termin frei. Ich sagte ihr nicht, daß es keinen Mr. Knight gab. Das würde sie schon früh genug herausfinden. Außerdem, wenn sie erstmal den weiten Weg bis in diesen Teil der Stadt gemacht hatte, war es weniger wahrscheinlich, daß sie sofort wieder abtanzte, um sich einen Männerbetrieb zu suchen. Ich brauchte den Job.

Ich räumte ein bißchen auf und versuchte, die Haufen wie wichtige Fälle in Bearbeitung aussehen zu lassen statt wie Dinge, die nur meiner Faulheit wegen noch nicht an ihrer rechtmäßigen Ruhestätte gelandet waren, der Müllkippe.

Eine halbe Stunde später klopfte sie. Ein kurzes Klopfen, das ich fast überhört hätte, weil ich Vivaldis Trompetenkonzerte schmettern ließ.

Ich ließ sie herein. Sie war blond mit Perlenkette. Dazu ein geschmackvoll konservatives graues Kostüm. Ihr Haar war geschmackvoll frisiert, ihre Schuhe und Handtasche — natürlich geschmackvoll — aufeinander abgestimmt. Meinem

Magen schmeckte etwas ganz und gar nicht. Eine Detektei wie meine wurde nicht von geschmackvollen Ladys konsultiert.

»Ich bin mit Mr. Knight verabredet«, sagte sie. Ein Pluspunkt für ihren Mut. Ich hatte halb damit gerechnet, daß sie nach einem Blick auf diese Bruchbude verschwand, so schnell ihre hohen Absätze treppab stöckeln konnten.

»Ich bin Mr. Knight«, antwortete ich. »Mein Name ist eigentlich Michele, aber nicht in diesem Gewerbe. Warum erzählen Sie mir nicht von Ihrem Problem, und dann sehe ich, was ich für Sie tun kann.« Ich wollte wissen, warum sie hier war. Ich wollte, daß sie mit mir redete. Sie sah aus wie der Typ Frau, der einer Ms. mehr erzählen würde als einem Mr. Und sie redete tatsächlich. Vielleicht gefiel ihr der Gedanke, ihre Geschichte einer Frau anzuvertrauen. Mehr wie ein Plausch unter Mädels.

Ihr Name war Karen Wentworth. Sie wollte, daß ich ihren Verlobten Harold Faber fand. Er war drei Tage vor der Hochzeit verschwunden und hatte nur eine kurze Nachricht hinterlassen: »Lebwohl — so ist es am besten.« Das war über einen Monat her. Seine Freunde schienen sich keine Sorgen zu machen, aber sie weigerten sich, ihre Fragen zu beantworten. Sagten ihr lediglich, daß sie sich keine Sorgen machen und ein neues Leben beginnen solle.

Warum sie zu mir gekommen sei. Das war die große Frage, die in meinem Kopf rumorte. Geschmackvolle Ladys kommen mit ihren Eheproblemen nicht zu mir.

Sie sagte, sie sei bei einigen anderen Detekteien gewesen, aber alle hätten gesagt, daß meine die beste für diesen Job sei. Dann gab sie mir ein Bild von Harold Faber, und ich wußte, warum die anderen mir den Fall überlassen wollten. Einen Schnurrbart dazugedacht, ein paar von den Klamotten weg, und auf dem Bild war niemand Geringerer als der heiße, harte Harry, der ständerpuckernde Schwarm aller Jungs, die ich im *Alle Viere* kannte. Dies war ein Fall, der schlechte Neuigkeiten versprach. Und ich sollte die schlechten Neuigkeiten überbringen. Diese Lady war nicht die Frau, der man erklärte: »Ach, Süße, dein Knabe hat dich wegen 'nem anderen Knaben fallenlassen. Oder wahrscheinlich mehreren.« Sowas passierte in ihrer geschmackvollen Welt nicht.

Ich übernahm den Fall. Irgend jemand mußte es tun, und ich bin zu arm, um saubere Hände behalten zu können.

Wir einigten uns auf Bezahlung und Spesen. Sie zuckte nicht mit der Wimper, als ich ihr mein Honorar nannte. Wirklich Pech, daß ich mich wegen dieses Falles so mies fühlte, sonst hätte ich mir ein paar Tage Zeit gelassen und den Scheinchen beim Stapeln zugesehen.

Sie verabschiedete sich, geschmackvoll natürlich. Ich sagte ihr, ich würde sie anrufen, sobald sich etwas ergäbe. Nachdem sie gegangen war, warf ich etwas Katzenfutter in die Richtung von Hepplewhites Napf und machte mich auf den Weg zum *Alle Viere*.

Wie immer war ich die einzige Frau in der Bar, aber genau so wollte ich es. Scotch pur, ohne Schnickschnack. Ralph, der Barkeeper, ist ein Freund. Ich spüre die schrägen Vögel für ihn auf, und er läßt mich in der Bar rumhängen, sooft ich will. Und er hat eine Flasche Walker Black, auf der mein Name steht. Ich zeigte ihm das Bild, das Karen mir gegeben hatte. Wie erwartet bestätigte Ralph, daß Harry im O.K.-Corral in der *Anbuff-Bar* auftrat.

Ich rief sie erst am späten Nachmittag an. Erstens wollte ich den Eindruck erwecken, als bräuchte es einige Zeit, um ihn zu finden, und zweitens hatte Hepplewhite endlich eine Maus gefangen und für mich als Geschenk dagelassen. Tausend Dank, Hep. Leider hab' ich nicht alle vier Beinchen gefunden.

Sie kam ans Telefon und sagte sofort, sie wolle gleich vorbeikommen. Was sie auch tat. Fünfzehn Minuten später stand sie vor der Tür. Ich brachte ihr die schlechten Neuigkeiten so knapp wie möglich bei.

Eine lange Minute hindurch schwieg sie nur. »Nein, das kann nicht Harold sein.« Ich sagte noch nichts. Dann erklärte sie: »Ich glaube es nicht. Das muß ein abscheulicher Scherz sein.«

»Sorry, Ms Wentworth. In Schwulenbars ist er gut bekannt.«

Sie fragte nicht, wie gut.

»Können Sie mich zu Harold bringen?«

Ich zog eine Augenbraue hoch.

»Ich würde gern mit ihm reden, das ist alles«, ihre babyblauen Augen flehten.

Tja, wenn Sie mich fragen, war es ganz schön beschissen, wie er sie hatte sitzenlassen. Sie verdiente zumindest die Chance, ihn dafür anzubrüllen. Also schön, es war auch Schwäche von mir: bei einer Maid in Nöten werde ich weich. Besonders, wenn sie große blauen Augen hat. Oder grüne. Bei braunen auch. Aber das sind meine einzigen Schwachstellen. Ich willigte ein, sie zu Harry zu bringen. Aber nur, wenn sie tat, was ich ihr sagte. Wir waren auf dem Weg in ein frauenloses Land. Ich sagte ihr, wie sie sich anzuziehen hatte: Jeans, Stiefel, vorzugsweise Cowboystiefel, irgendeinen weiten Pulli, um ihre Titten zu verstecken (zu ihr sagte ich: »um Ihre Brüste zu tarnen«) und eine Jeans- oder Blousonjacke. Kein Make-Up und das Haar unter einen Hut. Dann sagte ich: »Seien Sie um zehn wieder hier.« Sie war einverstanden.

Die Sache konnte haarig werden. Am besten wartete Karen, die Geschmackvolle, draußen auf mich, alldieweil ich versuchte, Harry zwischen den Nummern — denen mit und denen ohne Publikum — zu fassen zu kriegen. Jetzt, da die blauen Augen außer Sicht waren, machte mir der geplante Coup doch einige Sorgen. Man lernt nie aus, wie es so schön heißt. Ich streckte mich auf der Couch aus und machte bis zehn Uhr ein Nickerchen.

2. Kapitel

Sie war pünktlich. Ich hätte sie fast nicht erkannt. Sie sah wie ein hübscher Junge aus, nicht wie eine geschmackvolle Lady. Sie hatte sich sogar in Unkosten gestürzt und sich eine Perücke zugelegt. Ich wiederum hatte die Überbleibsel meiner wilderen Tage als kesser Vater ausgegraben. Schwarze Lederjacke (für fünfzehn Piepen in der Canal Street erstanden — der in New York City, nicht der hiesigen), schwarze Cowboystiefel, das Haar mit Gel angeklatscht, und dank Richard, der beim Thater ein wahrer Make-up-Künstler ist, einen vollkommen überzeugenden Schnurrbart. Langsam hatte ich das Gefühl, daß wir es schaffen könnten. Ich sah mir Karen von oben bis unten an. Es gab da ein Problem. Selbst der schwere Pullover und der Blouson versteckten ihre Brüste nicht.

Sie fing meinen Blick auf. »Man sieht sie noch, nicht wahr.«

»Verbandszeit«, antwortete ich. Während sie ihre Jacke auszog, stöberte ich in meinen Vorräten herum. Als ich mich mit dem Verbandszeug zu ihr umdrehte, hatte sie bereits ihr Hemd ausgezogen. Kein BH. Zwei wohlgerundete Brüste, keine zwei Meter von mir entfernt. Manche stehen auf Busen, manche auf Po, ich steh' auf das, was gerade in meine Richtung ragt. Und sie ragten. In der kühlen Luft standen ihre Brustwarzen aufrecht. »Hier ist der Verband«, war der einzige Kommentar, den ich mir erlaubte.

»Ich werde Hilfe brauchen«, antwortete sie.

Verdammte Heteras, können nicht mal allein einen Verband anlegen. Ich half ihr. Ich mußte diese rosa Brustwarzen schnellstens verpacken. Da stand ich also, meine Finger nur Millimeter von ihren Brüsten entfernt, unsere Körper nah beieinander, weil ich den Verband um sie herumwickeln mußte. Vielleicht würde ich nach getaner Arbeit im *Anbuff* zu *Gertrudes Stein* weiterziehen und nachsehen, ob ein paar süße Mädels übrig waren. Oder vielleicht brauchte Karen ein bißchen Trost, wenn die Wahrheit über Harry erstmal verdaut war. Für eine Zynikerin kann ich lächerlich optimistisch sein. Ich verpackte sie fertig, und sie zog ihren Pulli und ihre Jacke wieder an. Gerade noch rechtzeitig.

Wir machten uns auf den Weg. Es war noch etwas früh, aber für das, was wir vorhatten, brauchten wir wahrlich keine Menschenmengen. Wir stiegen in ihr Auto, einen schicken kleinen Flitzer. Irgendwie, irgendwo hatte diese Frau Geld. Normalerweise sind mir reiche Subjekte mit Prestigeautos sofort unsympathisch, aber mit zunehmendem Alter werde ich offenbar toleranter.

Wir kamen zur *Anbuff-Bar*. Obwohl es noch früh war, rumste und polterte es ganz hübsch in der Nacht. Und das war erst der Parkplatz. Ich wies Karen an, im Auto zu bleiben, während ich die Lage peilte. Der Vorschlag gefiel ihr nicht, aber nach einem kleinen Geschacher wurden wir uns einig.

Ich betrat die Bar, ein altes Lagerhaus bei den Docks. Ich war noch nie hier gewesen. Der Laden hatte einen ziemlich heftigen Ruf, aber mehr aufgrund des Betriebs draußen als drinnen. Die Türsteher nahmen mein Geld und überreichten mir ein Kondom und ein *Safer Sex* Flugblatt. Ich lächelte den Rausschmeißer an und bemerkte nur, ich würde niemals unsicheren Sex mit einem Mann riskieren. Die oberste Etage bestand aus etlichen kleinen Zimmern und labyrinthischen Korridoren, die ich nicht weiter erkundete. Darunter lag die Tanzfläche und auf der untersten Etage die Bühne, wo der heiße, harte Harry und die Humpettes eine Vorstellung geben würden. Da mußte ich hin.

Ich ließ mir Zeit, den Laden zu sondieren. Ich holte mir einen Drink und bekam noch das Ende der Transvestitenshow mit. Irgendwie mußte ich hinter die Bühne kommen. Ich beschloß, daß ich Journalist bei der *Gay Commodity News* war, und daß wir einen großen Report über Harrys Tun und Lassen bringen wollten. Ich hatte den Inspizienten soeben von meiner Echtheit überzeugt und ihm klargemacht, daß es

Harry sehr verärgern würde, sollte er diese Gelegenheit verpassen, als eine vertraute Gestalt neben mir auftauchte. Karen. Verdammt, ich hatte ihr befohlen, im Auto zu warten. Sie hatte sich meine Geschichte wohl angehört, denn sie sagte: »Ich bin sein Assistent.« Ich war sauer, aber ich hielt mich zurück. Schließlich war sie die Geldgeberin.

Und da war Harry in seinem Umkleideraum und hatte nichts am Leib außer einem sehr engen, sehr lavendelfarbenen Höschen.

»Abend, Harry«, sagte sie. »Nett, dich wiederzusehen.«

»Was machst du denn hier?« fragte er, sichtlich verblüfft, sie zu sehen.

Dann überraschte mich Karen damit, daß sie eine richtige Kamera aus ihrer Leinentasche zog und richtige Fotos schoß. Ich blieb an der Tür und fühlte mich zuständig dafür, niemanden hereinzulassen, ferner zu gewährleisten, daß nichts Dramatisches passierte, ansonsten den Mund zu halten und mich in der verbleibenden Zeit zu fragen, warum Karen Fotos machte.

»Überrascht?« fragte sie. Es klang irgendwie hämisch. Vielleicht war sie jetzt endlich wütend auf ihn geworden. »Das solltest du nicht sein. Du wußtest, daß ich dich finden würde.«

»Verschwinde«, herrschte er sie wütend an.

»In Ordnung«, sagte sie und wandte sich zum Gehen.

»Nein, warte, gib mir den Film.« Er stürzte sich auf sie und griff nach der Kamera. Sie stieß ihn weg und rannte los. Ich schob einen Fuß vor, und Harry fiel darüber. Es war Zeit, das Weite zu suchen. Aber Harry wollte noch nicht Lebwohl sagen.

»Haltet sie fest!« schrie er hinter uns her. »Schnappt euch die Kamera!«

Der Inspizient versuchte, nach mir zu greifen. Ein Fehler. Acht Jahre Karate, drei Aikido. Ich kippte ihn über meine Schulter, ohne aus dem Tritt zu kommen. Als wir den Bühnenbereich verließen, sah ich noch, wie er zum Telefon griff.

»Nicht zur Eingangstür«, rief ich, »außer, Sie sind schneller als der Schall. Wir müssen irgendwie hinten raus.« Ich griff mir Karens Arm und zog sie über die Treppe hinauf zur Tanzfläche. Irgendwas an diesem Fall war nicht ganz normal (was immer das heißt), aber ich hatte jetzt keine Zeit, darüber zu meditieren. Es mußte hier irgendwo eine Feuertreppe geben, und wir mußten sie finden. Ohne uns schnappen zu lassen.

»Wir müssen schleunigst hier raus«, flüsterte sie in mein Ohr.

»Nein. Genau das erwarten sie doch. Das beste Versteck ist da, wo niemand uns vermutet. Gehen wir nach oben.«

»Was ist dort oben?« fragte sie.

»Das Eigentliche.« Wir hasteten die nächste Treppe hinauf. Auf halbem Weg hielt ich kurz an, schlüpfte aus meiner Jacke, gab sie ihr und wies sie an, es mir nachzutun. Eine kleine Verkleidung konnte nicht schaden.

Dann fand sie heraus, was ich mit dem Eigentlichen gemeint hatte. Die Etage war düster bis auf ein paar dunkelrote und blaue Funzeln, und lüsternes Stöhnen und Keuchen drang durch die Musik.

»Los, kommen Sie. Tun Sie ganz friedlich«, sagte ich, während ich meinen Arm um ihre Schulter legte, teils um mich der Szenerie anzupassen, teils um zu verhindern, daß ich sie in der Dunkelheit verlor. »Hier lang.«

Ich führte sie in eine vielversprechend scheinende Richtung. Wir bogen um eine Ecke und um noch eine. Dann hörte ich Stimmen hinter uns, die nicht so klangen, als wären sie auf Sex aus. Wir bogen wieder um eine Ecke und um noch eine, und dann standen wir vor einer Wand. Zu beiden Seiten befanden sich Räume, hinter uns die Männer mit den unerotischen Stimmen.

»Hier hinein.« Ich zog sie in einen merkwürdig aussehenden Raum zu unserer Linken, in die hinterste, dunkelste Ecke.

»Okay, wir sind in Rom«, sagte ich. »Benehmen Sie sich wie ein Römer.«

»Was?« brüllte Karen in mein Ohr.

»Höchste Zeit, sich der Umgebung anzupassen«, sagte ich, während ich ein Kondom hervorzog und es auszuwickeln begann.

»Sie meinen, so tun, als ob wir ...?«

»Sie spielen besser mit, Süße, sonst wissen wir bald nur zu genau, ob dieser Laden nicht doch der Dixie-Mafia gehört.«

Ich tat, als würde ich mir ein Kondom überziehen, und stopfte es dann in meine Tasche. Wirklichkeitsnähe ist alles. Ich legte meinen Arm um Karen. Hoffentlich sahen wir aus wie zwei Kerle, die zur Sache kamen. Ich drängte meinen Unterleib gegen sie. Als die Musik kurz aussetzte, hörte ich eine Stimme sagen: »Durchsucht die Räume da.«

»Tun Sie so, als ob Sie es genießen«, fuhr ich sie an. »Bewegen Sie sich wenigstens rhythmisch.« Sie gehorchte und wiegte sich ein wenig hin und her. Ich legte meine Hände auf ihre Hüften und verpaßte ihr einen kräftigen Stoß.

»Schlagen Sie meinen Kopf nicht gegen die Wand«, war der Dank für meine realistische Einlage.

Karen gab ein kaum hörbares Stöhnen von sich. Ich hörte die Stimmen wieder, diesmal lauter als die Musik.

»Sie kommen näher«, sagte ich und beugte mich über sie. Ich preßte mein Gesicht in ihren Nacken und hoffte, daß es nach Leidenschaft aussah, abgesehen von der geminderten Erkennungsgefahr. Ich fing an, vor und zurück zu schaukeln.

»Ich werde seekrank«, sagte sie.

Ich grunzte laut in ihr Ohr. »Los, tun Sie, als hätten Sie Spaß dran«, raunte ich.

»Hab' ich aber nicht«, gab sie zurück. »Die Kerle sind hinter uns her. Wir müssen machen, daß wir hier rauskommen, und alles, woran Sie denken, ist Sex.«

»Ich denke nicht an Sex. Das ist wirklich das Letzte, woran ich denke. Sie wollen hier raus? Warum gehen Sie nicht vor?« forderte ich sie auf.

»Dafür bezahle ich Sie schließlich.«

Ich hatte die Nase gestrichen voll. Was mich betraf, war es allein ihr Fehler, daß wir in diesen Schlamassel geraten waren. Ich hatte sie angewiesen, im Auto zu bleiben, aber sie hatte nicht auf mich gehört, und ich hatte den schweren Verdacht, daß es einen Grund für diese Bilder gab, den sie mir verschwieg. Und kein Karate der Welt kann eine Kugel aufhalten.

»Die suchen Sie, nicht mich. Ich kann hier rausgehen, wann es mir paßt«, erinnerte ich sie.

»Tun Sie es nicht«, sagte sie mit einer Spur Besorgnis in der Stimme. »Ich werde ganz brav sein. Bringen Sie mich nur hier raus.«

»Ich will's versuchen. Können Sie so tun, als ob Sie ein bißchen Spaß haben?«

»Sollen wir uns küssen?« fragte sie.

»Wenn Sie es überleben, eine Frau zu küssen?«

Eine männliche Stimme an der Tür sagte: »Schaut hier drinnen nach.« Sie fing an, mich zu küssen. Ich meine, mich wirklich zu küssen. Mehr, als ich dieser geschmackvollen Lady zugetraut hätte. Ihre Zunge war in meinem Mund auf einer Such- und Forschungsmission. Und dann überraschte sie mich wirklich – nicht unangenehm, möchte ich hinzufügen –, als sie ihre Hand zwischen meine Beine schob. Ich beschloß, diese nette Geste zu erwidern, legte meine Hand auf dieselbe Stelle zwischen ihren Beinen und fing an, sie zu massieren.

Sie schnappte erstaunt nach Luft und begann, sich gegen meine Hand zu drängen. Verdammt, sie spielte den Spaß an der Sache wirklich sehr glaubwürdig.

Ich hörte Stimmen an der Tür.

»Hier drin nichts. Nur der übliche Verkehr.« Dann verschwanden sie.

Ich gab ihnen noch ein paar Minuten und Karen noch ein paar Keucher und Seufzer. Ich spielte mit dem Gedanken, sie zum Kommen zu bringen, aber dann entschied ich, daß hier raus zu kommen wichtiger war.

»Tut mir leid, Schatz«, flüsterte ich ihr ins Ohr. »Ich kann ihn nicht länger hochhalten. Lassen Sie uns verschwinden.« Der realistischen Wirkung zuliebe warf ich das Kondom in den Mülleimer, und wir begaben uns zurück ins Labyrinth der Korridore. Ich war sicher, daß ich vom Parkplatz aus eine Feuertreppe gesehen hatte. Wenn sie sich nicht an diesem Ende des Gebäudes befand, war es höchste Zeit, es am anderen Ende zu versuchen. Wir folgten dem Labyrinth, bis wir auf eine weitere Wand stießen. Aber diese Wand hatte eine Tür mit einem Sicherheitsriegel. Eine klassische Feuertreppe. Ich untersuchte die Wand, bis ich das Kabel fand, das zur Alarmanlage führte. Es war einige Male übertüncht worden und schwer zu kappen. Die Klinge meines Taschenmessers ging dabei drauf. Ein Posten mehr auf der Spesenabrechnung. Dann waren wir draußen in der kühlen Nachtluft. Kinderleicht. Wir waren auf dem Heimweg.

Fast. Als wir halb über den Parkplatz waren, brüllte eine von den unerotischen Stimmen: »Hey, da sind sie!«

Und wir waren Gejagte. Wir sprangen in Karens BMW und rasten mit kreischenden Reifen los. Ich zählte nicht weniger als drei Autos, die uns verfolgten.

»Wär ganz gut, Sie würden alles rausholen, was der Wagen hergibt«, sagte ich zu Karen. Dann hatte ich eine Idee. »Fahren Sie über den Fluß.«

Sie sagte nichts, sie fuhr nur. Ihr Gesicht war sehr bleich. Aber ich konnte auch keinen Preis für besondere Gelassenheit einheimsen. Ich hatte soeben ein kurzes Aufblitzen aus einem der uns verfolgenden Wagen gesehen. Sie versuchten, uns in die Reifen zu schießen. Wenigstens hoffte ich, daß es das war, worauf sie zielten.

Wir waren auf der Südseite des Flusses, auf dem Weg ins Inland.

»Zu der alten Brücke über den Bayou«, sagte ich und gab ihr Anweisungen. Ich hoffte, daß die Digitaluhr auf ihrem Armaturenbrett genau ging. Diesmal hörte ich den Schuß. Wir bogen scharf in die schmale Bayou Road ein. Vielleicht würden ihre Kurven und Knicke das Zielen erschweren. Karen war eine ziemlich gute Fahrerin. Sie ging schnell in die Kurven und bremste nicht ab. Ich hätte es besser gekonnt, aber nicht viel.

Noch eine Kurve und wir waren auf der Geraden zur Brücke über den Bayou St. Jack's. Jede Nacht zogen sie genau um 12 Uhr 15 die Brücke hoch, um den Fischerbooten, die im Bayou dockten, den Zugang zum Golf zu öffnen. Als wir die Bayou St. Jack's Brücke erreichten, war es 12 Uhr 14. Die Warnleuchten waren eingeschaltet, aber die Sperren noch nicht heruntergelassen.

»Los, rüber«, sagte ich zu Karen. Sie trat das Gaspedal durch.

Die Sperren begannen sich zu senken. Mit hundert Sachen rasten wir auf sie zu.

Wir schafften es ganz knapp. Karen mußte ausscheren, um durch die hintere Sperre zu kommen, aber wir waren das einzige Auto auf dieser Seite der Brücke.

»Gucken Sie nicht so erleichtert«, sagte ich, als sie vom Gas ging. »Bringen Sie uns lieber erst außer Schußweite.«

Sie sah mich entgeistert an. »Sie meinen, die haben auf uns geschossen?«

»Yep.«

Sie beschleunigte wieder. Ich dirigierte sie durch die Straßen. Wir fuhren, bis wir mitten im Nirgendwo waren.

»Biegen Sie hier ab«, wies ich sie an. Es ging eine kurvenreiche, unbefestigte Straße hinauf, vorbei an einer alten, verlassen wirkenden Schiffswerft. Ich zeigte ihr den Weg zu einem einsamen Platz, der im Schutz von ein paar Bäumen lag. Vor langer Zeit hatte hier eine Eisdiele gestanden, aber davon war nichts mehr übrig. Der Hurrikan *Camille* hatte die letzte der brüchigen Wände niedergerissen. Sie fragte nicht, warum ich mich hier so gut auskannte. Besser so, denn ich wollte es ihr nicht erklären. Ich war hier aufgewachsen, aber das war eine andere Geschichte. Keine, die eine Frau wie

Karen Wentworth auch nur einen Deut interessieren würde. »Sie können sich jetzt entspannen«, sagte ich.

»Danke. Das war haarscharf«, antwortete sie, während sie die Perücke vom Kopf zog. Ich löste meinen falschen Schnurrbart von der Oberlippe. Er fing an zu jucken.

»Warum war Harry so sehr gegen Ihre Fotosafari, daß er den Versuch riskierte, uns auf den Straßen unserer schönen Stadt niederzustrecken?«

»Ich weiß es nicht. Vielleicht denkt er, daß ich sie seiner Mutter aushändigen werde.«

»Warum haben Sie die Fotos gemacht?«

»Haben Sie eigentlich manchmal dienstfrei?« gab sie zurück. »Oder träumen Sie davon, Fälle sogar im Schlaf zu lösen?«

»Beantworten Sie meine Fragen, dann werde ich Ihre beantworten.«

»Ich weiß es nicht genau. Ich glaube, um mir was zu beweisen ... und aus Rache, nehme ich an. Ich kann den Gedanken nicht ertragen, daß er über mich lacht, weil ich so verrückt war, ihn zu lieben. Wenn ich ihn lächerlich aussehen lasse, kann er mich nicht auslachen, nicht wahr? Und auf diesen Bildern sieht er lächerlich aus.« Sie hielt inne. Ich sagte nichts. Ich wollte, daß sie weitersprach.

»Trotz allem, was Sie vielleicht wegen der ... äh ... Vorstellung in der Bar über mich denken, bin ich, fürchte ich, ziemlich naiv. Harry brauchte fürs College und für die Familie eine Freundin. Ich war verfügbar und willens, und er benutzte mich. Kein Sex, nur Theater für die Außenwelt. Er hat mich nicht oft angefaßt. Ich dachte, er sei ein Gentleman. Es tut weh.« Sie blickte aus dem Fenster. Aber sie weinte nicht. Das mußte ich ihr lassen.

»Ja, ich weiß«, sagte ich. Vielleicht lag ich falsch damit, unsauberes Spiel zu vermuten. Vielleicht war sie nur eine verwirrte Frau, die man schlecht behandelt hatte. »Ich glaube, wir können jetzt zurückfahren«, fuhr ich fort. »Wir haben die

Kerle abgehängt. Und sie suchen sowieso nach Männern und nicht nach zwei Frauen.«

»Würde es Ihnen etwas ausmachen, noch ein wenig zu bleiben? Es ist so friedlich. Außerdem muß ich Sie etwas fragen.« Sie wandte sich mir zu.

»Klar, fragen Sie.«

»Ich weiß nicht, wie ich anfangen soll. In der Bar, als wir ... also —« Sie brach ab und senkte den Blick.

»Ja?« ermutigte ich sie.

»Nun, ich habe es genossen. Was wir da gemacht haben.«

»Und das überrascht Sie?«

»Ja, allerdings. Ich dachte, Sex ist ganz okay, aber nichts, worüber man Gedichte schreiben könnte. Ich dachte immer, es müßte schon jemand wie Robert Redford kommen, um mich wirklich zu erregen. Daß es eine Frau sein würde, damit habe ich nicht gerechnet.«

»Ziemlich viele Entdeckungen für eine einzige Nacht«, antwortete ich. Ich springe nie mit Jungfrauen ins Bett (oder auf den Rücksitz eines Autos), deshalb blieb ich ganz cool. Vielleicht wollte sie mich ja nur davon abhalten, weitere Fragen zu stellen.

»Ja, nicht wahr? Wenigstens ist diese Entdeckung positiv.«

»Ich hoffe, Sie denken morgen früh auch noch so.«

»Das werde ich«, antwortete sie bestimmt. Sie schaute mich wieder an. »Was Sie da mit mir gemacht haben, war sehr aufregend. Deshalb habe ich mich so angestellt. Es hat mir wirklich Spaß gemacht, und ich wollte nicht, daß Sie es merken. Wenn ich nicht so eine Angst gehabt hätte, wäre ich in der Sekunde, in der Sie mich berührt haben, gekommen. Bringen Sie es bitte zu Ende ...«

Ich fasse niemals, grundsätzlich niemals eine Jungfrau an, außer wenn sie genau weiß, was sie will, und mich praktisch anfleht. (Das geschieht öfter, als Sie denken.) Ich fand, sie klang ziemlich sicher. Ich dachte immer noch darüber nach, als sie die Initiative übernahm. Sie preßte ihre Lippen auf meine und fing an, mich zu küssen. Ich fand den Liegesitzhebel und drückte ihn ganz herunter. Ein Vorteil von teuren Autos.

Auf Rücksitzen hatte ich einige Erfahrung, auf Vordersitzen weniger.

Karen holte die verlorene Zeit auf. Entweder das oder sie war verdammt lernfähig.

Ich brauche mehr Fälle wie diesen.

Kurz vor Sonnenaufgang setzte sie mich vor meinem Büro ab und sagte, sie würde mich in den nächsten Tagen anrufen, um die Rechnung zu begleichen ... und wegen allerlei anderem. Ich lächelte zustimmend. Vielleicht war das Glück mir zur Abwechslung einmal hold, dachte ich, während ich die Treppen hinaufstieg. Hepplewhite miaute, als ich die Tür aufschloß.

Ich habe ein großes Zimmer, das mir als Büro dient. Mein Wohnraum befindet sich seitlich davon. Zu beiden Seiten. Schlafzimmer und Küche liegen in der einen Richtung. In der anderen gibt es ein zur Dunkelkammer umfunktioniertes kleines Arbeitszimmer, einen sehr unordentlichen begehbaren Wandschrank und das Bad. Mein Ziel war eine bequeme, wenn auch etwas ausgebeulte Couch. Ich habe zwar ein Bett, aber es ist nicht mehr im allerbesten Zustand, seit vor einigen Monaten ein Rugby-Team in der Stadt war und bei *Gertie's* Zwischenstation machte. Ich brachte eine zwei Meter große Spielerin mit nach Hause, und gemeinsam war es uns gelungen, dem Bett ein Bein abzubrechen und weiteren Schaden anzurichten, der hier unerwähnt bleibt. Sie hatte angeboten, mir bei der Reparatur zu helfen, aber weil sie schon früh am Morgen wieder weg mußte, verschwendete ich meine Energien lieber anderweitig. So blieb das Bett, wie es war, und ich schlief auf meiner Couch. Eines Tages würde ich mich darum kümmern.

Hepplewhite machte sich schleunigst davon, als ihr klar wurde, daß ich sie wirklich als Kopfkissen benutzen würde, falls sie das Feld nicht räumte.

3. Kapitel

Ich wachte erst am späten Nachmittag auf. Keine Anrufe, nur eine hungrige Katze. Ich fütterte Hep und beschloß, daß es unsinnig war, auf einen Telefonanruf zu warten, der auch 24 Stunden später kommen konnte. Zeit für ein spätes Frühstück im *Alle Viere*.

Ralph war ein echter Kumpel. Er servierte mir ein dreigängiges Menü: Erdnüsse, Popcorn und Brezeln. Nachdem er ein paar andere Kunden bedient hatte, kam er an meine Ecke der Bar zurück.

»Neuigkeiten über Harry«, sagte er.

»Ach ja?« fragte ich.

»Schußwechsel im O.K.-Corrall letzte Nacht. Schon gehört?«

»Nein. War damit beschäftigt, einer kleinen Hetera neue Methoden der Geburtenkontrolle zu erläutern.« Von etwas gehört haben war schließlich nicht dasselbe wie dabeigewesen sein, fand ich.

»Harry wurde fotografiert. Wird ihn 'ne Menge Geld kosten.«

»Häh?« Da war es wieder, das unbehagliche Gefühl.

»Harry hat 'nen reichen Großvater mit 'ner schwachen Konstitution. Man sagt, sein Testament enthalte einige interessante Klauseln. Von der Norm abweichendes Verhalten ist gleichbedeutend mit Enterbung.«

»Harry ist stadtbekannt«, entgegnete ich. »Mit Sicherheit in jeder Schwulenbar am Ort. Wieso reicht das nicht, um ihn zu enterben?« Diese Neuigkeiten gefielen mir nicht besonders. Allmählich fühlte ich mich ein ganz klein wenig an der Nase herumgeführt.

»Seine Schwester Karen hat das längst versucht. Harry hat es abgestritten. Und welcher aufrechte Südstaaten-Gentleman will schon glauben, daß sein Enkel schwul ist?«

»Ich kenn' keinen.«

»Harry dachte schon, er hätte es geschafft. Bis«, so fuhr Ralph fort, »Karen irgendeinen schwulen Schläger angeheuert hat, der sie prompt hinführte.« (Na ja, wenigstens hatte man mich nicht erkannt.) »Sie hat ihn abgelichtet. Jetzt muß sie Großpapa nur noch den unentwickelten Film geben, um zu beweisen, daß die Fotos keine Fälschung sind, und schon erbt sie das ganze Vermögen.«

»Ist ja wirklich interessant.« Puh, das konnte man wohl sagen. »Seine Schwester ist nicht zufällig eine umwerfende Blondine, ungefähr so groß?«

»Und ob. 'n echtes Kreuz für Harry.«

Ein Kunde winkte Ralph zu sich. Wir kamen gut miteinander klar; er fragte nie, wie ich mir meine Informationen beschaffte, und ich fragte nicht nach seinen Quellen. So viel jedenfalls zum Glück, das mir zur Abwechslung hold sein wollte. Es wurde Zeit, mehr über die Frau herauszufinden, die sich Karen Wentworth nannte. Ich begab mich zurück in mein Büro.

Ich machte einige vorbereitende Anrufe und knabberte währenddessen an einem *Po-boy** mit Austern. Dann rief ich Danny Clayton an. Sie und ich waren zusammen aufs College gegangen, zwei arme Stipendiatinnen, zusammengeschweißt gegen eine Überzahl von Kindern aus reichen und mächtigen Familien. Meiner Meinung nach waren wir nur angenommen worden, damit diese versnobte Northeastern-Schule sich damit brüsten konnte, eine Schwarze und eine Cajun** aus dem

---

* *Po-boy* = »Poor boy«, Sandwich aus Baguettebrot mit Butter und verschiedenen Auflagen, meist Wurst.

** *Cajun* = Nachfahren eines Siedlervolkes ursprünglich französischer Abstammung aus dem ehemaligen Akadien. Durch die Engländer nach Süden vertrieben, vermischten sich die Cajun zunehmend mit indianischen und in den Städten auch mit schwarzen Familien. Sie sind ein Volk mit eigenen Traditionen und Gebräuchen, die den Einfluß der unterschiedlichen Kulturen spiegeln. Von der angelsächsisch-weißen Oberklasse werden sie gern als sittenlose, beinahe-farbige Hungerleider angesehen. Die Cajun leben im Südwesten Alabamas und den angrenzenden Gebieten am Mississippi.

Bayou-Staat Louisiana in ihren Reihen zu haben. Danach waren wir beide in den Süden zurückgekehrt. Danielle war an der Tulane Law School zu Ehren gekommen und ich, nun ja, zu Unehren in der Bourbon Street. Danny arbeitete jetzt im Stab des Bezirksstaatsanwalts und wußte eine Menge Dinge. Und für einen sehr langen, heißen Sommer waren wir ein Paar gewesen. Wir mochten uns immer noch genug, um gelegentlich miteinander in die Kissen zu springen.

Dannys neuste Mit-dieser-bleib-ich-ewig-zusammen nahm den Hörer ab. Sagte mir, Danny mache Überstunden. Ich hinterließ meinen Namen und rief dann in Dannys Büro an.

»Kanzlei des Staatsanwalts, Danielle Clayton am Apparat«, sagte sie.

Ich erzählte ihr meine Geschichte. Sie hob eine Augenbraue (tele-phonetisch gesprochen) über meine Liegesitz-Erlebnisse, aber das tut sie eigentlich immer. Sie machte einige hilfreiche Vorschläge. »Verschwinde aus der Stadt, bis Gras über die Sache gewachsen ist«, war der erste.

»Warum?« fragte ich.

»Dixie-Mafia. Ihr Name ist nicht Wentworth, sondern Holloway. Die echten Holloways von der *Einhundert-Eichen-Plantage*. Das ist ein riesiger Besitz flußaufwärts von hier, mit weit verzweigten und geheimen Zugängen vom Wasser aus. Kann sein, daß da Drogen verschoben werden. Wenn die Plantage nicht an Harold oder Karen fällt, erbt sie die *Historische Gesellschaft der Töchter der Konföderation*, und kein Drogenhändler, der einigermaßen bei Verstand ist, würde sich mit denen anlegen.«

»Du meinst, Großvater Holloway erträgt den Gedanken an schwule Enkel nicht, erlaubt aber Dealern, das Anwesen zu benutzen?« fragte ich.

»Wenn es so einfach wäre, hätten wir sie längst. Ignatius Holloway ist, soweit wir das beurteilen können, ein vollkommen aufrechter, alter Südstaaten-Gentleman. Aber er hatte ein paar leichte Herzattacken und einen Schlaganfall, und er wehrt sich mit Händen und Füßen gegen die Vorstellung, daß irgendwelche illegalen Dinge auf seinem Land geschehen. Wir können uns nicht auf die Lauer legen oder einen Durchsuchungsbefehl bekommen, weil er zu viele Freunde hat.«

»Was ist mit Karen und Harry? Wo sind übrigens ihre Eltern?«

»Beau Holloway ließ sich scheiden, heiratete eine jüdische Frau und wurde seitdem nie mehr südlich der Mason-Dixie-Linie gesehen. Mutter lebt trendgerecht irgendwo in Kalifornien. Es gibt keine Beweise, daß Karen und Harry irgendwelche Verbindungen zur Mafia unterhalten. Aber sie sind ausgekochte Biester, die wissen, wann sie stillhalten oder einem reichen Großvater um den Bart gehen müssen. Es gibt noch eine dritte Enkelin, Cordelia, die die Familienstreitigkeiten ein für allemal aufgegeben hat.«

»Wie macht man das denn?« Mir war das nie gelungen.

»Sie hat ihrem Großvater erklärt, daß sie sein Geld nicht will. Sagte ihm klipp und klar, daß sie mit einer anderen Frau zusammenlebt, nur um ganz sicher zu gehen. Nomen est omen. Sie besucht ihn ein paarmal die Woche. Karen und Harry könnten als Goneril und Regan durchgehen.« Danny benutzte gerne literarische Vergleiche. Ich erkannte *King Lear*, sagte aber nichts. Dann fügte sie noch hinzu: »Halt dich fern von ihr. Sie ist eine anständige Frau.«

Dazu sagte ich auch nichts. Danny hat eine etwas übertriebene Vorstellung von meiner Dekadenz.

»Was ist mit Karen? Weiß ihr Großvater, daß sie auf Frauen steht? Die Möglichkeit, daß sie die Wahrheit gesagt hat und ich ihre erste war, können wir wohl links liegen lassen.«

»Karen ist mit irgendeinem Waschlappen aus der besseren Gesellschaft verlobt. Vielleicht heiratet sie ihn sogar, bevor Großpapa den Löffel abgibt, aber du kannst darauf wetten, daß sie gleichzeitig einen Scheidungsanwalt anheuert. Keine sehr angenehme Lady, wenn du Pech hast. Halt dich da raus, Micky, es ist gefährlich.«

»Das werde ich, nachdem ich meinen Fehler ausgebügelt habe«, antwortete ich.

»Was soll das hei —«, hörte ich. »Ja, Sir ... Nein, Sir«, sagte sie zu jemandem im Hintergrund. »Ich ruf' später zurück. Sei da.« Sie legte auf.

Ich fing an, die Möbel in meinem Büro hin- und herzuschieben und machte sauber. Hepplewhite blickte erstaunt drein, aber ich ignorierte sie. Dann stellte ich meine beiden Kameras auf, die Mini aufs Bücherregal, die Nikon so in den Wandschrank, daß sie durch ein Loch in der Tür zielte, das ich in Erwartung ebensolcher Situationen nicht ausgebessert hatte.

Mein Plan war einfach. Ich fand, die Drogenhändler und die Töchter der Konföderation waren wie geschaffen füreinander. Da Harry durch meine unbeabsichtigte Einmischung in eine Abseitsfalle geraten war, war es nun an der Zeit, den Ausgleich zu erzielen.

4. Kapitel

Karen rief am nächsten Morgen an. Ich überredete sie, ins Büro zu kommen, weil ich angeblich auf einige wichtige Telefonanrufe wartete und ein paar Sachen aufzuarbeiten hätte. Sie willigte ein, am späten Nachmittag vorbeizukommen. Ich probierte meine Kameras aus und schoß ein paar freizügige, unzensierte Bilder von Hepplewhite, wie sie auf der Couch ihre Haare ablegte.

Fast beschloß ich, mir zum Mittagessen Gumbo und Knoblauchbrot zu besorgen, aber ich riß mich zusammen. Ich holte etwas Schreibarbeit nach und bekam sogar einen Anruf von jemandem, der erwog, mich anzuheuern. Danny rief zweimal an, aber ich ließ sie auf meine Anrufbeantworterin sprechen. Sie würde später — zu einer hoffentlich passenden Zeit — zurückrufen. Ich genehmigte mir einen Schluck Scotch. Mir gefiel nicht, was Karen getan hatte, aber was ich ihr antun würde, gefiel mir auch nicht. Ich hatte schon aus vielen Gründen Sex gehabt, einige davon wirklich nicht gerade nobel, aber bisher niemals nur aus Rache (mit einer kleinen Beilage aus Gerechtigkeit, wie ich mich tröstete).

Karen kam rund zwanzig Minuten zu spät. Sie war nicht annähernd so gutaussehend, wie ich vorher gedacht hatte. Natürlich wußte ich, daß nicht sie sich verändert hatte, sondern ich. Gerade noch rechtzeitig fiel mir ein, daß ich glücklich sein sollte, sie zu sehen, mit vor Lust entflammten Lenden. »Hey, schön, dich wiederzusehen«, log ich.

»Ja, mir geht's genauso.« Sie lächelte. »Erst das Geschäftliche? Was schulde ich dir?« Sie zückte das Scheckheft.

»Ich könnte jetzt sagen, daß du schon bezahlt hast.« Ich könnte auch sagen, daß ich von Leuten wie dir kein Geld nehme.

»Das war später«, sagte sie, während sie den Scheck nichtsdestotrotz ausschrieb. Er war ziemlich großzügig bemessen, aber sie unterschrieb mit Karen Wentworth, und in der Ecke war weder ein Name noch eine Adresse abgedruckt. Ich bezweifelte, daß er einlösbar war. Ich legte ihn in meine Schreibtischschublade. Dann ging ich um den Tisch herum zu ihr, zog sie so hoch, daß sie mich anblickte, und küßte sie. Hart. Sie küßte zurück. Ich fing an, ihr Hemd aufzuknöpfen.

»Schließ die Tür ab«, sagte sie. Das tat ich. Sie setzte sich auf die Couch. Die Couch, die von allem Müll und sichtbaren Katzenhaaren befreit war. Die perfekt positionierte Couch.

Ich legte Musik auf, die laut genug war, um die Kamerageräusche zu übertönen, und trat auf dem Rückweg zur Couch auf den Schalter. Alle dreißig Sekunden ein Foto von insgesamt sechsunddreißig Bildern. Achtzehn Minuten lang richtig dreckiges Ficken. Ich fing an, ihre Titten zu küssen. Ihre Brustwarzen wurden hart. Ich legte meine Hand für ein Bild zwischen ihre Beine und zog dann langsam ihren Reißverschluß herunter. Dreißig Sekunden für jede Position schwebten mir vor. Sie zog mir den Pullover aus. Gut, dachte ich, der eindeutige Beweis, daß Karen Holloway mit einer Frau zusammen war. Außerdem fanden bisher alle meine Geliebten, daß ich hübsche Titten habe. Sie spielte mit ihnen. Ich schaltete meinen Kopf aus und ließ meinen Körper übernehmen. Körper sind schon erstaunliche Dinge; sie mögen es, berührt und gestreichelt zu werden. Ich konnte meinem genausogut erlauben, sein billiges Vergnügen zu haben. Wenigstens alles vom Hals abwärts sollte seinen Spaß kriegen. Ich spürte die erste Feuchtigkeit zwischen meinen Beinen. Ich hatte ihre Hose geöffnet und meine Hand in ihrem Höschen, machte sie an. Sie war feucht. Ich nahm die Hand heraus und wischte spielerisch über ihre Brüste. (Spielerisch, daß ich nicht lache, ich wollte bloß nicht, daß meine Couch für immer nach Karen Holloways Säften roch. Nein, nein, den Kopf schnell wieder ausschalten.) Dann arbeitete ich mich nach unten. Ich zog ihr die Hose bis zu den Knöcheln herunter und sorgte dafür, daß ihr Hemd offen war und daß diese stehenden Brustwarzen in die Kamera lächelten. Sie saß in der Mitte der Couch, mit dem Gesicht in Richtung der Nikon und mit dem Profil zur Mini. Ich steckte meinen Kopf zwischen ihre Beine und fing an zu arbeiten. Es war Arbeit. Sie keuchte, kurze, kleine Atemstöße. Ich wollte wenigstens ein paar Bilder von ihr in dieser Position.

»Rauf, rauf auf mich. Steck deinen Finger in mich rein«, war ihre Antwort. Verdammt, ich hätte einen Cassettenrecorder benutzen sollen. Also tat ich ihr den Gefallen. Als ich meine Zunge wieder auf ihre Klit legte, fing sie an, mit den Hüften vor und zurück zu stoßen. Ich griff mit meinem freien Arm nach ihr und zog sie hinunter und hielt sie dort. Keine verschwommenen Bilder. Ich schaute hinauf und erblickte zwei schwere Brüste auf einem wogenden Brustkorb. Hier war ich lange genug gewesen. Ich fing genau dort an zu züngeln und zu saugen, wo sie es wollte. Sie gab jetzt Geräusche von sich. Da wußte ich, daß sie gleich kommen würde. (In genau diesem Moment klarte mein Kopf lange genug auf, um einen gespielten Asthma-Anfall zu erwägen. Aber ich tat's nicht.) Sie kam, ohne daß ich mich weiter einmischte. Ich küßte sie noch ein paarmal dort unten, nicht so sehr, weil ich es wollte, sondern weil ich versuchte, mir etwas einfallen zu lassen, das ich beim Auftauchen sagen könnte.

»Okay, mehr ertrag' ich nicht. Du kannst jetzt raufkommen«, sagte sie.

»Du meinst, einmal ist genug?« antwortete ich. Ich bin so witzig, wenn mir Mösensäfte vom Gesicht tröpfeln. Ich nahm ein paar Kleenex aus einer Schachtel, die extra für solche Gelegenheiten angeschafft worden war.

»Jetzt bist du an der Reihe«, sagte sie, als sie wieder ruhig atmen konnte.

Das Telefon klingelte. Das Schöne an Danny ist, daß sie beharrlich ist. Ich warf Karen einen »Geht-ganz-schnell-Blick« zu und nahm den Hörer ab.

»Wo hast du gesteckt, du Früchtchen?« begrüßte mich Danny.

»Genau dort«, antwortete ich. Dann fuhr ich fort: »Nein, ich kann jetzt nicht. Ich bin sehr beschäftigt. Aber ich ...«

»Was redest du da?«

»Nein, ihr könnt jetzt nicht herkommen. Das ist ganz ausgeschlossen ... Zehn Minuten? Nein, vergiß es.«

»Schon gut, ich bin unterwegs, aber wehe, du hast keinen guten Grund.« Danny legte auf. Ich nicht.

»Aber Tante Agathe, es ist mir egal, was Onkel Ernie ... schon gut, Ex-Onkel Ernie ... Ich weiß, daß du es ihm in diesem Scheidungsfall zeigen willst, aber ...«

Karen räkelte sich mit gespreizten Beinen provozierend auf der Couch und versuchte, mich anzumachen, noch während ich am Telefon hing. Ich sprach noch etwas länger mit »Tante Agathe«, um Danny Zeit zu geben, hierherzukommen. Als mir keine fiesen Sachen mehr einfielen, die ich über »Onkel Ernie« sagen konnte, legte ich schließlich auf.

Karen hatte sich die ganze Zeit über in obszöne Posen geworfen. Die Kamera hatte Bilder von ihr gemacht. »Komm her, Tiger«, sagte sie. »Vergiß deine Sorgen.« Sie zog mich auf sich hinauf. »Du hast so lange geredet, daß ich schon fast wieder soweit bin. Wenn du fertig bist, werd' ich's bestimmt sein.«

Genau das wollte ich vermeiden. Bilder von mir, wie ich nackt und mit gespreizten Beinen auf einen Orgasmus warte, der wahrscheinlich niemals kommt, sozusagen. Ihre Hand war auf meinem Reißverschluß und zog ihn langsam herunter.

Im allerletzten Moment hämmerte es gegen die Tür.

»Aufmachen. Büro des Staatsanwalts«, sagte Danny mit ihrer alleramtlichsten Stimme. Ich fuhr hoch, fast so, als wäre es nicht geplant gewesen.

»Öffne bloß nicht diese ...«, zischte Karen, aber das Krachen der aufspringenden Tür unterbrach sie. Selbst ich war nicht sicher, ob Danny ihren Schlüssel benutzt und nur so getan, oder ob sie mein Schloß wirklich aufgebrochen hatte. Ich hoffte auf ersteres. Sie kam direkt auf mich zu und zwang mich mit gespreizten Armen und Beinen gegen die Wand. Die nackte Frau mitten im Zimmer schien sie zu ignorieren.

»Michele Knight, Privatdetektivin, sind Sie das? Es gibt da ein kleines Problem mit Ihrer Lizenz.« Bei ihr klang es so, als wäre es der kleine Eisberg, der die Titanic versenkt hatte. »Ms. Holloway, Sie ziehen sich besser an, Sie befinden sich auf der falschen Seite der Stadt«, beendete Danny ihren Vortrag, ohne Karen, die mit ihren Kleidern kämpfte, auch nur anzusehen.

»Woher kennen Sie meinen Namen?« stieß Karen erstaunt hervor.

»Es ist mein Beruf, Dinge zu wissen«, war Dannys Antwort.

»Holloway?« spielte ich mit. »Ihr Name ist Wentworth.«

Als ich wieder aufblickte, war sie verschwunden. Danny machte mit ihrer »Sie sind festgenommen«-Inszenierung so lange weiter, bis feststand, daß Karen genug Land gewonnen hatte.

»Haste Spaß?« sagte sie höchst sarkastisch, als ich mich ihr zuwandte. Sie griff herüber und zupfte an einer meiner immer noch entblößten Brustwarzen. Ich blickte auf die Uhr. Dreiundzwanzig Minuten, seit die Kameras gestartet waren. Gut. Das hieß, daß die letzten fünf Minuten nicht für die Nachwelt und Großvater Holloway festgehalten waren. »Willst du mir sagen, was hier los war? Außer dem Offensichtlichen?«

Ich machte Anstalten, meinen Pulli wieder anzuziehen.

»Ach, tu das nicht«, sagte Danny. »Du hast immer noch hübsche Titten. Ich habe wirklich eine Entschädigung für meine Zeit und meine Anstrengungen verdient. Du kannst auch deine Jeans offen lassen. Besonders, wenn du deine Krokodil-Unterwäsche trägst.«

»Nein, geschmackvolles zartes Lavendel.« Aber ich besaß tatsächlich eine Unterhose mit einem aufgerissenen Alligatormaul Sie wissen schon wo. Ich habe eine unheilbaren Hang zum Pubertären. Ich zog den Reißverschluß hoch. »Kann ich mir das Gesicht waschen?«

»Ja, das darfst du, obwohl ich es ziemlich ungehobelt finde, daß du Ms. Holloway keine Gelegenheit dazu gegeben hast.«

»Das brauchte sie nicht«, rief ich aus dem Badezimmer, während ich mir sehr kaltes Wasser ins Gesicht spritzte. Nicht, daß ich kaltes Wasser mag. Es dauert bloß eine halbe Eiszeit, bis das Wasser warm wird.

»Du hast oralen Sex abgelehnt? Das glaube ich nicht.«

»Glaub es«, sagte ich, während ich die Kameras aus ihrem Versteck holte.

»Karen macht Bilder von Harry, und du machst Bilder von Karen.«

»Gerecht ist gerecht.«

»Dumm ist dumm«, entgegnete Danny. »Deine schwarzen Locken werden noch auf dem mächtigen Mississippi treibend enden.«

»Gut, daß ich schwimmen kann. Ich werde die hier bei Großvater Holloway abgeben und diesen ganzen Klüngel dann hinter mir lassen. Vielleicht lebe ich mal einige Zeit enthaltsam.«

»Na klar. Vielleicht für zehn Minuten. Kann ich dir das irgendwie ausreden?«

»Die Enthaltsamkeit? Weiß nicht. Mach mir ein Angebot,« sagte ich und ignorierte ihre wirkliche Frage.

»Nein, du kannst ruhig enthaltsam sein. Das solltest du sogar, wenn du die Absicht hast, deine schutzlose Nase in ein Wespennest des organisierten Drogenhandels zu stecken. Karen und/oder Harry sind mehr als willig, an die zu verkaufen. Sie wären Narren, wenn sie's nicht täten. Und du bist eine Närrin, wenn du dich da einmischst.«

»Ein ganz kurzer Auftritt, glaub mir. Den Film an Großvater Holloway, und schon bin ich weg.«

»Wann?«

»Es gibt keinen besseren Zeitpunkt als die Gegenwart. Heute abend bring' ich ihn vorbei.«

»Ruf mich morgen früh an«, antwortete Danny, »wenn du kannst. Nein, ruf mich heute abend an, wenn du zurück bist. Ach, und zieh dein Hemd wieder an. Ich gehe jetzt nach Hause. Elly wartet auf mich.«

»Kein Quickie auf die guten alten Zeiten?«

»Nein, ich bin eine verheiratete Frau.«

»Selbst wenn dies, wie du zu glauben scheinst, meine letzte Nacht auf dieser Erde ist?« Ein paar Dinge, die an meinem Körper aufgewühlt worden waren, verlangten danach, beruhigt zu werden.

»Dann ist es besser, du regelst deine irdischen Angelegenheiten, statt mit alten Flammen zu tändeln.«

»Danke für den weisen Rat, Dan.«

»Nicht, daß du nicht verlockend wärst«, seufzte sie und starrte dabei nachdenklich auf meine Brüste. Sie beugte sich hinüber und küßte die linke, ihre bevorzugte (fragen Sie mich nicht, warum), und ging dann. Ließ mich allein zurück — allein und nicht gerade auf dem Trockenen. Es war an der Zeit, Großvater Holloway kennenzulernen.

Ohne guten Grund beschloß ich, mich umzuziehen. Na ja, einen guten Grund hatte ich schon, meine Unterwäsche zu wechseln. Schwarz als Grundfarbe schien angebracht. Schwarzer Rollkragen, schwarze Jeans und eine schwarze Jeansjacke, aber rote Ohrringe. Ich mußte aussehen wie eine, die solche Fotos schießen würde.

Ich lief ein paar größere und einige kleinere Blocks bis zum Auto, meinem trübseligen Datsun. Ich nahm mir ständig vor, endlich ein Schild dranzuhängen: »Nicht abschleppen! Dieses Auto ist kein Wrack.« Ich sah auf meinen Straßenkarten nach. Wenn ich mit meiner üblichen Geschwindigkeit fuhr, müßte ich gegen acht da sein. Ich mußte noch tanken. Verdammt, das hieß, daß ich für die Geschichte spürbar Geld ausgeben mußte. Verstandesmäßig wußte ich, daß ich das Benzin sowieso verfahren würde, aber ich mochte es nicht, Geld aus meiner Brieftasche zu ziehen und zuzusehen, wie es verschwand.

5. Kapitel

Die *Einhundert-Eichen-Plantage* war nicht schwer zu finden. Sie besaß ein großes schmiedeeisernes Schild und die Art von bombastischem Backstein-Eingang, der sagt: »Hey, wir sind reich. Sind Sie ganz sicher, daß Sie hier reinkommen sollten?«

Gib den Film ab und verschwinde wieder, sagte ich zu mir selbst, während ich an das Haus heranfuhr.

Ein Bediensteter öffnete die Tür und sah nicht allzu begeistert aus, jemanden wie mich zu sehen. Tapfer preschte ich vor. »Ich muß Mr. Holloway sehen.«

»Erwartet Mr. Holloway Sie?«

»Das bezweifle ich, aber ich habe hier einen Film für ihn.« Der Bedienstete sah nicht überzeugt aus. »Es ist das Pendant zu den Bildern, die er vor zwei Tagen bekommen hat.« Ich vermutete, daß Karen mit den Bildern von Harry schnurstracks hierher gekommen war.

»Folgen Sie mir«, sagte der Bedienstete, führte mich in ein Wohnzimmer und bedeutete mir dann, dort zu warten.

Ich wartete nicht lange, glücklicherweise, denn Geld war, wie dieses Wohnzimmer bewies, nicht immer gleichbedeutend mit Geschmack.

Die Person, die den Raum betrat, war nicht Ignatius Holloway. »Was wollen Sie?« sagte sie, ganz offensichtlich noch weniger von meinem Anblick begeistert als der Bedienstete. Ich nahm an, daß dies jene Cordelia war, die Danny erwähnt hatte. Ich hielt bloß den Film hoch.

»Harry? Das wissen wir schon«, sagte sie und wandte sich zum Gehen.

»Nein. Karen.«

Sie drehte sich wieder um und sah mich an. Sie war ungefähr in meinem Alter und vielleicht sogar größer als ich (oder vielleicht lag das nur am Licht). Dunkles rotbraunes, fast schwarzes Haar, blaue Augen. Nicht übel, selbst wenn sie eine Holloway war. »Wobei?« Sie vergeudete keine Worte.

»Unzulässige sexuelle Handlungen mit einer Frau.«

»Mit Ihnen? Ach, schon gut. Was wollen Sie?«

Karen betrat den Schauplatz. Sie sah von allen am wenigsten begeistert aus, mich zu sehen. »Was tust du hier?« verlangte sie zu wissen.

Ich hielt den Film so, daß sie ihn sehen konnte. »Ich dachte mir, daß du vielleicht nicht sehr glücklich bist so allein hier draußen, zerfressen von Schuldgefühlen darüber, daß du deinen einzigen Bruder um seinen Erbe gebracht hast.«

Sie begriff. Ich merkte es an ihren Augen und an der Art, wie sie mir »Du Miststück« zuzischte. »Gib mir das. Du lügst doch.« Sie kam auf mich zu und streckte ihre Hand nach dem Film aus. Sie war es gewöhnt, daß Leute ihren Befehlen folgten.

Ich bin daran gewöhnt, Befehlen nicht zu gehorchen. Ich wich zurück, bis das Imitat eines Rokoko-Tischchens zwischen uns stand.

»Okay. Wieviel willst du?«

Ganz ehrlich, ich war in Versuchung. Visionen von bezahlten Rechnungen tanzten durch meinen Kopf. Vorräte an Katzenfutter, vielleicht ein neues Bett. »Ich bin nicht käuflich.« Mein Dad hat mir immer gesagt, daß man fast ohne alles leben kann, nur nicht ohne Selbstachtung. Da ich ansonsten nicht viel hatte, brauchte ich die. »Ich mag dich nicht, Karen. Ich mag die Dinge nicht, die du tust, und ich mag nicht, wofür du stehst. Du hast mich benutzt, um deinem Bruder eins auszuwischen. Dafür bekommst du die Quittung.« Ich wandte mich an Cordelia. »Ich würde dies gerne Ihrem Großvater geben. Könnten Sie mich zu ihm bringen?«

Karen stieß eine Reihe von Obszönitäten aus und kam um den Tisch herum auf mich zu. Es gibt eine Karate-Bewegung, die einem Tritt ähnelt, aber eigentlich hält man bloß einen Fuß hoch, in den die Gegnerin hineinläuft. Es war leicht,

Karen auf diese Art aufzuhalten. Aber es brachte sie keineswegs zum Verstummen.

»Was geht hier vor?« dröhnte eine Stimme. Zwei Männer kamen herein, von denen sich der eine schwer auf den Arm des anderen stützte. Ich erinnerte mich dunkel, das vornehme Gesicht und die perfekt geschnittenen silbergrauen Haare des Mannes, der gesprochen hatte, in den Gesellschaftsspalten gesehen zu haben. Jemand vom selben Kaliber wie Holloway.

Holloway war kräftig gebaut, aber Alter und Bewegungsmangel hatten ihn aufgeschwemmt. Auf der einen Seite stützte ihn ein Stock, auf der anderen sein Begleiter. Derselbe Blauton blickte mich geradewegs aus drei verschiedenen Augenpaaren an. Holloways, Cordelias und Karens Augen waren alle von identischem, vollkommenen aristokratischen Blau, was allerdings vermutlich nur dann auffiel, wenn man sie alle drei zusammen sah, denn ansonsten waren die Augen einander nicht besonders ähnlich. Karens waren niedergeschlagen und von Wimperntusche eingerahmt, Holloways verschwanden zwischen Lidfalten und schlaffer Haut, Cordelias blickten kühl und offen, als ob sie eigentlich gar nicht hier und Zeugin dieser Szene sein wollte, sich aber eines gewissen Interesses an dem ganzen Spektakel nicht erwehren konnte.

Das Eintreten der Männer brachte Karen nicht zum Schweigen, aber es veränderte ihren Ton. »Diese Frau versucht, mich zu ruinieren, Großvater Holloway — sie will mich vor dir und Mr. Korby in Verlegenheit bringen. Sie lügt. Sie arbeitet für Harry und seine perversen Freunde.«

Eins mußte man Karen lassen: sie gab nicht so schnell auf.

»Was geht hier vor?« krächzte Holloway und forderte Cordelia mit einem Blick zu einer Antwort auf. Sie sagte es ihm. Jetzt schien auch er nicht begeistert darüber, mich zu sehen. Sein Freund versuchte höflich, die Familienstreitigkeiten zu ignorieren. »Geben Sie mir den Film«, sagte Holloway. Das tat ich. Er wandte sich an Karen. »Was werde ich auf diesen Bildern sehen?« Seine Stimme war müde, der Ton eines alten

Mannes, dessen Fallen alle zugeschnappt waren und der nur sich selbst darin gefangen hatte.

Sie antwortete nicht.

»Du enttäuschst mich. Du enttäuschst mich sehr. Nach allem, was ich für dich getan habe ...« Das Husten eines alten Mannes zerhackte seine Stimme. Schließlich wandte er sich mir zu und sagte: »Wieviel wollen Sie?«

Für einen Augenblick konnte ich nicht antworten, weil ich mich an eine andere Stimme aus einer anderen Zeit erinnerte, die dieselbe Frage gestellt hatte. Nein, keine andere Stimme, dieselbe Stimme, aber noch nicht müde und kratzig. Wann hatte ich diesen Mann schon einmal gertroffen, diese Stimme schon einmal gehört? Ich fühlte, wie sich eine Leere in mir ausbreitete — Bilder, an die ich mich nicht erinnern wollte ... Ich mußte raus aus diesem Nest von Ungeheuern. »Nichts.« Ich ging aus dem Zimmer, aus dem Haus.

Draußen blieb ich einen Moment stehen, atmete nur, versuchte diese innere Leere mit Luft zu füllen. Ich spürte eine Hand auf meiner Schulter, und eine Stimme sagte: »Geht es Ihnen gut?« Es war Cordelia.

Ich nickte, peinlich berührt, daß sie mich erwischt hatte. Ich wollte nur weg von hier.

»Wie ich sehe, machen Sie so etwas nicht oft. Versuchen Sie bloß nicht, Erpressung zu ihrem Beruf zu erwählen.«

»Ich bin keine Erpresserin.«

»Gut so. Hier, nehmen Sie das.«

Sie steckte einen Umschlag in meine Jackentasche. Ich nahm ihn wieder heraus und gab ihn zurück. »Nein, ich will nichts ... von Ihnen.« Meine Stimme klang heiser und angespannt.

Sie blickte mich an. »Sind Sie sicher, daß es Ihnen gut geht?«

»Allergien. Ich bin allergisch gegen Magnolien.«

»Hier gibt es keine Magnoliensträucher.«

»Gegen Eichen auch.« Auf der *Einhundert-Eichen-Plantage* mußte es Eichen geben.

»Ja, natürlich. Warum glaube ich Ihnen nicht? Warum frage ich mich die ganze Zeit, was Sie von all dem haben?« Dannys hochverehrte Cordelia glaubte ganz offensichtlich, daß ich eine von Karens salbungsvollen Freundinnen war.

»Daß ich niemals irgendwen von Euch wiedersehen muß.« Ich hatte genug davon, und ihre Annahme nahm ich ihr übel.

»Niemand hat Sie gebeten, sich überhaupt einzumischen«, schoß sie zurück.

»Falsch. Ihre Schwester Karen hat das getan. Sie hat mich engagiert, und sie hat mich belogen. Ich mußte nur zu Ende bringen, was ich angefangen habe. Ich laß' mich doch nicht von ihr auf dem Vordersitz ihres BMWs vögeln und sie dann Harry um sein Erbe bringen, bloß weil er schwul ist. Hören Sie, ich muß jetzt gehen ...«

»Cousin und Cousine«, unterbrach sie mich. »Harry und Karen sind mein Cousin und meine Cousine.«

»Was auch immer. Genießen Sie Ihre Villa. Ich habe Sie Ihnen auf einem silbernen Tablett serviert, nicht wahr?«

Sie stopfte den Umschlag zurück in meine Tasche. »Da irren Sie sich. Ich will das Anwesen überhaupt nicht. Wollte ich nie. Als Großvater dieses lächerliche Testament schrieb, habe ich ihm als allererstes gesagt, daß ich lesbisch bin. Das bin ich natürlich nicht.«

»Natürlich nicht«, unterbrach ich sie.

»Um sicherzugehen, daß ich diese alte Stätte nicht bekomme, und daß ich nicht in diese Zankereien hineingezogen werde.«

»Wie nobel.«

»Sind wir das nicht beide? Sie, weil Sie so selbstlos mit Karen schlafen und davon Bilder machen, und ich, weil ich mir die Gelegenheit entgehen lasse, ein Herrenhaus-Imitat aus der Vorkriegszeit samt einer Horde von Barrakudas mitzubesitzen.«

Viel mehr gab es anscheinend nicht zu sagen. Wir standen einander im Mondlicht gegenüber. Mit jeder anderen Frau, an jedem anderen Ort hätte es sehr romantisch sein können.

»Nun«, unterbrach sie schließlich die Stille, »Sie verschwinden besser von hier, bevor Großvater mit Karen fertig ist. Ein Barrakuda mit abgebissener Schwanzspitze ist kein schöner Anblick.«

»Cordelia«, rief Korby, als er auf die Veranda trat, »ich glaube, wir müssen Ignatius wieder beruhigen. Gefällt mir gar nicht, wie er hustet.«

»Schon gut, ich komme.« Cordelia wandte sich ab, um ihm ins Haus zu folgen.

Ich stieg in mein Auto. »Viel Glück mit Ihren vornehmen Verwandten«, murmelte ich, ohne wirklich zu wollen, daß sie es hörte.

Sie blieb stehen und sah sich kurz um zum Zeichen, daß sie sehr wohl verstanden hatte, dann verschwand sie im Haus.

Als ich die Auffahrt hinunterrollte, war nur ein Gedanke in meinem Kopf — es ist vorbei, und ich muß niemand von diesen Leuten jemals wieder sehen.

6. Kapitel

Auf der ganzen Strecke zurück in die Stadt fuhr ich hart am Rand der erlaubten Höchstgeschwindigkeit. Um Karen machte ich mir keine Sorgen. Ich wollte noch bei meinem Lieblingsschnapsladen vorbei, bevor er zumachte. Es gab eine Menge Dinge, über die ich nicht nachdenken wollte. Ignatius Holloways Stimme hatte auf eine häßliche Weise vertraut geklungen. Sie löste Gefühle in mir aus, die ich nicht mochte. Ich hoffe ja immer noch, wenn ich nur genug Gehirnzellen mit billigem Scotch abtöte, erwische ich eines Tages die richtigen.

Ich blieb vor Antoines Spirituosenladen stehen und warf einen Blick in meine Brieftasche. Drei Dollar. Ein kleiner und billiger Scotch. Dann fiel mir der Umschlag ein. Ich war nicht dazu gekommen, ihn Cordelia zurückzugeben. Einhundert Dollar. Mengenweise teurer Scotch. Um genau zu sein, zwei Flaschen Johnny Walker und ein Chivas, mit genug Wechselgeld für Katzenfutter und Frühstück.

Ich erinnere mich, wie ich zu meinem Appartement zurückfuhr. (Es ist nur tagsüber mein Büro, nachts wird es zu meinem Appartement.) Ich kippte ein paar Gläser Scotch. Danach muß ich noch ausgegangen sein, weil ich irgendwann später in dieser Nacht in einem fremden Bett aufwachte, in dem eine fremde Frau an meiner Brustwarze saugte. Ich schien Spaß daran zu haben und sie auch, also unterbrach ich sie nicht, um zu fragen, was sie da mit meiner Brustwarze tat. Ich habe verschwommene Erinnerungen an Sex, mein Gesicht neben einem rotbraunen Haarbüschel, meine Nase und mein Kinn naß, als sie kam. Aber ich erinnere mich nicht, was danach geschah.

Ich erinnere mich aber daran, wie ich bei Sonnenaufgang am Deich entlangging und den Schiffen zusah und ohne guten Grund heulte.

Spät an diesem Nachmittag wachte ich vom Miauen der Katze und dem Klingeln des Telefons auf. Mein Kopf fühlte sich an wie die Nacht der tausend Ambosse, und der Rest meines Körpers war noch taub. Ich hatte das deutliche Gefühl, daß ich nicht dabeisein wollte, wenn er aufwachte.

Am Telefon war Danny, natürlich. Ich ließ sie mit meiner Beantworterin reden.

Ich stolperte ins Badezimmer und spritzte mir kaltes Wasser ins Gesicht. Keine Wirkung. Dann entschied ich mich für die harte KV-Tour. Ich spritzte mir kaltes Wasser auf die Titten. Ich hatte recht gehabt. Ich wollte nicht dabeisein, wenn mein Körper aufwachte. Ich versuchte, ihn am Waschbecken zurückzulassen, aber er bestand darauf, mir zu folgen. Ich drehte die Dusche auf und zog mich langsam vollends aus, in der Hoffnung, daß das Wasser wenigstens lauwarm sein würde, wenn ich drunterging. War es sogar. Wunder über Wunder. Ich ließ das warme Naß über meinen Körper fließen. Meine Sünden hinwegwaschen. Wo kam das her? Tante Gretas Katechismus-Stunden. Das war eine Zeit meines Lebens, die ich vergessen wollte. Ich konzentrierte mich auf das heiße Wasser, das auf meinen Rücken prasselte, über meine Schultern spritzte. Ich stand in der Dusche und ließ das Wasser über mich strömen, bis es wieder kalt wurde.

Ich war gerade mit Abtrocknen fertig, als das Telefon klingelte. Wieder Danny, da war ich sicher. Aber sie war es nicht. Es war Sergeant Ranson von der Polizei New Orleans. Ich ging nicht ran, weil mir kein Grund für ihren Anruf einfiel, der mir gefallen könnte. Sie hinterließ nur ihren Namen und eine Nummer zum Zurückrufen. Später. Ich hatte Hunger. In meinem Kühlschrank waren ein paar Eier, zwei Tomaten und eine halbe Melone. Unglücklicherweise hätten die Tomaten und die Melone mit dem Schimmel, der sie schmückte, genug Penizillin herstellen können, um ganz Plaque-City zu versorgen. Und ich konnte mich nicht erinnern, seit meinem siebenundzwanzigsten Geburtstag Eier gekauft zu haben.

(Ich bin neunundzwanzig.) Hepplewhite miaute und rieb sich an meinem Bein. Sie begann ihre Litanei von 'Ich hab' so'n Hunger'-Maunzern. Im Interesse der Selbsterhaltung kratzte ich alles zusammen, was ich noch an Geld hatte, und machte mich auf zum Lebensmittelladen.

Hepplewhite mochte sogar die erste Sorte, mit der ich sie fütterte. Noch ein Wunder. Gleich zwei an einem Tag. Wie sollte ich das verkraften?

Das Telefon klingelte. Diesmal war es Danny. »Mick, wo zum Teufel steckst du? Ich habe in den letzten vierundzwanzig Stunden fünf Nachrichten hinterlassen. Wenn du nicht bald an dieses Telefon gehst, werde ich den Fluß absuchen lassen ...« (Als Assistentin des Staatsanwalts konnte sie das. Es war Zeit, ans Telefon zu gehen. Ich nahm den Hörer ab.) »... und eine landesweite Suchmeldung losschicken. Ich hab' es satt, mir Sorgen um dich zu machen.«

»Wenn du Mutter sein willst, Danny, warum kriegst du nicht ein paar Kinder? Ich kann es nicht brauchen, daß du dir Sorgen um mich machst.« Ich konnte niemanden brauchen, der hinter mir her kontrollierte, und ich hatte es satt, daß sie das tat.

»Stimmt. Danke, daß du mich wie versprochen angerufen hast. Vielleicht würde ich mir weniger Sorgen um dich machen, wenn du endlich aufhören könntest, die ganze Welt dazu herauszufordern, dir die Zähne einzutreten.«

»Es sind meine Zähne«, gab ich zurück.

»Okay. Prima. Aber in Zukunft«, (an der Art, wie sie sorgfältig jedes einzelne Wort betonte, merkte ich, daß Danny stinksauer war), »kündige mir keinen deiner halsbrecherischen Pläne mehr an. Wenn ich nicht weiß, was du tun wirst, brauche ich mir keine Sorgen zu machen, während du es tust. Wenn du beispielsweise das nächste Mal vom Vögeln irgendeiner verwöhnten Blondine losgeeist werden willst, such dir eine andere zum Dazwischenplatzen.«

»Ach ja. Tut mir leid, daß ich deine Zeit vergeudet habe.

Bitte mich nur nie wieder darum, dir Nachhilfestunden in Philosophie zu geben.«

»Micky, das war vor Jahren. Und ja, du hast meinen Arsch gerettet, und ich wäre jetzt wahrscheinlich eine Pennerin unter irgendeiner Brücke, wenn du nicht wärst. Aber du reitest verdammt lange auf etwas herum, das Ewigkeiten her ist.«

In einem entlegenen Winkel meiner selbst sah ich ein, daß ich eine Nervensäge war. »Aber du mußt aufhören, wie meine Tante Greta zu klingen«, sagte ich.

»Du hast also ein Problem. Hast du mal erwogen, damit zu einer Therapeutin zu gehen?«

»Nein! Jetzt hörst du dich haargenau wie meine Tante Greta an. Laß mich einfach in Ruhe. Ich bin ein großes Mädchen und kann auf mich selbst aufpassen, ohne meinen Kopf zurechtgestutzt zu bekommen, nur damit ich in die Gesellschaft passe.«

»Ich versuche bloß, dir zu helfen.«

Es war das Falscheste, was sie sagen konnte. Mehr noch als jedes andere war dies das Lieblingsklischee meiner Tante Greta. »Laß es«, explodierte ich. »Ich brauch' deine Hilfe nicht. Wenn ich irgend so'ne Karrieretreppchen-erklimmende Rechtsanwältin sein wollte, dann wär' ich es. Halt mich aus deiner gottverdammten Ehrbarkeit raus. Im Moment ist es gerade mal modern, Schwarzen und Frauen gegenüber tolerant zu sein, aber warte mal, bis sie rausfinden, was du im Bett machst. Dann setzen sie dich mit 'nem Tritt vor die Tür. Ich bin lieber jetzt schon draußen. Es spart Umzugskosten.«

»Komm mir nicht mit diesem Scheiß ...«

Ich legte einfach auf. Das hatte ich mit Danny noch nie gemacht. Meine Hände zitterten. Ich goß mir einen großen Schluck Scotch ein und kippte ihn herunter. Danny hatte eine Geliebte zu Hause. Warum machte sie sich nicht Sorgen um die und ließ mich in Ruhe? Natürlich erinnerte mich meine kleine innere Stimme daran, daß ich gesagt hatte, ich würde sie anrufen. Sie erinnerte mich auch daran, daß Danny mir seit sehr langer Zeit eine sehr gute Freundin war. Beiß keine Hand, die dich füttert, und keine Schulter, an der du dich ausweinen kannst, hatte mein Vater immer gesagt. Ich würde Danny anrufen und mich entschuldigen müssen... irgendwann. Ich hatte immer noch schlechte Laune. Vielleicht würde ich nach noch ein paar Schluck Scotch ruhig genug sein, um sie anzurufen. Ich griff nach der Flasche.

Das Telefon klingelte. Ich ging ran, überzeugt, daß es Danny war. Aber die Wunder waren für heute vorbei. Es war Sergeant Ranson, und ich mußte wohl oder übel mit ihr reden. »Gut, du kannst also ans Telefon gehen, wenn du es dir fest vornimmst«, waren ihre Begrüßungsworte.

»Ist mein Auto abgeschleppt worden, oder was?«

»Nein, aber das läßt sich machen.« Joanne Ranson war keine Verkehrspolizistin und fand es nicht witzig, nach Strafzetteln fürs Falschparken gefragt zu werden. »Kaffee und Krapfen im Quarter. Kannst du in einer halben Stunde dort sein?« fuhr sie fort. Es war eigentlich keine Frage.

»Nur wenn du bezahlst.«

»Im Southeast End. Du kennst den Laden.«

»Ja.« Tat ich.

»Ich werde warten.« Sie legte auf.

Das ist genau das, was mein verkaterter Kopf braucht, ein Treffen mit Sergeant Joanne Ranson. Ich stellte meine Flasche Scotch weg und nahm statt dessen ein Glas Wasser und zwei extrastarke Aspirin. Ich beschloß, daß der Spaziergang mir gut tun würde. Außerdem hatte ich weder das passende Kleingeld für den Bus noch die Geduld, im Quarter einen Parkplatz zu suchen.

Sie wartete schon. Es saßen nicht besonders viele Leute draußen. Selbst New Orleans kann im Januar kühl werden. Ranson entsprach genau meiner Vorstellung von einer typischen New Yorkerin. Für New Orleans bedeutete das, daß sie sehr ernst und sehr eindrucksvoll war. Sie trug ein Brille im Pilotenstil und ihr Haar war – unter Mißachtung aller

Südstaatensitten — von vielen ungetönten grauen Strähnchen durchzogen. Ich dachte gelegentlich, wenn wir nicht auf verschiedenen Seiten desselben Geschäfts stünden, könnten wir eine Affäre haben. An Joanne Ranson war mehr dran als graue Hosenanzüge, ergrauendes Haar und graue Augen hinter einer schwarzen Brille. Wir waren ein paarmal ausgegangen, dank Danny, der Kupplerin. Aber die Funken, die dabei flogen, gingen immer in die falsche Richtung. Wir trieben ab in eine 'Ich ruf dich mal an'-Situation, und sie hatte es auch ein- oder zweimal getan, aber irgendwie brachte ich es nie dazu, sie zurückzurufen. Wir machten zusammen Karate, deshalb liefen wir uns gelegentlich noch über den Weg. Ranson war eine gute Trainingspartnerin, schnell und leicht. Nach dem Kurs plauderten wir dann belanglos über Berufliches oder das Wetter oder sonstwas, aber das war alles. Ich fragte mich, warum ich nicht mit ihr ins Bett gegangen war, als ich die Gelegenheit dazu hatte.

Aber das waren nur müßige Gedankenspiele. Ich glaubte nicht, daß sie mich eingeladen hatte, im dämmrigen Januarlicht draußen zu sitzen, weil sie Verführungsabsichten hegte. Ich hatte recht. Sie schien mich nicht zu bemerken, bis ich mich setzte. Ich war nicht sicher, wonach sie Ausschau hielt, aber das half nicht gegen meinen Kater.

»Guten Abend, Michele.« Wenn sie mich Michele nannte, war es dienstlich. Auf dem Tisch standen zwei Tassen Kaffee. Das bedeutete, daß uns kein Kellner bei unserem Gespräch unterbrechen würde. Sie nahm einen Schluck von ihrem Kaffee. Ich tat dasselbe. »Kannst du tippen?« fragte sie. Keinesfalls eine Frage, die ich erwartet hatte.

»Was ist los, hat deine Sekretärin gekündigt?«

»Textverarbeitung?« Sie meinte es ernst. Mir war nur nicht klar, was.

»Na ja, die Gabe wurde mir nicht gerade in die Wiege gelegt, aber ich komm' zurecht.«

»Gut. Ich hab' gehört, daß du dir bei der Vorstellung, den

Drogenbossen der Stadt in die Quere zu kommen, nicht in die Hose machst.«

»Angst hab' ich schon.«

»Aber nicht so, daß du dir in die Hose machst. Betrifft: Karen Holloway und die *Einhundert-Eichen-Plantage.*«

»Was weißt du denn darüber?«

»Genug«, war alles, was sie sagte. Sie schaute sich wieder um.

»Soll ich vielleicht einen Brief an alle Heroin-Könige tippen und sie bitten, keine bösen Rauschmittel in unsere schöne Stadt zu lassen?«

Sie gab mir mit einer Handbewegung zu verstehen, daß ich leiser sprechen sollte. Ich war nicht sehr laut gewesen. Dann legte sie in einer Fortsetzung dieser Geste ihre Hand auf meine. »Es ist gefährlich, aber gut bezahlt.« Sie lehnte sich nah zu mir herüber und senkte die Stimme noch mehr. »Kann sein, daß uns jemand beobachtet. Wenn wir Glück haben, sieht das hier so aus, als ob eine Polizistin ein bißchen auf der anderen Seite laviert.«

»Besten Dank.«

»Nimm's nicht persönlich. Ich meinte, mit einer Frau schlafen. Hast du Interesse?« Mit ihr zu schlafen, ja, bei dem übrigen war ich mir nicht so sicher.

Sie fuhr fort: »Wir werden uns zu allen möglichen Zeiten an allen möglichen Orten treffen. Es wird einfach so aussehen, als ob wir eine Affäre hätten. Wenn du es nicht tun willst, dann fangen wir einen Streit an, und du kannst gehen. Wenn ja, nehme ich dich mit in meine Wohnung und zeige dir ein paar Bilder und erzähl' dir die Einzelheiten.«

Ich nickte. Es war also gefährlich, aber es war auch gefährlich, meinem Vermieter die Miete nicht zu zahlen. Sie drückte mir die Hand; ich war mir nicht sicher, ob als Teil des Theaterspielens oder weil sie wirklich froh war, daß ich ja gesagt hatte.

Ein Tourist erblickte uns und beschloß, seine Frau und seine Kinder in die entgegengesetzte Richtung zu ziehen. Zumindest einen hatten wir getäuscht.

Ich folgte Ranson zu ihrem Auto. Den größten Teil der Strecke legten wir schweigend zurück. Was sie dann doch sagte, war, daß uns ein dunkelbrauner Wagen schon seit zwei Abzweigungen folgte. Wir parkten einen halben Block von ihrer Wohnung entfernt. Sie sah sich schnell um, wobei sie unauffällig Seiten- und Rückspiegel benutzte. Dann drehte sie sich zu mir. »Tut mir leid, Micky, rein geschäftlich.« Sie küßte mich, gerade so lange und so intensiv, daß es aus zehn Meter Entfernung überzeugend aussehen würde. Wir stiegen aus und gingen in ihre Wohnung.

Der Job sah so aus: Es bestand Anlaß zu der Vermutung, daß die Firma *Jambalaya Import-Export*, die einem gewissen John Brown gehörte, in Wirklichkeit eine Fassade für Drogenhandel war. Der Plan bestand darin, daß ich dort eine Stelle annehmen und ein bißchen rumschnüffeln würde (legal natürlich). Keiner der normalen Zivilbeamtinnen war es gelungen, dort Arbeit zu finden. Es schien, als ob irgend jemand wußte, wer sie waren. Möglicherweise gab es irgendwo einen Informanten. Ranson ignorierte meinen Einwurf, daß sie vielleicht nicht besonders gut tippen konnten. Außerdem würde nichts von dem, was ich tat, auf sie zurückfallen, da ich nicht zu ihrer Behörde gehörte. Legal, hm? John Brown gab es wahrscheinlich gar nicht. Die Polizei wollte gerne wissen, wer der Oberboß war, und ihn drankriegen, aber sie wären auch schon mit ein paar von seinen Handlangern zufrieden. Mein Einsatz beruhte auf einem Verdacht. Ich mußte versuchen, irgendwas in die Hände zu bekommen, das ihnen den Vorwand lieferte, sich die Drogenbande vorzuknöpfen. Dringender Tatverdacht.

»Zwei Leute werden wissen, wer du wirklich bist: ich und Alexandra Sayers«, redete Joanne weiter. Sie gab mir die Telefonnummern von ihnen beiden. »Lern sie auswendig«, fügte sie hinzu. Sowas kannte ich.

»Aber hat Sayers nicht irgendwas mit Kunst ...«, setzte ich an.

»Stimmt. Sie ist auch weit genug von der Abteilung entfernt, um sicher zu sein. Ruf sie nur an, wenn es wichtig ist und du mich nicht erreichen kannst.« Das ergab in meinen Augen nicht besonders viel Sinn, aber ich ging nicht weiter darauf ein. Bürokratie hat in meinen Augen noch nie viel Sinn ergeben. »Niemand weiß hiervon, bis es vorbei ist. Kapiert?« Hatte ich. »Gut. Kannst du aus einem Fenster klettern?« fragte sie. »Wir brauchen ja niemanden sehen zu lassen, daß du gehst.«

»Klar, ich bin darin geübt, den Dienstboteneingang zu benutzen.« Sie führte mich zum Küchenfenster, das auf einen Hinterhof hinausging. Runterhopsen, Anlauf nehmen und über einen Zaun springen, dann noch durch ein oder zwei Höfe, und ich war an der Straßenbahnhaltestelle.

»Tja, Joanne, dann mal heißen Dank für einen wunderbar romantischen Abend. Woher wußtest du, daß ich Gangsterfotos so erregend finde?« sagte ich mit einem Fuß im Waschbecken und dem anderen halb über der Fensterbank.

»Ich kenn' deinen Typ«, antwortete sie.

»Kein Gutenacht-Kuß?« Als Antwort gab sie mir einen Klaps auf den Po. Ich ließ mich behende zu Boden fallen.

»Micky?« Ich drehte mich nach ihrer Silhouette um. »Sei vorsichtig da draußen.« Dann schloß sie das Fenster, und ich sauste los in Richtung der Straßenbahn nach St. Charles.

7. Kapitel

Am Montag erwachte ich zur Morgenstund' mit Gold im Mund. Die Morgenstund' ist der Teil des Tages, den ich am wenigsten mag. Wie von Ranson geplant, hatte Madame Trussards Zeitarbeit-Vermittlung mich bei *Jambalaya Import-Export* eingeschleust. Ich hatte es geschafft, meine gewaltige Arbeitslast dringender Fälle von Rosie übernehmen zu lassen, einer Karate-Kollegin. Sie hatte noch ein paar Nachmittage frei.

Ich sollte heute morgen dort sein. Daher Morgenstund' und so weiter.

Immer wenn ich die Absicht habe, Nylonstrümpfe anzuziehen, muß ich erst Hepplewhite füttern. Andernfalls pflegt sie zum Zeichen ernstlicher Unterernährung mein Bein als Kratzpfosten zu benutzen. Glücklicherweise habe ich einen Cousin, der mal Einkäufer für irgend so eine Klamottenkette war. Sonderangebote hat er immer an mich weitergereicht. Deshalb habe ich einen Schrank voll passender Sachen für solche Aufträge.

Jambalaya lag im neunten Stock eines dieser Gebäude, die jemand mit einer krankhaften Vorliebe für verspiegelte Sonnenbrillen geplant hatte. Jede Facette starrt Sie an und wirft ein verzerrtes Bild von Ihnen zurück.

Es war eine ziemlich große Firma, ungefähr hundert Leute. Zumindest kam sie mir groß vor, aber ich bin ja auch nur einen Ein-Personen-Betrieb gewöhnt. Zeitarbeit hat mich, wie ich ungern zugebe, in so mancher mageren Zeit am Leben erhalten. Ungern deshalb, weil ich jeden Job hasse, der Menschen zwingt, sich teure Kleidung zu kaufen, und sie gleichzeitig unterbezahlt.

Ich verbrachte meine erste Woche damit, per Computer Listen und Rechnungen zu erstellen und sie dann zu fotokopieren. Langweilig. Bis Freitag kannte ich jede Fuge und jeden

Winkel des Kopierraums. Ich konnte in vier verschiedenen Farben vergrößern, verkleinern und aneinanderstückeln.

Das einzig Interessante, das ich entdeckte, war, daß hinter dem Empfangsbereich zwei Türen lagen, eine links, eine rechts. Eine Menge Leute gingen durch die rechte Tür, nur sehr wenige benutzten die linke. Was befand sich wohl hinter Tür Nummer zwei? Noch bedeutsamer war es, daß der Zutritt durch ein sehr eindrucksvoll aussehendes Kombinationsschloß eingeschränkt wurde, und daß zu den wenigen Leuten, die durch die Tür Nummer zwei gingen, nur eine Frau gehörte, Barbara Selby, die Chefsekretärin. Die übrigen waren wichtig, wo nicht gar mächtig aussehende Männer — ein bißchen schwer, ein bißchen zu selbstgefällig. Sie tauchten auf, wann immer sie wollten, nie vor zehn, manchmal nach dem Mittagessen, oder sogar spät am Nachmittag. Sie schienen hier fehl am Platze zu sein, wie reiche Männer im armen Teil der Stadt. Eine Ausnahme fiel mir auf. Ein junger Mann, der sich an drei oder vier Tagen in der Woche blicken ließ. Er kam um neun und blieb bis fünf und ging immer direkt in den hinteren Raum. Er war höchstens Mitte zwanzig, blaß und dünn, mit nervösen Händen und einem schüchternen Hallo für jeden, der ihn grüßte. Ich fragte mich, was er mit der Sache zu tun hatte.

Abgesehen davon bestand die einzige Freude dieser Woche in meinem Kontoauszug. Ranson ließ mich meinen Lohn von *Jambalaya* behalten — nicht ohne mich zu ermahnen, nichts davon am Jahresende zu vergessen. Ich und bei der Einkommensteuer mogeln? Nie im Leben.

Ich wußte, daß ich Danny anrufen mußte, aber ich schob es immer wieder vor mir her, in der Hoffnung, daß sie sich meldete. Schließlich entschied ich mich für die Angsthasen-Variante und rief sie im Büro an, weil ich mir ausrechnete, daß sie nicht allzusehr rumbrüllen konnte, wenn sie im Dienst war. Aber sie war nicht da, gar nicht in der Stadt bis Ende der Woche, wie man mir sagte.

Der zweite Montagmorgen gab sich noch früher und goldener als der erste. Manche Dinge sollten einfach nicht erlaubt sein. Heppy hatte ihr Futter bekommen, Nylonstrumpfhose undsoweiter war angezogen, und ich saß wieder in diesem häßlichen Gebäude und starrte einen fiesen, grünen Bildschirm an.

Aber ich hatte Glück. Freude aller Freuden. Ich wurde zum Telefondienst abgestellt, als die reguläre Empfangsdame zum Zahnarzt ging.

Das Kombinationsschloß an der linken Tür ist der Grund, warum ich ein Puderdöschen bei mir trage. Indem ich mir jedesmal die Nase puderte, wenn irgend jemand die Tür benutzte, gelang es mir, an die ersten drei Zahlen zu kommen. Dann wurde es fünf Uhr, und es war Zeit zu gehen. Ich brütete gerade über verschiedenen Taktiken, um zu verhindern, daß die normale Sekretärin morgen auftauchen würde, als ich aus dem Kopierraum eine sehr undamenhafte Sprache vernahm.

Barbara Selby stand dort ganz allein mit einem riesigen Haufen Papier und einem Fotokopierer, an dem jedes nur mögliche Betriebsstörungslämpchen blinkte.

»Kann ich helfen?« war mein Versuch, ein paar Heinzelmännchenpunkte zu verdienen. Der größte Teil der übrigen Belegschaft hastete vorbei und bemühte sich, diese Nach-Feierabend-Krise zu ignorieren.

»Klar, wie lange können Sie eine Sortiermaschine imitieren? Die Süße hier hat für heute den Geist aufgegeben«, sagte sie und verpaßte dem großen Kopierer einen Tritt. Es gab noch einen kleineren, aber der hatte keine Sortierfunktion.

Also blieb ich länger und half ihr, vierzig Exemplare eines Fünfzig-Seiten-Dokuments zusammenzustellen. Außerdem lernte ich dabei Barbara Selby kennen. Sie war Anfang vierzig, geschieden, zwei Kinder. Ein bißchen übergewichtig, mit Haaren in einem gesetzten, aber nicht echten Blondton, und trug eine Brille mit Perlmuttrahmen, die eine Menge Zeit damit verbrachte, ihr von der Nase zu rutschen. Aber sobald ich mir einmal ihre Augen richtig angesehen hatte, wußte ich, daß ich sie mochte. Es waren lebhafte, braune Augen, die zugleich Gutmütigkeit und Intelligenz ausstrahlten. Ich hoffte, daß sie nichts mit der Sache hier zu tun hatte. Ich wußte, daß sie eine gute Chefsekretärin war, weil das Büro gut geleitet wurde, aber das war noch keine Garantie dafür, daß sie auch ein netter Mensch war. Sie hielt eine lebhafte Unterhaltung in Gang, machte Witze über die moderne Technik, wie sehr sie die Geburt des Fotokopierers verwünschte, und so weiter. Sie stellte auch klar, daß ich das nicht zu tun brauchte und jederzeit gehen könnte. Es dauerte ungefähr fünfundvierzig Minuten, bis wir mit allem fertig waren.

»Ich schulde Ihnen ein Bier«, sagte sie, als sie das Licht im Kopierraum ausschaltete. »Aber nicht heute abend. Ich muß meine Kinder abholen.«

»Ich verstehe natürlich, daß Kinder Vorrang haben, aber angebotenes Bier vergesse ich nie«, antwortete ich, während wir den Flur entlanggingen.

»Wie wär's mit Freitag?« fragte sie.

»Klingt prima.« Wir traten aus der Haupttür heraus zu den Aufzügen. Ich ignorierte den Wachmann, den man dort offensichtlich postiert hatte, um zu verhindern, daß irgend jemand nach Feierabend das Gebäude betrat. Sehr nützlich, das zu wissen.

Wir trennten uns. Sie zu ihren Kindern, ich zu meiner Katze.

Ich hörte Hepplewhites Miauen auf dem Treppenabsatz im zweiten Stock. Sie hatte selig verschlafen, daß ich ihr am Morgen Futter hingestellt hatte, und folglich war es ihr wahrscheinlich gar nicht in den Sinn gekommen, mal in ihrem Napf nachzuschauen. Ich begann, übelste Katzenflüche vor mich hin zu murmeln, da bemerkte ich meine Etagennachbarin Miss Clavish, die einen Versandhandel für Cajun-Kochbücher betreibt und soeben ihr Büro abschloß. Es war nicht zu vermuten, daß sie Kraftausdrücke zu schätzen wußte, denn sie gehörte einer Generation an, die heute noch gelegentlich weiße Handschuhe trug.

»Tut mir leid wegen der Katze«, sagte ich. »Ich schätze, ihr Futter heute morgen hat ihr nicht geschmeckt.« Ich wollte nicht, daß Miss Clavish mich für die Sorte Mensch hielt, die Katzen verhungern läßt.

»Sie hat gerade erst angefangen«, war ihre Antwort. »Wahrscheinlich erkennt sie Sie am Schritt und wartet mit ihrer Nummer, bis Sie kommen.«

Ich mußte lachen. Eine Kennerin gerissener Katzentricks. Hepplewhite, du bist durchschaut. Miss Clavish winkte mir verabschiedend zu und machte sich auf den Weg die Treppe hinunter. Unsere Beziehung beruhte auf unregelmäßigen Treppenhausbegegnungen. Zumindest hatte ich heute einen Rock an und sah solide aus. Die wenigen bisherigen Zusammentreffen hatten ihr ganz bestimmt einen falschen Eindruck von mir vermittelt. Zweimal sah sie mich mit einer ziemlich vollen Tüte von Antoines Spirituosenladen heimkommen. Einmal erwischte sie mich, als ich gerade von Kopf bis Fuß in schwarzem Leder und mit einem Hundehalsband um den Kragen das Haus verließ. Es war zum Geburtstag einer Freundin. Aber ich glaubte nicht, daß ein Versuch, das zu erklären, viel genützt hätte; schließlich ergab sich daraus nur die Frage, was für Freundinnen ich eigentlich hatte. Und einmal zog ich beim Raufkommen meine Jacke aus, und sie sah meine Kanone. Sie mußte eine komische Meinung von mir haben.

Ich hob Hepplewhite hoch und ließ sie mitten in ihr Futter fallen, in der Hoffnung, daß sie es vielleicht bemerken würde, wenn sie mit den Pfoten drin stand.

Ich dachte daran, Danny anzurufen, zog mich aber aus der Affäre, indem ich entschied, daß sie noch weg sein mußte, da sie mich sonst angerufen hätte. Ich überlegte auch, Ranson anzurufen, aber ich hatte ihr nichts zu erzählen.

Schließlich saß ich mit der Katze auf dem Schoß in meinem Wohnzimmer, nippte an einem Scotch, und las mal wieder *Stolz und Vorurteil**. Ach, das aufregende, glanzvolle Leben einer Privatdetektivin.

Am nächsten Morgen hielt meine Glückssträhne. Die reguläre Empfangsdame hatte sich die Weisheitszähne ziehen lassen und würde auch heute nicht kommen. Barbara entschuldigte sich sogar dafür, daß ich noch einen Tag hinter den Telefonen festsitzen würde. Ich lächelte und sagte, das ginge in Ordnung, ich käme schon klar.

Bis zum Mittagessen hatte ich den Rest der Kombination. Die große Frage war jetzt, wann ich hineinkonnte. Dann fiel es mir ein — wenn der Kopierer *einmal* kaputtgehen konnte, dann konnte er das auch ein zweites Mal tun. Alles, was ich brauchte, war ein umfangreicher Kopierauftrag am späten Nachmittag und die berühmte Haarnadel.

Nachdem man mich wieder vom Empfangspult vertrieben hatte, entschied ich mich für den kümmerlichen Schreibtisch in der Nähe des Empfangsbereichs, damit ich überprüfen konnte, wer so alles kam und ging. Ich bekam meine Chance erst am Donnerstag. Es war einfach, den Kopierer kaputtzukriegen. Und da hing ich nun fest, um vier Uhr siebenundfünfzig, mit einem Riesenhaufen Unterlagen und nur dem kleinen, langsamen Kopierer. Barbara bot mir an, dazubleiben und mir zu helfen, aber ich sagte nein, sie solle zu ihren Kindern nach Hause gehen, und wenn sie wirklich Schuldgefühle hätte, dann könnte sie mir morgen zwei Bier spendieren. Sie war einverstanden und ging. Es fing an, viel zu leicht auszusehen. Soweit ich es beurteilen konnte, waren alle gegangen. Eigentlich sollte hinter Tür Nummer zwei niemand auf mich warten.

Ich stand ein paar Minuten im Kopierraum herum, arbeitete sogar noch ein bißchen, um sicher zu sein, daß alle weg

---

* *Pride and Prejudice* (1813) von Jane Austen.

waren. Wenn ich die Kopien innerhalb einer unverdächtigen Zeitspanne schaffte, würde ich sie noch machen; wenn nicht, mußte eben auch der zweite Kopierer ein bißchen aus dem Tritt gebracht werden.

Der Flur war leer. Ich ging schnell in den Empfangsbereich und gab die Kombination ein. Die Tür öffnete sich. Das Allerheiligste. Jetzt hing alles von Fortuna ab. Für einen geheiligten Ort war es ziemlich langweilig. Mengenweise Aktenschränke und gestapelte Kisten mit importiertem Schrott. Karnevalsperlen, Touristenplunder und ähnliches. Außerdem einiges an Telefonzubehör, noch eingepackt. Ich vermutete, daß das hier legal war und das Zeug, in dem wirklich die Drogen steckten, an irgendwelche unauffälligen Warenhäuser geliefert wurde. Blieben die Akten. Also, wenn ich Drogen importierte, wo würde ich die Unterlagen darüber aufbewahren, wieviel Freddy, der Crack-Dealer, mir noch schuldete? A war zu offensichtlich, Z auch. H wie Heroin? K wie Kokain? M wie Micky hörte sich gut an. Ich folgte meiner Intuition und fing an, alles unter M durchzublättern. Nichts, das verdächtig aussah. Dann versuchte ich es bei K, weil es gerade in der Nähe lag. Rein wie frischgefallener Schnee, die kalte Sorte.

Da waren noch ein paar unbeschriftete Aktenschubladen unterhalb von Z. Ich beschloß, es mit diesen zu probieren. Die erste enthielt Kaffee, Tee, Tassen, Löffel etc. In der zweiten lagen einige Büroklammern und ein paar leere Blätter vergilbtes Notizpapier. Ich mußte mich hinknien, um an die dritte zu gelangen. Ich zog am Griff. Sie bewegte sich nicht. Bingo. Eine unbeschriftete, abgeschlossene Aktenschublade in einem abgeschlossenen Raum.

Dann bemerkte ich im Zimmer ein Leuchten, das vorher nicht da gewesen war. Die Tür stand offen. Ich war nicht allein. Der Strahl einer Taschenlampe traf meine Augen und blendete mich. Ein Bach voller Scheiße und kein Paddel in Sicht, schoß es mir durch den Kopf.

»Was machen Sie hier?« Es war Barbara Selby. Noch nie war

ich so froh gewesen, die Stimme einer Frau zu hören. Meine Chancen, den Welsen im Mississippi Überschuhe aus Zement vorzuführen, waren gerade drastisch gesunken. Wenn ich Glück hatte, war das Schlimmste, das sie tun würde, mich festnehmen zu lassen. Was so schlimm nicht wäre angesichts der Tatsache, daß ich für die Polizei arbeitete.

»Ich nehme an, Sie würden mir nicht glauben, daß ich nur den Ausblick bewundert habe, oder?«

»Nein, das würde ich nicht«, gab sie zurück. Eine mehr auf der langen Liste von Leuten, die nicht begeistert waren, mich zu sehen.

»Könnten Sie aufhören, mir in die Augen zu leuchten?« fragte ich. Es bestand immer noch die Möglichkeit, daß sie zu dem Drogenring gehörte. Wenn sie zum Beispiel mit einer Pistole auf mich zielte; mein forschender Geist wollte es einfach wissen.

Sie ließ die Taschenlampe sinken. Keine Pistole. Ich verlagerte mein Gewicht, löste etwas von der Anspannung.

»Rühren Sie sich nicht von der Stelle«, sagte sie. Da wurde mir klar, daß auch sie nervös war. Von ihrer Seite des Raumes aus mochte ich sehr bedrohlich wirken. »So, und jetzt sagen Sie mir, was Sie hier machen.«

»Wissen Sie, was diese Firma macht?« entgegnete ich.

»Im- und Export, natürlich«, antwortete sie. »Ich werde Mr. Milo anrufen und es ihm überlassen, sich mit Ihnen abzugeben«, damit zog sie sich in Richtung der Tür und der Telefone zurück.

»Tun Sie das nicht«, sagte ich. Ich ging einen Schritt auf sie zu. Ich war ohne weiteres bereit, Barbara Selby anzugreifen, um sie von den Telefonen fernzuhalten. Besser, sie bekam ein paar blaue Flecken ab, als ich eine Kugel in den Kopf.

Sie sah, daß ich mich bewegte, und richtete die Taschenlampe wieder auf meine Augen. Ich benutzte das Licht als Zielscheibe, lief zwei Schritte auf sie zu und traf sie ungefähr auf halber Höhe. Sie hatte nicht damit gerechnet. Sie lag am

Boden, und ich war über ihr. Meine Hand lag auf ihrem Mund und mein Daumen und Zeigefinger drückten sich in ihre Wangen, so daß sie sich selbst beißen würde, wenn sie zu sprechen versuchte. Ich wußte, daß ich ihr wehtat, aber es hielt sie ruhig. Ich mußte schnell reden. Sie hatte Schmerzen, und der Wachmann drehte wahrscheinlich seine Runden.

»Ich werde Ihnen nichts tun. Das ist das Letzte, was ich will. Diese Firma importiert so einiges, aber es ist nicht das, was Sie auf diesen Rechnungen lesen. Heroin, Koks, was immer Sie wollen. Das sind keine netten Leute, für die Sie arbeiten. Wenn Sie sie anrufen und ihnen sagen, daß ich hier drin war, werden sie mir eine Kugel in den Kopf schießen.«

Ich verlagerte mein Gewicht von ihr weg zum Boden hin. Dann lockerte ich meine Hand, hielt sie aber noch sehr nah an ihrem Mund.

Einen Augenblick lang tat sie nichts, dann sagte sie: »Bitte, ich habe zwei Kinder.« Ich erkannte, daß sie Angst hatte. Es wurde Zeit, sie loszulassen und zu hoffen, daß sie es richtig verstehen würde. Ich ängstige andere Leute nicht gerne.

Ich stand auf und griff hinunter, um ihr hochzuhelfen. Sie atmete schnell, wie ein ängstliches kleines Kätzchen. »Bitte schreien Sie nicht. Es wird alles gut«, sagte ich. »Lassen Sie uns hier abhauen, bevor der Wachmann auftaucht und Fragen stellt. Ich erkläre Ihnen alles, sobald wir draußen sind.« Sie nickte. Ich hob die Taschenlampe auf, und wir gingen hinaus.

Ich hörte den Wachmann pfeifen, also schob ich uns in den Kopierraum. »Warum sollte ich nicht einfach nach ihm rufen?« fragte sie, als ihr aufging, daß ich nicht mehr im Vorteil war.

»Weil Sie sich sehr schlecht fühlen werden, wenn Sie herausfinden, daß ein 38er-Geschoß in meinem Kopf steckt.«

Die Schritte des Wachmanns kamen näher. Ich trat von der Tür zurück, um deutlich zu machen, daß sie ihm Bescheid sagen konnte, wenn sie wollte. Außerdem um mich so wenig bedrohlich wie möglich zu machen. Ich hielt Blickkontakt mit ihr, ließ sie mich nicht verraten, ohne mich anzusehen.

Ich setzte darauf, daß Barbara Selby ein grundanständiger Mensch war.

Der Wachmann blieb im Türrahmen stehen, nickte Barbara zu und ging dann weiter. Seine Schritte hallten den Gang hinunter, bis wir sie nicht mehr hören konnten.

»Danke«, sagte ich und atmete die ganze Luft aus, von der ich gar nicht wußte, daß ich sie angehalten hatte.

»Danken Sie mir noch nicht. Ich bin immer noch halb entschlossen, Sie der Polizei zu übergeben. Worum geht es hier wirklich? Industriespionage, Diebstahl, Erpressung?«

»Warum gehen wir nicht hier raus, und ich erzähle es Ihnen?« Wir traten zum Aufzug und stiegen ein.

»Ich bin zurückgegangen, weil mir einfiel, daß Patrick, mein Sohn, morgen in der Schule Theater spielt. Ich dachte, daß Sie vielleicht heute Lust auf das Bier hätten, plus ein bißchen Hilfe beim Kopieren«, erklärte sie, während wir hinunterfuhren.

»Wo lassen Sie Ihre Kinder?« fragte ich.

»Bei meiner Mutter. Wir wohnen im selben Block.« Sie hielt einen Moment inne und platzte dann heraus: »Augenblick mal, was ist das hier eigentlich? Ich finde Sie hinter einer Tür, zu der Sie die Kombination nicht haben, Sie äußern ein paar abenteuerliche Beschuldigungen gegen die Firma, für die ich arbeite, und jetzt reden wir über meine Kinder?«

»Wo gibt es hier in der Gegend eine gute Kneipe?« erwiderte ich.

»Was? ... Oh, also schön. Hier entlang. Wahrscheinlich bin ich mit Ihnen in einer Kneipe sicherer als auf der Straße.« Wir gingen einen Block weiter zu einer Kneipe im Holztäfelung-und-Hängepflanzen-Dekor. Es war nicht sehr voll. Ich bestellte ein Bier und sie einen Weißwein.

»Okay, Ms. Knight. Dann erklären Sie mal.« Ich gab ihr meine Detektivlizenz.

Sie schaute sie eine Minute lang an. »Sie sind nicht von der Polizei.«

»Aber ich arbeite für sie.« Ich beschloß, daß es das Beste war, ehrlich zu ihr zu sein.

»Beweisen Sie das.«

»Kommen Sie morgen mittag mit mir mit, und ich stelle Sie meiner Kontaktperson vor.« Ich war mir nicht sicher, ob Ranson das gutheißen würde, aber ich war sehr sicher, daß sie wissen wollte, was in der verschlossenen Schublade war.

»Ich kann nicht. Ich muß zum Bäcker und etwas für die Party nach Patricks Vorstellung besorgen.« Ich warf ihr meinen 'Tja, Pech'-Blick zu und zuckte die Achseln. »Ich kann das nicht glauben«, fuhr sie fort. »Drogenschmuggel und Morde sind etwas aus dem Fernsehen. Sowas geschieht in meinem Leben nicht. Tut mir leid, ich kann Ihnen nicht helfen.« Sie schüttelte den Kopf.

»Nicht real? Schon mal 'nen Junkie gesehen?«

»Na ja... schon, aber...«

»Wo glauben Sie, daß die ihren Stoff herkriegen? Bringt den der Klapperstorch?«

»Nein... trotzdem...«

»Wie alt ist Patrick? Und Ihr anderes Kind?«

»Was? Er ist elf. Cissy ist neun.«

»Machen Sie sich Sorgen um sie?«

»Natürlich mach' ich mir Sorgen.«

»Daß sie Drogen nehmen könnten?«

»Nein. Ich hoffe, ich hab' ihnen was Besseres beigebracht.« Ich sah sie an, glaubte ihr dieses Nein nicht. »Manchmal«, gab sie zu. »Sie können nicht in der heutigen Zeit leben und sich keine Sorgen machen... Ich weiß immer noch nicht.«

Aber sie schwankte. Ich beschloß, es mit ein bißchen Logik zu versuchen. »Hören Sie, es gibt da eine abgeschlossene Aktenschublade, die...«

»Keine davon ist abgeschlossen«, unterbrach sie mich. »Ich habe Zugang zu allen.«

»Am Ende, da, wo Sie mich entdeckt haben. Die allerunterste unter Z.«

»Aber die wird nicht benutzt.«

»Warum ist sie dann abgeschlossen?« Sie sah ratlos aus, suchte nach einem harmlosen Grund, der erklärte, warum die Schublade verschlossen war.

Schließlich antwortete sie: »Ich weiß nicht. Sind Sie sicher, daß sie abgeschlossen ist und nicht einfach nur klemmt?«

»Absolut.«

»Das ist seltsam«, sagte sie mehr zu sich selbst als zu mir. »Ich kann mir nicht vorstellen, was da drin sein sollte.«

»Es gibt einen Weg, das herauszufinden. Lassen Sie uns nachschauen.«

»Wie denn? Sie ist abgeschlossen.«

»Die Schubladen von Aktenschränken sind leicht aufzukriegen, wenn man weiß, wie.«

Sie dachte eine Weile darüber nach, ehe sie sagte: »Einverstanden. Aber ich muß dabei sein, um sicherzugehen, daß das alles ist, was Sie tun.«

»Wenn Sie darauf bestehen. Und wenn wir das finden, was ich denke, lasse ich Sie mit mir zur Polizei gehen. Wenn nicht, werden wir wahrscheinlich rausfinden, was Milo für einen Geschmack bei Pornos hat.« Milo war Barbaras Chef. Und möglicherweise der Oberboß.

»Glauben Sie?« Sie lachte. Barbara hatte ein tiefes, herzliches Lachen. Ich mochte diese Frau gern. Ich war viel glücklicher damit, sie zum Lachen zu bringen als ihr Angst einzujagen. »Na, das wäre jedenfalls eine Entschädigung«, fügte sie hinzu.

»Entschuldigung«, sagte ich, als ich an die blauen Flecken dachte, die ich ihr verpaßt haben mußte. »Ich falle eigentlich nicht gern im Dunkeln über Leute her.«

»Ach, das habe ich noch nicht mal gemeint. Ich meinte einfach meine zwei Jahre in dem Job. Milo kann eine echte Nervensäge sein.« Sie gab dem Kellner ein Zeichen für noch eine Runde. »Also, was glauben Sie, worauf er steht?«

»So abartig wie möglich.«

»Ich wünsche mir fast, daß es Pornos sind. Das wird mein Kitzel des ... Jahres«, sagte sie.

»Des Jahres? Das glaube ich nicht.« Ich glaubte es wirklich nicht. Frauen mit solchen Augen wie Barbara Selby sollten das Problem der unfreiwilligen Enthaltsamkeit eigentlich nicht kennen.

»Glauben Sie's ruhig. Es stimmt.« Der Kellner brachte unsere Gläser. »Ich bin jenseits der Vierzig, im Alter und in der Kleidergröße, und ich habe zwei Kinder. Die Männer sagen Ihnen vielleicht, daß sie sich für Ihren Geist interessieren, aber nur, wenn ein Körper wie der Ihre dazugehört.« In ihrer Stimme lag keine Bitterkeit, nur ein Schulterzucken und Sich-Abfinden. Barbara gehörte anscheinend zu den Menschen, die immer weitermachen so gut sie können, egal, was ihnen das Leben um die Ohren haut.

»Aber Sie haben schöne Augen«, platzte ich heraus, »wie ein Pferd, das so viel mehr weiß als der Reiter, den es am Hals hat. Das ist ein Kompliment, auch wenn es vielleicht nicht so klingt. Braun und so tief, daß man hineinfallen könnte.« Das war eine Zeile, die Danny mir gegenüber geäußert hatte, in dem Sommer, als wir ein Liebespaar waren. Ich klaute sie, weil sie das, was ich meinte, besser ausdrückte als ich es konnte.

Sie lachte ein verlegenes Lachen, wie ich es in jenem Sommer getan hatte. »Danke. Gönnen Sie einer alten Dame ein bißchen Erregung aus zweiter Hand. Erzählen Sie mir von all den Männern, die hinter Ihnen herhecheln.«

»Ich?« Ich war zu groß, zu dunkel, und meine Haare standen in alle Richtungen außer der, die gerade modern war. Man hatte mich bei Schulbällen immer abseits stehen gelassen. Tante Greta glaubt, ich bin lesbisch geworden, weil in der Schule niemand mit mir tanzen wollte.

»Ja, Sie. Wo Sie mich nun schon wegen meiner allerweltsbraunen Augen verlegen gemacht haben, brauche ich etwas, um Sie verlegen zu machen. Sie müssen doch einen Freund haben.«

»Nein.«

»Gerade dazwischen?«

»Sozusagen.« Zwischen allen Stühlen, wenn man so will.

»Dann erzählen Sie mir Details aus Ihrer letzten Affäre. Der heißeste Klatsch unter meinen Freundinnen dreht sich um Unterstufen-Baseballtrainer und Elternpflegschaftsvertreterinnen. In dieser Reihenfolge.« Ich saß reglos da. »Tut mir leid«, sagte sie. »Wühle ich in etwas herum, das Sie nicht gern auf die leichte Schulter nehmen wollen?« Sie sah sehr besorgt aus, hielt mein Schweigen irrtümlich für ein gebrochenes Herz. »Warum hat er Sie verlassen?« fragte sie teilnahmsvoll. »Oder sollten wir einfach nicht darüber sprechen?«

Das war zuviel. Ich mußte einfach loslachen. Ich erinnerte mich gerade daran, warum er mich verlassen hatte. Es war damals, in der sechsten Klasse. Mein Gelächter ließ Barbara nur noch besorgter aussehen. Vielleicht war ich ja verrückt geworden.

»Wollen Sie das wirklich hören?« fragte ich und riß mich zusammen.

»Ja.«

»Okay. Ich war zu groß. Tommy Jerod hatte mich gebeten, mit ihm zu gehen, wenn die Schule anfing. Aber als wir uns dort am ersten Tag blicken ließen, war ich zwölf Zentimeter gewachsen und er nicht. Er sagte mir, ich sei zu groß.«

»Wann war das?« Sie bekam es langsam mit.

»Sechste Klasse.«

»Oh.« Es gab eine Pause. »Ich bezweifle, daß Sie eine Nonne sind. Was bleibt dann noch übrig?«

»Wollen Sie's rausfinden?« Ich glaubte nicht, daß sie das wollte, aber ich dachte, daß ein Antrag Barbaras Ego nicht schaden konnte.

Sie schaute mich über den Rand ihrer rutschenden Brille hinweg an, lachte trocken auf, und sagte dann: »Ich bin in diesem Alter, wo ich, wenn ich glaubte, Sie meinen es ernst, vielleicht annehmen würde.«

»Wenn ich glaubte, daß Sie vielleicht annehmen würden, könnte ich es ernst meinen«, erwiderte ich.

»Nun denn, das war zweifellos ein interessanter Abend«, sagte sie und zog sich etwas zurück. Der nächste Schritt wäre ein klares Ja oder Nein gewesen. Ich war nicht sicher, ob wir schon soweit waren — beide von uns.

»Sie sind eine tapfere Person, Ms. Selby. Die meisten Frauen hätten mittlerweile das Marine-Korps zu Hilfe gerufen.«

»Warum?« Sie sah aufrichtig verwirrt aus.

»Zum Schutze vor andersartigen, kommunistischen, weltlichen, humanistischen Perversen wie mir.«

Darüber lachte sie. »Ich sollte also schockiert sein? Ist es das, was Sie wollten?«

»Nein«, gab ich zurück. »Ich würde viel besser zurechtkommen, wenn niemand darüber schockiert wäre, daß ich bin, wie ich bin.« Sie nickte zustimmend. Ich fuhr fort: »Ich bin sogar so kühn, zu glauben, daß ich einer anderen Frau, selbst wenn sie Hetera ist und zwei Kinder hat, sagen kann, daß ich sie sehr anziehend finde.« Sie trank ihren Wein und setzte an, etwas zu sagen, aber ich unterbrach sie. »Und jetzt werden Sie sagen: 'Danke, aber ich muß jetzt wirklich los.' Und das ist ganz in Ordnung so. Ich habe mich wohlgefühlt heute abend.«

»Als echte Südstaatenfrau und so weiter nehme ich an, daß ich das nicht zugeben sollte, aber das habe ich auch. Eine Affäre mit einer gutaussehenden, fünfzehn Jahre jüngeren Frau klingt nach einem wunderbaren Abenteuer. Ich würde es viel lieber ablehnen als es nicht angeboten zu bekommen.« Sie trank noch einen letzten Schluck Wein. »Und jetzt muß ich mich auf den Weg zu meinen Kindern machen.«

Wir bezahlten die Rechnung und gingen in die kühle Nacht hinaus. »Es tut mir wirklich leid, daß ich Sie angegriffen habe«, sagte ich. »Ich hoffe, es bleiben nicht zu viele blaue Flecken zurück.«

»Ich werd's überleben. Außerdem, ein oder zwei blaue Flecken morgen bedeuten, daß das hier wirklich passiert ist. Bis dann.«

»Gute Nacht.« Wir trennten uns. Ich schaute ihr nach, bis sie hinter einer Ecke verschwand, dann ging ich los. Ich sah auf die Uhr. Es war erst halb neun. Der Abend war noch ziemlich jung. Ich beschloß, mich noch ins *Wen schert's* aufzumachen, eine schnieke Lesbenbar in diesem Teil der Stadt. Da ich einen Rock und Stöckel trug (sowie ein Hemd, Unterwäsche und das übrige), würden sie mich vielleicht reinlassen.

Ich holte mir was zu trinken und machte es mir, neben einer weiteren Hängepflanze an der Wand lehnend, gemütlich. Wenn es je eine Revolution gibt, möchte ich auf der grünen Seite stehen. Das war ein guter Platz, das bunte Treiben zu beobachten. Oder sein Fehlen. Die Bar war ziemlich voll, aber das Paar neben mir diskutierte über die gemeinsamen Geldanlagen, und ich schnappte Gesprächsfetzen über den Eigentumswohnungsmarkt auf. Vielleicht fand ich irgendeine liebliche Lesbe, die ich mit den dreizehn Dollar und fünf Cents auf meinem Girokonto und meiner Methode, den Aktienhandel aufzumischen, beeindrucken konnte. Ich ließ den Gedanken einfach links liegen, in der Hoffnung, daß er dasselbe mit mir tun würde. Ich sah keine interessanten Frauen. In einer Bar voller Frauen konnte ich nicht eine finden, die mich interessierte. Es ging bergab mit mir. Ich trank noch einen und beschloß, daß es Zeit war, nach Hause zu gehen und *Stolz und Vorurteil* auszulesen und vielleicht ein oder zwei Phantasien über Frauen mit tiefen, braunen Augen zustandezubringen.

8. Kapitel

Der Morgen war einer dieser seltenen, klaren, kühlen Tage. Auf dem Weg zur Arbeit bemerkte ich, daß ich vor mich hinpfiff. Ein Junge fragte mich sogar, was für ein Song das sei. Er mochte ihn und wollte wissen, ob er die Scheibe im Plattenladen um die Ecke finden könnte. Ich sagte, ja, schon möglich, daß sie Beethovens *Ode an die Freude* haben, und er solle nach der Neunten Sinfonie fragen. Er dankte mir, lächelte, und unsere Wege trennten sich. Es gibt doch noch Hoffnung für die junge Generation.

Selbst ein mit langweiliger Sekretärinnen-Arbeit vollgestopfter Morgen konnte meine Laune nicht ändern. Barbara sah ich nur im Vorbeigehen. Sie begann meinen Tag damit, daß sie einen ganzen Berg Schreibkram auf meinem Schreibtisch ablud und mich fragte, ob ich dies so schnell wie möglich erledigen könnte. Ich sagte ja und stellte ein paar Fragen dazu. Alles sehr professionell. Dann zwinkerte sie mir zu und verschwand. Es tat meiner Hochstimmung keinen Abbruch, aus diesen braunen Augen angezwinkert zu werden.

Bis nach dem Mittagessen sah ich sie nicht. Wir liefen uns im Waschraum in die Arme.

»Sie lassen uns heute früher gehen«, sagte sie, während wir uns zusammen die Hände wuschen. »Wegen dem Super Bowl am Wochenende. Lange Schlangen am Bierausschank, nehme ich an. Ich habe dich für nächste Woche zum Arbeiten eingesetzt, damit wir unseren Plan ausführen können«, schloß sie.

»Warum nicht heute, wenn alle weg sind?« fragte ich und ließ, nur für den Fall, daß sich draußen jemand herumdrückte, das Wasser laufen, damit es unsere Stimmen übertönte.

»Weil ich glaube, daß sie nur das Personal früher gehen lassen«, antwortete sie.

»Verstehe.« Nein, es wäre keine gute Idee, hier herumzuschnüffeln, während Milo und seine Kumpane in der Nähe waren. Jemand kam in den Waschraum, und wir mußten unser Gespräch beenden.

Barbara kam eine Stunde später vorbei und schickte uns nach Hause. Niemand widersprach. Während ich meinen Kram zusammenräumte, bemerkte ich einige Männer, die durch die Vordertür hereinkamen. Ein paar von ihnen hatte ich vorher schon dabei beobachtet, wie sie durch die abgeschlossene linke Tür gegangen waren. Andere hatte ich lediglich auf Bildern in Sergeant Ransons Appartement gesehen. Sie hatten alle dieses bestimmte Aussehen, gut angezogen, aber auf eine Art, die nicht dem Standardaussehen der Firma entsprach. Zuviel Gold, und Farben, die ein wenig zu kühn waren. Sie kleideten sich, um sich selbst zu gefallen. Alle, außer dem jungen Mann, den ich schon einmal gesehen hatte. Er sah immer noch zerknautscht und fehl am Platze aus. Und doch war er ganz offensichtlich hier, ohne daß man ihm eine Pistole an die Schläfe hielt. Irgend etwas an ihm erinnerte an einen gestrauchelten Buchhalter. Wieder fragte ich mich, wie seine Lebensgeschichte wohl aussehen mochte.

Ich konnte gerade noch lange genug mit Barbara reden, um ihr für Patricks Aufführung viel Glück zu wünschen. Die Bedeutung von Glück bei der Theateraufführung einer siebten Klasse ließ ich offen. Sie lachte und lächelte und war bis Montag verschwunden. Und ich stand da mit einem langen Freitagabend vor mir und einem noch längeren Samstag und Sonntag, ohne etwas wunderbar Verlockendes zu tun zu haben.

Es war ein so vollkommener Tag, daß ich den Gedanken, nach Hause zu gehen, nicht ertragen konnte. Also beschloß ich, in den Park zu gehen, mit Rock, hohen Absätzen und allem. Die Menschen waren draußen und spazierten umher. Es war Ende Januar, seit Neujahr hatten alle geschuftet, und unser nächster großer Feiertag, Mardi Gras, lang noch in weiter Ferne. Die Stadt erwachte aus der Wintertrübsal und nahm einen kollektiven Atemzug frische Luft.

Ich bemerkte, daß ich den Herbst aus Vivaldis *Vier Jahreszeiten* summte. Als ich auf einen Springbrunnen zuging, in dessen Nähe sich ein paar Leute mehr aufhielten, beschloß ich, mich etwas zu mäßigen. Drei Jungen spielten mit etwas im Wasser, wahrscheinlich mit einem Boot. Ich schätzte, daß sie auf irgendeine Konfessionsschule gingen, weil sie alle graue Hosen und weiße Hemden trugen, dazu blaue Blazer, die sie zur Seite gelegt hatten. Auf den Bänken saßen hier und da einige alte Männer und Frauen. Zur Linken saßen zwei Menschen in ein Schachspiel vertieft. Ich lächelte, als ich bemerkte, daß es Frauen waren.

Dann hörte ich von rechts durch die Bäume eine Stimme sagen: »Hey, aufhören. Ihr werdet das Kätzchen ertränken.« Das galt den Jungen. Und ich war jetzt nah genug, um ein panisches »Miau« zu hören. Ich pirschte mich von hinten an sie heran und sah, daß ein Kätzchen im Brunnen war, das sie nicht herausklettern ließen. Ich packte den mir am nächsten stehenden Jungen an seinem Gürtel und warf ihn kopfüber ins Wasser. Die beiden anderen wollten davonlaufen. Ich erwischte einen am Gürtel und den anderen am Kragen. Er riß sich los und ließ ein Stück Hemd in meiner Hand zurück. Ich schmiß den zweiten Jungen ins Wasser, griff nach unten und hob das Kätzchen heraus. Es war naß und zitterte. Ich benutzte einen der blauen Blazer, um es zu trocknen.

»Soll ich oder wollen Sie?« sagte die Stimme, die ich vorher gehört hatte. Ich schaute vom Kätzchen hoch. Es war Cordelia; sie hatte sich den dritten Jungen geschnappt.

»Nur zu, machen Sie mir die Freude«, antwortete ich. Sie ließ ihn ins Wasser fallen. Der erste Junge kletterte raus und beschwerte sich, daß ich seinen Blazer für das Kätzchen benutzte. Ich hob meinen Fuß an seine Schulter und stieß ihn wieder hinein. Beide Jungs machten befriedigende Platscher.

Cordelia und ich grinsten uns an. Kätzchen-Retterinnen der Spitzenklasse. Sie trug alte verblichene Jeans, einen verwaschenen weißen Pulli, der ein paar Nummern zu groß war, und eine ramponierte braune Lederjacke. Ich bin nur selten in der Gesellschaft von heterosexuellen Frauen, die, sagen wir mal, bequemer angezogen sind als ich. Sie trug kein Make-up und hatte große Hände und Füße, die mich irgendwie an eine Löwin mit riesigen Tatzen erinnerten. Ihre Schritte hatten eine Trittsicherheit, die den meisten Leuten, insbesondere Frauen, die hohe Absätze gewöhnt sind, abgeht. Es war die Anmut einer Löwin, die ihren Buschpfad entlangtrottet.

»Hey, geben Sie mir meine Jacke zurück«, brüllte einer der Jungen, als wir uns daran machten, wegzugehen.

»Sekunde, hier in der Tasche habe ich alles«, sagte Cordelia zu mir. Sie fing an, in dem grauen Sack, den sie bei sich trug, herumzustöbern. Mit einem triumphierenden »Aha« zog sie ein Paar *gi*-Hosen heraus. Ich verbeugte mich angemessen zum Zeichen, daß ich sie als Karate-Hosen erkannt hatte, und warf die Jacke auf den Boden. Ich hätte sie fast ins Wasser geworfen, aber ich dachte, daß der Knabe was Trockenes zum Anziehen brauchte.

»Seien Sie nicht zu beeindruckt«, sagte sie, als wir das Kätzchen hin- und herreichten. »Ich mache das erst seit vier Monaten.«

»Welcher Stil?« fragte ich.

»Gogu. Und Sie?«

»Shotokan.«

»Wie lange?« fragte sie.

»Acht Jahre. Wir sollten mal irgendwann ein Sparring machen.«

»Haben wir das nicht schon?« sagte sie auf eine Art, die Jane Austen als neckisch beschrieben hätte.

»Touché. Apropos, wie geht es Karen?«

»Sie spuckt Feuer. Auf kleine Kinder.« Ich lachte, weil es etwas war, bei dem ich mir Karen gut vorstellen konnte. »Kann ich das Kätzchen ein bißchen tragen?« fragte sie.

Ich reichte den Kleinen hinüber. Bei der Bewegung gab er ein schwaches »Miau« von sich, aber es schien ihm nicht allzuviel auszumachen. Cordelia legte ihre Jacke fest um ihn. Es war ein winziges orangefarbenes Kätzchen mit großen grünen Augen. »Wollen Sie sie?« fragte sie.

»Nein, ich hab' schon eine Katze zuviel.«

»Wieviele haben Sie?«

»Eine.«

»Oh. Gut. Ich würd' sie gern behalten. Ich hab' schon länger daran gedacht, mir eine Katze zu holen. Vielleicht sollte ich sie *Brunnen* nennen, weil ich sie so bekommen habe.«

»Wie wär's mit *Wasserkatz'*? Das scheint mir passender.«

»Ich werd' drüber nachdenken.«

Wir gingen weiter, unser einträchtiges Schweigen nur unterbrochen vom Schnurren der namenlosen Katze.

»Wer sind Sie?« sagte sie plötzlich. Ich schaute sie an. Verdammt, sie war ein bißchen größer als ich. »Hab' zuerst gedacht, Sie seien eine von diesen Rumtreiberinnen, mit denen Karen sich vergnügt. Aber Sie waren nicht hinter Geld her. Und jetzt erwische ich Sie dabei, wie Sie Kätzchen vor übermütigen Jungs retten, gekleidet wie jemand in gehobener Stellung. Erklären Sie das.«

»Fünfundzwanzig Worte oder weniger?«

»Dreißig oder sogar noch mehr, wenn Sie müssen. Wie wär's für den Anfang mit den langweiligen Standardfragen: Was machen Sie?«

»So wenig wie möglich.« Das war meine Standardantwort.

»In einem grauen Kostüm und schwarzen Pumps?«

»Als Aushilfssekretärin.«

»Aushilfssekretärin?« Sie klang enttäuscht. »Irgendwie habe ich Sie mir nie als Sekretärin in einem Büro vorgestellt. Sind Sie nicht in der falschen Stadt, wenn Sie Schauspielerin sein wollen?«

»Ich will keine Schauspielerin sein. Ich will sein, was ich bin.«

»Und das wäre?« Cordelia war mehr sachlich als unverblümt. Eigentlich mochte ich es; was ich nicht mochte, waren ihre vielen Fragen. Normalerweise bin ich diejenige, die die Fragen stellt. Aus irgendeinem Grund befriedigte es mich nicht, sie glauben zu lassen, ich sei eine bescheidene Aushilfssekretärin. Für gewöhnlich ist es umgekehrt: Je weniger Leute über mich wissen, desto lieber ist es mir. Ich habe Tante Greta einmal sechs Monate lang in dem Glauben gelassen, daß ich von der Fürsorge lebe. Ich zog meinen Ausweis heraus und zeigte ihn Cordelia.

»Also hat Karen Sie doch engagiert? Eine Privatdetektivin?« Sie klang immer noch nicht sehr beeindruckt. »Verdienen Sie damit Geld?«

»Natürlich«, antwortete ich, überrascht, daß sie daran zweifeln konnte.

»Und warum arbeiten Sie dann als Aushilfssekretärin?« Ach, das dachte sie also. Da in diesem Fall meine Textverarbeitungsfähigkeiten ausnahmsweise mal in direktem Zusammenhang mit meiner Arbeit als Privatdetektivin standen, wollte ich nicht, daß sie etwas anderes glaubte.

»Verkleidung. Es geht um eine Ermittlung.«

»Was für eine Ermittlung?«

»Das ist vertraulich.« Sie blickte mich zweifelnd an. Und ich hatte nichts Beeindruckendes mehr über mich zu erzählen. Ich nehme an, wenn ich sie gewesen wäre, hätte ich auch zweifelnd geblickt.

»Ist das nicht irgendwie ... billig?« fragte sie. »Im Leben einer Person nach Dreck schnüffeln, damit eine andere Person das benutzen kann?«

»Manchmal schon.« Das konnte ich nicht abstreiten. »Aber ich versuche, mir meine Fälle gut auszusuchen.«

»Sie versuchen?«

»Ja, ich versuche es. Die Miete muß bezahlt, Katzenfutter gekauft werden.«

»Sklavin des Geldes«, murmelte sie.

»Manche Leute werden eben nicht reich geboren. Ich muß für meinen Lebensunterhalt arbeiten.« Betonung auf 'Ich muß'.

»Komisch, kürzlich hat jemand genau dasselbe zu mir gesagt. Sie war eine Prostituierte.«

»Soll heißen?«

»Wenn wir wollen, können wir für alles eine Entschuldigung finden. Sie tun, was Sie wollen, also rechtfertigen Sie es damit, daß Sie Ihre Fälle 'gut aussuchen'.«

»Hören Sie, eins der Dinge, für die man mich bezahlt, ist Verschwiegenheit, deshalb kann und will ich meine Fälle hier nicht ausbreiten, damit Sie sie billigen können. Aber ich wette, ich tue mehr Gutes als Sie.« Ich hielt an, zwang sie, stehenzubleiben und mich anzusehen.

»Glauben Sie? Warum kommen Sie dann nicht mal irgendwann zum *Charity Hospital* und vergleichen Ihr Gutes mit meinem?«

Das brachte mich zum Verstummen. Ich war auf uns beide sauer. Ich war da selber reingetappt. Natürlich mußte sie irgendeine Krankenschwester oder Ärztin sein, bloß um mich auf der Wohltätigkeitsskala zu übertreffen. Selbst schuld, ich hatte mit diesem blöden Turnier angefangen. Trotzdem hielt ich jede Wette, daß sie keine Probleme hatte, ihre Rechnungen zu bezahlen. Wir standen schweigend da und starrten uns wütend an. Das Kätzchen miaute.

»Er hat Hunger«, sagte ich. Ich wollte sagen: »Wie können Sie es wagen, mich zu verurteilen? Sie haben Ihr Leben unter dem großen, schicken Schirm des Holloway-Geldes verbracht. Ich habe abgelegte Kleidungsstücke getragen, und seit der fünften Klasse, als ich zwei verschiedene Strecken als Zeitungsbotin hatte, habe ich ständig gearbeitet.« Aber es hatte keinen Sinn. Wir wollten einander nicht verstehen, wir wollten uns bloß gegenseitig ausstechen.

»Ja, sie hat Hunger«, antwortete sie.

»Sie?« fragte ich, bloß um ihrer Gewißheit einen Dämpfer zu versetzen.

»Ja, sie. Ich hab' nachgesehen.«

Ich zuckte mit den Schultern, um zu zeigen, daß es nicht

wichtig war. Ich wandte mich ab in Richtung des Weges, den wir heraufgekommen waren.

»Ich muß gehen«, log ich. »Danke für das Sparring-Match«, fügte ich noch hinzu, während ich mich entfernte. Ich ging noch ein paar Meter weiter, konnte mich dann nicht beherrschen und schaute mich um. Ich sah gerade noch, wie sie um eine Wegbiegung verschwand. Die siegreiche Löwin mit ihrem Kätzchen.

Meine Füße fingen an, in diesen Schuhen wehzutun. Es war Zeit, nach Hause zu gehen und mich umzuziehen.

Als ich dort ankam, schleuderte ich die Schuhe von mir und warf mein graues Kostüm einfach auf den Boden. Hepplewhite, die es mit einem neuen Bett verwechselte, das gerade für sie gemacht wurde, kuschelte sich hinein. Ich ließ sie, obwohl ich wußte, daß das eine Reinungsrechnung nach sich ziehen würde, die ich mir nicht leisten konnte. Ich gönnte mir einen Drink und Beethovens Neunte. Ich setzte die Kopfhörer auf, drehte die Lautstärke hoch, saß dann einfach da und dachte über die Dinge nach, die ich hätte sagen können. Beethovens Neunte ist eins meiner Lieblingsstücke, und ich höre es mir nicht sehr oft an. Es soll mir nie langweilig werden. Es ist ein Zufluchtsort, ein Trost. Schon bald hörte ich mit Grübeln auf und begann der Musik zuzuhören. Ich blieb noch eine Weile sitzen, als es vorbei war. Als ich schließlich aufstand, bemerkte ich das Licht an meiner Anrufbeantworterin.

Es war Danny. »Kants kategorischer Imperativ«, war ihre Botschaft.

Verdammt, Danny, ich hab' versucht, dich anzurufen, sagte ich zu dem Apparat. Nicht sehr hartnäckig, antwortete meine kleine Stimme.

Kants zweite Formulierung des kategorischen Imperativs, auf die sie sich offensichtlich bezog, besagt im wesentlichen, daß man Menschen, einschließlich der eigenen Person, nur als Zweck an sich betrachten soll, niemals als Mittel zum

Zweck. Danny wies überaus subtil darauf hin, daß bei mir der Zweck, verglichen mit den Mitteln, etwas zu kurz kam, jedenfalls was unsere Freundschaft betraf. Vielleicht war da ja sogar was dran. Aber nichts, worüber ich im Moment nachdenken wollte. Ich beschloß, daß ich nicht zu Hause war und erst spät heimkommen würde, und daß ich mich morgen mit Dannys Anruf auseinandersetzen würde.

Als ich sie Samstag nachmittag anrief, war sie nicht da. Erst dachte ich, ich hätte die falsche Nummer gewählt, weil die Stimme auf der Anrufbeantworterin nicht ihre war. Es war Elly. Mir war nicht klar gewesen, daß sie schon lange genug zusammen lebten, um nicht nur Nachrichten auszutauschen, sondern auch Stimmen auf ihrer Maschine. Mir wurde auch klar, daß jede Nachricht, die ich für Danny hinterließ, nicht privat sein würde.

»Hi, Danny, hier ist Michele. Ich hab' neulich versucht, dich im Büro zu erreichen, aber du warst nicht in der Stadt. Welche Formulierung des kategorischen Imperativs?« war die Nachricht, die ich hinterließ. Sie hatte ein Anrecht auf eine Entschuldigung, und sie würde auch eine bekommen, sobald ich mit ihr persönlich reden konnte. Vielleicht hatte Cordelia recht, vielleicht läßt sich für alles eine Rechfertigung finden.

9. Kapitel

Es war wieder Montagmorgen. Aber es war der letzte Montagmorgen, an dem ich mit den Hühnern aufstehen mußte, wenigstens für eine Weile.

Barbara und ich aßen zusammen zu Mittag. Sie erzählte mir Geschichten von Patricks Aufführung, von den verpatzten Einsätzen und den schwankenden Kulissen. Den Samstag hatte sie damit verbracht, Cissys (eigentlich Melissas) Unterstufen-Mannschaft bei einem Spiel zuzusehen. Bei Barbara klang es nach Spaß, alleinerziehende Mutter von zwei Kindern zu sein.

Mein 'Heute abend?' und ihr 'Klar, warum nicht' waren die einzigen Diskussionsbeiträge zum Thema Knacken des verschlossenen Aktenschranks.

Der Nachmittag schleppte sich dahin. Ich wollte ein Abenteuer erleben, etwas Richtiges tun und wenigstens eine der Frauen in meinem Leben beeindrucken.

Endlich war es vier Uhr einundfünfzig, und wir standen allein im Kopierraum. Ich zerknüllte ein Blatt Papier und ließ es dann durch die Maschine laufen. Der Kopierer fraß das Papier und bekam eine Magenverstimmung. »Oh mein Gott, der Kopierer ist kaputt«, sagte ich. Barbara fing an zu kichern, dann legte sie sich energisch die Hand auf den Mund.

»Oh neein, so ein Peech«, sagte sie mit übertriebenem Südstaatenakzent.

Ich wollte loslachen. Zwang mich dann, es nicht zu tun. Unsere Hände berührten sich, und wir schauten uns für einen Augenblick an. Ich dachte daran, sie zu küssen, nahm aber Abstand davon. Barbara könnte eine sehr gute Freundin werden. Eine viel bessere Freundin als Liebhaberin. Ich wollte, daß sie für eine Weile bei mir blieb, etwas, das mir mit Liebhaberinnen bisher nicht sehr gut gelungen war. Also zog ich mich zurück. Ich glaube, sie hatte es bemerkt, sagte aber nichts.

Wir warteten, bis wir keine geschäftigen Geräusche mehr aus dem Büro hörten. Nur um sicher zu gehen, schaute Barbara noch einmal nach. Dann machten wir uns auf zum Aktenraum. Sie tippte die Kombination ein. Wir machten das Licht nicht an, da es zwei straßenseitige Fenster gab; wir benutzten statt dessen eine Taschenlampe. Ich wollte das alles schnell hinter uns bringen und wieder verschwinden.

Ich kniete mich direkt vor die Schublade, und Barbara leuchtete mit der Taschenlampe auf das Schloß. Ich fummelte ein paar Minuten herum, bevor ich das Schloß öffnen konnte. Als es schließlich nachgab, gingen keine Alarmglocken los. Ein gutes Zeichen. Wir würden in fünf Minuten wieder draußen sein.

Ich zog die Schublade langsam auf. Ein rotes Licht zuckte kurz auf und war dann wieder verschwunden. Scheiße. Wir waren über irgendein elektronisches Auge gestolpert. »Hau schnell ab«, sagte ich zu Barbara. Besser sie finden mich als sie. Ich griff nach dem obersten Notizbuch in der Schublade, stand auf und stieß die Schublade mit dem Fuß zu.

»Aber schließt du sie nicht besser wieder ab?« fragte Barbara.

»Nein, sie wissen schon Bescheid.« Ihre Augen weiteten sich. »Elektronisches Auge«, erklärte ich, als wir den Raum verließen. »Jetzt geh, mach, daß du hier rauskommst.«

»Aber ich kann dich doch nicht hier allein ...«

»Doch, kannst du wohl. Du hast zwei Kinder.«

Sie wurde langsam blaß. Ich konnte sie gut verstehen, ich fühlte mich selbst nicht so toll. Ich hörte den Wachmann an der Tür in der Halle. »Mach, daß du hier rauskommst. Mir wird schon nichts passieren«, sagte ich nochmal. Barbara nickte und lief zu ihrem Schreibtisch. Ich verschwand im Kopierraum, weil ich kein anderes Versteck finden konnte, ohne dem Wachmann in die Arme zu laufen. Ich schaute mich verzweifelt nach einem Versteck für das Notizbuch um. Wenn Ranson es wollte, würde sie schon einen Weg finden, hierher zu kommen und es zu holen. Ich hörte den Wachmann auf dem Gang. Er sprach mit Barbara. Nicht gut. Ich hoffte, daß er sie rauslassen würde, weil er sie ziemlich gut kannte. Aber es hörte sich nicht an, als ob er das tun würde. Noch schlimmer: ich hörte die Stimme eines zweiten Wachmanns. Einer, um die Tür zu blockieren, und der andere, um zu suchen.

Wo konnte ich das hier verstecken? Es gab Stapel von Papieren und zwei Kopierer. Einer davon mit einem 'Nicht in Betrieb'-Schild darauf. Mir kam ein Gedanke. Ich öffnete den kaputten Kopierer und legte seine Innereien bloß. Dort hinein steckte ich das Notizbuch. Ich mußte mich oben draufsetzen, um den Deckel zuzukriegen, richtete damit vermutlich Schaden von ungeahntem Ausmaß an. Dann schloß ich den Kopierer ab und stellte fest, es war Zeit, mich hier rauszuschwindeln.

Ich trat durch die Tür und lief einem Wachmann direkt in die Arme. »Was machen Sie hier?« fragte er. So eine schlaue Frage.

»Dieser verdammte Kopierer. Immer, wenn man ihn braucht, streikt er. Und der Kleine hat keine Sortierfunktion«, sagte ich mit der besten hilfloses-Weibchen-Stimme, die ich zustandebringen konnte. Er führte mich hinunter in die Empfangshalle, wo Barbara mit dem zweiten Wachmann wartete. »Ist irgendwas los?« fragte ich so unschuldig wie möglich. »Einbruch«, sagte ein Wachmann.

»Nein! Sollten wir nicht die Polizei rufen? Sie glauben doch nicht, daß er noch hier ist?« fuhr ich als hilfloses Weibchen fort.

Alles, was einer der Wachmänner sagte, war: »Sie werden hier warten.«

»Aber das geht nicht. Ich soll meinen Freund in zwanzig Minuten im Quarter treffen, und ich komme dauernd zu spät. Wir hatten letzte Woche einen großen Streit deswegen, und ich habe versprochen, ich meine, versprochen, pünktlich zu sein. Wenn ich nicht da bin, wird er mich umbringen, das weiß ich genau.« Ich vermutete, daß der beste Weg nach draußen der Dummchen-Weg war.

»Tut mir leid, Lady«, sagte der Wachmann.

»Wird schon nicht so schlimm werden«, sprang Barbara ein. Sie sah nervös aus, aber sie würde nicht die Beherrschung verlieren.

»Kann ich ihn wenigstens anrufen?« Jetzt alles versuchen.

Die beiden Wachmänner schauten sich an. Einer zuckte die Achseln. »In Ordnung«, sagte der andere. »Machen Sie nur fix.« Er führte mich zu einem Telefon, blieb dann stehen, um zuzuhören. Ich wählte Sergeant Ransons Nummer. Irgendein gelangweilter Angestellter nahm ab.

Ich sagte: »Hallo«, und fragte dann: »Ist Jo da?«

»Nein.«

»Wissen Sie, wann er wieder da sein wird?« Ich hätte fast 'sie' gesagt, was ein schrecklicher Patzer gewesen wäre.

»Er? Sergeant Joanne Ranson ist eine Frau.«

»Ich weiß. Aber es ist wichtig, daß ich mit ihm rede.« Kapier schon, Blödmann.

»Tut mir leid. Sie ist nicht da. Und ich habe keine Ahnung, wann sie zurück sein wird.«

»Na gut, kann ich dann eine Nachricht hinterlassen?«

»Ja, klar.«

»Hi, hier ist Michele, und ich habe ein Problem. Ich sitze auf der Arbeit fest und weiß nicht, wann ich hier rauskomme. Haben Sie das?« Schreib auf, daß ich ein Problem habe, du taube Nuß.

»Ja, aber Ranson ist irgendwo da draußen. Ich weiß nicht, wann sie zurückkommt.«

»Trotzdem danke.«

Der Angestellte legte auf.

»In Ordnung, lassen Sie uns gehen«, sagte der Wachmann.

»Aber ich habe ihn doch nicht erreicht. Lassen Sie mich versuchen, seine Mutter anzurufen. Er ruft sie gewöhnlich um diese Tageszeit an.« Der Wachmann warf mir einen verzweifelten

Blick zu, aber mit einem Schulterzucken gab er sein Einverständnis. Ich wählte die Nummer, die Ranson mir von Alexandra Sayers gegeben hatte.

»Hallo?« Sie war dran.

»Hallo, hier ist Michele. Ich kann Jo nirgendwo erreichen, und ich muß ihm sagen, daß ich ein Problem auf der Arbeit habe und hier nicht wegkomme. Ich treffe ihn so bald wie möglich.« Ich hoffte, sie hatte herausgehört, daß ich »so bald wie möglich« wie »Hilfe!« betont hatte.

»Sie können nicht reden, stimmt's?« fragte Alexandra.

»Richtig«, antwortete ich und dankte den heidnischen Göttinnen, daß Ranson sich eine Schützenhilfe gesucht hatte, die keine Idiotin war.

»Sind Sie in Gefahr?«

»Ja. Und ich bin nicht die einzige, die hier festsitzt. Barbara Selby, die Bürovorsteherin, sitzt auch hier fest. Ich weiß, daß ich immer zu spät komme, aber diesmal will ich, daß Jo weiß, daß ich ein unschuldiges Opfer bin.« Der Wachmann stieg von einem Fuß auf den anderen, so als würde er mich jede Sekunde unterbrechen.

»Okay. Hab' verstanden«, antwortete Alexandra am anderen Ende.

»Falls Jo bei dir anruft, bitte ihn doch, mich von der Arbeit abzuholen«, sagte ich. Der Wachmann fuhr sich mit der Handkante schnell über den Hals. Die Zeit war abgelaufen.

»In Ordnung«, antwortete sie.

»Ich muß jetzt auflegen.«

»Okay. Bleiben Sie, wo Sie sind. Wir werden so schnell wie möglich da sein.« Sie hängte ein. Ich legte den Hörer hin.

»Gottogott, wenn ich diesen Freund verliere, ist die Firma schuld daran«, sagte ich und machte einen eleganten Abgang (oder was ich dafür hielt) zurück zur Wachstation.

Als wir hinkamen, traten Milo und ein Mann, der sich wohl am ehesten als Scherge beschreiben ließ, aus dem Aufzug. »Durchsuchen Sie das Stockwerk«, sagte Milo. Die beiden

Wachmänner verschwanden. Ich hoffte, daß Milos Scherge dabei helfen würde, aber das tat er nicht. Hätte ich es jetzt nur mit Milo zu tun gehabt, dann hätte ich es riskiert und ihn angesprungen. Aber zwei Männer mit Pistolen waren zuviel für mich. Schweigend warteten wir darauf, daß die Wachmänner ihre Arbeit beendeten. Sie kamen zurück und berichteten, daß wir die einzigen Leute auf diesem Stockwerk waren. Dann verschwand Milo im Aktenraum. Er blieb nicht sehr lange dort.

Ich hatte das Notizbuch genommen, weil ich wußte, daß wir die Etage nicht verlassen konnten, ohne geschnappt zu werden, nachdem wir über das elektronische Auge gestolpert waren. Es mußte irgendwie mit der Wachstation verbunden sein, und ich war sicher, daß sie den Befehl hatten, nichts und niemanden gehen zu lassen, wenn das Warnlicht erst einmal angegangen war. Sie hätten mich wahrscheinlich auch nicht telefonieren lassen dürfen, aber sie rechneten wahrscheinlich nicht damit, daß eine dusselige Aushilfskraft irgendwelche Probleme machen könnte. Das verschwundene Notizbuch würde uns etwas Zeit geben, bis die Polizei eintraf. Hoffte ich. Wären nämlich alle Bücher noch da, in einer Schublade, die ganz offensichtlich aufgebrochen war, dann wären die Leute, die das getan hatten, die einzig mögliche undichte Stelle. Solange eins der Bücher fehlte, mußte Milo herausfinden, wo es war. Er würde uns leben lassen, bis er das wußte. Falls sich das Rad des Schicksals in die richtige Richtung drehte, würde die Polizei lange vor diesem Zeitpunkt eintreffen.

»In Ordnung, laßt uns gehen«, war alles, was er sagte. Irgendwie glaubte ich nicht, daß er meinte, wir könnten alle nach Hause gehen.

»Ich kann nicht«, sagte ich in dem Versuch, Zeit zu schinden. »Mein Freund holt mich hier ab. Er wird mich umbringen, wenn ich ihn versetze.«

»Sie kommen mit uns«, sagte Milo.

»Vergessen Sie's. Ich kündige. Sie können mir nicht einfach

immer Überstunden aufbrummen, wenn Ihnen danach ist. Wir sind hier in Amerika und nicht in Rußland, wissen Sie.« Ich hätte auch einen Steptanz auf *God Bless America* hingelegt, wenn ich geglaubt hätte, daß uns das helfen würde.

»Turner, erklären Sie es der jungen Dame«, sagte Milo. Turner war der Scherge. Er zog eine Pistole aus seinem Schulterhalfter und richtete sie auf mich.

»Soll das vielleicht ein Witz sein? Wenn ja, dann ist er nicht sehr komisch«, fuhr ich fort. Komm schon, Ranson, wo bist du?

Als Antwort setzte Turner den Lauf auf meine Schläfe.

»Mr. Milo scherzt nicht sehr oft«, sagte Barbara. »Nun, ich bin sicher, wenn Sie kooperieren und ruhig sind, wird schon alles in Ordnung gehen.« Barbara war eine knallharte Lady. Sie spielte die Rolle, die man von ihr erwartete, die der älteren, erfahrenen Bürovorsteherin, die ihr neuestes Büro-Dummchen zurechtwies. Sie versuchte auch, diese Pistole von meinem Kopf wegzubekommen und etwas Zeit für uns zu gewinnen. Ich nickte mein Einverständnis in ihre Richtung. Es funktionierte. Turner steckte die Pistole zurück in sein Halfter.

»Gehen wir.« Milo drückte den Aufzugknopf. Wir folgten ihm.

»Meine Handtasche«, schrie ich. Was ist ein Dummchen ohne Make-up, Nagellack, Taschentücher, Adreßbuch und seine Fünfundvierziger?

Milo wies einen der Wachmänner an, sie zu holen. Er holte sie, gab sie Turner, der hineinschaute. Es war eine von diesen großen Leinentaschen mit vielen Innenfächern, und vollgestopft. Ich hielt den Atem an. Die Pistole war in einem der tiefsten Fächer. Glücklicherweise suchte Turner nach einem ziemlich großen Notizbuch. Es kam ihm wahrscheinlich überhaupt nicht in den Sinn, daß ich eine Pistole bei mir haben könnte. Unterschätze nie ein Dummchen.

Als wir die Eingangshalle erreichten, führten sie uns durch den Boteneingang hinaus und nicht durch die Vordertür. Wir waren in einer Seitenstraße, und ich konnte nicht eine Menschenseele entdecken. Nicht einmal einen Hund oder eine Taube. Ich hatte gehofft, irgendeinen Mann zu finden, den ich als »Joe« ausgeben konnte. Irgend etwas vage männliches zwischen zwölf und vierundachtzig hätte mir gereicht.

Statt dessen stolperte ich. Vollbrachte etwas, von dem ich hoffte, daß sie es nicht als Schulterrolle erkennen würden. Ich nutzte die Landung als Entschuldigung, etwas Krach zu machen. »Oh, Mist, das hat wehgetan. Ich glaube, ich habe mir den Rücken verletzt. Ich habe einen schlimmen Rücken, wissen Sie.« Ich stand nicht auf, sondern suchte nach weiteren Verletzungen, um Zeit zu gewinnen.

Turner packte mich unter den Schultern und half mir beim Aufstehen, schubste mich dann in Richtung eines wartenden Autos. Ich tat so, als müßte ich humpeln, aber ich fiel nicht noch einmal hin. Ich durfte den Bogen nicht überspannen, sonst würden sie mich hier und jetzt umbringen. Barbara legte einen Arm um meine Schulter, um mir zum Auto zu helfen. »Alles in Ordnung?« fragte sie.

»Ja, doch«, antwortete ich. Ich hoffte, daß sie es auch war.

Turner scheuchte uns auf den Rücksitz. Es war ein großes, schwarzes, häßliches Auto, mehr eine Limousine. Es war die Art Wagen, die einst in einer Nacht über eine rote Ampel gejagt war und das Vorderrad von Dannys Fahrrad mitgerissen hatte. Es hatte ihr achtzehn Stiche und zwei angeknackste Rippen beschert. Das Auto hatte nicht einmal angehalten. Ich fragte mich, ob es derselbe Wagen war.

Zwei Männer saßen vorne, der Fahrer und ein Nachwuchs-Scherge. Der Schergenknabe stieg aus, und Milo nahm seinen Platz ein. Ich begann, ganz in die Ecke hinüberzurutschen, aber Turner stieg ein und setzte sich so, daß er zwischen mir und der Tür war. Also kein Herausspringen an irgendeiner Ampel. Barbara stieg neben mir ein. Der Schergenjunge setzte sich auf einen dieser Extrasitze, die man hochklappen kann, wenn man sie nicht braucht. Er saß uns direkt gegenüber und starrte unfreundlich in unsere Richtung. Ich hörte die Türschlösser schnappen. Offensichtlich Zentralverriegelung, vom Fahrer kontrolliert. Selbst wenn Turner nicht neben mir gewesen wäre, hätte ich nicht rausspringen können.

Der Fahrer ließ den Motor an. Das Schicksal hatte eine letzte Chance, sich mein Wohlgefallen zurückzuerkämpfen. Die Limousine fuhr geradewegs aus der Seitenstraße hinaus auf die Straße. Das Schicksal hatte es sich vermasselt. Es waren keine Streifenwagen da, keine dunkelblauen Zivilwagen, keine Kavallerie im allerletzten Moment. Wir fuhren ins Zwielicht davon. Vielen Dank, Joanne. Ruf du mich nächstes Mal nicht an, dann rufe ich auch nicht zurück.

Wir fuhren auf derselben Straße aus der Stadt hinaus, die ich genommen hatte, um zur *Einhundert-Eichen-Plantage* zu kommen, wobei ich nicht annahm, daß wir dorthin fuhren. Ich mußte zugeben, daß die Jungs in diesem Auto soeben Karen Holloway vom ersten Platz der Liste von Leuten, ohne die ich sehr gut leben konnte, verdrängt hatten. Tatsächlich wäre ich jetzt lieber mit ihr in einem abgeschlossenen Zimmer gewesen als an dem Ort, wo ich mich befand. Solch angenehme Gedanken auf dieser malerischen Autofahrt. Ich nahm an, daß Cordelia es »billig und geschmacklos« finden würde, wenn sie die *Times-Picayune* aufschlug und herausfand, daß ich mit einer Kugel im Kopf im Fluß trieb. Hör auf damit, du wirst schon nicht umgelegt. Irgend etwas wird dazwischenkommen, und in weniger als vierundzwanzig Stunden wirst du Barbara Selby zu ihren Kindern zurückbringen. Warum dachte ich überhaupt an Karen und Cordelia? Zwei verzogene Gören. Vielleicht, weil wir uns immer noch auf der Straße befanden, die uns zum Anwesen ihres Großvaters bringen würde. Ich konnte Barbaras Anspannung neben mir spüren. Ich wollte nicht, daß ihr irgend etwas zustieß. Wenn all dies vorbei und wieder in Ordnung war, würde ich meine Detektivarbeit darauf beschränken, vermißte Pekinesen reicher Ladys zu finden.

Wir fuhren am Eingangstor der *Einhundert-Eichen-Plantage* vorbei. Das Gelände fiel in ein niedriges Sumpfgebiet ab. Kein guter Ort, um nach Einbruch der Dunkelheit dort herumzustapfen. Wir fuhren an dem Sumpf mit seinen Gruppen von höher gelegenen Pinien und Eichen entlang, an dem Zypressen- und Sumpfgras im dunklen Wasser. So blieb es für etwa eine Meile. Dann wurden wir langsamer, und das Auto bog in eine überwachsene Auffahrt ein. Der Besitz sah heruntergekommen aus. Er mußte direkt neben der Plantage liegen, da dies die erste Abzweigung seit dem bombastischen Eingangstor war.

Die Auffahrt war holprig, eine lange, gewundene Straße, vorbei an Gruppen von Pinienbäumen und einigen waschechten Eichen, bewachsen mit Spanischem Moos. Das Haus war nicht beleuchtet. Im Zwielicht zeichnete es sich wie ein dunkler Schatten bedrohlich gegen den kobaltblauen Himmel ab.

Das Auto hielt an. Turner und der Schergenjunge stiegen aus und wiesen uns mit einer Handbewegung an, ihnen zu folgen. Milo stand bereits draußen; der Fahrer blieb, wo er war.

»Etwas fehlte in einer der Schubladen des Aktenschranks«, sagte Milo. »Wenn Sie uns sagen, wo Sie es versteckt haben, wird es uns allen die Dinge sehr erleichtern.«

Ja, klar, leichter für die; sie könnten uns umlegen und kämen nicht zu spät zum Abendessen.

»Ich verstehe nicht«, sagte Barbara, »was fehlt denn?«

»Das ist sehr merkwürdig. Was geht hier eigentlich vor?« war mein Beitrag.

»Dann müssen Sie eben noch etwas länger unsere Gäste sein.« Milo lächelte ein Lächeln, das einer Wasserschlange gut zu Gesicht gestanden hätte. »Ich fürchte, es wird nicht sehr gemütlich werden. Jungs, zeigt ihnen ihre Unterkunft.«

Turner holte einen langen Strick aus dem Kofferraum — ein Vorgeschmack auf unsere Unterkunft.

»In den Keller?« fragte er. Milo nickte. »Ja, sehr nett dort«, fuhr er fort. »Keine Fenster, nackter Erdboden, Ratten — Sie werden es mögen.«

Wir folgten ihm ins Haus. Der Schergenjunge und Milo waren hinter uns. Er führte uns durch den vorderen Raum in die Küche, obwohl es nicht so aussah, als wäre hier in den letzten Jahrzehnten gekocht worden. Die Wände waren verschmiert und schimmelig, das Resultat langer Jahre in Flußnähe und mangelnder Pflege. Es gab nicht viele Möbelstücke, Krimskrams nur, der nicht zusammenpaßte und ganz offensichtlich vor langer, langer Zeit hier zurückgelassen worden war. Zwei Treppen führten nach oben, eine gleich neben dem ersten Zimmer, das wir gerade durchquert hatten. Im hinteren Teil der Küche war eine weitere Treppe, steiler und enger als die erste. Hinten unter der zweiten Treppe war ein Lagerraum. Turner trat ein und öffnete eine Falltür, die sehr schwer aussah. Schergenschurke, der er war, entlockte es ihm ein Grunzen. Er wies uns an, ihm zu folgen, und begann, die Treppe in den Keller hinabzusteigen. Auf dieser Treppe gab es kein Licht, nur eine nackte Glühbirne im Keller selbst, die Turner anknipste. Die Stufen waren alt, unbehandeltes Holz, und knarrten abscheulich, als wir hinabstiegen. Unten gab es eine weitere Tür, die aus demselben schweren Eichenholz gemacht war wie die Falltür. Ich fragte mich, ob dieser Keller für Sklaven benutzt worden war, da er ganz offensichtlich dafür entworfen wurde, etwas ein- oder auszuschließen. Vielleicht doch nur die Prohibition.

In der Mitte des Raumes stand eine große, eckige, tragende Säule. An die fesselte uns Turner, Barbara an die eine Seite, mich an die andere, so daß wir mit den Rücken zueinander standen, und unsere Hände sich jeweils in das Rückgrat der anderen bohrten.

»Viel Glück, Mädels. Der letzte Kerl, den wir hier hatten, war am Morgen sehr redselig. Die Rattenbisse hatten wahrscheinlich etwas damit zu tun«, sagte Turner mit der fröhlichen

Stimme eines Sadisten. Er schaltete das Licht aus und schlug die Tür dann mit einem dumpfen Knall hinter sich zu. Ich hörte, wie sich der Riegel mit einem schabenden Geräusch schloß. Es war pechschwarz. Dann hörte ich, wie die Falltür zufiel und auch dieser Riegel vorgeschoben wurde. Auf den Bohlen über uns vernahmen wir das Echo von Schritten, dann nur noch Stille, unterbrochen vom entfernten Klang eines davonfahrenden Autos.

»Endlich allein. Darauf warte ich schon seit so langer Zeit, Barbara.« Ich hoffte, daß sie das etwas aufmuntern würde.

»Oh, mein Gott«, sagte sie mit gebrochener Stimme. Ich schätze, der Gedanke, mit mir allein zu sein, war nicht sehr aufmunternd. Vielleicht lag es ja nicht an mir, sondern am Ambiente unserer Umgebung.

Sie weinte. All die Spannung der letzten paar Stunden forderte ihren Tribut. Ich machte ihr keinen Vorwurf. Weinen war ein verführerischer Gedanke. Tatsächlich befanden wir uns in einer Situation, die darum bettelte, beweint zu werden. Aber ich beschloß, daß wir hier rauskommen würden. Davon mußte ich Barbara überzeugen. Und mich selbst.

»Dieser Anruf, den ich gemacht habe«, sagte ich.

»Ja?« schniefte sie.

»Die Polizei sucht schon längst nach uns«, tröstete ich sie.

»In der Stadt. Nicht hier«, antwortete sie. »Gott, das ist ein Höllenschlund hier. Ich hasse Ratten.«

»Da hat er uns angelogen«, sagte ich in der Hoffnung, daß ich recht hatte. »Der versucht, uns fertigzumachen.«

»Glaubst du, daß sie uns wirklich die ganze Nacht hierbehalten?«

»Das hoffe ich. Die wissen nicht, daß die Polizei nach uns sucht. Laß uns doch mal versuchen, ob wir irgendwas mit diesem Strick machen können«, sagte ich, während ich anfing, an den Knoten zu zerren.

»Und ich bin sicher, daß sich diese zwei Türen eintreten lassen«, antwortete sie, bearbeitete aber ihre Knoten. Sie gab als erste auf. Ich versuchte es ein wenig länger, bis ich mir beide Handgelenke schmerzhaft aufgescheuert hatte. Turner wußte, wie man Knoten machte. Ich hatte gehofft, meine Fesseln abstreifen zu können, denn ich hatte immer noch meine Handtasche. Und diese Handtasche enthielt meine Waffe. Eine Fünfundvierziger wäre morgen früh eine angenehme Begrüßung für Turner. Vielleicht würden meine Gelenke durch Auszehrung während der Nacht schrumpfen. Meine einzige andere Hoffnung war, daß Ranson uns irgendwie finden würde.

»Laß uns versuchen, uns hinzusetzen«, schlug ich vor.

»Zu den Ratten da unten?«

»Hier gibt es keine Ratten. Es gibt hier unten nichts zu essen.«

»Außer uns.«

»Außerdem sind meine Klamotten für alle Ewigkeiten durchtränkt vom Geruch einer der größten rattenfangenden Katzen von New Orleans.«

»Wie stehen unsere Chancen, Michele?«

»Die Polizei sucht nach uns…«

Sie war beharrlich. »Unsere Chancen?«

»Ich habe eine Pistole in meiner Handtasche.«

»Unsere Chancen?«

»Ich denke, daß wir hier rauskommen«, sagte ich fest. Daran mußte ich glauben.

Für einen Moment sagte sie gar nichts. Dann antwortete sie: »Danke. Ich weiß, daß du lügst. Aber ich fühle mich dadurch tatsächlich besser. Setzen wir uns.«

In der Hoffnung, so wenig Holzsplitter wie möglich abzubekommen, glitten wir den Pfosten langsam hinunter.

Ich erinnerte mich, was Danny mir gesagt hatte. »Die Polizei hält es für möglich, daß diese Kerle die Plantage nebenan, *One Hundred Oaks*, für ihre Zwecke nutzen. Vielleicht zählen die Bullen zwei und zwei zusammen und fangen damit an, verlassene Gebäude in der Gegend zu durchsuchen.«

»Eine sehr kleine Chance.«

»Vielleicht. Aber eine Chance.« Ich mochte nicht über Danny nachdenken. Mir fiel ein, daß ich nicht mehr mit ihr gesprochen hatte, seit ich einfach aufgelegt hatte, und daß ich jetzt vielleicht keine Gelegenheit mehr bekommen würde. Ich dachte wieder ans Weinen. Hör auf, sagte ich mir, du wirst auf deine alten Tage ganz schön rührselig.

»Unglaublich, aber ich bin schläfrig«, sagte Barbara.

»Sinnesberaubung. Es ist dunkel, du kannst dich nicht bewegen, und du bist wahrscheinlich sehr müde.« Nichts ermüdet einen so sehr wie der Gedanke ans Sterben.

»Vielleicht. Ich habe letzte Nacht nicht viel Schlaf bekommen. Cissy ging es nicht gut, und ich mußte ein paarmal aufstehen ...« Sie unterbrach sich. Ich wußte, daß sie sich fragte, ob sie ihre Kinder je wiedersehen würde. Ich hörte, wie sie anfing zu weinen.

»Alles wird gut werden. Ich verspreche ...«

»Tu es nicht«, unterbrach sie. »Mach keine Versprechungen, die du nicht halten kannst. Du bist nicht Gott. Nichts hiervon ist dein Fehler, Michele, du ...«

»Ist es wohl. Wenn du mich nicht getroffen hättest, wärst du nicht hier, sondern sicher zu Hause bei deinen ...«

»Woher willst du das wissen? Vor zwei Wochen wies ich Milo auf einige Ungereimtheiten bei den Versandbelegen hin. Es schien ihn nicht sehr zu erfreuen, daß ich das bemerkt hatte. Außerdem bin ich letzten Monat in eins ihrer Meetings reingeplatzt, als es so heiß war, und die Männer ihre Jacketts ausgezogen hatten. Sie trugen alle Pistolen. Seien wir doch ehrlich: ob du nun dahergekommen wärst oder nicht, ich weiß zuviel. Ich kenne die Namen von Klienten, Versanddaten, weiß, wie die Leute aussehen. Zuviel.« Sie brach ab. Ich hörte ein tiefes Seufzen.

Sie hatte wahrscheinlich recht. Barbara Selby war von Anfang an ersetzbar gewesen.

Verdammtes Mörderpack.

»Tut mir nur leid, daß ich jemanden wie dich bei mir habe«, schloß sie.

»Ich wollte gerade dasselbe sagen.«

»Michele ...«

»Micky. Alle meine Freundinnen nennen mich Micky.«

»Okay, Micky. Ich will ja nicht zu sentimental werden, aber wenn du überlebst und ich nicht, sag meinen Kindern und meiner Mutter, ich liebe sie.«

»Das werde ich. Ich hoffe, daß ich das nicht tun muß.«

»Irgendwelche Nachrichten, die du schicken willst?« fragte sie.

Ich stockte. »Falls du wirklich rauskommen solltest und ich nicht, dann sag Danny, Danielle Clayton vom Büro des Staatsanwalts: 'Es ist nicht wahr, daß nur die Guten jung sterben. Ich bin der lebende ...'« Ich verbesserte mich: »... 'Ich bin der Beweis dafür.'«

»Das werde ich. Und ich hoffe, daß ich es nicht muß. Ist Danny deine Liebhaberin?«

»Nein. Nicht mehr. Wir waren zusammen auf dem College, und wir haben eine Weile miteinander geschlafen. Aber ...«

»Was ist passiert?«

»Ich weiß nicht.« Wenn du nicht mal im Dunkeln ehrlich sein kannst, wenn du kurz vor dem Sterben stehst, wann dann? »Doch, ich weiß es. Der Gedanke, mit einem einzigen Menschen zu leben und von ihm abhängig zu sein, erschreckte mich zu Tode. Ich machte mich durch die Hintertür davon und auf in die Arme von so vielen Frauen, wie ich nur finden konnte, bis Danny die Nase voll hatte und mir sagte, ich solle entweder erwachsen werden oder mich von ihrem Bett fernhalten. Also suchte ich mir ein anderes Plätzchen zum Schlafen. Und sie natürlich auch. Irgendwie haben wir es geschafft, Freundinnen zu bleiben. Und eines Tages, wenn wir beide dazu bereit sind, uns häuslich niederzulassen, dann werden wir vielleicht doch noch zusammenkommen.«

»Ich dachte, du wärst diejenige, die dazu nicht bereit ist? Wartet sie auf dich?« fragte Barbara.

»Nun ... nein«, mußte ich zugeben. »Tasächlich lebt sie mit einer Frau zusammen und zwar schon seit ...« Ich mußte innehalten, um nachzudenken. »... Schon seit über einem Jahr.«

»Micky, die Leute machen mit ihrem eigenen Leben weiter, ob du's willst oder nicht.«

Ich fühlte mich auf einmal sehr einsam. Barbara hatte recht. Ich hatte Dannys Gefährtinnen immer aus meinen Gedanken verbannt, weil es bequem für mich war. Ich wußte, daß sie jemanden für die Liebe und das Zusammenleben suchte, aber ich hätte nie gedacht, daß sie jemanden finden würde. Und ... und mich verlassen würde. Deshalb war ich einsam. Ich hatte etwas getan, das ich bei anderen Leuten verachtete. Ich hatte angenommen, daß sie die Welt so sah wie ich. Wenn ich in Liebesdingen eine Zynikerin war, mußte sie es auch sein. Wenn ich kein gemeinsames Bankkonto und kein großes Doppelbett wollte, dann durfte es bei ihr nicht anders sein. Danny war fort, schon seit langer Zeit, und ich hatte es nicht einmal gemerkt. Ich hatte ihr Kant beigebracht, ihr seine Philosophie in diesem einen Semester immer und immer wieder eingebläut, und jetzt war ich diejenige, die durch die wahre Prüfung gerasselt war.

Und noch schlimmer: ich saß hier fest und würde wahrscheinlich umgebracht werden (und Danny würde sich nicht einmal damit brüsten, daß sie recht gehabt hatte) und bekäme wahrscheinlich niemals die Gelegenheit, es wieder gutzumachen. Was nutzt es einer schon, wenn ihr die Augen über sich selbst aufgehen und sie damit nicht mehr angeben kann? Oder sich nicht wenigstens entschuldigen kann für die Dinge, die sie vermasselt hat?

»Ja, du hast recht.« Barbara dachte wahrscheinlich, daß ich einfach eingeschlafen war. Nun, eine von uns war es. Ich konnte ihre regelmäßigen Atemzüge im Hintergrund hören. Ich war froh, daß sie schlief. Eine viel bessere Art, die Zeit herumzukriegen, als auf Rattengeräusche zu lauschen und zu versuchen, einen Weg hier heraus zu finden.

Ich döste unruhig vor mich hin, gestört von Träumen, an die ich mich nur in Fetzen erinnern konnte. In einem rannte ich, rannte eine dunkle Straße hinunter, bog um eine Ecke und vor mir lag genau dieselbe Straße und verlangte, daß ich sie ein weiteres Mal hinunterlief.

10. Kapitel

Als ich aufwachte, hatte ich keine Ahnung, wieviel Uhr es war. Dank des Schmerzes in meiner Schulter und in meinen Armen und dem Stechen an den aufgeschrammten Stellen an meinen Handgelenken wußte ich unglücklicherweise genau, wo ich war. Ich schätze, ich war mit einem Ruck erwacht, denn ich hörte, wie Barbaras Atemrhythmus sich veränderte, wie ihr Atem flacher wurde. Dann wachte auch sie auf.

»Guten Morgen, glaub' ich.«

»Scheiße. Sind wir immer noch hier?« Es war das erste undamenhafte Wort, das ich Barbara sagen hörte. »Ich hatte so gehofft, daß dies ein böser Traum wäre.«

»Ich auch.« Dann hörten wir Schritte. Die Wirklichkeit brach über uns herein.

»Scheiße«, sagte Barbara noch einmal.

»Vielleicht ist es die Polizei.« Ich war übertrieben optimistisch.

Zuerst wurde die Falltür geöffnet, dann hörte ich, wie der Riegel von der Kellertür zurückgeschoben wurde. Wenn dies die Polizei war, dann kannten sie sich hier wirklich aus.

Es war der Schergenjunge mit seinen Freunden. Nach den Stunden in der pechschwarzen Dunkelheit schien die Kellerbeleuchtung sehr hell zu sein.

»Bringt sie rauf«, rief Milo von oben die Stufen hinunter. »Ich will mit ihnen reden.«

Der Schergenjunge mühte sich grunzend mit den Knoten ab. Schließlich lockerte er sie. Das endlich wieder fließende Blut brachte meine Hände zum Pochen. Alles tat mir weh, als ich aufstand. Barbara wäre zusammengeknickt, wenn ich sie nicht aufgefangen hätte.

Der Schergenjunge wies uns an, die Stufen hinaufzusteigen. Es war immer noch dunkel draußen – noch nicht einmal Morgen. Milo saß im vorderen Raum auf dem besten der wackeligen Stühle. Turner und zwei andere Männer, die ich bisher nicht gesehen hatte, waren ebenfalls da.

»Hatten Sie eine angenehme Nachtruhe, meine Damen?« fragte Milo verächtlich.

»Nein«, antwortete ich, völlig außer acht lassend, daß ich ja angeblich ein Dummchen war.

»Wie schade. Nun, Barb, erinnern Sie sich, wohin das Notizbuch verschwunden ist?« fragte er, während er aufstand und anfing, hin- und herzulaufen.

»Welches Buch?« fragte sie.

»Spiel keine Spielchen mit mir, du Schlampe«, explodierte er. Ich fing an zu verstehen, daß wir nicht die einzigen waren, die Ärger am Hals hatten. Milo selbst wurde vermutlich, vielleicht sogar buchstäblich, die Pistole auf die Brust gesetzt. Wir mochten das Notizbuch genommen haben, aber er hatte es sich wegnehmen lassen. Er mußte es zurückbekommen. Milo war, so schien es wenigstens, kein sehr standhafter Mann. Irgendwie zweifelte ich daran, daß er hier das Sagen hatte. Er war zu nervös und zu fahrig. Außerdem nicht annähernd clever genug.

»Wo ist es?« wollte er wissen.

»Ich weiß es nicht«, antwortete Barbara wahrheitsgemäß.

Milo machte eine angespannte Bewegung in Turners Richtung. Dieser schlug mir mit dem Handrücken ins Gesicht. Ich hatte es kommen sehen, hatte meinen Kiefer angespannt und war mit dem Schlag zurückgewichen, aber es war immer noch schlimm genug. Ich fühlte, wie das Blut mein Kinn hinunterrann.

»Wollen Sie zusehen, wie Ihrer Freundin wehgetan wird? Wollen Sie ihr wehtun? Sagen Sie mir, wo es ist, und das alles hat ein Ende.«

»Ich weiß es nicht«, sagte sie mit einem kleinen Flüstern, so als wäre jeder Laut schmerzvoll. Sie schüttelte den Kopf.

Milo war dabei, die Beherrschung zu verlieren. Er griff ihre Jacke und fing an, sie zu schütteln. »Verdammt nochmal, sagen Sie mir, wo dieses Scheißbuch ist!« schrie er. Sie weinte, schüttelte aber immer noch verneinend den Kopf. Dann versetzte er ihr einen Schlag in den Magen. Sie stieß ein schwaches Ächzen aus und brach zusammen. Ich machte einen Schritt auf sie zu, aber Turner stellte sich mir in den Weg.

»Okay, machen wir's auf Ihre Art«, sagte Milo. Er ergriff Barbaras Haare und zerrte ihren Kopf so hoch, daß sie alles beobachten konnte. »Turner«, wies er ihn zum Weitermachen an.

Turner lächelte. Dann leckte er sich die Lippen. Er freute sich schon darauf. Er ließ seine Finger knacken und schwang dann probeweise ein paarmal die Fäuste. Ich duckte mich unbeholfen, ließ ihn im Glauben, ich sei ein leichtes Ziel. Dann holte er zum dritten Mal aus, und an der Art, wie sich seine Muskeln spannten, wußte ich, daß dies der große Schlag sein würde. Turner war kein guter Kämpfer, er war massig und mies, und mit einem Schlagring und einer Knarre kam er gerade so durch. Aber er war nicht im Gleichgewicht und zeigte eine ganze Menge verwundbarer Stellen.

Er brachte einen Schlag zustande, der Unheil angerichtet hätte, wäre er plaziert worden. Aber ich blockte ihn ab, griff seine Faust und brachte ihn aus dem Gleichgewicht. Ohne weitere Verzögerung ging ich einen Schritt auf ihn zu, schwang ihm meinen Ellenbogen entgegen und brach ihm den Kiefer. Er zerbarst mit einem lauten Krachen. Er hatte nicht einmal mehr Zeit, überrascht auszusehen, bevor sein Gesicht in sich zusammenfiel.

Einen Augenblick lang wußte niemand im Raum, was geschehen war, bis Turner schließlich zu Boden fiel und einen Laut von sich gab, der sich wie ein Wimmern anhörte. Ich kam zu dem Schluß, daß ich mir die Verwirrung zunutze machen sollte.

»Du hast es vermasselt, Milo«, sagte ich und stellte klar, daß ich kein wie immer geartetes Dummchen war. »Barbara hat nichts damit zu tun. Sie wollen das Buch zurück? Ich mach' einen Handel mit Ihnen: Sie kriegen das Notizbuch ohne weitere Schwierigkeiten, wenn Sie sie freilassen. Wir steigen ins Auto und fahren in die Stadt. Sie lassen Barbara irgendwo weit weg von einem Telefon da raus, wo es Ihnen gefällt. Dann bring' ich Sie zu dem Buch.«

Milo hörte für einen Moment auf, hin- und herzulaufen, und klimperte statt dessen nervös mit den Geldstücken in seiner Tasche. »Ich kann es aus Ihnen herausprügeln«, antwortete er schließlich.

»Nein, können Sie nicht«, schoß ich zurück.

»Kann ich doch.« Na klar, Milo, alles, was du kannst, kann ich viel besser.

»Nicht schnell genug, daß es Ihnen etwas nützt«, antwortete ich, was der Wahrheit entsprach, und er wußte es. Selbst wenn es niemanden gab, der mich als vermißt meldete, hatte ganz sicher längst jemand Barbaras Verschwinden angezeigt. Sie wußten nicht, daß ich die Polizei alarmiert hatte, und daß Ranson und ihr Team *Jambalaya Import-Export* vielleicht schon auf den Kopf gestellt hatten. Aber ihr Verfolgungswahn war groß genug, um ihnen Sorgen zu machen. Gangster haben einfach zu viele Feinde, nicht nur die Polizei, sondern auch rivalisierende Banden.

»Sie bluffen doch«, sagte Milo.

»Ach, äh, Milo?« Der Fahrer kam herein. Er trug ein schnurloses Telefon. Er reichte es Milo.

Ich beobachtete, wie Milo zuhörte, und seine Gefügigkeit gegenüber dem Anrufer bestätigte, wer von beiden das Sagen hatte. Schließlich durfte er kurz berichten, was hier vor sich ging. Dann hörte er wieder zu. Einen Augenblick später fixierte er mich mit starrem Blick.

»Ihr Name ist also Knight, hm?« wollte er wissen.

Ich zuckte mit den Schultern. Es war nicht wirklich eine Frage gewesen.

»Privatschnüfflerin, hm?« Wieder keine richtige Frage. »Schlampe«, fügte er grimmig hinzu, ein Kommentar, den ich vermutlich der Tatsache verdankte, daß ich ihn so leicht an der Nase herumgeführt hatte. »Der Fahrer muß zurück in die Stadt. Er wird Barb mitnehmen. Wenn wir das Buch zurückhaben, läßt er sie gehen«, informierte er mich, ganz offensichtlich auf Befehl seines Chefs.

»Welche Garantie habe ich, daß Sie sie gehen lassen?«

»Keine«, antwortete er. »Sie müssen mir schon vertrauen.«

Da dies nicht möglich war, versuchte ich, mir etwas anderes einfallen zu lassen. Was könnte einer räudigen Ratte gefallen? Turner, der am Boden hockte, stöhnte laut auf.

»Bring ihn zum Schweigen«, sagte Milo. Einer der Gangster schlug nach Turner. Das machte ihn kaum ruhiger.

»Die Entscheidung liegt bei Ihnen«, sagte Milo zu mir. Er nahm seine Pistole aus dem Mantel und richtete sie auf Barbara. »Aber verschwenden Sie nicht meine Zeit.«

»In Ordnung, schon gut.« Ich hatte keine Wahl.

Turner ächzte geräuschvoll.

Milo nickte und ohne jegliche Gefühlsregung bewegte er seine Hand leicht zur Seite und drückte ab. In der stillen Morgenstunde war der Pistolenknall sehr laut. Turner griff sich an die Brust und kippte vornüber.

»Tut mir leid, Turner«, sagte Milo ruhig. »Man kann nicht auf Bewährung sein und sich dabei den Kiefer brechen. Zuviele lästige Fragen. Laßt euch das eine Lehre sein, Jungs. Laßt euch nicht von irgendeiner Schnepfe das Gesicht brechen.«

Es gab ein ekelhaftes, naß-pfeifendes Geräusch, als Luft und Blut sich vermischten. Turner schnappte durch seinen gebrochenen Kiefer nach Luft. Barbara wandte sich von dem Geschehen ab; sie sah sehr blaß und zerbrechlich aus. Ich legte meine Arme um sie und hielt sie fest. Sie fing an zu würgen. Die Luft im Raum schien sich zu verändern, der Geruch eines Sterbenden, der sich über den feuchten, muffigen Geruch der Fäulnis legte.

Milo gab dem Fahrer Anweisungen, der Barbara daraufhin nach draußen führte. Ich hörte, wie sie sich dort übergab.

»Paß auf, daß alles raus ist, bevor du sie ins Auto läßt«, instruierte ihn Milo. »Reinigungen sind heutzutage nicht gerade billig.«

»Es wird nicht lange dauern«, sagte ich. »Sie hat seit gestern mittag nichts mehr gegessen.«

»Nun, Miss Privatdetektiv Knight, für wen arbeiten Sie?« fragte Milo.

»Man fährt mit dem Auto eine Stunde bis New Orleans. Sie erwarten doch sicher nicht, daß ich Ihnen vorher irgend etwas erzähle«, entgegnete ich.

Milo wiederholte meine Antwort ins Telefon. »Lassen Sie sie mich die nächste Stunde mal richtig vorknöpfen. Vielleicht schaff' ich's auch in fünfundvierzig Minuten«, sagte er zu seinem Boss.

»Ich hab' eine Abmachung getroffen«, sagte ich, laut genug, daß der unsichtbare Zuhörer es mitbekam. »In einer Stunde rede ich.«

Milo hörte wieder zu. Er murmelte stotternd ein paar Erklärungen. Ganz offensichtlich gefiel es dem Oberboß nicht besonders, wie er die Situation handhabte. Schließlich sagte Milo: »Okay, ich werde dort sein. Und machen Sie sich keine Sorgen, ich werde mich darum kümmern.« Er beendete das Telefonat. »Bring sie nach unten und fessele sie.« Zu mir sagte er noch: »Ich komme wieder.«

Der Schergenjunge führte mich zurück in meinen rattenverseuchten Lieblingskeller und fesselte mich an den Pfahl. Dann hörte ich die Türen zuschlagen, und der Raum war wieder dunkel. In der Ferne fuhr ein Auto davon.

Aber der Schergenjunge war nicht so ein Fesselungskünstler wie Turner. Indem ich die Arme ein wenig die Säule hinaufmanövrierte, gelang es mir, die Hände näher zusammenzubringen und das Seil ein wenig schleifen zu lassen. Es kostete mich einige Zeit und ein blutiges Handgelenk, aber es gelang mir, mich zu befreien.

Ich tappte durch die Dunkelheit und fand meine Tasche und die kleine Taschenlampe, die ich immer bei mir trage. Es werde Licht. Als nächstes zog ich meine Pistole heraus. Dann fing ich an, mich im Keller umzusehen.

Es war eigentlich nur ein Loch im Boden, wo Schrott gelagert wurde. An einer Wand stand ein Stapel Kartons, über und über mit Staub und Spinnweben bedeckt. An einer anderen Wand waren Möbelstücke versammelt, gegen die die Sachen oben wie feinste Antiquitäten aussahen. Ich befürchtete, meine Taschenlampe könnte im nächsten Moment die Ketten beleuchten, mit denen die Sklaven gefesselt worden waren. Der Gedanke, daß außer mir noch die Geister von Gequälten hier unten waren, gefiel mir gar nicht. Doch im Lichtkegel erschien nur eine geschwärzte Ziegelmauer.

Der Keller hatte einen seltsamen Grundriß. Die Wand gegenüber der Tür trat im neunzig-Grad-Winkel zurück, wie ein Quadrat, das sich an ein Rechteck anschloß.

Ich forschte weiter in diese Richtung und hoffte, daß sich die Killerratten nicht gerade dort versteckten. Der Lichtkegel entdeckte noch mehr Gerümpel und zerbrochene Möbel. In der Ecke, von der ich annahm, das sie an der Außenwand lag, gab es einen riesigen Holzstapel und ein paar alte, verwitterte Türen. Etwas huschte eilig vor meinem Licht davon. Wahrscheinlich nur ein kleines Mäuschen, sagte ich mir. Dunkle, feuchte Keller lassen Geräusche immer viel lauter erscheinen, als sie wirklich sind.

Nur um mir selbst zu beweisen, daß ich mich nicht vor einer dahergelaufenen Feldmaus fürchtete, beschloß ich, hinter die Türen zu schauen. Als ich in meinen Stöckelschuhen über das Holz kletterte, verlor ich für einen Moment den festen Halt. Das bescherte mir nicht gerade Pluspunkte auf der nach oben offenen KV-Skala. Ich zog die letzte Tür von der Wand weg und leuchtete erst einmal über den Boden, nur für den Fall, daß irgend so ein niedlicher kleiner Nager in meiner Nähe war. Ein paar Insekten, aber keine Säuger. Als ich nach oben blickte, erhellte mein Taschenlampenlicht etwas höchst Interessantes. Zwei rostige Scharniere, befestigt an einer Metallklappe, vielleicht sechzig mal neunzig Zentimeter. Sie war von sehr staubiger schwarzer Farbe und ganz offensichtlich eine Kohlenrutsche. Und sie sah breit genug für mich aus. Heureka! Ich erinnerte mich, irgendwo einen Haufen mit alten Klamotten gesehen zu haben. Wenn ich schon Kohlenrutschen hinaufkletterte, dann war es wohl klüger, aus meinem bis jetzt nur leicht befleckten blauen Kleid zu schlüpfen. Ich stolperte über den Holzstapel zurück auf die andere Seite des Kellers, wo ich fand, wonach ich suchte. Ich zog Kleid, Slip und Strumpfhose aus und legte sie gefaltet in meine Tasche, die ich in einer der unteren Kisten verbarg. Wenn ich aus dem Kohlenloch nicht herauskam, konnte ich mich dort vielleicht verstecken und sie in dem Glauben lassen, daß mir die Flucht gelungen war. Bevor ich meine neuen Kleider anzog, ging ich in eine Ecke und pinkelte. Besser ich kümmerte mich jetzt um die Körperfunktionen als später, wenn ich gerade die bösen Buben bekämpfte. Dann probierte ich mein neues Ensemble an. Ein Paar durchlöcherte Jeans, eine Nummer zu groß, und ein mottenzerfressenes T-Shirt, ebenfalls zu groß. Ich holte mir ein Stück Seil als Gürtel und rollte den Hosenaufschlag hoch. Ich entschied mich gegen Schuhe. Meine glatten Stöckel würden mir an den Orten, die ich in den nächsten Stunden aufsuchen würde, keinen guten Dienst erweisen. Außerdem paßte ihr Marineton nicht zu dem verwaschenen Blau meiner Jeans.

Ich wollte in die Kohlenrutsche klettern, ohne die alten Türen zu sehr zu verschieben. Es wäre nicht sehr förderlich, wenn ein Lichtschein meinen Fluchtweg markierte. Als erstes mußte ich die Tür der Rutsche öffnen. Sie war wahrscheinlich seit Dutzenden von Jahren nicht mehr bewegt worden. Die ersten Zentimeter gingen leicht, weil die Scharniere so locker waren. Auf dem restlichen Stück quietschte sie protestierend und bedeckte alles, einschließlich meiner selbst, mit Kohlenstaub. Ich konnte sie nur ein Stück weit öffnen, so daß sie in einem Winkel von etwa fünfundvierzig Grad hing, was mein Problem mit den alten Türen löste. Ich konnte sie gegen die Kohlenklappe lehnen und hatte immer noch genügend Platz, um reinzukriechen. Solange der Schergenjunge und seine Freunde den Keller nicht mit Flutlicht absuchten, würde es ihnen wahrscheinlich gar nicht auffallen.

Jetzt mußte ich mich bloß noch reinquetschen und hoffen, daß mir keine widerlichen, kriechenden Dinge begegneten. Ich wünschte, ich hätte ein Halstuch gehabt, um mein Gesicht damit zu bedecken. Ich hustete immer noch von dem Staub, der beim Öffnen der Kohlenklappe aufgewirbelt worden war.

Ich schob mir die Pistole in den Gürtel aus Seil und bedeckte sie dann mit einem Stück vom T-Shirt, um sie vor dem Staub zu schützen. Dann streckte ich vorsichtig den Kopf vor und leuchtete mit der Taschenlampe den Schacht hinauf. Ich erblickte Schmutz und Spinnenweben in einer Menge, die ich im Staate Louisiana nie vermutet hätte. Und alles in dem Schacht, den ich hinaufklettern mußte.

Ich hörte, wie eine Autotür zugeschlagen wurde. Verdammt, Milos Timing war wirklich schlecht. Ich schaltete die Taschenlampe aus und glitt mit den Schultern in den Schacht. Ich stützte mich mit den Ellenbogen an den Seitenwänden ab und zog meinen Oberkörper hinein. Dann stellte ich einen Fuß auf die Kante der Öffnung und stieß den Rest meiner selbst hinauf. Das Metall fühlte sich an meinen nackten Füßen kalt und scharf an. Ich stützte mich wieder mit den Ellenbogen ab, dann mit den Füßen, und stemmte mich ein paar Zentimeter höher. Alles, was mich jetzt hielt, war der Druck meiner Arme und Beine gegen die Seitenwände des Schachtes. Selbst wenn es dort etwas zu sehen gegeben hätte, konnte ich wegen all dem Schmutz und Staub nicht nach oben schauen. Ich hievte mich noch ein paar Zentimeter höher, so daß meine Füße über der Öffnung waren.

Ich hielt für einen Moment inne und lauschte. Ich wollte hier drinnen nicht zu viel Krach machen, während sie im Keller waren.

Dann hörte ich es. In der Ferne. Einen Schuß. Milo, sagte ich mir selbst, es mußte Milo sein. Die großen Tiere hatten seine Stümperei satt und ihn deshalb hierher zurückgebracht, um ihn zu erschießen. Ich stieß mich wieder hinauf, und nochmal, bevor mir einfiel, daß ich leise sein mußte, wenn sie in den Keller kamen. Ich hielt an und hing inmitten in der dunklen, staubigen Luft.

Die Falltüre wurde geöffnet, dann Schritte auf der Treppe. Die untere Tür ging auf. Ich hörte ein sehr erfreuliches Fluchen. Dann rannten die Schritte die Treppe rauf, und es gab noch mehr Geschrei. Ich riskierte es, mich noch einen halben Meter im Schacht hinaufzustemmen. Dann mehr Stimmen und mehr Schritte auf der Treppe. Sie schrien und warfen die kaputten Möbel umher. Sie machten genug Krach, daß ich Zentimeter um Zentimeter weiter hinaufklettern konnte. Wenn sie den Keller vollständig auseinandernahmen, würden sie diesen Schacht finden. Ich wollte nicht, daß sie mich darin fanden. Irgend etwas kroch mir über den Nacken. Ich traute mich nicht, es abzuschütteln. Ich konnte nicht riskieren, zuviel Geräusch zu machen oder, noch schlimmer, den Halt zu verlieren und wieder runterzurutschen. Ich mußte einfach hoffen, daß es keine Schwarze Witwe war. Gemeinsam mit was auch immer auf meinem Nacken saß gewann ich ein paar weitere Zentimeter. Endlich kroch es weg, vielleicht von mir runter, wahrscheinlich aber auf mein T-Shirt oder auf mein Haar. Dann landete mein Ellbogen auf einem Nagel. Ich wollte ihn zurückreißen, doch mein Fuß begann abzurutschen. Ich drückte meinen Ellbogen in den Nagel und ignorierte den Schmerz. Im Keller ertönte noch mehr Krach und Fluchen. Ich bewegte mich wieder ein paar Zentimeter höher und nahm den Ellenbogen vom Nagel. Mir schoß der vage Gedanke durch den Kopf, ob es wohl eine entfernte Möglichkeit gab, daß ich meine Schutzimpfungen auf dem Stand hatte, Tetanus beispielsweise. Ich ignorierte den blutenden Ellenbogen und schob mich weiter nach oben.

Mein Kopf stieß gegen etwas. Da ich keine Hand frei hatte, stemmte ich mich näher heran und drehte meinen Kopf so, daß ich mit meiner Wange erfühlen konnte, was es war. Wange an Wange mit einem Brett.

Ich rutschte noch etwas höher, damit ich beim nächsten größeren Krach im Keller mit aller Wucht gegen die hölzerne Abdeckung stoßen konnte. Ich hoffte, daß sie sehr verrottet war.

Da hing ich also, versuchte, nicht zu husten, und lauschte der Suche im Keller. Schließlich wurde ich mit einem unterdrückten »Paß auf« und dem Geräusch eines samt Lattenrost umfallenden Betts belohnt. Ich warf mich nach oben gegen die Abdeckung.

Gesegnet sei Mutter Natur mit ihrem Rost und Verfall. Das Holz selbst hielt stand, aber der rostige Verschluß löste sich ganz leicht von dem verrotteten Holz. Ich warf einen Arm über die Kante und wuchtete mich hinaus in die Morgendämmerung, nicht ohne die Anzahl meiner Abschürfungen und blauen Flecken dabei zu erhöhen.

Ich blickte mich schnell um, mißachtete meine pochenden Knie und Ellenbogen. Ich wollte nicht in irgendeinen Gewehrlauf blicken.

Glücklicherweise gediehen Pflanzen hier sehr gut. Da niemand sie beschnitten hatte, waren Azaleen und Oleander um die Rutschenöffnung herumgewachsen. Niemand war in der Nähe. Ich schloß die Tür vorsichtig, damit das Licht nicht zu sehen war, falls jemand hineinblickte, dann nahm ich die Pistole aus dem Seilgürtel und entsicherte sie.

Das Sicherste wäre, zur Straße zu laufen und ein vorbeifahrendes Auto anzuhalten. Aber dieser Schuß, den ich gehört hatte, ging mir nicht aus dem Kopf. Ich mußte sichergehen, daß es Milo war, den man beseitigt hatte.

Ich fand eine Stelle, die wohl einst eine Öffnung zwischen den Büschen gewesen war, und zwängte mich hindurch. Es war immer noch früher Morgen, der durch die Wolken, die den Sonnenaufgang verdeckten, noch grauer erschien. Meine Füße wurden kalt und feucht vom Tau. Ich lief in Richtung der Vorderseite des Hauses, aber da ich von dort Stimmen vernahm, beschloß ich, daß die andere Richtung genauso gut war. Die Stimmen kamen auf mich zu, deshalb verschwand ich hinter einer Ecke. Ich sah eine Außentreppe, die zu einer Veranda auf der ersten Etage führte. Ich kletterte hinauf und trat dabei so leicht wie möglich auf. Die beiden obersten Stufen waren eingebrochen, und ich mußte einen großen Schritt machen, um auf die Veranda zu gelangen. Hoffentlich kamen die Stimmen nicht hierher. Die Veranda wirkte nicht sehr vertrauenswürdig; das andere Ende hatte schwere Schlagseite, und ein paar Planken fühlten sich unter meinen Füßen mehr als verrottet an. An dem absackenden Ende lag außerdem etwas, das aussah wie ein Stück sehr dicken schwarzen Drahts, falls dicker schwarzer Draht sich selbständig bewegen konnte.

Eine Gittertür führte ins Haus hinein, eine Richtung, die ich ansprechend fand. Ich öffnete die Gittertür vorsichtig, hoffte, daß die rostigen Angeln nicht zuviel Krach machten. Die Tür kam mir entgegen, und die Angeln machten überhaupt kein Geräusch, da sie nicht mehr befestigt waren. Ich lehnte die Tür behutsam gegen die Wand. Falls sich hinter der Gittertür mal eine Tür befunden hatte, war sie jetzt verschwunden.

Ich war auf dem Flur im ersten Stock. Zu meiner Linken befand sich die enge Treppe, die von der Küche heraufführte. Ich schlich eine weitere Treppe hinauf. Rechts war ein Zimmer, das den Verfall dieses Hauses bezeugte. Es sei denn, die hier abgelegten Tampons und Kondome waren Vorkriegsgut.

Aus dem Keller drang Stimmengeräusch zu mir herauf. Es hörte sich an, als kämen sie nach oben. Ich lief noch weiter treppaufwärts. Die zweite Etage bestand aus nur zwei Räumen, vielleicht die Zufluchtsstätte und der Aussichtsturm eines früheren Besitzers. Die Stufen führten direkt in einen Raum, in dem auch die Tür zum nächsten war. Von dem einen Fenster aus erblickte ich den Fluß in seiner ganzen dunstverhüllten, graubraunen Pracht. Vom Fenster gegenüber konnte ich sehen, wie die Auffahrt eine Kurve beschrieb und zwischen einer Gruppe von Kiefern verschwand. Der Vorplatz des Hauses war nicht sichtbar, auch nicht, wieviele Autos dort standen; das Dach unter mir schnitt den Blick ab.

Ich betrat den anderen Raum. Auf dem Boden lag haufenweise von unzähligen Stürmen und Vandalen zerbrochenes Glas, und ich mußte aufpassen, wohin ich mit meinen nackten Füßen trat. Die beiden entsprechenden Fenster boten denselben Ausblick, über die Auffahrt und den Fluß. Das dritte Fenster überschaute eine verwilderte, weitläufige Rasenfläche, die an den Sumpf grenzte, der diesen Besitz von *Einhundert-Eichen* abtrennte.

Ich erspähte drei Männer, die am Rand des Sumpfes standen. Es sah aus, als ob sie etwas Schweres in das brackige Moor wälzten. Es leuchtete rot auf, bevor es zwischen den Gräsern hinabsank und verschwand.

Ich wollte schreien oder fluchen. Wollte Gott oder dem Schicksal oder wem auch immer befehlen, diesen dunkelroten Fleck wieder aus dem Sumpf herauszuholen. Ich tat es nicht. Ich sagte nichts. Statt dessen stellte ich die Füße fest auf den Boden, ignorierte das Glas und steckte den Lauf meiner Fünfundvierziger durch eine der zerbrochenen Fensterscheiben.

Ich hatte mit dieser Pistole noch nie auf einen Menschen gezielt. Ich hatte mal gesehen, wie mein Dad eine Wasserschlange damit erschossen hatte, aber das war das einzige, was ich sie je hatte zerstören sehen. Es war seine Pistole gewesen. Das war der wahre Grund, warum ich sie bei mir trug. Er hatte mir schon in jungen Jahren alles über Pistolen beigebracht, wie gefährlich und bedenklich sie waren. Ziele damit nie auf einen anderen Menschen, hatte er gesagt.

Das hatte ich auch nie getan. Bis jetzt. Ich zielte auf den, den ich für Milo hielt, und drückte ab. Selbst das Krachen der

Pistole an diesem frühen Morgen schien nicht laut genug zu sein. Natürlich traf ich Milo nicht, aber ich erwischte den Schergenjungen. Es schleuderte ihn zu Boden, als hätte ihm eine mächtige Hand auf die Schulter geschlagen. Ich feuerte nochmal. Sie stoben auseinander und kümmerten sich nicht weiter um den Schergenjungen, der mit blutender Schulter hinter ihnen herlief.

Ich wich vom Fenster zurück, wollte nicht, daß sie mich sahen. Sie hatten ihre Pistolen gezückt und feuerten, aber nicht in meine Richtung. Offensichtlich glaubten sie, die Schüsse wären aus einer Gruppe von Büschen heraus abgefeuert worden, die eine der alten Eichen auf dem Rasen umgaben.

Ein Teil von mir wollte weiter auf sie feuern, aber ich sagte mir, die beste Rache sei die, lange genug zu leben, um gegen sie auszusagen. Es gab wahrscheinlich mehr von ihnen, als ich Kugeln hatte, vor allem, weil ich bezweifelte, daß sie stillhalten würden, während ich auf sie schoß.

Ich ging zurück in den anderen Raum und plazierte mich so, daß ich jeden, der die Treppe raufkam, sehen konnte, bevor er mich sah. Ich hörte viel Gebrüll und noch ein paar Schüsse, dann das Geräusch eines angelassenen Autos und gleich darauf eines weiteren.

Ich raste zum Fenster zurück, das die Auffahrt überschaute, und sah zwei Autos die Auffahrt hinunterrasen, darunter auch das, in dem Barbara angeblich nach New Orleans zurückgefahren wurde. Als sie an der Eiche vorüberfuhren, von der aus sie glaubten, beschossen worden zu sein, ließen sie eine Salve von Schüssen los, die sich wie MG-Feuer anhörte. Dann verklangen die Autogeräusche, und der graue Morgen war wieder still.

So schnell ich konnte rannte ich die Stufen hinunter, die Waffe im Anschlag, falls sie den Schergenjungen oder einen der Kellerdurchsucher zurückgelassen hatten. Als ich die Küche erreichte, sprang ich kurz in den Lagerraum und warf für den Fall, daß noch jemand im Keller war, die Falltür zu und verriegelte sie. Aber von unten kam kein Laut des Protests oder der Bestürzung. Turner lag immer noch mit glasigen und leeren Augen im vorderen Raum, während ein paar Fliegen umherschwirrten und sich auf dem Blutfleck auf seiner Brust niederließen. Ich beachtete ihn nicht weiter und hetzte nach draußen. Niemand war zu sehen. Offensichtlich hatten sie den Schergenjungen mitgenommen.

Voller Wut und Enttäuschung feuerte ich zweimal in die Richtung, in die die Autos verschwunden waren. Dann rannte ich zum Sumpf, dorthin, wo ich das rote Aufblitzen gesehen hatte. Als ich über die Auffahrt mit ihren Austernschalen lief, zerschnitten sie mir die Füße, aber ich konnte dem Schmerz keine Beachtung schenken. Ich mußte wissen, was sie in den Sumpf geworfen hatten.

11. Kapitel

Das Gelände war riesig und erstreckte sich weithin, stammte noch aus den Tagen, als die Reichen sehr reich waren und das Land billig. Ich schleppte mich mühselig über das feuchte, überwucherte Anwesen, während scharfe Gräser an meinen wunden Füßen rissen. Ich lief und lief.

Ich erreichte den Sumpf. Ich war nicht sicher, ob dies die Stelle war, an der ich sie gesehen hatte. Ich sah kein verräterisches Rot. Ich lief etwa zwanzig Meter am Rand des Sumpfes entlang und sah immer noch nichts. Ich schaute zum Haus zurück, versuchte, mich daran zu orientieren. Wie die Augen einer zahnlückigen Kürbiskopflaterne schienen die zerbrochenen Fensterscheiben mich auszulachen. Ich rannte zu meinem Ausgangspunkt zurück, lief dann weiter bis zu einer Stelle, an der das Gras niedergetrampelt war. Ich folgte dieser Grasspur, vorbei an einer Gruppe von Zwergkiefern, bis zu der freien Stelle, an der ich die Männer gesehen hatte.

Ich sah meinen roten Fleck. Sie hätte eine Puppe sein können, vom Wind und der Flut eines Hurrikans dorthin geweht, einem kleinen Kind entrissen, verbogen und zerbrochen in den Sumpf geworfen. Arme und Beine waren in ungewöhnliche Winkel verdreht und vermittelten jenes bestimmte Gefühl von Auflösung und Unordnung. Aber es war keine Puppe. Es war Barbara Selby, deren aschblondes Haar sie umfloß und blutverklebt war.

Ich schrie und fluchte, brüllte meine Wut all dem entgegen, was zuhörte, während ich vom Hügel in den Sumpf hinuntersprang und -rutschte.

Sie erzählen dir nie etwas über die Wut. Ich erinnere mich an die Wut, nein, die absolut weißglühende Rage, die ich gefühlt hatte, als mein Vater getötet wurde. Meine Tante Greta hatte das nie verstanden, erzählte mir immer, ich solle mich nicht so aufführen und daß ich Gottes Willen akzeptieren müßte. Ich antwortete darauf immer, wenn Gott meinen Vater tötete, würde ich Ihn dafür hassen. Das hatte dann eine Abreibung zur Folge, und ich mußte ohne Abendessen ins Bett.

Während ich mich jetzt durch das schlammige und sumpfige Gras zu Barbara hinüberschleppte, fühlte ich dieselbe Wut. Sie hatten ihr einmal in den Kopf geschossen. Ein großer schwarzer Käfer kroch ihr über den Hals auf die Wange. Ich pflückte ihn ab und warf ihn so weit weg, wie ich nur konnte.

Ich kniete mich neben sie, berührte ihre Hand und merkte, daß diese noch warm war. Konnte sie noch am Leben sein? Ich tastete nach dem Puls. Er war da, unregelmäßig und schwach, aber sie lebte.

Ich wollte sie am Leben erhalten. Mein erster Impuls war, sie hochzuheben und aus dem Schlamm herauszutragen, aber der Versuch, sie diesen Hügel hochzuwuchten und ins Haus zu schleppen, würde ihr vielleicht eher schaden als nützen. Sie brauchte so schnell wie möglich Hilfe. Sie mußte auch aus diesem kalten, schlammigen Sumpf heraus und ärztlich versorgt werden. Es würde für eine einzige Person nicht leicht sein, beide Dinge gleichzeitig zu tun.

Ich untersuchte sie, versuchte festzustellen, ob die Kopfwunde die einzige Verletzung war. Konnte ja sein, daß die Schufte ihr auch den Rücken gebrochen hatten. Ich hoffte, daß ich sie am Leben erhalten konnte, daß dies nicht ein allerletzter Horror war, sie sterben würde, egal, was ich auch tat, ein grausamer Scherz der Götter.

Ihre Wunde am Kopf war die einzige, die ich entdecken konnte. Ich wollte das Risiko eingehen, sie zu bewegen, wenigstens den Hügel hinauf und aus dem Sumpf hinaus.

Ich betrachtete den Abhang, suchte den besten Weg nach oben. Plötzlich tauchte ein Mann auf. Er schrie mir irgend etwas zu, aber ich konnte es nicht verstehen. Er hatte eine Pistole und richtete sie auf mich. Ich hatte Barbara und mir selbst keinen guten Dienst erwiesen.

Er schrie wieder, aber er drückte nicht ab. Ich starrte ihn an und begriff, daß ich ihn noch nie zuvor gesehen hatte. Es war keiner von Milos Männern.

Auf der Hügelspitze erschien ein weiterer Mann. Auch er richtete eine Pistole auf mich und schrie.

Es dauerte einige Sekunden, bis ich begriff, was sie sagten. Sie befahlen mir, etwas fallen zu lassen. Meine Pistole. Ich hielt meine Pistole immer noch in der Hand. Dann sah ich das silberne Glitzern eines Abzeichens an einem der Männer. Die Polizei. Nur eine halbe Stunde zu spät. Warum sie mir zuschrien, die Pistole fallen zu lassen, während Barbara hier im Sterben lag, verstand ich nicht.

»Fallen lassen«, schrie der erste wieder. »Lassen Sie die Waffe sofort fallen.«

Tat ich nicht. Ich schleuderte sie ihnen entgegen. Sie verschwand über dem Hügel gleich rechts neben dem ersten Mann. »Helfen Sie ihr«, schrie ich. »Sie braucht einen Krankenwagen.«

Sie kletterten den Hügel hinunter. Als sie uns erreichten, griff mich einer der beiden, warf mich gegen die nächste Kiefer und durchsuchte mich. Dann schloß er mir mit Handschellen die Hände auf den Rücken. Der andere kümmerte sich um Barbara. Sie waren mir nicht schnell genug. »Verdammt nochmal, holen Sie einen Krankenwagen«, explodierte ich. »Sie braucht sofort Hilfe.«

»Das reicht«, sagte der erste. Er fing an, mich den Hügel hinaufzuschleifen. Ich versuchte, zu protestieren, aber er verdrehte mir den Arm und zog mich mit. Zwei weitere Männer erschienen auf der Anhöhe. Einer hatte ein Funksprechgerät.

»Rufen Sie den Notarzt«, sagte der Beamte, der bei Barbara war. Ich hörte, wie einer der Männer einen Krankenwagen anforderte, während ich über den überwucherten Rasen dorthin zurückgeführt wurde, wo die Polizeiautos standen. Drei Stück waren da. Wurde auch Zeit.

Auf einmal merkte ich, wie sehr mein ganzer Körper schmerzte. Mein Kiefer dort, wo Turner mich getroffen hatte, meine zerschnittenen Füße, all die Schrammen und Blutergüsse, die ich mir beim Klettern in der Kohlenrutsche geholt hatte, meine aufgeschürften Handgelenke. Außerdem fror ich. Ich war ins Schwitzen geraten, als ich auf der Suche nach Barbara losgerannt war. Meine Jeans waren vom Sumpf durchnäßt, und das T-Shirt bot nur unzureichenden Schutz gegen die kühle Morgenluft. Ich begann zu zittern.

Meinem freundlichen, herzensguten Polizeibeamten schien das nicht aufzufallen. Er führte mich über den Austernschalenweg zurück, ohne den Schritt zu verlangsamen. Diesmal merkte ich sehr deutlich, wie scharf die Teile waren. Er blieb bei den Autos stehen, und dann fing er an, mir meine Rechte vorzulesen.

Ich unterbrach ihn. »Weswegen werde ich festgenommen?«

»Mord.«

»Häh?« war meine forsche Antwort.

»Stellen Sie sich nicht dumm. Zwei Leute mit Schußverletzungen, einer davon ist schon tot. Wir haben Sie mit der Pistole erwischt. Jemand rief an, sagte, sie hätten hier draußen Schüsse gehört. Und das hier finden wir vor.«

Hunger, Müdigkeit und Schmerzen hatten mich wohl doch erwischt. Ich vermochte seiner Logik nicht ganz zu folgen.

»Oder wollen Sie etwa behaupten, Sie wüßten nichts von der Leiche im Haus«, fuhr er sarkastisch fort.

»Ach, er.« Turner hatte nicht ganz oben auf meiner Prioritätenliste gestanden.

»Ja, er.«

»Aber er ist mit einer Achtunddreißiger erschossen worden. Meine Pistole ist eine Fünfundvierziger«, sagte ich. Das weckte den Beamten auf. »Häh?« Jetzt war er der Geistreiche. »Woher wissen Sie das?«

»Oh, weibliche Intuition«, antwortete ich. Das schien ihm nicht sehr zu gefallen. Ich erwog, ihm vorzuschlagen, den

Keller zu durchsuchen und meine Tasche samt Privatdetektiv-Lizenz und Waffenschein zu holen. Aber es schien mir nicht sehr wahrscheinlich, daß sie sie dort finden würden, wo ich sie versteckt hatte, ganz zu schweigen davon, wo sie gelandet war, nachdem Milos Jungs die Suche beendet hatten.

»Ich glaube, Sie fangen jetzt besser an, mir ein paar ehrliche Antworten zu geben«, sagte er.

Mir war kalt, ich hatte Hunger, war müde, schmutzig, hatte Schmerzen, und er wollte ein paar ehrliche Antworten. In der Ferne ertönte die Sirene eines Krankenwagens und kam näher. Ich zitterte. Mein linker Fuß schlug vor, mich auf den rechten zu stellen. Mein rechter Fuß befahl mir, mich hinzusetzen. Und er wollte ehrliche Antworten. »Ich will eine Anwältin.« So — ehrlicher würden meine Antworten nicht werden.

»Sie dürfen Ihren Telefonanruf machen, wenn wir auf der Wache sind. Warum erzählen Sie mir jetzt nicht etwas über die Achtunddreißiger?« fragte er.

»Eigentlich will ich gar keine Anwältin«, sagte ich. »Ich will jemand von der Polizei.«

»Ich bin von der Polizei.«

Ich hätte fast gesagt, ich will aber einen richtigen, doch ich bremste mich noch rechtzeitig. »Ja, weiß ich. Jemand ganz bestimmtes. Detective Sergeant Joanne Ranson, New Orleans Police Department.«

»Haben Sie einen besonderen Grund?« fragte er.

»Wenn Sie sie sprechen, grüßen Sie sie schön von Micky Knight.«

Er schaute mich böse an, sagte aber nichts. Der Krankenwagen bog in die Auffahrt und knirschte dabei lautstark über die Austernschalen. Hinter ihm fuhr ein weiteres Polizeiauto. Diese Jungs waren uniformierte Landeier. Jemand wies dem Krankenwagen die Richtung über das Gelände hin zum Sumpf, und er fuhr holpernd über den Rasen davon.

Officer Landei blickte mich immer noch böse an. Ganz offensichtlich beeindruckte es ihn wenig, daß ich eine Polizistin aus der großen Stadt kannte. »Tja, Sie sind trotzdem wegen Mordes verhaftet«, antwortete er schließlich. Einer der Männer aus dem vor kurzem eingetroffenen Polizeiauto kam herüber und redete mit meinem Beamten. Ich konnte nicht verstehen, was sie sagten. Ich zitterte bloß.

Der Krankenwagen kam vom Sumpf zurück, und die Sirene wurde schon eingeschaltet, als er noch auf dem Rasen war. Ich beobachtete, wie er die lange Auffahrt hinunter verschwand. Viel Glück, Barbara. Ich hoffe, ich sehe dich wieder. Ich lauschte der Sirene, bis sie in der Ferne verklang.

Der Leichenwagen fuhr heran. Ich stand zitternd da und beobachtete, wie sie Turner in einem schwarzen Leichensack heraustrugen.

Ich fragte mich, ob sie glauben würden, ich wolle weglaufen, wenn ich die zehn Meter bis zum nächsten Wagen ging und mich dagegen lehnte. Sie bemerkten es nicht einmal. Unglücklicherweise war das Auto kalt. Meine Füße waren eins über Null, meine Körpertemperatur eins unter Null, so daß der Gesamtzustand meiner Befindlichkeit sich nicht allzusehr veränderte.

Der Leichenwagen fuhr davon. Es fing an zu nieseln. Mein Beamter ging ins Haus, um mit seinen Truppen zu reden. Vielleicht auch, um dem Regen zu entgehen. Für einen gefährlichen Killer bewachten sie mich nicht gerade gut. Ich dachte daran, wegzugehen. Aber da mir der Gedanke, aufrecht zu stehen, nicht sehr verlockend erschien, war es nicht sehr wahrscheinlich, daß ich weggehen würde.

Endlich kam mein Beamter aus dem Haus zurück. »Ach je, fängt es an zu regnen?« Ich warf ihm einen finsteren Blick zu. Er trug eine unansehnliche Decke bei sich, die er über den Rücksitz des Autos breitete. Dann wies er mich an, einzusteigen. Was ich tat. Zu diesem Zeitpunkt erschien mir der Knast wie der Gipfel allen Luxus.

Er und ein anderer Beamter stiegen vorne ein. Zwischen uns war eine strapazierfähige Trennwand. Wir fuhren wortlos, wenigstens was mich betraf, in die kleine Stadt, welche auch immer das sein mochte. Ich konnte den Namen an der Wache nicht lesen, da sie mich durch den Hintereingang hineinführten. Der Kriminelleneingang, vermutete ich.

Ich sah mich kurz in einem Spiegel. Ich war von regenverwaschenem Kohlenstaub bedeckt, barfuß, und an einem Arm klebte vom Ellenbogen bis zum Handgelenk getrocknetes Blut. Meine Kleidung sah aus wie auferstandene Putzlumpen, und die Jeans waren von den Knien abwärts mit Schlamm bedeckt. Ich konnte leicht als gefährliche Irre durchgehen.

Sie führten mich in eine Zelle, nahmen mir die Handschellen ab und schlossen mich ein. Ich hörte einen Scherz darüber, daß sie die Zelle ausräuchern würden, wenn sie mich erst los wären. Es machte mir nichts aus. Ich ließ mich auf dem klumpigen Bett nieder und zog die kratzige Wolldecke um meine Schultern. Es dauerte eine ganze Weile, bis ich zu zittern aufhörte.

Nach einiger Zeit kam mein freundlicher Polizeibeamter zurück und fing an, mir Fragen zu stellen, die ich ignorierte. Ich wiederholte nur ständig, er solle Ranson holen. Das alles würde ich sie erklären lassen. Ich war zu müde und zu besorgt um Barbara. Ich fragte ihn nach ihr, aber er wußte gar nichts. Oder behauptete, nichts zu wissen.

Endlich ging er. Ich kroch zurück unter die Decke, um mich warmzuhalten. Ich würde wahrscheinlich eine Grippe bekommen.

Irgendwann nachmittags erschien so ein Grünschnabel mit Befehlen und allen möglichen offiziell aussehenden Papieren, um mich in die Stadt zurückzubringen. Er sah nicht sehr begeistert aus, als er mich erblickte, und borgte sich die Decke aus, auf der ich im Auto des freundlichen Polizisten gesessen hatte. Er vergewisserte sich auch noch mal, daß seine kugelsichere Schutzsperre gegen anomale Individuen makellos und fest verschlossen war.

Gut, dachte ich, bin ich wenigstens vor ihm geschützt. Ich

döste vor mich hin, bis wir in den frühen Feierabendverkehr gerieten.

Grünschnabel führte mich zu Ransons Büro und ließ mich draußen warten, bis sie zurückkam, ließ mich auch entscheiden, ob ich einen dieser wunderschönen, antiken Klappstühle dadurch ruinieren wollte, daß ich mich draufsetzte. Ich setzte mich. Schönheit ist vergänglich, doch schmerzende Füße währen ewig.

Ich saß da und fühlte mich sehr schmutzig, ganz zu schweigen von meinem Selbstmitleid, als Danny Clayton vorbeiging. Ohne mich zu erkennen, wenn ich das hinzufügen darf. »Danny«, sagte ich. Sie ging weiter. »Assistenzstaatsanwältin Clayton.«

Ich erregte ihre Aufmerksamkeit. »Kenne ich ...? Micky!« rief sie, als sie mich erkannte. »Mein Gott, Frau, was ist mit dir passiert?«

»Oh, bin gegen eine Tür gelaufen.« Dannys Gesichtsausdruck sagte mir mehr als tausend Spiegel, wie schlimm ich aussah.

»Das muß ja eine höllische Tür gewesen sein.«

Ranson kam dazu, grüßte Danny beiläufig, bemerkte mich und schaute zweimal hin. Es verschaffte mir einige Befriedigung, sie so von der Rolle zu bringen. »Scheiße, Micky, was haben die dir angetan?« fragte Ranson mit belegter Stimme.

»Die?« fragte Danny, schaute dabei erst Ranson an und dann mich. »Kommt in mein Büro. Nein ... warte, laß uns auf die Toilette gehen und dich sauber machen.« Sie ging voran. Da es hier nicht allzu viele Frauen gab, hatten wir den Raum ganz für uns. Ranson ging mir eine Trainingshose und ein T-Shirt aus ihrem Schließfach holen.

Ich fing an, mir das Blut und den Kohlenstaub abzuwaschen. Ich hatte einen großen Bluterguß auf Wange und Kiefer, wo Turner mich geschlagen hatte. Meine sauberen Arme waren ein Meer von blauen Flecken und Schnitten. Beide Handgelenke waren von den Seilen aufgekratzt und verschrammt.

Mein linker Fuß hatte einen ekligen Schnitt an der Ferse, und an beiden Füßen waren winzige Verletzungen von den Austernschalen. Je mehr Schmutz runterkam, desto besorgter sah Danny aus. Ich wünschte mir fast, sie wäre nicht da gewesen. Ich hatte sie in letzter Zeit zu schlecht behandelt, um das Gefühl zu haben, daß ich die Sorge verdiente, die sie zeigte.

Ranson kam mit den Sportklamotten zurück. Ich zog die schmutzigen Fetzen aus.

Dannys Stimme klang wütend. »Wer hat das getan?«

»Eine Kohlenrutsche, Austernschalen, ein Sumpf«, sagte ich. Danny nahm mein Kinn in eine Hand und drehte mein Gesicht zu sich, fing dann an, den Bluterguß auf meinem Gesicht mit dem Finger nachzuzeichnen. Ich zuckte zusammen, als sie die wunde Stelle berührte.

»Das hat keine Austernschale getan. Oder das.« Sie zeigte auf meine Handgelenke. »Es gibt Gesetze, die es Menschen verbieten, andere Menschen zu schlagen.«

»Ja, aber du solltest erstmal den anderen sehen«, versuchte ich zu witzeln. Dann fiel mir ein, daß der andere in einem Leichensack steckte.

»Kannst du ihn identifizieren?« fragte Ranson.

»Ja. Ich kann dir sogar sagen, wo er ist.« Ranson zog eine Augenbraue in die Höhe. Es war vorbei mit den Witzen. »In einem Leichenschauhaus, irgendwo im Bezirk St. John the Baptist.«

»Hast du ...?« Danny ließ das »ihn getötet« im Raum hängen.

»Nein, hab' ich nicht.«

»Laßt uns zurück in mein Büro gehen.« Ranson führte uns hinaus.

Das erste, was Ranson tat, war, uns telefonisch ein paar *Po-boys* zum Abendessen zu bestellen. Es war schon nach sechs. Sie schien gewillt, Danny bleiben zu lassen, und mir machte es nichts aus.

Ich erzählte ihnen meine Geschichte, unterbrach mich nur kurz, als das Essen kam. Wegen meiner Müdigkeit und Ransons vielen Fragen brauchte ich über zwei Stunden. Als ich fertig war, stand sie auf und sagte: »Okay, Zeit, daß du nach Hause ins Bett gehst.«

»Sie kommt mit mir nach Hause«, sagte Danny.

»Gute Idee«, antwortete Ranson.

Aber es gab noch eine unerledigte Sache. »Barbara Selby«, sagte ich. »Ich muß wissen, wie es ihr geht.«

Ranson sagte mir, das letzte, was sie vor einigen Stunden gehört hatte, wäre, daß Barbara noch im OP war. »Sieh zu, daß du etwas Schlaf bekommst, Micky. Wenn ich etwas erfahre, geb' ich dir Bescheid.«

»Das will ich dir auch raten. Ich muß es wissen. Ruf mich an, sobald du etwas rausfindest«, antwortete ich. Dann gingen Danny und ich.

12. Kapitel

Danny hatte unterwegs gehalten und Elly angerufen; deshalb war sie nicht überrascht, als wir auftauchten. Sie hatte sogar die Schlafcouch für mich zurechtgemacht. Es sah sehr einladend aus, aber die Höflichkeit nötigte mich, erst noch schnell zu duschen. Das Badezimmer auf dem Polizeirevier hatte nur die erste Schicht heruntergeholt. Außerdem hoffte ich, daß Ranson anrufen würde, um mir zu sagen, daß Barbara durchkommen würde.

Aus der schnellen Dusche wurde dann doch ein schnelles Bad, weil meine Füße das Gefühl hatten, mein Gewicht in den letzten Tagen lange genug getragen zu haben. Danny kam herein, als ich mich gerade abtrocknete, und gab mir einen Bademantel. Zu meinem Befremden machte es mich verlegen, daß sie mich nackt sah. Das war noch nie passiert. Die Verlegenheit, nicht das Nacktsein. Vielleicht, weil mir endlich bewußt geworden war, wie mies ich mich ihr gegenüber verhielt. Vielleicht ist Verlegenheit auch ganz natürlich, wenn eine nackt vor einer Ex-Geliebten steht, während deren jetzige Gefährtin im anderen Zimmer wartet. Ich vermutete, es war ein bißchen von beidem.

Sie musterte mich von oben bis unten und schüttelte dabei unaufhörlich den Kopf. Ich hatte einen Haufen Prellungen abbekommen, die meisten davon schmerzhaft. »Du hast Glück, daß Elly Krankenschwester ist und im Wohnzimmer mit unserem für den Fall eines Alligatorangriffs angeschafften Camping-Verbandskasten wartet.«

»Ich kann's kaum erwarten«, sagte ich. »Danny, äh, ich …«

Sie winkte ab und sagte: »Komm schon raus. Ich möchte dir Elly vorstellen.«

Wir gingen aus dem Badezimmer ins Wohnzimmer. Elly war dort, mitsamt einem großen, knallorangefarbenen Verbandskasten. Elly Harrison war nicht sehr groß, aber so schlank, daß sie trotzdem lang wirkte. Wenn sie wollte, konnte sie wahrscheinlich zerbrechlich aussehen, doch jetzt tat sie es nicht, und ich bezweifelte, daß ich sie je so sehen würde. Sie hatte schwarzes, welliges, schulterlanges Haar und eindringliche hellbraune Augen.

Sie setzte mich hin und begann, mit der allen guten Krankenschwestern eigenen professionellen Munterkeit meine Schnitte zu versorgen. Wir redeten, während sie arbeitete, wobei ihr Teil der Unterhaltung verständlicher war als meiner, da ich einiges an Schimpfen und Stöhnen von mir gab. Elly arbeitete nicht im Krankenhaus, sondern als Pflegeschwester. Sie fuhr zu PatientInnen, die ihre Wohnung nicht verlassen konnten, sah nach ihnen und überwachte ihren Zustand. Sie sagte, daß die meisten ihrer Pflegefälle tödliche Krankheiten hatten, Krebs oder AIDS, aber nicht im Krankenhaus zu leben brauchten. Je länger wir redeten, um so beeindruckter war ich von Elly. Ich konnte sie nicht einfach aus meinen Gedanken verbannen, selbst wenn ich es noch gewollt hätte.

»Komm, Danno, Schlafenszeit«, sagte Elly, als sie sah, daß ich anfing, einzunicken. Ich war müde, aber ich wollte mich noch nicht hinlegen.

»Ja«, stimmte Danny zu, »schlaf erstmal, Micky.«

Ich begann zu protestieren, wurde aber vom Telefon unterbrochen. Danny ging ran und reichte mir dann den Hörer. Es war Ranson. »Sie ist vor ungefähr einer Stunde aus dem OP gekommen. Sie konnten die Kugel entfernen, aber sie hat das Bewußtsein noch nicht wiedererlangt.« Ranson hielt inne, sie klang müde. »Sie wissen nicht, ob sie das überhaupt tun wird. Die Ärzte halten sich sehr bedeckt, was ihre Heilungschancen angeht. Ihr Zustand wird als kritisch eingestuft und sie liegt auf der Intensivstation im *Charity Hospital*. Aber es gibt auch eine gute Nachricht«, fuhr Ranson fort, »Milo und Co. haben ihre Akten ausgeräumt und sind dann verschwunden, aber wir haben das Notizbuch gefunden, das du im Kopierer versteckt hast. Es enthält Daten, Routen und Treffpunkte für

Lieferungen. Diese Informationen werden den Drogenhandel für eine Weile durcheinanderbringen. Wir hoffen, daß uns ein paar dicke Fische ins Netz gehen, bevor die mitkriegen, daß wir wissen, wann sie wo sein werden.«

»Tja, freut mich wirklich, daß Barbara Selbys Leben geholfen hat, den Kokainpreis in dieser Gegend hochzutreiben«, gab ich zurück. Ich denke, Sergeant Ranson und ich waren unterschiedlicher Meinung darüber, was gut war. Wir hatten den Drogenheinis ein Loch im Bankkonto verpaßt. Das war nicht wert, daß Barbara in einem Koma lag, aus dem sie vielleicht nie mehr aufwachen würde.

»Hör mal, Micky, ich weiß ja...«, setzte Ranson an.

»Nein, tust du nicht«, gab ich zurück. »Du hast nicht gesehen, wie sie in diesem Sumpf lag. Wenn ich professionelles Mitgefühl brauche, such' ich mir eine Hure.« Ich hatte gehofft, gebetet sogar, daß Barbara gerettet würde. Daß all die Fehler, die ich wohl gemacht hatte, zumindest nicht unwiderruflich wären.

»Okay, Micky, schlaf erstmal ein bißchen«, antwortete Ranson und legte auf. Sie hatte ihr Temperament im Zaum gehalten, aber nur haarscharf. Ich erwischte Danny und Elly dabei, wie sie sich einen Blick zuwarfen. Danny förderte eine Flasche Brandy zutage und schenkte drei Gläser ein. Das vollste gab sie mir. Ich sagte nichts, fing nur an zu trinken. Sie und Elly nippten an ihren Gläsern.

Ein guter Eindruck, Micky. Du hast im Beisein einer Assistenzstaatsanwältin und ihrer Geliebten, die du gerade erst kennengelernt hast, eine hochdekorierte Polizeibeamtin beschimpft.

»Schlaf erstmal, Mick«, sagte Danny. »Du wirst immer richtig stinkig, wenn du müde bist.«

Ich trank meinen Brandy aus. Danny drückte sanft auf meine Schulter, so daß ich mich hinlegte. Dann stopfte sie die Decke fest und küßte mich auf die Stirn. Elly beugte sich hinunter und tat dasselbe.

»Gute Nacht«, sagte sie. Sie schalteten die Lampen aus und gingen in ihr Zimmer. Ich hörte das leise Gemurmel ihrer Stimmen, dann verlosch das Licht unter dem Türspalt.

Ich lag sehr still, fühlte den Schmerz in meinen Gliedern und die Wärme des Brandys nacheinander in Wellen durch meinen Körper fluten. Ich wußte nicht, daß ich weinte, bis ich die Nässe auf meinen Wangen spürte. Ich hoffte, daß Danny und Elly schon schliefen; sie sollten nicht mitkriegen, daß ich weinte.

Ich wußte noch nicht mal genau, warum ich es tat, aus vielen Gründen wahrscheinlich. Einige lagen vor allem in mir selbst; weil mir alles wehtat, und weil die letzten paar Tage schwer gewesen waren. Weil ich Barbara Selby hätte retten sollen und es nicht getan hatte. Weil Danny und Elly auf der anderen Seite der Schlafzimmertür zusammen waren und ich im Wohnzimmer ganz allein. Weil ich an irgendeinem Punkt selbst die Wahl getroffen hatte, im Wohnzimmer allein zu sein, und ich diese Wahl jetzt nicht ungeschehen machen konnte, egal, wie sehr ich es wollte. Weil das, was geschehen war, nicht Ransons Schuld war, aber ich es an ihr ausgelassen hatte. Weil ... die Liste schien länger und länger zu werden.

Ich wachte mit den steifsten Muskeln auf, die ich je gehabt hatte. Danny und Elly waren in der Küche. Ich konnte ihre gedämpften Stimmen hören. »Guten Morgen«, sagte Danny, als sie zur Tür hineinschaute und sah, daß meine Augen offen waren. »Warum bleibst du nicht im Bett?«

Ich richtete mich schwungvoll auf. »Sachen erledigen, Leute treffen«, sagte ich und schüttelte mich wach.

»Es wär eine gute Idee, wenn du's langsam angehen läßt«, mischte sich Elly durch die Küchentür hindurch ein.

Danny fragte in ihrer besten Staatsanwältinnenstimme: »Und wohin genau führt Sie Ihr Spaziergang so früh am Tage?«

»Zum Polizeirevier und zum Krankenhaus, Ma'am. Nichts Zwielichtiges, das versichere ich Ihnen.«

»Na gut, aber versprich mir: keine Kreuzzüge gegen die bösen Jungs«, sagte Danny.

»Versprochen.« Zumindest für heute, fügte ich innerlich hinzu.

»In diesem Fall kannst du dich aus meinem Kleiderschrank bedienen. Da ist eine schwarze Hose, die ich noch nicht kürzer gemacht habe, die dir passen müßte.«

»Der Kaffee ist schon fertig und wartet auf dich, wenn du welchen möchtest; wenn nicht, mach' ich ihn aus«, sagte Elly. »Wir sind dann weg.« Sie drückte mir einen Satz Reserveschlüssel in die Hand, sagte, ich könne kommen und gehen, wie ich wollte, und wiederholte die Empfehlung, es langsam angehen zu lassen.

Dann waren Danny und Elly fort. Ich schenkte mir eine große Tasse Kaffee ein, in der Hoffnung, daß er meinen Körper in die Gänge bringen würde. Dann kramte ich im Schrank herum, bis ich die Hose fand, die Danny erwähnt hatte, und einen weiten grauen Baumwollpullover dazu. Auf diese Weise brauchte ich mir nur Unterwäsche zu leihen und nicht auch noch einen BH. Ich fand einen Slip, von dem ich wußte, daß er alt war (ich hatte ihn Danny geschenkt). Nachdem ich mit Anziehen fertig war, aß ich einen Apfel, damit ich, wenn Danny fragte (was sie mit Sicherheit tun würde), antworten konnte, ich hätte gefrühstückt. Dann nahm ich drei Dollar für den Bus aus ihrem Kleingeldvorrat. Ich hinterließ eine Nachricht darüber.

Bis zur Besuchszeit war es noch eine Weile hin, deshalb war mein erstes Ziel Sergeant Ransons Büro, um festzustellen, ob sie Milo und Konsorten schon festgenommen hatte.

Die Busfahrt zum Polizeirevier war erstaunlich kurz. Kein Warten, keine verstopften Straßen. Ich hielt es sogar für möglich, vor Ranson dort zu sein, da sie letzte Nacht offenbar lange gearbeitet hatte. Aber sie saß an ihrem Schreibtisch, telefonierte und bearbeitete gleichzeitig irgendwelche Akten. Sie winkte mich herein und zeigte auf einen Stuhl, während sie ihr Gespräch zu Ende führte. Sie sah müde aus, und auf ihrem Schreibtisch stand ein halbvoller Becher Kaffee; zwei leere lagen schon im Papierkorb. Ich beschloß, mich zu benehmen. Sie beendete ihr Gespräch.

»Tut mir leid, daß ich dich gestern eine Hure genannt habe«, entschuldigte ich mich.

»Verdammt, Micky, ich wußte nicht, daß sie dich so schwer erwischt haben. Dieser Schlag aufs Kinn muß einen ziemlichen Schaden verursacht haben, wenn er zur Folge hat, daß du dich entschuldigst«, war Ransons huldvolle Erwiderung.

Na gut, niemand konnte sagen, daß ich's nicht versucht hatte.

»Ich wollte dich gar nicht Hure nennen, sondern inkompetentes Arschloch, aber ich war zu müde für so viele Silben.«

»Das ist schon besser«, sagte sie ungerührt und machte eine Pause. »Ich fürchte, ich habe ein paar Neuigkeiten, die dir nicht gefallen werden.«

»Barbara?« sagte ich und wollte es nicht hören.

»Nein, da hat sich nichts geändert. Es geht um Milo. Ein Priester, ein Senator und eine bunte Mischung weiterer mächtiger Männer sagen, daß er zu genau der Zeit mit ihnen gefrühstückt hat, als der Mord geschah.«

»Aber das ist nicht wahr.«

Ranson zuckte die Schultern. »Angeblich hat Milo in der Nacht davor eine Gruppe von Geschäftsleuten in seinem Privatflugzeug nach *Einhundert-Eichen* geflogen. Irgend so ein Ehemaligentreffen. Und er hat das Gelände nicht verlassen, bis er um ein Uhr mit Pater Francis X. Bromen in die Stadt fuhr.« Sie sah meinen Gesichtsausdruck und fuhr fort: »Persönlich glaube ich dir, Micky, aber das sind furchtbar schwer zu knackende Alibis.«

»Scheiße!« war alles, was mir dazu einfiel.

»Es ist keine Mordwaffe gefunden worden. Das Einzige, was Milo und seine Freunde mit dem verbindet, was sie getan haben, ist deine Aussage.«

»Und Barbara Selby im Krankenhaus.«

»Ja, aber sie sagt im Moment nicht viel. Bis sie aus dem Koma erwacht...« Ranson ließ 'falls sie aus dem Koma erwacht' unausgesprochen. »Und um das Ganze noch beschissener zu machen«, fuhr Ranson fort, »behaupten Milo und ein paar andere, daß du mit Elmo Turner eine Romanze angefangen hattest, und daß ihr beide am Montag morgen *Jambalaya* zusammen verlassen habt.«

»Was? Du weißt verdammt gut, daß ich so lesbisch bin wie der Mississippi naß.«

»Ich weiß. Und ich bin sicher, daß wir das vor Gericht beweisen könnten, aber in diesem Staat wird es deiner Glaubwürdigkeit als Zeugin nicht besonders weiterhelfen, daß du lesbisch bist. Außerdem haben wir nur das eine Notizbuch gefunden, das du versteckt hast, nichts weiter. Sie behaupten, daß du es selbst reingeschmuggelt hast. Nach dem Motto: 'Verärgerte Angestellte sucht Rache.'«

»Das stinkt zum Himmel. Du kannst die Typen nicht einfach laufenlassen.«

»Hör mal, ich habe bereits mehrere Anweisungen, dich vor Sonnenuntergang verhaften zu lassen.«

»Na, Klasse.«

»Aber ich glaube, ich kann dich aufgrund der ballistischen Gutachten rausholen. Außer es war deine Pistole, die ein Loch in Elmo Turners Brust oder Barbara Selbys Kopf geschossen hat«, schloß sie, Polizistin bis zum letzten.

»Nein, war es nicht«, gab ich zurück. Elly hatte recht gehabt. Ich hätte im Bett bleiben sollen.

»Tu mir einen Gefallen. Schau dir ein paar Fahndungsfotos an, ob du irgendeinen von den anderen Männern identifizieren kannst, die dort waren.«

Ich stimmte zu, und Ranson setzt mich vor einen Stapel Fahndungsfotos. Eine wunderbare Methode, den Morgen zu verbringen: sich ungestellte Fotos vom Abschaum der Menschheit anzusehen.

Nach zwei Stunden ernsthaften Starrens fand ich das Bild eines der Männer, die dort gewesen waren. Es war Turner, und er war weit außerhalb der Reichweite des langen Arms des Gesetzes. Ich gab auf und ging zu Ranson, um ihr zu sagen, wie nützlich mein Morgen gewesen war. Ich konnte sie nicht finden und beschloß, mich zum *Charity Hospital* aufzumachen und herauszufinden, wie es Barbara ging. Ich hinterließ eine Nachricht für Ranson, daß ich dort sein würde, falls sie mich festnehmen mußte.

Ich gab weitere sechzig Cents von Dannys schwerverdientem Geld für den Bus zum *Charity* aus. Ich freute mich nicht darauf. Ich habe Krankenhäuser noch nie besonders gemocht. Wahrscheinlich deshalb, weil meine Tante Greta ihr Leben erst dann als vollständig empfand, wenn sie jemanden hatte, den sie im Krankenhaus besuchen konnte. Je kränker, desto besser. Das *Charity* war ihr Lieblingskrankenhaus. Es war die größte Annäherung an Nächstenliebe, zu der sie imstande war. Ich hoffte, ich würde ihr dort nicht über den Weg laufen.

Ich brauchte eine Weile, um herauszufinden, wo Barbara lag. Ich fand es schließlich weniger aufgrund der Wegbeschreibungen, die man mir gab, als durch den Anblick von zwei trübsinnigen Kindern im Warteraum, die von einer älteren Frau mit vertrauten braunen Augen beaufsichtigt wurden. Aber ich hatte Barbaras Augen niemals so von Schmerz verschleiert gesehen, wie es die Augen dieser Frau waren.

Die zuständige Schwester sagte mir, daß keine Besucher erlaubt waren außer direkten Verwandten. Ich war nicht überrascht. Ich wußte das, war aber hergekommen, um selbst herauszufinden, wie es Barbara ging, aus der nagenden Hoffnung heraus, daß Ranson es falsch mitbekommen hatte, oder daß Barbara aus dem Koma erwacht war und Ranson es noch nicht wußte. Aber nein, keine Wunder in Sicht. Barbara lag noch immer im Koma, und sie wußten nicht, ob sie je daraus erwachte oder in welcher Verfassung sie sein würde, wenn sie es doch tat.

»Hallo, ich bin eine Freundin von Barbara, von der Arbeit. Ich war mit ihr zusammen, als es geschah«, stellte ich mich vor, als ich mich neben Barbaras Mutter auf die Couch setzte.

»Guten Tag. Ich bin Amelia Selby«, antwortete ihre Mutter; die Höflichkeit, die man jeder Südstaatenfrau eingehämmert hatte, siegte über den Schmerz und die Angst, die sie empfinden mußte.

»Und du bist Patrick und du Cissy«, sagte ich zu den beiden Kindern. Mrs. Selby war zu müde, um die Vorstellung zu übernehmen. »Ich bin Michele Knight.«

»Oh ja, Barbara hat Sie erwähnt«, sagte Mrs. Selby.

»Ich habe großen Respekt vor Barbara«, sagte ich vorsichtig, unsicher, ob ich fragen sollte, in welchem Zusammenhang Barbara mich erwähnt hatte.

»Danke. Würde es Ihnen etwas ausmachen, wenn ich Sie für ein paar Minuten behellige?« fragte sie.

»Nein, überhaupt nicht.«

»Ich muß ein paar Anrufe erledigen, und ich lasse die Kinder ungern allein.«

»Kein Problem. Lassen Sie sich Zeit. Trinken Sie einen Kaffee, wenn Sie möchten.« Geben Sie mir ein Ventil für meine Schuldgefühle.

Sie stand auf und ging in Richtung der Telefonapparate. Patrick und Cissy starrten mich an, eine weitere seltsame Erwachsene in Tagen, die seit kurzem voll waren mit seltsamen Erwachsenen. Es herrschte ein unbehagliches Schweigen, zumindest auf meiner Seite; ich bezweifelte, daß es ihnen etwas ausmachte. Wie würde ich in einer solchen Situation von einem Erwachsenen behandelt werden wollen? Was ich am meisten gehaßt hatte, als mein Vater starb, waren die Lügen und Ausflüchte, 'das Kind schonen'. Ich begriff, daß es am besten war, wenn ich Patrick und Cissy die Wahrheit sagte. Es war ihre Mutter, die da in einem Krankenhausbett lag.

»Ich bin Privatdetektivin«, begann ich. »Und ich habe im Auftrag der Polizei Nachforschungen bei *Jambalaya* angestellt.«

»Warum?« wollte Patrick wissen.

»Sie schmuggeln da Drogen.« Sie verzogen keine Miene. Im Augenblick waren sie wahrscheinlich zu betäubt für jede Reaktion. »Eure Mama hat mir geholfen, ein paar Informationen für die Polizei herauszubekommen. Aber sie haben uns erwischt.«

»Und sie haben auf sie geschossen«, sagte Patrick. Kinder halten sich nicht mit höflichen Ausflüchten auf. »Und dich zusammengeschlagen.«

»Ja.« Ich befühlte mein wundes Kinn.

»Wieso haben sie nicht auch auf dich geschossen?« fragte Cissy.

»Ich konnte entkommen.« Ich erzählte ihnen von meinem Abenteuer in der Kohlenrutsche.

»Hast du gesehen, wie meine Mama getroffen wurde?« fragte Patrick.

»Nein.« Ich schüttelte den Kopf. Ich war froh, daß ich ihm nicht zu erzählen brauchte, wie das aussah. Wenn ich es gesehen hätte, hätte ich ihm erzählt, was geschehen war. Er wollte es wissen. Er, sie beide wollten alles und jedes wissen, das erklären konnte, warum ihre Mutter im Koma lag.

»Ich mag eure Mama wirklich gern«, sagte ich.

»Ja, Mama ist schwer in Ordnung«, antwortete Patrick, eine hohe Auszeichnung aus dem Mund eines Elfjährigen. Cissy begann zu weinen. Ich legte meine Arme um sie und drückte sie fest.

»Es ist echt hart für Cissy gewesen«, sagte Patrick, der Inbegriff eines starken großen Bruders. »Papa hat uns einfach verlassen, als sie vier war.« (Und er sechs, setzte ich innerlich hinzu). »Hat das ganze Geld mitgenommen. Mama und Oma kümmern sich seitdem um uns. Cissy und ich tragen beide Zeitungen aus und verdienen was dazu.«

Ich mußte etwas sagen, oder ich würde anfangen zu heulen. »Die *Times-Picayune*? Die hab' ich ausgetragen, als ich ungefähr in eurem Alter war.«

»Ja«, sagte er. Wir hatten etwas gemeinsam.

»Es ist auch für dich hart«, sagte ich.

»Ich bin älter. Ich kann für mich selbst sorgen«, antwortete er. »Ich habe nur genug von Leuten, die uns sagen, daß sie wissen, wie uns zumute ist. Sie wissen es nicht, außer ...« Er beendete den Satz nicht.

Natürlich, es brauchte einen Elfjährigen, um mir klarzumachen, warum ich mich so stark mit diesem Jungen und diesem Mädchen identifizierte. »Du hast recht«, sagte ich. »Niemand weiß jemals ganz genau, wie dir zumute ist. Die Leute können sich Schmerz oft nicht vorstellen, also versuchen sie, sich an ihn zu erinnern.«

Patrick sah ratlos aus.

Für diese Kinder drückte ich mich nicht besonders klar aus, vielleicht nicht einmal für mich selbst. Ich fing nochmal an. »Als ich fünf war, ist meine Mutter weggegangen. Ich weiß nicht warum. Ich habe sie seitdem nie mehr gesehen. Als ich zehn war ... wurde mein Vater getötet. Es ist nicht dasselbe wie das, was euch passiert ist, aber ...

»Aber es ist ziemlich nah dran«, beendete Patrick meinen Satz.

»Ja, und deshalb weiß ich so ungefähr, wie euch zumute ist, aber nicht genau.«

»Ja, du bist eine von uns«, sagte Patrick und lächelte mich an. Er hatte Barbaras Lächeln, warm und einnehmend.

»Wie ist dein Papi gestorben?« fragte Cissy und sah zu mir hoch.

Ich wußte nicht, was ich sagen sollte; wie ich etwas erklären konnte, an das zu denken ich immer mit aller Kraft vermieden hatte. »Er starb in einem Feuer.« Ich wollte es so einfach halten, wie ich konnte.

»Hast du es gesehen?« fragte Patrick mit der schlichten Unschuld eines Kindes, das versuchte, Tod und Sterben zu verstehen, weil es mußte.

»Ja«, antwortete ich und starrte dabei die grüne Wand an.

»Das tut mir leid«, sagte Cissy.

Mrs. Selby kam zurück. Sie trug eine Tasse Kaffee und eine Dose Sprudel für Patrick und Cissy.

»Tut mir leid, daß ich so lange weg war«, entschuldigte sie sich für ein Vergehen, das sie nicht begangen hatte.

Eine Schwester steckte den Kopf herein. »Mrs. Selby? Sie und die Kinder können sich für zwanzig Minuten zu ihr setzen, wenn Sie wollen.«

»Oh, danke«, antwortete sie der Schwester. »Tut mir leid, Miss Knight.«

»Gehen Sie zu Ihrer Tochter«, antwortete ich.

Sie standen auf. Ich schrieb meinen Namen und meine Telefonnummer auf zwei Zettel und gab Patrick den einen und Cissy den anderen. Ich sagte ihnen, sie sollten mich anrufen, wenn sie das Bedürfnis hatten.

»Danke sehr, Miss Knight«, sagte Mrs. Selby, ganz die höfliche und nicht unterzukriegende Südstaatenfrau.

Ich sah ihnen nach, bis sie am anderen Ende des Flurs verschwanden. Ich holte tief und zitternd Luft. Ich würde nicht weinen. Diese Kinder konnten das nicht auch noch brauchen. Ich blieb für ein paar Augenblicke stehen und starrte zum Fenster hinaus auf ein nichtssagendes graues Gebäude. Irgendwann bemerkte ich aus dem Augenwinkel eine weißgekleidete Gestalt, die mich beobachtete. Verdammt, das hier war ein Krankenhaus. Man sollte doch annehmen, daß eine Frau mit blauen Flecken im Gesicht hier ein ziemlich normaler Anblick war.

»Ich dachte schon, daß Sie das sind«, sagte die Gestalt. Ich drehte mich zu wer immer es sein mochte um. Cordelia Holloway, genau der Mensch, den ich sehen wollte.

»Ja, die Welt ist klein«, gab ich zurück.

»Was ist mit Ihrem Kinn passiert?«

»Eine Tür.«

»Männlich oder weiblich?«

Mir war klar, was sie dachte. Daß ich die Art von Frau war,

die sich mit Leuten einließ, die andere Leute schlugen. »Weder noch«, war die einzige Erwiderung, die mir einfiel. »Was machen Sie denn hier?«

»Ich arbeite hier. Und Sie?«

»Ich besuche eine Freundin.«

»Sie haben sie nicht selbst hier reinbefördert, oder?«

»Nein!« Ich schrie fast. »Haben Sie nicht noch ein paar Leben zu retten?«

Sergeant Ranson erschien auf der Bildfläche und blieb im Eingang stehen. »Ah, Micky, machst du dir mal wieder Freunde und ziehst Menschen auf deine Seite, wie üblich.« Genau die Sorte Verstärkung, die ich brauchte. Sie kam herein und gab mir eine Plastiktüte. Ich nahm an, daß sie die Kleidung und die Handtasche enthielt, die ich in meinem Lieblingskeller zurückgelassen hatte. Sie und Cordelia nickten sich einen Gruß zu. Ich warf die Tüte auf die Couch hinüber. Sie landete mit einem schwereren Plumps, als ich einem Kleid zugetraut hätte.

»Mach das lieber nicht vor dem Entladen«, informierte mich Ranson bedeutungsvoll. Wie in 'geladene Waffe'. Wir sahen uns alle drei an. Wie treibt man höfliche Konversation über eine geladene Kanone?

»Entschuldige, Joanne«, sagte Cordelia schließlich, »aber gibst du jemandem mit Selbstmordneigungen wirklich eine geladene Waffe?«

Ranson und ich schauten beide gleichzeitig zu ihr hinüber, dann sahen wir uns an. Wußte hier jemand etwas, das ich noch nicht wußte?

»Würdest du mir die da mal erklären?« präzisierte Cordelia und zeigte auf meine verbundenen Handgelenke.

»Zu enge Fesseln«, antwortete Ranson an meiner Stelle.

Ich fing an zu lachen. Es war zwar nicht besonders witzig, aber es war zu absurd für meinen augenblicklichen Seelenzustand.

»Lassen Sie mal sehen«, sagte Cordelia. Ich hielt ihr eins

meiner Handgelenke hin, immer noch lachend. Sie wickelte die Binde herunter, untersuchte eine Minute lang mein Handgelenk, und verband es dann wieder. »Tut mir leid, mein Fehler.«

»Mach dir deshalb keine Sorgen. Es haben schon ganz andere Leute Micky Knight für verrückt gehalten«, erläuterte Ranson milde.

»Ich muß gehen.« Cordelia entfernte sich unter Kopfschütteln.

»Woher kennt ihr euch?« fragte ich Ranson.

»Danny hat uns vor einiger Zeit mal vorgestellt. Irgendwas Neues von Barbara Selby?« Jetzt war ich mit Kopfschütteln dran.

»Ich stelle eine Wache auf. Es gibt Leute, denen es lieber wäre, wenn sie nie aus diesem Koma erwacht.«

Mich schauderte. Das war kein angenehmer Gedanke.

»Das ballistische Gutachten hat den Verdacht gegen dich ausgeräumt — bei Turner war es eine Achtunddreißiger, bei Barbara eine Zweiundzwanziger.«

»Bist du den ganzen Weg hierher gekommen, nur um mir das zu sagen?« fragte ich.

»Nein, ich bin gekommen, um nach Barbara Selby zu sehen, und um dir deine Waffe zu geben und dir zu sagen, daß du sie tragen solltest.«

»Was für ein netter Gedanke.«

»Rund um die Uhr. Es wäre keine schlechte Idee, wenn du Urlaub machst. Nepal oder so wäre ideal.«

»Bezahlt?« fragte ich.

Sie ignorierte die Frage. »Was ich zu sagen versuche, Micky: Sei vorsichtig!«

»Mensch, danke, Joanne. Es ist schön zu wissen, daß du dir Sorgen um mich machst. Du hattest mich doch völlig getäuscht mit diesem effizienten, kühlen, geschäftsmäßigen Äußeren — aber darunter, Mannomann, ein Herz aus purem Gold.«

Ranson sah mich lange an, dann sprach sie schließlich. »Stimmt. Ich mache mir Sorgen. Ich verbringe nicht gerne Nächte in Krankenhäusern. Ich will das nicht für dich tun müssen.« Sie drehte sich auf dem Absatz um und ging hinaus, ohne mir die Chance zum Antworten zu geben.

Nicht daß mir eine Antwort eingefallen wäre. Ich bin nicht besonders gut darin, ernsthaft zu sein. Wenn also der unwahrscheinliche Fall eintritt, daß mir eine sagt, daß ich ihr wichtig bin oder daß sie sich wirklich Sorgen um mich macht oder daß sie mich liebt, wie Danny es in einem lange vergangenen Sommer getan hatte, bin ich um eine Antwort ziemlich verlegen. Der letzte Mensch, zu dem ich 'Ich liebe dich' gesagt habe, war mein Vater, und ich war zehn. 'Du bist nett' oder 'Ich mag dich' ist seitdem so ungefähr das Höchste der Gefühle. Das ist übrigens nichts, worauf ich stolz bin. Vielleicht werde ich mir eines Tages eine Seelenklempnerin leisten können und herausfinden, warum das so ist.

Ich beschloß, daß es Ransons Job war, sich um die Leute zu kümmern, mit denen sie zusammenarbeitete. Sie war eine gute Polizistin, weil sie wirklich besorgt um sie war, aber ich war nicht wichtiger als irgend jemand anders.

Es wurde Zeit, aus diesem Krankenhaus herauszukommen. Wenn ich noch länger hierblieb, würde ich wahrscheinlich sowohl Cordelia als auch Tante Greta über den Weg laufen. Am besten zusammen. Darüber hinaus hatte ich eine Katze, die mittlerweile wohl die ganze Nachbarschaft mit ihrem Hungergeschrei wachhielt.

13. Kapitel

Glücklicherweise waren meine Schlüssel in der Leinentasche, die Ranson mir zurückgegeben hatte. Ich schloß die Haustür auf und schleppte mich langsam die drei Treppen hoch. Draußen begann es bereits dunkel zu werden. Da das Etagenlicht auf meinem Stockwerk mal wieder durchgebrannt war, war es im Treppenhaus sehr dunkel. Ich mußte meinen Vermieter anrufen und ihm sagen, daß mir bei der horrenden Miete, die ich zahlte, ein gewisser Service zustand. Bis jetzt noch kein verhungertes Katzengeschrei. Ich steckte meinen Schlüssel ins Schloß, drehte ihn herum und drückte die Tür auf. Ich tastete mich zum Lichtschalter.

Ich kenne mein Büro ziemlich gut. Deshalb war ich sehr überrascht, als ich mit etwas zusammenstieß. Ich war sogar noch überraschter, als ich merkte, daß es mich hart genug traf, um mich rückwärts durch die Tür und die Treppe hinunter zu schleudern. Mit einem schweren Plumps landete ich auf dem Treppenabsatz zwischen den Stockwerken.

Der Gegenstand, mit dem ich, oder besser gesagt, der mit mir zusammengestoßen war, kam die Treppe herunter hinter mir her. Ich konnte nicht besonders gut sehen, weil meine Nase blutete und mir, da ich kopfüber gelandet war, das Blut in die Augen lief. Aber ich konnte doch erkennen, daß da zwei Objekte die Stufen heruntergepoltert kamen und Hepplewhite mir nicht zu Hilfe eilte. Ich hatte keine Ahnung, wo meine Tasche mit der geladenen Waffe gelandet war.

Objekt Eins trat mir in die Seite. Ich begann zu schreien, mehr aus Schmerz als in der schlauen Absicht, Aufmerksamkeit zu erregen. Dieser Tritt tat höllisch weh. Ebenso wie der nächste. Ich rollte mich weg und versuchte aufzustehen, um wenigstens das Blut aus meinen Augen zu bekommen. Ich schaffte es, mich auf den Knien aufzurichten, aber ich war in einer Ecke, und Objekt Zwei versperrte mir den Weg nach unten. Nummer Eins zog ein Messer aus der Tasche und ließ die Klinge aufschnappen. Wollte ich wirklich genügend klare Sicht, um das mitzubekommen? Es sah so aus, als hätten sie den Befehl, mich übel zuzurichten, aber nicht zu töten. Dazu hätte ein schneller Schuß genügt. Das Messer sah mir allerdings nicht nach einer wunderbaren Alternative aus. Nummer Eins schwang es in meine Richtung. Ich konnte ihm ausweichen. Dann stieß er nach meinem Gesicht. Ich riß den Arm hoch, um sie abzuwehren, aber die Klinge schnitt mühelos durch Dannys grauen Pullover. Sie hinterließ einen tiefen Schnitt in meinem Unterarm. Wenn ich auf die Füße kam, konnte ich es vielleicht schaffen. Ein paar gut plazierte Tritte und eine Menge Glück waren die einzige Chance, die ich hatte. Nummer Eins schwang das Messer nochmal. Ich wich ihm aus, indem ich zu Boden fiel. Ich versuchte, mich auf den Händen die Treppe hinunterfallen zu lassen, aber sie rutschten in Blut aus. In wessen wohl? Ich rutschte zwei Stufen tiefer, auf dem Bauch, was meinen Rücken dem Messer aussetzte. Nummer Zwei stellte den Fuß auf meine Schultern, nicht allzu sanft, und klemmte mich ein. Ich machte mich auf die Klinge gefaßt.

Ein Donnerschlag hallte durch das Treppenhaus. Es regnete Putz und Mauersplitter auf mich herab.

»Ich habe die Polizei angerufen, und sie sind auf dem Weg«, rief die Stimme einer alten Frau über uns.

Ich sah hoch. Miss Clavish stand dort, in ihrem gepflegten marineblauen Kleid, mit weißen Handschuhen und einem langen Gewehr.

Das war der Donner — sie hatte über unsere Köpfe hinweg in die Wand geschossen. »Verschwinden Sie von hier, bevor ich Ihnen das Hirn rauspuste«, fuhr sie fort. Mir gefiel die Stelle mit dem Hirn rauspusten.

Sie verstanden den Wink. Männer dieser Größe hüpfen nicht, aber Nummer Eins und Zwei legten die beste Annäherung hin, zu der sie fähig waren, die Treppen hinunter und aus dem

Gebäude hinaus. Wahrscheinlich stand in ihrem Vertrag nichts davon, daß sie sich mit gewehrschwingenden alten Damen abgeben sollten. Ja, Vertrag, denn das hier war kein simpler Einbruch, bei dem ich sie unterbrochen hatte. Diese Männer hatten auf mich gewartet. Was für eine Begrüßung. Erst hatte Danny recht gehabt, jetzt Ranson. Es konnte einer die ganze Laune verderben, solche unfehlbaren Freundinnen zu haben.

»Kommen Sie, meine Liebe, ich glaube, wir sollten Ihnen besser den Arm verbinden.« Miss Clavish, mittlerweile mit einem Verbandskasten bewaffnet, tauchte neben mir auf. Sie schob den zerrissenen Pulloverärmel zurück, um meine Schnittwunde freizulegen. Ich rappelte mich in eine sitzende Stellung hoch und sank dann gegen die Wand, als ich das ganze Blut sah, das aus meinem Körper lief. Miss Clavish ließ mich den verletzten Arm hochhalten, um die Blutung zu verlangsamen, während sie ihn verband. Mit dem anderen Arm kramte ich in ihrem Verbandskasten nach einer Mullkompresse und hielt sie gegen meine Nase, um das herausfließende Blut aufzusaugen.

Jetzt kam die Polizei an. Sie versuchten, ein paar Fragen zu stellen, aber jedesmal, wenn ich die Mullauflage von meiner Nase nahm, um zu antworten, schoß Blut heraus. Ich gab auf und hielt mir die blutige Kompresse wieder fest aufs Gesicht. Miss Clavish regte an, daß diese reizenden jungen Polizisten mich schnurstracks zur nächsten Ambulanz bringen sollten. Da Miss Clavish sich wie die Unterstufenlehrerin anhörte, der man immer gehorchte, taten sie das auch.

So fand ich mich also heute zum zweiten Mal in Tante Gretas Lieblingskrankenhaus wieder. Das einzige, was ich noch weniger leiden kann als Krankenhausbesuche, ist, Krankenhauspatientin zu sein. Ich brauchte nicht in der vierstündigen Notfallwarteschlange stehenzubleiben. Sie ließen mich sehr schnell rein. Das ist das einzig Angenehme an Blut, es verschafft Aufmerksamkeit.

Draußen vor meiner Kabine hörte ich einige Stimmen beratschlagen. Das einzige, was ich aufschnappte, war ein 'Ja, Doktor James.' Ich schloß daraus, daß ein Doktor James die Ehre haben würde, meine Wunden zusammenzuflicken. Es war mir ganz egal, wer, ich wollte nur, daß sie sich beeilten.

Doktor James kam herein. Natürlich, ich hätte es wissen müssen. Ich hatte angenommen, daß Cordelia eine Holloway war. War sie aber nicht. Irgendwie hatte sie es geschafft, eine James zu sein. Sie wirkte nicht allzu begeistert, mich zu sehen, aber ob das an der Sauerei lag, die ich anrichtete, oder an mir persönlich, konnte ich nicht sagen. Sie begann, meinen Arm zu bearbeiten.

»Was ist passiert?« fragte sie, als sie Miss Clavishs Verband abgenommen hatte.

»Der große Bruder von dieser ersten Tür, mit der ich zusammengestoßen bin.«

»Die Wunde stammt von einem Messer«, gab sie zu bedenken.

»Stimmt.« Mir lief Blut aus der Nase.

»Wir müssen das der Polizei melden«, sagte sie.

Ich zuckte mit den Achseln, so gut ich das im Liegen konnte. Die Polizei wußte schon davon.

»Halten Sie still«, sagte sie, als ich aufgrund von etwas zusammenzuckte, womit sie meinen Arm säuberte. Sie beendete die Reinigung und fing an, die Wunde zu nähen. Ich versuchte stillzuhalten und meine Nase nicht stärker bluten zu lassen als nötig. Ich schloß die Augen, damit ich nicht zusehen mußte, wie sich die Nadel hinein- und herausschob. Aber davon wurde mir übel und schwindlig. Also starrte ich statt dessen die Decke an und versuchte, Muster in den Wasserflecken zu entdecken, bis sie fertig war.

Dann begann sie mit meiner Nase, indem sie zunächst meine Hand mit dem blutigen Mullstück wegnahm. Sie tastete und testete eine Weile, und sagte dann: »Sie ist nicht gebrochen.«

Gut. Ich würde ungern meine Schönheit zerstört sehen. Sie lehnte meinen Kopf nach hinten und ließ mich durch den Mund atmen. Sie fing an, mein Gesicht von dem Blut zu säubern. Wir waren einander sehr nah, und schließlich sah ich ihr in die Augen. Sie waren tiefblau, mit grauen Sprenkeln. Es lag eine Tiefe und Intensität in ihnen, die ich vorher nicht bemerkt hatte. Wenn ihre Augen ein echtes Indiz waren, dann hatte ich Cordelia James unterschätzt. Einen Moment lang waren wir uns beide dessen bewußt, dann brachen wir die Situation ab; sie, indem sie auf der Seite nach etwas suchte. Ich für meinen Teil starrte zur Decke hoch.

»Sie sollten sich neue Freunde suchen«, sagte sie, während sie begann, mir Watte in die Nase zu stopfen. Ich packte ihre Hand und hielt sie fest, damit ich antworten konnte.

»Das hatte mit Freundschaft überhaupt nichts zu tun«, sagte ich und ließ dann ihre Hand los. »Meine Freunde schlagen keine Leute zusammen.«

»Ein ganz alltäglicher Raubüberfall?«

»Nicht ganz«, antwortete ich zwischen Wattestückchen.

»Konnten Sie Ihre geladene Pistole nicht benutzen?«

Ich schüttelte den Kopf, was ihn zum Pochen brachte.

»Entschuldigung«, sagte sie. »Es ist nicht fair von mir, Fragen zu stellen, wenn Sie in einem solchen Zustand sind.«

Noch jemand erschien an meiner Seite. »Kann sie schon sprechen?« Sergeant Ranson im Einsatz.

»Laß mich erst ihre Nase einpacken«, antwortete Cordelia. Sie arbeitete schnell. »Sie können sprechen, aber lassen Sie den Kopf hinten.« Sie wandte sich einem Schnitt in meinem Oberschenkel zu, von dem ich noch gar nichts wußte. Scheiße, das bedeutete, daß Dannys Hosen zerrissen waren.

»Hast du diese Männer von dem alten Riven-Grundstück erkannt?« war Ransons erste Frage.

Ich schüttelte behutsam den Kopf. Ich hatte diese beiden noch nie vorher gesehen und wollte sie nie wiedersehen.

»Das Riven-Grundstück?« sagte Cordelia. »Das liegt neben

Großvaters Besitz. Dort wurde die Frau oben in der Intensivstation angeschossen.«

»Stimmt«, erwiderte Ranson. »Unsere Heldin hier wäre auch erschossen worden, wenn der Keller, in dem sie gefesselt war, keine alte Kohlenrutsche gehabt hätte, durch die sie rausklettern konnte.«

»Die Fesselspuren an Ihren Handgelenken.« Cordelia zählte zwei und zwei zusammen.

»Genau«, antwortete Ranson für mich. »Und es sieht so aus, als hätte die Bande dir eine Nachricht übermittelt.« Sie legte ihre Hand an meine Seite, eine Geste, die tröstlich gemeint war. Sie war es nicht, es war zu nah an der Stelle, wohin sie mich getreten hatten. Ich zuckte vor Schmerz hoch und rollte mich weg. Ich hatte meine Seite kaum beachtet, während mein Arm blutete. Jetzt tat ich es. Cordelia zog sanft meinen Arm weg.

»Ganz ruhig«, sagte sie. »Einatmen ... aus ... ein«, gab sie mir den Rhythmus vor, bis ich aufhörte zu keuchen, und der Schmerz zu einem dumpfen Pochen verebbt war. Dann schnitt sie den Pullover auf. Tut mir leid, Danny.

»Sie haben dich getreten«, sagte Ranson, als sie meine Prellungen sah.

»Ja«, antwortete ich.

Cordelia betastete sanft meine Seite. Sie hielt inne und sagte: »Verdammt, es ist entsetzlich genug, Menschen mit Krebs und Herzkrankheiten zu behandeln, den Dingen, an denen niemand schuld ist. Dann sind da die Autounfälle und die Waffenunfälle und alle möglichen Arten von Unfällen, was die Blödheit sich nur ausdenken kann. Die mag ich auch nicht. Aber wie kann jemand absichtlich mit dem Messer auf einen anderen Menschen losgehen und ihm obendrein noch ein paar Rippen brechen, damit es sich auch gelohnt hat?« Sie war sehr wütend. »Wir brauchen keine Leute wie Sie, die uns das Krankenhaus blockieren.«

»Tut mir leid, Dr. James«, sagte ich mit meiner jetzt leisen und sehr nasalen Stimme. »Die edlen Retter von der New-Orleans-Polizei wollten mich einfach nicht auf der Treppe verbluten lassen.«

»Nein, mir tut es leid«, sagte sie. Sie beugte sich über mich, bis ihre Augen in meine sahen, und sie hielt meinen Blick fest, diesmal mit Absicht. »Ich bin nicht ärgerlich auf Sie. Ich bin wütend auf die Männer, die Sie hier reingebracht haben.« Sie hielt inne und atmete tief durch. »Na gut, genug Reden geschwungen für heute.« Sie kümmerte sich weiter um meine gequetschten Rippen.

Ranson stellte mir noch ein paar Fragen über das Wer, Was, Wie und Warum. Leider tendierten meine Antworten weitgehend in Richtung 'Weiß nicht.'

Sie beendete ihre Befragung und sagte: »Ich muß aufs Revier zurück. Während ich dort bin, werde ich laut und ausgiebig darüber reden, daß du nichts mehr mit irgendwas hiervon zu tun haben willst und daß du keinerlei Absicht hast, auszusagen.«

Ich begann zu protestieren, zu sagen, daß ich nicht aufhören würde, solange Barbara Selby im Krankenhaus war, aber Ransons Handbewegung ließ mich verstummen. »Dieser Angriff war eine Warnung, Micky. Du hast ihnen eine Menge Ärger gemacht. Sie wollen dich zum Schweigen bringen, so oder so. Wir haben den Verdacht, daß irgend jemand bei der Polizei Informationen weitergibt. Ich will, daß denen weitergegeben wird, daß du in Zukunft nichts mehr mit der Polizei oder der Bekämpfung von Drogenringen zu tun haben wirst. Kapiert?«

Cordelia antwortete. »Sie wird für eine Weile überhaupt nichts tun können.«

»Gut. Ich schaue später nochmal nach dir«, sagte sie zu mir. Dann zu Cordelia: »Kümmere dich um sie, und paß auf, daß sie keine Dummheiten macht.«

»Klar doch, Joanne. Grüß Alex von mir«, gab Cordelia zurück, und Ranson ging.

Alex? Wer war Alex? Wie in Alexandra Sayers vielleicht?

Cordelia tastete noch ein bißchen an meiner Seite herum, und ich war wieder mit wichtigeren Fragen beschäftigt, wie zum Beispiel der, wieviel Schmerz ich aushalten konnte. Nach einer langen Weile (zumindest erschien sie mir lang) sagte sie: »Sie haben Glück. Es sieht so aus, als ob Ihre Rippen nur geprellt sind und nicht gebrochen.«

»Gut, kann ich jetzt nach Hause gehen?«

»Ich denke, Sie sollten zumindest über Nacht hierbleiben, zur Beobachtung«, antwortete sie in typischer Ärztemanier.

»Wenn ich verspreche, Sie nicht wegen Fahrlässigkeit zu verklagen, kann ich dann gehen?« fragte ich. Weil nämlich Kranksein in diesem Land kein Luxus ist, den sich arme Leute leisten können. Ich messe meine medizinischen Bedürfnisse immer daran, ob ich mir Sorgen mache, was es kostet, oder nicht. Wenn das erste, was mir zu einer Übernachtung im Krankenhaus einfiel, der Gedanke war, wieviel es mich kosten würde und wie wenig ich mir das leisten konnte, dann war ich nicht angeschlagen genug, um bleiben zu müssen.

»Warum so eilig?« fragte sie.

»Ich hasse Krankenhauskost.«

Sie lachte leise, fragte dann: »Was ist los, nicht krankenversichert?«

»Nur die Sattelschlepper-Variante.« Sie warf mir einen fragenden Blick zu. »Für den Fall, daß man von einem Sattelschlepper überfahren wird und sechs Monate lang das Bett hüten muß«, erklärte ich.

»Nun gut ... sind Sie am Kopf getroffen worden?«

»Nein, ich bin immer so.«

»Ich will ein paar Röntgenaufnahmen von Ihren Rippen; wenn die negativ sind und nichts anderes auftaucht — und Sie Ihr Versprechen halten, mich nicht zu verklagen — dann werden wir uns schon irgendwie einigen.« Sie lächelte mich an und rief dann einen Pfleger, um mich zum Röntgen hinunterzuschieben. Nach dem Röntgen wurde ich in einem entlegenen Untersuchungszimmer abgestellt, mit Schmerzmitteln versorgt und alleingelassen, um es zu genießen. Cordelia tauchte ein paar Stunden später auf.

»Ihre Röntgenbilder sind negativ. Wie fühlen Sie sich?«

»Ich bin noch nicht fit für das große Hundeschlittenrennen, aber andererseits schneit es hier unten auch nicht genug, um mir darüber Sorgen zu machen.«

»Das sagen Sie. Lassen Sie mal sehen, wie Sie aufstehen und über eine gerade Linie laufen.«

Ich setzte mich langsam auf, rutschte vom Untersuchungstisch und nahm eine stehende Haltung ein. »Soll ich die Finger an die Nase halten und den Fahneneid aufsagen?« fragte ich, um meine Wackligkeit zu überspielen.

»Nicht nötig«, erwiderte sie. Sie besah mich gründlich von oben bis unten. »Okay, dann los.«

Sie warf mir ein altes Sweatshirt zum Überziehen zu, offensichtlich ihres. Gut, daß halb Amerika heutzutage trainiert und schlabbrige Sachen trägt, sonst hätte ich nichts anzuziehen. Ich folgte ihr den ganzen Weg aus dem Gebäude hinaus. »Nicht dalang«, sagte sie, als ich gerade abbiegen wollte.

»Aber zum Bus geht es in diese Richtung.«

»Zu meinem Auto hierlang.«

Sie ging zum Parkplatz voran. Eigentlich Glück, weil ich gar nicht sicher war, daß ich Fahrgeld hatte. Ihr Auto war ein silberner Toyota, ein paar Jahre alt. Wir stiegen ein, und ich gab ihr meine Adresse. Sie fuhr vom Parkplatz hinunter. »Woher kennen Sie Joanne Ranson?« fragte ich. Gute Detektive stellen dauernd Fragen, selbst wenn ihre Nasen mit Watte vollgestopft sind.

»Großvater Holloway ist ein flammender Befürworter von Gesetz und Ordnung. Jedes Jahr um Karneval herum gibt er eine große, formelle Party für auserlesene Gesetzeshüter. Ich muß immer daran teilnehmen. Deshalb kenne ich Joanne Ranson jetzt schon eine ganze Weile. Wo sind Sie ihr begegnet?«

Ich mußte erstmal eine Minute nachdenken. Ich hatte Ranson durch Danny kennengelernt, aber das war ein geselliger und kein beruflicher Anlaß gewesen. Ich wußte nicht, ob Cordelia wußte, daß Ranson lesbisch war, und ich glaubte nicht, ihr erzählen zu müssen, daß ich Ranson bei einer Frauenfete unten im Quarter kennengelernt hatte. Ich versuchte, mir eine Alternativversion einfallen zu lassen, aber die Schmerzen und die Medikamente machten mich langsam.

»Moment mal«, sagte Cordelia. »Sie waren doch kein Liebespaar, oder?«

»Wir?« sagte ich, und meine Überraschung über die Frage war mir deutlich anzusehen.

»Nein, wohl eher nicht«, beantwortete Cordelia ihre eigene Frage.

»Es war vor ein paar Jahren bei einer Fete im *Quarter.*« Ganz offensichtlich wußte Cordelia doch, daß Ranson lesbisch war.

»Nicht gerade der beste Stadtteil hier«, kommentierte sie die Gegend.

Ich verteidigte die Umgebung meiner bescheidenen Wohnstatt. »Aber es ist nicht der schlimmste.«

»Stimmt. Haben Sie schon vorher mal mit Joanne gearbeitet?« Für eine Ärztin war Cordelia eine gute Detektivin.

»Eigentlich nicht. Wir kämpfen oft miteinander.« Bevor Cordelia sagen konnte, daß ihr das schon aufgefallen war, präzisierte ich. »Beim Karate. Einmal haben wir nach dem Training einen Überfall gesehen, und Ranson und ich haben den Typen gestellt. Ich schätze, man könnte sagen, daß das gemeinsame Arbeit war. Sie ist eine zähe Kämpferin. Schwer zu durchschauen.«

»Ja, das kann ich mir vorstellen«, antwortete Cordelia. »Und Sie sind eine Täuschungskünstlerin, führen die anderen immer an der Nase herum, so daß die nie einen Schlag erwarten, wenn Sie einen landen.« Sie hielt vor meinem Block. Ich fragte mich, ob sie mein Karate meinte oder mich im allgemeinen. »Zum Beispiel haben Sie jetzt gerade viel größere Schmerzen als Sie zugeben. Der einzige Hinweis darauf sind

Ihre langsameren Reaktionen. Und wenn ich Sie nicht gerade in der Notambulanz behandelt hätte, fände ich es schwer zu glauben, daß Sie nicht das geldgierige Häschen sind, als das Karen Sie ausgibt. Ich habe immer noch keine Ahnung, wer Sie sind.«

»Und das stört Sie?«

»Ein bißchen.«

»Das haben Sie nun davon, daß Sie sich mit den Karens dieser Welt abgeben. Wirkliche Menschen sind immer kompliziert.« Ich begann auszusteigen.

»Falsch«, sagte sie, und legte mir die Hand auf die Schulter, um mich aufzuhalten. »Wirkliche Menschen sind für gewöhnlich sehr einfach, hab' ich rausgefunden.«

»Sie haben Ihre Sorte von wirklichen Menschen gefunden und ich meine. Ich bin sicher, daß Sie an mehr Psychokursen teilgenommen haben als ich in meinem ganzen Leben, deshalb werde ich mir nicht die Mühe machen, mit Ihnen zu diskutieren.« Ich schüttelte ihre Hand ab und stieg aus dem Auto.

Sie stieg aus und folgte mir. »Ich komme mit Ihnen hoch, um sicherzugehen, daß Sie nichts haben, weswegen Sie mich verklagen könnten«, erklärte sie.

»Eine Ärztin, die Hausbesuche macht. Sind Sie nicht wirklich edel?« Ich öffnete die Haustür. Sie trat hinter mir ein.

»Es ist wahr, was man über Sie sagt, stimmt's?« gab sie zurück.

»Ich weiß nicht, was man über mich sagt.« Ich drehte ihr den Rücken zu und nahm die Treppen in Angriff.

»Daß Micky Knight noch nie länger als eine Woche mit derselben Person geschlafen und noch nie in ihrem Leben ein ernsthaftes Gespräch geführt hat.«

Ich ging weiter, schneller als mein schmerzender Körper wollte. Es war gerade wahr genug, daß Leute es gesagt haben konnten, und gerade wahr genug, um zu treffen. »Für eine Hetera sind Sie echt auf dem Laufenden, was den Homoklatsch angeht«, schnauzte ich die Treppe hinunter. »Weiß Ihr Freund, wie gut Sie über uns Lesben informiert sind?«

»Mein Privatleben ist meine Sache«, erwiderte sie.

Ich bemerkte, daß das Licht auf dem oberen Treppenabsatz repariert war. Miss Clavish hatte dem Vermieter wahrscheinlich gründlich die Meinung gesagt. Wenigstens würde ich es diesmal sehen, wenn irgendwas gegen mich knallte. Cordelia kam immer noch hinter mir her. Meine Tür war nicht abgeschlossen. Ich stieß sie auf und machte Licht. Chaos erwartete mich. Überall lagen Papiere, die Möbel umgeworfen, zerbrochenes Glas vom Fenster auf dem ganzen Boden verstreut.

»Scheiße«, sagte ich. Cordelia kam hinter mir herein. Ich hörte, wie sie scharf Luft holte. Alles in der Wohnung lag zertrampelt auf dem Boden. Fast alles. Etwas fehlte. Keine Katze.

Ich begann, hektisch nach ihr zu suchen. Ich riß den Schrank auf, um im oberen Fach nachzusehen, wo sie sich für gewöhnlich versteckte. Der Schrank war völlig durcheinander, all meine Kleidung lag zerknautscht in einem Haufen auf dem Boden. Die oberen Fächer waren leer. Ich durchwühlte die Sachen auf dem Boden in der Hoffnung, daß sie sich darunter versteckte. Tat sie aber nicht. Ich ging in die Küche, um an dem einzigen anderen Ort nachzusehen, von dem ich wußte, daß sie sich dort manchmal verkroch. Die paar Lebensmittel, die ich hatte, waren ausgeschüttet und auf dem Boden zertreten. Ich suchte nach dem Hocker, um mich daraufzustellen, konnte ihn aber nicht finden. Man hatte ihn benutzt, um das Küchenfenster einzuschlagen, und er lag zwei Stockwerke tiefer auf der Straße. Ich sprang hoch und stemmte meinen Körper über den Kühlschrank, so daß ich dahinterschauen konnte. Ich fühlte einen scharfen Schmerz in meinen Rippen. Hinter dem Kühlschrank war keine Katze.

»Micky, Micky«, rief Cordelia vom Eingang. »Was suchen Sie? Es kann doch bis morgen warten.«

»Nein!« schrie ich und rutschte von Kühlschrank herunter. »Diese Scheißkerle. Diese verdammten Scheißkerle! Sie haben meine Katze umgebracht. Sie haben verdammt nochmal meine Katze umgebracht.« Das war's. Der Punkt, an dem alles zuviel wird. Zuviel Wut, zuviel Schmerz, und ich wollte nur noch auf etwas eindreschen oder mich fürchterlich betrinken. Oder beides. Ich knallte meine Faust gegen die Wand.

»Hören Sie auf damit. Sie tun sich weh.«

»Na und?« fragte ich. Ich zog ihr Sweatshirt aus und warf es nach ihr. Es landete auf dem Boden bei allem anderen. »Verschwinden Sie. Nehmen Sie ihre gottverdammten guten Taten und lassen Sie mich bloß in Ruhe.«

»Nein«, erwiderte sie.

Ich zuckte die Achseln und begann nach meiner Scotchflasche zu suchen. Vielleicht waren sie nicht bis zu meinem hinteren Schrank gekommen. Ich fand den Johnny Walker an der Rückwand, schraubte ihn auf und nahm einen langen Zug. Zum Teufel mit ihr, sie würde schon früh genug abhauen, wenn ich sie ignorierte. Ich nahm noch einen Schluck, fühlte, wie der Schnaps sich meine Kehle hinunterbrannte.

Cordelia packte die Flasche und nahm sie mir aus der Hand.

»Nein«, sagte sie. »Sie trinken keinen Alkohol nach diesen Schmerzmitteln.«

Ich wollte sie hier nicht. Ich wollte nicht, daß irgendwer mir zusah. Ich konnte beim Begräbnis meines Vaters nicht weinen, und ich würde nie wieder zulassen, daß mich jemand weinen sah.

»Verschwinden Sie einfach«, sagte ich und versuchte, meine Stimme ruhig und beherrscht zu halten. »Bitte.« Ich hatte schon viele Male vorher ruhig und vernünftig gehandelt, ich konnte es auch jetzt. Wenn ich noch ein bißchen länger verbarg, wie durcheinander ich war, würde sie gehen. Tante Greta und ihre Kinder hatten nicht gewußt, was sie mit mir tun sollten, wenn ich weinte oder wütend war. Sie hatte gesagt, ich solle aufhören, und die Kinder hatten mich ausgelacht und mir erzählt, ich solle froh sein, daß mein Dad gestorben und ich aus diesem hinterwäldlerischen Bayou herausgekommen war. Ich haßte sie, und ich lernte, sie nie sehen zu lassen, wie mir zumute war. Es war meine Art, sie zu überlisten und es ihnen heimzuzahlen, selbst wenn sie es nicht wußten. Laß nie jemanden zusehen, wenn du schwach bist.

»Mir geht es gut«, sagte ich mit meiner ruhigen, vernunftmäßigen Stimme. »Bitte gehen Sie.«

»Hören Sie mal zu, Micky. Man hat zwei Tage lang versucht, Sie umzubringen. Man hat Ihre Wohnung verwüstet, Ihre Katze ist tot, und Ihnen geht es gut? Blödsinn. Selbst wenn Sie Karen wären, würde ich Sie mit diesem Chaos nicht alleinlassen.«

Dann tat Cordelia etwas, das ich nicht erwartete. Die meisten Leute bleiben zumindest stehen und machen vor meiner Abwehr eine Kniebeuge, aber sie ignorierte alles, was ich sagte und tat, und kam zu mir und legte sanft ihre Arme um meine Schultern. Als ich nicht zusammenzuckte oder zurückwich, zog sie mich näher heran und drückte, die eine Hand auf meinem Hinterkopf, mein Gesicht an ihre Schulter. »Es tut mir leid«, sagte sie. Das war alles.

Kein 'Sie kommen schon drüber weg', 'Im Tierheim gibt's massenweise Katzen', 'Niemand hat Ihnen vorgeschrieben, Detektivin zu werden, Sie hätten bei einer Bank arbeiten können'. Sie sagte nichts von alldem, was ich erwartet hatte. Zögernd legte ich meine Arme um ihre Taille. Ich merkte plötzlich, daß es kalt war, als ich fühlte, wie warm ihre Arme auf meinen Schultern waren. Ich zitterte ein bißchen von der kühlen Luft an meinem nackten Rücken.

Ich konnte nicht weinen, nicht vor ihr. Ich wußte, daß Cordelia es mir nicht übelnehmen würde, aber alte Verhaltensmuster zu durchbrechen dauert lange. Ich war immer noch angespannt, ich konnte mich nicht in ihre Umarmung fallenlassen. Es war nichts Sexuelles zwischen uns. Ich konnte nicht spüren, daß sie irgend etwas von mir wollte. Sie wärmte mich, weil es in dieser Situation das Anständigste war, so als wäre ich ein Kätzchen, das naß war und getrocknet und gewärmt werden mußte. Vielleicht versteifte ich mich deshalb; wenn sie nichts von mir wollte, hatte ich ihr nichts anzubieten. Wenn schon nichts anderes, sind Kätzchen zumindest niedlich. Triefende Detektivinnen nicht.

Cordelia, so wurde mir klar, war einer dieser seltenen Menschen, deren Instinkt es ist, freundlich zu sein. Die meisten von uns müssen vorher nachdenken. Ich begann mich von ihr zu lösen, weil echte Freundlichkeit am schwersten zurückzuzahlen ist. Ich wußte nicht, ob ich es konnte.

»Es tut mir sehr leid«, wiederholte sie schlicht. Sie ließ mich nicht weg, sondern hielt mich noch für einen Moment. Dann ließ sie los. »Es ist kühl hier drin, Sie müssen ein Hemd anziehen. Sie zittern.«

»Hören Sie, es tut mir leid, wie ich mich aufgeführt habe...«

»Es war eine ziemlich dilettantische Aufführung...«

»Ich versuche gerade, mich zu entschuldigen.«

»Ich weiß. Aber ziehen Sie sich erst einen Pullover an, mir wird kalt, wenn ich Sie nur ansehe.«

Ich drehte mich in Richtung meines Kleiderschranks um, als ich eine Silhouette bemerkte, die auf der Kante vor meinem Fenster entlangstrich. Sie miaute. Ich ließ das untere Fenster immer geschlossen, weil, Katze oder nicht, zwei Stockwerke ein langes Stück zum Runterfallen sind. Es war Hepplewhite nicht gestattet, auf dem zwölf Zentimeter breiten Sims rund um das Gebäude Schwebebalken zu spielen. Durch das zerbrochene Fenster hatte sie den Weg hinaus gefunden.

Ich schnappte sie von der Kante hoch und zog sie vorsichtig durch das zerbrochene Glas.

»Du bist eine bescheuerte Katze«, sagte ich. »Wenn du mich das nächste Mal so erschreckst, kannst du dir unten am Fluß Ratten fangen.« Hepplewhite schnurrte wie gewöhnlich und ignorierte meine Drohungen.

»Glaub ihr kein Wort, Miezekätzchen«, sagte Cordelia. »Vor ein paar Minuten erst hat sie auf der Suche nach dir die ganze Wohnung auf den Kopf gestellt.« Heppy hatte eine Verbündete gefunden. Cordelia nahm sie mir mit den Worten ab: »Katzen und nackte Haut vertragen sich nicht.«

Sie hatte recht. Fürs erste hatte ich genug Narben. Ich durchwühlte den Kleiderhaufen auf dem Boden des Schranks, bis ich etwas zum Anziehen gefunden hatte.

»Nehmen Sie was zum Wechseln mit. Hier bleiben Sie heute nacht nicht«, sagte Cordelia.

Ich würde dieses Chaos bald aufräumen müssen. Aber heute abend vorm Schlafengehen war einfach zu bald. Cordelia half mir suchen, bis wir zwei Schuhe, zwei Socken, irgendeine Jeans und ein Oberteil gefunden hatten. Sie stieß ausgerechnet auf meine Slips, die im Schritt mit 'Hier war eine Lesbe' bedruckt waren, aber wir beide lachten nur.

Cordelia fand auch den kleinen Stapel, den Miss Clavish hinterlassen hatte. Sie hatte meine Habseligkeiten im Treppenhaus aufgesammelt und sie mir innen vor die Tür gelegt. Sie hatte auch einen Zettel dagelassen:

> Liebe Ms. Knight,
> ich hoffe, daß es Ihnen gutgeht und die Polizei diese Männer bald erwischen wird. Ich hätte mit dem Gewehr auf sie gezielt statt über ihre Köpfe hinweg, aber ich hatte Angst, Sie auch zu treffen.
> Machen Sie sich keine Sorgen um Ihre Katze. Sie kann durch das alte Ofenloch in unserer gemeinsamen Wand in mein Büro gelangen. Ich genieße ihre Gesellschaft, und sie und Hecuba (meine Katze) verstehen sich ganz gut. Ich habe genug Futter für beide hingestellt, und es gibt eine Katzentoilette, so daß sie kein weiteres Durcheinander anstellen wird zu dem, das Sie schon haben.
> Sara Clavish

Um ihre Aussage zu bestätigen, gähnte Hepplewhite, streckte sich, nieste mißbilligend das Chaos an, und verschwand dann in meinem Schrank und durch ein Loch in der Wand hinter dem Kleiderhaufen.

»Na, sie wird prima zurechtkommen«, bemerkte Cordelia.

»Ich weiß. Sie frißt wahrscheinlich schon seit Jahren an zwei Adressen.«

»Lassen Sie uns von hier verschwinden. Wir sind beide todmüde.«

Ich hob meine Leinentasche auf, fand die Schlüssel, die Ms. (es mußte Ms. und nicht Miss sein, nach der Vorstellung mit dem Gewehr) Clavish von meiner Tür genommen hatte. Ich schloß ab und wir gingen.

Cordelia lebte im French Quarter, ihre Wohnung lag in der Ursulines Street im zweiten Stock. Sie zeigte sie mir, als wir auf dem Weg zu der Garage waren, wo sie ihren Wagen parkte. »Mein einziger unverdienter Luxus«, erklärte sie, als sie das Tor aufschloß. »Großvater haßt die Vorstellung, daß ich auf der Straße parke, also lasse ich ihn die Garage bezahlen.«

»Kann ich eine unhöfliche Frage stellen?« sagte ich, während wir das Stück zu ihrer Wohnung liefen.

»Sicher, jetzt ist die richtige Nachtzeit für unhöfliche Fragen«, antwortete sie freundschaftlich.

»Etwas in Ihrem Tonfall sagt, daß Sie nicht gerade hingerissen von Ihrem Großvater sind, aber ...«

»Aber ich verwende viel Zeit und Mühe auf ihn, in Anbetracht meiner zwiespältigen Gefühle, zumal ich auf alles Geld verzichtet habe, das er mir vielleicht hinterlassen würde, meinen Sie?« beendete sie die Frage für mich.

»Ja, warum also?«

»Er tut mir leid. Er ist wie eine bissige Bulldogge, der man alle Zähne gezogen hat. Die Leute, die früher Angst vor ihm hatten, lachen jetzt über ihn. Sein Herz ist in sehr schlechter Verfassung, und es wird immer schlimmer, weil er den Whisky und die Zigarren nicht aufgeben will. Er wird nicht mehr lange leben. Ich weiß, daß er seine Fehler hat, aber er ist zu mir immer freundlich gewesen, sogar wenn er es nicht sein mußte. Deshalb habe ich das Gefühl, ihm etwas schuldig zu sein. Er hat wahrscheinlich kein Jahr mehr zu leben. Ich nehme an, wenn ich glaubte, daß er noch länger hier wäre, gäbe es eine Menge Dinge, über die ich mich mit ihm streiten würde, aber das lohnt sich jetzt nicht mehr.«

»Warum haben Sie sein Geld abgelehnt?«

»Weil ich ein wunderbarer, uneigennütziger, edler Mensch bin.« Sie lächelte mich an, fuhr dann fort: »Na ja, nicht ganz. Wir drei, Karen, Harry und ich besitzen Treuhandvermögen, über die wir seit dem einundzwanzigsten Lebensjahr verfügen. Es wurde alles von meinem Großvater eingerichtet. Aus Steuergründen, nehme ich an. Ich finde es mehr als ausreichend.«

»Karen und Harry nicht?«

»Vor allem Karen nicht. Harry ist erst zweiundzwanzig und hat zuviel Geld und zu wenig Orientierung.«

»Sie sind also, wie Jane Austen vielleicht sagen würde, 'finanziell unabhängig'?«

»Genau. Und ich weiß, daß ich großes Glück habe. Hört sich das für Sie wie eine widerliche reiche Göre an?«

»Nein, natürlich nicht. Widerliche reiche Gören nehmen keine Gestrandeten aus dem Krankenhaus mit nach Hause.«

»M. Knight, Gestrandete Detektivin, das hat was. Warum tun Sie es?«

»Detektivarbeit?«

»Ja. An der Arbeitszeit, dem Geld oder den Privilegien kann es nicht liegen«, sagte Cordelia, während sie mich die Stufen zu ihrer Wohnung hinaufführte. »Ich bin Ärztin, weil ich dabei Leben retten kann, gut bezahlt werde und hohes Ansehen genieße. Warum tun Sie das, was Sie tun?«

»Warum nicht?« Das war eigentlich mehr als eine schnoddrige Antwort, aber Cordelia das zu erklären, würde wahrscheinlich mehr Energie und Konzentration erfordern, als ich im Moment hatte.

In dem Kurs, der mich davon überzeugte, Philosophie zu studieren, hatte ich eine weißhaarige Professorin mit Namen

Marsh. Sie war groß und hielt sich sehr gerade und ließ uns sehr hart arbeiten. Die Frage, mit der sie immer den Unterricht beendete, lautete: »Warum?« Sie beantwortete sie nie, ließ sie einfach im Raum stehen, als Angebot an uns, darüber nachzudenken, wenn wir wollten. In unserer Abschlußprüfung war das die Klausur, diese eine Frage: »Warum?« Ich erinnere mich, meine Klassenkameradinnen zu beobachten, die wie wild ihre Antworten aufschrieben, überzeugt davon, daß, wenn sie nur genug Informationen zu Papier bringen konnten, vielleicht die Antwort darunter sein würde, die sie wollte. Ein Teil von mir, der Teil, dessen sich Tante Greta bemächtigt hatte, wollte sich ihnen anschließen und jede schmissige Zeile von Aristoteles bis Arendt niederkritzeln. Aber ich tat es nicht. Ich beschloß, Professor Marsh wollte uns nicht zitieren, sondern denken sehen. Selbst wenn das, was ich dachte, nicht schrecklich brillant oder originell war, würde es immer noch besser sein, als das auswendig Gelernte auszuspucken. Also holte ich tief Luft, tauschte meinen Bleistift gegen einen Füller aus und schrieb als Antwort auf »Warum?«: »Warum nicht?«, und gab es ab. Der Rest der Klasse muß mich für verrückt gehalten haben, meine Klausur fünfzehn Minuten nach Prüfungsbeginn abzugeben.

Eine Woche später hatte mich Professor Marsh in ihr Büro gerufen, um mir zu sagen, daß ich eine Zwei hatte. Die ganzen wilden Kritzler hatten Dreien, wenn sie schlüssig waren, Vieren und Fünfen, wenn nicht. Eine Frau hatte eine Eins bekommen. Ihre Antwort war »Darum.«

Ich setzte an, Professor Marsh zu fragen, warum ein »Warum nicht?« eine Zwei war, aber ein »Darum« eine Eins. Ich sagte: »Warum ...?« Dann wußte ich, was sie sagen würde. Und ich lachte laut auf. Professor Marsh lachte mit, weil sie wußte, daß ich es kapiert hatte.

Ihre Antwort wäre gewesen: »Darum ...«. »Darum« implizierte Gründe, eine Bejahung. »Warum nicht« gab keine Begründungen, eine Verneinung. Und jedes »Warum«, vor das wir Professor Marsh stellten, würde sie mit einem »Darum« beantworten, nicht mit einem »Warum nicht«.

Und ich stimmte ihr zu. Eines Tages würde ich es Cordelia erklären müssen. Sie öffnete ihre Wohnungstür, und wir traten ein.

»Das ist alles?« fragte sie. »Warum nicht?«

»Mal Philosophie studiert?«

»Nein, Sie?«

»Ja, und es würde sehr lange dauern, das zu erklären. Und heute abend wird das nichts mehr.«

»Nein, heute nicht. Aber irgendeines Abends werden Sie es mir erzählen müssen.« Cordelia knipste einige Lampen an. Ich ertappte sie dabei, wie sie ein Gähnen unterdrückte. Es war nach Mitternacht.

Die Wohnung war bequem mittelgroß, unaufgeräumt wie bei jemanden, der keine Zeit zum Putzen gehabt hatte, nicht wie bei jemandem, dem es egal war. Die Möbel, die ich sah, gefielen mir. Es schien, daß aller guter Geschmack der Holloways bei Cordelia gelandet war.

»Ich fürchte, ich werde keine sehr gute Gastgeberin sein. Ich habe morgen früh um sieben Visite.« Sie zeigte mir das Bad und sagte mir, welches der beiden Schlafzimmer ich bekam.

»Das macht nichts. Ich werde kein sehr guter Gast sein. Keine sprühende Konversation, keine Komplimente, wie wunderbar Sie alles eingerichtet haben, einfach nur schnurstracks ins Bett«, antwortete ich.

Cordelia wies mich an, als erste ins Bad zu gehen, da sie noch einen Blick in die Post werfen und ihren Anrufbeantworter abhören wollte.

Ich war im Bad gerade rechtzeitig fertig, um noch das Ende der letzten Nachricht zu hören. Es war eine männliche Stimme, die sagte, er würde sie sehr bald wiedersehen und daß er sie liebte und so weiter.

»Mein Verlobter«, erklärte sie, als sie mich in der Badezimmertür erblickte.

»Gratuliere«, erwiderte ich, und sagte mir, daß ich sehr wohl liberal und tolerant gegenüber diesen Heteros und ihren vorsintflutlichen Ritualen sein konnte. »Wann ist die Hochzeit?«

»Wir haben noch nicht mal die Verlobung offiziell bekanntgegeben, geschweige denn einen Termin festgesetzt«, antwortete sie und ging ins Bad.

Die Schmerzmittel aus dem Krankenhaus begannen nachzulassen. Mir taten Stellen weh, die in neunundzwanzig Jahren noch nie wehgetan hatten. Ich wußte, daß sie hetera ist, sagte ich zu mir selbst, während ich die Decken auf Cordelias Gästebett zurückschlug. Heteros gehen oft los und heiraten jemanden des anderen Geschlechts. Cordelia James war nicht außergewöhnlich genug, um aus diesem Schema auszubrechen. Ich stellte fest, daß ich nichts zum Schlafen mitgenommen hatte. Ich konnte nackt schlafen. In all diesen Stunden in der Ambulanz hatte Cordelia ja wohl genug von meinem Körper gesehen. Aber ich saß auf der Bettkante und zog mich nicht aus. Cordelia betrat das Zimmer.

»Hier, nehmen Sie ein paar von Doktor James' Freudenspendern«, sagte sie und gab mir einige rote Pillen und einen Becher Wasser. Sie sahen aus wie die, die ich im Krankenhaus bekommen hatte. Ich schluckte sie. »Wollen Sie ein T-Shirt zum Schlafen oder lassen Sie es weg?« fragte sie.

»Sie sind eine zu gute Gastgeberin. Sie haben versprochen, das nicht zu sein.«

Sie öffnete eine Kommode im selben Zimmer, zog ein T-Shirt heraus und warf es mir zu.

»Ende der Gastgeberinnen-Pflichten«, sagte sie.

Ich hielt das T-Shirt hoch und betrachtete es. Es war rot mit schwarzer Schrift.

»*King Lear*. Sommer '83«, las ich.

»Oh«, entfuhr es Cordelia, und für einen kurzen Augenblick spannte sich ihr Gesicht an. Aufgewühlt, verärgert, ich konnte es nicht ganz ausmachen.

»Möchten Sie, daß ich das nicht anziehe?« fragte ich.

»Nein, ist schon gut«, sagte sie, zu schnell. Sie wandte sich zum Gehen. »Schlafen Sie ein bißchen, Micky«, sagte sie über die Schulter.

»Sie auch, Doc«, antwortete ich. Sie schloß die Tür.

Ich schälte mich aus meinen Sachen, zog das T-Shirt an. Ich überlegte flüchtig, welche Erinnerungen es in Cordelia geweckt hatte, aber ich war zu erschöpft, um lange darüber nachzugrübeln. Ich legte mich hin und schlief augenblicklich ein.

14. Kapitel

Als ich aufwachte, wußte ich, daß es spät war, beinahe Mittag. Zu meinen Füßen schnurrte ein kleines orangefarbenes Kätzchen. Ich fragte mich, wie sie es wohl genannt hatte. Diese Pillen hatten mich völlig lahmgelegt. Als erstes ging ich unter die Dusche, oder eher unter eine halbe Dusche, da ich aufgrund von Verbänden, Nähten oder Schmerz vermeiden mußte, einen ganz erheblichen Hautanteil zu waschen.

Als ich aus der Dusche kam, fand ich einen hastig hingekritzelten Zettel von Cordelia. Darauf stand:

> Ich habe heute abend Bereitschaftsdienst, werde also eine Weile wegsein. Bleiben Sie, solange Sie mögen, und bedienen Sie sich mit allem, was da ist. Die Tür schnappt beim Rausgehen zu. C.

Einen Moment lang überlegte ich, ihre Wohnung zu durchstöbern, aber das wäre ein grober Mißbrauch ihrer Gastfreundlichkeit. Außerdem wollte ich meinen Lebensraum wieder bewohnbar machen. Ich zog mich an und suchte meine Sachen zusammen; T-Shirt und Handtuch steckte ich in den Wäschekorb.

Sie hatte einen Einkaufszettelblock an ihrer Kühlschranktür. Ich nahm ein Blatt und den darangebundenen Bleistift, um ihr eine Nachricht zu schreiben. Ich schrieb, 'Liebe Cordelia', hielt dann inne, plötzlich unsicher, ob ich 'Liebe' nehmen sollte. Mach schon, es ist eine Standardfloskel, sagte ich mir, aber stockte immer noch, unentschlossen. Sollte eine Lesbe mit meinem Ruf eine bald zu vermählende Hetera, die ich gerade erst kennengelernt hatte, 'Liebe' nennen?

Ich beschloß, sicherzugehen und nochmal anzufangen. Ich riß das oberste Blatt ab, knüllte es zusammen und warf es in ihren Mülleimer. Meine Nachricht lautete jetzt:

Cordelia,
vielen Dank für alles. Das ist nicht persönlich gemeint, aber in Zukunft werde ich mein Bestes tun, mich von allen erdenklichen Krankenhäusern fernzuhalten.

Mir fiel nichts ein, was ich noch hätte sagen können, also setzte ich einfach meine Initialen darunter. Irgendwas an dieser Frau brachte mich aus dem Gleichgewicht. Ich hätte beinahe mit M.R. statt M.K. unterschrieben. Das war mir lange nicht passiert. Ich schob es auf den Schmerz in meinem Arm und meinen Rippen und auf all die Medikamente, die ich genommen hatte.

Ich legte den Zettel auf ihren Schreibtisch. Dort stand auch das Bild eines ziemlich jungen Mannes mit Brille und einem draufgeschriebenen 'Ich liebe dich' mit Unterschrift. Der Verlobte, nahm ich an. Er sah zu sehr wie mein verhaßter Cousin Bayard aus, Tante Gretas ältester Sohn, um mir zu gefallen. Gut, daß du's bist und nicht ich, dachte ich beim Anblick seines fade lächelnden Gesichts.

Ich kontrollierte, ob genug Futter für das Kätzchen da war, und füllte ihren Wassernapf nach, dann holte ich meine Leinentasche und ging, wobei ich die Tür ins Schloß zog, bis sie sicher einrastete.

Ich ging zu Fuß zu meiner Wohnung zurück, wollte die Bewegung nutzen, um meine steifen und schmerzenden Muskeln wieder in Gang zu bringen. Sie weigerten sich. Ich brauchte zehn Minuten länger, als ich eigentlich hätte brauchen sollen.

Es waren keine Elfen vorbeigekommen. Das Chaos war noch da. Im wesentlichen einarmig machte ich mich systematisch daran, die Bude wieder in Schuß zu bringen. Ich arbeitete stetig den ganzen Nachmittag hindurch. Langsam aber sicher nahm die Ordnung überhand. Sogar Hepplewhite kam zu Besuch, jetzt, wo genug Platz auf dem Boden war, damit sie umherstolzieren konnte.

Die Küche war am schwierigsten. Es ist schwer, einen Besen zu benutzen, wenn man den rechten Arm mit zehn Stichen genäht bekommen hat und sämtliche Brustmuskeln Höllenqualen leiden. Aber wenn ich dieses Zeug nicht hier rausbekam, würden die Kakerlaken das Kommando übernehmen. Zum ersten Mal in meinem Leben war ich froh, daß ich arm war und nicht viele Lebensmittel in meiner Küche hatte. Ich mußte etwas Klebriges vom Boden abkratzen, aber dann war es schließlich geschafft. Ich hinterließ eine bunte Sammlung von Kakerlakenbekämpfungsutensilien an allen möglichen Stellen und schloß die Küchentür, damit Hepplewhite nicht hineinschlüpfen und mit ihrer Pfote in einer Kakerlakenfalle hängenbleiben konnte, was ihr schon mal passiert war.

Ich hätte hungrig sein müssen, war es aber nicht. Essen kam mir nicht besonders wichtig vor, oder vielleicht hatte auch der Geruch von dem ganzen Zeug auf dem Küchenfußboden meinem Appetit den Rest gegeben.

Ich verbrachte ein paar Stunden mit der Frage, warum weder Danny noch Ranson angerufen hatten, um zu hören, wie es mir ging, bis mir einfiel, daß die Bösen vielleicht auch mein Telefon demoliert hatten. Ja, tatsächlich. Statt mir also selbst leidzutun, hatte ich nun Gelegenheit, einige verflixt dünne Drähte neu zu verdrillen, um mein Telefon wieder anzuschließen. Es fing jedoch nicht schnurstracks an zu läuten, all meine besorgten Freundinnen riefen keineswegs an. Ich mußte sie einfach verpaßt haben.

Ich war vorher einkaufen gegangen, um Müllsäcke und Kakerlakenmittel zu besorgen. Weil ich schon mal dort war, hatte ich auch gleich ein paar alte Pappkartons mitgenommen. Ich zerschnitt sie und deckte die Fenster damit ab. Sollten doch der Vermieter und seine Versicherung für die neuen Scheiben bezahlen.

Das war alles, was ich tun würde. Oder konnte. Ich hatte es langsam und vorsichtig angehen lassen, aber mir tat alles weit mehr weh, als ich wahrhaben wollte.

Ich hatte beinahe alles weggeräumt oder zumindest zu Haufen aufgestapelt, in denen eine gewisse Ordnung herrschte. Ich wußte, wie groß der Schaden war. Mein Telefon war benutzbar, die Anrufbeantworterin knisterte, lief aber noch. Meine Stereoanlage war im Eimer. Die Lautsprecher wären vielleicht noch funktionsfähig, aber weil Verstärker und Plattenspieler nur noch in Einzelteilen existierten, konnte ich das nicht testen. Meine Musik würde mir fehlen. Der größere Teil meiner Kleidung würde durch Waschen oder Reinigen zu retten sein. Dannys grauer Pullover und die neue schwarze Hose waren natürlich hinüber. Die Insekteninvasion war verhindert. Abgesehen von meiner Stereoanlage führte ich hier sowieso ein karges Leben. Sie hatten nicht viel kaputtgemacht, weil es nicht viel kaputtzumachen gab.

Ich hatte Katzenfutter und Katzenstreu gekauft. Ich legte sie neben Ms. Clavishs Tür, zusammen mit einem Zettel, daß ich eine Weile weg sein würde und ihr dankbar war, daß sie sich um Hepplewhite kümmerte.

Da mein Telefon immer noch nicht geklingelt hatte, kam mir der Gedanke, daß ich besser nachschauen sollte, ob ich die Drähte nicht vertauscht hatte. Zuerst versuchte ich, Ranson in ihrem Büro zu erreichen. Sie war nicht da. Ich ließ ihr ausrichten, daß ich angerufen hatte und für einige Zeit die Stadt verlassen würde. Dann rief ich Danny an, erwischte ihre Beantworterin und hinterließ dieselbe Nachricht. Schließlich rief ich im Krankenhaus an, um herauszufinden, wie es Barbara ging. Keine Veränderung.

Ich ging hinaus, wobei ich darauf achtete, daß ich beide Schlösser abschloß. Es war ein langer Weg zu meinem Auto. Ich bewegte mich noch langsamer als vorher.

Als ich aus der Stadt herausfuhr, ließ die tiefstehende Sonne im Westen mein Blickfeld verschwimmen. Unterwegs hielt ich an und besorgte genug zu essen, um bis Ende der Woche hinzukommen. Nichts Ausgefallenes, aber ich konnte wahrscheinlich immer noch einen Barsch oder zumindest ein paar Welse fangen.

Ich erreichte die alte Werft, als die letzten Spuren der Sonne am Himmel verschwanden. Ich fuhr durch den freien Hauptbereich hindurch auf einen kleinen, holprigen Weg, der zwischen den Bäumen versteckt lag. Nach hundert Metern hielt ich vor dem Haus, in dem ich meine ersten zehn Lebensjahre verbracht hatte. Haus war nicht ganz das richtige Wort, aber es war auch keine Hütte. Die Bretter waren alt und verwittert und die Ziegel der Eckmarken unregelmäßig und von Hand geformt. Da es so nah am Wasser gebaut war, stand es ziemlich hoch über dem Boden. Als Kind hatte ich immer gern in der kühlen Erde unter dem Haus gespielt. Ich ging die Treppen zur Veranda hinauf, die sich an drei Seiten um das Haus zog. Wir hatten früher immer auf der anderen Seite gesessen, wo wir den Bayou überblicken und die vorbeifahrenden Boote betrachten konnten. Manchmal sichteten wir abends sogar den einen oder anderen Alligator.

Ich schloß die Tür auf, fand eine Sturmlampe und zündete sie an. Ich kam selten hier heraus und brauchte nicht dringend genug Strom, um einen Anschluß legen zu lassen. Die Lampe tauchte das Zimmer in warmes, gelbes Licht. Es gab einen großen Hauptraum, und nach hinten heraus lagen die Küche und das Bad. Vorne waren zwei kleinere Zimmer mit Blick auf den Bayou. Früher hatte ich das Glänzen des Mondes auf seinem Wasser und das bis zum Horizont reichende Sumpfland angeschaut, bis ich einschlief. Ich konnte die alte Bootswerkstatt nicht aufgeben, konnte sie nicht verkaufen, weil es einen solchen Kampf mit Tante Greta gekostet hatte, sie zu behalten. Und weil... ich fühlte, daß hier noch etwas war, etwas Unvollendetes. Ich war mir nicht sicher, was. Irgendwie machte es das um so schwerer für mich, hier zu sein. Aber jetzt, wo ich mich ausruhen und erholen mußte, gab es keinen anderen Ort, an den ich gehen konnte.

Ich räumte die Lebensmittel in der Küche ein, öffnete eine Dose Thunfisch und machte mir ein Sandwich. Ohne Strom gab es kein heißes Wasser, also erwärmte ich welches auf dem

Ofen, um ein Bad zu nehmen. Nachdem ich gebadet hatte, holte ich mir einen Schlafsack aus dem alten Dampfschiffkessel, der meinem Großvater gehört hatte. Er war eine der wenigen Verbindungen, die ich zu ihm hatte, der Kessel und mein Name. Er war gestorben, bevor ich geboren wurde. Dann ging ich in das Zimmer, das meins gewesen war, breitete den Schlafsack auf der Matratze aus und legte mich hin.

Ich war müde und das Tönen der Zikaden lullte mich ein. Mein Vater hatte mir früher immer erzählt, daß diese Zikaden und Ochsenfrösche mir ein Wiegenlied sangen, damit ich einschlief.

Ich würde nicht aufgeben. Indem ich die Stadt für eine Weile verließ, konnte ich Milo und seine Kumpane vielleicht davon überzeugen, daß ich aufgegeben hatte — daß sie mich wirklich zu Tode erschreckt hatten und ich aus der Sache raus wollte. In jedem Fall war ich zu grün und blau geprügelt, um irgend jemandem im Moment von großem Nutzen zu sein. Ich brauchte Zeit, mir die Wunden zu lecken.

Bald sangen mich die Zikaden in den Schlaf.

Ich verbrachte eine Woche dort draußen. Tagsüber fischte ich in den Bayous und kleinen Flüssen in der Nähe. Ich erwog, mit dem kleinen Ruderboot in den Golf hinauszufahren, entschied dann aber, daß das Februarwetter zu unvorhersehbar war und das Salzwasser auf meinem Arm stark brennen würde. Die Regenbogenforellen waren noch für eine Weile sicher. Wenn ich nicht auf dem Steg saß und fischte, wanderte ich durch den Wald. Ich entdeckte eine Opossumfamilie, die in den Überresten eines alten Krabbenbootes lebte, das während des Hurrikans Betsy ans Ufer gespült und von einer umgestürzten Fichte aufgespießt worden war. Der Besitzer hatte es dann seinem gestrandeten Schicksal überlassen.

An den Abenden las ich im Schein der Sturmlampe. Mein Vater hatte nur die Hauptschule besucht, aber er las, wann immer er konnte. Über die Wand, die das große Zimmer von den kleinen trennte, zogen sich Regale, die vollgestopft waren mit seinen Büchern. Er besaß eine ansehnliche Sammlung der modernen Südstaaten-Autoren, Faulkner, O'Connor, McCullers, Williams. Das übrige reichte von Mark Aurel bis zu Jane Austen. Irgendwann wollte ich jedes Buch auf diesen Regalen gelesen haben. In dieser Woche fügte ich meiner Liste *Middlemarch* und Faulkners Snopes-Trilogie hinzu.

Ich kam an einem Donnerstag in die Stadt zurück, am frühen Nachmittag, um den Berufsverkehr zu vermeiden. Die Stadt erschien mir schmutzig und mißtönend. Ich fand in erstaunlicher Nähe meiner Wohnung einen Parkplatz. Dort hatte sich nichts verändert. Hepplewhite kam sogar herein und miaute, als ob sie mich vermißt hätte. Aber ich wußte natürlich, daß sie nur ihre doppelten Mahlzeiten vermißte.

Auf meiner Anrufbeantworterin waren ein paar Nachrichten. Ransons lautete: »Ruf mich an, wenn du nicht tot bist.« Danny hinterließ eine Einladung zum Abendessen für vergangenen Samstag, und dann eine zweite Nachricht, daß ich sie anrufen solle, ob alles in Ordnung war, und daß ich mir keine Sorgen um ihre Hose und den Pullover machen bräuchte, sie sei dunkel genug, auch ohne dauernd Schwarz und Grau zu tragen.

Dann hatte noch jemand aufgelegt und ein anderer sich verwählt, und ich wollte schon zurückspulen, als eine weitere Stimme zu hören war. »Hallo, ich dachte, ich rufe mal an und finde heraus, wie es Ihren Verletzungen geht. Aufmerksame Ärztinnen werden angeblich nicht so leicht wegen Fahrlässigkeit verklagt. Joanne sagte, Sie würden die Stadt verlassen. Rufen Sie mich an, wenn Sie zurückkommen, damit ich Ihnen die Fäden ziehen kann.« Cordelia hinterließ ihre Nummer. Es gab keine weiteren Anrufe.

Als erstes rief ich im Krankenhaus an. Es mußte Barbara doch inzwischen besser gehen. Aber das tat es nicht. Keine Veränderung, sagte mir die Schwester.

Ich fand meine unangebrochene Scotchflasche und goß mir einen Drink ein. Hepplewhite deutete meine Antriebslosigkeit als Aufforderung, auf meinen Schoß zu springen. Ich saß lange Zeit da und trank Scotch und streichelte die Katze.

Ich wußte, daß ich mit Milo und Konsorten noch nicht fertig war. Nicht wegen meiner Schnitte und Prellungen; die würden verheilen. Meine Stereoanlage würde mir fehlen, aber selbst das konnte ich verzeihen. Nein, das wirkliche Problem war, daß sie das Gerücht verbreiteten, ich würde mit Männern schlafen. Noch dazu mit Männern wie Elmo Turner.

Das und Barbara Selby. Ich konnte es kaum erwarten, vor Gericht gegen die Kerle auszusagen.

Ich goß mir noch einen Drink ein. Ich überlegte, in eine Bar zu gehen und jemanden aufzugabeln, entschied mich aber dann dagegen. Es ist schwer, Sex mit einer Frau zu haben, wenn du ihr dauernd sagen mußt, daß sie ungefähr die Hälfte deines Körpers nicht berühren soll.

Ich rief Danny an. Sie ging beim ersten Klingeln ran. »Ich bin wieder in der Stadt.«

»Wo warst du?« fragte Danny.

»Ich war an der alten Werft.« Danny wußte, daß ich von Zeit zu Zeit dort draußen kampierte. Sie wußte nicht, daß es mir gehörte. Ich ließ sie in dem Glauben, daß ich mit wem-auch-immer-es-gehörte vage verwandt war und daß sie nichts gegen eine gelegentliche Besucherin einzuwenden hatten.

»Ich dachte mir schon, daß du vielleicht dort hingefahren wärst. Hast du unterwegs bei meinen Leuten vorbeigeschaut?«

Danny und ich waren beide in der Umgebung vom Bayou St. Jack's aufgewachsen, durch zehn Kilometer und die Rassenschranke getrennt. Wir hätten eigentlich zusammen zur Grundschule gehen müssen, aber damals herrschte in den Schulen noch die Rassentrennung. Als sie dann endlich aufgehoben wurde, lebte ich schon bei Tante Greta und Onkel Claude in einem häßlichen Vorort draußen in Metairie.

Dannys Eltern hatten einen Laden für Angelzubehör und Köder; ihre Mutter blieb oft zu Hause, um sich um das Geschäft zu kümmern, während ihr Vater draußen Jäger oder

Fischer durch die Bayous führte oder Krebse fing, die sie dann im Laden verkauften.

Danny und ich begegneten uns erst, als wir zusammen aufs College gingen. Danny hatte immer zwiespältige Gefühle ihrer Herkunft gegenüber gehabt, in gewisser Weise schämte sie sich dafür, und andererseits war sie sehr stolz darauf. Aber ein Teil des Stolzes lag darin, daß sie es geschafft hatte, von dort wegzukommen. Sie war immer fest entschlossen, 'es zu was zu bringen'. Sie erzählte mir, daß sie sich schon in der Mittelstufe entschieden hatte, Rechtsanwältin zu werden, egal wie schwer es würde. Daß niemand sie je wieder dafür demütigen würde, daß sie die 'Tochter des Köderkerls' war. Danny achtete immer sehr darauf, grammatikalisch korrektes, gutes Englisch zu sprechen. Nur selten, wenn sie betrunken oder sehr müde war, fiel sie in den Bayou-Tonfall zurück. Es gab Danny ein seltsam förmliches Auftreten, ließ sie kälter, steifer wirken als sie war. Sie hatte nie genug Privilegien genossen, um diese Dinge leicht zu nehmen.

Ihre Eltern waren natürlich sehr stolz auf sie. Mrs. Clayton hatte Kopien ihrer beiden Diplome über der Theke des Köderladens hängen. Plus massenweise Fotos von der Abschlußfeier. Ich war auch darunter. Da ich keine Eltern hatte und Tante Greta nicht die Absicht hatte, das Geld für einen Flug nach Norden auszugeben, um bei meiner Abschlußfeier dabei zu sein (nicht daß ich sie dort gewollt hätte), hatten mich Dannys Eltern in diesem Mai quasi adoptiert. Sie machten eine Menge Fotos von uns beiden, vor so ziemlich jedem Gebäude auf dem Campus und bei so ziemlich jedem Schritt während der Zeremonie.

»Nein, ich dachte, ich sollte deine Mutter lieber nicht meine ganzen Prellungen und Schnittverletzungen sehen lassen«, erwiderte ich.

Danny lachte.

»Danno, es tut mir wirklich leid wegen deiner Hose und dem Pullover. Ich werde sie ersetzen.«

»Zerbrich dir nicht den Kopf um meine Sachen. Ich wünschte nur, sie wären aus Leder gewesen und hätten ein bißchen mehr gegen ein Messer ausrichten können. Zehn Stiche sind nicht spaßig.«

»Hast mit Ranson gesprochen, hm?«

»Kurz. Den größten Teil der Geschichte habe ich von Cordelia James.«

»Du kennst sie?« fragte ich, ohne 'so gut?' hinzuzufügen.

»Ja, sicher. Ich habe sie Thoreau vorgestellt. Er ist Sozialarbeiter und hat bei einigen Gelegenheiten was mit meiner Behörde zusammen gemacht. Ein ziemlich netter Kerl, arbeitet mit Verbrechensopfern.«

»Ihr Verlobter, nehm' ich an.«

»Genau.«

»Aber woher kennst du sie?« hakte ich nach.

»Ich hab' sie mal irgendwo getroffen. Ist schon eine Weile her«, erwiderte Danny ausweichend. »Sie sind diesen Samstag zum Abendessen bei uns. Willst du kommen?«

»Ich weiß nicht«, antwortete ich wahrheitsgemäß. »Er sieht meinem verhaßten Cousin Bayard furchtbar ähnlich. Es könnte sehr mühsam für mich werden, auch nur höflich zu ihm zu sein.«

»Hast du ihn schon mal gesehen?«

»Nein, sein Bild stand in Cordelias Wohnung.«

»Was hast du in ihrer Wohnung gemacht?« fragte Assistenzstaatsanwältin Clayton.

»Ich habe dort die Nacht verbracht.«

»Du hast *was?*« rief Danny. Ich hörte Elly im Hintergrund fragen, was los sei. »Micky, spiel nicht mit dem Feuer. Diese Frau braucht keine Streunerin wie dich in ihrem Bett.«

»Reg dich ab. Ich war nicht in ihrem Bett. Sie hat zwei Schlafzimmer. Ich war in dem anderen. In der Nacht, in der sie mich zusammengeschlagen und meine Wohnung verwüstet haben.«

»Ach, na dann. Außerdem ist sie sowieso nicht dein Typ.«

»Das sind Heteras selten.«

»Also, kommst du jetzt zum Abendessen?« sagte Danny, womit sie das Thema nicht direkt wechselte, aber doch in eine etwas andere Richtung lenkte.

»Nein, ich glaube nicht. Ich hasse es, mit glücklich grinsenden Paaren herumzusitzen. Davon abgesehen wäre ich ein schlechter Einfluß. Von den wiedererweckten Erinnerungen an meinen verhaßten Cousin Bayard ganz zu schweigen.«

»Na gut«, gab Danny ohne große Gegenwehr zurück. »Und 'Cousin' reicht, du brauchst nicht jedesmal 'verhaßt' zu wiederholen.«

»Ich denke so an ihn. 'Mein verhaßter Cousin' kommt inzwischen ganz automatisch. Wie New und Orleans.«

»Wenn du drauf bestehst. Ruf mich an, falls du es dir mit dem Essen anders überlegst.«

»Ich denk' drüber nach. Grüß Elly von mir.« Danny tat es, Elly grüßte zurück, und wir legten auf.

Dann rief ich Ranson an.

»Schon zurück?« beantwortete sie mein Hallo. »Ich dachte, ich hätte dir gesagt, du sollst eine gemächliche Kreuzfahrt rund um die Welt machen.«

»Aber, liebe Joanne, die Fahrkarten, die du geschickt hast, waren noch nicht bezahlt.«

»Jämmerliches Regierungsgehalt«, antwortete sie. »Bist du am Samstag bei Danny?«

»Bist du's?«

»Ja.«

Langsam wurde es interessant. Danny hatte schon einmal versucht, mich mit Ranson zu verbandeln. Vielleicht sollte ich ihr einen Erfolg damit gönnen. Allmählich fing ich an zu glauben, daß ich Geschmack daran finden könnte, in die langen Arme des Gesetzes zu gleiten. »Ich hab' mich noch nicht entschieden«, kniff ich.

»Dann entscheide dich. Elly macht tolle Pecannußtorte, und sie hat uns eine versprochen. Und ich mache die beste

Austernsauce der Welt, die ich zusammen mit den Austern mitbringe.«

»Entscheidung getroffen. Ich liebe rohe Austern.« Was ich wirklich tue. Selbst den verhaßten Bayard konnte ich so lange ertragen, wie ich brauche, um einen Austerncocktail zu essen. Seinen Doppelgänger konnte ich wohl ein paar Stunden aushalten.

»Gut, dann bis Samstag.« Ranson legte auf.

Nun, vielleicht würde ich doch zu diesem Essen gehen. Ich rief Danny zurück und sagte ihr, daß mir Gerüchte über Austern und Pecannußtorte zu Ohren gekommen seien, wofür ich eine ganze Menge ertragen konnte. Sie bat mich, als meinen Beitrag zu dem Abend ein bißchen passende Musik mitzubringen. Ich versprach es.

Für meinen Samstagabend war also gesorgt. (Und wenn ich Glück hatte, auch für meinen Sonntagmorgen.) Jetzt mußte ich mir nur noch überlegen, wie ich den Rest der Zeit verbringen würde, bis ich am Montag die Spur von Milo und seinem Boss — dem Mann, der Barbaras Ermordung befohlen hatte — aufnahm.

Ich brauchte nicht lange nachzudenken. In meiner Wohnung gab es noch eine Menge sauberzumachen und instandzusetzen. Der Freitag verging damit, auf das Erscheinen des Glasers zu warten, der meine Fenster in Ordnung bringen sollte. Freitagabend brachte sechs Ladungen im Waschsalon, jedes waschbare Kleidungsstück, das ich besaß, außer denen, die ich anhatte. Am Samstag machte ich mich ernsthaft und unerbittlich an das Wegräumen meiner halbgeordneten Stapel. Ich bekam Stücke des Fußbodens zu Gesicht, die ich nicht mehr gesehen hatte, seit ich eingezogen war. Dann ging ich meine Schallplatten- und Cassettensammlung durch, um ein paar geeignete auszusuchen und sicherzustellen, daß sie noch heil und nicht der Zerstörung zum Opfer gefallen waren.

Nun mußte ich etwas zum Anziehen finden. Diesen Teil haßte ich immer. Nachdem ich eine Weile mit dem Betrachten meines Schrankes und seiner frischgewaschenen Kleidungsstücke zugebracht hatte, entschied ich mich schließlich für meine besten Jeans und einen königsblauen Pullover mit V-Ausschnitt. (Ich fragte mich, ob Ranson je meine Titten bemerkt hatte.) Dann zog ich meine Jeansjacke an, sammelte meine Platten und Cassetten ein und machte mich auf zu Dannys und Ellys Wohnung.

Mein Auto hatte komische Geräusche von sich gegeben und würde wahrscheinlich in die Werkstatt müssen, aber ich wollte darüber jetzt nicht nachdenken und nahm deshalb den Bus.

Ich war der erste Gast, aber das hat man von öffentlichen Verkehrsmitteln. Entweder zu spät oder zu früh. Danny und Elly hatten die untere Etage eines Hauses gemietet. Das erste, was ich beim Reinkommen bemerkte, waren zwei hinreißende Pecannußtorten, die auf der Anrichte standen. Das zweite war, daß der große Tisch für sieben Personen gedeckt war. Uh-oh, war ich etwa in eine Höhle voller Paare hineingeraten? Lasterhöhlen, Diebeshöhlen, alles, nur keine Höhle voller Paare. Ich beschloß zu warten, bis alle Indizien eingetroffen waren, bevor ich mich allzusehr verstören ließ.

Die Küche stieß ein Bellen aus. Nicht eigentlich die Küche, sondern ein Hund außerhalb meines Blickfeldes. Entweder das, oder Elly konnte ausgezeichnet Tierstimmen imitieren.

Ich steckte meinen Kopf hinein. »Neues Familienmitglied?« forschte ich.

»Michele Knight, Privatdetektivin, dies hier ist Beowulf, Wolfshund«, stellte Elly vor.

»Halbhund«, fügte Danny hinzu. »Irgend so ein Köter ist über Dads Zaun gesprungen und hat Jupiter geschwängert. Da er Mischlinge nicht verkaufen konnte ...«

»Haben wir ihn aufgenommen«, endete Elly. »Wir konnten an diesen flehentlichen braunen Augen nicht vorbeigehen.«

»He, Beowulf, alter Junge«, sagte ich und kniete mich hin, um ihn zu streicheln. Er wedelte zustimmend mit dem

Schwanz. Er war ein schöner Hund, braun und weiß, mit, wie Elly bemerkt hatte, tiefen, intelligenten braunen Augen.

»Die Krebse faszinieren ihn.«

Elly lächelte schwach. »Eine Faszination, die bestimmt noch gezwickt wird.«

»Du bist ein hübscher Hund«, sagte ich ihm, als ich mich wieder aufrichtete.

»Willst du einen? Dad hat noch zwei«, offerierte Danny.

»Nein, danke. Eine Katze ist genug. Außerdem kennst du ja meinen Tagesablauf.«

»Nur zu gut«, erwiderte Danny schelmisch.

Ich ging zurück ins Wohnzimmer und legte die *Brandenburgischen Konzerte* auf, um dieser Veranstaltung eine kultivierte Note zu geben. Danny kommentierte meine Wahl mit zustimmendem Kopfnicken.

Es klingelte an der Tür. Danny ließ Ranson und eine Frau herein, von der ich annahm, daß sie Alexandra Sayers sein mußte. Ranson winkte mir zu und ging mit ihren Austern in die Küche.

Danny sah uns beide an. »Kennt ihr zwei euch schon?«

»Wir haben mal telefoniert, glaube ich«, erwiderte ich.

»Ja, das haben wir. Es tut mir leid, daß wir nicht rechtzeitig dort waren.« Alex Sayers war ein ganzes Stück kleiner als Ranson, mit hellbraunen Haaren, einigen kaum sichtbaren Sommersprossen und klaren blauen Augen. Sie trug eine Brille, so ein Modell mit dünnem Goldrand, die sie intellektuell aussehen ließ. Diese Frau mußte sehr klug sein, um dorthin zu gelangen, wo sie war. Frauen bekommen die Machtpositionen in dieser Stadt nicht einfach in die Hand gedrückt; selbst wenn sie 'nur' die Sonderbeauftragte des Bürgermeisters für Kunst und Kultur war, hatte sie einen ganz schön einflußreichen Posten inne.

Ich wußte, daß sie mit 'rechtzeitig' mehr Barbara als mich meinte. Ich war froh, daß Barbara nicht vergessen war.

»Ich glaube, ich könnte das nicht, was Sie tun«, fuhr Alex

fort. »Ich wäre vor Angst gestorben in diesem Keller da unten. Joanne hat mich letzte Woche mal dort raus gefahren und es mir gezeigt.«

Die große Besichtigungstour. Ranson, du bist eine solche Romantikerin.

»Dann gleicht es sich ja aus«, sagte ich, »weil ich nicht glaube, daß ich das tun könnte, was Sie tun. Sich immer rauszuputzen, mit Männern in Besprechungen zu sitzen, die Dschinghis Khan liberal aussehen lassen. Gut, daß jede von uns das macht, was sie macht.«

Sie lachte und stimmte mir zu, dann gingen wir in die Küche, um Ranson bei ihrer wundervollen Austernsauce zu helfen.

Ja, es sah tatsächlich so aus, als ob ich in einer Höhle voller Paare festsaß — stark in der Minderheit. Und wenn dieses Essen nicht noch ein ganzes Stück interessanter wurde als es im Moment möglich schien, würde ich mir irgendeine einsame Art ausdenken müssen, den Sonntag zu verbringen. Danny hätte das erwähnen können, als sie mich einlud. Aber ich hatte den Verdacht, es gehörte zu ihrer Strategie, mich zu zwingen, all diesen Paaren bei ihrem seligem Glück zuzusehen — in der Hoffnung, daß es mich inspirieren würde, meine Suche nach der Richtigen ernsthafter anzugehen. Irrtum, Danny, gelobte ich. Ich fand einige Strauß-Walzer und legte sie auf. Nett und romantisch für all diese Paare.

Es läutete, und Cordelia und Thoreau wurden von Danny hereingeführt, die ihn vorstellte, eine Flasche Champagner öffnete und uns allen einschenkte.

»Die *Blaue Donau*, glaube ich«, kommentierte Thoreau die Musik. »Johann Strauß.«

Na gut, er wußte ein bißchen was über Musik, aber nicht so viel wie er dachte. Ich bemerkte, daß er ein rotes Hemd trug, das überhaupt nicht zu seiner blassen Hautfarbe paßte — genau wie mein 'verhaßter Cousin', Bayard, es gern tat.

»Der *Kaiserwalzer*«, verbesserte ich. Wenigstens lag er beim Komponisten richtig.

»Sind Sie sicher?«

»Ich bin ganz sicher, daß es der *Kaiserwalzer* ist, weil ich ihn dauernd gehört habe, als ich jünger war, und außerdem ist es meine Platte, ich weiß also, was drauf ist.« Wir klärten die Angelegenheit schließlich, indem wir die Platte runternahmen und nachschauten.

»Sie klingen sehr ähnlich«, war sein einziger Kommentar dazu, daß sein Irrtum bewiesen war.

Nur für einen Idioten, dachte ich. Ich legte eine Cassette mit barocken Trompetenkonzerten ein, hoffentlich alle unbekannt genug, um keine Kontroverse auszulösen. Danny ging herum, um die Champagnergläser nachzufüllen, und warf mir einen 'Benimm dich anständig'-Blick zu. »Zeit, mit den Krebsen anzufangen«, sagte sie, und sie und Elly gingen in die Küche zurück. Ranson und Alex kamen heraus und stellten einen Austerncocktail auf jeden Teller.

»Mick, komm mal hier rein«, verlangte Dannys Stimme. Ich fragte mich, was ich jetzt schon wieder getan hatte, und ging in die Küche. Es war aber nicht ich, sondern ein entlaufener Krebs, um den sich gekümmert werden mußte. Krebse müssen am Leben bleiben, bis sie gekocht werden. In der Ecke neben dem Herd stand eine große Wanne voller lebender Krebse. Ein Krebs stellte sich zum Kampf, krabbelte quer über den Fußboden in eine Ecke und forderte alles, was sich näherte, mit zwei klappernden Scheren heraus.

Beowulf war fasziniert von den herumwedelnden Scheren. Er begann, sich dem Krebs zu nähern und schnüffelte mit seiner ungeschützten Nase. Ich machte den Vorschlag, daß ihn jemand auf die Veranda bringen sollte.

»Das machst du besser nicht«, sagte Elly zu ihm, als sie die Leine durch sein Halsband hakte und ihn zur Hintertür hinausführte. Danny folgte mit einem Napf voll Futter, um ihn zu besänftigen, weil er an die Luft gesetzt wurde.

Danny erwartete offensichtlich von mir, daß ich den Krebs einfing. Was ich tat. Ich benutzte meine Stiefelspitze, um ihn aus der Ecke herauszuschubsen, dann bückte ich mich und packte ihn direkt vor seinen Hinterbeinen, wo er mich mit den Scheren nicht erreichen konnte. Ich tat das einhändig, nicht um anzugeben (zumindest nicht sehr), sondern weil ich gelernt hatte, Krebse so zu fangen. Ach, armer Krebs. Ich ließ ihn in den Topf mit kochendem Wasser fallen.

»Ein richtiger KV hätte den Krebs selbst aufgehoben«, sagte ich zu Danny.

Als Antwort drückte sie mir die Krebszange in die Hand. Ich legte sie auf die Arbeitsplatte, griff mit der Hand in die Wanne, packte einen Krebs und ließ ihn in den Topf fallen.

»Du bist nicht ganz dicht, Mick«, sagte Danny und schüttelte den Kopf über meinen Leichtsinn. »Ich sage Elly, sie soll sich mit dem Verbandskasten bereithalten.«

Ich packte noch einen Krebs mit der bloßen Hand und warf ihn in den Topf. Immer noch kopfschüttelnd ging Danny ins Wohnzimmer zurück. Elly steckte den Kopf herein und fragte, ob ich klarkam. Ich sagte: »Sicher« und winkte sie zu ihren Gästen zurück. Ich warf weitere Krebse ins Wasser. Ich war bei meinem letzten angekommen, einem alten, großen Exemplar, auf dessen Panzer eine Klette wuchs. Er wehrte sich, schwang klappernd seine Scheren. Ich versuchte, ihn mit einer Hand abzulenken, damit ich die andere hinter ihn bekam.

»Warum nehmen Sie nicht die Zange?« sagte Cordelia. Ich hatte sie nicht einmal bemerkt. Ich fragte mich, wie lange sie schon dort stand und mich beobachtete.

Um es ihr zu beweisen, griff ich nach ihm. Mr. Krebs sprang hoch und verfehlte nur knapp meine Finger mit den Scheren.

»Sehen Sie«, sagte sie.

Ich griff nochmal zu, bevor Mr. Krebs wieder springen konnte. Ich erwischte ihn und versenkte ihn im Topf.

»Es ist nicht fair, wenn Sie den Krebsen nicht wenigstens eine kleine Chance geben, sich zu rächen«, antwortete ich.

»Wieviel Rache haben sie genommen?« Sie nahm meine Hand und untersuchte sie.

»Keine, diesmal«, erwiderte ich. Befriedigt ließ sie meine Hand los.

»Wie geht's dem Rest von Ihnen? Sie sollten die Fäden ziehen lassen.«

»Ich habe sie schon gezogen.«

»Selbst?« fragte sie.

»Klar, ich berechne nicht viel.«

»Das hätte ich auch nicht getan.«

»Aber ich brauche immer das Fahrgeld, um mit dem Bus dorthin zufahren, wo Sie sind. Ich selbst dagegen bin immer dort, wo ich bin.«

»Hören Sie eigentlich jemals auf, den harten Macker zu spielen?«

»Wer sagt denn, daß ich das spiele?« konterte ich.

Sie seufzte. »Vermutlich sind Sie so. Wie geht es Ihren Rippen?«

»Prima.« Die Wahrheit lag eher bei mittelmäßig, aber das hier war eine Party, und soweit es mich betraf, war Cordelia James nicht im Dienst. Ich nahm die Zange und begann, Krebse herauszuholen und in einen Durchschlag zu legen. Schneller als kochendes Wasser bin ich nicht.

Ich hörte, wie Thoreau ein weiteres Musikstück falsch benannte. Vielleicht sollte ich ein paar Gregorianische Gesänge auflegen. Das könnte ihn zum Schweigen bringen.

»Pachelbels *Kanon für drei Trompeten und Streicher*«, korrigierte ich laut.

»Ein harter Macker, der sich gut mit klassischer Musik auskennt? Ich werde aus Ihnen einfach nicht schlau«, sagte Cordelia.

»Vielleicht sollten Sie aufhören, es zu versuchen.« Ich zog den letzten Krebs aus dem kochenden Wasser. Dann ging ich um sie herum, um den krebsgefüllten Durchschlag unter den kalten Wasserhahn zu halten. Als ich fand, daß sie genügend durchgespült und abgekühlt waren, arrangierte ich sie auf der großen Platte, die Danny zu diesem Zweck dagelassen hatte.

»Aber ist das nicht gerade der Reiz an der Sache, ein komplizierter Mensch zu sein? Andere Leute dazu zu bringen, daß sie sich abzumühen, aus Ihnen schlau zu werden?«

»Ist es das? Ich hab' noch nie groß darüber nachgedacht.«

Cordelia setzte zu einer Erwiderung an, aber Elly betrat die Küche. »Die Krebse riechen wunderbar. Ich lege das Brot rein, um es aufzuwärmen, und dann können wir essen.«

Ich hob die schwere Platte hoch und trug sie zum Tisch.

»Ich mußte noch nie Krebse auspulen«, bemerkte Thoreau, als ich die Platte abstellte. Zweifellos deshalb, weil es immer irgendwer für ihn tat, während er alles über Musik lernte, was er konnte, dachte ich in meiner üblichen Sanftmut.

Wir begannen, uns um den Tisch zu gruppieren. Danny und Elly saßen als Gastgeberinnen an den beiden Enden. Ich saß auf dem Stuhl links von Danny, auf der Seite mit drei Stühlen. Ranson saß neben mir. Gut, das bedeutete, daß ich von meinen Verbündeten umgeben war. Oder zumindest soweit mir das möglich war. Thoreau saß am anderen Ende, auf dem Platz neben Elly. Dann setzte sich Alex neben Ranson und ließ so den Stuhl mir gegenüber frei.

Elly kam mit dem warmen Brot herein. Cordelia folgte ihr und setzte sich mir gegenüber.

Ich hoffte, die Austern und die Pecannußtorte waren sehr gut.

Danny öffnete noch eine Flasche Champagner und ließ sie rundgehen.

»Champagner und Krebse knacken?« protestierte ich. »Es ist unfein, kein Bier zu trinken.«

»Bedien dich, wir haben reichlich im Kühlschrank«, sagte Elly.

»Ich versuche, dem Anlaß ein bißchen Klasse zu verleihen«, sagte Danny.

Ich stand kopfschüttelnd auf. »Alles hat seine Zeit, liebste Danno, und die Zeit für Champagner und Krebse ist wahrhaft selten.« Ich wandte mich in Richtung Küche. »Noch jemand?«

»Ja, für mich eins«, sagte Cordelia.

Ich ging in die Küche und holte zwei Bier und zwei Humpen, damit wir nicht völlig ungehobelt sein und aus der Flasche trinken mußten. Ich stellte einen vor Cordelia hin, öffnete die Flasche und schenkte ihr gekonnt ein Bier ein. Meine Barkeeperinnenerfahrung ist manchmal sehr praktisch.

»Danke«, sagte sie, schaute zu mir hoch und lächelte. Ich grinste zurück, setzte mich dann hin und begann Krebse auszupulen.

Ich fing an, diese Frau zu sehr zu mögen. Sie kann nicht so vollkommen sein, wenn sie wirklich diesen Heini heiraten will, sagte ich mir und konzentrierte mich darauf, Krebsfleisch freizulegen.

Krebse zu schälen erfordert eine Menge schmieriger Anstrengung für eine kleine Portion Fleisch. Ich bemerkte, daß sowohl Cordelia als auch Elly versuchten, Bayard — nein, Thoreau beim Auspulen zu helfen. Er war bemerkenswert langsam. Natürlich war ich nicht gerade nachsichtig. Ich war mit Krebs-Pulen aufgewachsen. Ich kann mich erinnern, wie meine Mutter es mir beibrachte, also muß ich sehr jung gewesen sein bei meinen ersten Krebsen.

Alex und Ranson hielten sich beachtlich; Cordelia und Elly hatten Thoreau am Hals. Danny und ich waren die Schnellsten. Wir hatten beide schon fünf Krebse geschält, als alle anderen am Tisch beim dritten oder vierten angekommen waren.

Ich stand auf, um mir die Hände zu waschen. Die Cassette war zu Ende und ich legte etwas von Gershwin auf; die Krebsbummler konnten ein bißchen Rhythmus vertragen. Ich holte noch ein Bier aus dem Kühlschrank und setzte mich wieder. Danny war eine gute Gastgeberin und half Cordelia und Ba...Thoreau beim Aufholen.

»Du bist schnell«, sagte Ranson, die gerade mit einer Schere kämpfte.

»Übung«, antwortete ich.

»Haben Sie mal in einer Fabrik für Meeresfrüchte gearbeitet oder sowas?« fragte Thoreau.

»Nein«, antwortete Danny an meiner Stelle. »Micky ist eine Bayou-Ratte genau wie ich. Bayou St. Jack's bringt erstklassige Krebs-Pulerinnen hervor.«

»Ihr kanntet euch schon als Kinder?« fragte Cordelia.

»Nein«, antwortete ich.

Danny, die vollkommene Gastgeberin, antwortete: »Obwohl Micky nach ein paar guten Sonnenbädern nicht viel heller ist als ich, wird sie gerade noch als weiß eingestuft. Und das machte den Unterschied aus, in welche Schule wir geschickt wurden. Sie wohnte ein paar Meilen weiter den Bayou hinunter als wir, aber wir sind uns nie begegnet, bis wir beide achtzehn waren.«

»Heiratsfähig«, fügte ich hinzu.

»Wie seid ihr euch begegnet?« fragte Cordelia.

»Tja, ich hab' die Gators geschnappt, und sie hat sie gepellt.« Ich wollte nicht auf meine Vergangenheit eingehen und versuchte, die Fragerei loszuwerden. Es gab da eine Menge Lücken, die ich nie ausgefüllt hatte, nicht mal Danny gegenüber. Die verpaßte mir einen schnellen Tritt unter dem Tisch und einen Blick, der besagte, keine KV-Witzchen vor Heteros. Ich beschloß zu antworten, ehe Danny mit ihrer Liebe zum Detail es tat.

»Wir haben zusammen studiert«, sagte ich.

»High School?« fragte Thoreau. »Ja, natürlich, damals war die Rassentrennung ja schon abgeschafft. Das war in den Siebzigern, oder?«

»Nein, am College«, antwortete Danny.

Thoreau sagte zu Danny: »Aber ich dachte, du warst auf Barnard?«

Nimm den Fuß aus dem Fettnapf, Thoreau, alter Knabe. Natürlich konnte mein verhaßter Sie-wissen-schon-wer es auch nie fassen, daß jemand wie ich es auf ein solches College geschafft haben sollte. Daß Micky, die beinahe uneheliche Bayou-Ratte, mit irgendwas Erfolg hatte, war nicht vorgesehen.

Nur wer sie gut kannte, konnten Dannys sorgfältig beherrschten Ärger heraushören. »Ja, wir sind zusammen aufs College gegangen. Wir haben uns auf den Straßen von New York City getroffen.«

»Warum seid ihr nicht dort geblieben?« fragte Thoreau. »Ich bin nur wegen der Arbeit hier, aber ich ziehe den Nordosten vor.«

»Ich wurde von der juristischen Fakultät in Tulane angenommen.« Danny blieb immer die höfliche Gastgeberin.

»Ich konnte diese Yankee-Dialekte einfach nicht verstehen«, fügte ich hinzu.

Thoreau bohrte weiter. »Aber finden Sie nicht, daß die Leute hier, na ja, irgendwie langsam sind?«

»Nein, ich finde, sie haben genau das richtige Tempo«, ging Alex in die Verteidigung. »Ich schätze und liebe diese Stadt und würde nirgendwo anders leben wollen.«

»Tja, jedem das seine, schätze ich«, bemerkte er. »Aber sobald Cordelia hier fertig ist, ziehen wir in den Norden ... obwohl ich sie noch nicht davon überzeugt habe«, setzte er hinzu, als er den Blick sah, den sie ihm zuwarf.

Ich hatte nicht die Absicht, Cordelia anzusehen, aber sie saß mir gegenüber und es war schwer, dauernd ihrem Blick auszuweichen. Sie brach gerade ihren letzten Krebs auf, aber sie schaute zu mir hoch. Vielleicht wollte sie das gar nicht, aber sie zuckte leicht mit den Achseln. »Ich glaub', ich brauch' noch ein Bier«, sagte sie.

Ich holte es, da ihre Hände voller Krebsbrühe waren. Ich kam zurück und stellte es vor sie hin, gerade noch rechtzeitig, um Thoreau sagen zu hören: »Aber hier gibt es so viele Irre. Dieser Ort, wo ihr aufgewachsen seid, zum Beispiel, Bayou St. Jack's«, dieses in Richtung Danny, »da gibt's ein paar echt komische Leute.«

Ich setzte mich und machte das Bier auf, das ich für mich

geholt hatte. In wie vielen Fettnäpfchen würde dieser Typ sich heute abend noch niederlassen? Von dem Champagner und dem Bier bekam ich langsam einen ordentlichen Schwips, was die beste Art schien, diese Party durchzustehen.

»Zum Beispiel dieser Kerl, der jetzt aus dem Gefängnis kommt, aus Bayou St. Jack's. Der Cordelias Großvater bedroht und vielleicht sogar ihren Vater ermordet hat. Mr. Holloway hat seinen Hafturlaub zweimal blockiert, aber es sieht nicht so aus, als ob er das nochmal kann.«

»Laß uns nicht davon sprechen«, unterbrach Cordelia.

»Warum nicht?« Thoreau goß sich Champagner nach. Er sah selbst nicht besonders nüchtern aus. »Wir haben hier eine Polizistin, eine Anwältin und eine Politikerin, ganz zu schweigen von einer Privatdetektivin. Vielleicht können sie uns helfen. Wir sind alle Freunde hier, oder? Wie können wir diesen Kerl davon abhalten, Cordelia oder ihrem Großvater wehzutun, wenn er rauskommt?«

»Das ist zwanzig Jahre her, und ich werde mir darüber nicht den Kopf zerbrechen«, sagte Cordelia nachdrücklich.

»Moment mal«, sagte Danny. »Aus Bayou St. Jack's? Ich erinnere mich an keinen Mörder von dort.«

»Schön, warten Sie mal«, sagte Thoreau. »Dieser Mann, der kurz vor seinem Hafturlaub steht, Beaugez heißt er, der saß nicht wegen diesem Mord im Gefängnis. Die Beweise reichten nicht ganz. Mr. Holloway wollte aus irgendeinem Grund nicht, daß bekannt wurde, daß sein Sohn an einer Schußverletzung starb statt bei einem Autounfall. Und dieser Beaugez glaubt, die Holloways haben ihm Unrecht getan!«

Ben ... Mir kam der furchtbare Verdacht, daß ich genau wußte, wovon er sprach — von meiner Vergangenheit. Ich hatte nicht damit gerechnet, daß ich ausgerechnet hier auf sie stoßen würde. Das ist nicht möglich, sagte ich mir. Einfach nicht möglich. Nicht Cordelias Vater. Etwas veränderte sich, fester Boden wurde rissig und trügerisch.

Thoreau fuhr fort. »Seine Frau und sein Kind kamen bei

einem Zusammenstoß zweier Autos ums Leben. Das tut mir leid, aber daran sind nicht die Holloways schuld. Ich glaube, der Kerl ist verrückt.«

Ich tat und sagte nichts, aber ich war nicht ruhig. Eher kalt, taub. Ich hatte ziemlich früh, mit zehn, gelernt, Antworten zu umgehen, es zu vermeiden, irgend jemanden wissen zu lassen, wer ich wirklich war und was mir widerfahren war. Ich erzählte die unschuldigen Geschichten oder die lustigen über meine Vergangenheit, darüber, wie ich zwei Meter lange Alligatoren gesehen oder Salzwasser-Welse an Touristen verkauft hatte, die nicht wußten, daß nur die Süßwasserart eßbar ist. Nie die ganze Wahrheit.

Als Danny damals anfing, Fragen zu stellen, hatte ich nicht antworten wollen. Ich hatte gesagt, daß ich erst zehn war, als ich von dort wegzog, und daß ich mich nicht erinnern konnte. Sie wußte über meine Vergangenheit nicht mehr, als daß mein Vater bei einem Autounfall gestorben war und ich schließlich bei Tante Greta und Onkel Claude in Metairie gelebt hatte.

»Ich mache mir Sorgen, daß dieser Kerl hinter Cordelia her sein wird, wenn er rauskommt«, hörte ich Thoreau wiederholen.

Ranson sah mich kurz an und dann sofort wieder weg, wie um meinen Emotionen die Privatsphäre zu geben, die sie brauchten. Sie sagte zu Thoreau: »Er hat seine Schuld an der Gesellschaft zurückgezahlt. Sie können einen Menschen nicht im Gefängnis festhalten, weil Sie glauben, daß er vielleicht in Zukunft ein Verbrechen begeht. Davon abgesehen, wenn Sie ein wirkliches Verbrechen wollen, dann ist es die Art und Weise, wie die Saints Football spielen.«

»Das ist kein Scherz«, sagte Thoreau, offensichtlich kein Saints-Anhänger. »Ich will nicht, daß Cordelia etwas zustößt.«

»Ich versuche immer noch, da durchzublicken«, sagte Danny. »Micky, kannst du dich daran erinnern, daß so was passiert ist?« Danny klang für mich sehr weit entfernt. Sie war der Meinung, eine harmlose Frage zu stellen.

»Ich? Nein, eigentlich nicht«, sagte ich mit tonloser Stimme.

»Ich dachte, ich könnte am Samstagabend die Arbeit mal hinter mir lassen«, sagte Ranson.

»Aber ...«, fuhr Thoreau fort.

Cordelia würgte ihn ab. »Laß das doch. Ich will nicht mehr darüber sprechen.«

Elly versuchte, die Anspannung im Zimmer zu vertreiben. »Hat jemand in letzter Zeit einen guten Film gesehen?«

Ich fühlte mich wie betäubt, zu losgelöst, um mir darüber Gedanken zu machen oder aufzupassen. Ich nehme an, sie haben sich unterhalten und gut amüsiert. Ich vermied es, Cordelia anzusehen.

Als Elly und Danny in die Küche gingen, um die Pecannußtorten zu holen, folgte ich ihnen.

»Ich weiß, daß wir swingenden Singles der Party Leben einhauchen sollen, aber ich muß mich entschuldigen«, sagte ich. »Ich bin müder als ich dachte.« Ich hielt mir die Seite, um meine Worte zu bekräftigen.

Danny und Elly boten mir an, bei ihnen zu übernachten. Aber ich lehnte ab, und sie sagten, sie würden das verstehen. Zumindest war die Prügel, die ich abbekommen hatte, zu irgend etwas gut. Ich wollte nur weg von hier.

Ich ging ins Wohnzimmer zurück, verabschiedete mich rasch und entfernte mich so schnell ich höflicherweise konnte in Richtung Haustür.

»Ich fahr' Micky nach Hause«, sagten Ranson und Cordelia gleichzeitig.

»Nein, es geht schon. Ich schnappe mir ein Taxi«, protestierte ich, wollte nur raus hier und allein sein.

»Nicht in dieser Gegend.« Ranson bewegte sich schnell, nahm mich beim Arm und führte mich hinaus.

Ich sagte nichts. Es war für den Abend schon genug geredet worden. Wir waren in meinem Stadtteil, ehe Ranson etwas sagte. »Es tut mir leid, Micky. Ich wußte nicht, daß das zur Sprache kommen würde.«

»Was? Ist doch egal.«

»Ich bin Polizistin. Ich weiß, daß du nicht immer Knight geheißen hast.«

»So? Nein, laß es. Ich hab' genug davon.«

»Lemoyne Robedeaux, der Mann, der in dem Autounfall ums Leben kam, war dein Vater, oder?«

»Es ist vorbei. Laß es, wo es ist.«

»Warum erzählst du mir nicht, was geschehen ist?«

»Ranson, ich weiß, daß du eine gute Polizistin bist, aber die Geschichte ist lange her.«

»Du wirst irgendwann darüber sprechen müssen. Oder willst du den Rest deines Lebens damit verbringen, wütend zu sein?«

»Du bist Polizistin, keine Seelenklempnerin.«

»Ich versuche, eine Freundin zu sein, Micky.«

Wir hielten vor meinem Wohnblock. »Dann laß um alles in der Welt die Toten in ihren Gräbern, in denen sie seit zwanzig Jahren verfaulen«, sagte ich mit einer wilden Heftigkeit, von der ich nicht wußte, daß sie in mir steckte. »Alles, was davon übrig ist, ist... es gibt nichts. Laß es auf sich beruhen.«

»Ich habe nachgeschaut. Ich habe die alten Polizeiberichte gefunden, nicht die, an die Holloway herankam. Wer hat abgedrückt?« Ranson ließ nicht locker.

Ich antwortete nicht.

»Beaugez?«

»Nein.«

»Weißt du es?«

Ich bewegte mich nicht.

»Dein Vater?«

»Nein.« Ich wandte mich Ranson zu, sah sie direkt an. »Ich.«

»Micky! Wie...?« begann sie.

Ich stieg aus und öffnete meine Tür, den Schlüssel schon in der Hand. Ranson hatte keine Chance, mir zu folgen. Sie sagte etwas, aber ich hörte es nicht. Ich rannte die Treppen hoch, endlich allein mit meinen Gespenstern.

Ich trat in meine Wohnung. Ich schaltete die Deckenleuchte gar nicht ein, sondern ging zu meinem Schreibtisch hinüber und machte die kleine Lampe dort an. Dann fand ich meine Flasche Scotch und begann zu trinken.

Ich wachte irgendwann am Sonntagmorgen auf dem Fußboden auf. Meine Anrufbeantworterin blinkte. Ich ignorierte sie. Ich rief bei Barbara im Krankenhaus an. Immer noch dasselbe. Ich würde wegen dieser Schläger etwas unternehmen müssen ... irgendwann ... ich goß mir einen Drink ein. Am späten Sonntagnachmittag wurde ich wieder bewußtlos.

15. Kapitel

Montagmorgen erwachte ich in aller Frühe mit pochenden Kopfschmerzen. Ich nahm eine ausgiebige heiße Dusche, um mich zu waschen und wachzukriegen. Beim Aufwachen war mir etwas durch den Kopf geschossen, worauf ich mich ganz konzentrierte: eine Idee, wie ich Milo und seinem Hintermann auf die Spur kommen konnte, aber ich durfte es Ranson nicht sagen, weil sie es sonst durch die Behäbigkeit der Polizei vermasselt hätte.

Ich machte mir eine Kanne Kaffee und trank ihn so lange, bis die Stunde fortgeschritten genug war, um meinen Freund Richard, den Maskenbildner, anzurufen. Diesmal würde ich mich verkleiden müssen.

Er sagte, ich solle rüberkommen, damit er mich verarzten könne.

Zwei Stunden später überwachte ich *Jambalaya Import/Export* als Säufer mittleren Alters. Ein paar Passanten gaben mir Kleingeld. Na ja, so verdiente ich wenigstens etwas bei diesem Job. Ich blieb bis ungefähr sieben Uhr, aber den, den ich sehen wollte, sah ich nicht.

Am nächsten Morgen war ich früh wieder da. Diesmal sah ich den, den ich wollte — einen jungen Mann, der immer fehl am Platze schien und nervös aussah. Ich wollte wissen, warum. Er kam zur Arbeit, wie er das für gewöhnlich ein paarmal pro Woche tat. Er würde wahrscheinlich nicht vor fünf gehen, aber ich blieb trotzdem auf meiner Bank sitzen, nur für den Fall. Um die Mittagszeit tauchte er auf, lief aber nur über die Straße, um sich ein Sandwich zu kaufen, und ging wieder rein.

Gegen fünf Uhr kam er raus. Ich folgte ihm bis zu seinem Appartement. Er setzte sich kurz in eine Imbißstube an der Ecke, um zu Abend zu essen, bevor er seine Wohnung betrat. Ich wartete bis Mitternacht draußen, aber er verließ die Wohnung nicht mehr.

Ich folgte ihm so lange, bis ich seinen Tagesablauf auswendig kannte. Nach der Arbeit ging er meist in die schmierige Imbißstube, um dort zu Abend zu essen. Dort würde ich ihn mir schnappen.

Am Freitag überwachte ich *Jambalaya* nicht, zog statt dessen meine normalen Klamotten an und ging am späten Nachmittag zur Imbißstube. Wenn er sich an seinen Rhythmus hielt, würde er in fünfzehn bis dreißig Minuten erscheinen. Wenn nicht, dann käme ich so oft wieder, bis er einmal auftauchte.

Vierundzwanzig Minuten später war er da und setzte sich wie gewöhnlich an einen Tisch in der hinteren Ecke. Ich wartete, bis er bestellt hatte, ging dann zu ihm rüber und setzte mich ihm gegenüber. »Komisch, du siehst gar nicht wie ein Mafia-Junge aus«, sagte ich.

Er schrak zusammen und hätte fast den Kaffee auf sein T-Shirt verschüttet. Er sah sehr ängstlich und, aus der Nähe betrachtet, sehr jung aus. »Womit erpressen sie dich?« fragte ich. »Mach dir keine Sorgen, ich bin nicht von der Polizei.«

»Ich dachte, Sie wären raus aus der Sache.« Er zitterte immer noch. Dabei war das hier sein ureigenstes Terrain, der Ort, an dem er sich sicher fühlen sollte.

»Erzähl mir von deinem Freund, Mr. Milo.«

»Was wollen Sie?« fragte er. Er schaute alles in der Imbißstube an, nur nicht mich.

»Eine Freundin von mir liegt im Krankenhaus. Ich will, daß es ihr besser geht. Und wenn es ihr besser geht, dann will ich ihr sagen können, daß die Männer, die sie dorthin gebracht haben, im Gefängnis sind und daß sie sie niemals wieder verletzen können.«

»Ich hatte damit nichts zu tun.«

»Du frisierst die Bücher, nicht wahr?« forschte ich. »Du hilfst ihnen, das Geld zu verdienen, für das sie Menschen umbringen, damit sie's behalten können. In meinen Augen sehen deine Hände nicht sehr sauber aus.«

»Ich bin auch nicht zufrieden damit, aber ich stecke in der Klemme.«

»Womit erpreßt Milo dich? Hast du ein Verbrechen begangen? Hilf mir, und ich werde dich vor der Polizei in Schutz nehmen. Die kriegen nicht, was sie wollen, bevor du nicht hast, was du willst.«

»Nein, es ist nicht wegen der Polizei.« Seine Stimme zitterte. Er sah aus, als würde er gleich weinen. »Ich kann darüber hier nicht reden.«

»Laß uns rüber in deine Wohnung gehen«, schlug ich vor.

»Woher ... oh Gott.«

»Ich hab' so meine Mittel und Wege. Leg etwas Geld auf den Tisch für das Essen, das du bestellt hast.« Er tat es, und wir gingen. Ich hakte ihn unter, um ihn zu beruhigen und um ihm das Weglaufen zu erschweren, sollte ihm der Gedanke kommen. Die Kellnerin erschien mit dem Essen.

»Tut mir leid, er fühlt sich nicht gut«, sagte ich, als wir das mit Hamburgern beladene Tablett passierten. »Das Geld liegt auf dem Tisch.«

Wir verließen die Imbißstube und gingen in sein Appartement. Als wir eintraten, ließ ich seinen Arm los, stöpselte dann sein Telefon aus und zog die Vorhänge zu. Erst dann knipste ich das Licht an.

»Rede«, war alles, was ich sagte.

»Oh Gott, ich schäme mich so«, und er begann zu weinen. Ich stand da, beobachtete ihn für einen Moment und suchte dann nach einem Taschentuch. In der Küche fand ich schließlich Papiertücher und gab ihm eins. »Es ist nicht die Polizei«, wiederholte er. »Es ist meine Familie. Wenn die jemals rausfinden ...« Er schluchzte los.

Ich packte ihn beim Revers und schüttelte ihn. »Werd' erwachsen, Jungchen. Eine freundliche, liebenswürdige Frau mit zwei Kindern liegt im Koma. Die Männer, die ihr das angetan haben, werden in den Knast wandern. Es ist mir egal, ob du's mit Erdferkeln treibst. Was immer es ist, ich werd's rausfinden, und dann werde ich es deiner Familie sagen. Also wirst du mir jetzt helfen?«

Sicherheitshalber schüttelte ich ihn nochmal. Wenn und falls Barbara jemals aus dem Koma erwachte, dann würde dieser Junge mir leid tun. Aber bis dahin würde ich tun, was ich tun mußte.

»Bitte, tun Sie mir nicht weh.«

Ich ließ ihn los und zog mich etwas zurück, um ihm Raum zu geben. Er stand auf, schloß seine Schreibtischschublade auf und nahm einen Schlüssel heraus. Mit diesem öffnete er einen Kleiderschrank am anderen Ende des Zimmers. »Schauen Sie, dann werden auch Sie denken, daß ich pervers bin.«

Ich schaute. »Du trägst also Kleider«, gab ich meinen Kommentar ab. Ich hatte Berge von Kinderpornos erwartet, so wie er sich benahm.

»Ich bin krank«, sagte er, immer noch zitternd.

»Wenn jeder Mensch, der ein Kleid trägt, krank wäre, dann würde dieses Land ganz schön in der Klemme stecken. Was glaubst du denn, was die Frau des Präsidenten bei einem Abendessen im Weißen Haus trägt?«

»Aber von Frauen wird es erwartet.«

»Von Frauen wird es verlangt.«

»Sie sind nicht angeekelt?« Es schien ihm nicht möglich, zu glauben, daß sich irgendwer nicht von ihm abgestoßen fühlen könnte.

»Nein, natürlich nicht«, antwortete ich. »Damit erpressen sie dich?«

»Ja, und ich arbeite doch auch an Rechtsfragen und so, bei *Jambalaya.* Wie Sie, und wie ...«

»Barbara.«

»Ja, was ihr da passiert ist, tut mir furchtbar leid. Sie war immer sehr nett zu mir. *Jambalaya* war mein erster Job; ich hatte die Schule gerade hinter mir. Ich hab' einen Abschluß in Jura und in Buchhaltung, also bin ich sehr nützlich für jemanden wie ...«

»Milo.«

»Ja. Er hat einen ... einen, Sie wissen schon ... BH in meinem Schreibtisch gefunden. Aber ich schwöre, daß ich den da nicht hineingelegt habe. Ich weiß nicht, wie er da hingekommen ist.«

»Er hat dich reingelegt.«

»Glaub' ich auch. Er schien nett am Anfang. Sagte, es wäre kein Problem, wenn ich keins draus machen würde. Alles, was ich zu tun hätte, wäre, ihm ein paarmal auszuhelfen, dann würd' er's vergessen. Aber ... na ja ... er hat es nie vergessen. Jedesmal, wenn ich aufhören wollte, ihm zu helfen, sagte er, wie traurig meine Eltern wären, wenn sie herausfänden, was ich wäre: ein ... ein ...« Er verstummte.

»Transvestit«, sagte ich.

»Eine Tunte«, schloß er und atmete tief ein.

»Milo redet nicht lange um den heißen Brei, was? Und jetzt können sie rausfinden, daß du was mit Drogengeschäften zu tun hast.«

Das schien ihm das kleinere Übel zu sein. »Meine Eltern würden mir nie verzeihen. Ich bin der älteste von drei Söhnen, verstehen Sie? Meine beiden anderen Brüder haben jede Sportart ausgeübt, die es nur gibt. Mein Dad war Marineinfanterist und danach Football-Trainer. Einmal hat er gesagt, er war dermaßen enttäuscht von mir, daß er meine Mutter noch zweimal schwängern mußte, um sicherzugehen, daß er einen richtigen Sohn hat.«

Die Sorte von gestandenem Mann, die man einfach bewundern muß. Er hätte sich ein paar Rambo-Puppen kaufen sollen, statt Kinder zu zeugen.

»Das war, weil ich in der fünften Klasse kein Football spielen wollte. Ich glaube, in seinen Augen habe ich noch nie irgend etwas richtig gemacht. Er hat einmal gesagt, einer seiner Söhne sollte Buchhalter werden und einer Anwalt, also wurde ich beides. Aber ich schätze, dadurch ist die Tatsache, daß ich kein Football-Spieler war, nicht wettgemacht worden.«

Zögerlich zu Beginn, purzelten die Worte jetzt nur so aus seinem Mund. Ich fragte mich, ob diese Geschichte jemals mitfühlenden Ohren erzählt worden war. »Mein Dad könnte es nie ertragen, wenn er herausfände, daß ich gern Frauenkleider anziehe. Und meine Mutter würde es umbringen.«

»Dein Dad ist ein Arschloch.« Ich mußte es einfach sagen.

»Nein, Sie irren sich. Er liebt mich wirklich, und er will nur das Beste für mich.«

»Nein, er will dich als sein Roboterimitat.«

»Er tut nicht immer das Beste, was möglich ist, aber er wollte einen richtigen Mann aus mir machen und nicht die jämmerliche Memme, die ich bin.«

»Wie ist dein Name?« fragte ich. Ich konnte ihn ja nicht 'Jämmerliche Memme' nennen.

»Franklin Fitzsimmons. Frankie.«

»Okay, Frankie.« Der Junge hatte Probleme, aber die zu lösen würde eine lange Zeit brauchen. Ich fragte mich, ob das Zeugenschutzprogramm ihn nach San Francisco umsiedeln konnte. Er mußte so weit wie möglich weg von seiner abartigen Familie, und er mußte die Tausende von Männern treffen, die ihm mit dem Eyeliner helfen konnten. »Wirst du mir helfen?«

»Ich kann nicht. Falls Milo es meinem Dad nicht sagt, wird er mich wahrscheinlich umbringen, wenn er herausfindet, daß ich geredet habe.«

»Das wird er sowieso tun«, sagte ich und verpaßte Frankie eine Dosis Realität. »Sobald er keine Verwendung mehr für dich hat, bist du tot. Hattest du die Absicht, bis zur Pensionierung für Milo & Company zu arbeiten? Pensionierung bedeutet gewöhnlich 'den Fluß runtertreiben'.«

Er sah zerknirscht aus, so als wäre das etwas, woran er noch nie gedacht hatte. Hatte er wahrscheinlich auch nicht.

»Bei wievielen Morden willst du noch der Komplize sein, bis du selbst an der Reihe bist? Meinst du, Milos Gangster lassen es sich entgehen, eine Schwuchtel abzuservieren?

Wahrscheinlich hat er den BH selbst in deinen Schreibtisch gelegt und lacht heute noch drüber.«

Frankie weinte wieder. Ich gab ihm ein Papiertuch. »Was tue ich also?« sagte er schließlich. »Ich will da raus, ich will da unbedingt raus.«

»Bring mir Beweise gegen Milo. Und gegen seinen Hintermann, wer immer er ist.«

»Aber die wüßten Bescheid. Die würden wissen, daß ich die Bücher genommen habe.«

»Kannst du Kopien machen?«

»Nein, ich bin nur zu den Geschäftszeiten da, wenn Milo da ist.«

»Aber könntest du einige der Bücher in deinen Aktenkoffer legen und rausmarschieren?«

»Milo nimmt die Bücher mit. Er hat Angst vor noch einer Durchsuchung.«

»Und beim Mittagessen?«

»Ja«, sagte er zögernd. »Aber er wüßte es nach ein paar Stunden, und dann würden sie kommen und mich hier erwischen.«

»Nur, daß du nicht mehr hier sein wirst. Ich sorg' dafür, daß die Polizei dich in Gewahrsam nimmt und in ihr Zeugenschutzprogramm. Die ändern deinen Namen und deine Identität und siedeln dich an einen Ort um, wo Milo dich nicht kriegen kann.«

»Die Polizei ist nicht sicher. Es gibt dort einen Informanten, der denen sagen wird, was ich tun will.«

»Wer ist es?« fragte ich und legte meine Hand auf seine Schulter, um nötigenfalls den Widerstand aus ihm herauszuschütteln.

»Weiß ich nicht. Und Milo ist nicht der wahre Anführer.«

»Wer?«

Frankie schüttelte traurig den Kopf, so als wolle er mir schon sehr gerne zu Diensten sein, könne es aber nicht.

»Kannst du's rausfinden?«

»Weiß ich nicht«, sagte er langsam. »Irgendein großes Tier.

Hab' ihn noch nie gesehen, nur ein- oder zweimal mit ihm telefoniert. Er spricht immer nur übers Telefon mit den Leuten, so als ob er ihre Gesichter nicht sehen will. Man sollte doch meinen, die Polizei hätte Leute wie uns, wie Milo, schon längst einkassiert, aber ...«

»Aber?« drängte ich.

»Als Sie zum Beispiel bei *Jambalaya* eingebrochen sind. All die richtigen Bücher waren längst verschwunden, bevor die Polizei auftauchte. Die wußten, wann der Durchsuchungsbefehl ausgestellt wurde. Die kommen mit so vielen Sachen davon, die ihnen nicht möglich sein sollten.«

»Womit zum Beispiel?«

Frankie schüttelte einen Augenblick lang den Kopf, dann sagte er: »Tut mir leid, ich kann nicht zur Polizei gehen.«

»Das wirst du auch nicht. Ich werde es tun«, versicherte ich ihm. »Die Polizei wird nichts erfahren, bevor du nicht die Aufzeichnungen hast, okay? Ich erzähle denen nichts, bis es passiert ist.«

»Glauben Sie wirklich, es gibt eine Chance?«

»Es ist die einzige Chance, die du hast«, antwortete ich wahrheitsgemäß.

Er würde das Wochenende wie gewöhnlich verbringen und am Montag wie gewöhnlich hingehen. Ich würde draußen auf der Lauer liegen und warten. Wenn er nicht an die Bücher herankam, würde er wie gewöhnlich in den Feinkostimbiß gehen und sich ein Sandwich kaufen. Wenn er die Bücher erwischte, würde er bis zur Bank weiterlaufen. Ich würde ihm folgen und ihn in Sicherheit bringen. Dann würde ich mich mit Ranson in Verbindung setzen und einen Deal mit ihr machen. Ich schrieb meinen Vornamen und meine Telefonnummer auf ein Stück Papier und gab es ihm. Ich sagte ihm, er solle mich nur anrufen, wenn es sehr wichtig sei. Er willigte ein, und ich ging, lief auf einem Umweg zurück zu meinem Appartement, um sicherzugehen, daß mir niemand folgte. Ich war auf dem Weg hierher ziemlich vorsichtig gewesen, aber ich konnte mir keine weiteren Fehler erlauben. Ich wollte, daß Frankie die Chance bekam, seine Probleme aufzuarbeiten. Außerdem sah er in einem Kleid wahrscheinlich besser aus als ich.

Vor meiner Tür lag ein Paket von MacKenzies Bäckerei und eine Nachricht von Ms. Clavish. Sie sagte, sie hätte in den letzten zwei Tagen drei Königskuchen bekommen und ob ich nicht gerne einen davon hätte? Falls nicht, könnte ich ihn dann wenigstens für sie wegwerfen, damit sie sich nicht schuldig fühlte, wenn sie gutes Essen verkommen ließ?

Meine Küche konnte alles Essen brauchen, das des Wegs kam. Ich schrieb ein Dankesbriefchen und schob es unter ihre Tür.

Da ich hungrig war, schnitt ich ein großes Stück Kuchen ab. Mit dem ersten Biß traf ich das eingebackene Püppchen. Angeblich bedeutete das Glück. Das einzige Mal, daß ich dieses Stück des Kuchens erwischt hatte, war mit zwölf gewesen, und Bayard hatte es mir mit den Worten weggeschnappt, ich könne es nicht haben, weil ich ein Bastard sei. Kein Wunder, daß ich ihn verachtete.

Am Samstag erwog ich, zum Karate-Training zu gehen, wollte aber nicht riskieren, Ranson dort zu treffen. Ich dachte auch daran, vielleicht zur Werft rauszufahren, sah aber ein, daß ich nicht dort sein wollte, ohne etwas zu tun zu haben außer Grübeln. Ich schaute auf die Uhr. Es war halb acht morgens. Zu früh, um mit dem Trinken anzufangen. Auch hier wollte ich nicht sein, ohne etwas zu tun zu haben außer Grübeln.

Ich zog mich an und marschierte entschlossen zum French Quarter, kaufte mir eine Zeitung, fand einen ruhig gelegenen Tisch und bestellte Zichorienkaffee. Die Zeitung beinhaltete die übliche langweilige Aneinanderreihung von Skandalen und Intrigen, für die diese Stadt berühmt ist. Das einzig annähernd Interessante war ein Bild des distinguierten älteren Mannes, den ich bei Ignatius Holloway gesehen hatte. Er stand neben einem lächelnden Polizisten, der eine Urkunde hielt. Er hatte wahrscheinlich Geld gespendet, vermutlich einer Stiftung-für-Verkrüppelte-Witwen-und-Beamtenwaisen-deren-Väter-hingemeuchelt-wurden-während-sie-kleine-alte-Damen-im-Rollstuhl-beschützten. Da ich nichts Besseres zu tun hatte, zwang ich mich, die Gesellschaftsspalte zu lesen. Der distinguierte Gentleman war Alphonse Korby, und er war der Besitzer der *Julia Street Telekommunikationsgesellschaft*. Er spendete Geld für den Anti-Drogen-Fond der Polizei »Rettet unsere Kinder«. Wie vollkommen passend. Es war auch ein Bild von Holloway dabei, auf dem Karen wie die perfekte Enkelin, die sie nicht war, neben ihm stand. Sie wurden von zwei weiteren Männern flankiert, die dem Aussehen nach ebenfalls reich und mächtig waren. In seinem Anti-Kriminalitäts-Eifer spendete Holloway Geld für den Grundstock des Fonds und für die Ausstattung einer Drogen-Hotline, einem Telefon-Service mit dem Tenor »Hey, Kinder, ruft an und verpfeift eure kiffenden Eltern«. Der Mann neben Holloway sah vage vertraut aus. Warum sehen beleibte weiße Männer für mich alle gleich aus? Sein Name war Richter Raymond Aldus. »Loch sie ein«-Aldus. Hatte ich das von Danny? War ja auch egal. Ich blätterte die Seite mit den Comics auf.

Als ich nach Hause kam, blinkte ein Licht an meiner Anrufbeantworterin, das, da war ich ganz sicher, vorher nicht geblinkt hatte. Ich spulte das Band zurück. Ranson bat mich, sie anzurufen. Erst wenn ich dir Milos Kopf auf einem Tablett reichen kann, Joanne, Baby. Bis dahin arbeite ich besser allein. Ich hatte es auch geschafft, beim Schnapsladen anzuhalten und mir zwei Flaschen billigen, aber gerade noch annehmbaren Scotch zu kaufen. Der Tag war fortgeschritten genug, um mit dem Trinken anzufangen. Ich tat's.

Sonntag morgen ging ich raus, holte mir die Sonntagszeitung, ein halbes Dutzend Eier und englische Brötchen zum Frühstück sowie ein paar Dosen Katzenfutter für Hepplewhite. Sie belohnte meine Bemühungen damit, daß sie ihr Essen hinunterschlang und es dann auf einem Paar schmutziger Socken, die ich auf den Boden geworfen hatte, wieder auskotzte.

Auch Danny hatte angerufen, während ich weg war, aber diese Nachricht ignorierte ich ebenfalls. Ich machte hinter meinem anbetungswürdigen Kätzchen sauber, setzte mich dann mit Zeitung und Rühreiern an den Tisch. Nachdem ich die ernsthaften Teile gelesen hatte, machte ich mir aus den Resten in der Wodka-Flasche und einer Dose Tomatensaft, die seit mindestens sechs Monaten in meinem Kühlschrank stand, eine Bloody Mary.

Ich hatte mich gerade mit meinem dritten Drink niedergelassen, als es an der Tür klingelte. Wahrscheinlich Baptisten, die mich vor dem ewigen Höllenfeuer erretten wollten. Ich ignorierte sie. Ich möchte ein warmes Leben nach dem Tod haben. Es klingelte wieder, nachdrücklich. Ich machte nicht auf, aber die Neugier trieb mich dazu, aus dem Fenster zu luchsen. Ich sah Ranson. Ich sah auch die gestikulierende Hand der Person, die klingelte. Es war Dannys, und sie hatte einen Schlüssel. Ranson und die Hand verschwanden. Sie kamen rauf.

Ich dachte an den Wandschrank, aber darin hingen nicht mal genug Klamotten, um Hepplewhite zu verstecken, ganz zu schweigen von mir. Da ich nicht bereit war, mich einer Assistentin des Staatsanwalts und einer erfahrenen Kriminalbeamtin zu stellen, blieben das Fenstersims oder die Couch. Ich hatte einen schweren Kopf und war ein bißchen betrunken, deshalb schien mir das zwölf Zentimeter breite Sims keine gute Idee zu sein. Blieb die Couch. Hastig brachte ich noch mehr Durcheinander in die Zeitungen und schmutzigen Klamotten, die davor lagen — obwohl allein die Staubflocken eine ganze Elefantenherde hätten verbergen können —, und rollte mich dann genau in der Sekunde darunter, als ich Dannys Schlüssel im Schloß hörte. Von meinem Versteck aus konnte ich die Tür sehen oder wenigstens den unteren Teil davon. Zwei Paar Füße kamen herein, ein Paar in Turnschuhen, die ich als Dannys erkannte, das andere in schwarzgrauen Stiefeln. Ich bemerkte, daß Ranson schicke Füße hatte, wenn sie nicht arbeitete. Ich fragte mich plötzlich, wie es wohl wäre, ihre Liebhaberin zu sein, nicht nur mit ihr zu schlafen, sondern bei ihr zu sein und sie darüber reden zu hören, wie sie wirklich über die Dinge dachte. Ich verspürte einen Stich der Eifersucht auf Alexandra Sayers.

»Nicht da«, kommentierte Ranson.

Oh, gut, ich hatte sie reingelegt.

»Aber frische Spuren ihrer Anwesenheit«, sagte Danny. »Beachte, daß die Zeitung von heute ist, und ... aha ... im Glas sind noch Eisstückchen.«

Jemand nahm das Glas in die Hand.

»Ganz zu schweigen von billigem Wodka«, schnaubte Ranson, nachdem sie ganz offensichtlich daran gerochen hatte.

»Wohl wahr. Die Flasche hier im Abfall beweist es«, sagte Danny aus meiner Küche.

»Eine Flasche Wodka und zwei Flaschen Scotch. Wie oft bringt Micky den Müll runter?« fragte Ranson.

»Da kann sie höchst schizophren sein. Manchmal ist sie das größte Ferkel, das du je gesehen hast, und manchmal ist sie fast krankhaft ordentlich.«

»Stimmt, ihr beiden habt ja mal zusammengelebt.« Es gab eine Pause. »Also, hier sind ein paar leere Dosen Katzenfutter und Eierschalen, und nichts davon ist auch nur annähernd ranzig, also müssen sich diese Flaschen ziemlich schnell angesammelt haben.«

Ich hatte den Müll am Freitag runtergebracht. Heute war Sonntag. Zwei Tage. Zwei Flaschen. Eine nette runde Zahl. Und eine davon hatte ich am Donnerstag aufgemacht. Wir wollen ja nicht zu sehr übertreiben, liebste Joanne.

Ich hörte, wie meine Beantworterin zurückgespult wurde.

»Sie war hier, als ich anrief. Das Lämpchen für die Nachricht ist aus, und das Band war zurückgespult«, kommentierte Danny.

»Oder sie ist kurz danach gekommen«, sagte Ranson.

»Nein, sie war hier. Ach, ich scheiß' auf sie. Ich hab' bessere Dinge zu tun, als hinter einer Micky herzujagen, die nicht gefunden werden will.«

»Sie trinkt zuviel. Das gefällt mir nicht«, sagte Ranson.

»Sie trinkt immer zuviel. Micky beherrscht das gefährliche Leben. Ich hab' mir immer Sorgen gemacht und darauf gewartet, daß sie abstürzt, aber sie ist zu gut. Du machst bloß eine Närrin aus dir, wenn du versuchst, sie aufzufangen«, explodierte Danny.

»Wow! Das klingt, als wäre da in eurer Beziehung jemand verletzt worden. Ihr habt immer beide so getan, als wär' es bloß eine flüchtige Sache gewesen.«

»Für eine von uns war es das auch.« Es gab eine Pause, dann fuhr Danny fort: »Ich schätze, wir fallen alle wenigstens einmal auf die Nase.«

»Was hat sie getan?«

»Eigentlich nichts. Micky war einfach Micky. Der Kick war, daß sie sich für mich nicht geändert hat. Ich hatte sie die ganze College-Zeit über gesehen, vom Manegenplatz aus sozusagen. Beim Saufen war sie hemmungslos, bei anderem wahrscheinlich auch. Alle Lesben und Möchtegerns auf dem Campus waren hinter ihr her. Und sie haben sie auch bekommen, die meisten jedenfalls; sie hatte dann doch ein paar eigenartige Maßstäbe. Aber nur für eine Nacht oder zwei. Die anderen Nächte verbrachte sie mit mir, der platonischen Freundin, entweder mit Biertrinken in einer nahegelegenen Bar oder mit Studieren auf unserem Zimmer, oder einfach nur damit, zwei arme Kids aus dem Süden zu sein.«

»Wie wurdet ihr ein Paar? Hier, nimm einen Schluck. Sie braucht es nicht.« Ich hörte, wie Gläser gefüllt wurden. Mist, Detective Ranson hatte meine letzte Flasche Johnny Walker entdeckt.

Bevor Danny antwortete, ließen sie sich auf der Couch nieder. Sprungfedern ächzten gefährlich über meinem Kopf.

»Nach dem Abschluß sind wir beide hierher gekommen und zusammengezogen, weil wir es uns nicht leisten konnten, allein zu leben. Eines Nachts, Anfang Juni, standen wir an unserem einzigen Fenster mit Aussicht und beobachteten ein atemberaubendes Gewitter. Die Lichter gingen aus. Ich weiß noch genau, wie die Blitze über ihr Gesicht zuckten. Keine von uns ging weg, um Kerzen zu holen. Es gab einen lauten Donnerknall, und wir fingen an, uns zu küssen. Ich erinnere mich, daß ich, nachdem wir uns zum ersten Mal geliebt hatten, dachte, daß ich meinen Platz gefunden hatte. Ich hatte einen Abschluß von einer angesehen Schule; ich würde Jura studieren, und niemand konnte mich aufhalten. Meine Geliebte war eine clevere, witzige, wahnsinnig gutaussehende Frau, der ich das Land der Bayous und den Süden an sich nicht zu erklären brauchte.«

Es gab eine Pause. Ich hörte, wie mein Scotch geschlürft wurde.

»Am Anfang lief alles toll. Toller Sex, viel Spaß, aber ... na ja, je näher ich ihr zu kommen versuchte, desto mehr zog Micky sich zurück. Wir hatten unheimlich viel Spaß in diesem Sommer, aber der Herbst kam, und ... irgendwie verschwand die Leichtigkeit und Behaglichkeit des Sommers. Ich war am Boden zerstört, als mir schließlich klar wurde, daß sie mich betrog. Aber ich glaubte die ganze Zeit, sie würde abstürzen, und daß ich da sein müßte, um sie aufzufangen. Dann eines Nachts, als sie nicht da war, ich wußte nicht wo, aber sie war fort, und ich war ganz allein, da fiel mir auf, daß sie mir nie gesagt hatte, daß sie mich liebt. Hatte diese Worte nie gesagt. Was ich immer gehört hatte, war meine eigene Annahme gewesen. Und ich wußte, daß sie es nie tun würde. Ich wartete darauf, daß sie mir in die Arme fiel, doch sie würde das nie tun. Als ich sie am nächsten Abend sah, hab' ich Schluß gemacht.«

»Wie kommt es, daß ihr nach sowas immer noch Freundinnen seid?«

»Als ich ihr sagte, es wäre vorbei, schaute sie mich an und antwortete: ‘Ich weiß. Tut mir leid. Ich kann sowas nicht gut.’ Und am nächsten Tag, während ich in der Schule war, räumte sie das Appartement auf, füllte den Kühlschrank, schälte einen ganzen Haufen Flußkrebse, die meine Eltern mitgebracht hatten und die langsam schlecht wurden, nahm all ihre Sachen und ging. Ich erinnere mich, daß ich die ganze Nacht geweint habe, als ich nach Hause kam. Aber es war gut und richtig von ihr, zu gehen, und es war das Beste für uns beide.

Als mein Dad seinen Herzinfarkt hatte, war Micky da. Sie besuchte meine Eltern noch gelegentlich, nachdem wir uns getrennt hatten. Sie kümmerte sich zwei Wochen lang um den Anglerladen, als mein Dad im Krankenhaus und meine Mutter bei ihm war. Ich wußte nicht mal, daß sie das tat. Ich bin am Wochenende rausgefahren, wollte den Laden wenigstens dann öffnen, und da war Micky und drehte irgendeinem reichen Touristen eine Angelausrüstung an, die schon seit Jahren im Laden rumgelegen hatte. Wie kann man mit so jemandem nicht befreundet sein?«

»Ja. Wenn Micky gut drauf ist, ist sie Spitze.«

»Ist sie aber schlecht drauf, dann geh lieber in Deckung.« Danny lachte, als sie das sagte.

»Noch einen Drink?«

»Klar, warum nicht? Micky ist eine tolle Gastgeberin, wenn sie nicht da ist.«

Ranson stand auf und stahl noch mehr von meinem Scotch. »Hat sie jemals was von ihrer Kindheit erzählt?« fragte Ranson.

»Nein. Als sie zehn war, wurden ihre Eltern bei einem Autounfall getötet. Und sie wurde zu einem Drachen von Tante und einem Klotz von Onkel geschickt und lebte fortan bei denen. Ich hab’ die mal getroffen, als ihr jüngster Sohn wegen Drogen einkassiert war. Ich hörte zufällig, wie ihre Tante zu ihrem Ehemann sagte, daß sie keine Probleme haben würden, ihren Sohn freizukriegen, weil eine Schwarzhäutige die Anklage vertrat. Der Junge hatte den Anstand, peinlich berührt auszusehen, sonst hätte ich seinen Arsch so weit in den Knast getreten wie nur möglich.«

»Hast du manchmal das Gefühl, sie verbirgt etwas?« fragte Ranson.

»Vieles, aber tun wir das nicht alle?«

»Ja«, antwortete Ranson. Dann war es still. Was sie wußte, hatte Ranson Danny nicht gesagt. Jedenfalls noch nicht.

»Kann ich dich was Persönliches fragen?« sagte Danny. Ranson muß wohl genickt haben, denn Danny fuhr fort: »Ihr habt euch doch eine Zeitlang öfter gesehen, oder? Hast du jemals mit ihr geschlafen?«

»Ja und nein. Ja, wir sind ein paarmal ausgegangen und haben sogar mal küssend in meinem Auto gesessen. Ein Polizeiauto fuhr vorbei, und ich bin ausgeflippt.«

Sie war nicht wirklich ausgeflippt. Hatte sich nur gerade hingesetzt und gesagt: »Ich glaube, wir lassen das für den Moment lieber.« Ich würde eine nicht unerhebliche Summe springen lassen, um Joanne Ranson nur ein Mal ausflippen zu sehen.

»Und nein, wir haben nie miteinander geschlafen. Ich wollte eine, die am Morgen da war, und Micky hat mir nie das Gefühl gegeben, daß sie da wäre. Nicht, daß ich nicht in Versuchung gewesen wäre, glaub das bloß nicht. Eine 'Keine Verpflichtungen, laß uns einfach miteinander schlafen'-Affäre hat auch ihre guten Seiten. Jetzt, wo ich mit Alex zusammen bin, tut es mir schon leid, daß ich nicht einfach rangegangen bin und es hinter mich gebracht habe.« Mein Scotch machte Ranson geschwätzig.

»Es hinter dich gebracht?« Danny sprach aus, was ich dachte.

»Es ist nicht leicht, sie zu sehen, und sich nicht zu fragen, wie sie wohl im Bett ist. Ich habe sie vor den Karatestunden oft nackt gesehen, und der Anblick hat mir immer gefallen.«

»Ja, das ist wohl wahr«, lachte Danny.

»Wenn ich nicht mit Alex zusammen wäre, würde ich schon mit ihr rumflirten. Ich hab' noch nie mit einer Frau geschlafen, die größer ist als ich. Das wär doch mal eine nette Abwechslung.«

Nun, Girls, ich stehe zur Verfügung. Und übrigens, Joanne, sitzt du gerade auf meinem Gesicht.

»Von mir aus können wir gehen«, sagte Danny. »Elly kommt bald nach Hause. Sollen wir ein Dankesbriefchen für den Scotch schreiben?«

»Soll sie sich doch wundern. Sie wird wahrscheinlich denken, sie hätte ihn selber getrunken«, antwortete Ranson.

Ich hörte die Sprungfedern quietschen, als Danny aufstand, dann zwei Paar Füße, die über meinen Fußboden zur Tür hinausliefen. Das Schloß klickte beim Zufallen, und sie waren fort. Ich blieb unter der Couch, drückte mein Ohr auf den Boden, bis ich hörte, wie die Haustür unten mit einem Knall zufiel.

Ich rollte über die ramponierten Zeitungen unter der Couch hervor. Ich fühlte mich wie ein Voyeur. Weil ich ein Voyeur war. »Billig und geschmacklos« schoß mir durch den Kopf. Wenn ich unter der Couch hätte hervorkriechen können, ohne ihnen erklären zu müssen, warum ich ihnen aus dem Weg ging, hätte ich es getan. Ich wußte, daß sie, besonders Ranson, eine Menge Fragen hatten. Ich wußte auch, daß ich nicht viele Antworten hatte.

Ich wollte die Dinge, die sie gesagt hatten, nicht hören. Ich wollte ... Ich wußte nicht, was ich wollte. Danny nicht so verletzen, wie ich es getan hatte. Ich war zu jung und unreif, zu besorgt über den ganzen Schlamm, der über mein Herz ausgegossen worden war, um mitzukriegen, daß ich ja auch ein Paar Füße hatte. Und über Danny hinwegstapfte. Alles, was sie getan hatte, war, mich lieben zu wollen. Ich erinnerte mich, daß mein Dad mich geliebt hatte, und er war gestorben. Ich vertraute nicht darauf, daß Liebe Bestand hatte und daß sie auch das nächste Mal für mich da sein würde.

Mein Dad sagte mir, meine Mutter liebe mich, aber sie ging trotzdem. Dann ließ er mich durch seinen Tod im Stich.

Meine Großtante Harriet schlief eines Abends ein und wachte nicht mehr auf. Selbst Smokey, meine Promenadenmischung, verließ mich, indem sie sich den Reifen eines zu schnell fahrenden Lieferwagens ergab.

Danny ist noch da. Noch immer meine Freundin. Hätte mich geliebt, wenn sie meiner panischen Angst standgehalten hätte.

Was redete ich denn da? Ich hatte keine Angst vor ihr. Wir waren bloß nicht die Richtigen füreinander. Ich hatte das, was passiert war, nicht verursacht.

Aber ich hatte dafür gesorgt, daß Danny aufhörte, mich zu lieben. Das wußte ich. Tante Greta hatte mir so eingebläut, nicht liebenswert zu sein, daß es ganz leicht war. Und falls ich Danny dazu gebracht hatte, mich zu verlassen ... Ich hielt den Gedanken an. Es spielte keine Rolle.

Ich würde an morgen denken. Ich würde daran denken, Frankie Fitzsimmons aus den Krallen dieser Gangster zu befreien und ihn womöglich an einen Ort zu bringen, an dem ein Mann ein Kleid tragen konnte, wenn ihm danach war. Und dafür zu sorgen, daß es für Barbara Selby irgendeine Art von Gerechtigkeit gab, egal wie läppisch.

Ich trank die Flasche Scotch leer, die Danny und Ranson geöffnet hatten.

16. Kapitel

Ich erwachte in aller Frühe, noch vor den beiden Weckern, die ich gestellt hatte. Ich zog mich an, hübsch genug für den Teil der Stadt, in dem ich mich aufhalten würde, aber nicht so aufgedonnert, daß ich mich nicht richtig würde bewegen können, falls es nötig wurde. Ich nahm meine Pistole mit, nur für den Fall.

Als erstes fuhr ich zu Frankies Appartement. Ich öffnete mit dem Schlüssel, den er mir gegeben hatte. In der Mitte des Zimmers standen zwei gepackte Koffer. Ich warf einen Blick auf den Schrank, in dem die Kleider gehangen hatten. Die Tür war offen, und er war leer. Ich fragte mich, ob er sie eingepackt oder weggeworfen hatte. Ich ging und nahm die Koffer mit.

Ich mußte Torbins Klingel sehr lange gedrückt halten, bevor er endlich mit verschlafener Stimme antwortete. Er erwartete mich schon und ließ mich rein, als ich meinen Namen nannte. Er wohnte Parterre und steckte seinen Kopf erwartungsvoll aus der Tür. »Du siehst wie ein verschlafener Waschbär aus, Tor.«

»Oh je, hab' wohl vergessen, mich abzuschminken, bevor ich ins Bett gegangen bin«, sagte er, während er mich hineingeleitete.

Ich küßte ihn auf eine verschmierte Wange. Torbin war mein Lieblingscousin, hauptsächlich, weil er vorzugsweise Kleider trug und ich Hosen. Wir hatten zudem fast die gleiche Größe und konnten Klamotten austauschen. Als Torbin jünger war und noch nicht so dreist, ging ich mit ihm einkaufen, um die BHs und Unterwäsche anzuprobieren, die er haben wollte. Wenn sie mir paßten, paßten sie ihm auch. Wir machten immer Witze darüber, daß wir nicht die schwarzen Schafe der Familie waren, sondern die lavendelfarbenen.

Torbin war mittlerweile einer der größten Transvestiten-Stars im Quarter. Ich dachte immer mit Wohlgefallen daran, daß ich in den Tagen der heimlichen BHs und Lippenstifte meinen kleinen Teil dazu beigetragen hatte. Ich konnte mir keinen Ort vorstellen, an dem Frankie besser aufgehoben gewesen wäre.

Wir setzten uns hin und tranken Kaffee, und ich erzählte Torbin die ganzen Einzelheiten, inklusive der Tatsache, daß dieses Ding gefährlich werden könnte.

»Ach, Schatz, gefährlich war es damals, als Charlie diese roten Leg-mich-flach-Pumps in meinem Wandschrank fand, und ich erst fünfzehn war.«

Onkel Charlie war Torbins Dad, und er hatte schon so oft damit gedroht, Torbin zu enterben, daß Torbin angefangen hatte, ihn Charlie zu nennen, weil es ihm nicht mehr gelang, darüber auf dem laufenden zu bleiben, ob er ihn nun Dad nennen durfte oder nicht.

»Und ich mit meinem Plappermäulchen. Ich mußte ihm unbedingt sagen, daß ich mich weigerte, Football zu spielen, weil ich keine dicken Knöchel bekommen wollte. Es war einfach die Hölle danach, das kannst du mir glauben. Ich überzeugte ihn schließlich davon, daß ich ein Mädchen aufgerissen hatte. Igitt! Und daß diese Schuhe ihr gehörten. Schuhgröße 48, wohlgemerkt. Mach dir um die Gefahr mal keine Sorgen, mein lieber Micky-Schatz. Ich werde dich in den nächsten Tagen unheimlich oft sehen, und ich hungere so wahnsinnig nach der Gesellschaft einer echten Frau.«

Ich lachte und sagte, ich sei mir nicht sicher, ob ich das überhaupt wäre. Er versicherte mir, daß ich seiner Definition von »echt« entsprach, außerdem wäre ich die Verwandte, die er am liebsten küßte. Was einiges über den Rest der Verwandtschaft sagt. Dann ging ich, sagte ihm, daß ich ihn später nochmal sehen würde.

Ich fuhr in die Stadt, Richtung *Jambalaya*. Ich mußte zu Frankies Mittagspause dort sein.

Ich sah, wie Milo das Gebäude verließ, aber er lief zügigen Schritts in die andere Richtung. Es gefiel mir gar nicht, daß er so schnell und entschlossen wegmarschierte. Wo war Frankie? Ich schaute ständig auf die Uhr wie eine ungeduldige Sekretärin, die auf ihre Verabredung zum Lunch wartet. Ich beobachtete die Passanten, eine eilige Menge auf dem Weg zum Mittagessen.

Frankie kam raus, schaute sich nervös um, rannte die Straße fast herunter. Ich beeilte mich, ging so schnell ich konnte, ohne Aufmerksamkeit zu erregen. Als ich um die Ecke bog, war er nirgends zu sehen. Ich ging immer weiter in Richtung Bank; dort sollte er eigentlich sein.

Das war er auch, gerade damit fertig, Geld vom Automaten abzuheben. Er sah mich, und ich nickte ihm kaum merklich zu. Er ging an mir vorbei. Ich schlenderte hinterher, ließ ihm etwa einen Straßenzug Vorsprung und vergewisserte mich, daß uns niemand folgte. Ein paar Straßen später holte ich ihn an einer Bushaltestelle ein. Wir beachteten uns nicht weiter. Im Bus setzten wir uns auf getrennte Plätze. Ich stand zuerst auf und stieß ihn beim Aussteigen »versehentlich« an. Er zockelte hinter mir her und sah aus wie ein armes kleines Hündchen, das mir nach Hause folgte. Ich führte ihn auf einem Umweg zu Torbins Haus. Als wir nicht mehr weit davon entfernt waren, ließ ich ihn zu mir aufschließen.

»Niemand folgt uns«, sagte ich.

Er entspannte sich ein wenig.

»Ich fürchte, ich habe schlechte Nachrichten«, sagte er. Er erinnerte mich dabei immer noch an einen jungen Hund, und zwar an einen, der sein Frauchen zu einem sehr zerfetzten Pantoffel führt.

»Ja?« sagte ich.

»Ich konnte die Bücher nicht kriegen. Ich meine, sie waren gar nicht da, um sie wegzunehmen. Milo hat sie vor dem Mittagessen an sich genommen, sagte mir, ich solle auf ihn warten, und ging weg. Ich wußte nicht, was ich tun sollte. Ich wußte, daß du wartest. Sollen wir es morgen nochmal probieren?«

»Nein«, sagte ich schnell.

»Hätte ich auf Milo warten sollen? Er hätte sie vielleicht zurückgebracht«, sagte er in dem Versuch, den zerfetzten Pantoffel zu reparieren.

»Nein. Das einzige, wofür Milo höchstwahrscheinlich noch zurückgekommen wäre, bist du.«

»Oh, mein Gott«, sagte er, als er begriff. Er wurde sichtlich blasser. Ich nahm ihn beim Arm und führte ihn über die Straße.

»*Jambalaya* ist ein heißes Pflaster geworden. Ich nehme an, die Bücher wären schon längst woanders hingebracht worden, wenn Milos Boss nicht so viele wichtige Freunde hätte.« Ich ging ins Haus voran. Torbin hatte mir seine Schlüssel überlassen und mich ermahnt, wir sollten es uns ja gemütlich machen. Als wir ankamen, war er nicht da, aber ein »Bin gleich zurück«-Zettel lag mitten auf der Couch.

»Sie meinen, wenn ich nicht zum Mittag weggegangen wär, hätte Milo ...« Er beendete den Satz nicht.

»Genau. Vorzeitiger Ruhestand.«

Frankie nahm den Kopf in beide Hände. Er schien ziemlich erschüttert. Ich setzte mich neben ihn und legte meinen Arm um seine Schultern.

»Hör mal, wir haben ihn doch trotz allem ausgetrickst. Du bist da raus und noch am Leben.«

»Ja«, sagte er, richtete sich auf und hob den Kopf. »Ich wünschte, ich könnte Milos Gesicht sehen, wenn ihm klar wird, daß ich seine Befehle mißachtet habe. Eine zimperliche Schwuchtel wie ich.«

»Ein dreifaches Hoch auf alle zimperlichen Schwuchteln«, verkündete Torbin und kam herein. Er trug eine Tüte mit Lebensmitteln und eine mit Videocassetten. »Weißt du, Micky, ich mag euch wagemutigen Lesben ja wirklich gern, aber mein Herz gehört den zimperlichen Schwuchteln.«

Ich stellte die beiden einander vor. Torbin erläuterte seine Pläne für die nächsten Tage. Gutes Essen, tolle Filme und vielleicht ein paar Nachhilfestunden im Schminken. Ich fragte nicht, ob er mich oder Frankie meinte.

Torbin bestand auf einer Pyjama-Party, deshalb blieb ich über Nacht. Ich dachte auch, daß Frankie sich vielleicht wohler fühlte, wenn ich dabei war. Torbin erzählte ihm, daß er all das sein könnte, von dem man ihm gesagt hatte, daß es schon krank sei, nur davon zu träumen. Das kann einem schon einen Schrecken einjagen. Aber nach dem zweiten Bette-Davis-Film wurde Frankie langsam lockerer, wie ein Kind, das man zum erstenmal in seinem Leben in einen Spielzeugladen führt. Er fing an, Torbin alle möglichen Fragen zu stellen, die Torbin mit seiner Vorliebe für Publikum nur zu gern beantwortete. Möglichkeiten taten sich auf für Frankie. Ich hätte mir zehn Joan-Crawford-Streifen angesehen, um bei dem Wandel, der in dieser Nacht in ihm vorging, dabei sein zu dürfen.

Na, dachte ich, als ich mich zum Schlafen hinlegte, so steigt aus dieser Asche wenigstens ein Phönix auf.

Nach einem späten Frühstück am nächsten Morgen ging ich aus dem Haus, nachdem ich Torbin nachdrücklich eingeschärft hatte, Frankie nicht aus der Wohnung zu lassen, ganz zu schweigen von dem Gedanken, ihn zu einer seiner Transvestiten-Shows zu schleppen. Ich verbrachte eine Stunde damit, durch die Nachbarschaft zu laufen, alles zu kontrollieren und nichts auch nur annähernd Verdächtiges zu finden. Dann machte ich mich an die Arbeit. Ich blieb kurz an einer Telefonzelle stehen, um Ranson anzurufen, aber sie war nicht da. Ich lief weiter. Es war einer dieser kühlen, grauen Februartage. In ein paar Wochen war Mardi Gras. Schon bald würden die Paraden und Parties beginnen. Ich kam zu einer weiteren Telefonzelle und versuchte es nochmal bei Ranson. Diesmal nahm sie ab.

»Wo zum Teufel bist du ge...« fing sie an.

Ich unterbrach sie. »Wie wär's mit einem kleinen, romantischen Spaziergang auf dem Uferdamm? In einer halben

Stunde am Jackson Square? Ciao.« Ich hängte ein und machte mich auf zum Square.

Ranson war nur fünf Minuten später da als ich. »Eine pünktliche Dienerin der Öffentlichkeit, das gefällt mir«, sagte ich.

»Fünfundzwanzig Minuten, nicht dreißig. Ich bin zu früh«, antwortete sie. »Hättest du nicht bis nach meiner Arbeit warten können?«

»Aber hier geht's um deine Arbeit, liebste Sergeant Ranson. Ein armer Junge, der dem Verbrechen entsagen will.«

»Das ist hoffentlich 'ne ernste Sache, Micky.«

»Todernst. Milo und Company. Vielleicht sogar der große Oberboß persönlich.«

»Ich habe dir gesagt, daß du deine Nase da raus halten sollst«, war Ransons Dank.

»Aber liebste Officer Ranson, es war ein Zufall, das versichere ich feierlichst. Ich bin diesem jungen Mann rein zufällig über den Weg gelaufen, und als er in mir augenblicklich die große Privatdetektivin M. Knight erkannte, bat er mich um Hilfe.«

»Quatsch. Wen hast du?«

»Den Knaben, der ihnen seit drei Jahren die Bücher frisiert.«

Ranson stieß einen leisen Pfiff aus. Es war der einzige Hinweis darauf, daß mein Coup sie einigermaßen beeindruckte.

»Und«, fügte ich hinzu, »die Bücher hätten wir auch fast gehabt, aber Milo hat sich mit ihnen in unbekannte Gefilde aus dem Staub gemacht.«

»Scheiße, Micky, du spielst ein gefährliches Spiel. Den Buchhalter hätt's erwischen können, wenn sie ihn ertappt hätten.«

»Den hätt's sowieso erwischt«, schoß ich zurück. »Milo oder sonstwer wollte ihn nochmal sprechen, und ich wette, nicht, um dem armen Kerl 'ne goldene Uhr zu seiner Pensionierung zu überreichen.«

»Schon gut, du bist also eine wunderbare Menschenfreundin. Wann treffe ich ihn?«

»Wenn wir einen zufriedenstellenden Deal arrangiert haben«, sagte ich.

»Ich werde tun, was ich kann, aber Micky, denk' dran, daß ich bloß Sergeant bin.«

»Klar. Wie ich hörte, hast du ein paar Freunde im Büro des Staatsanwalts. Bring sie dazu, dir zu helfen.« Fast hätte ich Saufkumpane gesagt, aber ich hielt mich zurück. »Wir wollen Schutz und Umsiedlung. Ruf mich an, wenn du was erreicht hast.« Ich wandte mich zum Gehen.

»Verdammt, Mick, ein paar Leute machen sich ganz schön Sorgen um dich.«

»Sorry, Ranson, die Pflicht ruft.« Ich machte einen Schritt, aber sie packte mich am Arm.

»Danny, Cordelia und ich haben die Abmachung, einander anzurufen, wenn eine von uns etwas von dir hört.«

»Na, dann grüß sie schön von mir, und sag ihnen, daß es mir gut geht.«

Sie schüttelte den Kopf, ließ meinen Arm nicht los. »Wir haben dich am Sonntag gesucht. Danny hat ihre Schlüssel benutzt, um in dein Appartement zu kommen.«

»Da bin ich aber froh, daß ihr das wart. Ich dachte schon, meine Katze wird zur Alkoholikerin. Es war mehr Alk verschwunden, als so ein kleines Katzenkörperchen vertragen könnte.«

»Laßt Micky einfach in Ruhe. Sie kommt schon zurück, wenn ihr danach ist. Ist es das?«

»Im wesentlichen.«

»Selbst wenn du am Ende im Fluß treibst?«

»Ich kenne die Risiken. Ich bin ein großes Mädchen.«

»Was ist mit den Leuten, die dich gernhaben?« wollte Ranson wissen. »Oder sind wir nicht wichtig?« Ich zuckte mit den Schultern. Ranson ließ meinen Arm nicht los. »Du mußt irgendwann erwachsen werden.«

»Wirst du mich jetzt verflucht nochmal in Ruhe lassen?« explodierte ich. »Ich habe nicht die Absicht, irgendwen zu verletzen oder zu beunruhigen. Und wenn ich es täte, na, Pech. Und ich werde erwachsen, wenn mir danach ist.«

»Es ist nicht fair, nicht wahr, Micky, wenn man schon als Zehnjährige der Kindheit beraubt wird?«

»Ich weiß nicht, wovon du sprichst.«

»Quatsch. Der unfairste Teil davon ist, daß du nicht mehr zurück kannst, wenn du einmal draußen bist. Du kannst aber dein Leben damit verbringen, es zu versuchen.«

»Denkst du, daß es das ist, was ich tue?«

»Sag du es mir«, antwortete Ranson.

»Tja, vielen Dank, Sergeant Freud. Was schulde ich dir für die therapeutischen Einblicke?« Ich riß meinen Arm los und ging davon.

Sie holte mich ein und wirbelte mich herum, so daß ich sie anblickte. »Du hättest mich haben können. Du hattest Danny. Aber du bist weggegangen. Wie viele denn noch? Schön, du bist sehr verletzt worden, als du sehr jung warst, und das entschuldigt dann alles, ja? Wenn wir dir zu nahe kommen und uns verbrennen, dann ist das nicht dein Fehler, nicht wahr, weil ...«

»Hör auf. Hör jetzt auf!« schrie ich sie an. »Ich will überhaupt nichts von dir.«

»Nein, das willst du nicht. Und Gott stehe jeder bei, die was von dir will, weil sie es nämlich nie bekommen wird. Was hast du getan? Hast du aufgehört zu fühlen, als du zehn warst?«

»Nein. Laß mich in Ruhe.« Ich versuchte, mich von ihr wegzudrehen, aber sie hatte ihre Hände auf meine Schultern gelegt und ließ mich nicht. Ich sah, wie sich ein paar Touristen eilig von uns entfernten. Ich drehte meinen Kopf zum Fluß, um Ransons durchdringenden grauen Augen zu entgehen.

»Ich habe es versucht, eine ganze Weile ... es lief aber nicht so, wie ich wollte.« Ich flüsterte. Ich konnte nichts mehr sagen. Ich starrte die Schiffe auf dem Fluß an, öde und trostlos unter grauem Himmel.

Es war Ranson, die die schließlich den Bann brach. Sie nahm mich am Arm und sagte: »Komm. Ich bring' dich nach Hause.«

Wir liefen schweigend zu meinem Appartement zurück. Ranson ging mit die Treppen hinauf. »Willst du, daß ich bleibe?« fragte sie.

»Nein, ich denke, ich muß etwas allein sein. Du mußt sowieso zur Arbeit zurück.«

»Stimmt. Ich ruf' dich später an. Gehst du dann ran?«

»Ich werd's versuchen. Alte Gewohnheit, du verstehst.«

»Versuch's wirklich«, antwortete sie.

»Okay.«

Sie wandte sich zum Gehen.

»Ach, Joanne?« sagte ich. »Sag Danny und ... und ...«

»Cordelia.«

»Ja. Sag ihnen, daß ich okay bin und bloß beschäftigt mit der nie enden wollenden Suche nach Wahrheit, Schönheit und dem *American Way of Life*.«

Ranson kam zu mir zurück und küßte mich auf die Lippen. Sie ließ den Kuß einen Moment lang stehen, drehte sich dann um und ging.

17. Kapitel

Ranson rief früh am Tag an, aber es war rein geschäftlich. Sie erklärte mir den Deal, den sie für Frankie aushandelte. Ich sagte ihr, ich würde mich mit ihm in Verbindung setzen und sie dann zurückrufen.

Ich mußte ein paar Stunden warten, ehe ich Torbin anrief. Er arbeitete bis in die Nacht, und es war schon schlimm genug, daß ich bei ihm junge Männer ablud, die gerade ihr Coming-out hatten; da mußte ich nicht auch noch seinen Schönheitsschlaf unterbrechen. Ich rief von einer Telefonzelle an, nur für den Fall.

Frankie fing schon an, wie Torbin zu klingen, was ich als gutes Zeichen nahm. Er stimmte allem zu, wollte sich aber nicht auf der Polizeistation stellen. Das lehnte er strikt ab. »Nein, nein, nein«, sagte er. »Die bringen dauernd Leute im Knast um. Der Informant von denen hat gute Verbindungen und weiß alles, was die wissen müssen. Es muß an irgendeinem öffentlichen Ort sein und bevölkert mit allen möglichen Polizisten überall. Tut mir leid, daß ich so eine Nervensäge bin, aber es ist mein Leben.«

Ich konnte ihm nicht widersprechen. Ich gab weitere hart verdienten Groschen aus, um Ranson anzurufen. Sie sagte, sie würde tun, was sie konnte.

Ich hinterließ sowohl auf Dannys als auch auf Cordelias Anrufbeantworterin eine Nachricht, sagte Hallo, und daß es mir gut ging. Abgedroschen, aber angemessen. Dann rief ich im Krankenhaus an. Immer noch keine Veränderung.

Am nächsten Tag brachte mir ein Bote ein Päckchen von Ranson. Es enthielt eine Einladung für M. Knight und Begleitung zum *Krewe of Nemesis Ball*. Ranson hatte eine Nachricht beigelegt, auf der stand: »Reicht das?« Es würde eine private Festivität sein, doch wären so viele Polizeibeamte anwesend, daß selbst eine räudige Ratte wie Milo nichts versuchen würde.

Ich müßte noch einmal zur *Einhundert-Eichen-Plantage* rausfahren und meine Busenfreundin Karen Holloway treffen, aber um Frankies willen schien es eine gute Idee zu sein.

Ich fand eine Telefonzelle und rief Frankie an und sagte ihm, er solle für Samstag seine Tanzschuhe bereit halten. Er willigte ein. Wir sprachen kurz darüber, ob er das Kleid und ich den Frack anziehen konnte, beschlossen dann aber, daß wir dafür lieber auf einen anderen Ball warteten. Torbin war bereit, mir ein passendes Kleid zu leihen, riet mir aber, meine eigenen Schuhe mitzubringen. Frankie gab mir seine Maße, damit ich für ihn einen Frack ausleihen konnte.

Bis Samstag würde ich nicht mehr zu Torbin gehen, so gern ich auch gewollt hätte. Es macht Spaß, mit Torbin Zeit zu verbringen, aber ich wollte nicht das allerkleinste Risiko eingehen, daß mir jemand dorthin folgte.

Ich schlich so durch die Woche und kümmerte mich um den anderen Fall, der auf meiner Schwelle gelandet war — um das Auffinden eines zweieinhalb Meter langen Drachenhinterteils von einem Mardi-Gras-Karnevalswagen. Warum krieg' ich von allen Dingen immer nur das Schwanzende?

Am Donnerstag schließlich beschloß ich, etwas Langweiliges und Praktisches und allzu Notwendiges zu tun — mein Auto reparieren zu lassen. Es gab hier in der Stadt eine Werkstatt, die mein Auto ungeheuer gern besuchte, aber aus finanziellen Gründen beschloß ich, den hohen Unkosten städtischer Mieten und Steuern aus dem Weg zu gehen.

Azalea Decheauxs ältester Sohn hatte draußen im Bayou St. Jack's eine Werkstatt. Es schien vernünftig und praktisch, rauszufahren und ihn mein Auto reparieren zu lassen.

Das waren die Gründe, die ich vor mich hinbetete, während ich aus der Stadt hinausfuhr. Auch, sagte ich mir, könnte ich herausfinden, wo Ben war und wie es ihm ging. Und ich könnte meine Geister besuchen, aber ich gestattete mir nicht, lange bei diesem Gedanken zu verweilen.

Durch braunes und gedämpft grünes Winterlaub hindurch

fuhr ich die schmale Straße hinunter. Die Bäume hatten immer bis zum Straßenrand gereicht, aber jetzt schienen sie kleiner zu sein, nicht so dicht wie in meiner Erinnerung. Sie waren noch dieselben, aber ich war größer geworden, groß genug, um über das Durcheinander an Gräsern und Unkraut hinwegzublicken, das dem Kind übers Gesicht gestrichen war.

Das Ortsschild für Bayou St. Jack's tauchte auf. Es war erst innerhalb der letzten fünf Jahre aufgestellt worden, sah aber viel älter aus, angegriffen, herumgeschubst von salzigen Golfwinden und gelangweilten kleinen Jungs mit Luftgewehren.

Mein Dad hatte mir erzählt, daß niemand so ganz genau wußte, wie der Bayou St. Jack's zu seinem Namen gekommen war. Er zwinkerte dann immer mit dem Auge und sagte: »Wir Cajuns wissen, daß es eigentlich Bayou Saint Jacques heißen sollte, aber diese verdammten Amerikaner können kein Französisch, deshalb nennen sie ihn einfach Jack's. Natürlich«, pflegte er dann fortzufahren, »behaupten die, wir hätten so ein freundliches Naturell, daß wir keine Formalitäten akzeptieren könnten, und hätten daher St. John den Spitznamen St. Jack verpaßt.« Ich fragte mich, ob in einer der beiden Versionen auch nur ein Körnchen Wahrheit lag.

Ich fuhr nicht in Richtung des Stadtkerns, der aus ganzen eineinhalb Häuserblocks bestand, sondern bog statt dessen zur Werft ab. Nur um sicherzugehen, daß alles in Ordnung war, redete ich mir ein.

Neben der unbefestigten Straße sah ich eine Gestalt entlanglaufen. Er trug eine schwere blaue Schifferjacke und schwarze Hosen. Dann wurde mir klar, daß in der Art, wie er lief, etwas Vertrautes lag. Er ging zur Werft; das mußte er, wenn er diese Straße entlanglief. Genau wie ich. Ich mußte einfach wissen, ob ich etwas wiedererkannte oder bloß Gespenster aus der Vergangenheit sah.

Ich schloß zu ihm auf und warf ihm im Vorbeifahren einen scheinbar flüchtigen Blick zu. Falls er nicht der war, für den ich ihn hielt, würde ich einfach vorbeifahren. »Ben«, rief ich und bremste ab, als ich auf seiner Höhe war. Ich hielt an.

Er drehte den Kopf, um zu sehen, wer es war, sah für einen Augenblick so aus, als wolle er weglaufen, ein Mann, der nicht wußte, was für ein Empfang ihn erwartete.

Ich stieg aus. Ich hatte ihn seit zwanzig Jahren nicht gesehen. Er sah aus, als wären für ihn vierzig vergangen. Sein früher dichtes, schwarzes Haar dünnte langsam aus und war von eisgrauen Strähnen durchzogen. Die Fältchen, die sein Gesicht in meiner Erinnerung weich durchzogen, waren nun scharfe, tiefe Gräben; seine Augen blickten unsicher, fast entsetzt.

»Tut mir leid, ich kenne Sie nicht«, sagte er und machte Anstalten, weiterzugehen.

»Ben«, wiederholte ich. Mit Entsetzen stellte ich fest, daß ich größer und stärker war als er. Für das Kind war der Gedanke unvorstellbar gewesen, daß ich auf diese breiten Schultern herunterblicken würde, die mich über die Werft meines Dads trugen. »Ich bin's. Michele. Die kleine Micky.«

Seine Augen schienen sich gedankenverloren zu trüben, erwachten dann, während sich sein Gesicht zu dem breiten Grinsen verzog, das sich nicht verändert hatte. »Micky! Verdammich, Mädel, bis' ja größer als ich jetz'. Siehs' Klasse aus. Was machsde hier?« fragte er im weichen Dialekt des Bayous.

Ich hatte gewußt, daß er im Gefängnis saß. Nach meinem achtzehnten Geburtstag, als Tante Greta mein Leben nicht länger kontrollieren konnte, hatte ich ihn dort besucht. Aber nachdem ich zum College gegangen war, hatten wir einander aus den Augen verloren.

Ich besuch' dieselben Gräber wie du, Ben. Aber das sagte ich nicht. Statt dessen antwortete ich: »Mein Auto muß mal nachgesehen werden. Den Mechanikern hier draußen trau' ich mehr als denen in der Stadt. Spring rein. Ich nehm' dich mit.«

Ich stieg wieder ein, lehnte mich hinüber und entsicherte die Tür. Er stieg ein und verstaute einen kleinen Ranzen zwischen seinen Beinen. Es entstand eine ungemütliche Pause.

»Du kennst die Leute hier draußen noch?« fragte er schließlich.

»Ein paar. Nicht viele. Ich leb' jetzt in der Stadt.« Ich wollte eine weitere ungemütliche Pause vermeiden. Die Wahrheit war, ich tat alles, um hier draußen so wenig Leuten wie möglich zu begegnen, glaubte immer, ihre hinter meinem Rücken auf mich weisenden Zeigefinger zu sehen, die verstohlen geflüsterten Worte »unehelich« und »Unfall« zu hören. »Den Kontakt zu den Decheauxs habe ich eine Zeitlang aufrechterhalten, bis Mrs. Decheaux starb. Ihr Sohn betreibt eine Werkstatt und ist ein guter Mechaniker. Und zu den Claytons«, schwadronierte ich weiter. »Kennst du die?«

»Sin' die neu?« fragte Ben.

»Nää«, sagte ich, ließ meinen Akzent breiter werden, um ihn seinem anzupassen. »Die haben diesen Angelladen den Bayou weiter runter.«

»Oh, die Claytons«, sagte Ben. »Die Neger.«

»Ja, die«, sagte ich vorsichtig. Ich wußte, daß ich irgend etwas dazu sagen mußte, aber etwas hielt mich zurück, so als wäre ich ein unsicheres Kind, das kurz davor steht, einen Erwachsenen zu kritisieren. »Ich bin mit ihrer ältesten Tochter Danielle zum College gegangen. Sie ist eine meiner besten Freundinnen«, antwortete ich und konfrontierte ihn so indirekt.

»Tja, nu, das is' nett. Ich kenn' die nich' so gut«, entgegnete Ben.

Ich bog zur Werft ab. Ben stieg aus und öffnete das Tor, wie er es oft für meinen Dad getan hatte. Die Handlung, das Gesicht schienen so vertraut und gleichzeitig so fehl am Platz. Wieviele Jahre waren vergangen, seit ich Ben Beaugez dieses Tor hatte öffnen sehen? Er stieg wieder ein, und ich fuhr auf das verlassene Gelände in der Nähe des Docks.

»Ich könnt' mir dein Auto mal ansehen, weißt du. Ich kenn' mich mit Motoren aus«, sagte Ben, als er seine Tür öffnete.

»Das mußt du nicht«, antwortete ich beim Aussteigen.

»Nää, schon okay. Bin's gewöhnt, hier immer Sachen zu reparіern.«

Ich öffnete die Haube für ihn, und er fing an, den Motor durchzusehen.

»Ich hab' immer mein Fahrrad repariert, weiter hab' ich's nie gebracht, was die Mechanik angeht«, sagte ich. Ich redete, um Zeit und Ort mit etwas anzufüllen, die Leere zu füllen, die durch all die Leute entstanden war, die hier sein sollten, es aber nicht waren.

»Ich könnt's vielleicht repariern, wenn ich Werkzeug hätte«, sagte er.

»Kann welches besorgen. Ich hab' immer noch das ganze Werkzeug von Dad. Bin gleich wieder da.« Ich war froh, beschäftigt zu sein, froh, nicht darüber nachdenken zu müssen, was ich sagen könnte, das nichts mit den wahren Gründen unseres Hierseins zu tun hatte.

Entschlossen marschierte ich in Richtung des Schuppens, der einst die Bootswerkstatt von Dad gewesen war. »Überdachter Schrottplatz« hatte er sie genannt, weil er nur während größerer Gewitter, Hurrikanes und anderen aufbrausenden Naturgewalten dort arbeitete. Auch seine Worte. Ich hatte sein gesamtes Werkzeug aufbewahrt; von manchem wußte ich nicht einmal, wofür es gut war. Aber es hatte ihm gehört, und er hatte es berührt.

Ich fand den Werkzeugkasten, den ich wollte, den Dad immer bei sich getragen hatte, wenn er an Maschinen arbeitete. Ich wuchtete ihn hoch und trug ihn zum Auto. Ben war zum Dock hinuntergegangen und schaute über den Bayou und das Sumpfland auf der anderen Seite.

»Hey, das Boot ist ja noch gut in Schuß«, rief ich zu ihm hinüber.

»Klaro. Wenn Ben Beaugez ein Boot baut, dann baut er es richtig.« Er grinste stolz.

Ich lief zum Dock hinunter. »Erinnerst du dich, wie du mir

Krebsefangen beigebracht hast? Genau hier auf dem Anlegesteg.« Ich zeigte auf eine bestimmte Planke, als könnte ich mich an die genaue Stelle erinnern.

»Ich erinner' mich an dein Geschrei und Gezeter, als du zum erstenmal danebengegriffen hast, und diese olle Krabbe einen deiner Finger mit ihren Scheren packte. Aber du wars' hart im Nehmen als Kind, du hast einfach 'n Pflaster geholt und wars' wieder zur Stelle, um noch 'n paar mehr zu fangen.«

»Ich fange Krebse immer noch so, sehr zur Konsternation meiner Freundinnen. Die benutzen alle Zangen«, erklärte ich schnell, nicht sicher, ob er wußte, was Konsternation bedeutet.

»Ja, du warst hier draußen immer die Robuste. Zwei Tage, nachdem dein Dad dieses Rad gekauft hat, kamst du rein und hast verkündet, es ist jetzt Zeit, die Stützräder abzumachen. Er schüttelte den Kopf, machte sie ab und sagte, am nächsten Tag wären sie sowieso wieder dran. Der nächste Tag kommt, und du tauchst mit Schrammen und blauen Flecken auf, aber diese Stützräder wurden nie mehr drangemacht.«

»Mit diesem Rad konnte ich zur Eisdiele runterfahren, wann ich wollte. Ich bin immer wieder aufgestiegen, weil ich mich mit einem Banana Split bestochen hatte.«

»Ich erinner' mich, wie dein Dad und ich heimlich in die Werkstatt geschlichen sind, um es zusammenzubauen. Es glänzte so und war brandneu. Hast du's verschenkt?«

»Ist gestohlen worden«, antwortete ich.

»Was für'n Pech. War 'n echt feines Rad.«

»Ich war sowieso zu groß«, sagte ich und tat, als wäre der Verlust nicht weiter wichtig.

»Ja, du bist ganz schön groß geworden, genau wie deine Mama. Ich kann nicht glauben, daß du dieselbe kleine Micky bist, die ich früher kannte.« Es gab eine Pause; das Thema »Fahrrad« war erschöpft, und ein anderes gab es nicht. »So, jetzt laß' mich mal nach diesem ausländischen Auto von dir gucken«, schloß Ben das Gespräch. Wir gingen zurück zu meinem Auto.

»Aus x-ter Hand«, sagte ich, »aber es bringt mich dorthin, wo ich sein möchte.«

»Ja, schätze, nur das zählt.« Er schaute unter die Haube. Er schien fest entschlossen, und ich wußte nicht, was ich sagen sollte. Ich betrachtete Ben und fragte mich, welche krummen Schicksalspfade uns heute hierher gebracht hatten. Ich wollte mit ihm reden, wollte sagen, erzähl mir alles, alles was du über meinen Vater und meine Mutter weißt, füll all die Lücken. Gib mir den vollständigen Mann; er wurde mir genommen, bevor ich Zeit hatte, ihn kennenzulernen.

Aber ich war kein zehnjähriges Kind, statt dessen war ich eine fast dreißigjährige Frau mit zu vielen namenlosen Geliebten und billigen Flaschen Scotch in meiner Vergangenheit, um ihn um eine Offenheit zu bitten, die ich nicht erwidern konnte.

»Erinnerst du dich gut an meine Mutter?«

»Nää, sorry, Micky, nich wirklich.«

»Sehen wir uns ähnlich?« beharrte ich. Ben war die einzige Verbindung, die ich zu meiner Vergangenheit hatte.

»Ja, ein bißchen. Sie war auch groß, wie ich schon sagte«, antwortete er zögernd. »Aber mach dir man keine Gedanken über sie. Sie hatte ein paar Probleme. Hatte nicht das Recht, ein Kind zu erziehen«, brach es plötzlich aus ihm heraus. »Sie hätte hierbleiben und eine gute Ehefrau und Mutter sein sollen, hätte sich nicht rumtreiben sollen, wie sie's tat.«

»Aber Ben«, sagte ich und entdeckte in mir ein Bedürfnis, sie zu verteidigen. »Sie war erst sechzehn, als ich geboren wurde.«

»Ich und Alma haben geheiratet, als sie sechzehn war. Sie hat David ein Jahr später bekommen. Keine Entschuldigung.«

»Ich möchte nicht mit sechzehn ein Kind bekommen haben«, erwiderte ich.

»Nein, vielleicht nicht. Aber wenn es so gewesen wäre, hättest du dich um das Baby gekümmert und es gut behandelt.

Sie dachte sogar darüber nach, dich nicht zu kriegen«, sagte er wütend.

»Kannst du ihr das vorwerfen?«

»Ja. Sie tat, was sie wollte, und sie hätte sich um dich kümmern sollen. Was haben die dir am College überhaupt beigebracht?«

»Selbständig zu denken«, antwortete ich.

»Also, hör zu«, sagte Ben, grinste ein wenig, wich vor dem Streit zurück, der fast zwischen uns ausgebrochen wäre, »ich wette, du bis' noch nich' verheiratet, richtig? Du bis' einfach zu schlau für die meisten Jungs hier.«

»Ja, schätz' ich auch«, antwortete ich. Aber ich wußte, wenn ich mit sechzehn schwanger geworden wäre, hätte ich abgetrieben. Das war natürlich nicht sehr wahrscheinlich, weil ich mit sechzehn längst mit Frauen schlief. Das konnte ich ihm nicht gut sagen. Ich erinnerte mich daran, daß Ben, Alma und David jeden Sonntag zur Kirche gegangen waren.

»Schätze, wir haben nicht mehr viel gemeinsam«, sagte Ben.

»Viele gute Erinnerungen, Ben«, antwortete ich.

»Ja, das zählt auch was, schätz' ich. Das ist alles, was uns bleibt, 'n Haufen Erinnerungen«, entgegnete er, und ein trauriger Blick trat in seine Augen.

»Die Dinge ändern sich. Das tun sie immer. Wir Kinder müssen erwachsen werden, und manchmal sieht es so aus, als würden wir dabei auch fremd. Aber ... aber ich hab' immer noch dieses kleine Holzpferd, das du mir geschnitzt hast. Es erinnert mich an dich und an meinen Dad. Ich werde nie so fremd werden, daß ich das vergessen könnte.«

»Danke, Micky. Kleine Micky. Was dein Dad sich immer mehr als alles andere für dich wünschte, war, daß du glücklich bist.«

»Das bin ich, Ben«, antwortete ich im Bewußtsein, nicht die ganze Wahrheit zu sagen. Aber ich fürchtete, daß wir einander zu fern waren, als daß ich meine Unsicherheit hätte eingestehen können.

»Das hoffe ich. Schätze, ich und dein Dad waren einfach so glücklich mit unseren Familien, Ehefrauen und Kindern und so. Na ja, es ist schwierig, jemanden ohne diese Verbindungen glücklich zu sehen. Ich hoffe, du bist es.«

»Ich bin es, Ben«, wiederholte ich. »Wenigstens so glücklich, wie ich kann«, fügte ich hinzu, kam der Wahrheit damit näher.

»Schätze, ich hab' mir immer ausgemalt, wenn der alte Ben damit scheitert, eine Familie zu haben, daß es der kleinen Micky gelingen würde. Das Leben ist doch nie so, wie man es sich vorstellt.« Er zuckte die Schultern. »Ich glaub', 's is repariert. Versuch mal.«

Ich stieg ein, ließ die Tür offen und drehte den Zündschlüssel. Der Motor summte gleichmäßig, und all die üblichen klirrenden Geräusche waren verschwunden. »Klasse, Ben. Hört sich besser an als je zuvor. Danke.« Ich stellte den Motor ab und stieg aus. Er strahlte mich grinsend an und hielt einen Daumen in die Höhe. Eine Erinnerung an den jüngeren Mann im hellen Sonnenlicht mit demselben strahlenden Lächeln und derselben Geste in Richtung einer angelernten Krebsefängerin überraschte mich. »Du bist nicht gescheitert«, sagte ich. »Es ist dir genommen worden. Du hast Alma geliebt, und du hast David geliebt, und du warst der beste Freund, den ein heranwachsender Wildfang jemals hätte haben können. Du bist nicht gescheitert. Sag das niemals.«

»Danke, Mick«, sagte er, drehte sich dann weg und blickte über den immergleichen Sumpf. »Es war nicht der Fehler deines Dads. Wußte nicht, ob ich dir sagen sollte, was wirklich passiert ist, oder nicht. War nicht die Schuld deines Dads. Da war noch jemand auf der Straße in dieser Nacht. Sein Fehler.« Seine Stimme brach. »Dieser Dreckskerl. Dieser Dreckskerl von einem besoffenen Fahrer. Warum hat er mich leben lassen?«

»Ich weiß es nicht, Ben.«

»Vielleicht hätt' ich es dir nicht sagen sollen.«

»Ist okay. Ich wußte es.«

»Hat der alte Jonesy Johnson es dir gesagt?«

»Wer?« Dann erinnerte ich mich an Jones. Der stadtbekannte Säufer mit Whiskey-Atem und stinkenden alten Lumpen, der Kinder wie mich immer erschreckt hatte. »Ich erinner' mich an ihn.«

»Er hat das Wrack gefunden und die Bullen gerufen. Er hat mir von dem anderen Fahrer erzählt, dem in dem anderen Auto. Jonesy hat ihn auf der Straße liegen sehen, bevor sie ihn wegtrugen. Ein tragisches Versehen, sagten sie. Vier Leute starben, und es war bloß ein tragisches Versehen. Der andere Fahrer war aus einer reichen Familie. Mit Geld kann man viel kaufen, was? Aus Mord wird ein Versehen.«

»Tut mir leid.« Holloway-Geld. Cordelias Vater. Die Risse in meinem wackeligen Fundament wurden größer.

»Dieser Dreckskerl von einem reichen Knacker ist nicht in den Knast gekommen. Aber ich. Ich hatte keinen Grund, nach Hause zu gehen, keine Frau und keine Kinder mehr dort, deshalb blieb ich weg, betrunken und zornig. Ein paar Schlägereien, und ich landete im Knast. War mir egal. Alles egal.«

Ich erinnerte mich daran, was Thoreau während der Dinner-Party gesagt hatte. Cordelias Vater, ein Holloway. »Ben, es tut mir leid«, wiederholte ich, und mir war bewußt, wie hohl und unangemessen die Worte klangen. Ich trat zu Ben heran und legte ihm eine Hand auf die Schulter, unsicher, wie ich einen Mann trösten konnte, der immer mich getröstet hatte.

Er schaute mich an, wischte sich schnell wieder über die Augen. »Nachts liege ich wach und stelle mir vor, wie es wäre. Alma und ich mit vier oder fünf Kindern. David in der High School, vielleicht am College. Manchmal ist er ein Football-Star. Manchmal der Schlaumeier mit Brille, gut in Naturwissenschaft. Robert, oder Paula, wenn's ein Mädchen geworden wär, unser nächstes Kind, oh, alles mögliche. Ich war so stolz auf die Kinder.« Er hielt inne, wischte sich unbeholfen die

Augen. »Auf die Kinder, die nicht da sind. Du denkst bestimmt, der alte Ben ist verrückt, weil er so träumt.«

»Nein, tu' ich nicht. Ich frage mich manchmal... frage mich, wie es wohl wäre, wenn Dad noch hier wäre. Wenn er hier wäre, ich ihn besuchen könnte, und nicht nur diese... Bootswerkstatt.«

»Oh, Gott, sie sollten alle hier sein.« Er verbarg sein Gesicht in den Händen, um die Tränen zu verbergen, die er seiner Meinung nach nicht vergießen sollte.

»Los, wein doch, Ben. Das ist alles, was wir noch tun können.« Vorsichtig legte ich meine Hand auf seine andere Schulter und hielt ihn dann in einer unbeholfenen Umarmung. Ich war mir der Barrieren zwischen uns zu bewußt, um ihn ganz zu umfassen. Wie kann eine promiskuitive Lesbe einen katholischen Familienvater umarmen? Wenn er mich wirklich kennen würde, wenn er wüßte, wer ich geworden war, dann würde er mich hassen.

Nein, würde er nicht. Ben ist nicht so. Aber die Unsicherheit blieb, ließ meine Umarmung steif werden und trieb mich in Abstand.

Ben legte seinen Kopf auf meine Schulter, während rauhe Schluchzer seinen Körper schüttelten.

Ich fühlte eine riesengroße Leere, nicht nur um derer willen, die nicht hier waren, sondern auch wegen der Distanz zwischen Ben und mir. Die Erinnerung und die Tragödie verbanden uns untrennbar miteinander, aber es war ein Schnittpunkt, den wir beide hinter uns gelassen hatten. Ob es eine Straße gab, die uns jemals zurückbringen könnte?

Ben umarmte mich auch, genauso scheu und steif wie ich. Wir standen da, nicht mehr ein junger Mann und ein Kind, sondern eine unsichere Frau und ein älterer Mann, die versuchen, eine Verbindung zu finden. Dann bewegte sich seine Hand, nicht viel, eigentlich nur eine Veränderung des Drucks. Die Bedeutung verlagerte sich. Seine Arme legten sich fester um mich. Ich spannte mich an.

Ben ließ los, wahrscheinlich ebenso überrascht und peinlich berührt wie ich es war. Er wischte sich hastig die Augen, schob die Hände in die Taschen und ging ein paar Schritte weg von mir. Eine tiefe, bedrückende Verlegenheit hing in der Luft zwischen uns, Geheimnisse, die am besten begraben blieben, schwebten umher.

»Ja, ich hab' deinen Dad wirklich bewundert«, sagte Ben, um uns beide daran zu erinnern, wer ich war. »Aufrichtig wie der liebe, lange Tag. Und ein guter Arbeiter. Ja, er war ein guter Mann.«

»Ist schon okay«, sagte ich, während ich den Schock überwand. Verlangen paßt in kein ordentliches Schubfach. Es braut sich unerwartet und unschön über einem zusammen und hat mich schon des öfteren überrascht und unvorbereitet erwischt. Jetzt also Ben. Das war alles, sagte ich mir. Aber es war nicht bloß einfach dieser Akt des Verlangens, der uns so betroffen machte. Daß Ben daran denken konnte, mich zu wollen, wie flüchtig auch immer, bedeutete, daß ich vom Mädchen zur Frau geworden war, die Unschuld unwiderruflich hinter mir gelassen hatte. Wer waren wir jetzt? Und konnten diese Leute in Beziehung miteinander treten, oder würden wir am Ende bloß mit den letzten Fetzen einer Erinnerung dastehen? »Ich bin nicht wirklich gekränkt«, fügte ich hinzu, obwohl ich mir meiner Gefühle immer noch nicht sicher war.

Er schaute mich an, unbehaglich angesichts der Erwähnung des Geschehenen. »Über manche Dinge sollten Männer und Frauen nicht miteinander reden.« Er verwandelte sich in den Mann, der mit dem Kind seines Geschäftspartners spricht. »Wie ich schon sagte, bewundere ich deinen Dad sehr, und ich würde nichts tun, das ihn aufregen könnte.«

»Ist schon okay«, wiederholte ich, »wir sind schließlich alle erwachsene Leute«, eine Zeile, die mein Vater des öfteren benutzt hatte.

Er ließ die Hände entschlossen in den Taschen. »Ich bin

vielleicht nicht so gut darin, mich aus Barschlägereien rauszuhalten, aber ich werd' nicht damit anfangen, Lee Robedeauxs Tochter zu betatschen. Gott soll mich strafen, wenn ich das tue.«

»Ich weiß. Ich vertraue dir, Ben.«

»Vielleicht solltest du das nicht«, antwortete er und ging noch weiter weg. »Du bist ein nettes Mädchen. Es gibt da gewisse miese Typen, von denen du dich besser fernhältst.«

Ich konnte diese Aussage akzeptieren, und wir konnten beide voneinander fortgehen. Aber wenn ich diese Barriere durchbrechen könnte, wäre es bei den anderen vielleicht nicht so schwierig. Laß uns darüber reden, wer wir jetzt sind, dachte ich. Wenn wir das können, dann können wir vielleicht über den Tod und die rabenschwarzen Nächte der Vergangenheit reden. Vielleicht würde endlich ein Freund von damals hier in meiner Gegenwart zu mir stoßen. »Du bist kein mieser Typ. Außerdem bin ich fast dreißig. Halt mich nicht für 'ne kleine Sechzehnjährige, die noch rot wird. Ich bin keine Jungfrau mehr.« Nicht, daß ich mit sechzehn je errötet wäre.

»Erzähl mir nichts, wofür dein Dad sich schämen würde«, unterbrach er mich in dem Versuch, sich an die Vergangenheit zu klammern. »Du würdest ihm das Herz brechen. Genau wie …« Er hielt inne, verwirrt und verletzt angesichts der Tatsache, daß seine Welt immer mehr zerbröckelte.

»Genau wie meine Mutter. Du hast unrecht. Dad würde es verstehen. Er würd's wollen. Er hätte sie nicht geheiratet, wenn er es nicht verstanden hätte.«

»Du kennst deinen Dad nicht so, wie ich ihn kenne, junge Dame. Du hast ihm gerade Schande gemacht. Ist es das, was du willst?«

Wir standen da und starrten uns zornig an, das erwachsene Kind und der alt gewordene Mann. »Laß uns nicht …« Ich wollte diesen Kampf ohne Gewinner nicht.

»Ich weiß nicht. Ich weiß es einfach nicht mehr«, murmelte Ben und schüttelte traurig den Kopf.

»Die Welt ändert sich, nicht wahr? Zu schnell für uns beide.« Ich versuchte, den kleinen gemeinsamen Nenner, den wir hatten, zurückzugewinnen.

»Ja, glaub' ich auch, glaub' ich auch. Der alte Ben ist zu lange von der Welt ab und, ja, ich glaub', die Dinge haben sich geändert. Du hast das Recht, dein Leben zu leben, Mick. Brauchst dazu nicht Bens Zustimmung.«

»Nein. Aber ich hätte gern deine Freundschaft. Ist das möglich?« Ich streckte meine Hand aus. Er drehte sich um und schaute mich an, kam dann zögernd einige Schritte auf mich zu. Er hob den Arm und nahm meine Hand. Wir schüttelten uns feierlich die Hände, wie wir sie uns damals geschüttelt hatten, als ich acht war und Ben eingewilligt hatte, mich heimlich in die Statdt zu fahren, damit ich ein Geburtstagsgeschenk für meinen Dad kaufen konnte.

»Klar können wir Freunde sein. Ich würde Lees Tochter niemals den Rücken zukehren.«

»Und ich würde Dads Geschäftspartner und bestem Freund niemals den Rücken zukehren.«

Wir waren an eine Mauer gelangt, an eine Barrikade, um die herum ich keinen Weg sah. Aber irgendwo konnten wir Freunde sein, an einem bescheidenen, begrenzten Ort aus der Vergangenheit.

»Du kannst gern hier draußen bleiben, wenn du willst«, sagte ich, als wir unsere Hände losließen. »Kein Strom, aber es gibt noch fließendes Wasser. Der Schlüssel ist noch in seinem Versteck ...«

»In diesem alten, hohlen Baumstumpf. Einige Dinge ändern sich nie«, beendete er den Satz für mich. »Danke, Mick. Vielleicht nehm' ich dich ja beim Wort. Ich hab' 'nen Job in *Bob's Fisch-Friteuse*. Mach' da so dies und das. Krieg' da auch meine Mahlzeiten. Muß mich jetzt langsam auf den Weg dorthin machen.«

»Ich fahr' dich hin.«

»Nää, is' schon okay.«

»Muß den Motor ausprobieren und sichergehen, daß du ihn auch wirklich repariert hast«, scherzte ich.

»Nun, tja, das ist wahr«, stimmte er mir grinsend zu. Ich räumte schnell das Werkzeug weg. Als ich zurückkam, starrte Ben über den sich nie verändernden Sumpf.

»Spring rein«, sagte ich. Ich ließ das Auto an und fuhr vom Grundstück. Der Motor lief wie geschmiert, während wir auf der Straße zum Bayou St. Jack's schneller wurden.

Wir kamen zu den Kurven, wo der Unfall passiert war. Ich muß langsamer geworden sein, denn Ben bemerkte es und sagte: »Hier ist es passiert. Ich schätze, das weißt du. Ich wollte mit dem Boot nach Pascagoula. Ich hab's erfahren, als ich das Dock betrat. Hab' den Bus zurück genommen. Aber ... aber sie waren tot und fertig für die Beerdigung, als ich ankam. Also hab' ich mich betrunken und bin hier rausgekommen und hab' nur dagesessen, nichts mehr übrig als eine Bremsspur und zerbrochenes Glas.«

»Ja, ich weiß.« Es schien so wenig zu geben, das man sagen konnte.

»Wie leben solche Männer, nachdem sie Frauen und Kinder getötet haben, so wie er's getan hat?«

»Ich weiß es nicht, Ben. Ich glaube nicht, daß es darauf eine Antwort gibt, aber der andere Mann, der andere Fahrer, er ist tot. Er muß es sein.«

Ben schüttelte den Kopf. »Das wollen sie dich glauben machen, dieses reiche Pack. Aber ich weiß es besser. Jonesy hat mich im Knast besucht. Er wurde trocken und religiös, dann bekam er Krebs. Er wollte die Dinge bereinigen, sagte er, bevor er vor seinen Schöpfer tritt. Irgend so ein großes Tier hat ihm Geld gegeben, damit er alles, was er in dieser Nacht gesehen und gehört hat, vergißt. Also trank Jonesy viel und vergaß viel. Aber nachdem er krank wurde, wollte er die Dinge bereinigen, also fand er raus, wo ich war, und erzählte mir, was er wußte. Also fing ich an, Fragen zu stellen. Wenn du genug fragst, kriegst du schließlich die Antworten, die du willst. Ich kenne den Namen dieses Mörders — Holloway. Reich genug, um ungestraft die Familien anderer Leute zu töten.« Ben schüttelte den Kopf, versuchte nach all den Jahren immer noch, den Sinn zu begreifen.

»Ich wünschte, es wäre so einfach«, sagte ich, die ich es besser wußte.

»Manchmal ist es das«, antwortete Ben und ging dazu über, das Kind, das er gekannt hatte, zu belehren.

»Das Schicksal ist schon eine komische Sache. Ich habe vor kurzem seine Tochter kennengelernt.«

»Machst du Witze?« fragte er. Ich schüttelte den Kopf. »Hat sie dir gesagt, daß sie es ist?«

»Nein, es war etwas, das sie zu mir gesagt hat«, erwiderte ich vage.

»Dieser Dreckskerl. Er hatte eine Tochter, aber trotzdem hat er meine Frau und meine Kinder ermordet. Und deinen Dad. Er sei verdammt. Oh ja, er sei verdammt! Wie hast du diese Tochter kennengelernt?«

»Danny Clayton hat uns vorgestellt. Die Tochter der Claytons. Ich glaube, sie sind zusammen zur Hochschule gegangen.« Ich wollte nicht in die Einzelheiten gehen.

»Du hast ihr nicht gesagt, wer du bist, he?«

»Nein. Ich wollte das nicht ansprechen.«

»Ich hätt's getan. Ich hab' mir Ignatius Holloway geschnappt. Das war dieses großes Tier, das Jonesy das Geld gegeben hat. Es war sein Sohn, der's getan hat, sein besoffener Sohn. Sagte ihm, wer ich bin. Sagte ihm, ich wüßte, was wirklich in jener Nacht passiert ist. Dieser besoffene Scheißkerl. Kein Makel auf dem Holloway-Namen. Nicht bei denen. Er wollte mir Geld geben, einen Job, wenn ich nur die Vergangenheit ruhen ließe. Ich sagte ihm, daß ich keinen Job wollte und kein Geld, nicht von ihm. Er sagte, sein Sohn wäre tot. Ich hab' dann Zeitungen gefunden, in denen stand, daß er irgendwo anders einen Unfall hatte.

Was ich will, mehr als andere, ist, diesen Holloway-Sohn zu

sehen und zu sagen: du hast eine Tochter, erwachsen und glücklich. Nun, ich hatte zwei Kinder und eine Frau, aber du hast sie mir weggenommen. Hast sie gestohlen wie ein billiger Dieb in der Nacht. Ein 'Versehen'. Scheißkerl. Wie zum Teufel kann er eine Tochter haben und ich niemanden?« schrie Ben voller Zorn.

Wir erreichten die *Fisch-Friteuse*. Ich fuhr rechts ran.

»Ich weiß es nicht, Ben. Vielleicht weiß Gott es, aber ich weiß es nicht.« Ich sparte mir: falls es einen Gott gibt.

»Dein Dad hat immer gesagt, daß das Leben ungerecht ist.« Ben hatte sich wieder gefangen. »Ich schätze, er hatte recht. Ist doch echt komisch, daß du mit einer Holloway befreundet bist. Diese reichen Holloways. Das Leben ist echt merkwürdig.«

»Wir sind nicht wirklich befreundet. Nur Bekannte.«

»Tja«, sagte er, »bin froh, daß ihr keine Freundinnen seid. So wirst du niemals diesem Vater über den Weg laufen.« Er öffnete die Tür, um auszusteigen.

Plötzlich begriff ich, daß Ben wirklich glaubte, daß Cordelias Vater noch lebte. Wie konnte er auch wissen, was in dieser Nacht tatsächlich geschehen war? Ich erinnerte mich an den betrunkenen und heruntergekommenen Mann, der Ben gewesen war, als er unkontrolliert schluchzend zur Beerdigung meines Vaters erschien. Tante Greta erlaubte ihm nicht, mit mir zu reden, ließ mich nicht einmal in seine Nähe. Sie sagte, er wäre Gesindel. Eine Woche später berichtete sie mir mit einem selbstgerechten Grinsen im Gesicht, daß er wegen einer Schlägerei im Suff festgenommen worden war, daß mein Dad den Charakter von Leuten niemals gut hatte einschätzen können, und daß ich mir um Gesindel wie ihn keine Gedanken machen dürfte.

Ich sagte: »Aber, Ben ... dieser Mann ... er starb.«

»Jonesy hat gesehen, wie er in einen Krankenwagen gehoben wurde. Sie rasten mit ihm weg, sagte Jonesy, mit heulender Sirene, alle in Eile, sein Leben zu retten. Und Jonesy is' nich' der einzige, der sagt, daß er am Leben ist.«

»Aber das ist nicht ...« fing ich an, hielt dann inne, nicht sicher, was ich sagen sollte, wollte gar nichts sagen, wollte mich so weit wie möglich von den Erinnerungen dieser Nacht fernhalten.

Er stieg aus. »Ja, ich bin froh, daß ihr keine Freundinnen seid. Sind nich' deine Leute. Und eines Tages kriegt dieser Mann, was er verdient hat«, sagte er durch das Autofenster.

Ich fühlte mich wie ein Mensch, dem man soeben mit vollkommener Überzeugung mitgeteilt hat, daß die Erde eine Scheibe ist.

Er hatte gehört, was Jonesy ihm gesagt hatte, und es geglaubt. Natürlich hatte Holloway die blutigen Spuren seines Sohnes verwischt, und ich gab immer noch vor, daß ich niemals Spuren hinterlassen hatte, leugnete, daß ich in dieser Nacht dort gewesen war. Täuschung und Lüge müssen so oft hin- und hergeschoben worden sein, bis die Wahrheit nur noch ein schwarzer Fleck war. Meine eingeschlossen. Wie konnte er es wissen? Jonesy war der einzige von uns, der sich die Mühe gemacht hatte, Ben Beaugez irgend etwas zu erzählen. Eines Tages würde ich es ihm erzählen, wenn wir ein paar Barrieren mehr eingerissen hatten. Wenn ich nicht jedesmal zusammenzuckte, wenn die Vergangenheit an meinen Scotch-Flaschen und gesichtslosen Liebhaberinnen vorbeikroch. In ein paar Wochen würde ich wieder hier rauskommen. Was machten ein, zwei Wochen nach zwanzig Jahren schon aus? »Ben, er ist ... ja, er wird kriegen, was er verdient hat.« Ich beließ es dabei. Ich konnte ihm nicht sagen, warum ich so sicher war, daß Holloways Sohn tot war.

Ben lächelte und schüttelte den Kopf. »Paß auf dich auf, Micky. Tag, Bob«, rief er einem Mann mittleren Alters zu, der gerade aus der Tür trat.

Ich nahm an, daß dies Bob von *Bob's Fisch-Friteuse* war. Ich wollte es vermeiden, vorgestellt zu werden und irgendwelche zärtlichen Erinnerungen an Lee Robedeauxs kleine Tochter zu wecken. Ich wollte weg von hier. »Ich muß los, Ben. Danke, daß du mein Auto repariert hast. Ich komme alle paar Wochen hier heraus. Ich komm' mal vorbei.«

»Mach das, Micky. Vielleicht gehn wir mal zum Dock fischen. Du und ich haben immer die meisten Fische gefangen.«

»Das würd' mir gefallen, Ben.« Ich winkte Bob höflich zu und fuhr dann los.

Holloway hatte genug Geld, um seinen Namen sauber zu halten. Was mit uns anderen geschah, war ganz egal. Zwanzig Jahre später war Holloways Schönfärberei präsent und quälte mich. Irgendwie mußte ich Ben sagen, daß eine Person diese Nacht überlebt hatte, daß das aber nicht Holloways Sohn gewesen war.

Die *Fisch-Friteuse* mit ihrer neonleuchtenden Bierreklame verschwand aus meinem Rückspiegel.

18. Kapitel

Schließlich wurde es Samstag, und ich machte mich früh auf den Weg zu Torbins Wohnung. Ich hatte den Plan, in etwa drei Stunden dort zu sein. Falls mir jemand folgte, würde ich es bemerken. Vielleicht litt ich ja unter Verfolgungswahn, andererseits lag Barbara Selby aber immer noch im Krankenhaus. Wenn ich es vermeiden konnte, würde Frankie in nächster Zukunft keine ärztliche Zeit in Anspruch nehmen.

Torbin versuchte mich mit sehr viel Nachdruck davon zu überzeugen, ein schamlos offenherziges, mit roten Pailletten besetztes Abendkleid zu tragen. »Aber Mickyschätzchen, ich kann doch nur so selten mit den echten Dingern spielen«, sagte er und fuhr dabei auf eine Art und Weise mit seinen Händen über meine Brüste, die jedem anderen Mann und nicht wenigen Frauen eine Kopfnuß eingetragen hätte.

Schließlich überredete ich ihn, mich ein langärmeliges, schwarzes Abendkleid tragen zu lassen, das beträchtlich weniger Dekolleté, echt oder falsch, enthüllte. Ich hatte immer noch eine ziemlich schrecklich aussehende Narbe auf dem Arm, die ich nicht herumzeigen wollte.

»Nun, wenn du darauf bestehst«, sagte er und schaute mich von oben bis unten an. »Behalt' es, wenn du willst. Dieses Ding ist ein Fetzen, den ich seit Jahren nicht getragen habe. Aber Mickyschatz, denk immer an Rot. Es ist wirklich deine Farbe.«

»Danke, Tor. Zum nächsten Weihnachtsfest im Kreise der Familie gehen wir beide in roten Abendkleidern.«

»In Rottönen, die sich beißen. Das würde mir gefallen.«

Der Frack paßte Frankie gar nicht schlecht, aber er sah am Ende immer noch wie ein ängstlicher Pinguin aus.

»Ich hab' für euch Kinder eine Limousine besorgt. Bumst aber nicht überall gegen«, sagte er schlitzohrig. »Buddy hast du ja bereits getroffen, Frankie. Er wird euer Fahrer und Anstandswauwau sein.«

»Einen Moment mal, ich hab' dir gesagt, du sollst Frankie nicht aus ...«

»Hat er nicht«, sagte Frankie.

»Wenn ein Junge nicht zur Party kommt, dann muß man die Party zu dem Jungen bringen«, erklärte Torbin.

»Torbin war wunderbar zu mir. Ich habe Leute getroffen, von denen ich nicht mal wußte, daß es sie gibt. Leute wie mich«, gab Frankie ihm Rückendeckung.

Buddy und die Limousine kamen an. Torbin verstaute uns, befahl uns, Spaß zu haben und nichts zu tun, was er nicht tun würde. Das gab uns eine Menge Spielraum, mehr als ich hoffte, daß wir brauchen würden.

Ich mußte einfach an das letzte Mal denken, als ich die Straße zur *Einhundert-Eichen-Plantage* entlanggefahren war. Das hier tu' ich für dich, Barbara, sagte ich zu mir selbst. Wenigstens kann ich deinen Kindern sagen, daß wir die Männer geschnappt haben, die dich im Sumpf zurückließen.

Wir saßen keineswegs in der einzigen Limousine, die durch das Tor der Plantage fuhr. Aber eins muß ich Torbin lassen: unsere war die einzige in Rosa.

Ich mußte dem Parkwächter meine Einladung vorweisen. Es herrschten strenge Sicherheitsvorkehrungen, ein gutes Zeichen.

»Fahren Sie immer den anderen nach«, sagte er und wies uns den Weg.

»Komisch, sonst sind *wir* doch immer die anderen«, kommentierte ich. Tja, der Einfluß dieser rosafarbenen Limousine ...

Frankie und ich liefen Arm in Arm die lange Auffahrt entlang, versuchten, so hetero auszusehen wie möglich. Er war gefaßt, plauderte liebenswürdig, war aber unter der Oberfläche nervös. Du bist ein besserer Mann als dein Dad jemals war, Frankie. Eines Tages wirst du das begreifen.

Ein weiterer Aufseher kontrollierte an der Tür unsere Einladungen. Ein ziemlicher Haufen Geld war in Dekoration und Essen investiert worden. Es gab eine Menge Rot, Weiß und Blau, und eine ganze Reihe von Staats- und Konföderationsflaggen waren im Raum verteilt worden. Wie geschmackvoll, dachte ich. Im Ballsaal gab es eine einzige große amerikanische Flagge, ein kleines Zugeständnis an die Sieger des Sezessionskrieges.

Ich entdeckte Cordelia oben auf der Haupttreppe. Das tiefblaue Abendkleid, das sie trug, betonte ihre Augen. Schade, daß sie Hetera war. Dann riß ich mich zusammen. Wir treffen alle unsere Wahl. Sie traf ihre. Sie sah mich und winkte, aber sie war bei ihrem Großvater und führte ihn die Stufen hinunter. Er bewegte sich sehr langsam, wiederum gestützt von dem älteren Mann, den ich gesehen hatte, als ich das erste Mal hier draußen war. Ich konnte mich nicht an seinen Namen erinnern.

Frankie und ich machten uns auf die Suche nach Ranson.

»Hi, Micky. Wie geht's dir heute abend?« fragte Danny und trat zu uns heran. Sie erstrahlte in einem roten Kleid, und ihre nackten Schultern brachten ihre kaffeebraune Haut zur Geltung. Hinter ihr stand Alexandra Sayers, traditionell und doch unkonventionell gekleidet mit ihren gediegenen Perlen und ihrem schwarzen Abendkleid. Sie brachte den Eindruck eines dezent guten Geschmacks zuwege, etwas, worin ich nie gut gewesen war.

Verdammt, dachte ich, ich kenne vielleicht einen Haufen gutaussehende Frauen. Und alle in festen Händen, rief ich mir in Erinnerung.

»Wer ist dein Begleiter?« Danny hob eine Augenbraue angesichts der Tatsache, daß sie mich mit einem Mann sah.

»Franklin Fitzsimmons. Er ist ein Freund von Torbin«, antwortete ich. Dann stellte ich ihn allen vor und erklärte für Alex, wer Torbin war.

Für einen Augenblick fragte ich mich, wie es uns allen gelungen war, eine Einladung zu erhaschen. Danny und Joanne waren nicht ranghoch genug, um automatisch eingeladen zu werden, und Alex hatte nichts mit den Rechts- und Ordnungshütern zu tun, aber dann fiel mir Cordelia ein. Sie durfte wahrscheinlich einladen, wen sie wollte. Ich war bloß aufgrund von Ranson dazugebeten worden.

»Nun ja, die niederen Klassen finden ihren Weg doch überall hin, nicht wahr?« sagte eine Stimme hinter mir. Natürlich war Karen hier. Ich war überrascht, daß sie mich so leicht von hinten erkennen konnte. »Wie läuft's denn so im Angelgeschäft, meine Liebe?« beendete sie ihre Begrüßung.

Dannys Gesichtszüge gefroren. Da begriff ich, daß Karen mit ihr gesprochen hatte. Ich war fuchsteufelswild.

»Karen, für gewöhnlich sind Sie eine so perfekte Gastgeberin«, sagte Alex. »Denken Sie daran: Was Sie tun, zählt in diesem Land, nicht, was Ihre Eltern tun.«

»Nicht in meinem Haus«, antwortete Karen.

»Nicht Ihr Haus. Nicht jetzt und niemals«, sagte ich und wandte mich zu ihr um.

»Dank Ihnen«, schleuderte Karen mir entgegen. »Alex, wenn das da Ihre Freundinnen sind, ist Ihr Geschmack in bezug auf Frauen bemerkenswert kläglich. Ich glaube nicht, daß Sie in Zukunft bei irgendeiner Ihrer Benefizveranstaltungen auf mich zählen können, wenn die Möglichkeit besteht, daß Sie Leute dieses Schlages einladen.«

»Karen, das sind meine Freundinnen. Ich habe sie eingeladen«, sagte eine Stimme hinter meinem Rücken. Cordelia schloß sich uns an und legte eine Hand auf Dannys Schulter.

»Du weißt, was ich von deinen Freundinnen halte«, gab Karen zurück. »Besonders von kleinen Schnüfflerinnen und ihren Bayou-Bekanntschaften.«

Ich trat einen Schritt auf Karen zu und schaute auf sie herab. Da ich gut zwölf Zentimeter größer war als sie, fiel das nicht schwer. »Und da sind wir wirklich froh drüber, Karen, Süße«, sagte ich. »Lieber eine Anglerin als ein Hai. Gehen Sie jetzt und suchen Sie sich ein paar harmlose Fischlein.«

»Du Schlampe ...«, hob sie an.

»Laß uns gehen.« Cordelia nahm sie beim Arm und manövrierte Karen von uns weg. »Großvater will dich einigen Leuten vorstellen. Wenn du höflich genug bist, nimmt er dich vielleicht in Gnaden wieder auf...« Ihre Stimme verklang im Raum, während sie Karen zu einer Gruppe herüberführte, die ihren Großvater und diesen Richter Aldus einschloß. Der ehrenwerte Richter machte Platz für Karen und äugelte dabei unklugerweise in ihren Ausschnitt. Er warf Cordelia einen Blick zu, aber sie war zu groß für ihn, um einen ähnlichen Ausblick zu bieten.

»Tut mir leid, Danny«, sagte Alex. »Karen kann ein echtes Biest sein, wenn sie ein paar Drinks intus hat.«

»Sie kann auch ein Biest sein, wenn sie nüchtern ist«, fügte ich hinzu. Ich hatte ihren geplatzten Scheck nicht vergessen.

»Anglerin. Der Teufel soll sie holen«, murmelte Danny, ließ Luft ab und etwas von ihrem Ärger. »Ich brauche einen Drink.«

»Dort hinten gibt es eine Bar«, schlug Alex vor und schob Danny in die entgegengesetzte Richtung von der, in die Karen gegangen war. Ich hob eine worum-ging's-hier-eigentlich-Augenbraue in Richtung Alex.

»Karen ist wegen einer kleineren Drogensache einkassiert worden. Danny hat sie nicht besser behandelt als alle anderen.«

»Fortan ewigwährende Feindschaft.«

»Du hast's kapiert«, sagte Alex und folgte Danny.

Auf der Suche nach Ranson gingen Frankie und ich nach draußen auf den Rasen. Der Garten war von einer erstaunlichen Menge an — Sie haben's wahrscheinlich schon erraten — roten, weißen und blauen japanischen Laternen erleuchtet. Sie erstreckten sich bis auf die erste Hälfte des Wegs zur Scheune. »Du hast ein paar gute Freundinnen, Micky«, sagte Frankie. »Ihr seid alle füreinander eingetreten. Ich wünschte, ich hätte auch solche Freunde.«

»Das kommt, Frankie. Du mußt nur anfangen, dich in Gesellschaft anständiger Menschen aufzuhalten. Am besten von der unanständigen Sorte, wie Torbin.«

»Du hast recht. Er hat sich wie ein Freund verhalten, ein guter Freund. Und du auch. Eines Tages werde ich das bei euch beiden wieder gutmachen.«

»Die nächste Steuererklärung kommt bestimmt, Frankie«, sagte ich lachend.

»Bin bereit und willens. Wirf mir nur einen Sack Quittungen zu. Mit Zahlen kenn' ich mich aus.«

»Abgemacht.« Wir schüttelten uns die Hände.

Ich erspähte Ranson. »Hallo, Joanne«, sagte ich, als wir zu ihr traten. »Ich möchte dir meinen Begleiter für den Abend vorstellen, Franklin Fitzsimmons.«

»Hallo, Michele«, antwortete sie. »Und ich möchte dir meinen vorstellen, Jackson Ford. Jackson ist vom FBI.«

»Sie sind Buchhalter, nicht wahr, Mr. Fitzsimmons?« fragte Jackson.

»Ja, bin ich«, erwiderte Frankie.

»Würden die Damen uns entschuldigen? Es gibt da ein paar Leute, die sehr daran interessiert sind, Mr. Fitzsimmons kennenzulernen.« Für einen Augenblick sah Frankie verängstigt aus. Ich hatte ihn beschützt, und er wollte mich nicht verlassen.

»Das geht schon in Ordnung«, sagte Ranson. »Jackson ist erst heute morgen von Washington hierher geflogen.« Das bedeutete, daß er nicht zu der Gesellschaft der guten, alten Jungs hier gehörte. Wahrscheinlich zu einer Guten-Alten-Jungs-Gesellschaft woanders, aber das hatte keine Auswirkungen auf Frankies Sicherheit, und das war es, was zählte.

Frankie nickte mir einvernehmend zu und küßte mich dann scheu auf die Wange. Er und Jackson Ford verschwanden.

»Amüsier dich, Frankie«, rief ich ihm hinterher. »Er ist ein tapferer Junge«, sagte ich zu Ranson und hoffte, daß ihm das irgend jemand irgendwann mitteilen würde.

»Ja, das ist er«, stimmte sie mir zu. »Du hast gute Arbeit geleistet, Micky. Wir wissen das zu schätzen.«

»Bin immer froh, wenn ich dem Recht und der Ordnung zu Diensten sein kann, Ma'am«, sagte ich. Wo war der Sonnenuntergang, in den ich hineinreiten konnte?

Ranson schnappte sich zwei Gläser Champagner von einem vorbeilaufenden Kellner und gab mir eins. »Cheers«, sagte sie. Wir prosteten uns zu. »Du siehst gut aus, Micky.«

»Danke. Vetter Torbins Reste. Er hat eine bessere Auswahl an Kleidern als ich. Du auch, Joanne. Du siehst sehr gut aus.« Das tat sie. Sie trug ein fließendes, grauweißes Abendkleid, das ihre Kanten und Ecken und ihre unerbittlichen Augen etwas weicher erscheinen ließ.

»Danke. Gehörte mal einer Großtante«, erwiderte sie. Für einen Augenblick waren wir still und schauten einander an. Sie sah wirklich sehr gut aus.

»Joanne. Da bist du ja«, sagte ein Mann und schloß sich uns an. »Das ist Micky Knight?« Ich erkannte in ihm den lächelnden Polizisten, den ich in der Zeitung gesehen hatte mit ... Korby, ja, das war sein Name.

»Ja«, antwortete Ranson. »Michele Knight, das ist Captain Renaud.« Ich vermutete, daß sie ihn nicht wirklich mochte, aber ihre Stimme klang zu neutral, als daß ich dessen hätte sicher sein können.

»Gute Arbeit, die Sie da geleistet haben.« Er schüttelte meine Hand. »Wir Bullen können eine helfende Hand immer brauchen.« Er taxierte mich von oben bis unten und ließ mich ganz genau wissen, wieviel er von meiner Einmischung in die Arbeit der Polizei hielt.

Ranson zuliebe unterdrückte ich meine erste Spontanreaktion. Ich mußte ja nicht unbedingt als männerhassende Oberemanze bei ihrem Chef rüberkommen. Ich kommentierte seine Worte mit einem lauen Lächeln und sagte: »Ich bin sicher, daß Sie helfende Hände sehr zu schätzen wissen.«

Ein weiterer Polizisten-Typ erschien. »Captain.«

»Lieutenant«, grüßte Ranson und nickte ihm zu.

»Oh, Raul, hallo. Das hier ist das Mädchen, das diesen

Buchhalter überredet hat, zu uns zu kommen«, sagte Captain Renaud gönnerhaft. »Entschuldigung, wie war doch gleich Ihr Name, Schätzchen?« fragte er mich.

»Michele Knight, das ist Lieutenant Lafitte«, sagte Ranson.

Lafitte zwinkerte mir zu, paßte aber auf, daß Captain Renaud es nicht sehen konnte. »Angenehm«, sagte er und schüttelte fest meine Hand. Wenigstens hatte Ranson einen anständigen Mann über sich. Im übertragenen Sinne natürlich.

Captain Renaud entließ mich, indem er zu ihnen sagte: »Ich glaube, wir gehen jetzt besser und sagen dem Staatsanwalt und seinen Jungs Hallo.«

»Ich schätze, Sie haben recht«, antwortete Lafitte. Er trat zwischen Ranson und Captain Renaud, und verhinderte so, daß er ihren Arm nahm.

Ranson nickte mir zu und wandte sich ab. Lafitte warf mir ein schnelles Lächeln zu und zuckte mit den Achseln. Renaud, der begriff, daß man ihn ausmanövriert hatte, lief schnell auf Ransons andere Seite und nahm ihren Arm. Lafitte legte die Hand auf ihren Rücken, um sie zu lenken. Sie sah klein und eingezwängt zwischen den beiden aus. Lafitte, dessen Hand sie immer noch lenkte, lehnte sich zu ihr herüber und sagte etwas, das ich nicht hören konnte. Ihr Kommentar war ein kleines Lächeln. Sein Verhalten, sein Ausdruck sagten mir, daß er sich von ihr angezogen fühlte. Zuerst war ich wütend, vielleicht eifersüchtig, daß er sie auf eine Art anschauen, anfassen und ihre Aufmerksamkeit erheischen konnte, die mir verboten war. Doch das verging, als ich mir in Erinnerung rief, daß ich, wenn man alle Dinge in Betracht zog, eher bessere Chancen bei Ranson hatte als er. Nicht daß meine Chancen sehr groß waren, aber es ist immer noch besser, die Zweihundertste in der Schlange zu sein, als der Vierhundertste.

Dann hörte ich sie sagen: »Verdammte hohe Absätze«, als sie stolperte. Gerade genug, um sich den helfenden Händen zu entziehen. Ranson konnte auf sich selbst aufpassen. Ich bemerkte auch das Ende einer Narbe, fast verdeckt vom Träger ihres Kleides. Vor einigen Jahren — ich hatte damals nicht weiter auf Namen geachtet — hatte eine Polizistin allein einen Killer gestellt und war dabei verletzt worden. Gut möglich, daß es Ranson gewesen war.

Ich spazierte aus dem erleuchteten Bereich hinaus in Richtung Scheune. Ich bin mit Pferden immer besser klargekommen als mit Menschen. Ich beschloß, Ignatius Holloways Vollblütern Guten Tag zu sagen. In der Scheune brannten ein paar Nachtlichter. Ich hatte gerade angefangen, mich mit einem wunderschönen Vollblut anzufreunden, als ich eine Stimme vernahm, die ich nicht hören wollte. Karen und eine andere Frau kamen in meine Richtung. Ich versteckte schnell meine Stöckel und kletterte dann die Leiter zum Heuboden hinauf.

Karen und Freundin betraten die Scheune. Ich erkannte die Frau in ihrer Begleitung — Cheryl Sowieso, die ich in zu vielen Bars gesehen hatte. »Lesbo-Geschmeiß« hatte Danny sie mal genannt und hinzugefügt, daß sie Hetera sein sollte, da Lesben ohnehin einen schlechten Ruf hatten. Sie hatte Geld genug, um sich ausgefallene Klamotten und eine Nasenoperation leisten und mit Karen mithalten zu können. Ich wollte keine von beiden sehen. Ich hoffte, sie würden mit ihren Vierhundert-Dollar-Schuhen in Pferdemist treten.

»Laß es uns auf dem Heuboden tun«, kicherte Cheryl.

»Au ja«, sagte Karen und begann, die Leiter heraufzuklettern.

Ich duckte mich hinter ein paar Heuballen und hoffte, im schummerigen Licht gut versteckt zu sein. Sie kamen oben an. Karen trug eine elektrische Lampe, und Cheryl hatte eine Plastiktüte, aus der mehrere Objekte ragten. Sie zog eins heraus und stellte es stolz zur Schau.

»Ich hab' den größten besorgt, den ich finden konnte«, sagte sie. Es war ein langer, weiß schimmernder Dildo. Zweifellos ein Designermodell.

Es war schlimm genug, mit Karen Holloway geschlafen zu haben. Jetzt mußte ich auch noch dabei zuschauen. Toll. Der einzige Weg nach draußen war ein Sprung in fünf Meter Tiefe oder im grellen Licht ihrer Lampe an ihnen vorbei zur Leiter. Tja, ich hatte in diesem Affenhaus wirklich den besten Platz erwischt.

Karen und Cheryl uuhten und aahten und schleckten sich ab. Die Vorstellung schnürte mir die Gurgel zu. Dann stellte Cheryl eine Schüssel neben den Ballen, hinter dem ich versteckt war. Sie steckte den Dildo hinein und spritzte ein Gleitmittel drauf. Karen fing an, Cheryl auszuziehen, und machte dabei eine Menge Krach. Ich nahm die Gelegenheit wahr und sah nach, ob sich vielleicht hinter mir irgend etwas Interessantes befand. Noch mehr Heu und hinter dem Heu ein paar Sattel und Zaumzeug, das repariert werden mußte, außerdem ein buntes Durcheinander an Pferdebürsten und Striegellappen. Kein Maschinengewehr, mit dem ich mir den Weg nach draußen freischießen konnte.

»Es macht mich total an, daß ich das genau unter Großvaters Nase tue«, hörte ich Karen sagen. »Es war schon eine Unverschämtheit, mich aus dem Testament zu streichen, weil ich andersrum bin. Immerhin werde ich heiraten.«

»Ah ja, oh, härter, härter«, war Cheryls Antwort.

Ich bemerkte einen gelben Flecken unter einem der Lappen. Ich hob ihn hoch. Eine halbleere Tube Einreibemittel für Pferde. *Equus Ben-Gay.* Nein, das konnte ich nicht tun. Nicht einmal Karen Holloway konnte ich das antun.

»Oh ja, schneller, schneller«, sagte Cheryls Stimme.

»Mach' dir keine Sorgen, ich werde hart und schnell sein. Ich werde so tun, als wärst du diese Lesbe, die sich vorkommt wie Robina Hood. Wenn sie nicht gewesen wäre, würde das jetzt alles mir gehören.«

»Laß dich nicht ablenken«, nörgelte Cheryl. »Ich verliere meine Konzentration. Außerdem durftest du's immerhin mit ihr treiben. Sie ist ganz niedlich.«

Niedlich? Ich? Ich bin zu groß, um niedlich zu sein. Sie hatte mich ganz offensichtlich noch nicht aus der Nähe gesehen.

»Ich bin mir sicher, daß du das auch könntest. Sie hat kein Niveau«, sagte Karen, wurde schließlich härter und schneller und schnitt so jedwede Antwort ab, die Cheryl hätte geben können. »Sie und ihre langweilige Sammlung von gutherzigen Freundinnen. Ihre beste Freundin ist die Tochter eines Köderfängers aus den Bayous. Und eine Schwarze noch dazu.«

Als Antwort kam Cheryl in einem lauten Endspurt.

Ich bin ein großes Mädchen. Ich kann Beleidigungen wegstecken, selbst die, niedlich genannt zu werden. Aber laßt meine Freundinnen in Ruhe. Ich mußte hier raus. Ich fing an, die Kartons zu durchsuchen. Weihnachtsschmuck. In der ersten Schachtel Girlanden, winzige Weihnachtsmänner, Rentiere und ähnlicher Kram. Der nächste Karton enthielt eine Pfanne in Form eines Weihnachtsbaums, eine irrsinnige Menge an Keksförmchen und andere Backutensilien, von denen mich keins aus der Scheune rausbringen würde. Aber dann fand ich etwas, das meinen Aufenthalt hier etwas interessanter gestalten könnte.

Karen schüttelte ihr Kleid ab und reichte Cheryl den Dildo. »Cordelia würde sich in die Hose machen, wenn sie wüßte, daß ich das hier tue. 'Das erschreckt die Pferde', würde sie sagen. Sie will die Welt retten. Was für eine Langweilerin.«

Cheryl brachte den Dildo in Stellung, aber Karen redete immer noch: »Ich habe sie sogar zu meiner großen Party eingeladen, weil wir Kusinen sind und weil sie reich ist, aber sie hat abgelehnt, sagte, sie müsse in dieser kleinen Scheißklinik arbeiten. Wie sie überhaupt in diesen Teil der Stadt gehen kann, ist mir völlig unverständlich.«

Meine Entdeckung waren Lebensmittelfarben. Rot, blau, gelb, grün. Grün. Ich beschloß, Karens Busch von 'winterlichem Weizengelb' in ein 'frühlingshaftes Waldgrün' zu verwandeln.

Immerhin steht der Frühling für die Liebe. Zwischen den Ballen war ein ausreichend großer Spalt, durch den ich meinen Arm stecken und so in Spritzentfernung zur Schüssel gelangen konnte. Ich drückte eine großzügige Menge Grün aus der Tube in das Gleitmittel. Ehrlich gesagt leerte ich die Tube.

»Hast du ihn auch gut geschmiert? Er reibt so an meiner Vagina«, beschwerte sich Karen.

Ein Hoch auf die ausgleichende Gerechtigkeit. Cheryl rollte den Dildo durch die mittlerweile verpanschte Schüssel, steckte ihn dann wieder in Karen und fing an, ihn kraftvoll rein- und rauszuschieben.

Etwa eine Minute lang geschah nichts, außer langweiliger Sex-Routine. Dann blickte Karen zufällig nach unten. Ich hielt mir die Ohren zu, um sie vor ihrem Schreien und Fluchen zu schützen. Es dauerte eine Weile, bis Cheryl begriff, daß es sich nicht um Erregung handelte.

»Nimm das Ding aus mir raus. Was zum Teufel denkst du eigentlich, was du da tust?« kreischte Karen.

Als Cheryl den Dildo schließlich herauszog, griff Karen, die immer noch fluchte wie ein blauer, oder eher ein grüner, Bierkutscher, nach der Laterne. Sie richtete sie zwischen ihre Beine und taxierte den angerichteten Schaden.

Da die Leiter nun im Dunkeln lag und der Geräuschpegel der anklagenden Karen und der sich verteidigenden Cheryl extrem anstieg, war es an der Zeit, meine Flucht zu wagen. Ich lief auf Zehenspitzen um die im schummerigen Licht liegende Seite der Heuballen herum und war wenige Augenblicke später die Leiter hinuntergeklettert.

Ich war bereits unten, Karen und Cheryl waren immer noch zu hören, als mir ein weiterer grausamer Einfall kam. Nein, sagte ich, das kannst du nicht tun, aber ich hatte die Leiter bereits fest ergriffen und zog sie leise vom Rand des Heubodens weg. Dies sollte ein für alle mal beweisen, daß ich und meine Freundinnen nicht nur langweilige Wohltäterinnen waren. Besonders ich nicht. Ich legte die Leiter auf den Boden, suchte meine Schuhe und lief zur Tür.

Ich wollte nicht dabeisein, wenn Karen herausfand, daß die Leiter weg war. Was die Pferde anging, so hatte Cordelia unrecht: sie sahen nicht erschreckt aus, sondern nur sehr verärgert. Scheune nach links ab.

Die kühle Nachtluft fühlte sich gut an. In ein paar Stunden würde es sehr kalt werden, aber noch war es mild für eine Februarnacht.

In der Dunkelheit sah ich jemanden auf mich zukommen. Noch eine Person, die Parties nicht mochte und Pferde menschlicher Gesellschaft vorzog. Schade, daß Karen und Cheryl so schnell erlöst werden würden.

»Hallo«, sagte die Gestalt. »Woher wußte ich, daß Sie bei der Scheune sein würden?«

Es war Cordelia.

»Sie haben meine grundsätzlich menschenfeindliche Natur erkannt. Und daß ich immer am liebsten Fury zum Präsidenten wählen würde«, entgegnete ich.

»Hört sich gut an.«

»Ich glaube, Sie wollen da nicht reingehen. Karen und Begleitung sind auf dem Heuboden und in schrecklich impulsiver Stimmung«, warnte ich sie.

»Vielleicht fange ich sie besser ab, bevor sie einen Aufruhr verursacht«, sagte Cordelia, und Verärgerung klang in ihrer Stimme.

»Die geht nirgendwo hin«, antwortete ich. Cordelia blickte mich fragend an. »Sie sitzt oben auf dem Heuboden, und die Leiter liegt unten.«

Cordelia brach in Lachen aus. Sie hatte ein tiefes, warmes Lachen, das mich fast dazu verleitete, mich auf den Kopf zu stellen oder irgend etwas Verrücktes zu tun, damit sie nicht aufhörte. »Gut gemacht«, sagte sie. Ich wollte Bedenken äußern, aber sie fuhr fort: »Sie haben die Nacht gerettet. Kommen Sie, lassen Sie uns zum Fluß runtergehen. Ich will mit Ihnen reden.« Sie nahm vertraulich meinen Arm. Wir gingen über den unbeleuchteten Rasen, das warme Licht der Laternen zur einen Seite und das mondhelle Grau des Flusses vor uns.

Ganz am Ende des Lichts sah ich Frankie. Er stand ganz allein da, schien zu warten.

»Sie arbeiten im Moment, nicht wahr?« sagte Cordelia, als sie meine geteilte Aufmerksamkeit bemerkte.

»Am frühen Abend, aber jetzt hab' ich frei.«

Frankie war in den Händen des FBI, des New Orleans Police Department, und weiß der Himmel in wessen noch. Viel sicherer als eingebunkert bei meinem Vetter Torbin. Ich blickte zum Fluß. Irgend etwas ließ mir keine Ruhe, und ich schaute wieder zu Frankie hinüber. Er stand genau im Lichtkegel neben der Einfahrt. Ich litt wirklich langsam unter Verfolgungswahn. Ich erwartete fast, daß ihn irgendeine große, schwarze Hand packen würde. Nicht hier. Hier war er sicher.

Barbara Selby war im Krankenhaus. Bei diesem Gedanken wußte ich, daß ich nicht mit der atemberaubenden Cordelia James am mondhellen Fluß entlangspazieren würde.

»Sind Sie okay?« fragte sie.

»Tut mir leid, ich muß nach jemandem sehen.« Ich wandte mich vom Fluß weg hin zu dem Licht, das Frankie umschloß. »Es ist wahrscheinlich nichts.«

»Kann ich helfen?« fragte sie und lief neben mir her.

»Brauchen Sie nicht. Es ist langweilig.« Ich glaubte nicht, daß sie den Garten mit mir durchstreifen wollte, bis mein Verfolgungswahn sich gelegt hatte. »Tut mir leid, manchmal sind wir Detektivinnen keine angenehme Gesellschaft.«

»Ist schon okay. Ich bin Ärztin, ich versteh' das. Was Sie tun, tu ich andauernd«, entgegnete sie.

»Ich ...« Aber ich hielt inne, um sicherzugehen, daß ich es gehört hatte. Ein Motorrad.

Ich legte einen Schritt zu. Es ist nichts, Micky, sagte ich mir. Nur ein Bediensteter mit einer extra bestellten Flasche

Bourbon. Das Motorrad tauchte auf. Ein Fahrer in Schwarz mit einem schwarzen Helm, dessen Visier sein Gesicht verbarg. Man trägt nachts kein schwarzes Visier, außer man will nicht, daß die Leute einen erkennen.

Ich fing an zu laufen. Cordelia war irgendwie immer noch neben mir, spürte meine Eile.

Der Klang des Motorrads wurde lauter und lauter, während wir uns alle auf denselben Punkt zubewegten. Das Motorrad war zuerst da, und das Heulen des Motors ging krachend in die donnernde Explosion einer Schrotflinte über.

Ich griff nach Cordelias Hand und zog sie so schnell ich konnte hinter mir her. Frankie brauchte sie jetzt mehr als mich.

Was ist schwarz und weiß und über und über rot? Ein ängstlicher junger Mann im Frack mit einer Schußwunde in der Brust.

Cordelia und ich erreichten ihn als erste. Wir schienen die einzigen zu sein, die sich bewegten, für alle anderen war die Zeit stehengeblieben. Wir beide und das Blut, das aus Frankies Wunde strömte.

Cordelia begann sofort, ihn zu behandeln, fuhr jemanden an, den Krankenwagen zu rufen und ihre schwarze Tasche zu holen.

Ich legte Frankies Kopf in meinen Schoß, versuchte ihm zu sagen, daß alles gut werden würde, daß die beste Ärztin von New Orleans sich um ihn kümmerte. Blut kam aus seiner Nase und aus seinem Mund. Ich wischte es weg, versuchte, ihn ohne den feuchten Sog des Blutes atmen zu lassen. Aber es war nicht das Blut in seinem Mund, das das schwere Keuchen verursachte, sondern das Blut in seiner Lunge.

»Micky«, röchelte er.

»Sprich jetzt nicht«, sagte ich. »Später. Sprich später.«

»Nein, ist schon okay«, sagte er langsam keuchend. »Der Informant.« Er hustete Blut.

»Schsch«, mahnte ich ihn. Der Informant ist mir scheißegal. Bleib am Leben, Frankie.

»Weiß nicht Namen, aber ...« Er rang nach Luft. »Aber im Dienst verwundet, mag Jazz, Billie Holiday, und R im Namen. Und ... der Anführer ... der wirkliche Anführer. Ich hab' seine Stimme gehört ... er ist hier.« Er hustete wieder und spuckte Blut. »Kann nicht ...« Er hörte auf zu reden; seine Atmung war flach und schnell.

»Frankie«, sagte ich. Er hörte auf zu atmen. »Tu doch was«, schrie ich Cordelia an. Sie beachtete mich nicht. Sie tat schon alles, was sie konnte.

»Frankie«, sagte ich wieder. Cordelia schaute mich an und sagte, ich solle es mit Mund-zu-Mund-Beatmung versuchen. Ich hatte schon damit angefangen.

Ich konzentrierte mich darauf, Luft in seinen leblosen Körper hineinzuzwingen. Ich konnte hören wie die Luft mit einem ekligen Pfeifen aus seiner zerschossenen Lunge entwich.

Ich atmete immer weiter für ihn, bis ich Cordelias Hand auf meinem Arm spürte. Ich schaute sie an. Sie schüttelte verneinend den Kopf.

»Frankie«, sagte ich nochmal. Aber es war niemand mehr da.

Ich bewegte mich nicht. Ich konnte mich nicht lösen und Frankie auf dem kalten Februarboden liegen lassen. Irgend jemand zog mich schließlich weg von ihm. Es war Cordelia. Die anderen Zuschauer wichen zurück, paßten auf, daß kein Blut an ihre teure Gesellschaftskleidung kam.

Jemand reichte Cordelia ein paar Tischtücher, um die sie offensichtlich gebeten hatte. Sie benutzte ein großes, um Frankie damit zuzudecken. Gab mir dann eins. Ich hielt es wie blöde und starrte auf das Blut, das durch den Stoff kroch, unter dem Frankie lag. Was von ihm übrig war. Cordelia wischte das Blut mit einem Tischtuch ab. Schließlich tat ich es ihr nach.

»Komm mit mir«, sagte sie und nahm zum zweiten Mal an diesem Abend meinen Arm. Sie führte mich um das Haus herum zu einer Hintertreppe. Ich hörte eine Frau schreien, als sie uns erblickte. Wir mußten vom Blut nur so durchtränkt sein. Cordelia ignorierte sie.

Sie führte mich die Treppe hinauf in ein Badezimmer auf der ersten Etage. Es war riesig, wahrscheinlich halb so groß wie mein gesamtes Appartement. Es muß schön sein, reich zu sein, dachte ich. Und Diener zu haben, die jedes blutige Durcheinander hinter einem aufräumen.

Cordelia ließ Wasser laufen und wusch sich mit der Effizienz eines Menschen, der sich jeden Tag Blut abwäscht.

Ich setzte mich. Ich glaube, es standen mehrere Stühle im Badezimmer. Ich hatte sie vorher gar nicht wahrgenommen, aber ich saß auf einem von ihnen. Mir war schlecht. Ich wollte mich übergeben oder weinen. Ich konnte mich nicht entscheiden, also ließ ich beides sein.

»Bleib hier«, sagte Cordelia. Sie war mit dem Waschen fertig. »Ich bin gleich wieder da.« Sie ging und schloß die Tür hinter sich.

In der Ferne vernahm ich eine Sirene, Stimmen auf dem Rasen, die schrien und kreischten, ein Mißklang außerhalb meiner Stille.

»Wieviele noch?« klang das Echo von Ransons Stimme in meinem Kopf. Wieviele mußten noch sterben, weil ich sie berührte? Warum zum Teufel dachte ich, ich könnte die Welt verändern? Vielleicht hatte Tante Greta ja recht. Ich versaute alles, was ich anpackte. Nicht daß sie jemals »versaut« gesagt hätte. Sie war immer sehr höflich, wenn sie mir sagte, was für ein Gesindel ich doch war.

Ich schaute meine Arme an. Das Neonlicht im Badezimmer verwandelte das trocknende Blut in ein brutales Violett. Ich konnte die klamme Klebrigkeit des Blutes überall spüren, wie es meine Arme bedeckte, mein Gesicht und meine Haare sprenkelte, mein Kleid durchtränkte. Torbins Kleid.

Ich fing an, wie hysterisch zu lachen; irgendwie führte mich der Gedanke an sein Kleid zu dem roten Kleid und zu unserem

Versprechen, daß wir beim nächsten Weihnachtsfest im Familienkreis Rot tragen würden. Ich sah mich selbst, zum erstenmal seit über zehn Jahren, wieder in Tante Gretas Haus hineingehen. In einem roten Kleid, von dem Blut herabtropft. Und das Flüstern meiner Familie. »Diese Michele, immer in Schwierigkeiten. Schaut sie an, sie hat nicht einmal die Höflichkeit, im stillen zu bluten. Nun ja, was kann man auch schon von einem Bastardkind wie ihr erwarten? Immer in verdammten Schwierigkeiten. Sie gehört nicht wirklich zur Familie.«

So fand Cordelia mich, als sie zurückkam. Hysterisch lachend und auf meine blutigen Arme starrend.

»Komm, steh auf«, sagte sie, packte mich beim Arm und half mir dabei. Sie machte den Reißverschluß meines Kleides auf und zog es mir dann über den Kopf.

»Tut mir leid, dein Kleid ist hin«, sagte sie und warf es in die Badewanne.

»Das ist schon okay. Es gehört Torbin, und er will es sowieso nicht wiederhaben.« Mir wurde bewußt, wie merkwürdig sich das anhörte. »Gut, daß ich nicht das Rote angezogen hab'. Das hätte er zurückgewollt.« Ich fing wieder an zu lachen. Ich hatte mich nicht unter Kontrolle. Ich konnte nicht weinen, also lachte ich.

Cordelia warf meine restlichen Klamotten in die Badewanne zu dem ruinierten Kleid. Dann holte sie einen Waschlappen, machte ihn naß und begann, mir das Blut abzuwaschen. Ich bemerkte, daß sie sich umgezogen hatte und jetzt ein Sweatshirt und eine alte Jeans trug.

»Das kann ich selber«, sagte ich, nahm ihr den Waschlappen ab und versuchte, die Kontrolle wenigstens teilweise wiederzuerlangen. Ich benutzte den kalten Waschlappen, um mir das Blut von den Armen, vom Gesicht, von meiner Brust und meinem Bauch abzuwischen, dort, wo es durch mein Kleid gedrungen war. »Tut mir leid, ich weiß nicht, was mit mir los ist«, sagte ich.

»Mach dir darüber keine Sorgen«, sagte Cordelia. »Schußwunden sind grauenvoll. Dafür, daß du eine aus dieser Nähe gesehen hast, hältst du dich ganz gut.«

Ich hielt inne. Mir wurde speiübel. Ich begann zu würgen. Cordelia legte mir ein feuchtes Tuch auf den Nacken, während ich über der Toilette kauerte.

Es war nicht das erste Mal, daß ich gesehen hatte, was eine Schrotflinte mit der Brust eines Mannes macht. Als ich zehn Jahre alt war, hatte ich gesehen, wie einem Mann mit einer Schrotflinte in die Brust geschossen wurde.

»Ganz ruhig«, sagte Cordelia.

Mein Magen war leer. Es gab nichts mehr, das ich erbrechen konnte. Ich kauerte immer noch über der Schüssel, wußte nicht, wie ich Cordelia in die Augen sehen konnte. Sie gab mir etwas Wasser, und ich spülte meinen Mund aus.

»Kannst du stehen?« fragte sie und strich mir das feuchte Haar sanft aus der Stirn.

Ich nickte und stand langsam auf.

»Es tut mir leid, Micky.«

»Ist schon okay. Mir geht's gut«, sagte ich, wollte, daß es so war.

Sie legte ihre Arme um mich und hielt mich fest.

Ich bewegte mich nicht. Der Mann vor zwanzig Jahren mit der Schußwunde in der Brust war ihr Vater gewesen. Und wenn sie das wüßte, würde sie nicht hier stehen und mich halten.

Jemand öffnete die Tür.

»Cordelia, ich habe schon überall nach dir gesucht. Ich ... oh«, sagte Thoreau. Er sah, wie seine Verlobte hinter einer geschlossenen Tür eine nackte Frau umarmte.

»Mach die Tür zu«, sagte Cordelia.

»Aber ich muß ...«, stotterte er.

»Mach die Tür zu«, wiederholte Cordelia. Sie ließ mich nicht los, drehte sich aber so, daß sie meine Nacktheit seinem Blick vollständig entzog.

Er schloß die Tür.

Ich legte meine Arme um sie. Eines Tages würde sie es erfahren, und dann würde ihr das hier leid tun. Aber für den Augenblick hatte ich das Bedürfnis, gehalten zu werden. Ich vergrub mein Gesicht an ihrer Schulter. Ich fühlte, wie ihre Umarmung fester wurde, und ich stahl mir von der Wärme ihrer Berührung so viel Trost, wie ich nur konnte.

»Ich muß herausfinden, was jetzt geschieht«, sagte ich schließlich, trat zurück, erinnerte mich an Frankie. Ich wollte herausfinden, ob sie den Motorradfahrer erwischt hatten. Ich wollte wissen, was Ranson und ihr toller FBI-Agent gerade machten.

»Ich hab' dir ein paar Sachen mitgebracht«, sagte Cordelia und reichte mir ein Bündel.

»Sei nur sicher, daß du die nicht mehr brauchst«, sagte ich, während ich mich anzog. »Ich scheine mit der Kleidung anderer Leute nicht sehr gut umzugehen.« Sie hatte mir ein Sweatshirt besorgt und ein Paar Jogginghosen.

»Mach dir keine Sorgen. Fertig für die Welt?« sagte sie süffisant. Sie muß daran gedacht haben, wie sie Thoreau das erklären würde, was er gesehen hatte.

Ich nickte. Sie öffnete die Tür. Der Gang war leer. Ich sagte: »Auf in die Wirklichkeit.«

»Oder was man hier dafür hält«, fügte sie hinzu. Sie ging zur Haupttreppe voran, die in den Ballsaal führte, die Treppe, auf der ich sie zuerst gesehen hatte. Wir wirkten fehl am Platze zwischen der Förmlichkeit der anderen Gäste. Aber die Party war vorbei.

Wir gingen gerade die Treppe hinunter, als ich Ranson sah. Sie kam uns entgegengelaufen, und wir trafen uns auf halbem Weg. »Wo zum Teufel bist du gewesen?« wollte sie von mir wissen.

»Joanne ...« hob Cordelia an.

»Was für ein Motto hat die Polizei denn heutzutage, Sarge? 'Besser spät als nie'?« bemerkte ich beißend.

»Du kannst mich mal«, schrie Ranson.

»Ich hab' sein Leben geschützt. Wie lange habt ihr das geschafft? Eine Stunde, wenn man die Zeit dazurechnet, die er nach dem Gewehrschuß noch geatmet hat«, brüllte ich zurück.

»Glaubst du nicht, wenn ich ihn durch das Wedeln meiner Polizeimarke zurückholen könnte, daß ich das dann tun würde? Du bist keine große Hilfe.« Ranson ballte eine Faust und ging in Stellung.

Wir standen kurz davor, uns zu prügeln. Irgend jemanden schlagen, und wenn es die falsche Person ist. »Ich bin keine große Hilfe? Du läßt die in aller Ruhe einen ängstlichen Jungen ermorden, und ich bin keine große Hilfe? Du mieses Scheißweib.« Noch während ich es sagte, bereute ich es schon, aber es war zu spät, um es zurückzuhalten. Ich konnte die pochende Ader an Ransons Schläfe sehen. Sie war eindeutig fuchsteufelswild.

»Hört auf, alle beide«, sagte Cordelia, trat zwischen uns und legte uns je eine Hand auf die Schulter, um uns mit Körperkraft zu bändigen.

»Festnehmen«, sagte Ranson.

»Wen?« fragte Cordelia.

»Sie.« Sie zeigte auf mich.

»Wegen was?« schrie ich.

»Irgendwas«, antwortete sie. Und meinte das auch. »'Perversion' würde mir schon reichen.«

»Du kannst mich mal«, erwiderte ich.

»Joanne... Micky. Hört auf«, sagte Cordelia. »Ihr kämpft nicht gegen die richtigen Leute.«

»Hutch«, sagte Ranson zu jemandem in der Menge, die sich jetzt auf der Treppe befand. »Sie werden Ms. Knight mitnehmen. Schließen Sie sie ein und behalten Sie sie dort. Mir egal, wie.«

»Joanne«, hob Cordelia an, aber Ranson schnitt ihr das Wort ab.

»Du bist die nächste, Micky«, sagte sie zu mir. Sie trat um Cordelia herum, so daß sie neben mir stand. »Wenn ich dich in den Knast stecken und dort behalten muß, damit du nicht verletzt wirst, dann werde ich das tun. Du warst vorher nicht sicher. Du bist im Moment ganz eindeutig nicht sicher. Verstanden?«

Ich nickte. Ich verstand. Ich hatte mich zu sehr um Frankie gesorgt und war dann zu wütend gewesen, um an mich selbst zu denken.

»Hat er dir irgendwas erzählt, irgendwas gesagt, das uns weiterhelfen würde?« fragte sie.

Es lief mir plötzlich kalt den Rücken herunter. Was für Musik magst du, Joanne? wollte ich sagen. »Nein«, antwortete ich. »Überhaupt nichts.«

Sie nickte enttäuscht.

»Cordelia«, erklang eine Stimme aus der Menge. »Cordelia. Es tut mir sehr leid.« Es war Alphonse Korby, und er sah sehr besorgt aus. »Es ist dein Großvater. Du kommst besser mit mir mit.«

Cordelia warf uns einen schnellen Blick zu und wandte sich dann ab. Im Vorbeigehen berührte sie meine Hand. Am Fuß der Treppe nahm Korby ihren Arm und führte sie eilig weg.

»Was ist mit dem Motorrad? Habt ihr ihn erwischt?« fragte ich.

»Er ist entkommen«, erwiderte Ranson kurz.

»Scheiße. Kannst du ...«

»Hutch, bringen Sie sie weg«, ging Ranson über mich hinweg.

Hutch löste sich aus der Menge. Das war nicht schwer, da er ungefähr ein Drittel dieser Menge ausmachte. Gegen ihn sahen Milos Schergen geradezu mickrig aus.

»Michele Knight, das ist Hutch MacKenzie«, sagte Ranson mit tonloser, formeller Stimme. »Schaffen Sie sie hier raus, und bringen Sie sie in Sicherheit. Ist mir egal, wie. Sie können sie in den Knast bringen oder in den Zoo. Passen Sie nur auf, daß sie in keinem Leichensack landet.«

»In Ordnung, Sergeant Ranson«, antwortete Hutch.

Sie wandte sich ab, um zu gehen, und ließ mich mit diesem Gorilla zurück.

»Einen Moment mal, Ranson, wenn du glaubst, daß du mich einfach ...«

»Das Schwierigste wird sein, sie zum Schweigen zu bringen«, unterbrach Ranson. Zu mir sagte sie: »Micky, sei wenigstens einmal ein braves Mädchen.« Die Wut war verflogen, und an ihre Stelle war eine Müdigkeit getreten, die nicht körperlich war.

»Ah, Sie haben Ms. Knight gefunden«, sagte unser Held aus Washington, während er die Treppe zu uns heraufgesprungen kam. »Wir werden natürlich eine Aussage von Ihnen brauchen«, fuhr er fort.

»Sie wollen eine Aussage von mir?« sagte ich, als ich an ihm vorbeiging. »Ihr Typen habt totale Scheiße gebaut. Das ist meine Aussage.«

Ich sah die Andeutung eines winzigen Lächelns auf Ransons Gesicht, aber sie unterdrückte es. Dann ging ich die Treppe hinunter und zur Tür hinaus, während Hutch mir folgte und mich gegen jedweden Kommentar der Ordnungshüter schalldicht isolierte.

Als wir zum Parkplatz kamen, wies Hutch mich in eine Richtung, aber ich ging in eine andere. Ich mußte bei der rosa Limousine vorbei.

»Es war Frankie, nicht wahr?« fragte Buddy, als ich herankam. Er hatte wahrscheinlich die Gerüchte gehört; mein Gesichtsausdruck mußte sie bestätigt haben.

»Ja. Sag es Torbin«, sagte ich. »Er soll sich noch ein schwarzes Kleid kaufen. Er wird eins für die Beerdigung brauchen.«

Buddy umarmte mich ungestüm. Torbin hatte wahrscheinlich schon mehrere schwarze Kleider. Schwule Männer gehen heutzutage auf viel zu viele Beerdigungen. Vielleicht wußte

Buddy deshalb, daß er mich umarmen mußte. Als er schließlich losließ, nickte ich ihm bloß zu, weil es eigentlich nichts zu sagen gab. Dann folgte ich Hutch zu seinem Auto.

Auf dem Weg in die Stadt versuchte er es mit Smalltalk, aber ich war schweigsam und mürrisch.

»Wohin fahren wir?« kam es mir schließlich in den Sinn zu fragen, als wir unbekannte Straßen entlangglitten.

»Nach Hause«, antwortete er.

»Ihres oder meins?«

»Meins. Ich weiß nicht, wo Sie wohnen.«

»Ich könnt's Ihnen sagen.«

»Aber wissen die bösen Buben es nicht auch?« entschied er diese Frage.

Wir fuhren auf einen Parkplatz neben seinem Wohnhaus. Oh, toll, ich ging mit diesem Gorilla nach Hause, den ich gerade erst kennengelernt hatte, und ich trug nicht einmal Unterwäsche.

Er ging voran.

»Das wird etwas schwierig zu erklären sein«, sagte er in der Diele, während ich ihm hineinfolgte. Was denn jetzt, fragte ich mich. Aber er sprach gar nicht mit mir.

»Was wird schwierig zu erklären sein?« antwortete eine weibliche Stimme aus dem Wohnzimmer. »Ah, ich sehe schon. Daß du eine fremde Frau mit nach Hause bringst«, sagte sie, als ich eintrat.

»Ich gehorche nur Befehlen. Tun wir beide«, erklärte ich ihr, während ich mich auf einem Sofa niederließ. Ich war plötzlich müde. Sie hob eine Augenbraue in seine Richtung.

»Befehl von Ranson. Das ist Micky Knight — in Schutzhaft.«

»Und ich war schon bereit, irrsinnig eifersüchtig zu werden«, gab sie ihren Kommentar ab.

»Ach, Millie«, sagte Hutch und genoß die Aufmerksamkeit.

»Kein Grund zur Besorgnis«, fügte ich hinzu. »Ich bin Lesbe.« Soviel zum Öl ins Getriebe des gesellschaftlichen

Diskurses. Ich rechnete mir aus, daß sie das dazu bringen würde, mich in Ruhe zu lassen. Wenn ich schon eine Geächtete sein mußte, dann konnte ich es genauso gut herausposaunen.

»Häh?« fragte Hutch mit einem verdutzten Ausdruck im Gesicht.

»Das bedeutet, daß du eifersüchtig sein solltest, und nicht ich«, erklärte Millie. Sie ließ sich neben mich plumpsen und legte zur Erläuterung ihren Arm um meine Schulter.

Hutch lachte.

»Ach, Sie sind lesbisch. Mein Bruder ist schwul«, sagte er. »Ich hab' nicht richtig zugehört. Ich dachte, Sie hätten 'Wespe' gesagt, was nicht viel Sinn ergab.«

»Kaffee, Tee, Bourbon, oder alle drei?« fragte Millie, die immer noch neben mir saß.

»Kaffee und Bourbon, keinen Tee«, antwortete ich.

Irgendwie war in den letzten paar Minuten die Anspannung verflogen. Ich fühlte mich nicht länger wie eine Ausgestoßene.

Millie stand auf, um Kaffee zu machen. Ich folgte ihr, um meine Bestellung abzuändern, erinnerte mich an meinen immer noch verstimmten Magen.

»Wie wär's mit Tee und Toast?«

»Eine bessere Idee. Ihr beiden hattet eine harte Nacht«, sagte sie, während sie Wasser aufsetzte.

»Gott, es tut gut, aus diesem Affenanzug raus zu sein«, sagte Hutch, als er sich uns anschloß. »Ich mußte zu fünf verschiedenen Läden gehen, bevor ich einen in meiner Größe fand.«

»Ich wünschte, ich hätte mitgehen können, um zu sehen, wie die andere Hälfte lebt. Wie geht es Dr. James?« sagte Millie.

»Sie hat zu tun.« Hutch erklärte alles über Frankie und Cordelias Großvater.

»Arme Lady. Sie ist eine sehr gute Ärztin. Ich bin Krankenschwester. Daher kenne ich sie«, erklärte Millie für mich.

»Diese FBI-Leute waren Idioten. Die waren viel mehr daran interessiert, zu ihrem ersten Mardi-Gras-Ball zu gehen, als ihre

Arbeit zu tun. Die haben uns weggeschickt und gesagt, daß wir uns keine Sorgen zu machen brauchen, daß sie alles unter Kontrolle haben. Hatten sie nicht«, fügte er bitter hinzu. »Deshalb war ich heute abend dort, weil Joanne mich dort wollte.«

»Glauben Sie, daß das geplant war?« fragte ich.

»Jemand wußte Bescheid und hat sich die Schlampigkeit zunutze gemacht«, antwortete Hutch.

»Angeblich wußte nur Ranson, daß ich Frankie heute abend mitbringen würde.«

»Und Lafitte. Das war ja überhaupt seine Idee. Junge, Junge, fühlt der sich deswegen schlecht. Und Captain Renaud, natürlich. Und die Leute aus Washington.« Hutch verdrehte die Augen, als er die Liste aufzählte.

»Verdammt«, sagte ich leise. Er nickte.

»Zeit zum Schlafengehen, Kinder«, unterbrach uns Millie. »Ich muß morgen arbeiten.«

Ich erklärte ihnen meinen Mangel an passender Kleidung. Millie war ein paar Nummern zu klein für mich, und so endete ich schließlich in einem T-Shirt von Hutch. Ich brauchte keine Unterwäsche, weil es mir bis über die Knie reichte. Ich lag lange wach und spürte die Blutflecken, von denen ich wußte, daß ich sie längst abgewaschen hatte.

19. Kapitel

Ranson kam am nächsten Morgen zum Babysitten vorbei. Sie kommandierte Hutch zu einer Aufklärungsmission in meine Wohnung ab, damit ich mir ein paar Klamotten und eine Zahnbürste holen konnte. Wir wurden von einer wütenden Katze attackiert, die der Hunger bösartig gemacht hatte. Abgesehen davon war meine Behausung das, was sie immer war. Ein heilloses Durcheinander. Aber mein Durcheinander.

Während ich meine Koffer packte, wurde Hutch fortgeschickt, um Katzenfutter zu holen. Ranson blieb in der Nähe der Tür und beobachtete nervös das Treppenhaus. Ich fragte mich, ob sie in der Nacht zuvor Schlaf gefunden hatte.

Nachdem ich gepackt hatte und Hepplewhite, das wilde Raubtier, vom Essen besänftigt war, gingen wir. Hutch folgte uns und sorgte dafür, daß das sonst niemand tat. Ranson brachte mich in ihr Appartement, und nachdem Hutch die Nachbarschaft überprüft hatte, ließ sie ihm den restlichen Sonntag zur Erholung und schickte ihn weg.

»Hast du schon gefrühstückt?« fragte sie, die perfekte Gastgeberin.

»Du kennst mich doch. Ich frühstücke erst nach dem Mittagessen.«

»Naseweiß. Mir jedenfalls ist nach überbackenem Toast. Ich mache ein paar mehr, falls du es dir noch überlegst.«

»Ich esse immer überbackenen Toast zu Mittag.«

Wir waren mitten beim Brunch, als Danny auftauchte. Sie trug einen Aktenkoffer, daher wußte ich, daß dieser Besuch kein rein geselliger war. Sie umarmte uns beide ausgiebig und lehnte Ransons Einladung zum Essen ab. »Micky, du trampelst auf Balken herum, wo vernünftige Menschen sich nicht mal drunterstellen würden.« Sie und Ranson diskutierten die Möglichkeit, mich einweisen zu lassen, um mich aus Schwierigkeiten herauszuhalten. Ich fand das nicht komisch.

Dann kam Danny zum Geschäftlichen. Sie stellte einen Kassettenrecorder vor mich hin und befragte mich mit peinlicher Genauigkeit über Frankie. Wie hatte ich ihn getroffen, wie ihn versteckt, den ganzen Kram. »Sonst noch was?« fragte sie zuletzt.

Da war noch was. Das, was Frankie mir erzählt hatte, bevor er starb.

Es konnte nicht Ranson sein, sagte ich mir. Ich dachte daran, mit dieser Frau zu schlafen; sie konnte kein Killer sein. Andererseits hatte ich mit Karen Holloway geschlafen. Und mit einer Menge anderer Frauen, an die ich mich nicht erinnern wollte. Nein, mit Karen hatte ich Sex, mit Ranson wollte ich Liebe machen. Es gab da einen Unterschied. Es mußte einen geben.

»Frankie hat eine Stimme erkannt. Den wirklichen Anführer des Drogenrings. Er war da.«

»Dreihundert geladene Gäste. Eine Anzahl davon mit Begleitung und ähnlichem, die auf keiner Liste verzeichnet sind. Plus fast zweihundert Bedienstete«, informierte Ranson uns. »Wähl da mal eine Stimme draus aus«, sagte sie kurz. Sie schaute mich an, ich schaute nach unten.

Mein Schweigen hing in der Luft.

»Was?« fragte Ranson, wissend, daß ich etwas zurückhielt.

»Bevor er starb — Frankie konnte mir den Namen des Informanten nicht nennen, aber er gab mir ein paar Hinweise auf seine Identität«, sagte ich. Niemand rührte sich. Ich fuhr fort: »Er mag Jazz, Billie Holiday. Er wurde im Dienst verwundet ...« Ich erinnerte mich an Ransons vernarbte Schulter und zögerte, tat es ab und fuhr fort: »... Und sein Name (ich legte zu viel Betonung auf 'sein') ist irgendwas mit R.«

»Oder ihrer?« sagte Ranson. Sie hatte es gemerkt. Sie nahm ihre Brille ab und rieb sich den Nasenrücken. Sie schaute mich nicht an.

»Hat er sonst noch was gesagt?« fragte Danny. Sie saß mir

gegenüber und neben Ranson, deshalb hatte sie nicht gesehen, was geschehen war.

»Nein, er starb«, sagte ich kurz.

»Warum hast du mir das letzte Nacht nicht gesagt?« Ranson setzte ihre Brille wieder auf, verbarrikadierte ihre Augen.

»Es waren zu viele Leute in der Nähe. Irgend jemand hätte vielleicht mitgehört.« Das hätte die Wahrheit sein können, aber es war nicht der Grund, warum ich es ihr nicht gesagt hatte, und sie wußte es.

»Wir haben das Motorrad etwa einen Kilometer entfernt auf der Straße gefunden«, erklärte Danny. »Es war in der Nacht zuvor gestohlen worden. Bis jetzt noch keine Spur von der Mordwaffe.« Dann warf sie einen Blick auf ihre Uhr. »Meine Güte, wie die Zeit verfliegt, wenn man an seinem freien Tag arbeitet. Ich muß los.«

Sie umarmte uns beide auf dem Weg nach draußen noch einmal. Ranson beobachtete, wie sie wegfuhr, sagte aber nichts. Danny war schon eine ganze Weile weg, bevor sie sich mir zuwandte. Sie schaute mich an, dann über meinen Kopf hinweg hinter mich. Sie nickte unmerklich.

Ich sprang auf und fuhr herum. Niemand war da. »Scheiße, das war nicht sehr komisch«, rief ich aus.

»Ich mußte es wissen«, sagte sie. »Tut mir leid, wenn ich dich erschreckt habe.« Sie wandte sich ab und ging zurück in ihre Küche. Ich hörte, wie sie begann, das Frühstücksgeschirr abzuwaschen. Ich folgte ihr hinterher.

»Joanne, es tut mir leid. Wenn ich wirklich glauben würde, daß du es bist, dann hätte ich es dir heute nicht gesagt, und dann wär' ich ganz sicher nicht hier allein mit dir.«

»Ist schon gut, Micky. Denk nicht weiter drüber nach.« Dann war sie still, wandte mir den Rücken zu, während sie mit den Tellern weitermachte.

Ich stand da und beobachtete diesen Rücken, versuchte, mir ein paar Worte einfallen zu lassen, irgend etwas, das meine Panik und mein Mißtrauen vertreiben würde.

Ranson blickte über ihre Schulter, als ob sie mich dort spürte. Sie hörte auf, abzuwaschen, nahm ein Handtuch und trocknete sich die Hände ab.

»Wer bewacht die Wächter?« fragte sie. »Irgendwo gibt es einen korrupten Bullen. Kein Wunder, daß du keinem von uns traust. Ich tu's auch nicht.« Sie ging an mir vorbei, hinaus ins Wohnzimmer und starrte aus dem Fenster auf den grauen, kalten Nachmittag.

»Es tut mir leid, Joanne«, sagte ich, während ich ihr folgte. »Ich konnte Frankies Bild nicht aus dem Kopf bekommen. Ich hatte gerade sein Blut abgewaschen. Und ... und ich bin selbst an meinen guten Tagen paranoid«, schloß ich lahm.

Sie wandte sich mir zu. »Es ist okay, Micky. Wirklich. Jemand, den ich kenne, hat diesen Mord wahrscheinlich arrangiert. Vielleicht jemand, dem ich mein Leben anvertrauen würde. Zuerst habe ich mich aufgeregt, als mir klar wurde, daß du mich verdächtigst, aber das war bloß mein kleinliches Ego. Du und ich, wir haben keine Zeit für kleinliche Egos. Wir müssen einen Mörder fangen. Okay? Jetzt komm und hilf mir beim Abwaschen.«

»Ganz bestimmt?« fragte ich, immer noch unsicher.

Um mich zu beruhigen, kam sie zu mir und legte ihre Hände auf meine Schultern. Unerwartet küßte sie mich dann sanft auf die Wange.

Ich küßte sie auf den Mund. Dann legte ich meine Arme um sie und hielt sie fest. Für einen Augenblick erwiderte sie die Umarmung und den Kuß, dann unterbrach sie.

»Nein, Micky, es ist nicht richtig«, sagte sie, immer noch in meinen Armen.

»Aber es ist nicht falsch«, antwortete ich.

»Nein, ist es nicht.«

»Alex?« fragte ich.

»Nein, eigentlich nicht.« Und sie ließ mich los und zog sich zurück. »Mit dir zu schlafen würde an meiner Liebe zu ihr nichts ändern.« Sie schaute einen Augenblick aus dem Fenster und wandte sich mir dann wieder zu. »Ich werde nicht mit dir schlafen, weil ich nicht einfach von dir weggehen kann. Ich mag dich zu sehr, um mit dir zu schlafen, ergibt das einen Sinn?«

»Nein, aber es ist originell. Es haben schon viele Nein gesagt, aber keine von ihnen, weil sie mich zu sehr mochte.«

»Wenn du jemals jemanden brauchst, wirklich eine brauchst, die dich die Nacht über in den Armen hält, dann werde ich das tun. Ich werde für dich da sein. Die ganze Nacht bis zum Morgen. Brauchst du mich jetzt oder willst du mich nur?«

»Will dich«, antwortete ich, fürchtete mich vor dem Morgen. Ich war mir nicht sicher. Ich gab nicht zu, konnte es nicht, daß ich sie brauchte. Falls ich das tat.

»Okay, dann räum jetzt die Teller weg.«

»Zeig mir, wohin.« Sie ging voran in die Küche. »Ach übrigens, Joanne? Das war die netteste Zurückweisung, die ich je bekommen habe.«

»Es war keine Zurückweisung. Töpfe und Pfannen neben den Herd«, wies sie mich an.

Wir hatten die Küche soeben picobello aufgeräumt, als es läutete. Die Tür öffnete sich, und Alex' Stimme rief Hallo.

»Nur gut, daß wir uns um das Geschirr kümmern«, kommentierte Ranson trocken. Dann ging sie ins Wohnzimmer. Ich hörte nicht, was sie zu Alex sagte, aber Alex' Antwort war: »Oh, ich weiß. Aber ich hab' mir gedacht, meine Anwesenheit würde euch sicherer machen. Welcher Gangster, der noch alle Sinne beisammen hat, würde es riskieren, der kleinen Tochter von Bo und Marcia Sayer ein Haar zu krümmen? Ehemalige Football-Spieler sind gefährlicher als die Mafia, und die nehmen ihre alten Stars ernst. Außerdem war mein Foto letzte Woche in der Zeitung. Ich bin eine zu öffentliche Person, als daß man mich leicht umlegen könnte.«

»Tag, Alex«, sagte ich. »Du hast Football gespielt?«

Ranson schaute mich mit einer Mischung aus Verzweiflung und Erheiterung an und schüttelte den Kopf.

»Micky, du meinst, du weißt nicht, daß mein Dad 1947 der Star-Quarterback der Tigers war? Das versagt nie, jeder Mann über 35, den ich treffe, fragt mich, ob ich die Tochter von Nummer 11 bin«, erklärte Alex. »Und ja, ich spiele Football. Ich liebe es, mich auf Frauen zu stürzen.« Sie grinste uns beide an. »Außerdem bin ich in Stimmung für ein Desaster. Besser deine Küche als meine.« Sie hatte zwei Einkaufstaschen dabei, die sie Ranson gab, die diese mir gab. »Mexikanisch. Wollt ihr 'ne Wette abschließen, ob das Essen genießbar sein wird oder nicht?«

Es war kein Desaster, es war köstlich. Glücklicherweise hatten weder Ranson noch ich darauf gewettet, daß es ungenießbar sein würde.

Als Ranson schließlich anmerkte, wie spät es sei, lächelte Alex. »Ich hab' meinen Pyjama mitgebracht. Ich geh' mich umziehen.«

Ranson fing an, mit ihr über die Sicherheit zu diskutieren, wenn sie die Nacht über bliebe.

»Es ist nicht sicher, dich mit großgewachsenen, gutaussehenden Frauen alleinzulassen, Joanne, Schatz.«

Ranson und ich vermieden sorgsam, uns anzuschauen.

»Außerdem«, fuhr Alex fort, »kenn' ich euch schweigsame KVs. Ihr würdet prinzipiell nicht frühstücken und den Rest der Woche damit verbringen, Pizza zum Abendessen zu bestellen.«

Ranson gab nach. Nachdem ich sie den Abend über mit Alex gesehen hatte, begann ich allmählich, von ihr als 'Joanne' zu denken, weil sie entspannter und ungezwungener wirkte als ich sie jemals gesehen hatte. Zwischen den beiden bestand eine Vertrautheit, um die ich sie nur beneiden konnte.

Ich ging ins Badezimmer, um mir die Zähne zu putzen und mich für die Nacht fertigzumachen. Als ich wieder rauskam, waren die meisten der Lampen ausgeschaltet worden. Alex stand hinter Joanne und massierte ihr die Schultern, dann drehte Joanne sich zu ihr um, und sie küßten sich lange. Ich stahl mich ins Badezimmer zurück, weil ich nicht stören wollte. Nach einer mir angemessen erscheinenden Zeitspanne kam ich lautstark ins Wohnzimmer zurück.

»Wurde auch Zeit«, gab Ranson ihren Kommentar ab. Alex zwinkerte mir zu.

»Mexikanisches Essen macht mich immer so langsam«, sagte ich und zwinkerte zurück.

Sie gingen auch noch ins Badezimmer, sagten dann Gute Nacht und schlossen die Schlafzimmertür, ließen mich auf dem Sofa zurück.

Sie waren ziemlich leise, aber dann und wann hörte ich ein Geräusch hinter der Tür, und ich wußte, daß sie sich liebten.

Ich kam mir wie ein Eindringling vor; ich vermutete, daß sie wegen mir so leise waren. Sie hatten eine Zeitlang gewartet, bevor sie anfingen, wahrscheinlich in der Hoffnung, daß ich eingeschlafen wäre.

Aber ich konnte nicht schlafen. Die Erinnerungen an Frankie und Barbara waren zu deutlich, zu scharf gezeichnet, um der Verschwommenheit des Schlafs zu gestatten, mich zu überwältigen. Es waren wahrscheinlich meine geschärften Sinne, die es mir erlaubten, Joanne und Alex beim Liebesspiel zu hören.

Sie zu hören, machte mich nur traurig, nicht auf neidische Weise, sondern mit einem wehmütigen Verlangen nach etwas, das ich nie gehabt hatte und wahrscheinlich nie haben konnte. Ich wußte, daß Joanne es so meinte, wenn sie sagte, daß sie mich in der Nacht halten würde, wenn ich es wirklich brauchte, aber es ist ein großer Unterschied, ob man von Armen gehalten wird, die nah sind und immer für eine da, oder von Armen, die das nicht sind.

Nachdem ihr leises Rascheln verklungen und es für eine Weile still gewesen war, suchte und fand ich meinen Koffer mit der Flasche Scotch. Ich mußte dringend meine Sinne vernebeln.

Ich hörte, wie die Schlafzimmertür geöffnet wurde. Ich lag

reglos da und wünschte, daß, wer immer es war, meine Schlaflosigkeit nicht bemerken würde.

Es war Alex, die an mir vorbei ins Badezimmer ging. Ich stellte die Flasche auf den Boden, hoffte, daß die Dunkelheit sie unsichtbar machen würde.

Die Tür öffnete sich mit einem Klicken, und Alex kam wieder heraus, aber ich hörte ihre Schritte nicht an mir vorbeigehen. Ich lag ganz still, vielleicht würde sie glauben, ich schliefe. Ich hörte ein leises Rascheln und wußte, daß sie neben mir stand.

»Ich hab' die Flasche gesehen«, sagte sie leise.

Verdammt.

»Kann ich die Nachttischlampe anknipsen?« fragte sie.

Ich griff nach oben und tat es für sie.

»Ich konnte nicht schlafen«, murmelte ich.

Sie hob die Flasche hoch und schaute sie an.

»Drei Finger breit«, sagte sie. »Joannes Eltern waren Alkoholiker. Sie kennt alle Tricks. Sie hatte sie vorher schon gefunden.«

»Ich bin keine Alkoholikerin. Ich schlafe nur einfach nicht so gut, nachdem meine Freunde ermordet wurden.«

»Das ist keine Lösung«, sagte sie. Sie kniete sich auf den Boden neben mich.

»Dann nenn mir eine«, forderte ich sie leise auf. Ich wollte nicht, daß Ranson zu uns kam und mich mit der Flasche fand.

Alex seufzte. »Ich wünschte, ich könnte es«, sagte sie. »Ich kenne Joanne jetzt schon sehr lange und hab' mit ihr viele Nächte durchwacht, aber ihren Schmerz kann ich nicht verschwinden lassen. Deinen auch nur zu berühren, würde ich mir nie herausnehmen.«

»Welcher wäre das?« Ich wollte wissen, was Ranson ihr erzählt hatte.

»Ich weiß es nicht. Das weißt nur du. Willst du reden?«

»Nein, mir geht's gut. Ich denk' nur zuviel nach. Der Scotch hilft.«

»Für eine Weile.«

»Jedes bißchen hilft. Es ist eine Ablenkung.«

»Es gibt bessere Möglichkeiten, sich abzulenken«, sagte Alex.

»Gerade nicht zur Hand.«

»Wie wär's mit einer Gutenacht-Geschichte«, schlug sie allen Ernstes vor.

Ich sah sie an, als wäre sie verrückt geworden.

Sie ging auf Zehenspitzen zu einem von Joannes Bücherregalen und zog nach einer Minute ein zerfleddertes altes Buch heraus.

»Das ist eins ihrer Bücher aus glücklichen Tagen«, sagte Alex.

Sie las mir die Geschichte von Peter, dem Kaninchen vor. Ich kann mich vage daran erinnern, daß meine Mutter mir vorgelesen hat, während wir vor dem Kamin saßen. Mein Vater saß wahrscheinlich über seinen Schreibtisch gebeugt, führte die Bücher für die Werft oder bezahlte Rechnungen. Ich sehe ihn in diesem Bild mit meiner Mutter nicht, aber ich entsinne mich von später, daß er das abends immer tat, und die Erinnerungen verwischen sich.

Alex hatte eine sanfte, ausdrucksstarke Stimme. In den Minuten, in denen sie mir vorlas, fühlte ich mich warm und behaglich, weit weg von meiner schauerlichen und feindseligen Erwachsenenwelt. Vielleicht hatte Joanne recht, vielleicht kann man ja nicht in die Kindheit zurückkehren, aber heute nacht erblickte ich sie für einen kurzen Moment.

Vor zwei Monaten hätte ich bei der Vorstellung, daß mir jemand eine Kindergeschichte vorliest, im besten Fall nachsichtig gegrinst. Jetzt brauchte ich verzweifelt eine Spur Unschuld und eine einfache, freundliche Tat.

Alex hörte auf zu lesen und lächelte mich an. Wie eine große Schwester, die ihrer kleinen Schwester etwas vorliest, saß sie auf dem Boden. Ihre Hand lag auf meiner Schulter.

»Danke.« Ich lächelte zurück.

»Irgendwann brauchen wir alle mal eine Gutenacht-Geschichte.« Sie stand auf. »Nacht, Micky, schlaf gut.« Sie küßte mich auf die Stirn.

»Nacht, Alex.«

Sie ging zurück ins Schlafzimmer. Ich verbarg die Flasche Scotch leise wieder in meinem Koffer, legte mich dann hin und schlief ein.

Ich erwachte einige Zeit später zu der Stunde, wo das Grau noch so dicht ist, daß es eher Nacht als Morgen ist. Ich hatte geträumt. Ich konnte mich nur an das Ende erinnern. Ein weiches, braunes Kaninchen rannte einen Waldweg hinunter. Das Kaninchen wurde langsamer, war dem, was es verfolgte, entkommen. Dann bog es um die Ecke — ich konnte den Panikschub immer noch spüren — und stand vor einer Klapperschlange. Es war nicht bloß eine Schlange, sondern eine Alptraum-Schlange. Riesig, von der Größe einer Python, mit roten Augen und Giftzähnen, von denen Blut herabtropfte. Sie hatte sich zum Angriff zusammengerollt, stoßbereit. In diesem Moment erwachte ich. Ich schaute durch den grauen Raum, wollte, daß der Sonnenaufgang kam. Ich wußte, wofür die Schlange stand. Wer aber war das Kaninchen? Barbara? Frankie? Oder ich?

20. Kapitel

Ransonließ mich nicht mehr aus ihrem Appartement. Ich erwachte andauernd aus Träumen, an die ich mich, von kurzen Bilderfetzen abgesehen, nicht erinnern konnte. Ich rannte eine dunkle Straße hinunter oder durch sonnendurchflutete Wälder. Aber ich wußte nie, was mich jagte. Ich versuchte, nicht zu trinken, aber manchmal mußte ich einfach einschlafen.

Wir diskutierten, ob ich zu Frankies Beerdigung gehen würde. Ich war mir sicher, daß mich mit Hilfe der beiden Meister der Verkleidung, Richard und Torbin, niemand würde erkennen können, aber mit der Unterstützung von Hutch (er drohte damit, sich auf mich zu setzen), hielt sie mich fern. Ich mußte zu Hause bleiben und die Todesanzeigen in der *Times-Picayune* lesen. Frankies war klein und kurz für ein kleines und kurzes Leben. Ignatius Holloway bekam eine Doppelseite, mit Bild und allem. Das Leben war nicht gerecht.

Hutch saß während Frankies Beerdigung bei mir, stellte sicher, daß ich nicht auf irgendwelche brillanten Ideen kam. Wir spielten Schach, aber weil ich abgelenkt war, besiegte er mich in zwei von drei Spielen.

Am Ende der Woche war ich total rappelig. Besser rappelig als tot, war der einzige Trost, den ich von Ranson bekam. Sie war die meiste Zeit weg, und ich durfte keinen Besuch empfangen, weil ich ja eigentlich gar nicht dort sein sollte. Ab und zu hörte ich die entfernten Geräusche der Paraden und der feuchtfröhlichen Kameradschaft des Mardi Gras. Alles in weiter Ferne. Für mich war es natürlich *verboten*. Es ist zu einfach, jemanden in einer Menge niederzustechen, sagte mir Ranson. Ich hätte ihr sagen sollen, daß es ein viel schlimmeres Schicksal ist, an Langeweile zu sterben.

Das Wochenende war ein bißchen besser. Ranson wurde zum gesellschaftlichen Schmetterling (na ja, zur Motte) und lud am Samstag Danny und Elly ein. Alex natürlich auch. Es war ein wunderbarer Abend. Ich erfuhr alles über die Orte, zu denen alle anderen die Woche über gingen — welche Paraden man sehen mußte und welche man besser mied — sowie Buchläden, Filme, Konzerte.

Am Sonntag machten Danny und Elly eine Fahrradtour mit Cordelia und Thoreau. Sie luden uns ein, mitzufahren, aber Ranson lehnte ab. Ich war seit meiner Kindheit nicht mehr geradelt. Es hörte sich nach Spaß an. Alles, was ich tun konnte, war dasitzen und warten, lesen, fernsehen, die Langeweile bekämpfen, nur warten.

Montagmorgen warf mir Ranson, angezogen und abflugbereit, die Zeitung zu. »Lies es und weine.« Ich war noch im Bett, wenn auch auf dem Sofa. Bloß weil sie die Arbeitszeiten einer Polizistin einhalten mußte, hieß das noch lange nicht, daß ich das auch mußte.

Ich schaute auf die Seite, die sie mir zeigte. Dort stand eine Ankündigung der Hochzeit von Cordelia James und Thoreau Hathaway. Was für ein Name, seiner, nicht ihrer. Oder doch beider. Tochter von Holloway, Enkelin von Holloway. Diese reichen Holloways. Ben hatte recht. Bayou-Ratten sollten sich an Bayou-Leute halten. »Scheißheteros«, gab ich meinen Kommentar ab. »Manche Leute werden einfach so geboren. Stromlinienförmig wie ein Pfeil.«

»Und anderen prügelt man die Ecken und Kanten aus dem Leib«, sagte Ranson. Ich fragte mich, was sie damit meinte, aber sie war schon aus der Tür, bevor ich die Chance hatte, zu fragen.

Ich stand langsam auf, schenkte mir eine Tasse Kaffee ein und fuhr fort, die Zeitung mit Muße zu lesen. Es gab sonst nicht viel zu tun. Eine Zeile fiel mir ins Auge. »Am heutigen Tag vor zwanzig Jahren ...« las ich, aber ich erfuhr nie, was laut diesem Artikel damals passierte.

Am heutigen Tag vor zwanzig Jahren. Ich schaute nach dem Datum auf der Zeitung, aber ich wußte längst, welches es war.

Der fünfundzwanzigste Februar. Der Todestag meines Vaters, der Tag, an dem mein Leben angehalten hatte und von vorne begann. Ich habe immer gefunden, es ist nicht gerecht, daß dieser Tag jedes Jahr wiederkehrt, mein Geburtstag am neunundzwanzigsten aber nur alle vier Jahre.

Ich verfluchte Ranson und dieses winzige Appartement. Es war nicht wirklich klein, aber ich kam mir eingesperrt und eingeengt vor. Ich wollte so schnell und so weit ich konnte weglaufen. Wie ich in meinen Träumen gelaufen war. Aber vor sich selbst kann man nicht weglaufen.

Ransons Auto fuhr heran. Merkwürdig. Ich fragte mich, was so wichtig war, daß sie so schnell wieder zurückkam.

»Hol deinen Mantel. Ich brauche dich«, sagte sie, steckte bloß den Kopf durch die Tür.

Ich griff nach meiner Jacke und folgte ihr. Sie sagte nichts, als wir losfuhren, und ihre Gesichtszüge waren hart vor Anspannung und Sorge. Schließlich reichte sie mir eine Akte. »Kannst du mit ihm reden?«

Mit wem? Ich schaute in die Akte. Ben Beaugez.

Wir fuhren auf einen heruntergekommenen Abschnitt der Uferstraße zu, einem Teil der Flußdocks, der schon lange nicht mehr genutzt wurde. Vielleicht hatte man sie in einem Anfall von Enthusiasmus zusammengeschustert, aber als die erwarteten Schiffe nur langsam oder gar nicht kamen, wurden sie der Vergänglichkeit anheimgegeben. Das einzige Auto in Sichtweite war ein längst von Plünderern ausgenommenes Wrack. Ich konnte keine anderen Leute sehen.

»Was ist hier eigentlich los?« fragte ich.

»Rache«, antwortete Ranson. »Dein Freund ist darauf aus, den Mann zu kriegen, den er beschuldigt, seine Frau und seine Kinder heute vor zwanzig Jahren getötet zu haben.«

»Aber Cordelias Vater ist tot«, platzte es aus mir heraus.

»Sag du ihm das.« Sie parkte in der Nähe eines verlassenen Lagerhauses. »Cordelia rief mich an«, fuhr Ranson fort. »Er ließ sie lange genug ein Telefon benutzen, um zu verlangen, daß ihr Vater hier erscheint. Sie bat mich, einen Totenschein zu besorgen — irgend etwas —, um zu beweisen, daß er wirklich tot ist. Ich glaube nicht, daß Beaugez einem Stück Papier Glauben schenken wird.« Sie warf mir einen unmißverständlichen Blick zu.

Ich blickte von ihr weg, starrte statt dessen auf das baufällige Lagerhaus. Buchstaben hatten es einst geziert, aber die Witterung hatte sie in schmuddelige Kleckse verwandelt, und nur das helle Tageslicht ließ ihre Schatten sichtbar werden.

Wir stiegen aus, und Ranson führte mich seitlich um das Lagerhaus herum zu den Frachttoren. Sie standen zum Teil offen, bildeten einen engen Rahmen um das Durcheinander von leeren und zerbrochenen Kisten drinnen, Bergen von ungewolltem und ungenutztem Schutt. Ranson deutete durch das Fenster in die hinterste Ecke.

Das Lagerhaus war riesig, der Holzfußboden hing etwas durch, und die hohe Decke wurde fast aufs Geratewohl von verwitterten Dachsparren in zwei Hälften geteilt. Es waren nur zwei Leute drinnen — ein älterer Mann und eine jüngere Frau. Durch das zerbrochene und verschmierte Fenster hindurch konnte ich sie gerade so erkennen.

Ranson trat vor die geöffnete Tür. »Ben«, rief sie. »Ich habe jemanden mitgebracht: Micky ... Robedeaux.«

Im ersten Moment antwortete Ben nicht, so als könne er sich nicht daran erinnern, wer Micky Robedeaux war. Als seine Antwort kam, war sie bitter und zornig. Und vielleicht betrunken. »Sie hätten sie nicht herbringen sollen. Ich will den Mann, der meine Frau und Kinder getötet hat. Sie haben mich angelogen.« Ich versuchte ihn deutlicher zu sehen, den Schmutz auszublenden und die Entfernung, die sein Gesicht zu einem verschwommenen Fleck werden ließen — nichts weiter als ein betrunkener alter Mann, nicht jemand, den ich aus scharfkantigen Kindheitserinnerungen kannte.

»Ich kann Ihnen Jefferson Holloway nicht bringen. Er ist tot«, erwiderte Ranson.

»Sie lügen doch. Bringen Sie den gottverdammten Feigling her.«

Ich rief ihm zu: »Sie hat recht, Ben. Holloway ist vor Jahren gestorben.«

»Ich will Micky nicht hier haben.«

Ich sah, wie Ben sich bewegte, eine angespannte Bewegung seiner Hand. Er hatte eine Waffe. Ranson sah es auch. Ich fragte mich plötzlich, wer er war, ob ich wirklich ihn kannte oder bloß eine schwache Erinnerung aus längst vergangenen Tagen.

Ich wollte nicht, daß Cordelia etwas zustieß. Oder Ben. Es schien, als wolle er irgendeinen Sieg, einen letzten Triumph über das Schicksal. Aber er sah nicht siegreich aus, nur einsam und ängstlich in dieser riesigen Halle. »Er wird nicht abdrücken«, sagte ich, während ich zur Tür ging, damit Ben mich sehen konnte.

»Schau dir die Akte an, verdammt nochmal.« Ranson trat von der Tür zurück, um sich mir in den Weg zu stellen. Ohne mir Zeit zu geben, den Aktendeckel zu öffnen, den ich immer noch in der Hand hielt, fuhr sie fort: »Er hat die letzten zwölf Jahre wegen Totschlags im Gefängnis gesessen. Er ist in einer Kneipe ausgeflippt und hat einem Mann eine Wodkaflasche über den Kopf gezogen. Immer noch sicher, daß er nicht abdrücken wird?«

»Ich kann nicht ... Es war ein Fehler. Er ist ausgeflippt, sagst du selbst. Ben ist kein ... er ist ein anständiger Mensch.«

»Anständige Leute halten anderen Leuten keine Pistole an den Kopf und bedrohen sie damit.«

»Laß mich näher ran, daß ich mit ihm reden kann.«

»Und was, wenn du scheiterst?«

»Das kann ... Das ... werde ich nicht.«

»Das reicht mir nicht. Ich rufe Verstärkung. Ich kann Cordelias Leben nicht aufs Spiel setzen, bloß weil der Mann, den du vor zwanzig Jahren gekannt hast, vielleicht nicht abdrückt.«

»Und was dann? Pustest du ihm die Rübe weg, um sie zu retten?«

»Wenn ich muß«, entgegnete Ranson unverblümt. »Tut mir leid, Micky.« Sie führte mich um das Lagerhaus herum zum Auto zurück. »Bleib hier«, ordnete sie an, während sie die Tür öffnete, um ihr Funksprechgerät zu benutzen.

Es würde kein Ende geben, dessen Zeugin ich sein wollte. Ich wollte nicht zusehen, wie Ben niedergeknallt wurde, als wäre er ein räudiges Tier. Ich glaubte nicht, daß er Cordelia töten würde, aber... Welche Rache suchte er? War es nur Jefferson Holloway? Oder würde er, nachdem er seine zwei Kinder verloren hatte, eine Tochter hinterherschicken?

»Ich will ihn mir ansehen.« Bens Stimme, verzerrt und gedehnt vom Alkohol, drang durch das zerbrochene Fenster. »Hat Jefferson zuviel Angst, seine Tochter zu retten?«

Ich hörte das rauhe Knacken von Ransons Funksprechgerät, die krächzende Stimme am anderen Ende, die nur an der Logistik interessiert war, an dem Mann mit der Pistole, um den man sich genauso kümmern würde, wie man sich um alle Männer mit Pistolen kümmerte. Mit noch mehr Pistolen auf sie Jagd machen.

Ranson wandte sich ein wenig ab und lehnte sich gegen das Auto. Ich wartete, bis sie wieder anfing, zu reden, dann drehte ich mich um und rannte zur Tür des Lagerhauses. Als ich um die Ecke bog, hörte ich, wie Ranson mir befahl, zurückzukommen, aber ich ignorierte sie, hörte ihre Stimme nicht mehr, als ich das Lagerhaus betrat.

»Ben«, rief ich. Ich lief um die verrotteten Kisten und Lagerpaletten herum auf sie zu. Als ich näher herankam, wurde ich langsamer, sorgte dafür, daß meine Hände sichtbar waren, damit Ben sehen konnte, daß ich keine Waffe trug. »Ich bin's, Micky, die kleine Micky. Ich muß mit dir reden.« Als ich bis auf sechs Meter herangekommen war, ging ich nur noch im Schritt-Tempo. »Ben, ich bin's, Micky.«

»Micky, du solltest nicht hier sein. Die verdammte Polizistin hatte kein Recht, dich hierherzubringen.« Seine Stimme ließ mich stehenbleiben.

Ich war nahe genug, um Cordelias Gesicht zu sehen. Der Lauf von Bens Pistole drückte gegen ihren Hals. Gegen die grelle Blässe ihrer Haut waren ihre Augen leuchtendblau.

»Ich muß mit dir reden, Ben. Ich war in jener Nacht dort – hinten im Lastwagen.«

Er zuckte überrascht zusammen, riß den Lauf hoch gegen Cordelias Kinn.

»Ihr Vater ist tot. Er starb in dieser Nacht. Du kannst ihn nicht sehen. Sie hilft Leuten. Sie ist Ärztin«, appellierte ich von dort, wo ich stand.

»Meine Kinder hat sie nicht gerettet.« Ben spuckte die Worte zornig aus.

»Cordelia ist eine Freundin. Wenn du ihr wehtust, tust du auch mir weh.«

Er ließ sie nicht los, aber er senkte die Pistole und hielt sie seitlich an seinem Körper. Cordelia atmete tief aus. Ich sah, daß sie leicht zitterte.

»Weißt du, Ben, ich besitze die Werft immer noch. Ich werde sie nie abgeben. Wie wär's mit einer Partnerschaft? Du bist der beste Bootsbauer, den ich kenne.« Es war mein Ernst. Wenn Ben diese Pistole weglegte, dann würde ich ihn zur Werft zurückbringen. Allein könnte ich es niemals schaffen, aber mit ihm konnte ich es vielleicht. Vielleicht konnten wir unser Leben wieder dorthin bringen, wo es hingehörte, ein paar der besten Erinnerungen wieder wach werden lassen.

»Ich brauche Alma und die Kinder«, antwortete er und schüttelte traurig den Kopf. »Aber ...« Für einen Augenblick durchzog ein Gefühl von Möglichkeit, von Glück seinen Blick, dann war es verschwunden. Er würde zurück ins Gefängnis gehen, und ich würde auf der Werft für immer allein sein.

»Was ist in dieser Nacht geschehen, Micky? Ich muß es wissen. Ich kann nicht leben, ohne es zu wissen. Du wirst mich nicht anlügen, nicht wahr? Ist er wirklich tot?«

Die Geschichte, die ich nie erzählt hatte, die ich nie erzählen wollte. Wieviele Bars und Flaschen hatte es gebraucht, um diesen Erinnerungen zu entkommen? Ich atmete tief ein und ließ es los. Wenn es dich schließlich einholt, brauchst du wenigstens nicht mehr wegzulaufen, sagte ich mir.

»Ben, ich werde dir nichts als die Wahrheit erzählen. Dad holte Alma und David bei ihrer Mutter ab«, begann ich. »Du erinnerst dich, es lag auf dem Weg — wir mußten wegen irgend etwas Geschäftlichem in die Stadt. Dad ließ mich die Schule schwänzen, damit ich ihn begleiten konnte. Also holten wir Alma und David ab, und ihre Mama schenkte ihr einen Kuchen. Sie legte den Kuchen auf den Sitz, weil sie ihn nicht auf dem Schoß halten konnte.« Ich machte eine Pause, ging zurück zu jenem Tag.

Ich erinnerte mich an Alma, klein, blond und im achten Monat schwanger. David, ihr Sohn, hellhäutig wie seine Mutter, war drei.

»David setzte sich auf den Boden, zwischen ihre Beine. Ich kletterte hinten rauf und verbarrikadierte mich mit Sandsäcken, tat so, als säße ich in einem Panzer.« Ich hielt wieder inne, erinnerte mich nur zu gut an dieses Spiel. Der Wind in meinen Haaren, als wir vom letzten Licht der untergehenden Sonne wegfuhren. Die Bäume, auf die ich mit einem Bambusrohr zielte, dabei die Geschichten, die Dad vom Krieg erzählt hatte, durchlebte und ausschmückte. Plötzlich war ich wieder zehn Jahre alt und konnte die Geschichte nicht erzählen. Ich atmete ein und zerrte mich zurück ins Erwachsensein und dessen Abstumpfung. »Wir fuhren. Es war dunkel, und ich wußte, daß es spät sein mußte. Wir kamen an die Kurven, die dem Fluß folgen. Ich wußte das, weil wir langsamer wurden. Wir fuhren gerade um die letzte Kurve, als ich heftig herumgeschleudert wurde. Es gab ein ohrenbetäubendes Geräusch, quietschende Bremsen, verbiegendes Metall. Ich wurde gegen die Sandsäcke geschleudert. Es tat wirklich weh, und ich kriegte keine Luft. Dann war es still, und alles hörte auf, und ich lag da und wartete, daß Dad kommt und mich holt. Ich roch heißes Gummi. Als er nicht kam, kriegte ich Angst. Ich stand auf und schaute mich um. Wir standen mitten auf der Straße, aber die Vorderseite des Autos zeigte in Richtung der Kieferbäume. Und Dad kam immer noch nicht. Ich wartete noch ein bißchen länger, um ganz sicher zu sein. Ich war ungeduldig – etwas, das er mir immer vorgeworfen hatte. Und dann dachte ich, daß Alma vielleicht verletzt war, und weil ich ja in Ordnung war, kümmerte er sich um sie. Aber dann begriff ich, daß er nicht wissen konnte, daß ich in Ordnung war, und bekam Panik.

Es war kein Teil der Straße, an dem man sich mitten in der Nacht ohne Licht aufhalten sollte. Dad hatte dort mal einen Reifen gewechselt und mich nicht aussteigen lassen. Er sagte, er wisse nicht, was sich in der Dunkelheit so alles herumtreibt.«

Ich hielt wieder inne, ließ mir Zeit zum Luftholen. Ich erzählte die Geschichte wie das Kind, das ich gewesen war, weil ich sie nur so erzählen konnte. Und Ben und Cordelia hörten zu, ganz ernst und ohne sich zu rühren. »Ich machte die große Holztruhe auf, in der er sein Werkzeug hatte und das Zeug, das nicht naß werden durfte. Weil ich wußte, daß etwas nicht stimmte … und weil ich Angst hatte, holte ich sein Gewehr heraus. Ich kletterte mit dem Gewehr herunter; es war genauso groß wie ich. Ich ging zur Fahrerkabine, stellte mich auf Zehenspitzen auf die Laufschiene und schaute hinein. Dad war da. Er sah aus, als würde er schlafen. Aus seinem Mund lief ein kleines Blutrinnsal über sein Kinn. Das war alles. Die Windschutzscheibe war ganz eingedrückt. Aber ich wußte, daß er nicht eingeschlafen war, daß er nicht schlafen, mich nicht verlassen würde.« Ich fühlte, wie die Tränen mir langsam die Wangen hinunterliefen. Ich wischte sie schnell weg. Das war vor zwanzig Jahren, ermahnte ich mich streng. Du hast damals nicht geweint, was soll das also jetzt? »Ich konnte Alma kaum sehen, und ich konnte David nicht sehen.« Alma stöhnte leise, aber das konnte ich Ben nicht sagen. »Ich überlegte, was ich tun sollte.

Dann hörte ich eine Frau schreien, und ein Mann fluchte ganz laut in dem Auto, das halb von der anderen Straßenseite abgekommen war. Es gab einen dumpfen Schlag, und die Frau schrie nochmal, und noch einen Schlag, und dann gab sie keinen Laut mehr von sich, aber der Mann schrie immer noch. Er kletterte aus dem Auto und kam auf mich zu. Ich duckte mich ins Gebüsch, er fluchte und schrie. Er zog die Frau hinter sich her. Sie bewegte sich nicht. Er warf sie hinten auf unseren Kleinlaster. Er warf sie so hart, daß sie hätte schreien müssen, aber sie tat es nicht. Sie gab keinen Laut von sich. Ich hatte ein schlechtes Gefühl, aber ich wußte es nicht. Ich wußte nicht ... daß er sie gerade getötet hatte.

Er ging zu seinem Auto zurück und brachte dann einen schweren Metallkanister herüber. Er sah wie ein Benzinkanister aus, rot. Zuerst dachte ich, er wolle damit unseren Laster auftanken und wegfahren, aber unser Laster war schon vollgetankt. Dann schüttete er das Benzin um unseren Laster herum.«

»Dieser Bastard«, knurrte Ben.

Cordelia erschauerte und schloß für einen Moment die Augen.

»Er ging weg und zündete sich eine Zigarette an. Dann dachte ich, vielleicht ist es ja kein Benzin, weil ich wußte, daß das gefährlich ist. Ich wußte, daß man Zigaretten oder Streichhölzer oder so was nicht in die Nähe von Benzin bringen durfte. Ich dachte, er wüßte nicht, was er da tat. Ich mußte etwas sagen, ihn aufhalten, weil wenn es Benzin war, dann würde er meinen Dad verletzen und Alma und David.

Also kam ich aus dem Gebüsch hervor. Er nahm die Streichhölzer heraus und entzündete eins. Da wußte ich, daß er wußte, was er tat. Ich schrie ihn an, er solle aufhören und richtete das Gewehr auf ihn. Er warf das Streichholz. Ich ... ich drückte ab.

Es gab einen strahlenden Blitz und ein Dröhnen. Der Rückstoß des Gewehrs warf mich von der Straße und den Felsvorsprung hinunter. Ich lag auf dem Rücken, und die Bäume über mir flackerten in grellem Orange.

Ich brauchte eine Weile, um den Felsvorsprung wieder heraufzuklettern, und ich zog das Gewehr hinter mir her. Der Laster war schwarz, und die Flammen züngelten um ihn herum. Der Mann lag in der Mitte der Straße, seine Augen starrten geradeaus, waren im Feuerschein glasig orange. Ich trat ihn, nochmal und nochmal, aber er bewegte sich nicht. In seiner Brust klaffte ein blutiges Loch. Ich wußte, daß er tot war... und ich wußte, daß Alma und das Baby in ihr tot waren, und daß David tot war, und ... daß mein Dad tot war.«

Ich konnte die Tränen jetzt einfach nicht mehr unterdrücken. »Und daß ich ganz allein war, mitten in der Nacht.« Ich brach ab. Es gab keine Worte mehr.

»Danke, Micky. Kleine Micky. Ich mußte es wissen. Du warst immer das beste Kind von allen. Du hast was Besseres verdient.« Bens Stimme kippte.

»Du doch auch, Ben«, rief ich.

»Paß gut auf dich auf, kleiner Mick. Halt die besten Erinnerungen gut fest. Für mich ist es zu spät. Zu viele schlechte.« Er ließ Cordelia los und stieß sie in meine Richtung. »Oh, mein Gott«, sagte sie und legte ihre Arme um mich. Ich hielt sie ganz fest. Sie zitterte wie Espenlaub.

»Es wird alles gut werden«, sagte ich und sah sie an.

Das Atmen von uns dreien war das einzige Geräusch, klar und deutlich vernehmbar in der staubigen Stille des Lagerhauses. Dann hinter mir das leise Atmen einer anderen Person. Ranson war da. Ich warf ihr und der Wölbung unter ihrer Jacke einen Blick zu. Ich ließ Cordelia los, um zwischen Ranson und Ben zu treten.

»Gib mir die Pistole, Ben«, sagte ich. »Du brauchst sie nicht mehr.«

»Ich geh' zurück in den Knast, nich' wahr?« Ein Ausdruck schrecklicher Verwirrung zeigte sich auf seinem Gesicht, und vielleicht begriff er, daß das bißchen, das er gehabt hatte, verloren war.

»Nein«, sagte ich dann, »ich werde tun, was ich kann.« Weil ich wußte, daß ich es nicht verhindern konnte, daß er wieder in den Knast ging.

»Bitte, geben Sie uns die Pistole, Ben«, sagte Ranson, während sie versuchte, sich langsam an mir vorbeizuschieben. Sie streckte die Hand aus und nahm damit Cordelias, zog sie in Sicherheit hinter uns, befahl ihr ruhig: »Los. Geh sofort hier raus.«

»Joanne ... Micky ...«, setzte Cordelia an.

»Geh einfach«, unterbrach Ranson sie.

Cordelia ging langsam rückwärts, nicht willens, wegzugehen und uns allein zu lassen, aber auch nicht bereit, Ransons Befehl direkt zu mißachten. Sie verschwand hinter einer Holzkiste, ging aber nicht weiter.

»Ich kann den Knast nich' ertragen. Ich kann es einfach nich'«, sagte Ben leise, so als ob er den Himmel selbst um Nachsicht ersuchte. »Bleiben Sie, wo Sie sind«, rief er, als Ranson einen weiteren langsamen Schritt auf ihn zuging. »Verdammte lügnerische Bullen!«

»Nein, Ben.« Ich bewegte mich schnell, stellte mich wieder zwischen sie.

»Geh weg, Micky. Mach, daß du hier rauskomms'. Wenn ich 'nen Bullen umlege, dann töten sie mich. Besser als im Knast langsam zu verrotten.«

»Du willst das nicht tun, Ben.« Ich machte einen Schritt auf ihn zu.

»Ich will nicht in den Knast gehen. Das ist alles, was ich will — nicht in den Knast gehen.« Die Verzweiflung in seiner Stimme ängstigte mich.

»Joanne, halt dich zurück.« Ich drehte mich um und sah sie an. »Er wird mir nichts tun. Laß mich mit ihm reden«, sagte ich gedämpft, wollte nicht, daß Ben hörte, wie ich mit ihr um sein Schicksal feilschte.

»Und was wirst du sagen?« antwortete sie sanft.

Was würde ich sagen? Was zum Teufel würde ich sagen? Welche Worte hatte ich, die die verlorenen Jahre und verbrannten Leben zurückrufen würden?

Joanne nahm meinen Arm und versuchte sanft, mich aus dem Weg zu schieben. »Nein«, sagte ich wild und schüttelte ihre Hand ab. Ich war nicht nah genug dran, um Ben zu stoppen. Uns trennten immer noch drei, vier Meter — das und all die Unterschiede zwischen uns. »Laß ihn gehen. Mach Schluß.«

Joanne schüttelte langsam den Kopf. »Ich hab' damit nicht angefangen, Micky. Es gibt immer Konsequenzen. Er hat sein Ende gewählt.« Sie nahm meinen Arm und versuchte, mich hinter sie zu ziehen.

»Vielleicht erschießt er dich.«

»Bring Cordelia weg von hier«, befahl sie.

»Mach, daß du hier rauskomms', Micky«, rief Ben. »Ich will nicht, daß du verletzt wirst, Mick. Gott sei mein Zeuge, ich will nicht, daß du verletzt wirst. Jetzt mach, daß du wegkomms'. Das geht dich nix mehr an.«

»Ich gehe nicht weg«, schrie ich. »Und ob es mich betrifft. Ihr könnt euch doch nicht einfach gegenseitig abknallen.« Ich packte Joanne, erlaubte ihr nicht, mich zur Seite zu ziehen. Erlaubte Ben nicht, auf sie zu schießen.

»Bitte, Ben, nehmen Sie die Waffe runter. Micky hat recht, wir können uns nicht einfach gegenseitig abknallen. Das löst überhaupt nichts«, rief Joanne ihm zu.

»Ich hab' nix zu verlieren ...«

Ben wollte hier sterben. Sein Leben war auf das Bedürfnis beschränkt worden, den Mord an seiner Frau und an seinen Kindern zu vergelten. Versuchter Totschlag, er würde den Rest seines Lebens im Gefängnis verbringen, selbst wenn er die Pistole jetzt weglegte. Tu mir das nicht an, Ben, wollte ich rufen. Aber welches Recht hatte ich, darum zu bitten? Welche

Rolle hatte ich in den letzten zwanzig Jahren in seinem Leben gespielt?

»Ben, bitte ... es muß einen Weg geben«, sagte ich hoffnungslos.

»Es gibt keinen Weg. Nicht für mich. Tut mir leid, Micky. Geh jetzt weg. Dein Dad würd' nicht wollen, daß du hier bist.«

»Es kann nicht so enden«, sagte ich zornig, spürte, wie Joannes Hand mich zurückhielt.

»Micky«, sagte sie warnend. »Zwing mich nicht, zu kämpfen ...« Sie hielt inne.

Ich versuchte, mich von Joanne loszureißen, aber es blieb keine Zeit mehr. Ich konnte nur dastehen und zusehen. Ben steckte den Pistolenlauf in seinen Mund und drückte ab. Es gab einen hohlen Knall, erstickt von menschlichem Fleisch und Knochen. Im leeren Lagerhaus verklang das gedämpfte Echo schnell. Er würde nicht ins Gefängnis zurückgehen.

Ich konnte nicht aufhören zu starren, versuchte verzweifelt, in der blutigen Masse, die jetzt auf dem schmutzigen Boden lag, Ben zu erkennen. Cordelia mußte meinen Kopf gegen ihre Schulter drücken, damit ich nichts sehen konnte. Die besten Erinnerungen ...

Wir waren nicht länger allein. Polizisten, Reporter, weiß der Himmel wer noch betraten das Lagerhaus. Jemand zog uns voneinander weg. Wäre Cordelia kleiner gewesen, hätte ich sie sofort aus den Augen verloren. Thoreau kreuzte auf und legte seine Arme um sie. Dann war sie verschwunden.

Niemand löste sich aus der Menge, um mich zu umarmen. Für einen Moment stand ich wie blöde da. Dann wischte ich mir verärgert mit dem Ärmel über das Gesicht.

»Äh, Ranson will mit Ihnen reden«, sagte Hutch, der urplötzlich aufgetaucht war. Ich folgte ihm zu der Stelle, wo Ranson hitzig mit verschiedenen anderen Leuten sprach. Ich hörte nicht zu, was sie sagten. Ben war hinter mir. Ich hatte immer noch das Bedürfnis, mich umzudrehen und hinzusehen, nur um mich davon zu überzeugen, daß sein Kopf wirklich zertrümmert war. Aber ich blickte starr geradeaus. Sofern er nicht doch noch aufstand und wieder Ben war, konnte ich mir nicht gestatten, hinzusehen.

»Ich sagte: hast du schon jemals in deinem Leben einem Befehl gehorcht?« Joanne sprach mit mir, stand nah bei mir. Ich hatte nicht mitbekommen, daß sie sich mir zugewandt hatte, und ich hatte sie nicht sprechen gehört.

»Deinem nicht.« Ich war absichtlich aggressiv. Ich wollte mich streiten.

»Geh und warte beim Auto. Bringen Sie sie zum Auto, und lassen Sie sie warten«, befahl Ranson erst mir, dann Hutch. Er versuchte, meinen Arm zu nehmen, aber ich riß mich los und folgte ihm mißmutig.

Wir standen schweigend beim Auto, während Leute um uns herumschwebten und der Krankenwagen ankam. Jemand schrie Hutch zu, er solle helfen. »Bleiben Sie hier«, sagte er, als er zu ihnen herüberging. Er verwechselte meine Benommenheit mit Einverständnis.

Wo sollte ich hingehen, dachte ich. Dann wurde mir klar, daß ich irgendwohin wollte, nur nicht dorthin, wohin ich sollte, zurück in die Enge von Ransons Wohnung. Ich flüchtete nicht oder versteckte mich, ich ging einfach weg. Falls Ranson merkte, daß ich nicht mehr da war und mich einholte, dann würde sie das eben. Ich hatte keine Lust mehr, noch länger zu versuchen, die Geschehnisse zu beeinflussen.

Hinter mir hörte ich ein Auto, drehte meinen Kopf, um zu sehen, wie es vorbeifuhr, erwartete fast, einen Gewehrlauf zu sehen, der auf mich gerichtet war.

Es fuhr vorbei, ohne langsamer zu werden. Ich ging weiter.

Von Horizont zu Horizont war der Himmel ein ununterbrochenes Grau, verwandelte das normalerweise schlammigbraune Wasser des Flusses in ein farbloses Aschgrau. Als die Straße vom Fluß abdrehte, folgte ich dem gefurchten Weg hinunter zum Deich. Ich ging immer weiter, ließ mich vom Fluß führen.

Ich erinnerte mich an die Schwärze der Nacht, als der Laster schließlich aufhörte zu brennen: ich blieb so lange auf der dunklen Straße ... ich hatte keine Ahnung, wie lange. Diese Nacht lag so lange, so weit zurück. Ich fragte mich, ob dieser Tag mich nicht auch verlassen hatte. Einige Male versuchte ich, nahe genug an den Laster heranzukommen, hoffte, wie nur ein Kind hoffen kann, daß die Flammen sie vielleicht nicht erreicht hatten, aber die Hitze vertrieb mich. Ich riskierte es schließlich, auf die verkohlte Laufschiene zu springen, benutzte das Gewehr, um meine Balance zu halten, noch nicht in der Lage, das immer noch heiße Blech anzupacken.

Es muß kurz vor Sonnenaufgang gewesen sein, denn ein grauer Rand hatte sich um die schwarzen Umrisse dessen gelegt, was im Auto übrig war. Oder vielleicht war das, was sich in dem Laster befand, so schwarz, daß es die Nacht grau erscheinen ließ.

Ich hoffte, daß mein Vater beim ersten Aufprall des Autos gestorben war und nicht lebendig von den Flammen verschlungen wurde. Es war die einzige Gnade, die mir blieb.

Nachdem ich gesehen hatte, was in dem Wagen war, ging ich weg. Ich wußte, daß er nicht mehr dort war. Ich blickte nicht zurück. Was ich gesehen hatte, würde mich nie verlassen.

Ich lief die drei Kilometer zur Schiffswerft zurück. Ich vergrub das Gewehr, weil ich es nicht ertrug, es noch einmal zu sehen. Ich hatte nicht schnell genug gefeuert, um meinen Vater zu retten. Ich hatte es nicht schnell genug abgefeuert. Ich dachte nicht daran, es vor der Polizei zu verstecken, obwohl genau das geschah. Sie haben es nie gefunden. Ich weiß immer noch genau, wo es begraben liegt.

Dann setzte ich mich auf die Veranda und beobachtete den stillen Sonnenaufgang. Ich gönnte mir keinen Schlaf. Es wäre zu schrecklich, einzuschlafen und zu denken, dies sei alles nur ein Traum, und dann aufzuwachen und herauszufinden, daß es immer noch Wirklichkeit war.

Etwas später, als die Sonne durch die Bäume funkelte, kam unsere Nachbarin Mrs. Decheaux und holte mich. Sie sagte mir, daß es einen Unfall gegeben hätte und daß ich mit ihr kommen sollte.

»Ich weiß«, antwortete ich. »Mein Dad ist tot.«

Sie war überrascht, aber sie war eine gutherzige und aufrichtige Frau und wußte, daß man ein Kind nicht anlügen sollte. Sie führte mich an der Hand zu ihrer Hütte den Bayou herunter und behielt mich bis zum nächsten Tag bei sich, als Onkel Claude und Tante Greta kamen und mich abholten. Onkel Claude wartete im Auto. Tante Greta machte sich nicht die Mühe, Mrs. Decheaux zu danken, denn sie war ja eine Schwarze.

»Das erste was wir tun, ist, sie zu baden«, sagte Tante Greta, als wir ins Auto stiegen. »In einer schmuddeligen Hütte wie dieser zu übernachten und auch noch bei Farbigen. Lemoyne hat dieses Kind nicht richtig erzogen.« Sie saß vorne bei Onkel Claude, und ich saß alleine hinten.

Sie hatte mich nicht ins Haus hineingelassen, sondern mich statt dessen in ihren winzigen Hinterhof geschickt, wo ich mich in dieser engen und klaustrophobischen Nachbarschaft ausziehen mußte. Dann spritzte sie mich an diesem hellen und kalten Tag mit dem Schlauch ab. Ich stand zitternd und schaudernd in der kühlen Luft, aber sie wollte mich nicht ins Haus lassen, bis sie hineingegangen war und ein Handtuch geholt hatte, damit ich im Haus nichts naßmachte.

Als ich endlich trocken genug für sie war, ließ sie mich rein und brachte mich unverzüglich ins Badezimmer. Sie schrubbte mich ab, als wäre ich ein verflohter Hund, bis meine Haut rot und zerkratzt war.

Dann ließ sie mich in einer Ecke von Mary Theresas Zimmer zurück, eingehüllt in eine Decke, während sie meine Klamotten wusch.

Nach einer Weile kam sie zurück und setzte sich hin. Sie sagte, ich solle für die Seele meines Vaters beten, damit er in den Himmel käme, und dem Herrn dafür danken, daß sich jemand um mich kümmerte, und daß Er so gut zu mir war. Als Greta mit ihrer langen Litanei von Dingen, für die ich beten und für die ich dankbar sein sollte, am Ende war, schüttelte ich meinen nassen Kopf wie ein Hund und bespritzte sie. Dann sagte ich: »Ich bete nicht.«

»Lemoyne hat dich nicht großgezogen, damit du so bist«, antwortete sie. »Du betest jetzt besser, wie ein braves Mädchen, sonst wird Gott sich deiner nicht annehmen.«

Ich weigerte mich, den Kopf zu senken. Es gab nichts, wofür ich beten konnte.

Tante Greta gab es schließlich auf, mich zum Beten zu bringen. »Gehorche immer mir oder deinem Onkel Claude oder deinem Vetter Bayard, er ist älter und klüger. Denk nur immer daran, Reinheit ist fast wie Frömmigkeit«, sagte sie, während sie aufstand und ging. Es dauerte lange, bis sie meine Kleider zurückbrachte. Ich fragte mich, ob sie sie zweimal gewaschen hatte oder ob sie mich, in nichts als die Decke gehüllt, hatte dasitzen lassen, um mich zu bestrafen.

Über die Jahre versuchte Tante Greta mir alles über Reinlichkeit und Frömmigkeit beizubringen. Ich lernte meine Lektion, aber nicht so, wie sie beabsichtigte. Ich konnte nie so fromm und untadelig sein, wie sie es gern wollte. Mit der gepreßten Stimme der Selbstgerechten pflegte sie immer zu sagen, daß sie für meine unsterbliche Seele betete. Ich verstand nicht, warum sie mich aufgenommen hatte. Zugegeben, meine anderen Vettern, Kusinen und Onkel waren nicht gerade wild darauf, eine aufmüpfige Zehnjährige aus den Sümpfen großzuziehen. Tante Harriet hätte es getan, aber sie war eher eine Großtante und schon neunundsiebzig, als mein Vater starb. Meine anderen Verwandten hatten sich versammelt und ihr Veto dagegen eingelegt, daß eine Frau ihres Alters versuchen wollte, mich aufzuziehen. Ich landete schließlich kampflos bei Tante Greta und Onkel Claude. Dachte ich jedenfalls.

Vom Tag meiner Ankunft an hörte ich die Geschichte von Tante Gretas christlicher Pflicht und der Dankbarkeit, die ich ihr für die Opfer, die sie mir brachte, bezeugen sollte. Von diesem Tag an haßten wir uns. Die Regeln, die absurde Disziplin, ich konnte mich an nichts von alldem anpassen. Sie wollte Ungehorsam nicht dulden.

Die Sonntage waren meine einzige Gnadenfrist, weil ich den Tag nach der Messe bei Tante Harriet verbrachte. Angeblich half ich ihr beim Saubermachen und beim Einkaufen, aber wir gingen immer raus auf Entdeckungsreise. Zum Zoo und zum Audubon Park. Mein Dad hatte mich mit dem kleinen Zug, der durch den Park fuhr, fahren lassen, und das taten wir auch, und sie erzählte mir Geschichten von ihm als kleinem Jungen. Sie ließ mich im French Quarter Kaffee bestellen und mich schrecklich erwachsen fühlen, und bemerkte es nie, wenn mir die Stimme versagte. Oder wir fuhren die ganze Strecke mit der St. Charles-Straßenbahn und schauten uns die wunderschönen Häuser an und versuchten, das auszuwählen, in dem wir leben wollten. Wir suchten jeden Ort auf, an den uns öffentliche Verkehrsmittel und die langsamen Schritte einer Achtzigjährigen bringen konnten.

An diesen Sonntagen war ich überaus glücklich. Sie machten mir den Rest der Woche erträglich. Bayard, Mary Theresa und Augustine behandelten mich wie einen Eindringling in ihr Leben. Mit der grausamen Unschuld von Kindern glaubten sie, ich würde weggehen, wenn sie nur gemein genug waren.

Die Sonntage wurden meine Oase, das Wasser, mit dem ich die Gehässigkeit und die Verzweiflung meiner restlichen Tage abwusch. Eines Tages dann lernte ich diesen launenhaften Gott noch mehr hassen, einen Gott, an den zu glauben Tante Greta mich gezwungen hatte.

Ich war vierzehn, als ich mit den Schlüsseln, die Tante Harriet mir gegeben hatte, ihr Appartement betrat. Sie saß in ihrem Lieblingssessel, einer großen, grünen, vollgestopften Antiquität. Es war so eine Stille im Zimmer — keine Regung, keine Bewegung, nicht einmal der simple Akt des Atmens, um die Luft zu bewegen. Ich saß lange Zeit bei ihr, sprach mit ihr, wie ich es immer tat, hielt ihre kalte Hand, hoffte auf das Wunder, das nicht kommen konnte.

Erst spät, es war fast zehn Uhr und Schlafenszeit, ging ich zu Tante Gretas Haus zurück. Sie verbrachte einige Minuten damit, mich auszuschelten, mir zu sagen, daß ich hätte anrufen sollen, daß ich die arme Tante Harriet erschöpfte, indem ich mit ihr herumlief, daß sie es schon schwer genug mit ihren drei eigenen Kindern hatte, ohne sich auch noch um mich zu sorgen, und was hatte ich bloß die ganze Zeit gemacht?

Als sie schließlich verstummte, sagte ich: »Tante Harriet ist tot. Onkel Francis hat vergessen, mich nach Hause zu bringen, und ich mußte den Bus nehmen.«

Dann sagte der neunzehnjährige Bayard (und deshalb verachte ich ihn): »Was haste ihr getan? ’s war wahrscheinlich dein vorlautes Maul, was sie umgebracht hat.«

Ich schlug ihn.

Tante Greta sagte zu mir, ich sei ein abscheuliches Kind, und daß ich sofort auf mein Zimmer gehen solle und nichts zu essen bekommen würde, bis ich mich bei Bayard entschuldigt hätte. Ich entschuldigte mich nicht. Ich drehte mich wortlos auf dem Absatz um und ging in mein Zimmer, einen umgebauten Lagerraum über der Garage, in dem ich nicht aufrecht stehen konnte. Mary Theresa hatte sich geweigert, ihr Zimmer mit mir zu teilen. Sie und Tante Greta hatten Onkel Claude so lange in den Ohren gelegen, bis er als Fußboden ein paar Bretter über die Dachsparren geworfen hatte und Gipsplatten und eine Tür an ein Ende.

Ich habe mich nie entschuldigt. Ich bekam bis zum nächsten Tag nichts zu essen, bis wir nach der offiziellen Leichenschau zu Onkel Francis und Tante Lotty gingen, zu der im

Süden üblichen Mischung aus Essen und Tod. Ich lud mir den Teller voll, während Tante Greta mich böse anblickte. Sie machte sogar einen Versuch, mich zu hindern, aber Tante Lotty sagte ihr, sie solle mich in Ruhe lassen und daß in ihrem Haus niemand Hunger leiden müßte. Tante Lotty glaubte an die trostspendenden Qualitäten des Essens. Ich häufte ihren Schinken und Kartoffelsalat und Thunfischauflauf hoch auf meinen Teller und sagte ihr ein paar Mal, wie gut das Essen sei, das sie zubereitet hatte. Ich rührte nichts von dem an, was Tante Greta mitgebracht hatte. Angespornt durch mein Lob, drängte Tante Lotty mich zu zwei, sogar drei Nachschlägen. Gegen Endes des Abends aß ich nicht mehr aus Hunger, sondern um Tante Greta herauszufordern.

Warum dachte ich jetzt an diese Leute? Ich tat alles Menschenmögliche, um nicht an Tante Greta oder den verhaßten Cousin Bayard zu denken. Inklusive, wie ich mir eingestand, mich dann und wann bis zur Besinnungslosigkeit zu betrinken. Diese Einsicht verursachte mir Unbehagen. Es bedeutete, daß ich die Dinge nicht so unter Kontrolle hatte, wie ich dachte. Ich hatte in diesem Haus so gut gelernt, ruhig und kontrolliert zu sein. Hätte ich es sie wissen lassen, wenn sie mich verletzten, dann hätten sie versucht, diesen Punkt immer wieder zu treffen. Und als ich an meinem achtzehnten Geburtstag ging, war ich sicher, daß ich sie besiegt hatte.

Sie sahen mich nie weinen, nicht um meinen Dad, nicht um Tante Harriet, nicht um Smokey, die Hündin, die immer auf mich wartete und dabei mit dem Schwanz wie verrückt durch irgendeine schmutzige Pfütze wedelte. Dummer Hund, dachte ich dann immer, während ich ihren Schwanz abwischte und sie dabei bellte und mein Gesicht ableckte. Dann nahm ich sie zum Spielen und Toben mit in den Park und redete mit ihr. Ich erzählte ihr von meinem Dad und wie ich Tante Harriet vermißte, und sie hörte mir zu. Ich war der einzige Mensch in dieser Familie, der ihr Aufmerksamkeit schenkte. Im Gegenzug gab sie mir ihre unerschütterliche Treue (knurrte selbst

Bayard bei ein paar Gelegenheiten an), zwei zottelige, braune Ohren, die zuhörten, und die einzige Liebe, der ich noch trauen konnte.

Ich werde mich immer fragen, ob Bayard das Tor des Hinterhofs aufließ, um es ihr heimzuzahlen (es einem Hund heimzahlen?), oder ob bloß Mary Theresa bloß wieder saublöd war. Dann wurde Smokey von einem Kleintransporter überfahren.

Ich weinte nicht, als sich einige Nachbarn versammelten, um zu sagen, daß es eine Schande sei und daß diese Fahrer heutzutage keinen Respekt mehr hätten, und Dank dem Himmel, daß es kein Kind war. Ich weinte viel später, in der Dunkelheit meines mich erstickenden Zimmers.

Aber da war ich nun, mehr als zehn Jahre später, versuchte, nicht an sie alle zu denken, und dachte an sie. Oder vertrieb sie mit Alkohol. Mein Sieg kam mir auf einmal sehr hohl vor. Was hatte ich erreicht? Meine Seele in einem tieferen Teil meiner selbst angekettet und eingesperrt? Und ich war mir nicht länger sicher, wo der Schlüssel war, oder ob ich ihn überhaupt finden wollte. Wie für ein gejagtes Tier gab es keinen Sieg, sondern nur eine Gnadenfrist. Ich war eine Närrin gewesen, zu glauben, daß es einen gab. Statt dessen lebte ich jetzt mit dem Wissen, daß es, selbst wenn ich ihnen entkam, andere Jäger mit anderen Waffen geben würde.

Ich kam zu einer alten Anlegestelle. Ein paar der Planken rotteten dahin, aber es gab auch andere, die neueren Datums und bisher dem Wetter nur weniger Jahreszeiten ausgesetzt waren. Ich ging bis ganz ans Ende. Vom Fluß stieg eine Kälte auf, die die Kühle des grauen Tages noch verschlimmerte. Für eine Wanderung hatte ich mich nicht warm genug angezogen, so wie ich aus Ransons Wohnung geeilt war. Trotzdem setzte ich mich, nicht willens, den Fluß zu verlassen.

Das war der Grund, warum ich Danny nicht geliebt hatte. Ich war so sehr darauf bedacht gewesen, auf das Rascheln im Gebüsch zu achten, auf die Verfolgungsjagd. Als ich es nicht länger aushalten konnte, darauf zu warten, daß der Abzug durchgedrückt wurde, hatte ich sie verlassen.

Tante Greta hatte doch noch gewonnen.

Kurz nach Tante Harriets Beerdigung hatte ich einen Job nach der Schule bei der hiesigen Hamburger-Bude gefunden. Morgens trug ich immer noch Zeitungen aus. Ich mußte arbeiten, um die Steuern für die Werft zu bezahlen. Tante Greta versuchte, mich zum Verkaufen zu zwingen, aber ich weigerte mich. Es war die einzige Sache, die ich berühren konnte, die meinen Vater berührt hatte. Ich mußte sie behalten, um mich an ihn zu erinnern. Ich hatte solche Angst, daß er mir entgleiten könnte.

Ich bat sie um so wenig wie möglich. Jede Bitte gab Tante Greta die Macht, sie mir abzuschlagen.

Ich arbeitete während der High School, übernahm eine frühe Morgenschicht in der Burger-Klitsche, nachdem Bayard sich mein Fahrrad zum Zeitungenaustragen eines Tages »geliehen« und dann vergessen hatte, es mir zurückzugeben. Geklaut, sagte er. Ich mußte mir auf die Zunge beißen, um ihm nicht zu sagen, daß er verantwortungsvoller sein sollte, besonders mit den Dingen anderer Leute.

Erst sagte er mir, er habe es abgeschlossen, und als er zurückkam, sei es weg gewesen; dann sagte er Mary Theresa, er habe den Dieb gesehen, aber sei zu weit entfernt gewesen. Als die Reihe schließlich an Tante Greta kam, war er von einer Bande angegriffen worden und froh, gerade noch mit dem Leben davon gekommen zu sein, das Rad sei aber weg. Es war sowieso zu klein für mich. Ich hatte es mit neun Jahren bekommen. Ich wollte es David geben, wenn er alt genug war. Er wäre in diesem Jahr acht geworden.

Ich zitterte, ein kühler Wind erhob sich und drang durch meine Jeansjacke.

»Is' dir nich' kalt, Kindchen?« sagte eine Stimme hinter mir.

Ich drehte mich um und sah einen alten Mann, der hinter mir auf der Anlegestelle stand. Er trug alte Klamotten, sauber, aber durch die Jahre des Waschens verblichen, und außerdem eine Papiertüte, die ganz verknittert war, wohl weil sie immer und immer wieder benutzt wurde. »Kalt und traurig, würd' ich sagen.« Er setzte sich in größerem Abstand von mir hin.

Ich versuchte, ihn nicht zu beachten, und hoffte, daß er weggehen würde.

»Ja, was is' denn passiert, daß du so traurig bist und so weit weg von Zuhause? Auf diesem Pier haste noch nie gesessen, weil ich alle Piersitzer aus der Umgebung hier kenne.«

»Ein Selbstmord«, beschloß ich, ihm mitzuteilen.

»Warum?« fragte er. »Weißt du's?«

Ich saß da und dachte nach, fragte mich, warum ich mit diesem alten Mann reden sollte. Warum nicht, entschied ich schließlich. Ein so alter Mann hatte bestimmt einiges an Nöten und Sorgen erlebt.

»Heute vor zwanzig Jahren sind seine im achten Monat schwangere Frau und sein dreijähriger Sohn gestorben. Ermordet. Ben begann zu trinken und geriet in Schwierigkeiten und ging in den Knast. Rein und raus und rein und raus, eine ganze Weile, glaub' ich. Dann wieder rein, bis vor ein paar Wochen«, erzählte ich die Geschichte. »Ich schätze, wofür er von da an bis heute lebte war Rache.«

»Hat er sie bekommen?«

»Nein. Konnte er nicht. Der Mörder wurde ebenfalls heute vor zwanzig Jahren getötet. Aber Ben wußte das nicht.«

»Nehme an, du hast es ihm gesagt.«

Ich schaute ihn an. Er war sehr alt, mit dieser zerknitterten und wettergegerbten Haut eines Mannes, der sein Leben lang draußen gearbeitet hat, mindestens in den Achtzigern.

»Ich mußte es ihm sagen. Er hätte vielleicht jemanden verletzt, der ...« Jemanden, der mir langsam ans Herz wuchs.

»Versteh' schon, Kindchen. Das Problem mit Rache ist, daß es manchmal schwer ist, das richtige Ziel dafür zu finden. Wie etwas Häßliches wird sie überall hin verspritzt.«

Barbara. Frankie. Ben.

»Wie lebt man damit?« Ich wollte eine Antwort, hoffte auf eine.

»Hier, Kindchen. Wärm dich auf.« Er reichte mir einen abgenutzten, silbernen Flachmann. Ich starrte ihn eine Minute lang an, bevor ich schließlich reagierte. Ich drehte den Verschluß ab und nahm einen Schluck.

»Ist lange her; das wird eine lange Geschichte, also dacht' ich, du brauchst erstmal 'nen Drink«, begann er. »Aber vor langer Zeit sagte mir mein Bruder Abraham: ‘Du mußt durchhalten. Du mußt einfach solange durchhalten, wie du hast. Da gibt's keine andere Wahl. Die Wahl is': halt glücklich durch oder halt traurig durch.’ Abraham hielt glücklich durch. War'n paar Jahre älter als ich. Lachend, glücklich, lächelnd, für uns Jüngere immer einen Witz auf Lager. Er wurde gelyncht.«

Ich zuckte zusammen. Andere Jäger mit anderen Gewehren, die auf andere Leute zielen.

»Jawohl, sie haben ihn aufgeknüpft«, fuhr er fort. »Irgendwann während des Kriegs, des Ersten nämlich. Eine Horde weißer Jungs, vielleicht auch schon Männer, die nicht da draußen kämpften, und deshalb eben hier kämpften. Und irgendwie war Abraham der Feind.

Ich bin 1899 geboren, also war ich ungefähr fünfzehn oder sechzehn, als er uns genommen wurde. Und danach fing ich an, traurig durchzuhalten. Traurig und zornig, wie du jetzt. So blieb ich für 'ne Weile. Eines Tages besuch' ich Abraham, das Grab, in dem er liegt, und ich höre eine Stimme. Abrahams. Und er sagt: ‘Isaac, warum hältst du nur traurig durch? Warum besuchst du mich und bist so traurig? Hab' ich dir denn gar nichts beigebracht? Schau dir die schönen Blumen an, die auf meinem Grab wachsen. Die Vögel, die singen, als würde die Sonne niemals aufhören zu scheinen. Die einzige Sache, die du nie verlieren darfst, ist die Freude. Weil, wenn sie dir die erstmal genommen haben, dann haben sie alles genommen. Wenn du an diesem Grab vorbeikommst, erinnere dich nicht daran, wie ich an diesem Ast baumelte. Erinnere dich an mein Lachen und mein Glück. Weil, sie haben mich vielleicht umgebracht, aber meine Freude haben sie nie gekriegt. Solang' du noch deine hast, werd' ich leben.'«

Der alte Mann hielt inne. Er nahm seinen Flachmann zurück und kippte etwas von der Flüssigkeit hinunter, reichte ihn mir dann wieder. »Er hatte recht. Hübsche gelbe und blaue Blumen wachsen auf seinem Grab, und diese Vögel hören nich' auf zu singen. Die Bäume wachsen bis in den Himmel, und ich muß lächeln. Hab' seitdem nich' mehr aufgehört zu lächeln. Manchmal, natürlich, für 'ne kurze Weile. Die Traurigkeit kommt, und du wärst ein Narr, dann noch zu lächeln. Aber Abraham hat recht. Wir alle, einfach alle, werden eines Tages sterben. Deine Entscheidung, ob mit 'nem Lächeln oder 'nem Stirnrunzeln.«

Er hielt wieder inne, nahm das Fläschchen und noch einen Schluck. »Das hier«, sagte er und wies auf den Flachmann, »wurde meinem Urgroßvater von dem Mann geschenkt, der sein Besitzer war. Mein Großvater wurde kurz vor dem Bürgerkrieg geboren. In Sklaverei geboren. Als der Krieg vorbei und wir frei waren, kommt der Besitzer zurück, und weil mein Urgroßvater und Großvater und andere geblieben waren und sich um seine Frau und seine Kinder kümmerten — 'Wo sollen wir schon hingehen?' sagte mein Großvater. 'Willst du etwa mittem im Krieg in der Gegend rumlaufen?' — gab er ihnen zur Unterstützung ein paar Sachen. Ein Pferd, etwas Geld, ein Gewehr. Sachen, die er nicht benötigte. Dieser Besitzer war ein guter Mann. 'Gut zu Hunden und Sklaven', sagte mein Großvater. 'Die kann er nicht auseinanderhalten.'

Dieser Flachmann ging an meinen Großvater, meinen Vater, jetzt an mich. Nach mir kriegt ihn meine Enkelin, weil sie mein Liebling ist, und ich alt genug bin, um meine Lieblinge zu haben. Sie ist Lehrerin. Sie unterrichtet weiße und schwarze Kinder. Vor ein paar Tagen hat sie einen weißen Jungen zum Direktor geschickt. Sie hat mich angerufen und es mir erzählt. Sein Name ist Henderson, sagte sie mir. Derselbe Name wie der von diesem Mann, dem mein Großvater gehörte. Vielleicht sind sie ja nicht verwandt. Wahrscheinlich, wie sie sagt. Vielleicht sind sie's aber doch.«

Er hielt inne und öffnete die Tüte und zog etwas heraus, das in braunes Papier eingewickelt war. Er packte es langsam aus, strich das Papier glatt wie ein Tischtuch. »Hast du Hunger? Hab' mir 'nen Stapel Langusten geholt. Glaube nich', daß ich so viele schaff'. Weiß ja nich', wie's bei dir ist, aber mir helfen Langusten immer, wenn ich traurig bin. Machen mich nich' immer glücklich, zeigen mir aber wenigstens die richtige Richtung.« Er nahm eine große, dunkelrote Languste und bot sie mir an.

»Danke«, sagte ich — für die Languste und die Geschichte.

Wir säuberten die Langusten, sahen zu, wie die Schalenstückchen im Strudel des Wassers verschwanden. Er saugte die Flüssigkeit aus dem Kopf, also tat ich's auch. Ich hatte das nicht mehr getan, seit ich das Bayou verlassen hatte. Zu ungehörig für Tante Greta. Ich beobachtete, wie der dicke, rote Kopf im dunklen Wasser verschwand. »Wird ein paar magere, kleine Katzenfische draußen im Golf ernähren«, sagte er, während er ein paar Schalen in die Strömung schleuderte.

»Mager? Sowas wie magere Katzenfische gibt's überhaupt nicht.« Ich warf noch einen Kopf hinein. Wir verletzten wahrscheinlich alle möglichen Umweltschutzgesetze.

»Siehste, da war der Anflug ein Lächelns auf deinem Gesicht, Mädchen. Die Langusten funktionieren.«

Aber es waren nicht die Langusten. Es war die Freundlichkeit eines Fremden. Und eine Geschichte, die mich daran erinnerte, daß die meine nicht die einzige oder sogar schlimmste Tragödie auf der Welt war. »Danke«, sagte ich. »Du warst sehr nett zu mir.«

»Na klar doch, Kindchen. Manchmal is' man freundlich und kriegt nix zurück. So ist das Leben. Aber der einzige Weg, Freundlichkeit zurückzubekommen, ist der, welche abzugeben. Wenn sie nich' zurückkommt, dann zuckst du einfach die Schultern und gehst deiner Wege. Aber du darfst nich' damit aufhören, freundlich zu sein. Wenn alle Menschen damit aufhörten, wär' die Welt ein traurigerer Ort. Wenn die Welt zu traurig wird, gibt's keine Freude mehr für niemand.« Er schleuderte noch einen Kopf hinein. Ein unsichtbarer Fisch knabberte daran, schubste ihn gegen den Rhythmus des Flusses voran.

Wir saßen noch ein Weilchen da, warfen Schalen in den Fluß, suchten mit unseren Blicken nach Fischen oder Krebsen, die den natürlichen Kreislauf der Dinge begannen. Geburt und Tod. Geburt und Wiedergeburt.

»Hast du viele Menschen sterben sehen?« fragte ich, meiner Frage nicht ganz sicher.

»Klar. Einige leicht, andere schwer. So alt wie ich bin, wird's wahrscheinlich leicht. Schlimme Sache, wenn Menschen jung sterben. Egal wie.«

»Warum?« wollte ich wissen. Das war die Frage. Die Frage, die ich vier Jahre lang an der Uni studiert hatte. Nachdem ich ihr so lange ausgewichen war, so schien es. »Wie machst du nach dem Tod weiter? Nachdem jemand gestorben ist?«

»Wie ist leicht. Schlafen und essen zeigt dir den Weg. Wenn ich den Warum-Teil wüßte, säß' ich nicht auf diesem Dock, sondern würd' an einer dieser tollen Unis Vorträge halten oder mit dem Präsidenten reden. Vielleicht weiß Gott es ja, aber so wie ich das sehe, will er's nicht verraten.«

Ich nickte, wußte, daß ich zuviel verlangte.

»Vielleicht ist das Warum ja für jeden Menschen anders. Einige finden den Weg zu Gott, einige trinken, andere essen auf dem Pier Langusten. Vielleicht gibt es ja einen ganzen Haufen Warums. Mußt dein eigenes finden.«

»Ja, daß ist das, was ich dauern zu hören kriege«, sagte ich.

»Mach' dir nur nix vor, Kleine. Danach zu suchen ist eine elende Plackerei.« Er warf mir ein strahlendes Lächeln zu. »Ein paar Leute nehmen den kürzeren Weg und folgen dem

Warum eines anderen Menschen. So ist die Religion überhaupt groß geworden. Und der Haß, glaube ich, auch. Die meisten der weißen Jungs wußten wahrscheinlich gar nicht, warum sie Abraham lynchten, außer daß jemand anders einen Grund dafür hatte.« Er hielt inne. »Es wird kalt und immer später, Süße, meine alten Knochen müssen sehen, daß sie von dem Pier runterkommen. Deine Knochen werden auch alt, wenn du hier sitzenbleibst.« Er stand auf und fegte ein paar verstreute Langustenschalen in den Mississippi. Er steckte den Flachmann sorgfältig in seine Tasche und faltete die Papiertüte zusammen.

»Danke für die Langusten und das Reden«, sagte ich, während ich aufstand.

»Reden kost' nix, Kindchen. Der Tag, an dem ich aufhör' zu reden, wird der Tag sein, an dem ich sterbe. Jetzt mach dich auf den Weg. In ein paar Tagen, wenn du schließlich in der Lage bist, zu lächeln, dann denk an mich und meine Langustentips. Ich weiß, daß du heute und morgen die Traurigkeit noch in dir hast. Aber eines Tages wirst du dich an alles in seiner Gesamtheit erinnern, und die schlechten Zeiten werden dir nicht mehr so riesig vorkommen, und die guten Zeiten werden ihre richtige Größe bekommen.«

Ich nickte langsam. Ich nahm an, daß er recht hatte, aber ich fragte mich, ob Zeit für einen achtzigjährigen Mann nicht doch etwas anderes war als für eine fast dreißigjährige Frau.

Wir liefen zu der Stelle zurück, an der der Pier das Land berührte. Er drehte sich zu mir um und sagte: »Jetzt sei ein gutes Kind. Da draußen gibt es eine Welt, voller Traurigkeit und Freude. Nimm dir, was du willst, laß es dir nur nicht aus der Hand nehmen.« Er streckte seine Hand aus. Ich nahm sie, und wir drückten uns die Finger.

»Danke«, sagte ich. »Ich weiß nicht, wann, und es kann eine Weile dauern, aber ich werde deine Freundlichkeit weiterreichen.«

»Du bist ein gutes Kind«, sagte er und wiederholte Bens Worte.

Ich nickte und lächelte ihn an. Vielleicht war ich ja doch nicht so ein schlechtes Kind. Er drehte sich um und entfernte sich, langsam, nicht mit der Gebrechlichkeit des Alters, sondern mit einem Wissen um die Sinnlosigkeit der Hast. Ich sah ihm nach, bis er fast aus meiner Sichtweite verschwunden war. Dann drehte ich mich abrupt um und marschierte in die Richtung, in die ich zu gehen hatte. Ich wollte nicht sehen, wie er aus meinem Horizont ging.

Es war schon spät am Tag, und ich hatte einen langen Fußmarsch. Ich fand zwei Dimes in meiner Tasche. Nicht mal genug für einen Telefonanruf. Die Schlüssel zu meiner Wohnung waren in der Jackentasche, in die ich sie zur sicheren Aufbewahrung gesteckt hatte. Wenigstens lag meine Wohnung näher als Ransons. Vermutlich würde ich sie anrufen und ihr gestatten, mich zur Minna zu machen, es hinter mich bringen, ja, aber der Gedanke machte mich nicht glücklich.

Die grauen Wolken machten ihr Versprechen wahr, und nach ungefähr der Hälfte meines Weges setzte ein leichter Nieselregen ein. Ich schlug den Kragen hoch und zog die Schultern zusammen. Ich hoffte, der alte Mann war drinnen, sicher und warm, nippte an seinem Bourbon und erzählte seiner Lieblingsenkelin frohe Geschichten.

Das war es, was ich wollte. Wissen, daß das Leben mir angetan hatte, was es nur konnte, aber daß es, egal, was auch geschah, immer Möglichkeiten gab. Selbst das Grau dieses Tages schien nicht länger so trostlos unerbittlich zu sein, sondern vielmehr ein passender Tribut für einen Mann, der gestorben war. Als solches würde ich es nehmen.

Würde ich die Zeit, die ich mit meinem Vater gehabt hatte, eintauschen, um die Tragödie seines Todes zu vermeiden? Was, wenn es ihn nie gegeben hätte?

Nein, wenn das die Abmachung wäre, die zehn Jahre mit einem großzügigen, sanften Mann, der mich liebte, mit dem

Schrecken dieser Nacht zu beenden, dann würde ich es wieder wählen. Indem ich diese Nacht leugnete, leugnete ich all die Tage davor. »Erlaub ihnen niemals, dir die Freude zu nehmen«, sagte der alte Mann. Das hatte ich aber. Ich hatte ihnen erlaubt, mir den Schmerz wie auch die Freude zu nehmen. Wenn ich fähig gewesen wäre, über den Tod meines Vaters zu weinen, all die Tränen, die geweint werden mußten, und nicht bloß die paar, die Tante Greta in der Öffentlichkeit für angemessen hielt, dann hätte ich vielleicht am nächsten Tag, im nächsten Jahr lachen können. Ich hätte mir meine Freude bewahren können.

Vielleicht wäre ich, wenn ich aufhörte, die Erinnerung an seine Liebe zu fliehen, auch fähig, nicht mehr vor der Möglichkeit zu fliehen, daß andere mich liebten.

21. Kapitel

Es war dunkel, und als ich mein Appartement erreichte, ging das Nieselwetter langsam in richtigen Regen über. Ich trat in den Hausflur und schüttelte mich, um Haare und Schultern ein wenig trockener zu kriegen. Ich würde mir einen Kaffee machen und mich umziehen, bevor ich Ranson anrief.

Ich ging die Treppe hinauf, langsam, müde von dem Marsch und dem Tag. Ich hatte den Treppenabsatz der ersten Etage schon passiert, bevor ich den Schatten auf den Stufen über mir bemerkte. Scheiße. Sie mußten mich gesehen haben, hatten mich ganz sicher gehört. Die Wirklichkeit drängt sich nach vorn, wie sie es immer tut. Aber ich muß sagen, das Schicksal hat ein exquisites Timing.

Ich blieb reglos auf dem Treppenabsatz stehen, versuchte, mich zu entscheiden, ob ich mir lieber beim Runterrennen in den Rücken oder beim direkten Angriff in den Bauch schießen lassen wollte. »Hinter mir stehen zehn Bullen, und ich hab' eine Waffe«, sagte ich mit lauter und, so hoffte ich, drohender Stimme.

»Stimmt doch gar nicht«, sagte der Schatten. »Ich hab' vor zehn Minuten mit Joanne telefoniert, und die sagte, sie hätte keine Ahnung, wo du bist.«

Ich schätze, Milo und seine Günstlinge wären mir lieber gewesen. Die letzte Person, die ich sehen wollte, wartete oben auf der Treppe auf mich. Ich kam um den Treppenabsatz herum und schaute zu ihr hinauf. »Tut mir leid, wenn ich dich erschreckt habe«, sagte Cordelia. Sie saß auf der Treppe und wartete auf mich. »Du siehst naß aus.«

»Ich bin naß.« Ich stieg die Stufen langsam hinauf, bis dahin, wo sie saß. »Warum bist du hier?«

»Weiß ich nicht genau. Ich mußte dich sehen.«

»Viele Dinge aus der Nacht damals tun mir leid, aber am meisten schmerzt mich, daß ich nicht früher abgedrückt habe«, sagte ich geradeheraus, wütend darüber, daß sie hier war und meine bloßgelegten Empfindungen hinterrücks anfiel. Ich wünschte mir wirklich, ich hätte früher abgedrückt. Was den Tod von Jefferson Holloway anging, kannte ich kein Bedauern und keine Reue. Selbst wenn er Cordelias Vater war. »Tut mir leid, aber das ist die Wahrheit.«

Sie drehte ihren Kopf leicht zur Seite, wich meinem direkten Blick aus. Das Licht enthüllte ihre Augen und Wangen. Sie sah aus wie eine, die geweint, ihr Gesicht gewaschen und sich, so gut es eben ging, zum Ausgehen zurechtgemacht hatte, ohne die Spuren ganz verwischen zu können. Schon bedauerte ich meine Schroffheit.

»Entschuldige dich nicht«, sagte sie. »Natürlich ist das die Wahrheit. Wie könnte sie das nicht sein?« Sie machte eine Pause und atmete tief ein. »Er hatte wahrscheinlich schon lange geplant, seine Geliebte umzubringen. Ich bin die Tochter eines Betrügers, Ganoven und Mörders. Er machte sich Sorgen, daß er all das Geld verlieren könnte, das er von meinem Großvater bekommen hatte. Und so fügte er drei weitere Leute seiner Liste hinzu, und jetzt auch noch Ben. Die Frau war schwanger, nicht wahr?«

Ich nickte. »Im achten Monat.«

»Dann eigentlich sechs. Seine Geliebte, die Frau, die du hörtest, als er sie schlug, na ja, vielleicht hätte ich deren Tod noch am ehesten rational begreifen können. Sie hat sich wegen seines Geldes mit ihm zusammengetan, und wegen dem, was sie aus ihm rausholen konnte. Er hatte keine Zeit mehr, ihre Briefe zu vernichten, so hab' ich das rausgefunden. Aber es kamen noch drei unschuldige Menschen dazu und ein ungeborenes Kind.« Sie hielt inne. Plötzlich schlug sie sich mit der Faust aufs Knie. »Er sei verflucht! Ich hasse ihn!« Sie weinte. »Siehst du, ich habe egoistische Gründe. Ich hasse es, mein Leben in seinem Schatten zu verbringen. Gott verdamme ihn!« Sie schlug gegen die Wand.

»Cordelia.« Ich packte ihre Schultern, wollte nicht, daß sie sich selbst verletzte. »Cordelia, wir müssen damit aufhören ... tu dir nicht weh.«

Sie wischte sich die Tränen weg. »Tut mir leid. Du bist pitschnaß. Laß uns reingehen. Du brauchst trockene Klamotten.« Sie legte eine Hand auf meine, drückte sie, ließ sie dann los und stand auf.

»Ja, ich seh' bestimmt wie eine abgesoffene Ratte aus.« Ich öffnete meine Tür.

»Nein, nicht wie eine Ratte. Ratten haben keine Locken.«

Ich schaltete ein paar Lichter ein. Hepplewhite öffnete ein Auge, streckte sich, rollte sich dann zusammen und schlief wieder ein. Danke, Hep, schön zu wissen, daß du mich vermißt hast. Hutch und Ms. Clavish mußten sich gut um sie gekümmert haben. »Kannst du Kaffee machen, während ich mich umziehe?« fragte ich Cordelia. Ich fing an, in meinen Wandschrank zu stöbern. Sie ging in die Küche.

Ich fand ein Paar alte Jeans. Sie hatten ein aufgerissenes Knie, aber sie waren sauber und würden passen.

»Micky«, sagte Cordelia und steckte den Kopf durch die Küchentür. »Schreckliche Nachrichten. Es gibt keinen Kaffee mehr.«

»Verdammt. Scheißbullen. Die müssen den aufgebraucht haben. Schätze, die haben mich nicht so schnell zurückerwartet.« Es war wohl Hutch gewesen, der dachte, er könne den Vorrat aufstocken, bevor ich überhaupt merkte, daß etwas fehlte.

»Warum packst du?«

Ich hatte etwas Unterwäsche und ein T-Shirt oder zwei in eine kleine Reisetasche geworfen. »Ich fahr' raus zur Werft. Ich werde die Nacht dort verbringen.« Ich begriff, daß ich das schon die ganze Zeit über vorgehabt hatte. Ich wollte Cordelia nicht hier haben, weil sie mich aufhalten würde. »Ich werde morgen zurückkommen. Und ich werde Ranson anrufen, und mich von ihr soviel anschreien und ausmeckern lassen, wie sie nur will.«

Cordelia nickte langsam.

»Ich habe von einigen nie richtig Abschied genommen, und ich muß gehen. Bitte versuch nicht, mich aufzuhalten.«

»Nein, das werde ich nicht«, antwortete sie. »Kann ich dir helfen?«

»Ich glaube, ich habe alles, aber danke.«

»Kann ich dich irgendwo hinfahren?«

»Mein Auto steht ein paar Häuserblocks von hier.«

»Meins steht vor der Tür. Ich fahr' dich hin.«

Ich nickte zustimmend. Ich hatte nicht mehr so unheimlich viele trockene Klamotten, in die ich hätte schlüpfen können, und meine Regenjacke war in Ransons Wohnung.

Ich beendete das bißchen Packen, das ich noch zu tun hatte, kraulte Heps Ohren, schaltete die Lichter aus, und dann gingen wir. Cordelias Auto stand genau gegenüber. Normalerweise wäre mir so etwas nicht entgangen. Wir stiegen ein, und ich wies ihr den Weg zu meinem Auto.

»Micky«, sagte sie, als wir vom Bürgersteig wegfuhren. »Es tut mir so leid.« Sie warf mir einen schnellen Blick zu, konzentrierte sich dann aufs Fahren.

»Was tut dir leid? Du hast nichts getan.«

»Jemand aus meiner Familie muß sich bei dir entschuldigen. Ich bezweifle, daß es irgend jemand anderes getan hat.«

»Du kannst die Sünden anderer Leute nicht wieder gutmachen. Du wirst dein ganzes Leben damit verbringen, es zu versuchen, und es nicht einmal annähernd schaffen. Es ist fast unmöglich, die eigenen gutzumachen«, sagte ich mehr zu mir selbst als zu ihr.

»Ich brauche das. Ich brauche einen Abschluß. Ich brauche ... Vergebung«, sagte sie. »Du bist die einzige Person, die sie mir geben kann.«

»Du hast nichts getan, das Vergebung benötigt. Jedenfalls nicht mir gegenüber.«

»Wäre er diese Straße nur fünf Minuten später runtergefahren ...«

Wir erreichten mein Auto. »Ja, und wären wir fünf Minuten früher oder später dort gewesen. Hätte David nicht nochmal aufs Klo gemußt, bevor er seine Großmutter verließ, oder hätte ich beschlossen, daß ich auch noch mal mußte, oder sonst irgendwas, dann wäre es nicht passiert«, sagte ich. »Du und ich, wir sind nicht verantwortlich«, sagte ich mit Bestimmtheit. Ich nahm meine Reisetasche. Hinter uns hupte ein Auto.

Cordelia legte ihre Hand auf meinen Arm, um mich zurückzuhalten. »Laß mich mitkommen.« Sie fuhr ein Stück vor, um das hupende Auto vorbeizulassen. »Irgendwie sind du und ich miteinander verbunden. Jetzt, wo es mir endlich gelungen ist, das Thema zur Sprache zu bringen, kann ich es nicht einfach wieder loslassen, und dich auch nicht.«

Ich grübelte eine Minute darüber nach. »Ranson hat dir gesagt, wer ich bin, nicht wahr?« wollte ich wissen.

»Nein, ich wußte es. Wir haben nie darüber gesprochen. Ich wußte nicht, daß Joanne irgend etwas über deine Vergangenheit weiß.«

»Wie hast du's rausgefunden?«

»Erzähl' ich dir auf dem Weg. Ist 'ne lange Geschichte.«

»Sind sie das nicht alle?« antwortete ich. »Schön, du kannst mitkommen.« Ich erklärte ihr den Weg aus der Stadt heraus.

Es war viel los auf der regennassen Straße. Wir redeten über kaum etwas anderes als den Autoverkehr und Richtungsanweisungen, bis wir aus der Stadt raus waren. Ich versuchte, mir darüber klarzuwerden, ob ich Cordelia bei mir haben wollte, oder ob ich zu diesem Zeitpunkt überhaupt noch etwas daran ändern konnte. Ich beschloß, daß ich's nicht konnte, und außerdem war ich neugierig.

»Hunger?« fragte sie, als wir die Außenbezirke erreichten. »Vielleicht sollten wir uns auf dem Weg irgendwo was zu Essen besorgen.«

Ich hatte Hunger. Das einzige, was ich heute gegessen hatte, waren die Langusten auf dem Pier.

Sie fuhr auf den Parkplatz eines kleinen Lebensmittelladens. »Ich sterbe vor Hunger. Irgend etwas, das du ganz bestimmt nicht essen wirst?«

»Okra, außer in Gumbo«, antwortete ich. »Da draußen gibt's keine Elektrizität. Außerdem bin ich pleite.«

»Mach dir keine Sorgen. Ich bin eine reiche Erbin. Nutz das aus. Bin gleich wieder da.« Sie stieg aus und ging in den Laden. Ich wartete im Auto. Wann und wie hatte sie erfahren, daß ich Lemoyne Robedeauxs Tochter war? Sie hatte bis heute morgen nicht wissen können, daß ich ihren Vater getötet hatte. Oder? Ich hatte diese Nacht so vollständig ausgeblendet, daß ich mich nicht erinnerte, was überhaupt irgend jemand wissen könnte. Natürlich hatte ich mit der Polizei geredet, aber nie zugegeben, daß ich in dem Kleinlaster gewesen war. Ich hatte immer geglaubt, ich hätte alles geleugnet. Aber vielleicht nur mir selbst gegenüber.

Cordelia kam zurück und legte eine Tüte mit Lebensmitteln auf den Rücksitz. »Kein Okra«, sagte sie, während sie einstieg. Sie ließ den Wagen an und fuhr weiter.

»Zeit für 'ne lange Geschichte?« wollte ich wissen, als wir den spärlichen Verkehr vor dem Laden und der Tankstelle hinter uns gelassen hatten.

Sie nickte, warf mir einen Blick zu und fing an. »Mein Vater war ein sehr charmanter Ganove. Ich war zwölf, als er starb. Jeder mochte ihn, wenigstens anfangs. Zwischen meinen Eltern gab es schon lange Spannungen.

Nachdem er gestorben war, schien meine Mutter irgendwie ... erleichtert. Ich war wütend auf sie, weil sie so empfand. Wir stritten uns, und sie sagte mir, daß sie mir eines Tages alles erklären würde. Was sie auch tat, als ich neunzehn war. Sie sagte, daß ich ein Recht hätte, es zu wissen, und mich nicht mit der beschönigten Holloway-Version begnügen dürfte. Sie zeigte mir die Briefe seiner Geliebten, darunter auch die Erpresserbriefe. Ich weiß noch, wie schockiert ich war. Ich dachte immer, Ehebruch passierte nur bei anderen Leuten, nicht in unserer Familie.

Dann erzählte sie mir, wie er gestorben war. Daß er es verdient hatte.«

»Was könntest du wohl wissen?« fragte ich. »Über diese Nacht.«

»Was in dem Polizeibericht hätte stehen sollen. Großvater Holloway hat Zugang zu all den richtigen Akten. Die Frau hinten auf dem Laster wurde als seine Geliebte identifiziert. Der beiseitegeworfene Benzinkanister stammte aus dem Auto meines Vaters und war mit seinen Fingerabdrücken übersät. Bremsspuren ließen erkennen, daß er auf der falschen Seite fuhr und den Unfall verursacht hatte. Streichhölzer und Zigarette hielt er noch in der Hand. Eine Autopsie brachte zutage, daß seine Geliebte, ich kann mich an ihren Namen nicht erinnern, zu Tode geprügelt worden war. Die anderen ...«

Ich legte meine Hand auf ihren Arm, um sie zu stoppen. »Ich will es nicht wissen. Ich will glauben, daß sie bei dem Unfall umgekommen sind.«

»Okay«, antwortete sie und sagte dann nichts mehr.

Ihr Schweigen sagte mir, daß sie nicht beim Unfall, sondern im Feuer gestorben waren. Ich versuchte, geradeaus auf die Straße vor mir zu starren, mich auf irgend etwas zu konzentrieren, nur nicht auf das grausige Detail, das ich soeben erfahren hatte. In dieser Nacht hatte es keine Gnade gegeben, nicht eine Spur von Erbarmen. Mein Gesicht verzog sich zum Weinen, wie bei einem Kind, das Schmerzen hat.

»Micky ...«, begann Cordelia. Aber es gab keine Worte. Ich hörte mein rauhes Schluchzen in der Stille des Regens.

»Bieg hier ab«, sagte ich, versuchte, die Kontrolle wiederzufinden, darauf zu achten, wohin wir fuhren, und nicht auf meine Qualen. Aber ich konnte nicht aufhören zu weinen.

»Es tut mir leid«, sagte Cordelia. »Ich hätte es dir nicht sagen sollen.«

»Ist schon okay. Es ist nicht dein Fehler«, sagte ich schließlich. »Es hat nur einen Alptraum bestätigt. Wenn es niemand gewußt hätte, dann hätte ich es dabei bewenden lassen, aber da es eine Autopsie gab, die feststellte, ob sie im Feuer starben oder nicht, hätte ich es wissen wollen. Früher oder später.« Ich machte eine Pause. Wir fuhren durch den Regen weiter. »Hier«, sagte ich.

»Was?« fragte sie.

»Hier ist es passiert«, erklärte ich.

»Mein Gott«, flüsterte Cordelia und wurde langsamer.

Es gab keine Spuren, nichts, das diesen Ort markierte, außer meiner Erinnerung.

»Willst du, daß ich anhalte?« fragte sie.

»Nein, es gibt nichts zu sehen«, entgegnete ich. »Erzähl deine Geschichte weiter«, sagte ich, als wir die Kurven hinter uns ließen.

»Der Polizeibericht. Irgend jemand mußte meinen Vater erschossen haben. Sie wußten, daß du im Laster warst, weil die andere Frau ...«

»Alma. Alma Beaugez.«

»Ihre Mutter sagte, du wärst dort gewesen. Daß du dabeigewesen wärst, als dein Vater Alma und ihren Sohn abholte. Durch Ausschluß der anderen Möglichkeiten kam die Polizei zu dem Schluß, daß du diejenige warst, die geschossen hat, aber sie waren sich nie ganz sicher. Großvater wollte keine Untersuchung. Dad war ... nun ja, nicht daran interessiert gewesen, seßhaft zu werden, wie man im Süden beschönigend sagt.«

»Er hat deine Mutter betrogen.«

Cordelia machte eine Pause, antwortete dann: »Regelmäßig, so schien es, genau wie ... andere Dinge, die Schande auf den Namen der Familie gebracht hätten. Großvater ist — war einer vom alten Schlag, mit sehr strengen Vorstellungen von Familie und solchen Sachen. Das Problem war nicht, daß Dad eine Frau ermordet hatte; eine Prostituierte kann man nicht wirklich umbringen, nicht nach Meinung meines ...« Sie hielt inne, beruhigte sich selbst.

»Nicht in dem Süden, den dein Großvater kannte.«

»Nein. Frauen waren entweder Jungfrauen, die man um jeden Preis beschützen mußte, oder Huren, auf denen man herumtrampelte. Meine Mutter, eine anständig verheiratete Frau, mußte beschützt werden.«

»Um jeden Preis.«

»Ja, Mutter und Kind, eine Tochter noch dazu. Gott verhüte, daß man sie Dingen wie Sex aussetzt«, kommentierte Cordelia sardonisch, dann war sie einen Augenblick lang still, bevor sie ruhig sagte: »Ich glaube nicht, daß Dad jemals glaubte, es könne wirkliche Konsequenzen haben. Es gab immer einen Ausweg. Wenigstens für ihn. Wie auch immer, Großvater hatte ihn jedenfalls wiederholt gewarnt und schließlich den letzten Einfluß genutzt, den er hatte — Geld. Würde man Dad auch nur in einer annähernd kompromittierenden Situation finden, wär's das gewesen. Großvater würde sich bei einer Scheidung auf die Seite meiner Mutter stellen, und Dad stünde ohne einen Pfennig da. Großvater wußte, daß dies das Verhalten meines Dads ändern würde, aber ich schätze, er wußte nicht, daß es einen Mörder aus ihm machen würde.«

»Also war es nicht der Mord an dieser Frau, sondern die Tatsache, mit ihr gesehen zu werden.«

»Das ist Wahnsinn, nicht wahr? Dad mußte vermeiden, als Beteiligter an einem Unfall in der Mitte von Nirgendwo gemeldet zu werden, weil er in Gesellschaft einer Frau war, die nicht seine Ehefrau war. Aber ... wenn die Frau im Laster war ... mit den anderen Unfallopfern ...«

»Und er ein gottverdammtes Feuer entfacht, damit die Leute, die noch im Laster sind, nicht mehr aufwachen und sich fragen, wie eine weitere Frau bei ihnen gelandet ist ... wie verflucht praktisch. Seine Geliebte wurde in einem Unfall getötet, mit dem er nichts zu tun hatte«, beendete ich die Überlegung bitter.

»Dad hätte sich den Konsequenzen nicht stellen müssen«, sagte Cordelia ruhig. »Er konnte einfach von allem wegfahren.«

»Fast hätte es geklappt. Zu schade, daß ich da noch war, mit einem Gewehr. Aber ich war nicht wirklich da, oder? Nicht laut der Version, die das Holloway-Geld gekauft hat«, sagte ich beißend. Dann begriff ich, daß Cordelia nicht die richtige Person für meinen Haß war, daß sie mich ihr meine Wut entgegenschleudern ließ, einfach weil sie wußte, daß sie die letzte Zielscheibe für mich war.

»Es tut mir leid«, sagte sie schließlich.

Ich zuckte mit den Achseln.

»Ich schätze, Großvater war der Ansicht, Dad hätte bekommen, was er verdiente, und daß eine Untersuchung und ein Prozeß den Rest von uns bloß durch den Dreck ziehen würden. Das wollte Großvater vermeiden; also zog er ein paar Fäden. Eigentlich ziemlich viele Fäden. Offiziell starb Dad in einem Unfall sechzig Kilometer entfernt und einen Tag später. Der Gewehrschuß verschwand, und die Todesfälle wurden als Unfälle deklariert, keine Verbindung zwischen dem Unfall, der deinen, und dem, der meinen Vater tötete. Und dann wurden die Akten geschlossen. 'Hübsch bereinigt', wie meine Mutter sagte.« Sie machte eine Pause und warf mir einen Blick zu.

»Kein Wunder, daß Ben glaubte, er sei noch am Leben ... Es ist hier links rauf.«

Cordelia fuhr in die Einfahrt zur Werft. Ich sprang aus dem Auto und öffnete das Tor, schloß es wieder, nachdem sie hindurchgefahren war.

»Ich habe deine Tante getroffen«, sagte sie, als ich wieder einstieg. Ich warf ihr einen fragenden Blick zu. »Nachdem meine Mutter es mir erzählt hatte, wollte ich dich aus irgendeinem Grund kennenlernen. Ich hatte das Gefühl, als müßte ich das. Also besorgte ich mir bei Großvater die Adresse und ging dorthin. Deine Tante sagte, du wärst ausgezogen und sie hätte keine Ahnung, wo du bist. Sie erzählte mir auch, ich solle mir die Mühe sparen, nach dir zu suchen, denn es habe sich herausgestellt, daß du nichts taugst.«

»Tante Greta, die Großzügigkeit in Person«, kommentierte ich sarkastisch. Ich wies auf den Pfad, der zum Haus führte.

»Hast du jemals etwas von dem Geld bekommen? Großvater hat jeden Monat fünfhundert Dollar geschickt, für deinen Unterhalt. Er fuhr raus zu eurem Haus in Metairie, um das zu arrangieren. Deine Tante sagte, du seist in Behandlung, die sehr teuer sei.«

»Diese verknöcherte alte Diebin!« explodierte ich. »Also hat sie an mir einen Batzen Geld verdient. Der einzige Grund, warum sie mich aufnahm, war, daß sie die Lebensversicherung meines Dads kassieren konnte. Fünfzigtausend. Und jetzt finde ich raus, daß sie von deinem Großvater noch zusätzlich fünfhundert Dollar im Monat bekommen hat! Sie sei verflucht!«

Cordelia hielt vor dem Haus und stellte den Motor ab.

»Dann habe ich da die Stimme deines Großvaters gehört«, fuhr ich fort, erinnerte mich an meine Reaktion, als ich ihm den Film gegeben hatte.

»Ja, da muß es gewesen sein.«

»Wußtest du damals schon, daß ich es war?« fragte ich.

»Nein, aber ich dachte darüber nach. Ich habe bei deiner Tante ein Bild von dir gesehen.«

»Sie hat ein Bild von mir?«

»Ein Gruppenbild. Da warst du drauf. Sie zeigte es mir und merkte dabei an, daß du dunkler seist als eine Robedeaux hätte sein sollen.«

»Tante Greta, ein Musterbeispiel an Toleranz«, bemerkte ich bitter. Der Regen trommelte aufs Autodach.

»Laß uns reingehen.« Cordelia schnappte sich die Lebensmittel, und wir rannten zur Veranda.

»Warte hier«, sagte ich, während ich eintrat. Ich fand eine Laterne, steckte sie an, ließ Cordelia dann mit einer Handbewegung eintreten.

»Küche?« fragte sie.

Ich ging voran und entzündete ein paar Kerzen und die

Sturmlaterne, um Licht in der Küche zu machen. Mit Holz brachte ich den Ofen in Gang. Es war bitterkalt hier drinnen.

»Suppe und Butterbrote?« fragte Cordelia.

»Hört sich toll an. Wenn du dich hier zurechtfindest, geh' ich und zünde das Kaminfeuer an.«

Sie nickte. Ich ging zurück ins Wohnzimmer. Als ich gerade ein prasselndes Feuer entfacht hatte, kam Cordelia mit einem Teller voller Butterbrote und zwei dampfenden Tassen Suppe aus der Küche.

»Danke.« Ich biß in ein Brot. »Ich weiß das zu schätzen.«

»Ich hab' heute noch nicht viel gegessen. Ich nahm an, du auch nicht.« Wir versanken in Schweigen, aßen und ließen uns vom Feuer wärmen. Während ich ein Truthahn-Sandwich verschlang, stellte Cordelia ihren Teller ab und sagte: »Ich wußte es an dem Tag, als wir uns im Park begegneten.«

»Wie?« fragte ich zwischen den Bissen.

»Danny Clayton. Ich hab' ein Foto von dir in ihrem Appartement gesehen. Ich fragte so nebenbei, wer du bist, sagte, du kämst mir bekannt vor. Was du auch tatest, weil ich dich gesehen hatte, als du den Film abgeliefert hast. Sie sagte, ihr wärt beide aus dem Bayou St. Jack's, aber deine Eltern wären bei einem Verkehrsunfall gestorben, und du wärst bei einer grauenhaften Tante aufgewachsen. Ich rechnete mir aus, daß Michele Knight und Michele Robedeaux ein und dieselbe Person sein mußten.«

»Touché. Du hast es Danny nicht gesagt?«

»Nein, das war deine Sache. Wenn du es nicht getan hattest, wollte ich es auch nicht tun.«

»Danke.«

»Warum Knight?« fragte sie. »Siehst du dich selbst als Ritter in strahlender Rüstung*?«

»Nein«, lachte ich. »Komm her, ich zeig' dir was. Denk dran, daß ich zu diesem Zeitpunkt achtzehn war.« Ich führte

---

* *knight* = Ritter.

sie in die Ecke direkt neben meinem Zimmer. An der Wand dort hingen ein paar alte Bilder und ein Schild aus Messing. Ich hielt die Laterne vor das Schild.

»Knight of Tides. Der Ritter der Gezeiten«, las Cordelia.

»Das Boot meines Großvaters. Sein Name. Er war Garnelenfischer. Dad montierte das Messingschild ab, als mein Großvater das Boot verkaufte.«

»Deshalb Knight«, sagte sie.

»Ich wollte einen Namen aus der Familie, aber keinen, der mich irgendwie verband mit ...« Tante Greta und dem Unfall. Ich ließ es ungesagt. Statt dessen zuckte ich mit den Schultern und fragte: »Warum heißt du James und nicht Holloway?«

»Der Mädchenname meiner Mutter. Nach dem Tod meines Vaters hat sie den wieder angenommen. Sie sagte, ich könne weiter Holloway heißen, wenn ich wollte, aber wir zogen um, und ich kam in eine neue Schule und wollte nicht andauernd erklären müssen, warum ich einen anderen Namen hatte als meine Mutter. Welcher davon ist dein Vater?«

»Der da.« Ich wies auf das beste der Bilder von ihm.

»Ihr seht euch überhaupt nicht ähnlich«, kommentierte Cordelia.

»Wir sind nicht miteinander verwandt. Keine Blutsverwandten, meine ich.« Sie warf mir einen fragenden Blick zu. »Eine lange Geschichte«, antwortete ich.

»Ich hab' Zeit.«

»Meine Mutter war ein Mädchen hier aus der Gegend. Sie geriet in Schwierigkeiten. Schwanger mit sechzehn. Ihr Vater setzte sie vor die Tür. Schmiß sie einfach raus, weil sie Schande über die Familie gebracht hatte. Dad las sie von der Straße auf und ließ sie bei sich wohnen, bis ihr Vater wieder Vernunft annahm. Da sie nicht weniger schwanger wurde, wurde ihr Dad auch nicht vernünftiger.« Ich erzählte die Geschichte im Tonfall meines Vaters, wiederholte, was er mir erzählt hatte. »Dad war damals vierunddreißig. Wie du auf dem Foto erkennen kannst, war er kein gutaussehender Mann. Er wurde im Zweiten Weltkrieg verwundet und humpelte.« Ich schaute mir das Bild meines Vaters an. Er war groß und mager, hatte schütteres Haar und unzählige Sommersprossen. Nein, kein gutaussehender Mann, aber das war mir nie aufgefallen. »Irgendwann bot er ihr an, sie zu heiraten, damit das Kind, damit ich kein Bastard war. Er hatte sich immer Kinder und eine Familie gewünscht. Irgendwann viel später, nachdem ich geboren war, verliebten sie sich ineinander und beschlossen, zusammenzubleiben. Wenigstens für eine Weile. Also machte meine Mama die High School fertig, und Dad unterstützte sie während der Collegezeit. Das hiesige Junior College. Mich hat er immer behandelt, als wäre ich seine Tochter.« Ich hielt ein. Ich spürte, daß meine Stimme gleich versagen würde.

»Wo ist deine Mutter jetzt?« fragte Cordelia.

»Ich weiß es nicht«, antwortete ich. »Sie verließ uns, als ich fünf war.«

»Warum?«

»Sie hinterließ eine Nachricht, auf der stand, daß sie uns am Ende hassen würde, wenn sie den Rest ihres Lebens hier bliebe. Und sich selbst auch. Das Beste, das sie für uns alle tun könne, sei wegzugehen. Sie schickte uns ein paar Postkarten aus New York City, auf denen sie uns mitteilte, daß sie glücklich war und daß sie hoffte, wir seien es auch. Ich denke, deshalb bin ich aufs College in New York gegangen. In der Hoffnung, daß ich sie vielleicht finde. Hab' ich aber nie.«

»Das tut mir leid«, sagte Cordelia. »Es muß ganz schön schwer für dich sein.«

Ich zuckte lässig mit den Schultern, nahm dann eine alte Zigarrenkiste vom Bücherregal und fing an, die Fotos darin zu durchsuchen. Als ich dasjenige gefunden hatte, das ich wollte, reichte ich es Cordelia.

»Sie ist eine sehr schöne Frau«, sagte sie, während sie das kleine Farbfoto betrachtete. »Sieht dir sehr ähnlich. Latina?«

»Nein, Griechin, zumindest teilweise. Ihr Mädchenname

war Helen Nikatos.« Ich wollte noch mehr sagen, aber ich traute meiner Stimme nicht mehr.

»Micky, weinst du?«

»Nein, ich bin okay.« Ich wischte mir hastig über die Augen. »Ich schätze, ich bin ziemlich müde.«

»Darf ich dich in den Arm nehmen?«

Ich konnte fühlen, daß sie mich beobachtete, daß sie sehr nah bei mir stand, während keine von uns sich bewegte. Ich fing an, in Deckung zu gehen, meine instinktive Reaktion.

»Ja, ich ... ja«, sagte ich schließlich.

Sie legte ihre Arme um mich. Ich gestattete mir, an ihrer Schulter zu weinen. Sie sagte: »Können wir uns hinsetzen? Es kommt mir vor, als wäre ich schon den ganzen Tag auf den Beinen.«

Ich nickte. Wir gingen hinüber zur Couch vor dem Kamin und setzten uns hin.

Cordelia legte ihren Kopf an meine Schulter. »Hier fühlt es sich so warm und sicher an. Ich wünschte mir fast, wir müßten nie wieder weggehen.«

Ich drehte meinen Kopf zur Seite und betrachtete sie; das flackernde Orange des Feuers brachte das glänzende Kupferrot ihrer Haare zum Vorschein. Ihre Augen waren immer noch erstaunlich blau, selbst im bernsteinfarbenen Schein des Feuers.

Ich strich ihr eine Haarsträhne aus der Stirn, berührte die Stelle dann sanft mit meinen Lippen.

Sie seufzte, verlagerte ihr Gewicht ganz leicht und ließ sich dann gegen mich sinken.

Auf einmal hatte ich das Gefühl, als würde ich fallen, so als wäre ich gerade über den Rand einer Klippe getreten. Obwohl ich mich nicht bewegt hatte, spürte ich das Gefühl, das körperliche Gefühl von Fallen bis in meine Magengrube. Ein Teil davon war sexuell, das wußte ich, ein Ansturm des Verlangens nach ihr. Aber es war viel mehr als das. Ich war dabei, mich zu verlieben, in etwas hineinzustürzen. Ich fiel, und ich hatte keine Ahnung, wo ich landen würde. Wenn ich danach ging, was ich über uns beide wußte, dann hatten wir keine große Chance. Aber ich wußte, daß ich es bis zum Ende durchziehen würde. Ich konnte dieses Fallen genauso wenig aufhalten wie ich jeden tatsächlichen Fall hätte aufhalten können. Und ich hatte Angst. Du fällst, Micky, und es gibt niemanden mehr, der dich auffängt.

Cordelia seufzte wieder und bewegte sich. Sie ertappte mich dabei, wie ich sie beobachtete. Ich wußte, daß ich wegschauen sollte, mich von ihren Augen losreißen sollte, weil mein Verlangen für sie sichtbar sein mußte.

»Cordelia James, im Widerschein des Feuers bist du eine wunderschöne Frau«, entfuhr es mir, ich war nicht fähig, mich abzuwenden.

»Und wie ist das bei Tageslicht, wenn du mich deutlich sehen kannst?« Sie lächelte mich an.

»Dann auch.« Ich fuhr mit dem Finger ihr Kinn entlang, verweilte dann auf der Weichheit ihrer Wange. Irgendwie erschien mir das Wissen um die Tatsache, daß ihre Hochzeitsankündigung heute in der Morgenzeitung gestanden hatte, sehr weit entfernt. Es gab nur uns beide in dieser vom Feuerschein eingeschlossenen Welt, in der alles möglich war.

Ich beugte mein Gesicht über sie, langsam, vorsichtig, um ihr die Gelegenheit zu geben, mich zu hindern, wenn sie das wollte. Sie schaute nicht weg. Ich küßte sie sanft, behutsam, kostete den Augenblick aus. Ich fühlte, wie sich ihre Arme fester um mich legten, dann den erregenden Reiz ihrer Zunge in meinem Mund. Ich umarmte sie wild, küßte sie tief, aus einem Verlangen heraus, von dem ich nie gewußt hatte, daß ich es besaß.

Ich fühlte die Wärme einer ihrer großen Hände, als diese sich auf meine Brust legte. Sie drückte sie und entlockte mir ein Keuchen.

Dann ließ sie mich plötzlich los und zog sich zurück. »Es tut mir leid, Micky, ich kann das nicht tun. Es ist nicht richtig.

Für mich. Ich habe dir was vorgemacht, und dafür entschuldige ich mich.« Sie stand auf.

Ich ließ sie gehen, versuchte nicht, sie aufzuhalten. »Das ist schon okay.« Ich stand auf, sehnte mich immer noch schmerzlich nach ihr. »Ich schätze, die Geschehnisse des Tages haben uns beide mitgerissen. Wir sind müde.«

»Ich bin ...« Cordelia schüttelte den Kopf, so als ob sie mit sich selbst kämpfte. »Ich kann nicht ...« Sie brach wieder ab, so als wolle sie etwas sagen, wäre sie aber nicht dazu imstande. »Es tut mir leid. Ich schätze, ich bin müde«, wiederholte sie meine höflichen Lügen.

»Ich bezieh' dir dein Bett«, sagte ich, um den unbehaglichen Augenblick zu unterbrechen.

»Nein, das mach' ich schon. Wie wär's denn mit 'ner Decke? Ich könnte so zusammenbrechen.«

»Schlafsack?«

Sie nickte. Ich ging zum Schrankkoffer meines Großvaters und holte einen Schlafsack heraus. Ich führte sie in den Raum, der einmal das Schlafzimmer meines Vaters gewesen war. Ich stellte die Kerze ab und wandte mich zum Gehen.

»Micky, ich ...«

Ich wandte mich ihr wieder zu, aber sie stand einfach da, und es kamen keine Worte.

»Gute Nacht, Micky«, sagte Cordelia schließlich.

»Gute Nacht.« Ich schloß beim Gehen die Tür hinter mir. Ich holte mir auch einen Schlafsack, ging aber nicht in mein Zimmer. Statt dessen setzte ich mich vors Feuer, beobachtete, wie die Flammen aufflackerten, dann allmählich in Glut erstarben, und ich fragte mich, was geschehen war. Nicht nur gerade eben mit Cordelia, sondern den ganzen Tag über. Im Vergleich damit erschien die Tatsache, daß ich mich verliebt hatte und zurückgewiesen worden war, eher unwichtig. Sogar wie ausgleichende Gerechtigkeit. Ich hatte Danny genau das angetan, was Cordelia mir soeben angetan hatte. Es gab keine Möglichkeit, mich ehrlich gegen mich selbst zu betrachten, und nicht zu dem Schluß zu kommen, daß ich es verdient hatte.

»Ganz schlug das Rad den Kreis; ich unterliege«, eine Zeile aus irgendeinem Stück. Ich konnte mich nicht erinnern, aus welchem, aber es schien mir passend. Ich fragte mich, wo ich die Freude in meinem Lebenskreis finden konnte. Wenn ich es konnte. Heute Ben. Frankie vor einer Woche. Barbaras Leben hing immer noch an einem seidenen Faden. Und vor zwanzig Jahren Alma und der kleine David. Er wäre heute ein gutaussehender Mann von dreiundzwanzig Jahren und sie eine stolze Frau.

Und mein Vater. Mein Dad würde jetzt hier sitzen und mir einen Rat geben. Ich versuchte, es mir vorzustellen. Er wäre älter, aber ich konnte mich an ihn nur in seinen Vierzigern erinnern, und dieses Bild konnte ich nicht ändern. Ich sah ihn, wie er damals war, rötliche Haare, die langsam grau wurden. Er würde sich seinen Stuhl heranziehen und sich rittlings draufsetzen, die Ellenbogen aufgestützt. »Lee Robedeauxs Beratungsstelle für Liebeskranke hat jetzt geöffnet« würde er dann mit diesem Grinsen sagen, das einem zu verstehen gab, daß er es ernst meinte, aber nicht ernster als nötig. Und ich würde dann sagen: »Ich liebe sie, Dad, aber sie ist nicht interessiert.« »Ihr Schaden«, würde er schnauben, »irgendwann wird sie erwachen und begreifen, was für einen Fehler sie gemacht hat.« Und es würde nichts ändern, aber ich würde mich besser fühlen.

»Danke, Dad«, flüsterte ich in die letzte Glut. Ich war müde und sollte versuchen zu schlafen, aber das schien unmöglich zu sein. Statt dessen saß ich da und fragte mich, wie weit der Sonnenaufgang wohl noch entfernt war.

Hinter mir hörte ich eine Bohle knarren. Ich drehte mich um. Cordelia stand da, und ihre Umrisse zeichneten sich gegen den rötlichen Schein der Glut ab. »Ich konnte nicht schlafen«, sagte sie nach einer Minute.

»Komisch, ich auch nicht. Vielleicht sind es die Grillen.«

»Nein, nicht bei mir«, sagte sie. »Ich konnte nicht aufhören, nachzudenken.«

»Über?« fragte ich.

Sie setzte sich auf die Couch, blickte in die Glut, antwortete nicht. »Kann ich noch ein Holzscheit nachlegen?«

Ich nickte. Sie stand auf und legte ein Scheit ins Feuer, verursachte einen Funkenregen. Für einen Moment verbarg das Scheit die Glut, verdunkelte den Raum, dann fing es Feuer und glühte orangefarben auf. Sie setzte sich wieder auf die Couch.

»Wie wär's mit 'nem Scotch?« fragte ich. »Vielleicht hilft er dir beim Einschlafen.«

Sie schüttelte den Kopf. »Nein, nein danke.« Eine Pause, dann sagte sie: »Vergebung. Das ist es, worüber ich nicht aufhören konnte, nachzudenken. Du bist der einzige Mensch, der mir vergeben kann.«

»Du hast doch nichts getan ...«

»Das weiß ich. Intellektuell wenigstens. Aber trotzdem ... etwas hängt noch in der Schwebe.«

»Wenn du meine Vergebung brauchst, dann hast du sie. Ich vergebe dir. Aber wenn überhaupt, dann brauche ich deine Freisprechung. Ich habe den Abzug durchgedrückt.« Ich war vor so vielen Menschen davongelaufen, weil ich immer gedacht hatte, sie würden mich verachten, wenn sie wüßten, wer und was ich wirklich war. Aber wenn diese Frau, die Tochter des Mannes, den ich getötet hatte, mich nicht haßte, nicht vor mir davonlief ... vielleicht war eine Absolution dann ja möglich.

»Und ich vergebe dir. Aber die Worte reichen nicht aus, nicht wahr?« Sie hielt inne und starrte in die flackernden Bernsteinflammen. »Sie bringen niemanden zurück und sie ... berühren die andere nicht tief genug. Ich will mit dir schlafen. Da, jetzt hab' ich's gesagt. Meine Widersprüchlichkeit muß dir zu denken geben.«

»Ich habe niemals Preise für meine Beständigkeit gewonnen«, antwortete ich und wußte, daß sie recht hatte, Worte reichten nicht aus.

»Würdest du mich lieben? Oder ist es zu unverschämt, darum zu bitten?«

»Eine Frage«, sagte ich, wohl wissend, daß ich Ja sagen würde, egal wie ihre Antwort ausfiel, und obwohl ich mich deswegen nicht mochte.

Sie schaute mich erwartungsvoll an.

»Willst du ihn immer noch heiraten?«

»Ja«, sagte sie leise.

»Was bin ich? Eine letzte schnelle Nummer vor der Hochzeit?« fragte ich schroff, wütend auf uns beide.

»Vielleicht«, antwortete sie, ohne mit der Wimper zu zucken, und schaute mich einfach an.

»Zwei Betten zur Auswahl, oder der Boden vor dem Kamin. Such's dir aus.« Ich stand auf und zog in einer Bewegung mein Sweatshirt und mein T-Shirt aus, ließ sie dann zu Boden fallen.

Sie blieb regungslos stehen. Ich fing an, den Reißverschluß meiner Hose herunterzuziehen.

»Nicht. So nicht. Jetzt zahl es mir nicht auf diese Weise heim.«

Ich hielt inne, stand ganz still, fühlte die Kälte auf meinen nackten Brüsten.

»Was dann?« wollte ich wissen, nicht bereit, meine Verletzlichkeit einzugestehen.

»Ich ...« Sie atmete tief ein, hob dann meine Shirts vom Boden auf und reichte sie mir. Sie unterbrach die Stille des Feuers. »King Lear hat sich umgebracht. Vielleicht nicht direkt. Aber ... das T-Shirt, das ich dir in der Nacht gab, die du bei mir verbracht hast.«

Ich nickte und zog mein Sweat-Shirt wieder an.

»Wir haben über zwei Jahre zusammengelebt. Eines Abends kam ich ziemlich spät nach Hause. Ich studierte damals Medizin. Ich rief sie, aber sie gab keine Antwort. Ich dachte, Kath würde wie immer lange arbeiten. Um Mitternacht klingelte das Telefon. Ein Anstaltsärztin des Krankenhauses *Elizabeth Regina;* jemand, den ich kannte, rief an. Das Krankenhaus hatte sich vor Stunden mit ihrer Familie in Verbindung gesetzt, aber ...« Cordelia hielt inne und atmete zitternd aus.

Ich streckte meinen Arm aus, nahm ihre Hand und hielt sie mit meinen beiden umschlossen. »Es tut mir leid.«

Sie nickte und hielt meine Hand.

»Von dem Auto war nicht mehr viel übrig. Sie sagten, sie hätte die Kontrolle verloren. Aber das glaube ich nicht. Kath hat nie irgend etwas verloren. Sie ließ einfach los. Ich denke nicht, daß sie mit dem Auto ein bestimmtes Ziel erreichen wollte. Sie war von Zeit zu Zeit in solch finsterer Stimmung. Aber die schien am nächsten Tag immer verflogen zu sein. Ich schätze, ich war damals jung genug, um zu glauben, daß ich sie retten könnte. Daß es irgendwie schon genug sein würde, wenn ich sie mit meiner ganzen Kraft liebte.

Die Dinge sahen nicht so rosig aus. Sie war Bühnenbildnerin beim Theater; sie hatte sich mit dem Regisseur zerstritten, und man hatte ihr gesagt, sie solle das Bühnenbild noch einmal von Grund auf neu gestalten. Und Kaths Eltern fanden das mit uns beiden heraus, und sie drohten damit, sie einweisen zu lassen. Ich war weit weg, zu beschäftigt damit, zu lernen, wie man Leute rettet, um mich auch noch um sie zu kümmern.«

»Du kannst dir doch nicht selber ...«, unterbrach ich sie.

»Ich weiß, ich weiß. Aber ich kann mir nicht helfen. Am Tag zuvor hatten wir uns gestritten. Sie hinterließ morgens eine Nachricht, was sie manchmal tat, aber üblich war es eigentlich nicht. Darauf stand: 'Tut mir leid, Cordelia. Liegt nicht an dir. Ich liebe dich.' Vielleicht tat es deshalb noch einmal so weh. Zu wissen, daß ich sie liebte, und daß sie mich liebte, und daß trotzdem ... Liebe keine Lösung ist. Ich hatte immer gedacht, sie wäre es.«

»Irgend etwas sollte es auch sein. Aber ich habe es bis jetzt nicht gefunden.«

»Ihre Familie stürzte auf uns nieder. Wie die Geier. Nahmen bis auf das Autowrack alles, was wir hatten, an sich, und flogen sie zur Beerdigung nach Kansas zurück.«

»Scheiße, diese Ungeheuer«, warf ich ein.

»Jetzt sehe ich die Leute an und frage mich, wann sie mir wegsterben. Ich will nicht, daß das wieder geschieht. Also habe ich meine Wahl getroffen. Thoreau ist anständig und lieb. Wir sind Freunde, und in ihm sind keine größeren Überraschungen verborgen.«

»Eine kleine Lobeshymne, die ihn niederstreckt«, merkte ich an.

»Er erlaubt mir, das Leben zu leben, das ich will. Beim Sex brennt nicht gerade ein Feuerwerk ab, aber es reicht aus. Ich mag ihn. Und er wird mir nie das Herz aus der Brust reißen. Er ist sicher.«

»Was hat das mit heute nacht zu tun?« fragte ich.

Sie blickte ins Feuer, bevor sie mich wieder anschaute. »Ich mag dich, Micky. Sehr sogar. Und das macht mir eine Heidenangst.«

»Warum? Was könnte ich dir antun?«

»Du könntest sterben. Beim nächsten Mal könnte die Kugel in deinem Kopf stecken. Oder der Messerstich etwas tiefer gehen und näher an einer Hauptschlagader sitzen. Damit will ich nichts zu tun haben. Ich will nicht diejenige sein, die sie um vier Uhr morgens anrufen, damit ich in die Leichenhalle komme und dich identifiziere. Du lebst zu sehr auf Messers Schneide für mich.«

»Überlaß meiner Tante Greta die Identifizierung. Sie liebt Krankenhäuser, aber ein Abstecher in die Leichenhalle wäre der Höhepunkt ihres Lebens.«

»Das ist nicht komisch. Du lachst, um deine Distanz zu wahren. Dann gibt es da noch, wie du bereits erwähntest, den Mangel an Preisen für deine Beständigkeit. Welche ist die längste Zeitspanne, die du in jemandes Bett außer deinem eigenen verbracht hast?«

»Wie ich sehe, wurdest du Danielle Claytons Version meines Liebeslebens ausgesetzt.«

»Beweise, daß sie unrecht hat«, forderte sie mich heraus.

Das konnte ich nicht. »Ich habe einige Fehler gemacht ...«

»Das ist nicht das, was ich sage. Du hast das Recht, dein Leben zu leben. Wir sind füreinander nur nicht die Richtigen.«

Auch da konnte ich ihr nicht widersprechen. Wir saßen für einen Moment da und betrachteten das Feuer. »Und was machen wir jetzt also?«

Sie sagte: »Du kannst Nein sagen. Es ist kein besonders tolles Angebot.«

»Das beste, das ich heute bekommen habe.«

»Es tut mir leid. Mehr kann ich dir nicht anbieten. Im Moment nicht«, entgegnete sie. »Ich habe ... meine Wahl getroffen.«

Ich verstärkte meinen Druck auf ihre Hand. Mit meiner anderen Hand berührte ich sanft ihre Wange.

»Und ich die meine«, antwortete ich.

Ich küßte sie. Wir rollten von der Couch auf den Boden vor dem Kamin. Ich breitete den Schlafsack aus. Dann war Cordelia über mir und küßte und erforschte meinen Körper. Als sie mir mein Sweatshirt auszog, spürte ich die Wärme des Feuers auf meiner nackten Haut. Dann die Hitze ihrer Hände entlang meiner Schultern, meinen Rücken hinunter, meine Brüste umschließend. Ihre große Hand reichte ohne Mühe von einer Brustwarze zur anderen.

Sie zog ihr Hemd aus, legte sich dann wieder auf mich, während sich an den Stellen, wo unsere Haut sich berührte, langsam eine glänzende Schweißspur bildete. Ich küßte ihre Wange, ließ meine Zungenspitze über ihr Kinn gleiten, dann ihren Hals hinunter zu ihrem Schlüsselbein, suchend. Sie hob ihren Körper ein wenig an, ließ meine Zunge ihre Brust finden.

Sie glitt an mir herunter und streifte meine Hose ab. Während sie zwischen meinen gespreizten Beinen kniete, zog sie langsam den Reißverschluß ihrer Hose herunter, zog sich für mich aus, während ich sie beobachtete. Ich setzte mich auf und streifte ihren Slip ab, berührte dabei flüchtig ihr Haar mit meinen Fingern. Als sie nackt war, legte ich meine Arme um sie und hielt sie ganz fest, vergrub mein Gesicht zwischen ihren Brüsten. Ich wollte sie herunterziehen und mich auf sie legen, aber sie ließ mich nicht, drückte mich statt dessen wieder nach hinten. Ich spürte, wie ihre Finger in mich eindrangen, und dann lag sie auf mir, hielt mich mit einem Arm umfangen, während der andere geschickt mein Innerstes erforschte. Ich war sehr feucht, fast peinlich feucht.

Wir liebten uns rasch, wie in einem Fieber, gefangen zwischen der Wärme des Feuers und der Hitze unserer Körper. Ihre Finger brachten mich zum Höhepunkt, ein langes Erschauern, das sich über meinen ganzen Körper ausbreitete. Ich lag keuchend da, für einen Moment außerstande, mich zu orientieren. Sie hielt mich, hielt mich fest, bis das Feuer in mir sich ein wenig legte. Dann rollte sie von mir herunter, ließ etwas von der Nachtluft zwischen uns, ließ sie uns abkühlen. Aber ich wollte die Kühle nicht. Ich kletterte auf sie und küßte sie so lange, bis ich den Kuß zum Luftholen unterbrechen mußte. Ihr Keuchen ließ mir einen Schauder über den Rücken laufen.

Wir vergessen manchmal die Macht von Sex, oder wir vermeiden es vielmehr, sie anzuerkennen. Aber Cordelias Keuchen und ihr Erbeben, als ich meine Hand auf den Hügel zwischen ihren Beinen legte, rief sie mir wieder in Erinnerung. Auf der grundlegendsten aller Ebenen: die Macht, Freude zu bereiten, berauschendes, sinnliches Entzücken. Die Beruhigung einer körperlichen Berührung. Bis zu diesem Augenblick waren Ablenkung und die flüchtige Erregung des Körperlichen alles, was ich im Sex gesucht hatte. Das kam mir jetzt hohl vor, die Machenschaften eines Körpers ohne Seele. Irgendwie war Cordelia über das rein Körperliche hinausgegangen. Ich hatte sie endlich hereingelassen. Im Gegenzug wollte ich ihr alles geben, wozu ich fähig war, sie auf irgendeine Weise genauso tief berühren, wie sie mich berührt hatte.

Ich hielt für einen Atemzug inne; mein Kopf ruhte auf ihren Brüsten, ihre Arme auf meinen Schultern. Sie gestattete mir, sie zu berühren, wenn auch nur aus Trost und Vergebung, nicht aus der Leidenschaft und Freude, die mich bewegten. Aber sie gestattete mir, sie zu berühren. Das war mir sicher.

Dann glitt ich an ihr herunter, zog mit der Zungenspitze die Linie von ihren Brüsten bis zum V ihrer Beine nach. Sie spreizte ihre Beine sehr weit, ließ mich ein. Ich küßte sie, erst sanft, dann fester, als sie sich unter mir zu bewegen begann. Ich spürte ihre Hände in meinem Haar, wie sie mich genau dort hielt, wo sie mich haben wollte, während sie kam. Ich blieb zwischen ihren Beinen, küßte sie so lange sanft, bis sie ganz leicht an meinem Haar zerrte, mich hochzog, so daß ich neben ihr lag. Ich hielt sie ganz fest, wollte die kühle Nachtluft noch nicht hereinlassen. Wir sagten nichts, lagen einfach zusammen in der Wärme des Feuers und beobachteten, wie es zu Glut herunterbrannte.

»Es wird ein wenig kühl hier«, sagte ich schließlich, spürte die Gänsehaut auf ihrem Arm, als ich mit meiner Hand darüberstrich.

»Ja, das wird es«, stimmte sie mir zu.

»Es wird wärmer sein, wenn wir dasselbe Bett teilen.«

»Ja, das würde es.« Sie küßte mich schmatzend auf die Wange, sprang dann auf. »Brr.« Sie streckte mir ihre Hand entgegen. Ich nahm sie, und sie zog mich hoch.

»Ich mach' das Bett«, bot ich freiwillig an.

»Okay, dann räum' ich hier auf.«

Ich ging in mein Zimmer und warf eilig ein paar Laken und eine Decke auf mein Bett. Als ich ins Wohnzimmer zurückkam, hatte Cordelia den Schlafsack zusammengefaltet und unsere Klamotten ordentlich über die Couch gelegt. Sie war in der Küche, räumte die Teller weg und blies die Kerzen aus.

Der Kamin verbreitete ein düsteres, rotes Glühen, den letzten schwachen Rest Wärme der Glut. Sie sagte: »Laß uns ins Bett gehen. Du zitterst ja.«

Ich nahm die Kerze und ging voran in mein Zimmer. Wir stiegen ins Bett, lagen in meinem engen Einzelbett nah beieinander. Sie zitterte und rückte näher an mich heran, drückte sich auf der Suche nach Wärme an mich. Und was suchte sie noch? Ich legte vorsichtig meine Arme um sie, wollte nicht zu aufdringlich erscheinen. Sie hatte mir nur diese Nacht angeboten, vielleicht brauchte oder wollte sie nur einmal Liebe machen. Ich konnte mir nicht vorstellen, jemals damit aufhören zu wollen, sie zu berühren.

Sie schlang ihre Arme um mich, vergrub eine Hand in meinem Haar. »Verdammt, Micky, Michele — zweiter Name?«

»Du wirst lachen«, antwortete ich.

»Nein, werd' ich nicht.«

»Antigone. Der griechische Einfluß, schätz' ich.«

»Michele Antigone Robedeaux«, flüsterte sie leise in mein Ohr.

Ich fing fast an zu weinen, riß mich aber gerade noch zusammen. Der letzte Mensch, der jemals meinen ganzen Namen benutzt hatte, war mein Vater gewesen. »Knight. Es heißt jetzt Knight«, sagte ich, um die Erinnerung an die Stimme meines Vaters aus meinem Kopf zu vertreiben.

»Schsch, weiß ich doch«, antwortete sie und streichelte meine Wange. Sie küßte mich leicht. Dann nochmal. Ich reagierte, und es scherte mich nicht länger, ob sie wußte, wie sehr ich dies wollte.

»Werden wir das nochmal tun?« sagte sie mit einem kleinen Lachen.

»Nur zum Warmhalten«, antwortete ich, damit sie weiterlachte und um mein Bedürfnis zu verbergen.

»Gute Idee.« Sie küßte mich wieder.

Ich wollte sie langsam lieben, aber mein Verlangen nach ihr loderte auf. Meine Umarmung verstärkte sich, ich legte einen Arm um ihre Schultern, drückte ihre Brüste gegen meine, hielt mit dem anderen Arm ihre Taille umfangen, dann ihre Hüften, und zog sie an mich heran. Meine Hand drang vor, um sich zwischen ihre Beine zu schieben. Dann stoppte ich mich, ließ meine Hand auf ihrem Schenkel liegen. »Entschuldigung«, sagte ich, versuchte, mich etwas zu bremsen.

»Wofür?«

»Zu schnell, zu rauh. Ich werde ...«

»Nein, wirst du nicht«, antwortete sie. Sie lachte, zog mich auf sich herauf und schlang ihre Beine um mich. »Na los«, sagte sie, immer noch lachend. »Schneller. Rauher.« Sie lenkte meine Hand zwischen ihre Beine. »Geh in mich rein.« Das tat ich. »Ah, ja«, belohnte sie mich. »Kannst du deine Beine weit genug spreizen, daß ich's bei dir tun kann?«

»Ja, kann ich.«

Irgendwie lotste sie ihre Hand zwischen unsere Körper und steckte einen Finger in mich. Ich atmete tief ein, als sie anfing, ihn vor- und zurückzubewegen. Ich begann, aufgrund dessen, was sie mit mir machte, meine Konzentration zu verlieren. Ich war mir nicht sicher, ob ich meine Finger in ihr noch bewegte, oder nur still dalag und sie es mir machen ließ. »Stop. Oder geh's wenigstens etwas langsamer an«, sagte ich. »Ich krieg' nicht mehr mit, was ich tue.«

»Laß mich an dir runterkriechen.«

»Ich bin kurz davor, zu kommen«, entgegnete ich.

Sie zog ihre Finger raus.

»Noch nicht. Ich muß da erst noch einiges erforschen.«

»Ich bin mir nicht sicher, ob ich mich bewegen kann.«

»Dann tu's nicht. Ich werd' mich bewegen. Du kannst dich auf mein Gesicht setzen.«

Ich lachte. Der Gedanke erfreute mich. Weil sie nicht nur die körperliche Befriedigung suchte, sondern mich auch berühren wollte. Wenn auch nur für eine Nacht. Ich rollte von ihr herunter. Hätte sie mich nicht aufgefangen, wäre ich von der Bettkante gerutscht. »Danke«, sagte ich.

»Auf den Rücken. Und spreiz die Beine.«

Ich tat es. Sie mußte nicht sehr lange unten bleiben. Ich hatte meine Augen für einen Augenblick geschlossen, sie dann geöffnet, um Cordelia anzublicken. Cordelia, die bei Kerzenlicht Liebe macht, dachte ich, während ich sie beobachtete. Mit mir Liebe macht. Bei diesem Gedanken kam ich. Ich lag erschöpft da, umarmte sie und küßte ihr nasses Gesicht. »In einer Sekunde bin ich unten. Laß mich nur schnell Atem holen«, sagte ich.

»Ich kann nicht warten«, sagte sie, betonte jedes einzelne Wort. Sie spreizte ihre Beine über meinen Oberschenkel und fing an, sich gegen mich zu reiben.

»Noch nicht«, sagte ich. »Eine Hand, eine Zunge, laß mich.«

»Halt mich einfach. Halt mich ganz fest«, sagte sie zwischen kurzen Atmern.

Ich hielt sie fest, als sie ein langes Keuchen ausstieß, sich für eine Sekunde aufbäumte und sich dann in mich hineindrückte. Ich hielt sie, bis ihre Schauer nachließen, bis sie still dalag, bis ihr Atmen wieder einen weichen, gleichmäßigen Rhythmus annahm.

»Gott, ist das gut«, sagte sie und lächelte mich im Kerzenlicht an. »Ich glaube, ich könnte so auf dir einschlafen.«

»Ich glaub' nicht, daß ich was dagegen hätte.« Ich hätte nichts dagegen, wenn du für immer bliebest. Ich wollte Cordelia festhalten, so gut ich nur konnte. Morgen würde ich sie gehen lassen müssen und ihr alles Gute wünschen.

»Ich danke dir, Michele Antigone«, sagte sie, während sie von mir herunterrutschte.

»Sehr gern geschehen, Cordelia. Cordelia?«

»Katherine. Hübsch langweilig.«

»Cordelia Katherine James«, sagte ich, um den Klang zu hören. »Hübsch, nicht langweilig.«

»Gute Nacht, Micky.«

»Gute Nacht.«

Ich blies die Kerze aus. Sie stützte sich auf einen Ellenbogen und schaute mich an.

»Ich habe dich doch nicht zu sehr ausgenutzt, oder?« fragte sie, nur ein undeutlicher Schatten in der Dunkelheit.

»Nicht mehr als ich verdient habe«, antwortete ich. Da dies nicht ausreichend war, fuhr ich fort: »Nein, hast du nicht. Ich wollte es so.«

»In Ordnung. Ich hoffe, das ist die Wahrheit.«

»Das ist sie«, versicherte ich ihr. Es kam der Wahrheit nah genug.

Ich legte meinen Kopf an ihre Schulter, und so schliefen wir ein.

22. Kapitel

Als ich erwachte, strömte helles Sonnenlicht in den Raum, und ich lag allein im Bett.

Ich blickte mich im Zimmer um. Cordelia stand an einem der Fenster und schaute hinaus. Ich beobachtete sie, das Spiel der Sonnenstrahlen auf ihrem Körper. Ein heller Fleck auf der einen Brust, die andere im Schatten. Ein Oberschenkel war im Licht, ihr dunkles Schamhaar durch den Schatten noch dunkler gemacht, so daß es gleichzeitig verborgen und dem Blick ausgesetzt war, eine verführerische Kombination. Ich beobachtete sie und wußte genau, daß sie schon bald gehen würde.

»Guten Morgen«, sagte sie, als sie mich erblickte.

»Guten Morgen«, antwortete ich. »Cordelia am Morgen. Was für ein Anblick beim Erwachen.«

»Gut, schlecht oder mittelmäßig?« fragte sie mit einem bescheidenen Lachen.

»Wunderbar.«

Sie wandte sich mir zu, und Sonnenlicht fiel auf ihre Schulter, erreichte die Spitze ihrer Brust.

»Du bist ein sehr lieber Mensch, Micky«, sagte sie, drehte sich dann wieder zur Sonne zurück.

Ich schwang meine Beine aus dem Bett und stand auf. Cordelia schaute immer noch aus dem Fenster. Plötzlich schauderte sie und umschlang sich, als wäre ihr kalt.

»Nein«, sagte sie und blickte mich an. »Ich habe schon zu viele junge Frauen in der Notaufnahme gesehen. Du warst eine von ihnen. Das nächste Mal verläßt du sie vielleicht nicht mehr lebend.«

»Ich tue mein Bestes, um mich von Krankenhäusern fernzuhalten.«

»Irgendwelche Garantien?«

»Nein«, antwortete ich, weil es keine gab.

»Ich muß jetzt los«, sagte sie und wandte sich vom Licht der Sonne ab.

»Noch nicht. Noch eine halbe Stunde?« Ich ging zu ihr und stellte mich ganz nah neben sie, berührte sie fast.

Sie nickte und lächelte. »Oder fünfundvierzig Minuten.«

Ich legte meine Arme um sie, hielt sie im Sonnenlicht. Wir gaben uns einen weichen Kuß, Morgenküsse. Wir liebten uns wieder. Dieses Mal taten wir es langsam, sanft, so wie man die letzten Erdbeeren der Saison genießt.

Als es vorbei war, lagen wir lange nebeneinander, umarmten uns, während die Sonne leuchtend höher stieg.

Ich war froh, daß wir uns im hellen Tageslicht geliebt hatten. Ich wollte die Möglichkeiten des Morgens. Wollte unsere Berührungen nicht durch die Grenzen der Dunkelheit eingeengt wissen. Ich wollte, daß ihr Anblick, wie sie in der morgendlichen Umarmung dalag, in meinem Gedächtnis eingebrannt war, noch lange, nachdem sie fort war.

Die Sonne streckte sich nach uns aus, dorthin, wo wir auf dem Bett lagen, verfing sich in einer rotbraunen Strähne von Cordelias Haar und brachte es umbrafarben zum Schimmern. Ich wußte, es war Zeit zu gehen. Ich bewegte mich und durchbrach die Spur des Sonnenscheins.

»Die Wirklichkeit erwartet Sie, teure Doktorin«, sagte ich.

Sie lachte. Ihre Augen funkelten blau, wie ein tiefer, klarer See, auf dessen ruhigem Wasser sich die helle Sonne widerspiegelt. »Die Wirklichkeit ist auch hier«, antwortete sie. Sie küßte mich ein weiteres Mal. Wir standen auf, gingen ins Wohnzimmer und zogen uns die Kleider an, die wir letzte Nacht ausgezogen hatten.

»Laß uns gehen.« Ich wollte den Schmerz, der in mir zu wachsen begann, nicht verlängern.

Sie nickte.

Der ruhige Straßenverkehr am späten Morgen erlaubte es uns, in kurzer Zeit wieder in der Stadt zu sein. Schon allzubald parkte sie das Auto vor meinem Appartement. »Das

Ende der Straße.« Ich bemühte mich um ein banales Klischee und wählte das falsche.

»Sag das nicht. Wir werden uns auch weiterhin sehen. Wir haben zu viele gemeinsame Freundinnen.«

»Krieg' ich 'ne Einladung zur Hochzeit?«

»Willst du eine?«

»Nein«, antwortete ich aufrichtig. »Ich denke nicht.«

»Es tut mir leid.«

»Warum? Ich hab' nichts anzuziehen. Das ist der wahre Grund.«

Sie fing wieder an. »Es tut mir leid. Es scheint, als hätte ich dich in mein emotionales Chaos hineingezogen. Und ich glaube, ich war dir gegenüber nicht fair.«

»Du hast deine Wahl getroffen. Und ich die meine. Laß uns damit aufhören, uns dafür zu entschuldigen, wer wir sind«, antwortete ich schroff. Ich vergaß nicht, meine Jacke vom Rücksitz zu nehmen, wo ich sie zum Trocknen hingelegt hatte, dann griff ich mir meine Reisetasche und öffnete die Tür.

»Mach's gut, Micky. Paß auf dich auf.«

»So lebt denn nun wohl, Dr. James.« Ich stieg aus und schaffte es bis zu meiner Tür, ohne mich nochmal umzudrehen. Als ich's tat, war sie weg. Ich schloß auf und rannte die Treppe hinauf. Hab's doch gar nicht eilig, dachte ich, als ich die Tür zu meinem Appartement öffnete. Die einzige, die mich begrüßte, war eine pseudo-hungrige Katze. Ihr Napf war bis zum Rand gefüllt. Sie wollte nur einfach die neuere, frischere Variante. Ich ignorierte sie und setzte mich hin, genoß die vertraute Umgebung.

Ich hätte Cordelia sagen können, daß ich sie liebe, hätte es ihr weniger leicht machen können. Obwohl es die Wahrheit war, wäre es trotzdem immer noch Manipulation gewesen. Das Netteste, was ich tun konnte, war, sie gehen zu lassen. Sie liebte mich nicht und würde es auch nicht tun, also war alles, was uns blieb, nett zueinander zu sein. Was für ein Pech, daß diese Nettigkeit so schrecklich weh tat. Mir jedenfalls. Herzlichen Glückwunsch, Micky, jetzt weißt du ganz genau, wie Danny sich damals fühlte. *King Lear.* Wie passend. Daraus war die Zeile. »Ganz schlug das Rad den Kreis; ich unterliege.«

Ich erschrak, als der Schlüssel im Schloß gedreht wurde.

»Ich könnte dich schütteln, bis dir die Zähne ausfallen. Cordelia mußte mich anrufen und mir sagen, wo du bist.« Es war Danny. Ich blieb, wo ich war, starrte immer noch aus dem Fenster. »Wann zum Teufel hörst du damit auf,« fuhr sie fort, »uns die ganze Zeit in Sorge über dich zu lassen. Da draußen sind ein paar ziemlich scheußliche Menschen, die dich beim Arsch packen wollen, und man braucht wirklich nicht sehr viel Fantasie, um sich vorzustellen, wie du mit dem Gesicht nach unten in den Golf hinaustreibst. Hörst du überhaupt, was ich sage?«

Schließlich wandte ich mich zu ihr um. »Danny. Es ist nicht genug und ganz bestimmt viel zu spät, aber ich liebe dich.«

»Micky«, sagte sie und ihr Tonfall änderte sich. Sie kam zu mir herüber und wischte mir eine Träne von der Wange. »Das weiß ich doch.«

»Du hast trotzdem ein Recht darauf, es mal zu hören.«

Sie legte ihre Arme um mich und strich mir, während sie redete, über das Haar. »Ich kann dir gar nicht sagen, wie wütend ich bin, daß du mir nicht gesagt hast, was mit deinen Eltern passiert ist«, sagte sie, aber ihre Stimme klang nicht zornig.

»Es tut mir leid. Ich konnte es nicht.«

»Ja, Süße, ich weiß.«

Sie hielt mich im Arm, während ich weinte. »Verdammt, Danny, ich ruiniere dir dauernd deine Klamotten«, sagte ich, ließ sie los und wischte mir die Augen. Da, wo mein Kopf gelegen hatte, war jetzt ein großer, feuchter Fleck. »Wie sauer ist Ranson?«

»Nun, gestern war sie wütender als ein Aal am Angelhaken.

Sie beruhigte sich eine kleine Winzigkeit, nachdem Cordelia letzte Nacht anrief und sagte, daß es dir gutgeht.«

Aus dem Lebensmittelladen natürlich.

Sie fuhr fort: »Aber je eher du sie davon überzeugst, daß du noch am Leben bist und daß es dir gutgeht und daß du bereit bist auszusagen, desto besser wird es für dich sein.«

»Na gut. Ich kann förmlich vor mir sehen, wie Joanne Ranson sich wie ein Aal windet.«

»Wollen wir los?«

»Laß mich noch mein Gesicht waschen. Was machst du überhaupt am hellichten Tag hier?«

»Steck deine Nase da rein, wo sie nichts zu suchen hat, El Micko, und schon endest du als einer meiner offiziellen Fälle. So oder so.«

Ich wusch mein Gesicht, sah aber immer noch wie der letzte Heuler aus.

Danny brachte mich in ihr Büro und setzte mich in einen leeren Raum, in dem ich mein Schicksal erwarten durfte.

Ranson erschien etwa eine Stunde später, kaute lässig an einem Roastbeef-*Po-Boy.* Als ich sie sah, merkte ich, wie hungrig ich war. Sie und Danny führten ihr Gespräch weiter. Ranson tat so, als beachte sie mich nicht weiter. »Ganz bestimmt die Irrenanstalt«, sagte sie. »Entweder das oder das Frauengefängnis.«

»Nää«, spielte Danny mit. »Dort wäre sie ein zu großer Störenfried.«

Genug davon. »Freue mich ebenfalls, Sie zu sehen, Detective Sergeant Ranson«, sagte ich und unterbrach ihre Träumereien darüber, was man mit mir anstellen sollte.

»Oh, Micky, ich hab' dich dahinten im Schatten gar nicht gesehen.« Sie biß wieder in ihr Sandwich.

Ich konnte auch mitspielen. »Da hab' ich wohl ein falsches Gerücht aufgeschnappt. Ich hörte, du seist so stocksauer wie eine Wasserschlange im Schleppnetz. Aber ich wußte ja, daß du deine Gefühle besser im Griff hast.« Ich wiederholte

Dannys Worte und imitierte sie. »Daß du nicht wütender wirst als ein Aal am Angelhaken.«

Ranson warf Danny einen Killerblick zu.

»Ihr beiden«, lachte Danny. »Hier, Mittagessen.« Sie stellte eine Tüte vor mich hin. Ein *Po-boy* ganz für mich allein. Ich verwarf den Plan einer Attacke auf Ransons. »Ich hab' hier noch einiges zu tun. Vertragt euch, Mädels, sonst ruf' ich die Feuerwehr, damit sie euch etwas abkühlt«, sagte Danny und ging.

»Wie nett von Ihnen, wieder aufzutauchen, Ms. Knight.« Ranson musterte mich kühl. Ich ignorierte sie und fing an zu essen. »Wohin bist du gestern gegangen?«

»Spazieren«, sagte ich mit vollem Mund.

»Spazieren?«

»Ein langer Spaziergang.«

»Wohin?«

»Osten, glaub' ich.«

»Mick«, sagte Ranson und lehnte sich über den Tisch zu mir herüber. »Wenn Milo dich nicht umbringt, werde ich es tun.«

»Joanne! Nach allem, was ich für dich getan habe!« Ich heuchelte Verdruß.

Sie fing wieder an, im Raum auf- und abzulaufen. »Mir angetan hast. Du gehst mir total auf den Wecker, und ich bin mir sicher, daß du das weißt.«

»Es liegen nicht gerade spaßige Wochen hinter mir, weißt du«, schoß ich zurück und tat mir furchtbar leid.

»Das weiß ich doch. Das von gestern tut mir sehr leid«, antwortete Ranson in aller Ernsthaftigkeit. »Ich wünschte ... Es tut mir leid. Willst du drüber reden?«

»Nein, ich bin okay. Ich will, daß du deine Zeit damit verbringst, die bösen Buben zu jagen, und nicht damit, Kindermädchen für mich zu spielen. Irgendwann in nächster Zeit muß ich aus der 'Schutzhaft' raus und mir meine Rente verdienen.«

»Stimmt. Hutch kommt dich später abholen. Er wird dich nach Einbruch der Dunkelheit bei mir absetzen.«

»Was für ein glanzvolles Leben«, gab ich meinen Kommentar dazu ab.

»Stimmt. Mick? Es wird dir nicht gefallen, aber die Waffe, die Beaugez benutzte, war die Waffe, die Elmo Turner tötete.«

»Was? Das ergibt doch keinen Sinn. Das ist nicht ...«

»Beruhige dich«, befahl Ranson. »Das ist wahrscheinlich nur ein merkwürdiger Zufall. Milo schmeißt sie weg oder versetzt sie, und Ben bekommt sie durch irgendeinen perversen Dusel. Ich bezweifle, daß das irgend etwas zu bedeuten hat.«

»Warum zum Teufel mußt du es mir dann sagen?«

»Soll ich es dich in der Zeitung lesen lassen?«

Ich schüttelte den Kopf. Ranson mußte recht haben, es konnte einfach nichts zu bedeuten haben.

Als ich nicht antwortete, sagte Ranson: »Bis später«, und ging. Ich saß einfach rum und las aus lauter Langeweile Gesetzbücher. Müßiggang ist aller Laster Anfang, hatte Tante Greta immer gesagt. Tante Greta sollte zum Teufel gehen, entschied ich. Ich wollte nicht länger über sie nachdenken. Das war leicht. Der schwierige Teil war, nicht darüber nachzudenken, wie Cordelia und ich uns letzte Nacht geliebt hatten.

Kurz nach sechs kam Hutch und holte mich ab. Als wir bei Ranson ankamen, war diese schon da. Sie scheuchte mich rein, sprach dann kurz mit Hutch. »Fühl dich wie zu Hause«, sagte sie, als sie wieder reinkam. »Ich bin sicher, du weißt, wie.«

»Als ob ich eine Wahl hätte«, erwiderte ich.

»Ich muß noch ein paar Berichte überarbeiten«, sagte sie und ging in ihr Arbeitszimmer.

Ich sah sie nicht wieder, bis um elf das Telefon klingelte. Aus dem, was ich mitbekam, schloß ich, daß es Alex war. Sie redeten eine Weile. Nachdem sie aufgelegt hatte, schlug Ranson vor, daß es Zeit war, ins Bett zu gehen. »Ich bin sehr müde.« Sie gähnte, um es zu unterstreichen.

»Ja, ich auch«, stimmte ich zu, obwohl ich keine große Lust hatte, schlafen zu gehen. Heute Nacht würde niemand dasein, der meine Ängste verscheuchte.

Nachdem sie mir geholfen hatte, das Sofa auszuziehen und zurechtzumachen, verschwand Ranson in ihrem Schlafzimmer.

Ich schaltete alle Lichter aus bis auf das direkt neben mir. Müde, wie ich war, wollte ich doch noch nicht schlafen. Warten ist immer der schwierigste Teil. Das war das, worauf ich seit einigen Tagen beschränkt war. Nur zu warten. Und mich zu erinnern.

Hätte Ranson Kopfhörer gehabt, dann hätte ich etwas Musik gehört, sogar Rock'n Roll aus den Sechzigern, den sie so zu mögen schien. Statt dessen fand ich meine Flasche Scotch und nahm einen Schluck. Noch ein paar mehr und ich wäre in der Lage zu schlafen.

Licht aus Richtung der Schlafzimmertür tauchte mich in Helligkeit. Ranson stand da und beobachtete mich. »Ich hab' vergessen, mir die Zähne zu putzen.« In ihrer Stimme klang kontrollierter Ärger mit. Sie mußte die Flasche gesehen haben.

»Ich dachte, du schläfst«, murmelte ich.

»Du kommst noch in Schwierigkeiten. Wenn du allein trinkst.«

»Ich bin in Schwierigkeiten. Erinnerst du dich?«

»Und das ist die Lösung? Ganz alleine billigen Scotch zu trinken?« sagte sie verächtlich.

»Im Rausch vergessen ist besser als der Schmerz.«

»Der Schmerz wird morgen früh immer noch da sein.« Sie kam zu mir herüber und legte ihre Hand auf die Scotch-Flasche, um sie wegzunehmen. Ich verstärkte meinen Griff und überließ sie ihr nicht.

Ganz plötzlich ließ sie los. »Tu was du willst.« Sie wandte sich abrupt ab, ging wieder ins Schlafzimmer und schloß die Tür.

Ich saß still da und rührte mich nicht. Dann nahm ich herausfordernd einen großen Schluck Scotch. Er brannte sich seinen Weg nach unten. Ich nahm noch einen. Schließlich stellte ich die Flasche ab. Dann schlief ich ein.

Ich erwachte mit einem Schaudern. Ich hatte einen Traum gehabt. Einen Alptraum. Mein Vater war da. Nein, nicht mein Vater, sondern das, was der Tod aus ihm gemacht hatte. Geschwärzt und verbrannt, fast bis zur Unkenntlichkeit. Er führte einen Marsch der Toten und Sterbenden an. Barbara Selby, der das Blut vom Kopf tropfte und ihr Haar in grellem Purpurrot färbte. Frankie, dessen Eingeweide heraushingen, so daß er sie wie einen gräßlichen Schwanz hinter sich herzog. Und Ben mit nur einem halben Kopf. Sie folgten mir. Sagten, daß sie mich nie verlassen würden. Der schlimmste Schock traf mich, als ich bemerkte, daß ich wach war und begriff, daß dies die Wahrheit war. Sie würden mich nie verlassen. Ich würde die Erinnerung an sie bis zu meinem Tod in mir tragen.

Ich saß zitternd da und umschlang mich. Ich dachte daran, Joanne zu wecken, ihr zu sagen, daß dies die Nacht sei, in der ich ihre Umarmung brauchte. Aber ich fürchtete ihre Wut und daß sie meinen Traum als Resultat meines Trinkens abtun würde.

Ich stand auf und lief im Wohnzimmer auf und ab, versuchte, die blutigen und verbrannten Bilder aus meinem Kopf zu verscheuchen, aber ich konnte vor meinen Erinnerungen nicht davonlaufen. Ich stand da und starrte aus dem Fenster, schaute nur und wartete auf das Morgengrauen.

Als Ranson morgens aus dem Schlafzimmer kam, fand sie mich angezogen vor, und der Kaffee war schon gemacht. »Wieso bist du schon wach?« knurrte sie, war immer noch groggy.

»Dies ist ein freies Land. Ich kann aufwachen, wann ich will.«

»Du siehst beschissen aus. Aber so was macht billiger Scotch eben mit einem.«

»Es ist nicht so leicht, an anständigen Scotch zu gelangen, wenn man nicht raus darf«, erwiderte ich scharf.

Ransons Unterkiefer spannte sich an, sie sagte aber nichts. Sie ging ins Badezimmer und knallte die Tür zu.

Ich setzte mich hin und trank Kaffee.

Ranson kam wieder aus dem Badezimmer raus. »Du bleibst bei Danny. Ich will dich hier nicht.«

»Ich will nicht hier sein.«

»Ich werde nicht dabei zusehen, wie du dein Leben versäufst. Wenn du ein Haufen Scheiße sein willst, dann sei es woanders.«

»Kann ich jetzt gehen?«

»Nein, ich sorge dafür, daß Hutch kommt und dich abholt. Das ist meine Tasse.«

»Das sind alles deine Tassen.«

»Ich trinke meinen Kaffee immer aus dieser.«

Ich stand auf, schüttete den Kaffee aus, den ich mir gerade erst eingeschenkt hatte, spülte die Tasse aus und trocknete sie ab. Ich füllte sie mit Kaffee und stellte sie vor Ranson. Sie hatte bereits eine Tasse Kaffee vor sich stehen.

Ich setzte mich wieder hin und drehte meinen Stuhl so, daß ich sie nicht sehen konnte.

»Schmoll nicht«, tadelte sie mich. »Ich bin heute morgen nicht in Laune für deinen Scheiß.«

»Du kannst mich mal.«

»Ich mein' das Ernst. Keinen Scheiß mehr.«

Ich wollte diese wütende Spannung viel zu sehr mit etwas, mit irgend etwas lösen, als daß ich den Streit vermieden hätte, der sich da zusammenbraute. Ich stand auf, verließ die Küche und nahm meine Flasche Scotch. Ich setzte mich auf die Couch und fing wieder an zu trinken. Wenn ich keinen Kaffee trinken durfte, dann konnte ich genauso gut Whisky trinken.

»Was zum Teufel glaubst du, was du da tust?« wollte Ranson wissen, die in der Küchentür stand.

»Ich kann meinen Scheiß sehr gut unterdrücken, wenn ich betrunken bin.«

»Es ist sieben Uhr morgens, Herrgottnochmal. Wirst du denn nie erwachsen?«

»Laß mich verflucht nochmal in Ruhe. Du hörst dich an wie meine Tante Greta.«

»Gib mir die Flasche.« Sie kam zu mir herüber und streckte ihre Hand danach aus.

Ich schaute sie an. Es waren noch ungefähr drei Zentimeter Alkohol in der Flasche.

Ich kippte ihn runter. Dann gab ich Ranson die Flasche.

Ihre Wut war spürbar, aber sie sagte nichts. Sie nahm die Flasche wortlos und ging zurück in die Küche. Ich hörte, wie sie sie quer durch den Raum schleuderte, wie das Glas zersplitterte und auf den Boden fiel. Sie sprach kein Wort, während sie sich ankleidete.

»Joanne, es tut mir leid«, sagte ich, als sie gerade gehen wollte.

»Nein, das tut es nicht«, antwortete sie und knallte auf dem Weg nach draußen die Tür hinter sich zu.

»Du kannst mich mal kreuzweise«, sagte ich zu der geschlossenen Tür.

Lange nachdem sie fort war, saß ich noch da und starrte die Tür an, fragte mich, was zum Teufel ich als nächstes tun sollte. Eine Wolke des Versagens schien über mir zu schweben. Ich hatte Barbara nicht gerettet, oder Frankie, oder Ben. Oder meinen Vater. Vielleicht hatte Ben sich deshalb umgebracht: er konnte die Geister nicht mehr ertragen, ihre ständige Anwesenheit. Und wenn ich es mir mit meinen Freundinnen weiterhin so verscherzte, dann wäre ich mit meinen Geistern am Ende auch ganz allein. Für einen Augenblick verstand ich, wie Ben sich den Gewehrlauf in den Mund stecken und abdrücken konnte.

Ich stand ein wenig wackelig auf. Der Scotch begann zu wirken.

Ich räumte die Scherben der zerbrochenen Flasche weg. Ich schnitt mich dabei, weil ich betrunken war. Ich kehrte den Boden immer und immer wieder, um sicherzugehen, daß keine Scherben mehr da waren. Dann schrubbte ich ihn ein paar Mal, um sicherzugehen, daß der Whisky-Geruch verschwunden war.

Den Rest des Morgens verbrachte ich damit, das gesamte Appartement sauberzumachen, einschließlich dem Wechseln des Papiers auf den Küchenregalen und dem Abtauen des Kühlschranks. Am Nachmittag wusch ich ihre Heizkörper und schmirgelte sie ab. Sie hatte sie anstreichen wollen, hatte dafür sogar schon die Farbe gekauft, war aber nie dazu gekommen. Ich hatte sie Alex gegenüber erwähnen hören, daß sie Dunkelblau mochte, aber daß Hellblau besser zu ihrem Appartement paßte. Alex hatte als Kompromiß vorgeschlagen, beide Farben zu benutzen und ein Muster zu entwerfen. Ranson hatte gelacht und gesagt, sie könne nicht mal eine gerade Linie zeichnen, von einem Muster ganz zu schweigen.

Nun, ich konnte das. Mein Dad hatte mir einen Pinsel in die Hand gedrückt, als ich fünf war, und hatte mich beim Anstreichen der Boote helfen lassen. Ich strich die Heizkörper hellblau an und malte dunkelblaue Schatten in die Ecken und Spalten. Als ich endlich alles wieder aufgeräumt hatte, war es draußen dunkel.

Hutch kam und sagte, daß er mich babysitten würde, da Danny nach Baton Rouge mußte und vor morgen oder übermorgen nicht zurück sei.

Ich nickte und holte meine Reisetasche. »Warten Sie«, sagte ich, als wir an der Tür standen. »Ich muß noch eine Nachricht für Ranson hinterlassen.« Ich ging zurück in ihre Küche, nahm einen Block und überlegte verzweifelt, was ich schreiben konnte. »Es tut mir leid«, schrieb ich dann. »Eines Tages werde ich erwachsen werden.«

Dann ging ich und folgte Hutch zur Tür hinaus.

23. Kapitel

Die Zeit vergeht langsam wie die Evolution des Gehirns, wenn man nichts zu tun hat außer Warten, Warten und nochmals Warten. Hutch und Milly sind sehr nette Leute. Wirklich. Einige meiner besten Freunde sind hetero. Aber zwei Tage im häuslichen Glück anderer Leute zu verbringen, kann für jemanden meines Temperaments ziemlich langweilig sein. Am zweiten Abend wurde ich langsam rastlos.

Millie und ich schauten Fernsehen, hauptsächlich weil es sonst nichts zu tun gab. Hutch las die Zeitung. Als das Telefon klingelte, ging Hutch ran. Er kam mit verwirrtem Gesicht zurück. »Ranson will, daß Sie nach Slidell umziehen.«

»Mein Lieblingsplatz auf dieser Erde«, kommentierte ich. Das Frauengefängnis begann, besser und besser auszusehen.

»Aber das war nicht sie am Telefon«, fuhr er fort.

»Wer weiß denn noch, daß ich hier bin?«

»Niemand außer uns, dachte ich. Aber das war unser Boß am Telefon.«

»Wer ist Ihr Boß?«

»Lieutenant Raul Lafitte. Er sagt, Captain Renaud habe das angeordnet.«

»Mag Renaud Jazz?« fragte ich.

»Ich glaub' schon. Warum?«

»Etwas, das Frankie mir gesagt hat.« Hutch und ich schauten uns an. »Ich gehe nicht nach Slidell.«

»Lassen Sie mich sehen, ob ich Ranson erreiche«, sagte er. Er nahm den Hörer in die Hand.

»Besteht die Möglichkeit, daß Ihr Telefon abgehört wird?«

»Scheiße.« Er knallte den Hörer auf.

»Ist was los?« fragte Millie.

»Die wissen jetzt, daß ich hier bin«, sagte ich.

»Sie könnten es wissen«, fügte Hutch hinzu.

»Sind Sie gewillt, zu riskieren, mich hierzubehalten?« Ich schaute Millie an, sprach aber mit Hutch.

»Nein«, antwortete er. »Haben Sie irgendwelche Vorschläge? Ich muß Ranson finden, aber es wäre nicht sicher für Sie, wenn Sie mitkämen.«

»Sie kann hierbleiben«, sagte Millie.

»Nein«, sagten Hutch und ich gleichzeitig.

»Ich habe eine Idee«, fuhr ich fort. »Milo ist kein Arbeitgeber, der viel Wert auf die Frauenquote legt. Bei ihm brauchen sich bloß männliche Schergen zu bewerben.«

»Ja?« drängte Hutch.

»Lassen Sie mich an einer Frauenbar raus. Selbst Milos Jungs kommen an einigen dieser Rausschmeißerinnen nicht vorbei. Außerdem wird es ganz spaßig sein, Ranson dabei zu beobachten, wie sie in treuer Pflichterfüllung in eine Lesbenbar kommt, um mich zu holen.« Tatsächlich würde mir das nochmal hundert Jahre auf ihrer Liste von Unverschämtheiten einbringen, aber es war der sicherste Ort, der mir einfiel. Ich bezweifelte, daß sie ihr Lesbischsein auf der Arbeit allzusehr raushängen ließ.

Hutch war einverstanden. »Lassen Sie uns gehen.« Ich griff mir meine Jacke, und wir eilten zu seinem Auto. »Ich glaube, wir werden verfolgt«, sagte er, nachdem wir einige Blocks gefahren waren.

»Können Sie sie abschütteln?«

»Vielleicht.«

Er warf mir ein Kleiner-Junge-mit-Spielzeug-Lächeln zu und schaltete dann die Sirene ein und setzte das Blaulicht aufs Autodach. Wir rasten los.

Nachdem wir über zwei rote Ampeln gefahren und dreimal verbotenerweise links abgebogen waren, hielt er am Straßenrand, schaltete Sirene und Blaulicht aus. Wir beobachteten die vorbeifahrenden Autos.

»Ich glaube, wir haben sie abgehängt«, sagte er.

»Das wollen wir doch hoffen«, stimmte ich zu.

Ich lotste ihn zu der Bar meiner Wahl, *Die zungenfertige Linguistin.* Früher wurde alle paar Jahre eine Razzia durchgeführt, immer dann, wenn jemand darauf kam, worauf der Name sich wirklich bezog. Rosie und Mae, zwei der Rausschmeißerinnen, waren in meinem Karatekurs. Mit ihrer Hilfe hatte ich eine Chance gegen Milos Schergen.

Hutch lieferte mich ab, beobachtete, wie ich eintrat.

Rosie hatte Dienst. Sie winkte mich durch. »Du hast morgen Geburtstag«, sagte sie als Begründung dafür, daß ich keinen Eintritt bezahlen mußte.

»Irgendwie schon. Danke, Rosie.« Keinen Eintritt bezahlen bedeutete, daß ich Scotch trinken konnte statt Bier. Nicht zuviel, Mick, es könnte eine lange Nacht werden, sagte ich zu mir selbst.

Die zungenfertige Linguistin war genauso, wie ich sie in Erinnerung hatte. Dunkel, der Geruch von Bier und Sägemehl auf dem Boden, und ein soeben an einem der Billardtische ausbrechender Zweikampf. Ich nickte ein paar Bekanntschaften zu. Eine Frau, die ich nicht erkannte, lächelte und winkte. Ich hatte wahrscheinlich vor ein paar Jahren mit ihr geschlafen. Manchmal ist es schwierig, einer Frau ins Gesicht zu schauen, wenn du damit beschäftigt bist, ihren Körper anzuschauen.

Ich ging zur Bar und holte mir einen Johnny Walker. Je weniger ich trank, desto besser die Qualität. Ich wanderte herum, schlürfte an meinem Drink, genoß es, von Frauen umgeben zu sein. Wen würde ich abschleppen, wenn ich's könnte, fragte ich mich. Vielleicht würde Ranson ja auftauchen und berichten, daß sie die Kerle geschnappt hatte und ich nach Hause in mein eigenes Bett konnte, dachte ich, während ich die Frauen auf der Tanzfläche taxierte. Dann fiel mir ein, daß Ranson vielleicht nicht mit mir reden wollte, und daß es nur eine Frau gab, mit der ich schlafen wollte, und daß es nicht wahrscheinlich war, daß sie heute oder an irgendeinem anderen Abend hier auftauchen würde. Wenigstens produzierte Johnny Walker noch guten Scotch.

»Na, sowas. Wenn das nicht meine Lieblingsdetektivin ist.«

»Ich freue mich auch, dich zu sehen, Karen«, antwortete ich.

»Du hast mich ’ne Menge Geld gekostet. Alles, was ich jetzt noch habe, ist mein Treuhandvermögen.«

»Hättest mir keinen ungedeckten Scheck ausstellen sollen. Böse Taten haben es so an sich, auf einen zurückzufallen.«

»Er hätte nicht ungedeckt sein sollen. Die Bank hat da was durcheinandergebracht«, log sie.

»Ach ja, das ist echt eine Schande. All diese Anstrengungen für nichts«, sagte ich mitfühlend. »Sieh es einfach als Akt der Großzügigkeit den Töchtern der Konföderation gegenüber.«

»Die haben das Anwesen nicht bekommen.«

»Wer denn dann?«

»Cordelia. Dieser Mistkerl hat sein Testament nochmal geändert. Sie hat alles bekommen — Haus, Geld, die ganze Chose. Und sie ist die Schwulste von uns allen.«

»Ich schätze, in diesen Zeiten bedeutet Anstand doch noch etwas. Wann hat er sein Testament geändert?«

»Zwei Wochen bevor er starb. Ich war gerade dabei, ihn wieder für mich zu gewinnen, als er abkratzte.«

»Was wird Cordelia mit der Plantage machen?« fragte ich. Wenn sie schon vorher eine Klasse zu hoch für mich gewesen war, dann war sie jetzt völlig unerreichbar geworden.

»Sie könnte es verkaufen und eine Menge Geld verdienen, aber sie wird wahrscheinlich etwas total Bescheuertes tun, es in ein Waisenhaus verwandeln oder irgendeine Wohltätigkeitsklitsche.«

»Hat sie irgendwas erwähnt?« Ich wollte nicht wirklich mit Karen reden, aber ich wollte etwas über Cordelia erfahren, wissen, was mit ihr geschah. Ich war mir nicht so sicher, daß sie in näherer Zukunft anrufen und es mir sagen würde.

»Was sollen all diese Fragen? Die Fragen machen mich so müde. Wenn ich das Geld nicht kriege, will ich auch nicht drüber reden. Wie ich Mr. Korby heute nachmittag schon sagte, ist die Wahrscheinlichkeit, daß ich noch so rechtzeitig etwas davon kriege, damit es mir was nützt, nicht sehr hoch, denn Cordelia hat die Gesundheit eines Ochsen.«

»Mr. Korby?« fragte ich überrascht.

»Ja, Alphonse Korby. Er war ein Freund von Großvater. Er hat mich heute zum Mittagessen eingeladen. Wenn ich die Plantage bekommen hätte, hätte ich sie ihm verkauft. Er will sie wirklich haben; er scheint zu denken, wenn er Holloway-Land kauft, bekommt er unsere gesellschaftliche Stellung. Ich bezweifle, daß Cordelia an ihn verkaufen wird.«

»Aber wenn ihr etwas zustößt, erbst du?«

»Harry und ich. Wenigstens so lange, bis sie ein neues Testament schreibt, was sie wahrscheinlich tun wird, wenn sie erstmal mit diesem Trottel verheiratet ist.«

Nun, nun, man stelle sich vor: Karen und ich stimmten in einem Punkt überein.

Sie fuhr fort: »Warum ist jeder so an Cordelia und ihrem Testament interessiert? Willst du gar nicht hören, wieviel Geld du mich gekostet hast? Wie wär's mit einer kleinen Entschädigung?«

»Wer ist jeder?«

»Korby und einige seiner Freunde. Irgend so ein Bulle, der dauernd versuchte, mich abzuschleppen. Während des Mittagessens. Irgendwann wurde es wirklich ganz schön langweilig.«

»Irgend so ein Bulle?«

»Ja, Captain. Irgendwer. Oder war er Lieutenant? Vielleicht Sergeant. Auf solchen Kram achte ich nie. Er hat fast die ganze Zeit geredet, weil Korby dauernd am Telefon hing.«

»Am Telefon?«

»Klar, der hat immer ein Telefon in seiner Nähe. Was kümmert dich das überhaupt?«

Eine ganze Menge. Es lag mir sehr am Herzen. »Mit wem hat er gesprochen? Hast du irgendwelche Namen aufgefangen?«

»Nein, ich hab' nicht weiter darauf geachtet.«

»Milo?« beharrte ich. »Irgendeine Möglichkeit, daß er diesen Namen erwähnte?«

»Vielleicht«, antwortete Karen, während sie sich näher an mich heranlehnte. »Es gab da einen Namen mit M. Ach, ich weiß, Korby nennt seinen Piloten so. Für sein Privatflugzeug. Aber sein Anwalt erklärte mir zu diesem Zeitpunkt gerade die ganzen Papiere.« Ihre Hand strich gegen mein Knie.

Ich war so damit beschäftigt, mir über Korbys Interesse an der ganzen Sache klarzuwerden, daß ich eine Weile brauchte, ehe ich bemerkte, daß Karen mich anbaggerte. Aber ich wollte weitere Informationen, also mußte ich noch eine Weile mitspielen.

»Welche Papiere?«

»Nur eine Vereinbarung, daß wenn Cordelia etwas zustößt, ich an Mr. Korby verkaufen werde. Er hat mir dafür sogar fünftausend bezahlt. Ergab für mich keinen Sinn, aber er sagte, *Einhundert-Eichen* wäre ihm richtig ans Herz gewachsen.« Mittlerweile drückte sie ihr Knie gegen meins. »Mein Auto ist auf der Straße hinten raus geparkt.«

»Wo ...?«

»Mitte des Häuserblocks«, antwortete sie mit einem Lächeln.

»Wo ist Cordelia jetzt? Weißt du das?«

»Draußen im Haus, um den ganzen alten Plunder durchzusehen. Wie-war-doch-gleich-sein-Name ist bei ihr. Das wollte Korby auch wissen. Warum sind seit einigen Tagen alle so an Cordelia interessiert?«

»Was hast du ihm erzählt?«

»Was ich dir auch gerade erzählt habe. Er schien sehr darauf aus zu sein, Kontakt mit ihr aufzunehmen.«

Da würd' ich drauf wetten. Die Geschichte gefiel mir überhaupt nicht. »Du mußt mich mal für eine Minute entschuldigen. Ich muß ein paar Anrufe machen«, sagte ich und entzog mich ihrer Tuchfühlung.

»Was ist mit Sex?« fragte sie.

»Ich sag' dir was, Karen: spendier mir im Laufe der nächsten Stunde zehn Drinks, dann besteht vielleicht die Möglichkeit.«

Ich verschwand schnell in der Menge, hoffte, bereits außer Hörweite zu sein, wenn sie die Bedeutung des Gesagten erfaßte. Die Barkeeperin gab mir für ein paar Dollars Kleingeld, dann lief ich in Richtung Telefon.

Zuerst versuchte ich es bei Ranson, aber sie war weder zu Hause noch im Büro zu erreichen. Ich beschloß, keine Nachricht zu hinterlassen. Ich wußte ja nicht, wer noch mithörte. Dann nahm ich eine Handvoll Kleingeld und rief die *Einhundert-Eichen-Plantage* an. Das Telefon klingelte. Und klingelte. Konnte sein, daß Thoreau und Cordelia gerade feuerwerksfreien, aber ausreichenden Sex hatten und nicht gestört werden wollten. Konnte aber auch nicht sein.

Wo zum Teufel war Hutch?

Ich rief Alex Sayers an, hoffte, daß Ranson bei ihr war. Möglich, daß ich im gesamten Südwesten von Louisiana Leute beim Sex unterbrach.

»Nein, Micky, ich hab' den ganzen Tag nichts von ihr gehört oder gesehen«, antwortete sie mit verschlafener Stimme. »Warum, stimmt irgendwas nicht?«

»Nur so ein Gefühl. Es ist wahrscheinlich nichts. Ich hab' etwas in ihrem Appartement vergessen«, sagte ich dann und wich ihren Fragen aus. Mir war gerade eingefallen, daß Ranson in Schwierigkeiten stecken könnte. Alex brauchte nicht eher damit anzufangen, sich Sorgen zu machen, bevor es nicht etwas Definitives zum Sorgenmachen gab. »Geh wieder schlafen, Alex. Tut mir leid, daß ich dich umsonst aufgeweckt hab'.«

»Okay, Micky. Gute Nacht. Ach, übrigens, sie mochte die Heizkörper.« Alex legte auf.

Ich wanderte hinüber zu Rosie, schaute aus dem kleinen Fenster neben ihr und fragte mich zum hundertsten Mal, wo zum Teufel Hutch bloß war.

Rosie und ich plauderten eine Weile, tratschten über Karate — wer welchen Gürtel bekommen hatte und wer mit wem aus der Klasse schlief.

Ich sah Hutch heranfahren. Wurde auch Zeit.

Wenn ich nicht hingeschaut, nicht so konzentriert aus dem Fenster gestarrt hätte, wäre es mir gar nicht aufgefallen. Hutch stieg nicht aus. Ein Schatten lief zwischen ihm und der Straße vorbei. Als der Schatten sich entfernte, saß Hutch in sich zusammengesunken auf seinem Sitz. Wenn da nicht dieser Schatten gewesen wäre, hätte er ein Betrunkener sein können, der seinen Rausch ausschlief.

»Ruf die Polizei und einen Krankenwagen, los!« befahl ich Rosie. Sie schaute mich für einen Moment an, als hätte ich ihr gerade gesagt, daß ich vom Mars komme. »Dieser Mann«, ich zeigte auf Hutch, »ist verletzt. Er braucht Hilfe. Los! Ruf an«, forderte ich sie auf.

Dem Schatten gesellten sich weitere Schatten hinzu. Sie kamen die Straße zur Bar herunter.

»Und mach diese Tür nicht auf. Das sind keine netten Männer.« Ich zeigte aus dem Fenster auf die schweigsamen Schatten.

Rosie hatte den Hörer bereits in der Hand und wählte die Nummer der Polizei. Ich legte den Riegel vor die Tür, wich dann außer Sichtweite vom Fenster zurück. Für Hutch konnte ich nichts tun, außer mich beim Rausgehen umbringen zu lassen.

Wo zum Teufel war Ranson? dachte ich wütend, während ich mich weiter in die Bar zurückzog. Diese Männer konnten hier nicht wie die Irren herumwüten und jede in der Bar erschießen, um mich zu bekommen. Hoffte ich. Das hier war eine geile Lesbenbar. Wer würde ein paar Lesben schon vermissen? Und Ranson trieb vielleicht längst in den Golf hinaus. Ein Schwall Übelkeit erfaßte mich. Verdammt, Joanne, stirb bloß nicht, bevor ich eine Gelegenheit hatte, mich bei dir zu entschuldigen. Cordelia. Ein weiterer Schwall Übelkeit.

Wo warst du in der Nacht, als alle deine Freundinnen getötet wurden, Micky? In einer Bar, besoffen. Nein. Keine Geister mehr.

Es war Pech, das mich wieder auf Karen treffen ließ. Sie saß auf einem Barhocker und streckte einen Fuß aus, um mir den Weg abzuschneiden. »Eigentlich warst du eine ziemlich lausige Nummer, Michele«, sagte sie. »Die schlimmste, an die ich mich erinnern kann.«

Karen hatte ein Auto. Nicht daß sie es mir gerade jetzt leihen würde. »Es stimmt schon, ich habe deine Möse nie grün vor Neid werden lassen«, antwortete ich. »Oder auch nur mit Lebensmittelfarben. Aber deine schlimmste Nummer kann ich wirklich nicht gewesen sein. Nicht bei jemandem wie dir.« Ihre Reaktion verschaffte mir eine gewisse Genugtuung. Sie verschüttete die Hälfte ihres Drinks über ihr Seidenhemd.

»Diese Schlampe. Sie hat es dir gesagt, nicht wahr?« zischte Karen, während sie aufstand. »Wo zur Hölle ist sie?«

Ich zuckte mit den Achseln.

»Wo ist Cheryl?« fragte Karen die Barkeeperin in herrischem Ton. Die Barkeeperin zeigte irgendwo in Richtung Tanzfläche. Karen schoß auf der Suche nach Cheryl davon, murmelte dabei Obszönitäten vor sich hin. Ihr Handtäschchen ließ sie an der Rückenlehne des Barhockers hängen.

Ich lehnte mich lässig gegen den Hocker und bat die Barkeeperin um einen weiteren Drink. Als sie sich abwandte, um ihn einzugießen, waren meine Finger in Karens Handtasche. Es war so eine kleine, modische, und die Schlüssel waren der größte Gegenstand darin.

Ich bekam meinen Drink, ließ ein riesiges Trinkgeld zurück und machte mich auf den Weg in den hinteren Teil der Bar. Ich schlürfte kurz an meinem Drink und stellte ihn dann weg. Ich brauchte ihn nicht.

Ich ging zu den Toiletten. Über einer der Kabinen gab es ein kleines Fenster. Drei oder vier Frauen warteten in einer Schlange darauf, bis sie an der Reihe waren, ein paar andere wuschen sich die Hände. Ich hatte keine Zeit, darauf zu warten, daß der Raum sich leerte.

»Scheiße!« rief ich aus. »Da oben krabbelt eine Ratte über die Decke! Zwei sogar! Eine davon fällt gerade runter.« Man mußte schon kesser als der kesseste Vater sein, um eine Ratte im Haar zu riskieren. Beide Kabinentüren flogen auf. Ich hatte Cheryl für Karen gefunden. Sie sprang heraus wie ein Kaninchen, die Hose bis zu den Knöcheln heruntergezogen. Der Toilettenraum leerte sich flugs.

Ich sprang auf das Klo, das Cheryl benutzt hatte. Stellte einen Fuß auf den Wasserbehälter. Indem ich mich ziemlich lang machte und kräftig abstieß, bekam ich meinen anderen Fuß auf die metallene Trennwand. Von dort aus konnte ich das Fenster erreichen. Es war klein und mit einem Metallgitter versehen, aber nur verriegelt und nicht abgeschlossen. Ich stieß es auf, hoffte, daß es der Schlägertruppe nicht in den Sinn gekommen war, die Rückseite zu bewachen. Ich hievte mich hindurch und ließ mich zwischen die Mülltonnen in die enge Gasse fallen. So weit, so gut. Ich huschte eilig durch die Gasse, duckte mich dabei. In der Ferne heulte eine Sirene. Sei rechtzeitig für Hutch da, befahl ich ihr.

Auf der Straße tauchten keine Schatten auf. Ich rannte auf Karens Wagen zu. Ein roter BMW ist leicht zu finden; keine Zeitverschwendung, um das richtige Auto zum Klauen auszusuchen.

Ich stieg ein, ließ es an und fuhr davon. Die Sirene wurde lauter, entfernte sich dann, als ich davonfuhr.

Ich achtete auch weiterhin auf Verfolger, aber ich bezweifelte, daß sie mich in so einem teuren, roten Auto vermuteten.

Ich schaute schnell bei meiner Wohnung vorbei, um ein paar Sachen zu holen — meine Pistole zum Beispiel. Ich versuchte es nochmal bei Ranson. Immer noch keine Antwort. Ich hinterließ eine Nachricht: »Hallo, bin zum Fischen. Treffe dich oben am Fluß.« Ich hoffte, sie würde verstehen. Ich versuchte es in Cordelias Appartement. Niemand da.

Dann rief ich Danny an, in der Hoffnung, daß sie zurück war. Elly ging ran und sagte mir, daß sie immer noch in Baton Rouge sei und erst morgens zurückkäme.

»Ich will ja nicht zu melodramatisch klingen, Elly, aber wenn du bis dahin nichts von mir gehört hast, dann sag Danny, sie soll die Polizei zur *Einhundert-Eichen-Plantage* rausschicken.«

»Micky, was ist los?« fragte sie und klang besorgt.

»Ich folge einem Gefühl. Vielleicht ist es nichts«, sagte ich. »Du wirst wahrscheinlich in einer Stunde von mir hören, und Danny wird mir den Hals umdrehen, weil ich dir Sorgen bereitet habe.«

»Kann ich irgend etwas tun?«

»Lies ein gutes Buch.«

»Ruf bald an«, sagte sie. Ich legte auf.

Ich versuchte nochmal beide Nummern von Cordelia. Nichts und wieder nichts.

Ich hoffte, daß ich mich irrte — daß dies alles ein böser Traum war, aus dem ich bald erwachen würde.

Ich stieg wieder in Karens Auto und fuhr los. Nur an roten Ampeln und Stoppschildern fuhr ich unterhalb der zugelassenen Höchstgeschwindigkeit.

Jedesmal, wenn ich hierher gekommen war, war es ein Alptraum gewesen. Erst Barbara, dann Frankie. »Nicht Cordelia«, sagte ich laut in die Nacht. »Nicht sie. Keine Opfer mehr.« 'Was Fliegen sind den müß'gen Knaben, das sind wir den Göttern; sie töten uns zum Spaß.' Die Zeile kam von irgendwoher. *King Lear.* Die Cordelia in *King Lear* war gestorben.

Ich fuhr noch schneller. Es waren nur vierzig Minuten, aber es schien eine Ewigkeit vergangen zu sein, als die Tore der *Einhundert-Eichen-Plantage* bedrohlich vor mir auftauchten. Ich bog in die Einfahrt, fuhr immer noch viel schneller, als ich eigentlich sollte.

Dann war da das Haus, ruhig und still, mit ein paar brennenden Lichtern. Cordelias Auto stand vor der Tür, aber ihres war das einzige. Ich verspürte ein unglaubliches Gefühl der Erleichterung. Ich war eine paranoide Närrin gewesen, und darüber war ich sehr froh.

Ich dachte daran, mich auf dem Absatz umzudrehen, nicht ein Wort darüber zu verlieren. Ich dachte auch daran, im Verborgenen auf dem Gelände zu warten, wie ein Schutzengel, den man Cordelia James geschickt hatte. Aber ich glaubte nicht, daß ich einen besonders guten Engel abgeben würde. Ich beschloß, daß das einzige, was ich tun konnte, war, an die Tür zu klopfen und zu erklären, warum ich meinte, daß sie in Gefahr war, oder was ich glaubte, daß sie deswegen unternehmen sollte. Ich konnte sie förmlich vor mir stehen sehen, wahrscheinlich im Bademantel, mit dem Ausdruck verwirrter Nachsicht im Gesicht, während ich eine Riesennärrin aus mir machte.

Dann fiel mir der Schatten ein, der an Hutch vorbeigestrichen war. Und Frankie. Und Barbara. Ich kam mir nicht länger so dumm vor.

Ich klopfte lautstark mit dem großen Widderkopf-Türklopfer aus Messing an. Da ich keinerlei Reaktion erhielt, schlug ich ihn nochmal gegen die Tür. Dies ist ein großes Haus und sie schläft wahrscheinlich fest, sagte ich zu mir selbst. Ich hämmerte abermals dagegen. Dann versuchte ich, die Tür zu öffnen. Sie war unverschlossen.

»Cordelia«, rief ich beim Eintreten. »Cordelia«, schrie ich ein weiteres Mal.

Etwas berührte meine Schläfe. Etwas Kaltes und Metallisches. Der Lauf einer Pistole. Wie beruhigend zu wissen, daß ich doch recht hatte.

Schergenjunge der Dritte tastete mich rasch ab und fand meine Pistole, wies mich dann mit einer Bewegung an, voranzugehen. Er grunzte mir zu, wo ich langgehen sollte, und zeigte in Richtung des häßlichen Salons, wo ich Ignatius Holloway den Film gegeben hatte.

Alphonse Korby war da, saß herum, als gehöre ihm die

Plantage bereits, und bei ihm waren mein alter Freund Milo sowie ein paar buntgemischte Schergen und Schlägertypen. In einer Ecke saß, blaß und abgespannt, Cordelia. Thoreau war direkt neben ihr.

»Miss Knight«, sagte Korby. »Wie nett von Ihnen, uns zu besuchen. Das spart uns die Zeit und Kosten, Sie zu finden.«

»Ich tue doch alles, um einem treuen Freund der Familie und so geachteten Geschäftsmann wie Ihnen zu Diensten zu sein«, entgegnete ich. »Ganz zu schweigen von dem Anti-Drogen-Kämpfer.«

»Treiben Sie's nicht zu weit, Miss Knight«, antwortete er, ganz offensichtlich gefiel ihm meine Begrüßung nicht.

»Warum? Fang' ich mir dann zwei Kugeln statt einer?«

»Micky, oh, Micky«, sagte Cordelia, während sie den Kopf schüttelte. »Warum bist du hier?« Aber sie wußte, warum ich hier war.

»Eigentlich war ich auf dem Weg nach Biloxi, bin aber irgendwo falsch abgebogen.«

»Das Lachen wird Ihnen gleich vergehen«, meinte Milo.

»Sie beide kennen sich?« sagte ein Mann, der mir beim Eintreten den Rücken zugewandt hatte. Er wies auf Cordelia und mich.

»Wir sind uns schon begegnet«, antwortete ich kühl, denn ich wollte nichts verraten. Ich schaute ihn an, schaute in das gutaussehende, lächelnde Gesicht. »Raul Lafitte, Polizei-Informant. Wieviel zahlen sie Ihnen dafür, daß Sie ein Mörder sind?« fragte ich spöttisch.

Er zuckte zusammen. »Reden Sie nur weiter, Micky«, antwortete er dann, und sein Lächeln kam zurück. »Es ist zu spät, um Ihnen noch zu helfen.«

»Vielleicht. Sie sind nicht aber längst so schlau, wie Sie denken. Ich habe Sie schon vor einer ganzen Weile durchschaut.« Ich log.

»Wie?« fragte er.

»Weibliche Intuition«, antwortete ich.

»Miss Knight«, sagte Korby. »Ich wäre an dieser Information interessiert. Bitte sagen Sie uns, woher Sie Mr. Lafittes Identität kennen.«

»Zufallstreffer.«

»Milo, ich bin nicht in Stimmung für Miss Knights Späße. Überreden Sie sie, die Frage zu beantworten.« Korby hatte die emotionalen Reaktionen einer Eidechse. Seine schweren Augenlider schienen nie zu zwinkern.

Milo grinste. Er wies zwei Männer der Schergentruppe an, meine Arme zu packen.

»Nein,« protestierte Cordelia und stand auf. »Schlagen Sie sie nicht.«

»Hilflose Frauen zu schlagen«, unterstützte Thoreau sie.

»Diese Puppe ist nicht hilflos«, kommentierte Milo, immer noch grinsend.

»Frankie Fitzsimmons hat es mir gesagt«, antwortete ich. »Kurz bevor er starb. Wie in einem dieser alten Filme, wissen Sie.« Ich hielt sie hin, um Zeit zu gewinnen, nicht aus dem Wunsch heraus, mir das Gesicht einschlagen zu lassen.

»Ich sehe schon: Sie werden ein artiges Mädchen sein«, sagte Korby. »Jetzt sagen Sie mir noch, an wen Sie diese Information weitergegeben haben.«

Ich tat so, als würde ich eine Minute lang nachdenken.

»An jeden«, antwortete ich. »An Leute, denen ich auf der Straße begegnet bin. An die Lady im Feinkostgeschäft. An mindestens drei verschiedene Saufbrüder …«

»Milo«, sagte Korby. »Es ist spät.«

»… und an alle, die ich bei der Polizei und im Büro des Staatsanwalts kenne.«

»Namen, bitte«, verlangte Korby.

»Sie werden bald hier sein. Dann können Sie sie selbst kennenlernen«, sagte ich und hoffte, daß es die Wahrheit war.

»Joanne Ranson, Hutch Mackenzie, allerhöchstens«, steuerte Lafitte bei. »Weiter ist das nicht gedrungen. Ich hab' Ransons

Telefon abgehört. Sie ist eine Lesbe, nicht wahr?« fragte er mit anzüglichem Gesichtsausdruck.

»Joanne?« Ich wollte sein Spiel nicht mitspielen. »Ich versuche seit Jahren, sie ins Bett zu bekommen, aber es waren immer zu viele Männer um sie herum, um mir auch nur die Gelegenheit dazu zu geben. Wieviele Male hat sie Sie abgewiesen?«

»Das Büro des Staatsanwalts, Miss Knight? Bitte erklären Sie das«, fragte Korby, ganz offensichtlich nicht interessiert an Joannes Sexleben. Lafitte hatte sie wohl gefragt, ob sie mit ihm schlafen würde, und sie hatte einfach Nein gesagt.

»Ein Bluff«, erwiderte ich. Ich würde Danny nicht verraten.

»Ich fürchte, das ist keine zufriedenstellende Antwort, Miss Knight. Milo, helfen Sie Miss Knights Gedächtnis auf die Sprünge.«

»Ich vergesse immer Dinge, wenn ich geschlagen werde. Besonders Namen«, sagte ich schnell zu ihm. Ich schätze, er glaubte mir nicht.

Milo schlug mir in den Magen, so hart, daß ich zusammenklappte. Ich hatte meine Bauchmuskeln angespannt, wie man es tun soll, aber das schien nicht viel zu helfen. Im Karateunterricht lernten wir ab und zu, still zu stehen und uns von einer anderen Person schlagen zu lassen. Der Gedanke dahinter war, herauszufinden, wie es sich anfühlte, geschlagen zu werden, und zu lernen, daß man einen Schlag aushalten konnte.

Milo haute mir nochmal krachend in den Magen.

Niemand im Karateunterricht hatte jemals so hart zugeschlagen wie er. Der Schlag ließ mich schwanken. Hätten die beiden Gangster mich nicht an den Armen gehalten, wäre ich hingefallen.

»Nein! Aufhören!« schrie Cordelia.

Sie sprang zwischen mich und Milo. Einer der namenlosen Schergen griff nach ihrem Arm, um sie wegzuziehen, aber sie riß sich von ihm los.

»Wie können Sie es wagen? Mein Großvater war Ihr Freund. Zu einer Zeit, als Sie nicht viele andere hatten. Sie werden diesen Besitz niemals bekommen, wenn Sie sie nochmal schlagen«, zischte sie Korby an.

»Es tut mir leid, wenn Ihnen das hier Kummer bereitet, meine Liebe. Aber ich fürchte, die Situation verlangt einiges an Unerfreulichkeiten. Wenn Sie Ihre Freundin jedoch davon überzeugen können, uns zu sagen, was sie weiß, dann können wir den schlimmsten Teil davon vielleicht vermeiden«, sagte Korby in eidechsengleichem Ton.

»Lassen Sie mich allein mit ihr reden«, bat Cordelia.

»Das ist nicht möglich. Sie haben eine Minute. Tun Sie Ihr Bestes«, beendete Korby das Gespräch.

Cordelia wandte sich mir zu. Ich versuchte, ihr zuliebe aufrecht zu stehen. Meine Arme wurden immer noch festgehalten.

»Lassen Sie sie los«, sagte sie, aber da der Befehl weder von Milo noch von Korby kam, ignorierten die Schläger ihn. »Micky ... es tut mir leid, daß du hier bist ...« Sie brach ab und schaute mir nur in die Augen. »Es tut mir leid«, wiederholte sie kopfschüttelnd. Sie streckte die Hand aus und berührte damit kurz meine Wange, eine unvollkommene Geste vor all den Zuschauern.

»Die Zeit ist um. Milo, machen Sie weiter«, befahl Korby.

»Nein!« protestierte Cordelia, aber zwei der Schläger schoben sie beiseite. »Sie sollen verdammt sein!« schrie sie, sich immer noch wehrend.

Milo schlug mich wieder, diesmal auf den Unterkiefer. Ich spürte den stechenden Schmerz einer eingeschnittenen Lippe, und das Blut begann, auf mein Kinn hinabzutropfen.

»Frankie hat mir auch noch andere Dinge erzählt«, sagte ich und spuckte das Blut aus. Milo wich zurück, wartete darauf, daß ich redete. »Er erzählte mir, wie gern Sie sich mit ihm herausputzten, Milo. Er sagte, Sie wären da ziemlich gut drin und daß Sie rosa Büstenhalter aus Spitze wirklich mögen.«

»Du gottverdammte Scheißlesbe«, explodierte er und schlug mich in kurzen Abständen in den Magen und auf die Brust. Aber er war wütend und nachlässig, und er kam mir ein wenig zu nah. Meine Beine hielten sie nicht fest. Ich trat ihn so fest ich nur konnte in die Eier. Er knickte zusammen und griff sich an den Unterleib. Ich trat nochmal, bevor die Jungs, die mich hielten, reagieren konnten. Milo würde mich nicht mehr schlagen. Wenigstens eine seiner Hände mußte gebrochen sein.

Meine Bemühungen brachten mir einen Schlag mit dem Kolben einer Pistole zwischen die Schulterblätter ein. Der zweite Schlag quetschte mir die Luft aus den Lungen. Ich hing zwischen den beiden Männern und spürte einen stechenden, stärker werdenden Schmerz im Rücken. Plötzlich ließen sie mich los, und ich fiel schwer zu Boden. Ich lag da und schnappte nach Luft wie ein Fisch auf dem Trockenen.

»Ganz ruhig.« Cordelia kniete neben mir. Sie hatte sich von dem, der sie festhielt, losgerissen. »Wenn du kannst, entspann dich.« Sie legte ihre Hand auf meinen Nacken und beruhigte mich, bis ich wieder Luft holen konnte. »Verrate es Ihnen«, sagte sie. »Sie werden dich umbringen, wenn du es nicht tust.«

»Die werden mich sowieso umbringen«, krächzte ich. »Besser eine tote Heldin als ein toter Feigling.«

»Nicht auf diese Art.«

»Tut mir leid, daß ich zu spät hier war.«

»Ich habe für so etwas keine Zeit«, unterbrach uns Korbys Reptilienstimme. »Sie sind eine sehr widerspenstige Lady, Miss Knight. Vielleicht sollten wir eine andere Herangehensweise probieren. Vielleicht ist es für Sie schwieriger, dabei zuzusehen, wie jemand anders geschlagen wird, als selbst geschlagen zu werden. Sie wollen doch nicht, daß Miss James verletzt wird, oder?«

»Du Scheißkerl«, sagte ich mit erstickter Stimme. Ich griff nach Cordelia und versuchte, sie festzuhalten, aber seine

Schläger zogen sie weg. Einer von ihnen schlug ihr hart ins Gesicht, dann nochmal von der anderen Seite.

»Nein! Aufhören!« schrie ich. Sie hielten inne und warteten. »Ich gestehe: ich habe Jimmy Hoffa getötet, ganz zu schweigen davon, daß ich das Lindbergh-Baby entführt habe.« Der Schläger hob wieder die Hand. »Joanne Ranson«, sagte ich und verhinderte so, daß der Schlag ausgeführt wurde. »Hutch MacKenzie. Ich hab' gesehen, wie Sie ihn umgebracht haben, Sie Scheißkerl. Ich weiß nicht, wem sie's noch gesagt haben.«

»Mir. Ich bin der einzige«, sagte Lafitte.

»Das Büro des Staatsanwalts, Miss Knight.«

Ich zuckte die Achseln. Ich wollte nicht, daß Cordelia geschlagen wurde, aber ich konnte nicht Dannys Todesurteil unterschreiben, um sie zu retten. Der Schläger hob wieder die Hand.

»Danielle Clayton«, sagte Thoreau.

Verdammt sollte er sein.

»Und Ronald Newson«, sagte ich, um ihnen die Sache zu erschweren. Es machte mir nichts aus, Newson da reinzuziehen, weil er ein rassistisches, sexistisches Schwein war und verdiente, was er bekam.

»Wissen die, daß Sie heute abend hier sind?« fragte Korby. Der Schläger hob seine Hand, so als wolle er Cordelia wieder schlagen. Das Blut lief ihr aus der Nase.

Wußten sie es? Konnten sie es wissen? Und wenn es möglich war, daß sie auf dem Weg hierher waren, wollte ich dann, daß Korby es wußte?

»Nein«, ließ ich verlauten, während ich mir eingestand, daß es nicht sehr wahrscheinlich war. Selbst wenn Joanne am Leben und Danny nach Hause gekommen war, wie hoch standen die Chancen, daß sie rechtzeitig hier sein würden? »Niemand weiß es. Und es gibt keinen Weg, daß sie es noch rechtzeitig herausfinden können.« Ich war nicht in der Lage, vom Boden aufzustehen. Es schien keinen Sinn zu haben, sich zu bewegen. Ich schaute Cordelia an. »Es tut mir leid. Ich hab's schon wieder versaut.« Ich konnte fühlen, wie mir die Tränen kamen, Tränen der Wut und Enttäuschung. Sie glitten meine Wangen hinunter und vermischten sich mit dem Blut aus meiner Nase und aus meinem Mund.

»Sehen Sie, Miss Knight, Sie hätten das alles vermeiden können, wenn Sie mir das von Anfang an gesagt hätten. Nun, Miss James, bevor Miss Knight uns unterbrach, sprachen wir gerade über einen Geschäftsvertrag. Sie sind eine vernünftige Frau, und ich bin sicher, daß Sie mir für diesen Besitz einen fairen Preis berechnen werden. Ihre Kusine Karen hat eine etwas unrealistische Vorstellung vom Wert dieses Besitzes. Ich würde es vorziehen, mit Ihnen abzuschließen. Die Dokumente warten bloß noch auf Ihre Unterschrift.«

»Micky braucht medizinische Hilfe«, sagte Cordelia und wischte sich Blut aus dem Gesicht.

»Unterzeichnen Sie hier, und sie wird sie kriegen.«

»Euthanasie«, sagte ich.

»Nein«, erwiderte Cordelia scharf. »Sie sind wahnsinnig. Sie reden so ruhig von Mord, als wäre Besitz viel wichtiger ...«

»Für mich ist er das«, schnitt Korby ihr kalt das Wort ab. »Ich hatte nicht die Absicht, mich persönlich in Ihr Ableben einzumischen, aber die Umstände machen es doch unumgänglich. Es überrascht mich nicht, daß dieser Prolet Ihre Entführung vermasselt hat, Miss James, aber Miss Knight ist nur aufgrund der schieren Inkompetenz derer hier, die es besser hätten wissen sollen.«

»Sie hatten Beaugez befohlen, mich zu kidnappen?« wollte Cordelia wissen.

»Ich nutze die Vorteile, die sich mir bieten. Ein paar Andeutungen, Ihr Aufenthaltsort und wie diebisch die Holloways sich darüber freuten, mit einem Mord davongekommen zu sein. Eine Pistole, die nicht länger gebraucht wurde. Und viele gute Wünsche zum Erfolg. Das war alles.«

»Sie haben ihn umgebracht«, schleuderte ich Korby entgegen.

»Seien Sie doch nicht idiotisch«, erwiderte er scharf. »Beaugez hat sich selber umgebracht. Ihr Großvater war so eine große Hilfe«, wandte er sich an Cordelia. »Er versorgte mich mit allen nötigen Details. Solch ein argloser Vertrauter.«

Lafitte kam zu Korby herüber und reichte ihm das allgegenwärtige Telefon. Er lauschte kurz hinein und schaute dann auf seine Uhr.

»In ein paar Stunden geht die Sonne auf, Miss James. Bis dahin haben Sie Zeit, darüber nachzudenken. Ich rate Ihnen, zu unterzeichnen, sonst werden Sie herausfinden, wie ungemütlich die Dinge werden können. Ich habe jetzt keine Zeit mehr für das hier.«

Korby stand auf. Der Rest seiner Bande tat es ihm nach.

»Lieutenant Lafitte und ich haben ein Rendezvous mit der unerschütterlichen Sergeant Ranson«, fuhr er fort, »um sie dazu zu bringen, ihre Fehler einzusehen. Sie hatten das letzte Mal sehr viel Glück, Miss Knight. Diesmal werden einige meiner Jungs Ihnen Gesellschaft leisten, und Sie werden nicht so viel Glück haben. Milo, Sie bleiben hier und passen auf, daß sie nicht verschwinden.«

Milo nickte, hielt dabei seine gebrochene Hand. Er wußte, daß er besser nicht jammerte.

Korby, Lafitte und eine Auswahl der Schergen verschwanden. Milo und zwei andere Schläger blieben. Sie führten uns drei hinaus zur Scheune und schnürten uns Arme und Beine mit einem Nylonseil zusammen, verknoteten es genau zwischen unseren Händen und Füßen. Milo hielt sein Feuerzeug unter jeden Knoten, um die Schnüre miteinander zu verschmelzen.

»Versuch dein Glück mal mit diesen Knoten, Schlampe«, höhnte Milo. Er hielt seine linke Hand. Ich hoffte, daß sie höllisch schmerzte. »Ich sollte ihn dir reinstecken und die Sache geradebiegen, damit du nicht als Lesbe stirbst«, drohte er.

»Milo, Sie sind so ein heißer Hengst, daß alle Wassermelonen in der Umgebung schon zittern«, gab ich es ihm zurück.

Einer der Schläger kicherte.

»Fotze«, stieß er aus und trat mich in den Magen.

Eines Tages werde ich lernen, meine Klappe zu halten. Falls ich dann noch lebe.

Dann gingen sie. Es war kalt in der Scheune, und ich denke, sie wollten's angenehmer haben.

Ich lag auf der Seite, bewegte mich nicht und hoffte, daß der Schmerz ein bißchen nachlassen würde.

24. Kapitel

Gefangene haben Gefängnisaufsehern gegenüber einen einzigen Vorteil. Der Gefängniswärter glaubt, die Gefangenschaft sei eine Konstante, daß, wenn man beispielsweise erst einmal an allen vieren gefesselt in der Scheune liegt, man auch in diesem Zustand bleiben wird. Der Gefängniswärter denkt nicht dauernd darüber nach, daß er dich wieder einfangen muß. Aber Gefangene sind ständig mit der Suche nach Fluchtmöglichkeiten beschäftigt.

Korby hatte recht. Beim letzten Mal hatte ich Glück gehabt. Aber dieses Mal war ich vorbereitet. Ich rollte mich Zentimeter um Zentimeter zu Cordelia herüber, bis wir Rücken an Rücken lagen und ihre Hände meine berühren konnten.

»Du kannst das nicht aufknoten«, flüsterte sie.

»Was macht ihr da?« fragte Thoreau von dort, wo er lag.

»Nicht so laut«, mahnte ich. Milo hatte vielleicht eine Wache aufgestellt. »Kannst du dich ein bißchen näher heranmanövrieren und meine Hände berühren?« fragte ich Cordelia.

»Aber was macht ihr denn da?« ließ Thoreau nicht locker.

»Ruhe«, zischte ich ihm zu. Und zu Cordelia: »Unten am linken Ärmel.« Ich fühlte, wie ihre Hand nach meinem Ärmel tastete. »Im Aufschlag liegt ein flacher Gegenstand, durch den zerrissenen Stoff hindurch. Kannst du dran kommen?«

»Ich glaube schon«, brummte sie, versuchte angestrengt, den richtigen Winkel zu finden. »Ich fühle etwas... Ah-ha, ich glaube, mein Finger hat's.«

»Kannst du's rausziehen?«

»Was macht ihr da?« Schon wieder Thoreau.

»Wir probieren neue Sexstellungen aus«, erwiderte ich. »Oh, ja, leg' deine Finger drauf, nimm' es, schneller...«

»Ruhe, alle beide«, sagte Cordelia. »Ich hab' sie. Ich mach' jetzt das Papier ab.«

»Vorsichtig, verletz dich nicht«, warnte ich sie. Es war eine Industrie-Rasierklinge. Eine Seite ist mit einer kleinen Metallklappe stumpf gemacht, und die Klinge ist in dünne Pappe verpackt. In Zeiten wie diesen konnte man sie gut gebrauchen. Und sie paßten genau in den Aufschlag einer Jeansjacke.

»Kannst du meine Fesseln durchtrennen?« fragte ich. Sie führte Operationen an Menschen durch; mit einem Nylonseil würde sie wahrscheinlich fertig werden.

»Ja, ich werd's versuchen. Beweg dich nicht.«

Ich versuchte, mich nicht zu bewegen. »Tempo ist alles. Ein paar Kratzer kann ich aushalten.« Ich ächzte, als sie meinen Rat beherzigte.

»Sorry«, entschuldigte sie sich.

»Schneid einfach weiter.«

Das tat sie. Trotzdem dauerte es eine Weile, bis sie die Seile durchtrennt hatte. Es ist schwierig, eine gute Schneidewirkung zu erzielen, wenn einem die Hände hinter dem Rücken zusammengebunden sind. Ich konnte nur hoffen, daß Milo in großspuriger Laune war und nicht jede halbe Stunde nach uns sehen ließ.

Sobald ich frei war, machte ich mich über Cordelias Fesseln her. Sie hatten viel Seil für uns verbraucht, und ich mußte mehrere Stränge durchsägen, um sie zu befreien. Die Zeit verstrich, und bis zum Sonnenaufgang wollte ich längst von hier verschwunden sein. Schließlich durchtrennte ich die letzten Nylonfasern und war in der Lage, das aufgekringelte Seil an ihren Handgelenken und Knöcheln zu entwirren.

»Gott, das ist gut«, sagte sie mit einem kurzen Lächeln in meine Richtung.

»Beeilung, ich habe Schmerzen«, quengelte Thoreau.

Ich fing an, seine Seile durchzuschneiden. Er war wahrscheinlich ein anständiger Kerl; ich war bloß nicht in der Position, ihn zu mögen. Es schien länger zu dauern, seine Fesseln zu durchtrennen. Die Rasierklinge wurde stumpfer, und sein ständiges Drängen, mich zu beeilen, beschleunigte die Dinge auch nicht gerade. Als ich mit dem Schneiden fertig war, überließ ich es ihm, die Enden zu entwirren. Er konnte sich selbst befehlen, sich zu beeilen.

Ich wollte wissen, wo Milo und die Schergenbrüder waren. Ich öffnete die Scheunentür einen Spaltbreit und schaute hinaus. Niemand zu sehen. Aber es war immer noch zu dunkel, um mich auf meine Sicht wirklich verlassen zu können.

»Ich werd' mich mal umsehen«, flüsterte ich Cordelia zu. Thoreau strampelte immer noch vor sich hin. »Bin gleich wieder da.«

Ich schlüpfte aus der Scheune hinaus. Ich ließ meine Augen sich der Dunkelheit anpassen, bevor ich weiterging. Ich blieb nah bei der Scheune, bis ich die Ecke erreichte, die dem Haus am nächsten war. Von dort aus huschte ich in den Schutz der Bäume. Ich arbeitete mich zwischen den Bäumen voran, bis ich das Haus sehen konnte. Es brannten immer noch einige Lichter, und alle Vorhänge standen offen. Milo und einer von seiner Verstärkungstruppe waren im Salon und aßen und tranken. Unglücklicherweise stand der andere Gangster in der Einfahrt Wache, saß dabei lässig auf Karens Auto. Wir mußten ein freiliegendes Stück Rasen überqueren, um zur Straße zu gelangen. Es würde schwierig sein, darüberzulaufen, ohne von ihm gesehen zu werden. Alle Außenlampen waren eingeschaltet, und der Himmel würde jetzt mit jeder Minute heller werden. Selbst wenn wir die Straße erreichten, wären die einzigen Autos, die vorbeikämen, die von Korby und seinem Anhang, wenn sie zurückkamen.

Ich schlich leise zur Scheune zurück. »In der Einfahrt steht einer Wache, der uns garantiert sehen wird, wenn wir den Rasen überqueren«, berichtete ich.

»Warum verstecken wir uns nicht auf dem Heuboden?« schlug Thoreau brillianterweise vor. »Unter einigen dieser Bündel.«

»Wissen Sie, wie die Leute finden, die sich auf einem Heuboden verstecken, Thoreau, alter Freund?« fragte ich.

»Nein.«

»Wenn sie Pistolen haben, was diese Ganoven mit allerhöchster Wahrscheinlichkeit tun, dann feuern sie solange ins Heu, bis sie etwas treffen, das blutet.«

»Haben Sie eine bessere Idee?« erwiderte er scharf.

Mir schossen einige unhöfliche Vorschläge durch den Kopf, aber ich verkniff es mir, sie auszusprechen. Wir konnten es uns nicht leisten, durch irgendwelche Auseinandersetzungen Zeit zu verschwenden. »Hast du hier irgendwo Kerosin, Benzin oder so was in der Art gelagert?« fragte ich Cordelia.

»Ich glaub' schon. Wahrscheinlich im Gartenschuppen«, antwortete sie, nachdem sie einen Augenblick nachgedacht hatte.

»Aber die Wache wird dich sehen, wenn du versuchst, dorthin zu gehen«, sagte Thoreau.

»Vielleicht«, sagte Cordelia. »Was willst du tun?«

»Genug Ablenkung schaffen, daß wir zu einem Auto laufen und hier rauskommen können«, antwortete ich. »Zu Fuß haben wir keine große Chance, selbst wenn wir an diesem Wachmann vorbeikommen.«

»Du hast recht. Ich geh' das Benzin holen«, stimmte sie mir zu.

»Nein«, protestierte Thoreau. »Das ist zu gefährlich.«

»Hierbleiben ist das auch«, sagte ich.

»Dann holen Sie das Benzin«, sagte er.

»In Ordnung.« Ich zuckte mit den Achseln. »Wo ist es?«

»Auf einem der mittleren Regale hinten im Schuppen.«

»Ich weiß, wo es ist. Ich werde es holen«, sagte Cordelia.

»Cordelia.« Thoreau hielt sie auf. »Schick die Detektivin. Sie ist sowieso diejenige, hinter der sie eigentlich her sind.«

Cordelia wandte sich um und mit einem unbeweglichen, harten Ausdruck in den Augen starrte sie ihn für den Bruchteil einer Sekunde an. Dann schlüpfte sie durch die Scheunentür hinaus und war verschwunden.

Manchmal braucht es bloß einen einzigen Moment, die allerkürzeste aller Sekunden, in der das Unwiderrufliche geschieht. Eine Vase vom Regal zu schubsen, zu beobachten, wie sie fällt und zerbricht und niemals wieder zusammengesetzt werden kann. Die Sekunde, in der zwei Autos aufeinanderprallen, Leben verlorengehen oder zerbrechen. Manchmal bedarf es nur eines einzigen Wortes, einer zu harschen Wahrheit, einer zu spröden Lüge. Ich war soeben Zeugin einer solchen Sekunde geworden. Ich hoffte, daß sich dieser Blick, den ich gerade über Cordelias Gesicht hatte flackern sehen, nie gegen mich richten würde. Noch mehr hoffte ich, daß ich niemals etwas täte, das einen solchen Blick verdiente.

»Wenn ihr irgend etwas zustößt ...« fing Thoreau an.

»Dann werden Sie es sich selbst nie verzeihen, daß Sie nicht an ihrer Statt gegangen sind.« schnitt ich ihm das Wort ab. »Suchen Sie ein paar Lumpen zusammen, Stoff, irgend etwas, das wir als Zündschnur verwenden können.« Ich wartete seine Antwort nicht ab, sondern kletterte die Leiter zum Heuboden hinauf, um die Lumpen zu holen, die ich in der Ballnacht gesehen hatte.

Ich sammelte so viele ein, wie ich konnte, und ein paar Handvoll Heu. Ich fragte mich, warum es hier immer noch soviele Heuballen gab, wo doch die Pferde verkauft und in anderen Ställen untergebracht waren. Einer Ahnung folgend steckte ich eine Hand in einen der Ballen und begann zu suchen. Meine Hand stieß auf eine Plastikverpackung. Ich brauchte nicht einmal nachzusehen, um zu wissen, was in den Ballen versteckt war. Kein Wunder, daß Korby dieses Land wollte. Niemand würde sich darüber wundern, daß er in seiner eigenen Scheune Heu lagerte. Ich kletterte die Leiter wieder herunter.

»Das ist alles, was ich finden konnte.« Thoreau warf mir eine alte Pferdedecke entgegen. Sie war zu dick und zu groß, als daß ich sie hätte benutzen können.

Cordelia kam mit einem Benzinkanister in der Hand zurück.

»Gott sei Dank, daß du wieder da bist«, sagte Thoreau und

machte Anstalten, sie zu umarmen. Sie wich ihm aus und kam zu mir herüber.

»Hier ist das Benzin. Was jetzt?« Sie reichte mir den schweren roten Metallkanister.

Ich dachte eine Minute nach. Ich würde Thoreau mitnehmen müssen, so sehr der Gedanke mir auch mißfiel. Aber ich traute ihm nicht, wenn er allein war.

»Ich hab' die Schlüssel von Karens Wagen rechts unter dem Fahrersitz liegen lassen«, erklärte ich. Sie nickte. Dies war vielleicht das letzte Mal, daß ich sie sah — als mir dieser Gedanke kam, brachte er mich zum Schweigen. Ich schluckte hart und hustete, um es zu überspielen. »Wir werden sie ablenken«, fuhr ich fort. »Wenn die Wache weit genug vom Auto entfernt ist, steig ein und fahr weg.«

»Was ist mit euch?«

»Wir treffen dich an der Straße.«

»Gut.«

»Sollten wir aber nicht dort sein, dann warte nicht. Fahr zu 'nem Telefon und ruf jede Nummer an, die dir einfällt, inklusive der Zeitansage.«

Sie nickte.

»Wo gehen Sie hin?« unterbrach Thoreau.

»Nehmen Sie alle Lumpen und so viel Heu, wie Sie tragen können«, wies ich ihn an. Er zögerte, bis Cordelia ihm durch ein Nicken zu verstehen gab, daß er es tun sollte.

Ich stand neben ihr, direkt neben der Tür, und wollte sie nicht gehen lassen. Ich fing an, ihr die Richtung zu erklären.

»Ich weiß«, antwortete sie. »Mir gehört der Laden hier.«

»Stimmt.« Ich versuchte mir irgend etwas einfallen zu lassen, um sie noch eine Sekunde länger dazubehalten. »Bitte, sei vorsichtig.« Es war nicht das, was ich sagen wollte.

»Du auch, Micky. Bitte, laß dich nicht noch mehr verletzen, als du sowieso schon bist.«

»Cordelia«, sagte ich zum vielleicht letzten Mal. »Ich liebe dich.«

»Ich weiß«, war alles, was sie sagte. Für einen kurzen Augenblick hielten ihre Hände mein Gesicht, dann berührte sie meine Lippen mit ihren.

Dann war sie fort, in der Dunkelheit verschwunden, ließ mich mit nichts außer dem anhaltenden Duft ihrer Wärme zurück. Aber die Kühle der Nacht legte sich rasch darüber, und ich wußte, daß wir langsam in die Gänge kommen mußten.

»Kommen Sie. Lassen Sie uns gehen«, sagte ich.

»Wohin? Wo ist Cordelia?« fragte er.

»Folgen Sie mir. In Stellung«, beantwortete ich beide Fragen. »Und seien Sie still.«

Ihre Autos waren hinter der Scheune geparkt. Deshalb hatte ich sie nicht gesehen, als ich herangefahren war. Es waren noch vier Autos da. Keins von ihnen unter fünfzigtausend Dollar, inklusive einem Vorkriegs-Rolls-Royce, wahrscheinlich Korbys. In keinem der Autos ein Schlüssel. Nicht, daß ich damit gerechnet hätte. Cordelia wird schon nichts passieren, und in Karens Auto sind Schlüssel, sagte ich mir.

Unglücklicherweise für den Rolls ließ sich sein Tankdeckel leicht öffnen. Der Deckel des Mercedes war ebenfalls leicht aufzubekommen. Ich wies Thoreau an, Wache zu stehen. Ich häufte die Lumpen und das Heu auf dem Boden zusammen und goß Benzin darüber, durchtränkte das Bündel so sehr ich nur konnte. Indem ich einige der Lumpen zusammenband, richtete ich zwei einzelne Bahnen her, jede etwa eineinhalb Meter lang. Das Ende der einen stopfte ich in den geöffneten Tank des Rolls. Dasselbe beim Mercedes. Den Rest der Lumpen legte ich überlappend aneinander — als ich keine mehr hatte, nahm ich Heu —, und so gelang es mir, eine zehn Meter lange Lunte anzufertigen. Sie hatte die Form eines Y: die Lunten der beiden Autos trafen sich und führten dann in einer Linie dorthin, wo ich stand.

Der Morgen graute. Meine Hände und der helle Mercedes schienen in der Dunkelheit zu glühen, aber sie reflektierten bloß das erste schwache Licht am Horizont.

»Gehn Sie zu den Bäumen rüber, dort zur Vorderfront der Scheune«, befahl ich Thoreau. »Wenn dieses Ding hochgeht, rennen Sie so schnell Sie können zur Straße. Warten Sie, schmieren Sie sich etwas Dreck auf dieses rote Hemd.« Strahlendrot, die perfekte Farbe in diesem Morgenlicht.

»Das ist eins meiner Lieblingshemden«, widersetzte er sich.

»Tun Sie's!« zischte ich ihm zu. Er rieb sich etwas trockenes Gras über seine Brust. Ich hatte keine Zeit zum Streiten. Ich hoffte einfach, daß niemand in seine Richtung schauen würde. »Los, gehen Sie«, sagte ich. Das ließ er sich nicht zweimal sagen.

Ich nahm ein Feuerzeug aus meiner Jackentasche. Jede gute kleine Detektivin hat Rasierklingen und Feuerzeuge bei sich. Und Tampons, aber ich hoffte, daß ich von denen keinen benötigen würde.

Ich schnipste das Feuerzeug an, und das Heu entzündete sich. Ich drehte mich um und rannte, so schnell ich konnte. Ich hatte kein Interesse daran, meine Arbeit zu begutachten. Ich war seitlich auf etwa halber Höhe der Scheune angelangt, als es ein gewaltiges Donnern gab und der Himmel erleuchtet wurde und orangenfarben glühend knisterte. Als ich die Vorderseite der Scheune erreichte, entdeckte ich Thoreau, der sich in ein paar Metern Entfernung von mir hinter einem Baum zusammenkauerte.

Ich kalkulierte im Geiste, daß die Wache in diesem Augenblick wohl schon hierher unterwegs war. Wenn wir etwas Glück hatten, würden Milo und der zweite Schergenjunge die Hintertür benutzen, und wir könnten so allesamt irgendwelche unerfreulichen Begegnungen vermeiden. Ich rannte weiter, versuchte dabei, so viele Büsche und Bäume wie möglich zwischen mich und das Haus zu bringen. Thoreau wies ich mit einer Handbewegung an, weiterzulaufen. Ich hoffte, daß Cordelia okay war.

Ich fing langsam wirklich an, reiche Leute und ihre Vorliebe für große Entfernungen zu hassen. Es gab bestimmt zweihundert Eichen auf dem Anwesen, und es sah so aus, als müßte ich an jeder einzelnen vorbeirennen, bevor ich die Straße erreichte. Thoreau lief weiter mit großen Schritten vor mir her, und sein Hemd schien mit jedem Baum, den wir passierten, röter und röter zu werden. Die Sonne ging auf, obwohl ich wußte, daß sie nicht so schnell aufgehen konnte, wie es sich anfühlte.

Wir gelangten zu dem langen, ungeschützten Teil des Rasens. Als ich den Schutz der Bäume verließ, war Thoreau knallrot genau in der Mitte davon. Ich riskierte einen schnellen Blick zurück zur Auffahrt. Ich sah Karens Auto nicht. Sie hat es geschafft, jubelte ich still in mich hinein.

»Das Auto ist weg«, rief Thoreau mir zu.

Idiot. Halt die Klappe. Hoffentlich waren Milo und seine Jungs zu beschäftigt hinter der Scheune, um irgend etwas zu hören außer dem Knacken eines in Flammen stehenden Rolls-Royce.

Auf der flachen Strecke holte ich Thoreau rasch ein. Warte, bis ihr im Wagen seid, bevor du ihm den Kopf wäschst, Micky, sagte ich zu mir selbst. Wir hatten noch etwa fünzig bis fünfundsiebzig Meter bis zur Straße vor uns. Davor stand noch eine Reihe von Bäumen und Sträuchern, so daß ich die Straße nicht sehen konnte, aber ich wußte, daß das Auto dort war. Thoreau war nicht mehr als eineinhalb Meter vor mir. Ich würde ihn überholen und mich vorne neben Cordelia setzen, sagte ich mir selbstzufrieden.

Dann stolperte ich. Ich konnte mir keinen Reim darauf machen, wie ich auf diesem vollkommen glatten Rasen gestolpert war, bis ich versuchte aufzustehen. Der Schmerz schoß durch mein Bein, und mir wurde klar, daß ich angeschossen worden war.

Ich humpelte ein paar Schritte weiter. Ohne Hilfe würde ich es nie bis zur Straße schaffen.

»Thoreau«, rief ich. Er hatte gerade den Schutz der Bäume erreicht. Er drehte sich um, schaute mich an, dann auf etwas hinter mir. Er zauderte für eine Sekunde und nur für eine Sekunde. Er wandte sich ab und rannte weg, ließ mich allein zurück.

Ich taumelte in die Bäume hinein, wartete auf den allerletzten Schuß in den Rücken oder in den Kopf. Aber er kam nicht. Noch nicht. Ich würde es nicht bis zur Straße schaffen. Cordelia ist frei, das ist alles, was zählt. Und dieser Mistkerl auch. Ich erwog, mich hinzusetzen und mich von den Gangstern einfach fangen zu lassen. Nicht länger vergebens vor dem Schicksal davonzulaufen.

Verdammt, nein! So leicht würde ich es ihnen nicht machen. Außerdem mußte es jemanden geben, der bei Cordelias Hochzeit einen Einwand erhob. Ich riß mir die Jacke herunter und schlang sie um mein Bein. Sie hatten mir in den Oberschenkel geschossen. Ich wollte nicht, daß das Blut auf den Boden tropfte und eine Spur hinterließ. Statt Richtung Straße zu laufen, hielt ich auf den Sumpf zu. Das Ufer war nicht mehr als zehn Meter entfernt. Im Morast konnte ich mich lange Zeit verstecken. Wenn ich Glück hatte.

Halb rollte ich, halb glitt ich den Abhang zum Sumpfland hinunter. Ich hoffte, daß ich keine zu große Blutspur hinterließ. Ich stützte mich gegen eine Kiefer und hievte mich hoch. Mit Hilfe meines unverletzten Beins und der Bäume humpelte ich in den Schutz der Sumpflandschaft hinein. Ich stieß auf einen Grashügel und kroch ihn hinauf, hoffte, von dort aus die Straße sehen zu können. Es gab einen Spalt zwischen den Bäumen, der mit dem herannahenden Tagesanbruch heller wurde, aber ich konnte nicht mit Sicherheit sagen, ob es die Straße war oder nicht. Ich sollte mich nicht länger auf dieser Anhöhe aufhalten. Trotzdem starrte ich weiterhin durch die Lücke. Noch eine Minute, dann muß ich gehen, sagte ich mir selbst. In der Öffnung erschien für den Bruchteil einer Sekunde ein roter Blitz, dann war er verschwunden.

Sie hatte es geschafft. Cordelia war in Sicherheit, frohlockte ich. Endlich ein Mensch, den ich nicht hatte sterben lassen.

Ich humpelte von der Anhöhe herunter, und der Schlamm saugte sich schmatzend an meinen Füßen fest. Das Blut hatte meine Jacke durchdrungen und lief an meinem Bein herunter. Ich schmierte es an meine Hose, damit es nicht auf den Boden tropfte. Wenigstens waren es diesmal meine eigenen Klamotten, die ich ruinierte. Es wurde kälter. Nein, mit dem Aufgehen der Sonne wurde es wärmer. Nur mir wurde kälter. Ich war naß und schlammig und blutig und mußte zuviel Energie darauf verwenden, einfach nur durchzuhalten.

Vermutlich gingen die davon aus, daß ich versuchen würde, zur Straße zu gelangen. Deshalb lief ich Richtung Fluß, kämpfte mich unter Schmerzen durch das dichte Unterholz und die tückischen Schlammlöcher.

Das Gute daran, ins Bein geschossen zu werden, war, daß alles andere nicht länger wehtat. Die Laß-etwas-sehr-Schweres-auf-deinen-Fuß-fallen-Methode zur Heilung von Kopfschmerzen.

Ich fand einen relativ trockenen Untergrund und ließ mich vorsichtig nieder. Ich mußte mich um mein Bein kümmern. Ich wickelte die Jacke langsam ab, versuchte, es nicht noch mehr zum Bluten zu bringen, als es sowieso schon tat.

Das Tageslicht sickerte langsam herein, durchdrang sogar dieses dichte Laubwerk. Genug Licht, um mich mein Bein untersuchen zu lassen. Es war gar nicht so schlimm, keine durchtrennten Arterien, sagte ich mir selbst. Aber was wußte ich schon über Medizin, antwortete die Stimme der Vernunft. Vielleicht verblutete ich ja gerade. Ich versuchte, nicht darüber nachzudenken.

Ich nahm die Rasierklinge aus meiner Jackentasche und schnitt einen der Ärmel damit ab. Dann zerschnitt ich ihn der Länge nach in zwei Hälften. Diese Hälften band ich fest um mein Bein, schlitzte das Ende des oberen Streifens und band es ab. Das würde reichen müssen. Die blutige Jacke zog ich wieder an.

In der Ferne hörte ich Stimmen. Ich mußte in Bewegung bleiben. Ich humpelte auf den Fluß zu, weg von den Stimmen.

Alle fünf, sechs Meter mußte ich anhalten, mich an den nächststehenden Baum klammern, und das Gewicht von meinem einen belastbaren Bein wegverlagern. Trotzdem dauerte es nicht lange, und ich fühlte, wie die Erschöpfung die Muskeln beben ließ. Ich mußte einen Platz finden, an dem ich mich verstecken und ausruhen konnte. Ich lief im Zickzack tiefer in den Sumpf hinein. Ich war parallel zur *Einhundert-Eichen-Plantage* auf den Fluß zugelaufen. Jetzt bewegte ich mich im schrägen Winkel weg von ihr, auf den Fluß zu, hin zu der Stelle, wo Barbara und ich festgehalten worden waren. So lange schien das jetzt zurückzuliegen.

Der Boden wurde nasser, je weiter ich kam. Bald watete ich knöcheltief im Wasser. Ich begann, in dem kalten Wasser zu zittern. Und ich machte viel zu viel Lärm, wenn ich so auf einem Bein durch das Wasser platschte. Ich verlagerte das Gewicht ganz vorsichtig auf das verletzte Bein. Schmerz durchzuckte mich. Ich biß die Zähne zusammen und belastete das Bein noch etwas mehr. Die Muskeln zerrten und zogen unter dem straffen, behelfsmäßigen Verband.

Vorsichtig hinkte ich ein paar Schritte weiter durch das tiefer werdende Wasser. Dann noch einen Schritt, mit meinem guten Bein, doch es fand keinen Halt. Der blasendurchzogene Morast gab nach, ein Schlammloch. Ich stürzte ins Wasser, ging unter, einen Moment lang außerstande, irgend etwas anderes zu sehen oder zu fühlen als das dunkle Wasser. Wild mit den Armen schlagend kämpfte ich mich zur Oberfläche, spuckte und hustete, versuchte, das Wasser aus Mund und Nase zu bekommen.

Es ist nur ein einziger Schritt, du kannst diesen einen Schritt wieder zurücktun, sagte ich mir selbst, um meine wachsende Panik zu beruhigen. Ich griff nach umhertreibenden Büscheln Sumpfgras. Es schien eine Ewigkeit zu dauern, bis meine Hände in davonsickernden Schlamm griffen. Ich versuchte gar nicht erst aufzustehen. Halb paddelte ich wie ein Hund, halb kroch ich vorwärts, bis ich ein Stück Untergrund erreichte, das mich halten konnte. Ich lag da, erschöpft und zitternd, unfähig, mich zu bewegen, bis die Kälte meinem Körper heftige Schauer abzwang.

Jede Sekunde erwartete ich, einen von Milos Jungs zu sehen, wie er mich angrinste und mit der Pistole auf meinen Kopf zielte. Aber alles, was ich hörte, waren die Geräusche von Insekten, der morgendliche Gesang der Vögel, so als wäre nichts geschehen. Nur die Menschen bemerken den Tod; dem Sumpf war es egal, ob ich lebte oder starb. Wenn überhaupt, wäre mein Tod ihm nützlicher als mein Leben. Ich erinnerte mich nur zu genau an den unschuldigen, gierigen Käfer, den ich von Barbara heruntergerissen hatte. Es schauderte mich wieder, diesmal nicht nur von der Kälte.

Ich mußte in Bewegung bleiben und ein Plätzchen fern von diesem nassen Dreck finden. Ich fing an zu kriechen, Zentimeter um Zentimeter voran, lauschte bei jeder Bewegung, wie der Schlamm und das Wasser an mir zogen und zerrten, mich wieder hineinziehen wollten in ihre Umklammerung.

Dann berührte meine Hand einen herabgefallenen Ast. Er fühlte sich stabil genug an, um mein Gewicht zu tragen. Ich befreite ihn aus dem Schlamm. Hatte sogar die richtige Länge. Ich steckte ihn aufrecht in den Morast und benutzte ihn, um mich in eine kniende Position hinaufzuziehen. Er würde mein Gewicht tragen. Ich stand vorsichtig auf, benutzte sowohl den Ast als auch einen Baum, um mich abzustützen. Es gelang mir, ihn unter meinen Arm zu klemmen und mich mit meinem ganzen Gewicht daraufzulehnen. Nicht sehr bequem, aber er würde es tun.

Ich bewegte mich jetzt auf die *Einhundert-Eichen-Plantage* zu, aber ich mußte einfach aus der Nässe und dem Dreck heraus. Der Untergrund stieg langsam, fast unmerklich an.

Selbst mit meiner neuen, superpraktischen Krücke stellte ich keine Geschwindigkeitsrekorde auf. Wenn mich einer dieser Schlägertypen sichtete, war ich Sumpfgeschichte.

Die Dämmerung lag hinter uns. Die Sonne war auf dem

Weg zu einem handfesten Morgen. Zum Verstecken hätte ich die Dunkelheit vorgezogen. Korby und der Rest seiner Mafiatruppe mußten schon wieder da sein. Und mir war kalt, ich war naß und blutete.

Der Untergrund stieg jetzt deutlicher an und führte zu einer kleinen Lichtung. Die Lichtung war als Müllhalde benutzt worden. Überall lagen Plastikbeutel herum, und ein paar von ihnen waren von kleinen (so hoffte ich) Tieren aufgerissen worden. Korby und seine Mannen kamen mir nicht wie Leute vor, die ordentlich ihren Mülleimer leerten, bevor sie gingen. Vielleicht war ich hier für eine kurze Verschnaufpause sicher. Wenigstens lag die Lichtung höher und war trocken, und die Müllbeutel würden nützlich sein.

Ich leerte einen aus, riß dann ein großes Loch für meinen Kopf und zwei kleinere für meine Arme hinein. Ich streifte ihn über. Genau das, was ein modebewußtes Detektiv-Girl heutzutage trägt. Ich konnte sehen, warum diese Tüten hier draußen lagen. Drogen-Utensilien, der Abfall von Korbys Unternehmungen, waren hier abgeladen worden. In diesem Sumpf gab es keine Bullen, die einem den Müll durchwühlten. Ich leerte drei weitere Beutel. Dann stapfte ich zu einer flachen, müllfreien Stelle hinüber und legte einen der Beutel auf den Boden. Ich setzte mich darauf und bedeckte mich mit den beiden anderen. Ich lehnte mit dem Rücken gegen einen Baum und hoffte, daß etwas von der Müdigkeit und den Schmerzen dahinschwinden würde. Ich versuchte, wach und hellhörig zu bleiben, lauschte in Erwartung des entfernten Heulens einer Sirene, die die Vorbotin meiner Rettung sein würde. Oder der barschen Stimmen und Tritte im Unterholz, die bedeuten würden, daß sie noch nach mir suchten.

Ich mußte weggedöst sein, wenn auch nicht für lange. Die Sonne stand immer noch fast dort, wo sie am Morgenhimmel gestanden hatte, aber ich fühlte mich groggy, und ich konnte mich nicht daran erinnern, was ich gerade getan hatte.

Bleib wach, Micky. Wenn Ranson auftaucht, um dich zu

retten, mußt du sie wissen lassen, wo du bist. Ranson. Joanne. Die Erinnerung an sie ließ mich aufwachen. Würde sie es schaffen, mich zu retten? Verdammt, das letzte Mal, als ich sie sah, hatte ich mich wie ein bockiges Kind aufgeführt. Stirb nicht, Joanne. Du mußt mich noch dafür anschreien, daß ich in diesen Schlamassel geraten bin. Stirb einfach nicht vorher, flehte ich lautlos vor mich hin.

Eine flüchtige Bewegung auf der anderen Seite der Lichtung fiel mir in den Blick. Eine kleine Feldmaus, die verstohlen an irgendwelchem Müll knabberte. Dann schoß eine dunkle Hand aus dem Gebüsch und ergriff sie. Nein, keine Hand, die Fangzähne einer Schlange. Die Maus wand sich, fraß weiter, während sie gefressen wurde. Aber das war nicht die Schlange aus meinen Alpträumen. Es war eine ganz alltägliche Schlange, die Mäuse fraß und die ich ganz leicht mit meinem Stock töten konnte.

Ich verlagerte mein Gewicht, und eine meiner Hände glitt nach unten, hing an der Seite herunter. Sie berührte nicht den Boden. Ich kannte das Gefühl. Ohne hinzusehen wußte ich, daß da direkt neben mir etwas war. Trotzdem drehte ich meinen Kopf, um es mir anzusehen, versuchte aber, sonst nichts zu bewegen. Plötzlich war ich sehr froh über die Kälte.

Meine Hand ruhte etwa zehn Zentimeter neben dem Kopf einer riesigen Sumpfklapperschlange. Ihre Zunge zuckte schnell vor und zurück. Wie die anderen Schlangen kam sie wahrscheinlich wegen der Nagetiere hierher, die den Müll fraßen, und hatte sich auf der Suche nach Wärme neben mir zusammengerollt.

Ich kämpfte den Drang nieder, hysterisch loszulachen. Mein erster Gedanke beim Anblick der Schlange war: »Herzlichen Glückwunsch zum Geburtstag, Micky.« Irgendwann zwischen gestern und heute war ich dreißig geworden. Der neunundzwanzigste Februar, ein Tag in der Schwebe zwischen dem achtundzwanzigsten und dem ersten März. Heute war der erste März. Irgendwann in dieser Nacht war ich älter geworden.

Es sah so aus, als würde der Sumpf gewinnen. Außer natürlich, Milo oder einer der Schergenbrüder tauchte jetzt auf der Stelle hier auf. Dann könnte ich ihm vielleicht die Schlange entgegenschleudern, und die zwei könnten es miteinander ausfechten und mich in Ruhe ein Nickerchen machen lassen.

Die Schlange züngelte, kostete die Luft. Ich fragte mich, ob sie meine Angst spüren konnte. Ich konnte nicht weit genug springen oder mich wegrollen, um aus der Gefahrenzone herauszukommen, und es zu versuchen, würde sie bloß reizen. Ich konnte hoffen, daß sie wegkriechen würde, aber da ich hier weit und breit das Wärmste war, war dies nicht sehr wahrscheinlich.

Ich erinnerte mich, wie mein Dad Schlangen gefangen hatte. Wenn eine zu nah ans Haus herankam, fing er sie gewöhnlich ein, benutzte dafür manchmal einen Stock, aber wenn er keinen Stock hatte, tat er es auch mit bloßen Händen. Er packte sie direkt hinter dem Kopf, so daß sie nicht zuschlagen konnte. Dann trug er sie vom Haus weg und ließ sie frei. »Schlangen töten Nagetiere und anderes, was wir nicht mögen«, sagte er zur Erklärung.

Wie Eidechsen und Ratten. Der Kopf der Schlange war nur Zentimeter von meiner Hand entfernt. Ganz ruhig, sagte ich zu mir selbst, so gut wie ich im Krebsefangen bin ... Laß nur einfach nicht los.

Ich atmete aus und entspannte mich. Ich mußte schneller sein als die Schlange.

Dann griff ich zu, packte die Schlange am Dreieck ihres Kopfes. Sie zischte und fing an, ihren Körper heftig hin- und herzuschlagen, umschlang meinen Arm und traf auch mein Gesicht. Ich hielt ihren Körper mit der anderen Hand fest. Das bremste das schlimmste Hin- und Herschlagen. Ich trat einen der Müllbeutel von mir herunter, und es gelang mir, ihn mit meinem heilen Fuß zu öffnen. Ich hielt die sich windende Schlange über den Beutel und zielte, so gut ich konnte, mit ihrem Schwanz auf die Öffnung. Ich ließ den Körper los und zog den Beutel schnell um die Schlange herum hoch. Ich hievte mich in kniende Position, ignorierte dabei den Schmerz in meinem verwundeten Bein. Dann ließ ich den Kopf los und hob im selben Moment die Kante des Beutels so hoch wie ich nur konnte. Die Schlange schlug wild auf dem Grund des Beutels hin und her, aber ich war außerhalb ihrer Reichweite. Ich verschnürte den Beutel oben mit einem Stück Seil und stellte ihn ab. Die Schlange peitschte immer noch um sich, aber es nutzte ihr nichts. Ich suchte so lange, bis ich einen langen Stock fand. Ich schnürte das Seil an ein Ende des Stocks, so daß der Beutel von ihm herabbaumelte.

Ich hatte eine Waffe gegen Korby.

Ich schaute wieder dorthin, wo ich die erste Schlange gesehen hatte. Sie war immer noch da, verdaute gerade die Feldmaus, während das Gesicht des Nagers wie eine groteske Halloween-Maske aus dem Maul der Schlange herausragte. Es war eine Zwergklapperschlange. Die perfekte Schlange für das, was ich vorhatte. Zwergklapperschlangen sind übellaunige kleine Napoleons, ohne daß sie überhaupt eine richtige Klapper zum Klappern besitzen, sie können nur schwach zirpen. Mit der Maus im Maul war sie leicht einzufangen, selbst für eine Humplerin wie mich. Ich steckte sie zu der großen Sumpfklapperschlange in den Beutel. Sie konnten sich gegenseitig warmhalten. Meine persönliche Heizungsgesellschaft war ab sofort geschlossen. Es gab ein leises Begrüßungszischen, als die kleine Schlange auf der großen landete.

In der Ferne hörte ich Stimmen, die aus der Richtung des Hauses kamen. Eine hörte sich an wie die von Milo. Es war Zeit, weiterzugehen.

Mit meinem Schlangenbeutel und meiner Krücke humpelte ich so leise ich konnte von der Lichtung herunter und ins Unterholz hinein. Ich hielt immer noch auf den Fluß zu, obwohl mein Hauptanliegen war, außer Sicht- und Hörweite von Korbys Bande zu bleiben.

Ich fragte mich, wie spät es wohl war. Meine Armbanduhr

war zertrümmert. Sie stand auf drei Uhr elf, was mir nicht sehr wahrscheinlich vorkam. Die Zeit wirkte wie Flüssigkeit, schien sich nach willkürlicher Laune zusammenzuziehen und auszudehnen. Wie lange waren Cordelia und Thoreau jetzt schon weg? Lange genug, um ein Telefon gefunden zu haben? Was, wenn Korby sie abgefangen hatte? Hätte er den schnellen BMW rechtzeitig erkennen können, um ihn einzuholen und aufzuhalten?

War Danny schon aus Baton Rouge zurück? Was würde sie über meine Nachricht denken?

Durch die Bäume hörte ich Stimmen. Sie klangen, als kämen sie von der Lichtung, die ich gerade verlassen hatte. Eine der Stimmen war die von Milo. Bei der anderen war ich mir nicht sicher, aber sie könnte die von Lafitte sein. Ich stand still, wollte mir einen besseren Schutz suchen, aber gleichzeitig nicht das Risiko eingehen, zu viel Lärm zu machen. Ich hoffte, daß meine Schlangen nicht gerade jetzt beschlossen, in ihrem Plastikgefängnis hin- und herzuzappeln.

Ich schnappte ein paar Sätze auf. »Was soll's, ich hab' sie aufgehalten, oder?!« sagte die Stimme, die vielleicht Lafitte gehörte.

»Für wie lange?« raunzte Milo höhnisch.

»Lange genug. Wer hat sie denn überhaupt erst entwischen lassen?«

»Wer hat mir gesagt, wie ich sie fesseln soll?«

»Wenn Sie es richtig gemacht hätten, wären sie noch hier.«

»Ich hätte gedacht, daß ein gewiefter Bulle wie Sie einen Uniformtrottel aus der Provinz überreden kann, sie Ihnen zu überlassen.«

»Fast. Aber das Mädchen war clever und hat irgendeinen Mord gestanden, der hier passiert ist, deshalb erlaubte er mir nicht, sie mitzunehmen. Das einzige, was ich tun konnte, war, ihn davon zu überzeugen, daß er sie keine Telefonanrufe machen läßt. Ich hab' ihm erzählt, daß wir kurz vor einem großen Fang stehen und er es vermasseln kann, wenn er sie irgendwen anrufen läßt. Wie schnell kann der ganze Stoff verladen werden?« fragte Lafitte Milo.

»Schnell genug. Wenn das Mädchen nicht irgend jemanden herschickt.«

»Das wird sie nicht«, antwortete Lafitte knapp. »Was ist mit dieser Klugscheißerin von Detektivin?«

»Die blutet vor sich hin und irrt durch den Sumpf. Ich hab' einen der Jungs an der Straße postiert, um sie abzufangen. Kein Grund zur Sorge.«

»Ja, ja, das sagen Sie dauernd. Blut«, sagte Lafitte und wechselte, so nahm ich an, das Thema. »Hier auf dem Boden. Sie war hier.«

Es gab eine Pause, dann fuhr er fort: »Wollen Sie sie nicht verfolgen?«

»Nö, ich schicke ein paar von den Jungs. Ich hab' teure Schuhe an.«

»Sorgen Sie dafür, daß Sie sie diesmal erwischen.«

Die beiden Stimmen entfernten sich, gingen zum Haus zurück — um ein paar Jungs zu befehlen, mich zu schnappen. Ich setzte mich in Bewegung, um mich von dem verräterischen Blut zu entfernen. Mein Bein suppte immer noch, aber wahrscheinlich nicht genug, um mich zu verraten. Auf der Lichtung hatte ich einen Fleck hinterlassen, weil ich mich dort länger aufgehalten hatte. Aufgrund des tückischen Sumpfgebiets durfte ich mich nicht allzu weit vom Haus entfernen. Vielleicht konnte ich ja ein Versteck finden. Wegrennen würde ich ihnen ganz sicher nicht.

Um einem dichten Gewirr von Rebengewächsen auszuweichen, mußte ich mich noch näher an die Plantage heranpirschen. Es würde zuviel Kraft kosten, mich dort durchzukämpfen, obwohl ich den Schutz, den es bot, dem überwucherten Pfad, den ich jetzt betrat, vorgezogen hätte. Durch die Bäume hindurch konnte ich Stückchen des klaren Himmels sehen. So nah war ich am Rasen.

Die Schlangen zischten mit jedem Schwung der Tasche.

Eine nette Idee, aber vielleicht sollte ich sie freilassen. Es war schlimm genug, mein eigenes Gewicht zu tragen.

Ein weißer Fleck hinter den Bäumen erregte meine Aufmerksamkeit. Dann sah ich einige rote Zahlen. Korbys Helikopter. »Endstation, Leute«, flüsterte ich den Schlangen zu.

An irgendeinem Punkt hatte ich aufgegeben. Ich wußte, daß ich nicht lebend aus diesem Sumpf herauskommen würde. Alles, war mir noch blieb, war, meinen Gegnern das Spiel so schwer zu machen wie ich konnte. Das machte meinen nächsten Zug leicht und das Risiko unwichtig.

Ich schob mich näher an die Lichtung heran, humpelte geduckt auf die Rasenfläche zu. Dies war der breiteste Teil des Rasens. Breit genug, daß hier ein Hubschrauber landen und wieder abheben konnte. Das gute Stück stand an diesem Ende geparkt, vielleicht zehn Meter von meinem Standort entfernt, bereit, Korby in die Freiheit davonzutragen.

Sie waren sich so sicher, daß sie sich nicht einmal die Mühe gemacht hatten, ihn zu bewachen. Wer konnte schon aus der Mitte eines Sumpfes zu Korbys Helikopter gelangen?

Ich kroch den Hang hinauf bis zum Rasen und zog dabei die zischende Tasche hinter mir her. Eine Absicht, ein Ziel machten es leichter, die Schmerzen in meinem verletzten Bein zu ignorieren.

Dieser Teil des Rasens war zum Haus und zur Scheune hin hinter einer dichten Ansammlung von Bäumen und Gestrüpp verborgen. Ich konnte drüben bei der Scheune Stimmen hören, aber niemanden sehen. Ebensowenig wie sie mich.

Mein unversehrter Fuß rutschte plötzlich in den nassen Blättern des Abhangs aus. Ich mußte mich mit meinem verletzten Bein abstützen, um nicht wieder hinunterzurutschen. Ich griff nach einem Baum, aber der Schmerz durchfuhr mich trotzdem. Es fühlte sich noch nicht einmal so an, als ob er in meinem Oberschenkel saß, sondern eher wie ein riesiger Knoten in meinem Brustkorb, dessen Ableger meine Arme und Beine durchbohrten. Die Tasche schlug gegen mich und ich fühlte die zappelnden Windungen einer Schlange. Ich legte die Tasche auf den Boden und sank dann auf die Knie, wollte nicht wieder den Hügel hinunterrutschen. Ich hielt mich mit beiden Händen an dem Baum fest, legte meine Wange an die kühle Rinde, während ich wartete, daß der Schmerz nachließ. Langsam verebbte er zu einem dumpfen Pochen im oberen Teil meines Beines.

Mach es ihnen schwer. Ich zog mich auf die Füße hoch, den Baum immer noch mit beiden Händen umklammernd.

Ich schaute zurück auf den Rasen. Dort war noch immer niemand. Statt zu versuchen, die Schlangentasche anzuheben, zog ich sie hinter mir her. Die Schlangen protestierten zischend. Es waren nur ein paar Meter, aber bei dem Tempo, das ich vorlegte, hätte es ebensogut der Mount Everest sein können. Schließlich erreichte ich die ebene Grünfläche des Rasens. Ich blieb einen Moment stehen, um wieder zu Atem zu kommen. Zwischen mir und dem Helikopter gab es keine Bäume. Ich mußte stark genug sein, um diese Entfernung zu bewältigen, mit nichts als einem improvisierten Stock, der mich aufrechthielt. Die Schlangen zischten immer noch wegen dieser Behandlung, aber weniger vehement als vorher.

Ich ging vorsichtig auf den Hubschrauber zu, versuchte, die Tasche nicht zu heftig durchzurütteln, versuchte, die Schmerzen in meinem Bein zu ignorieren. Ich konzentrierte mich auf das, was ich zu tun hatte.

Ein Dorn, ein Nadelstich in Korbys dicker Eidechsenhaut. Eine kleine Botschaft an ihn und all die Männer wie ihn, daß sie nicht immer in allem am längeren Hebel saßen. Daß, wenn sie nur genug Menschen niederdrückten und zerbrachen, sich irgendwann jemand wehren würde. Eine Schlange im Hubschrauber konnte ein Akt der Natur sein, aber zwei waren ein Akt der Rache. Korby würde vielleicht diesmal davonkommen, aber er würde anfangen müssen, hinter sich zu schauen, sich zu fragen, wann die nächste Schlange zuschnappen würde.

Zum Einstieg des Hubschraubers führten Stufen hinauf. Es war ein enger Sechssitzer mit einem Haufen Gepäck und Zubehör, das man hinter die Sitze gestopft hatte. Dort ließ ich die Tasche. Ich löste die Kordel und legte das offene Ende unter einen der Rücksitze. Die Schlangen würden eine Weile brauchen, um hinauszufinden. Ich hoffte, sie würden sich bequem ausruhen können, bis der Helikopter abhob.

»Bon voyage«, sagte ich, als ich wieder aus dem Hubschrauber kletterte.

Alles, was ich jetzt zu tun hatte, war, in den Sumpf zurückzukehren und geschehen zu lassen, was immer mit mir geschehen würde. Ich humpelte zum Ende des Rasens zurück und suchte mir vorsichtig meinen Weg zurück in das sumpfige Gelände. Der Boden wurde nasser, als ich in Richtung des Flusses ging, aber ich wandte mich nicht wieder dem Haus zu. Das einzige, was mir blieb, war, es ihnen so schwer wie möglich zu machen, rief ich mir wieder ins Gedächtnis. Wenn ich naß nicht mag, mögen sie es wahrscheinlich auch nicht. Ich schleppte mich weiter durch den Morast. Als ich einen Blick hinter mich warf, sah ich entmutigt, wie kurz die Strecke war, die ich zurückgelegt hatte. Ich konnte durch die Bäume hindurch immer noch ein Stück von einem roten Buchstaben erkennen.

Stimmen klangen vom Rasen herüber. Ich blieb stehen, aus Angst, daß sie mich genauso hören konnten wie ich sie. »Es ist sehr unwahrscheinlich, daß Miss James mir zum gegenwärtigen Zeitpunkt den Besitz überlassen wird.« Es war Korby. »Eine Schande. Es würde mir große Freude bereiten, die Traditionen fortzuführen, auf die Ignatius so stolz war. Ich habe eine solche Hochachtung vor der Geschichte und Architektur dieser Plantage.«

»Nicht zu vergessen die Pferde und das ganze Heu, das sie fressen«, fügte Lafitte hinzu.

»Die Scheune und der Bayou kommen äußerst gelegen, das muß ich zugeben. Dieser Besitz weist wirklich eine sehr attraktive Verbindung von Nützlichkeit und Charme auf. Nichtsdestoweniger ist die Polizei unterwegs. Es wird Zeit, daß wir uns entfernen.«

»Aber wir sind noch nicht damit fertig, das Zeug aus der Scheune zu verstauen, Mr. Korby.« Es war Milos Stimme.

»Wollen Sie hier sein, um sie zu begrüßen?« fragte Korby.

»Nein, aber ...«

»Dann machen Sie, daß Sie in den Hubschrauber kommen und ihn hochkriegen. Es ist leicht, einen Piloten von Ihrer Fähigkeiten zu ersetzen.«

Milo antwortete nicht, oder falls doch, konnte ich es nicht hören.

»Sie könnten mit dem Einladen fertig sein, bevor die Polizei hier auftaucht.« Das war Lafitte.

»Oder auch nicht«, erwiderte Korby.

»Vielleicht sollten wir das Zeug einfach versenken und abhauen.«

»In dieser Scheune liegt ein Vermögen an Heroin, Lafitte. Ich habe nicht die Absicht, es zu verlieren, wenn ich nicht unbedingt muß. Insbesondere deshalb, weil ich schon Miete für neue Lagermöglichkeiten in der Stadt bezahlt habe. Ich hasse es so ungemein, Geld wegzuwerfen. Oder irgend etwas, das mir Geld einbringt.«

»Was ist, wenn sie nicht alles einladen können?«

»Dann werden ein paar Männer ins Gefängnis kommen. Es gibt nichts, was mich mit dieser Operation in Verbindung bringt.«

»Nichts, das ein paar Kugeln nicht erledigen können.«

»Ganz meine Meinung«, antwortete Korby.

Das Dröhnen des Helikopters übertönte sie.

Ich stand still, beobachtete das Buchstabenfragment, das ich erkennen konnte. Ein roter Punkt auf einem weißen Fleck, der zwischen den Baumstämmen hindurchschimmerte. Ich horchte auf das Geräusch des Rotors, als er beschleunigte, dann das dumpfe, laute Knattern, mit dem der Hubschrauber in die Luft emporstieg. Er schwebte kurz über dem Grundstück, meiner Sicht durch die hohen Eichen entzogen. Ich erblickte ihn erst wieder, als er über dem Fluß den klaren Himmel erreichte.

Er zog ruhig und gleichmäßig durch die Luft, sorglos, ein Helikopter reicher und freier Männer, vollkommen unter Kontrolle. Männer, denen es egal war, wer oder was geopfert wurde, damit sie hoch oben ungehindert davonfliegen konnten. Ich haßte sie, wünschte mir, daß die Schlangen zustießen, damit ein einziger kleiner Racheakt, ein einziger Schatten in Korbys Leben drang.

Plötzlich zuckte der Hubschrauber hoch, fand dann wieder das Gleichgewicht, so als hätte er nur einen Schluckauf gehabt. Ein Zischen im Cockpit, oder die Hände eines unerfahrenen Piloten? Er verschwand hinter dem Horizont. Ich sollte sein Schicksal nicht erfahren.

Ich ging tiefer in den Sumpf hinein. Die Bäume wurden immer spärlicher, je näher ich dem Fluß kam, und gingen schließlich in ein Bett von hüfthohem Sumpfgras über. Ich wollte den Schutz der Bäume nicht aufgeben, also wandte ich mich in Richtung des Riven-Grundstücks.

Ich begann wieder zu frieren, als das Wasser um meine Beine immer höher stieg. Ich wollte nicht noch einmal in ein Loch fallen. Diesmal würde ich vielleicht nicht mehr herauskommen. Aber was machte das schon, dachte ich. Mach es ihnen so schwer wie möglich. Meine Überlebenschancen standen bereits fest. Das Wasser glitt über meine Knie hoch.

»Hey, ein Fußabdruck«, brüllte eine Stimme hinter mir. Eine andere Stimme auf der mir gegenüberliegenden Seite antwortete. Die einzige Richtung, die mir blieb, war ins Wasser hinein. Auch hier wuchsen die Bäume spärlicher, das Sumpfgras wurde dichter und verhedderte sich in meinen Füßen. Das dunkle Wasser hatte meine Oberschenkel erreicht, schwappte an die Kugelverletzung heran. Dann erreichte es den groben Verband und drang in mein Fleisch ein. Ich zitterte, es war, als ob die Kälte in meine Adern eingedrungen war, mich von tief innen heraus frieren ließ.

»Da drüben«, brüllte eine Stimme, viel zu nah.

Sie hatten mich gesehen. Ich schaute mich um und nahm das verschwommene Bild eines anderen Menschen in der Sumpfwildnis wahr. Mach es ihnen schwer.

Ich ließ mich ins Wasser gleiten, bis nur mein Kopf über der schwarzen Oberfläche blieb. Ich stieß mich so leise ich konnte durch das Marschgras weiter, bis meine Füße den Grund nicht mehr erreichen konnten und ich keine andere Wahl hatte, als zu schwimmen. Ich war ungeschickt und langsam, versuchte, leise zu sein, versuchte meinem Stock festzuhalten, versuchte, die Kälte nicht bis in mein Innerstes vordringen zu lassen.

Der Sumpf verbreiterte und vertiefte sich zu einem Kanal, einem versteckten Flußarm. Es war der Bayou, der Korby so gelegen kam, ein idealer Ort, um mit einem Boot anzulegen, wenn man nicht wollte, daß irgend jemand einen kommen und gehen sah.

Ich war an seinem Rand, immer noch zwischen dem Sumpfgras. Ich hörte das rhythmische Klatschen von Rudern, die sich von flußaufwärts näherten, und zog mich in den Morast zurück. Ich verhielt mich so still, wie mein Zittern es erlaubte, und hörte, wie der Ruderschlag näher und näher kam.

Wenn sie mich sahen, würden sie mich einfach gleich hier erschießen. Es würde nicht mehr nötig sein, meine Leiche zu versenken, sie war schon versenkt. Vielleicht würde man meine Überreste nie finden.

Das Boot kam näher. Ich konnte seinen Bug sehen, dann die zwei Gorillas darin. Bis ich die Enttäuschung fühlte, wußte ich nicht, daß ich dumpf gehofft hatte, irgendwie könnte Ranson in dem Boot sitzen oder Danny, die meine Nachricht bekommen hatte.

Es kam näher. Der Schergenjunge ächzte an den Rudern, und sein Freund suchte mit den Augen den Sumpf ab. Er schaute über mich hinweg, dann zur anderen Seite des Bayou. Dann wieder zurück. Und dann sah er mich direkt an.

Die Zeit verlangsamte sich, kroch zentimeterweise seitwärts und rückwärts. Er mußte mich gesehen haben. Ich konnte nur auf seine Hand starren, wartete, daß sie nach der Waffe griff. Die Zeit bewegte sich so langsam, daß ich wußte, ich würde die Kugel sehen, wenn sie auf mich zukam und mir mein Leben nahm. Sie würde erst klein sein, dann immer größer, bis sie alles andere verdeckte.

Er blickte über mich hinweg. Das Boot bewegte sich weiter. Er hatte mich nicht gesehen. Ich wartete auf seinen Ruf, auf das »Halt, da ist sie!«, auf das Unvermeidliche. Aber das Boot glitt weiter, verschwand hinter einer Biegung, die Ruder hielten nicht inne.

Ich zählte leise, um dem Boot Zeit zu lassen, noch weiter wegzugleiten. Ich kam bis in die Nähe von fünfzig, dann verlor ich den Faden. Die Kälte betäubte mich. Schwimm zur anderen Seite. Jetzt oder nie. Ich stieß mich ab, fädelte mich durch die Wasserpflanzen, bis ich auf den Kanal traf, schwamm dann in einer Zickzacklinie über ihn hinweg, bis die Pflanzen auf der anderen Seite nach mir zu greifen und mich in ihren Schlingen festzuhalten begannen. Ich hielt an, erschöpft, ließ mich in die dunklen Tiefen sinken.

Nicht so, nicht indem ich einfach in diesen brackigen Schlamm hinabrutschte. Ich sah zurück. In der Ferne konnte ich ein Aufblitzen von Farbe erkennen, das nicht aus dem Sumpf kam.

Wenn du hierbleibst, können sie vom Ufer aus auf dich schießen. Los, weiter, mach es ihnen schwer. Erreiche, daß sie den Bayou überqueren müssen, wenn sie dich kriegen wollen.

Ich zwang mich, so weit zu schwimmen wie ich konnte, bis meine Hände sich bei jedem Zug in Morast gruben. Dann kroch ich, rutschte auf dem Morast weiter, bis er zu verrottenden Blättern wurde und ich mit dem Kinn auf eine Wurzel traf.

Ich sah mich um. Hinter mir lag die Fährte eines sterbenden Tieres, zerrissen und aufgewühlt. Sie endete dort, wo ich war. Der ganze übrige Horizont bestand aus Sumpfgras, das in einen grauen Himmel hinaufragte, der blau gewesen war, als ich ihn das letzte Mal gesehen hatte. Alle Farben, die ich sah, gehörten dem Sumpf.

Ich weiß nicht, wie lange ich in dem Schlamm lag. Vielleicht eine Minute, vielleicht einen Tag. Die Zeit war ein Hofnarr, ein Jongleur, der mir Streiche spielte. Vielleicht ein anderes Leben. Vielleicht war ich als Alligator wiedergeboren. Oder als unschuldiger Käfer, der sich an meinem verwesenden Fleisch labte.

Spielen wir ein Spiel. Sehen wir mal, wie weit du es schaffst, bis du stirbst. Wie wär's mit diesem Baum da? Schaffst du's bis zu dem Baum? Der Käfer wettete darauf, der Alligator dagegen.

Ich setzte mich in Bewegung, dann konnte ich mich nicht mehr erinnern, welcher Baum es war. Es gab so viele. Such dir einen Baum aus, irgendeinen Baum. Jeder Baum tut's. Irgendwie kam mir das komisch vor. Ich fing an zu lachen, aber es klang wie Weinen, also hörte ich wieder auf.

Wenn ich mir einen Baum aussuchte, stellte ich fest, und ihn fixierte und ja nichts anderes ansah, dann konnte ich mich erinnern, auf welchen Baum ich zukriechen sollte.

Wieviele Bäume, bevor ich das Spiel gewinne? Aber ich konnte mich nicht erinnern, wie viele Bäume ich schon hinter mir gelassen hatte. Ich sah mich um und versuchte sie zu zählen, aber es war unmöglich. Zu viele Bäume. Jeder, auf den ich zugekrochen war, hatte anders ausgesehen, aber jetzt kamen sie mir alle gleich vor. Zu viele Bäume. Ich glaube, ich weinte, aber ich war zu naß, um die Spur von Tränen zu fühlen. Ich lag im Sterben, und alle Bäume sahen gleich aus.

Mach weiter, Micky, du willst das Spiel gewinnen, oder? Dann sitz nicht hier und heul die Bäume an. Sie sind alle verkleidet, um dich durcheinanderzubringen.

Irgendwo gab es einen Hügel, der zu einer Rasenfläche hinaufführte. Ich konnte all diesen Bäumen entkommen, wenn ich es bis dorthin schaffte. Ich erinnerte mich daran, wie ich in einem früheren Leben über diesen Rasen gelaufen war. Wenn ich jetzt ein Alligator war, warum erinnerte ich mich dann an menschliche Dinge?

Ich kroch weiter, richtete mich manchmal auf und stolperte ein Stück. Wenn ich es bis zu dem Rasen schaffte, würde alles gut werden. Manchmal wußte ich, daß ich dorthin mußte, um irgendwo zu sein, wo man mich sehen konnte, falls ich gefunden würde. So wie ich Barbara gesehen hatte. In anderen Momenten wollte ich nur von den Bäumen und den Schatten des Sumpfes weg.

Ging die Sonne schon unter? Oder war es nur meine Welt, die sich eintrübte? Vielleicht war es Mittag und ich wurde blind. Vielleicht spielte die Zeit mir einen weiteren grausamen Streich. Die Schatten begannen ineinander überzugehen und sich zu berühren, griffen nach mir.

Plötzlich veränderte sich der Untergrund. Er stieg steil an. Der Hügel. Zu dem Rasen. Hatte Barbara Selby dort gelegen, wo ich jetzt kniete? Es gab kein Anzeichen dafür. Kein getrocknetes Blut, kein verrottender roter Schal. Keine Fußabdrücke im Gras.

Vielleicht war das gar nicht die Stelle. Vielleicht war ich noch mitten im Sumpf. Vielleicht war das hier die Hölle.

Du gewinnst das Spiel, wenn du es bis auf den Hügel schaffst, Micky. Das ist alles, was du tun mußt, nur diesen Hügel hoch. Was kriege ich, wenn ich es bis oben schaffe? feilschte ich. Wird es Frankie zurückbringen? Oder Ben? Wird Barbara wieder gesund? Wird Ranson am Leben sein und auf mich warten? Kann Cordelia mich lieben?

Schaff es einfach bis oben, und dann wirst du schon sehen. Wenn du hier unten liegen bleibst, verlierst du. Tante Greta hat immer gesagt, daß du eine Verliererin bist. Nur Verlierer suhlen sich unten im Schlamm.

Ein kleiner, rationaler Teil von mir wußte, daß es egal war. Daß es besser wäre, hier zu liegen und Kräfte zu sparen. Du wirst sterben und deinem Vater begegnen, und er wird wissen, daß du eine Verliererin bist.

»Nein!« heulte ich. Ein letzter Versuch, mit all meiner Kraft, mit allem. Ich begann mich den Hügel hinaufzukrallen, ignorierte den reißenden Schmerz in meinem Bein. Ein Griff, ein Tritt, drei Zentimeter. Nochmal. Wieder drei Zentimeter. Halt dich fest, spuck den Dreck aus, ignorier den Schmerz. Noch drei Zentimeter. Ich griff nach oben, erwischte eine Wurzel und zog mich noch ein Stück weiter hoch. Mein Fuß fand Halt, eine Sekunde lang, rutschte dann ab. Eine Hand war in Bewegung, suchte, krallte sich fest, fand aber nichts. Die andere Hand umklammerte das faserige Ende einer Wurzel. Es riß ab, konnte mein Gewicht nicht halten.

Der Sumpf zog mich in seine Umarmung zurück. Ich lag am Fuß des Hügels, keuchend, erschöpft, zitternd vor Kälte und Anstrengung. Ich würde es nicht nochmal versuchen.

»Es ist alles gut, Micky. Wir sind hier.« Es war Cordelias Stimme. Oder vielleicht Dannys oder Joannes. Ich konnte es nicht sagen. Die Ränder und Grenzen verschwammen.

»Wo?« Ich suchte, konnte sie nicht sehen, nur das mich umgebende Grau und Schwarz.

»Wo immer du uns willst«, antworteten sie. Aber sie waren nirgendwo.

»Warum?« schrie ich.

»Warum nicht?« antwortete eine Stimme. Eine Stimme, die ich nicht erkannte, weil es meine eigene war, die mir die ironische Antwort gab, mit der ich immer so leicht bei der Hand gewesen war.

»Mach schon, Micky, es ist leicht.« Es klang wie mein Vater. Ich blickte hoch, konnte ihn aber nicht sehen. Weil ich danach suchte, daß er heller sein würde als das Grau um mich herum. Das war er nicht. Er war geschwärzt und verkohlt und erschien als dunkler Schatten vor der Leere des Abends.

Ich schrie. Aber die Schatten kamen dennoch, flüsternd und raschelnd. Der Tod ist Entsetzen, und er kam, um mich zu holen.

Dunkelheit brach herein. Sie war erfüllt von unterbrochenem Schweigen, dem Rufen und Schreien von Tieren, unsichtbarem Flüstern und dem herzlosen Pfeifen des Windes. Der Sumpf hatte gesiegt.

Irgendwo, nah oder weit, ich wußte es nicht, sah ich die Augen einer Kreatur. Sie brannten durch die Nacht und sahen mich an. Ich dachte über all die Geschichten nach, die ich als Kind über Sumpfwesen gehört hatte, Schimären der Nacht. War das eins davon? Würde ich schließlich die Wahrheit dieser Geschichten erfahren, aber wie Kassandra zurückbleiben, unfähig, davon zu berichten?

Ich hörte das Rascheln seiner Füße näherkommen, dann sein Keuchen, heißer Atem auf meinem Nacken. Das Licht in seinen Augen wurde heller, bis ich nichts mehr jenseits von ihnen erkennen konnte.

Mach es deinen Gegnern so schwer wie du kannst, erinnerte ich mich. Der Sumpf war noch immer mein Feind.

Ich holte in Richtung seines scharfen Atems aus und fing an zu schreien. Es knurrte und heulte zurück. Etwas ergriff meinen Arm. Das Licht wurde heller. Einen Augenblick lang glaubte ich, Stimmen zu hören. Aber das war nicht möglich. Nur eine letzte, grausame Täuschung.

Das Licht verlosch.

25. Kapitel

Die Hölle war grau. Dämmerig und leblos. Oder, wenn dies der Himmel war, wollte ich es nicht wissen. Vielleicht steckte ich im Fegefeuer. Oh Mann, das hieße, daß die Katholen recht hatten. Das mußte die Hölle sein. Ich fühlte mich wie betäubt und hatte gleichzeitig Schmerzen, und so etwas sollte es doch angeblich im Himmel nicht geben. Und man sollte doch annehmen, daß die Hölle mit Hilfe der ganzen Schwulen, die seit Urzeiten hierher geschickt worden waren, ein bißchen besser ausgestattet war.

Ich fragte mich, ob ich mich bewegen konnte. Es war schon eine Anstrengung, bloß die Muskeln zusammenzuziehen. Ich rührte mich nicht. Ich mußte vor Anstrengung geächzt haben. Ich hörte, wie eine Stimme meinen Namen rief.

»Micky«, wiederholte sie. Die Stimme klang vertraut, aber ich konnte sie nicht genau einordnen. »Versuch noch nicht, dich zu bewegen«, fuhr die Stimme fort.

Ein Gesicht erschien vor meinen Augen. Ich kannte die Stimme, aber das Gesicht verwischte sich jenseits der Erinnerung. Ich schloß die Augen, und als ich sie wieder öffnete, bemühte ich mich, meinen Blick scharf einzustellen.

Ich schaute noch einmal hin. Das Gesicht verschwamm und veränderte sich. Es war nicht mehr das Gesicht aus meiner Erinnerung, aber jetzt erkannte ich sie.

»Wo sind Frankie und Ben?« fragte ich. Ich hatte nicht gewußt, daß die Hölle nach Geschlechtern getrennt war.

»Wer?« fragte sie. »Nur du und ich sind hier. Ruh dich aus. Morgen früh fühlst du dich besser.«

Morgen früh in der Hölle?

»Ist das hier nicht die Hölle?«

Barbara lachte leise.

»Fast«, antwortete sie. »Das Krankenhaus.«

»Ich bin am Leben?« fragte ich ungläubig.

»Ja, etwas abgenutzt, aber am Leben.«

»Und dir geht's gut?«

Mein Gehirn kam langsam auf Touren. Ihr Gesicht hatte sich verändert, weil ihr alle Haare abrasiert worden waren und sie nur noch zwei Zentimeter graubraune Stoppeln besaß. Ihre Wangen waren aufgrund des Gewichtsverlusts nach langer Krankheit eingefallen.

»Besser als es mir vorher ging«, antwortete sie.

»Oh, Barbara, es tut mir so leid...«

»Schsch, du mußt dich ausruhen. Es ist drei Uhr morgens.«

»Dir geht's wirklich gut?« Ich richtete meinen Blick konzentriert auf ihr bleiches Gesicht.

»Laß es mich so sagen: ich werde noch einige Zeit mit Bewegungstherapie verbringen. Und die sagen, es ist möglich, daß ich für den Rest meines Lebens hinke, aber ich glaube, daß sie sich irren.«

»Es tut mir leid. Du hättest nicht dort sein sollen.«

»Wage es nicht, dir deshalb Vorwürfe zu machen. Es ist nicht dein Fehler. Und du bist dafür sowieso nicht in der Verfassung.«

»Wie lange bin ich schon hier?«

»Ich bin mir nicht sicher. Vorgestern haben sie uns zusammengelegt. Vor der Tür steht eine Wache, und ich nehme an, daß es bequemer für sie ist, wenn wir beide in einem Raum sind. Vielleicht seit dem Tag davor?«

Eine Krankenschwester kam herein. Sie scheuchte Barbara zurück ins Bett und gab mir etwas, das mich einschlafen ließ. Ich war so müde.

Ich bin noch am Leben. Oh Scheiße, wie soll ich das nur bezahlen, war mein letzter Gedanke.

Als ich wieder aufwachte, hatte das halbgraue Dunkel der Nacht sich in das strahlende Grau eines bewölkten Tages verwandelt; es war entweder später Morgen oder früher Nachmittag. Barbara saß in ihrem Bett und aß etwas, das mehr nach Mittagessen aussah als nach Frühstück und so mein Zeitgefühl bestätigte.

»Guten Morgen«, sagte sie, als sie meine Bewegung sah.

»Guten Morgen«, antwortete ich und versuchte, mich aufzusetzen. Jeder Muskel in meinem Körper schmerzte ganz schrecklich. In meinem verletzten Bein konnte ich ein starkes Pochen fühlen. Im Moment muß ich mir wohl Sorgen um eine Entzündung machen, oder? dachte ich still.

»Wünsche einen guten Nachmittag.« Eine Krankenschwester trat ein und korrigierte uns. »Wie geht es uns heute?«

»Mir geht's lausig, Sie sehen gut aus. Ich würde mal sagen, auf mittelprächtig könnten wir uns einigen«, antwortete ich. Meine sarkastische Ader war ganz offensichtlich in guter Verfassung. Immerhin etwas.

»Nun, nun, verglichen mit dem, was Sie waren, haben Sie schon Fortschritte gemacht. 'Bissig' sind Sie uns lieber als 'komatös'«, antwortete sie. »Haben Sie Hunger?«

Hatte ich. Selbst das Gulasch, das Barbara gerade aß, sah appetitanregend aus. Die Krankenschwester verrichtete die üblichen Krankenschwester-Dinge an mir und verschwand dann, um etwas zu essen zu holen.

»Ich bin wirklich hier, nicht wahr?« sagte ich zu Barbara.

»Fürchte auch«, antwortete sie. »Tut mir leid, daß ich dir nicht länger Gesellschaft leisten kann. Sie lassen mich heute nach Hause gehen. Sie können hier nicht mehr viel für mich tun, das Mama und die Kinder zu Hause nicht besser können.«

»Wann bist du aufgewacht?« fragte ich.

»Vor etwa einer Woche. Meine Erinnerungen sind nicht sehr deutlich, aber ich bin sicher, meine Mutter kennt die ganzen Einzelheiten und wird sie dir herzlich gerne erzählen.«

»Ich werde herzlich gerne zuhören.«

»Du mußt dich ganz schön schuldig fühlen, wenn du willens bist, dir die ganzen kummervollen Einzelheiten meines Krankenhausaufenthalts anzuhören«, flachste Barbara. »Meine Mutter wird dir Schleifen in die Ohren reden.«

»Ich fühle mich schuldig. Außerdem mag ich deine Mutter. Und deine Kinder. Ich hab' sie kennengelernt, als ich hier vorbeikam«, erklärte ich rasch, als ich Barbaras verwirrten Gesichtsausdruck sah.

»Ah, die nette Detektivin, die nicht von der Polizei ist«, sagte sie lächelnd. »Meine Kinder erwähnten, daß du hier warst. Sie mochten dich.«

»Es sind prima Kinder«, antwortete ich. Für einen Augenblick schwiegen wir. »Was ist mit dir? Was geschieht, wenn du hier rauskommst?«

»Na ja, ich glaube nicht, daß ich zu *Jambalaya* zurückgehe, um dort zu arbeiten. Aber alle meine Krankenhausrechnungen sind bezahlt, und ich werde eine Invalidenrente bekommen, bis ich wieder arbeiten gehen kann.«

»Machen die den Laden nicht dicht?«

»Doch, den schon, aber nicht die Versicherungsgesellschaft. Und das ist alles, was mich interessiert.«

»Wenigstens etwas Gutes«, sagte ich und dachte sorgenvoll an meine eigenen Krankenhausrechnungen.

Ein Pfleger brachte mein Mittagessen. Es sah gut aus. Ich muß kurz vorm Hungertod stehen, dachte ich, als ich zu essen begann.

»Wie lange wird's dauern, bis du wieder arbeiten kannst? Wie schwer bist du …?«

»Hör auf, dich schuldig zu fühlen. Sieh's endlich ein, Micky, du hast mir das Leben gerettet. Wenn du nicht gewesen wärst, hätte Milo mich vielleicht eines Abends in das Hinterzimmer geführt und mich erschossen, und das wär's dann gewesen«, beendete sie den Satz nachdrücklich.

»Kann schon sein.«

»Ob's dir gefällt oder nicht, du bist eine Heldin«, fügte sie noch hinzu.

»Dann sag mir also«, warf ich ein und versuchte, mein zweifelhaftes Heldentum abzuschütteln, »wirst du je wieder Geige spielen können?«

»Nein, aber das konnte ich vorher auch nicht.« Dann wurde sie ernst. »Es ist so: ich habe eine Metallplatte im Schädel und einen linksseitigen Nervenschaden davongetragen. Wie bei einem Schlaganfall.«

»Du humpelst?«

»Ein wenig. Aber ich habe die Absicht, wieder gesund zu werden, und ich kann meinen Enkelkindern eine tolle Abenteuergeschichte erzählen.« Sie lächelte mich wieder an und ließ mich so wissen, daß alles in Ordnung war.

Patrick und Cissy stürmten ins Zimmer. »Mama«, riefen sie beide, ließen sich von den Krankenhausregeln nur unmerklich dämpfen. Barbaras Lächeln wurde breiter und umschloß sie. Mrs. Selby kam hinter ihnen herein.

Wir brachten die üblichen »Wie geht's?« und die übliche höfliche Konversation hinter uns. Dann kam Barbaras Arzt, um sich zu verabschieden und um die nötigen Entlassungsprozeduren durchzugehen.

Patrick und Cissy stellten einige der weniger verblühten Blumen von Barbaras Seite des Zimmers auf meine hinüber, aber ich bestand darauf, daß sie alles, was auch nur andeutungsweise wachsen konnte, mitnahmen. Ich wußte, was Hepplewhite Pflanzen antun würde. Auf dem Weg nach draußen küßte Barbara mich auf die Wange.

»Nimm's nicht so schwer, Micky. Ich werde dich besuchen kommen. Ganz bestimmt — ich muß zweimal die Woche zur Bewegungstherapie hierher«, sagte sie, während sie mich immer noch umarmte.

»Ich bin froh, daß es dir gutgeht.«

Sie nickte. »Du hast ein Gebet erhört, als du aufgewacht bist«, sagte sie und folgte Patrick und Cissy dann hinaus. An der Tür nahm ihre Mutter ihren Arm, um ihr zu helfen. Sie humpelte tatsächlich. Irgendwie fühlte ich mich nicht sehr heldisch.

Jemand in einer weißen Uniform betrat das Zimmer. Ich zuckte zusammen, hoffte, daß es Cordelia war, aber es war bloß eine Krankenschwester, die meine Temperatur und meinen Puls maß und mir ein paar Medikamente verabreichte. Gegen die Schmerzen, so hoffte ich.

Ich schaute auf und sah jemanden in der Tür stehen, der den Rahmen fast ausfüllte. »Tag«, sagte er. »Ich weiß, daß keine Besuchszeit ist, aber ich dachte, ich nutze die Tatsache, daß ich ein paar Türen weiter liege, und schau mal vorbei. Millie hat mir gesagt, daß du aufgewacht bist.«

»Hutch!« schrie ich, hocherfreut, den sanften Riesen zu sehen. Ich muß so glücklich ausgesehen haben, wie ich mich fühlte, denn ein breites Grinsen verzog sein Gesicht, als er eintrat. »Was ist passiert? Ich habe gesehen ...«

»Die haben vergessen, wie groß ich bin. Sie wollten mir ins Herz stechen, haben aber mindestens einen Kilometer daneben gezielt. Konnten sich wahrscheinlich nicht weit genug ins Auto lehnen, um genau die Mitte meiner Brust zu treffen. Ich hab' 'ne durchlöcherte Lunge. Keine große Sache ...«, er grinste wieder.

»Ich bin so froh, dich zu sehen«, grinste ich zurück.

»Geht mir genauso.«

Wir saßen da und schwätzten, während ich mein Mittagessen beendete. Hutch versprach, vorbeizukommen und ein paar Partien Schach mit mir zu spielen, wenn ich nicht mehr so groggy war. Nachdem er gegangen war, mußte ich eingedöst sein.

»Nun, nun, Micky Knight«, weckte Dannys Stimme mich auf, »ein Ort, an dem ich sie vierundzwanzig Stunden am Tag finden kann. Was für eine Neuheit. Selbst als wir noch zusammenlebten, konnte ich mir deines Aufenthaltsortes nicht so sicher sein wie jetzt.« Mit einer Tasche voller Bücher und meinem ganz persönlichen Strauß Blumen trat sie ein.

»Hab's nur für dich getan, Danno.«

»Na, klar«, flachste sie zurück und wurde dann ernst. »Ach, Schatz, ich bin so froh, diese braunen Augen offen und wieder lächeln zu sehen.« Danny stellte ihre Pakete ab und legte vorsichtig ihre Arme um mich. »Es hat ewig gedauert, bis wir dich in diesem Sumpf gefunden haben«, sagte sie, während sie mich hielt.

»Du hast mich gefunden?« fragte ich.

»Mit Unterstützung von Beowulf. Schon gut, daß wir noch dreckige Unterwäsche von dir bei uns hatten. Der Slip, auf dem steht: *Zum Klingeln hier ziehen.*« Mit einem Lachen ließ Danny mich los. »Oder heißt es: *Zum Züngeln hier knien?*«

»Na wunderbar. Wenn ich das gewußt hätte, wäre ich vor Verlegenheit gestorben. Einen Moment mal, ich habe überhaupt keinen Slip, auf dem ...«

»Wirst du aber bald!« antwortete Danny grinsend.

»Wer hat mich gefunden?«

»Erstmal ich. Zurück zu meinen Sumpfratten-Tagen. Nur schade, daß meine Wattstiefel draußen bei Mom und Dad waren. Die hätt' ich brauchen können. Sie lassen dich übrigens grüßen, und sobald es dir besser geht, sollen wir alle zum Langusten- und Krabbenessen rauskommen.«

»Je früher, je lieber. Wer noch?«

»Elly. Sie wollte uns einfach nicht erlauben, sie zu Hause zu lassen. War ganz gut, daß sie dabei war. Du warst nicht in allerbester Verfassung, als wir dich fanden.«

Es war an der Zeit, die Frage zu stellen, vor der ich mich fürchtete. »Was ist mit Joanne? Geht es ihr gut?«

»Natürlich. Sie war auch da. Und der ganze Schlamm scheint nicht allzu viel Schaden angerichtet zu haben.«

»Sie haben ihr eine Falle gestellt. Wie ist sie der entkommen?«

»Sie wird bald hier sein. Dann kannst du sie selbst fragen.«

Ich stieß einen Seufzer der Erleichterung aus. »Ich bin froh, daß sie am Leben ist. Ich würde es vermissen, wenn sie mich nicht mehr anbrüllen könnte.«

»Ja, ja«, sagte Danny, bemerkte die Sorge, die ich zu verbergen suchte. »Irgendwann wird eine von euch nett zur anderen sein, und dann wird die Welt wahrscheinlich aufhören, sich zu drehen.« Sie schüttelte den Kopf. »Und Cordelia war auch dabei«, fügte sie noch hinzu.

Ranson kam herein und hielt mich so davon ab, die Fragen zu stellen, die ich wollte. Sie kam heran und stellte sich neben mein Bett. Sie setzte an, etwas zu sagen, hielt aber inne. Stattdessen beugte sie sich herunter, legte ihre Arme um mich und drückte mich an sich.

»Ich hätte es mir nie im Leben verziehen, wenn du nicht durchgekommen wärst«, sagte sie, als sie mich schließlich losließ. Die Welt hörte auf, sich zu drehen, aber nur für einen Augenblick.

»Ich wäre auch nicht allzu glücklich gewesen, wenn ich's nicht geschafft hätte. Aber es war nicht dein Fehler, Joanne. Du kannst nicht für alle bösen Taten auf dieser Welt aufkommen.«

»Wo ist mein Cassettenrecorder?« scherzte Danny. »Elly und Alex werden mir das nicht glauben, wenn ich keine Beweise habe. «

»Genug jetzt«, sagte ich. »Los, Joanne, finde einen Grund, mich anzubrüllen, und laß uns wieder ganz normal miteinander umgehen.«

»Ich erinnere mich noch daran, wie du ausgesehen hast, als wir dich fanden. Es wird eine Weile dauern, bis ich dich wieder anbrülle. Es tut mir so leid...«

»Schon gut.« Ich konnte es nur begrenzte Zeit ertragen, daß Joanne Ranson sich bei mir entschuldigte. »Ich dachte, die hätten dich erwischt. Wie bist du entkommen?«

»Bin ich nicht«, erwiderte sie. »Ich bin gar nicht dort aufgetaucht. Lafitte stand auf meiner Liste von möglichen Informanten ziemlich weit oben. Er rief mich an, um sich mit mir draußen in Slidell zu treffen. Ich wurde mißtrauisch und rief Hutch an. Millie sagte mir, daß ihr beiden gegangen wärt, und erzählte mir von Lafittes Anruf. Er und Korby werden im Moment fieberhaft gesucht. Wir werden dich eine Zeitlang bewachen lassen. Mach dir keine Sorgen«, fügte sie hinzu, erwartete schon meine nächste Frage. »Barbara Selbys Aussage wurde auf Video aufgezeichnet, notariell beglaubigt, verfielfältigt und so weiter mit allem Drum und Dran. Sie umzubringen würde der Liste nur noch einen weiteren Mord hinzufügen.«

»Sie sind entkommen, oder?« sagte ich.
»Bis jetzt«, erwiderte Ranson kurz. Sie war auch enttäuscht.
»Aber sie stehen jetzt auf jeder 'Gesucht wird'-Liste. Sie werden geschnappt werden«, ergänzte Danny. »Glaubst du, du könntest morgen schon deine Aussage machen?«
»Ja, das glaube ich«, antwortete ich. »Wann komm' ich hier raus?«
»Na ja, du bist angeschossen worden, wurdest ziemlich vermöbelt, hast 'ne Menge Blut verloren«, antwortete Danny.
»Von der Unterkühlung ganz zu schweigen«, fügte Ranson hinzu.
»Mindestens noch ein paar Tage«, schloß Danny.
»Toll«, sagte ich sarkastisch.
»Hey, nun mal halblang. Alles, was du zu tun hast, ist rumzuliegen und mit den Krankenschwestern zu flirten. Auf dieser Etage gibt's ein paar ganz schön süße«, sagte Danny dazu.
»Ach ja? Und wer bezahlt meine Rechnungen, während ich hier festsitze? Ganz zu schweigen von der Rechnung dafür, daß ich hier festsitze?«
»Die ist schon bezahlt«, sagte Ranson.
»Schon bezahlt?« Ich blickte von ihr zu Danny. »Cordelia?« Sie war der einzige Mensch, der mir einfiel, der genug Geld hatte, um mal eben anderer Leute Krankenhausrechnungen zu bezahlen.
»Nein«, antwortete Ranson.
»Ihr beiden?« Sie konnten sich das nicht leisten.
»Nein«, antwortete Danny.
»Wer dann?« wollte ich wissen.
Danny und Ranson tauschten einen Blick und antworteten dann unisono: »Karen.«
»Karen? Ihr macht Witze. Karen?«
»Es ist so«, erklärte Danny. »Es gibt da so eine winzige, knifflige Klausel in beiden Treuhandvermögen von Karen. Wenn sie jemals aufgrund eines Verbrechens festgenommen wird, werden beide ausgesetzt. Ihre Geschäfte mit Korby

waren höchst verdächtig. Einer der Gangster sagte aus, er habe ihr Kokain gegeben, und sie habe gewußt, warum Korby den Besitz haben wollte. Außerdem ist sie bereits schon einmal wegen Drogenbesitzes verurteilt.«

»Ganz bestimmt genug, um sie festnehmen zu lassen«, sagte Ranson.

»Wahrscheinlich reicht es nicht, um sie zu verurteilen. Aber festgenommen zu werden ist alles, was es braucht, um Karen in die Armut zu stürzen, die wir alle genießen«, fuhr Danny fort.

»Wir deuteten an, daß wir ihre Indiskretionen übersehen könnten, wenn sie willens wäre, Schadenersatz zu leisten.« Ranson machte deutlich, wie angedeutet die Andeutung gewesen war.

Danny fügte hinzu: »Solche Dinge wie zweihundert Stunden Sozialdienst. Und für deinen Krankenhausaufenthalt und die Arztrechnungen aufkommen.«

»Plus ausgefallener Arbeitszeit. Dein Honorar beträgt doch zweihundert Dollar pro Tag, oder?« fragte Ranson.

Ich fing an zu lachen. Obwohl es wehtat, konnte ich mir nicht helfen. »Ich habe noch nie zweihundert pro Tag verdient.«

»Nun, wir werden's nicht weitersagen«, antwortete Danny.

Eine der süßen Krankenschwestern kam herein und sagte ihnen, daß ihre Zeit abgelaufen sei und ich meine Ruhe brauchte. Ranson und Danny gingen, beide mit dem Versprechen, am nächsten Tag wieder vorbeizuschauen.

Ich war müde. Ich muß den Rest des Nachmittags durchgeschlafen haben, denn ich erwachte, als das Abendessen gebracht wurde. Ich blieb für eine Weile wach, blätterte träge durch einige der Zeitschriften, die Danny mitgebracht hatte, hoffte währenddessen auf eine weitere Besucherin. Nur die Krankenschwestern kamen herein, gaben mir noch mehr Tabletten und knipsten schließlich das Licht aus.

Am Morgen kam Ranson vorbei.

Nachtschwester, die nach mir schaute. Ich tat, als würde ich schlafen. Wer immer es war kam herein und stand für eine Weile an meinem Fußende. Ich dachte schon fast, die Person wäre gegangen, ohne daß ich es bemerkt hatte, aber dann hörte ich leise Schritte zum Fenster gehen.

Ich öffnete vorsichtig die Augen. Cordelia stand mit dem Rücken zu mir am Fenster und schaute hinaus. Ich richtete mich auf meinen Ellenbogen auf und veranstaltete genug Lärm, daß sie mich hörte.

»Es tut mir leid«, sagte sie. »Ich wollte dich nicht aufwecken.«

»Ich war schon wach«, entgegnete ich.

»Ich muß gehen.« Sie lief Richtung Tür.

»Cordelia.«

»Brauchst du was zum Schlafen?« sagte sie und wandte sich mir zu.

»Nein. Cordelia. Warum bist du hier?«

»Ich will dich nicht stören«, sagte sie und wandte sich zum Gehen.

»Es stört mich mehr, wenn du gehst.«

Sie drehte sich wieder um, kam dann herüber und setzte sich auf den Stuhl neben meinem Bett. »Ich dachte, ich warte lieber, bis es dir besser geht, bevor wir diese Auseinandersetzung haben.«

»Was?«

»Ich habe das, was mein Vater begonnen hat, fast zu Ende geführt, nicht wahr? Hab' dich dort zum Sterben zurückgelassen«, antwortete sie bitter.

»Cordelia, red keinen Unsinn.«

»Tu ich nicht. Ich habe nichts dazu beigetragen, daß du da lebend wieder rausgekommen bist.«

»Was hättest du tun können?«

»Ich hätte zu dir zurückkommen können. Hätte dich dort rausholen können.«

»Wie?« wollte ich wissen.

»Irgendwie. Ich sage dir, du sollst nicht in der Notaufnahme eines Krankenhauses landen und bin dann die Person, die dich dorthin bringt.« Sie saß kopfschüttelnd da, ihre Arme ruhten niedergeschlagen auf ihren Knien. Ich griff hinüber und nahm eine ihrer Hände.

»Sieh mal«, sagte ich. »Schau mich an. Da war ein Mann mit einer Waffe. Er drückte ab. Hätte er nicht abgedrückt, hätte ich es zum Auto geschafft. Er tat's, und ich wurde ins Bein geschossen. Das war alles. Wärst du zurückgekommen, lägen wir jetzt alle tot im Sumpf. Ich habe nur überlebt, weil sie zuerst dich verfolgt haben und nicht gleich hinter mir her waren.« Ich umschloß ihre Hand fester. »Und weißt du, was mich am Leben gehalten hat, als sie mich durch den Sumpf jagten? Weißt du, warum ich so gekämpft habe? Weil ich wußte, daß du entkommen und am Leben warst.«

»Als wir dich fanden, sahst du aus, als wärst du kurz vorm ... Ich hielt dich in meinen Armen, habe darum gebetet, daß du nicht stirbst. Daß ich dich denen nicht zum endgültig umlegen überlassen hatte.«

»Das hast du nicht. Du ...«

Ihr Piepser ging los.

»Es tut mir leid. Ich muß gehen.« Sie stand auf, löste sich von mir.

»Cordelia«, hielt ich sie auf. »Ich ... habe dich sehr gern.«

»Tu's nicht. Ich verdien's nicht.« Sie drehte sich um und eilte hinaus.

Es dauerte sehr lange, bis ich wieder einschlief.

26. Kapitel

Zwei Tage später kam Danny und holte mich ab. Sie und Elly beharrten darauf, daß ich für ein paar Tage bei ihnen blieb, damit ich ganz sicher gut ernährt und gesundgepflegt wurde. Schließlich überzeugte ich sie davon, mich in mein Appartement zurückgehen zu lassen, nicht ohne das Versprechen, sie anzurufen, falls ich etwas brauchte.

Hepplewhite miaute, als wäre sie tatsächlich froh, mich zu sehen. Zur Begrüßung zerzauste ich ihr das Fell. Ich humpelte die ganze Wohnung ab, glücklich, endlich wieder auf meinem eigenen Terrain zu sein. Am Samstag hatte ich darauf bestanden, zur Werft rauszufahren und den Spazierstock meines Vaters zu holen. Er hatte ihn benutzt, nachdem er im Zweiten Weltkrieg verwundet worden war. Vor ihm hatte er meiner Großmutter gehört. Es war handgeschnitztes Eichenholz, von den langen Jahren des Gebrauchs war er glänzend poliert und dunkel geworden. Wir waren bei den Claytons zum Essen eingeladen gewesen, und ich hatte Danny — und Elly — endlich einmal den Ort gezeigt, an dem ich aufgewachsen war.

Ich saß an meinem Schreibtisch und ging die ganze Post durch, die sich während meiner Abwesenheit angesammelt hatte. Das meiste davon war nur Reklame, dazu ein paar Rechnungen, damit ich es mir nicht zu gemütlich machte. Torbin hatte mir eine ganze Reihe von Genesungskarten geschickt, die meisten ziemlich obszön. Er war sogar eines Abends im Krankenhaus erschienen, verkleidet als meine Großmutter und vorgebend, diese zu sein. Die Krankenschwestern konnten nicht begreifen, warum ich vor Lachen fast aus dem Bett rollte beim Anblick dieser grauhaarigen Frau mit dem strengen Dutt und der Drahtbrille, die ihr auf der Nasenspitze saß, angetan mit einem züchtigen, anständigen scharzen Kleid und dem, was wir immer »Nonnenschuhe«

genannt hatten. Torbin verließ seine Rolle keinen Augenblick, befahl mir, immer alles Gemüse zu essen, das mir hier vorgesetzt wurde, immer nett zu diesen hart arbeitenden Schwestern zu sein, und jeden Abend vor dem Schlafengehen in meiner Bibel zu lesen.

Aber als er sich über mich beugte, um mich zum Abschied zu küssen, flüsterte er: »Also, diese Schwester Jones ist ja ein heißer Feger. Ich wette, sie würde deine Zunge auf ihrer Klit zu schätzen wissen. Und Schwester Watkins hat Titten bis hier, da könntest du dein Gesicht ein ganzes Jahr lang drin vergraben«, und andere Obszönitäten. Ich bin sicher, es hat mich mindestens drei Tage schneller genesen lassen.

Sobald es mir gut genug ging, wollte ich mein Bett reparieren und diese Karten über dem Kopfteil an die Wand hängen. Dann könnte ich in die Bars gehen und den Spruch benutzen: »Hey, hast du Lust, noch zu mir zu gehen und dir meine Sammlung von obszönen Genesungskarten anzuschauen?« Bei einigen konnte ich mir beim besten Willen nicht vorstellen, wo Torbin die aufgetrieben hatte.

Ich stapelte meine Rechnungen auf und ging sie durch, stellte dann Schecks aus. Ranson selbst hatte mir Karens Scheck gegeben, deshalb wußte ich, daß er in Ordnung sein würde. Sie hatte mir auch gesagt, daß Karen mir Halbtagshonorar zahlen würde, bis mein Bein vollständig geheilt war. Das bedeutete, daß ich fürs Rumsitzen und Scheck-Ausstellen bezahlt wurde. Von der einzigen Frau, von der ich Geld nehmen konnte, ohne mich auch nur im geringsten schuldig zu fühlen.

Ranson hatte mich auch noch darüber informiert, was mit dem Rest von Korbys Bande geschehen war. Eine ganze Reihe der Schlägertruppe hatten sie auf der *Einhundert-Eichen-Plantage* festgenommen. Als die Polizei eintraf, war noch nicht das gesamte Heroin fortgeschafft worden, deshalb würden die Jungs für lange Zeit hinter Gitter wandern. Korby hatte sie dort zurückgelassen, damit sie die Schuld zugesprochen bekamen. Zwei von ihnen identifizierte ich als die

Männer, die mich angegriffen hatten. Zu der Drogenanklage konnten sie also noch Körperverletzung hinzufügen. Eine ausreichende Anzahl von ihnen hatte gesungen, was den Rest des Unternehmens anging, und so konnte *Jambalaya Im- und Export* für immer dicht gemacht werden. Doch da Korby tot war, war von der Eidechse nur noch der nutzlose Schwanz übrig.

Es war vorbei. Frankies Tod war gerächt. Und ich fand heraus, wie leer und hohl Rache ist. Was ich gewollt hatte, war, die Dinge wieder zusammenzufügen, die Welt wieder ins Lot zu bringen. Aber nichts brachte Frankie zurück. Nichts würde die Platte in Barbaras Schädel fortnehmen oder ihr Hinken heilen. Vielleicht war es das, weshalb Ben sich erschossen hatte. Als er heraufand, daß Holloway tot war — daß er keine Vergeltung mehr üben konnte —, war alles, was ihm blieb, die Leere, die sein Haß in ihn eingebrannt hatte. Und Alma und David blieben trotz allem für immer fort.

Ich arbeitete die Rechnungen vollends durch und machte die Schecks postfertig, frankierte sie und legte sie auf eine Ecke des Schreibtischs, um sie später zum Briefkasten zu bringen. Es war harte Arbeit, meine drei Treppen rauf- und runterzulaufen. Ich drehte mich um und schaute aus dem Fenster auf das fahle, bernsteinfarbene Licht des späten Nachmittags, das auf den entfernten Gebäuden funkelte. Ich hatte dies immer als eine gute Tageszeit zum Nachdenken betrachtet, diese Zeit mit ihrem Kontrast von schwächer werdendem goldenem Licht und sich hinabsenkenden tiefblauen Schatten.

»Wenn du willst, kannst du mich wegschicken«, sagte eine Stimme hinter mir. Ich drehte mich um. Cordelia stand in der Tür. »Du verdienst Besseres als Überfälle mitten in der Nacht«, murmelte sie.

»Ja, das ist wahr«, erwiderte ich. »Und ich werde dich nicht wegschicken.«

Sie ging zu meinem Schreibtisch hinüber und legte einen Scheck darauf.

»Wofür ist das?«

»Geleistete Dienste.«

»Karen bezahlt mich.«

»Für die Zeit, nachdem du angeschossen wurdest. Das hier ist für die Zeit davor. Als du mein Leben gerettet hast.«

Ich nahm den Scheck nicht an mich, sondern setzte mich kopfschüttelnd an den Schreibtisch.

»Du hast mich nicht engagiert«, sagte ich schließlich.

»Ich weiß. Und ich weiß, daß du zu verdammt stolz bist, um Geld anzunehmen. Aber das ist alles, was ich geben kann.«

»Nein, das ist nicht wahr«, erwiderte ich.

Wir schauten uns über den breiten Schreibtisch hinweg an.

»Ich muß los«, sagte sie, mehr zu sich selbst als zu mir. Sie wandte sich zum Gehen.

»Cordelia«, sagte ich und stand auf. Sie ging weiter. »Ich kann dir nicht hinterherlaufen. Ich würde mir bei dem Versuch wehtun«, rief ich und humpelte steifbeinig um den Schreibtisch herum.

Sie blieb bei der Tür stehen und schaute sich um, immer noch fluchtbereit.

»Eine Frage«, sagte ich. »Und dann kannst du gehen, wenn du möchtest.« Ich blieb in der Mitte des Raumes stehen und lehnte mich auf meinen Stock. »Wirst du ihn immer noch heiraten?«

Sie wandte sich mir zu. »Nein«, sagte sie leise. »Ich habe meine Lektion gelernt. Ich dachte, ich könnte mein Leben in ein ordentliches Schächtelchen packen, geschützt vor Schock und Schmerz. Aber das ist nicht möglich.«

»Nein, das ist es nicht.« Ich wußte das. Ich hatte versucht, davor wegzulaufen.

»Das ist ein hübscher Sonnenuntergang«, sagte sie, aus meinem Fenster blickend.

»Das ist es«, antwortete ich.

»Und du bist ein Held. Du solltest in ihn hineinreiten.«

»Eher hineinhumpeln, fürchte ich.«

»Ja. Und du solltest das Mädchen kriegen. So geht das jedenfalls immer in Büchern. Aber das hier ist das wirkliche Leben, und das Mädchen ist ängstlich und verwirrt.«

»Seien wir doch ehrlich, der Held ist es auch. Ich glaube, im wirklichen Leben verbringt man viel Zeit damit, ängstlich und verwirrt zu sein.«

»Ich mag dich, Micky. Darüber hinaus ... ich weiß nicht. Ich bin Leuten früher schon in die Arme gestürzt, glaubte, sie wären die Antwort auf meine Einsamkeit. Es wäre sehr leicht, mich jetzt in deine zu stürzen. Aber das werde ich nicht tun. Diesmal nicht.«

»Lauf einfach nicht weg.«

»Ich brauche Zeit zum Nachdenken. Ich nehme ein paar Wochen Urlaub. Ich werd' auf mein Rad steigen und losfahren. Vielleicht über den *Natchez Trace*. Irgendwo, wo ich mit mir und der Straße allein bin. Ich weiß nicht, wie lange ich brauche, um mir über die Dinge klar zu werden. Vielleicht sehr lange.«

»Ich werde hier sein.«

»Ich bitte dich nicht, zu warten«, sagte sie.

»Ich weiß«, antwortete ich. »Meine Entscheidung.«

»Keine Versprechungen.«

»Eine.«

»Ja?«

»Dein Glück. Finde dein Glück. Oder komm ihm so nah, wie du kannst. Es wäre schön, wenn es mich einschließt, aber wenn es das nicht tut, dann eben nicht. Versprich mir nur, daß du danach suchen wirst.«

»Ich verspreche es.« Sie kam quer durch den Raum zu mir, nahm mein Gesicht in ihre Hände und küßte mich sanft. »Falls es dir was bedeutet: das hier fällt mir nicht leicht.«

»Das soll es auch nicht«, antwortete ich. Sie wandte sich zum Gehen. »Cordelia, wie auch immer du dich entscheidest, laß es mich wissen.«

»Natürlich. Es kann etwas dauern. Paß auf dich auf, Micky.« Dann ging sie durch meine Tür hinaus.

Ich beobachtete, wie sie die Treppen hinabstieg. Ein güldener Sonnenstrahl fiel für einen Augenblick auf sie. Ohne es zu bemerken, blieb sie genau dort stehen und schaute noch einmal zu mir zurück, ihre Augen ein leuchtendes Blau. Dann war sie verschwunden.

Ich blieb stehen, wo ich war, lauschte den letzten Echos ihrer Schritte. Sie verklangen, und ich humpelte zu meinem Schreibtisch zurück. Warten ist der schwierigste Teil. Ich blieb noch einen Augenblick stehen und betrachtete die dunkler werdenden Schatten.

Warte nicht. Warte einfach nicht, Micky. Vielleicht kommt sie nicht zurück. Finde dein eigenes Glück, mit ihr oder ohne sie. Niemand wird dir das abnehmen.

Ich blickte auf den Scheck, den Cordelia auf meinen Schreibtisch gelegt hatte. Mein erster Gedanke war, ihn in den Mülleimer zu werfen, aber sie würde wissen, daß ich das getan hatte, wenn er nicht eingelöst wurde.

Ich nahm ihn auf. Links unten in der Ecke stand: »Teilweise Schuldbegleichung«. Sonst nichts. Nur Cordelia James. Cordelia Katherine James, dachte ich. Ich drehte den Scheck um, unterzeichnete ihn auf der Rückseite und schrieb: »Schuld beglichen« unter meinen Namen. Das Geld war ein Geschenk von ihr. Es zurückzuweisen würde bedeuten, das zurückzuweisen, was sie beschloß, mir anzubieten.

Ich schaute auf meine trostlose Plattensammlung, genau auf eine meiner drei Versionen von Beethovens Neunter. Ich mußte mir unbedingt die *Ode an die Freude* anhören, besonders, wenn Cordelias Glück mich nicht einschloß. Ich würde mir von dem Geld eine neue Stereoanlage kaufen.

Das Licht auf den Gebäuden in der Ferne hatte sich in ein sanftes Glühen verwandelt. Bald würde es dunkel sein. Ich wandte mich vom Abendlicht weg und ging dorthin, wo ich meinen Alkohol aufbewahrte. Ich trug eine Flasche nach der anderen zum Spülbecken und goß sie in den Abfluß, bis ich nur noch eine einzige Flasche guten Scotch hatte. Ich schüttete die Hälfte weg und stellte sie dann wieder in die leergeräumte Vitrine. Sie würde als Erinnerung dort stehen bleiben und als gefällte Entscheidung. Jedesmal, wenn ich keinen Drink nahm, geschähe dies aufgrund meiner Entscheidung und nicht aus Notwendigkeit.

Es war an der Zeit, über meine Vergangenheit nachzudenken. Die Vergangenheit, die ich so verzweifelt hinter mir zu lassen versucht hatte. Die Tode, die Schrecken waren immer alle bei mir. Die Erinnerung verblaßt nicht, ihre Kanten werden in der kurzen Zeit, die uns bleibt, nur unmerklich stumpfer.

Aber ich war am Leben, und es mußte einen Weg für mich geben, nach dem Glück zu greifen, nach den flüchtigen Augenblicken, die vorüberzogen.

Wenn Cordelia jemals zurückkam, würde ich hier sein. Ich konnte ihr nur viel Glück wünschen. Selbst wenn sie nicht zurückkam, würde ich hier sein. Liebe ist ein Wunder, keine Rettung. Niemand konnte mich retten, das mußte ich schon selber machen. Dafür liebte ich sie genug. Aber ich würde es schaffen. Denn ich hatte mich den Jägern mit ihren Gewehren endlich zum Kampf gestellt.

ENDE

J.M. Redmann wurde in Biloxi, Mississippi, geboren und hat sich davon noch immer nicht erholt. Sie wuchs in einer kleinen Stadt an der Golfküste auf und machte sich mit achtzehn auf in den Norden. Jung und närrisch wie sie war, ging sie nach Vassar. Nach dem Abschluß lockten die strahlenden Lichter und flotten Nächte von New York City. Sie verbrachte zu viele (oder nicht genug) Jahre im *Big Apple* damit, unzählige politisch unkorrekte Dinge zu tun, meist theatraler Natur. Aufgrund von Umständen außerhalb ihres Einflusses lebt, arbeitet und tollt sie heute in der *City That Care Forgot* (Naw' Lins, sugar. Laissez les bons temps rouler).

Mississippi im Kreuzfeuer: Ein Ariadne-Dissens

Der vorliegende Krimi hat wie nur wenige in unserer Redaktion für hitzige Auseinandersetzung gesorgt. Da die Ariadne-Probeleserinnen in unterschiedlichen Städten (Hamburg, Berlin, Bielefeld, New York) leben, ging die Debatte schriftlich vonstatten — günstig, denn so können wir die diversen Lesweisen für alle hier abdrucken. Zum Teil lagen die Standpunkte so weit auseinander, daß es schien, als hätte jede ein anderes Buch gelesen.

Uns interessiert nun natürlich, wie andere Leserinnen diesen Krimi beurteilen, deshalb die Bitte: Schreibt uns fürs Ariadne Forum, wie Euch *Mississippi* gefällt, in welchen Voten Ihr Euch wiedererkannt habt, und ob Ihr die Aufregung um diesen Roman überhaupt nachvollziehen könnt.

Votum 1

»Der Krimi beginnt wie ein Milieuthriller im Chandler-Stil. Sozialkritische Elemente sind durchweg dabei, ohne daß die Widersprüche aufgelöst oder Lösungen angeboten werden. Die Heldin stammt aus den Bayou-Slums von New Orleans (einst größter SklavInnenmarkt der USA) an der Mündung des Mississippi, ihre beste Freundin Danno ebenfalls. Die gewisse Sozialromantik in der Darstellung dieser Slums wirkte auf mich wie authentische Zärtlichkeit gegenüber den Menschen, aber nicht die Verhältnisse beschönigend. Das fand ich sehr beeindruckend. Während die Krimihandlung enorm spannend fortgeführt wird, kommt die Vergangenheitsbewältigung der Heldin hinzu. War sie am Anfang hart und smart wie Marlowe & Co., eine fertige Person ohne nennenswerte eigene Geschichte, wird jetzt mehr und mehr über ihr Gewordensein angedeutet. Dabei entwickelt Redmann eine Sozialisation mit Schrecken. Immer schwingen zwischen den Zeilen scharfe Sozialkritik und unaufgelöste Widersprüche mit. Sie ist literarisch gut und meidet individualpsychologische Klischees, führt statt dessen eine eher sozial-philosophische Zuspitzung vor, vermittelt durch die soziale Begegnung und den Austausch verschiedener Gestalten mit unterschiedlicher, aber gleichermaßen leidvoller Geschichte. Dabei gönnt sie uns keinen Euphemismus. Unschuldige werden im Interesse der Herrschaft der Mächtigen ermordet, Gestrandete zu Werkzeugen der Macht, Dünkel und Korruption sind immer wieder stärker. Die Stellen, wo unsere Heldin Rambo-Züge trägt, sind vor diesem Hintergrund und durch die packende Erzählweise in Ordnung. Ein großes Kaliber, ein Südstaaten-Epos im Krimigewand.«

Votum 2
»Dies ist ein positives Votum. Das für mich Spannendste ist der Plot und seine Durchführung. Es geht um finstere Rauschgiftmachenschaften. Die negativen Figuren sind Leute mit Geld und Macht, Finanzleute, Berufspolitiker, Rechtsanwälte und Teile der Polizei, also Staatsgewalt. Das hebt den Krimi entschieden aus unseren bisherigen heraus. Reichtum und Macht sind Ziele, für die die Beteiligten über Leichen gehen. Das bedeutet konkret, daß einzelne Menschen von ihnen wie Müll behandelt werden. Das geht bis zur beiläufigen Ermordung von vier bis fünf Menschen, die der Beibehaltung des Besitzes als zufällige Zeugen von moralischem Fehlverhalten entgegenstehen. Dies letztere — die Frage der Moral — ist zwar ein wenig überzeichnet, doch eindrücklich vorgeführt. Die Reichen sind in allererster Linie bigott. Ein moralischer Fundamentalismus breitet sich aus, wenn Reichtum gehalten werden soll. Die Erben dürfen keinen Ehebruch betreiben und nicht homosexuell sein. Redmann geht noch ein Stück weiter: das Leben nur um des Geldes willen läßt die übrigen Bereiche nicht unberührt, durchsetzt das Sex- und Liebesleben. Da hilft keine einfache Negation: Die Tatsache, daß die Erben alle vom Großvater verfolgten Praxen leben, macht sie nicht besser. Als Ehebrecher sind sie zugleich Mörder, als Lesben, die sonst in der Welt nichts tun, konsumieren sie Sex wie einen Dienst, das Unbefriedigende macht sie gieriger. Auch diese Durchführung finde ich überzeugend und zum Nachdenken anregend, wenngleich in der Einfachheit ein wenig überzeichnet, aber — manchmal ist es nützlich, plump zu denken, meine ich mit Brecht. Unsere Heldin wird Rächerin, Privatdetektivin, einsam, aber schneller, wie bei Chandler. Dies ist nicht sonderlich frauenheldisch gedacht, obwohl alle Bezugspersonen bis auf eine hier Frauen sind, alle klug, mutig, liebend und auch liebend auf unsere Heldin bezogen — die Reichen spielen da wieder eine Extrarolle. Unsere Heldin setzt Sex ein als Mittel der Bestrafung, der Erreichung von Detektivinzielen und der ausgleichenden Gerechtigkeit. Wiewohl die Autorin uns klarzumachen versucht, daß dieses instrumentelle Verhältnis eine Entwicklungsproblematik der Heldin selbst ist, hatte ich mit diesen Szenen einige Mühe. Gleichwohl hat es mir nach den vielen überschmalzigen Sexszenarien aus einigen feministischen Krimis gefallen, daß überhaupt ein Unterschied gemacht wird zwischen verschiedenen bei Menschen — auch frauenliebenden Frauen — möglichen Sex- und Liebesarten. Kurz, der Krimi paßt in unsere Reihe.«

Votum 3
»Ich las bis Seite 28 und nahm die Zumutung nicht weiter an. Als ich hörte, daß zwei positive Voten für dieses Buch vorliegen, habe ich den Rest noch

gelesen. Kurz und schmerzlos: Wenn Mike Hammer aufhören würde, antiseptisch, antisexuell herumzulaufen und seinen erigierten Schwanz als Markenzeichen (anstelle eines Hutes) herumtragen würde, dann könnte man von Ähnlichkeiten zwischen den beiden Detektiven sprechen. So aber: Die Autorin kennt überhaupt nur Sex, der sich wie bezahlter liest; die Begeisterung über ihn ist ausschließlich meßbar in austretenden Körpersäften. Das ist unendlich langweilig zu lesen, denn ich finde diesen Saft-Fetischismus schon bei Heteros unerträglich. Und wer sich nicht für Säfte interessiert, muß ein anderes Buch lesen, denn bisher gab's nur kindliche Phantasien über Omnipotenz in Dingwelten. Ich würde das Buch nicht bringen, um die Jugend nicht zu verderben. Nichts ist schlimmer für den Nachwuchs als Langeweile und »Als-ob-Gesten«. Die Autorin verfällt ferner auf den unsinnigen Gedanken, daß Spannung aufkommen könnte, wenn M. noch einmal zusammengeschlagen werde und noch knapper mit dem Leben davonkäme. Ich würde das ein schematisches Verständnis von Krimi-Kurven nennen. Die *Konstruktion der anderen* ist als Schwäche besonders extrem. Die Ende zwanzigjährige M. will immer noch ihren Vati heiraten, denn der war wunderbar. Auf der Männerseite gibt es ansonsten einen abgewirtschafteten Freund des Vaters, einen von Unkenntnis was Musik und Krabben angeht und Aufdringlichkeit geschlagenen Liebhaber von Cordelia, dunkle widerwärtige Verbrechertypen und freundliche Tunten. Auffällig ist, daß nur die Verbrecher M. etwas antun können, das alltägliche Patriarchat gibt es nicht eigentlich. M. ist eine Denunziantin (sie arbeitet einem Homosexuelle verachtenden Grandpa in die Hände und gegen eine Frau), sie hat recht einfache Raster, nach denen Frauen ein- bzw. ausgegrenzt werden (und zwar ohne Hoffnung auf Rehabilitation). Sie führt Lesben vor als dumm an Geist und Sex. Dabei wird die Heldin die ganze Zeit positiv ohne Entwicklung gezeigt. Es scheint eine Auszeichnung zu sein, auf dem Level von zehnjährigen kleinen Mädchen stehengeblieben zu sein, die ihren Daddy rächen wollen, wenn sie ihn schon nicht heiraten können, und die das Gefühlskorsett eines ebenfalls nicht besonders entwickelten Knaben annehmen. Andere Frauen (die 'guten') sind jedoch nicht völlig anders als M., Cordelia zum Beispiel ist ähnlich in ihrer Biographie gefangen, nur daß sie zudem glaubt, im Schicksal gefesselt zu sein. Das Zauberdenken der Kindheit auch bei ihr (wen sie liebt, kommt um, bringt sich um usw.). Die einzig schwarze Frau (also jene, die tatsächlich aufgrund von Farbe und gesellschaftlicher Anordnung sich in einer Art Gefängnis befindet) ist weit weniger 'beladen' von nicht auflösbaren Lasten. Daß die Autorin sich nur in Beziehung denkt, stört in diesem Roman, weil er keine Entwicklung zeigt. Gefühle sind Arbeit an der eigenen Entwicklung. Sie schlummern keineswegs und kommen auf Knopfdruck (wie die Orgasmen der Frauen in diesem Buch).«

Votum 4

»Ich bin für diesen Krimi. Die ersten Seiten sind eine Zumutung für die Leserin. Die Privatdetektivin wirft sexistische Blicke auf die reiche Klientin, die als dummes blondes Etwas auftaucht. Doch dann kehrt sich die Szene um, die Klientin hat die Detektivin benutzt. An diesem und anderen Punkten wird die klassische Heldenkonstruktion demontiert. Die cowboyartige Haupt-Figur wird durchgehalten und gleichzeitig durchkreuzt. Nebenbei fragt sich die Leserin zu Recht, ob solche Figur, die immer aufs neue ihr Leben aufs Spiel setzt, nicht wahnsinnig ist, was meines Erachtens als Effekt von der Autorin beabsichtigt ist. Die Kritik an der Verachtung von Lesben konnte ich in der Schärfe nicht nachvollziehen, auch wenn solche Szenen wie die im Heu slapstickartig sind. Lesben/Schwule kommen überall und auf beiden Seiten vor. Daß die Heldin ihren Vater heiraten will, konnte ich nicht finden, ebenso nicht, daß irgend etwas sie zur Lesbe gemacht hat.«

Votum 5

»Nachdem ich zunächst die Voten von 1 und 3 gelesen hatte, dachte ich, eine von beiden hätte den Buchtitel verwechselt — es schienen mir zwei gänzlich unterschiedliche Krimis zu sein. Voilà, eine dritte Version: Erstens, was mir gefallen hat: Der Krimi beginnt tatsächlich wie einer von einem männlichen Autor, und die Detektivin M. handelt ähnlich einem männlichen Helden. Sie schläft mit ihrer Auftraggeberin. Sie rächt sich an ihr (auf nahezu widerwärtige pornographische Weise), als sie merkt, daß die Auftraggeberin sie bezüglich des Auftrags belogen und somit für eine Sache mißbraucht hat, die sie sonst nicht ermöglicht hätte. Hinzu kommen noch die (von Votantin 3 in ihrer Widerwärtigkeit beschriebenen, alles überschwemmenden) Körpersäfte beim Sex, die ich so auch nur aus Männerromanen kenne. Eine erste Erkenntnis, Frauenkrimis können überhaupt nur wie Männerkrimis sein, wenn sie in einem weitgefaßten lesbischen Kontext spielen: M. schläft mit fast allen, säuft, kennt keine Angst. Diese für Männerkrimis so spezifischen Elemente versucht die Autorin in ihrer Anbetungswürdigkeit zu entselbstverständlichen, indem alle drei Elemente in Frage gestellt werden (von Frauen). Im Laufe der Krimihandlung gilt es, einen Drogenhandel auffliegen zu lassen, geleitet von entsprechend schweren Jungs, die vor nichts zurückschrecken. Von den Freundinnen wird M. behütet, damit sie sich nicht weiter immerfort in Lebensgefahr begibt, sie diskutieren und verabscheuen ihren Alkoholkonsum (Whiskey), und sie machen sich Sorgen darüber, daß M. nicht lieben kann, wobei unterstellt wird, daß eine Liebe eine andauernde monogame Liebesbeziehung zu einer Frau bedeutet und daß sie die freundliche Hilfe anderer Frauen annehmen kann (gefallen hat mir, daß die Autorin zum Teil lange offen läßt, welche Hautfarbe die Personen haben). Gut finde ich die Idee, die so selbstverständlichen männlichen Krimi-Klischees aufbrechen und ad absurdum führen zu wollen, in all ihrer Über- und Unmenschlichkeit. Zweitens: Was mir nicht gefallen hat, ist die konkrete Durchführung. Der ganze Roman legt nämlich nahe, daß wir erst zu liebesfähigen Menschen werden können (in der oben beschriebenen mageren Weise), wenn wir die Schrecken unserer Kindheit aufarbeiten und darin die Schlüsselerlebnisse. Da die Schrecken der Kindheit für M. dermaßen furchtbar (aufgetragen) sind, ist dies besonders schwierig. Der von M. aufzudeckende Fall führt sie immer wieder zu Stätten der Kindheit zurück, so daß sie darüber nachdenken muß. Hinzu kommen noch die Szenen, in denen sie Voyeurin der Gespräche ihrer Freundinnen ist, wovon sie erfährt, was andere über sie und ihr Verhalten denken. Und am Schluß hat sie alle Schrecken in Gesprächen und Erinnerungen zugelassen und kann sich in die Frau ihres Lebens verlieben. Furchtbar auch die eindeutigen Trennungen zwischen Guten und Bösen. Eine Zumutung fand ich auch die Dildo-Szene. Mein Votum ist letztlich ein *negatives*. Auf keinen Fall lancieren möchte ich die total versimplifizierte psychologisierte Vorstellung, daß Leute, die in der Kindheit lernen, daß man keine Schwächen zeigen darf, will man nicht darauffolgenden Sanktionen ausgesetzt sein, unnahbare, promiskuitive Draufgängerinnen werden, die durch die Erkenntnisse kindlicher Schlüsselszenen geheilt werden können.«

Votum 6
»Dies ist der beste Lesbenkrimi, den ich in letzter Zeit gelesen habe. Die Heldin gewinnt mit jeder Seite an charakterlicher Tiefe. Ihr Alkoholismus, ihre Unfähigkeit, langfristige, intime Beziehungen einzugehen, und andere selbstzerstörerische Verhaltensweisen verlieren ihren reinen Genrecharakter, weil sie aus der persönlichen sozialen und psychologischen Entwicklung der Heldin heraus glaubhaft erklärbar werden. Von Anfang an ist das Leben der Heldin von sozialen Widersprüchen und Problemen geprägt: uneheliches Kind einer Minderjährigen, Mischling, arm und eine Bayouratte, Opfer der Intrigen einer politisch einflußreichen alten Sklavenhalterfamilie mit verklemmter Südstaaten-Sexualmoral. Außerdem lebt sie als Lesbe in einer homophoben Gesellschaft und ist gebildet, jedoch ohne Ehrgeiz, Karriere zu machen. Kein Lesbenkrimi ohne Liebesgeschichte: Redmann gebraucht wiederholte Anspielungen auf King Lear, um Micheles potentielle Liebhaberin, Cordelia, langsam ins Geschehen einzuführen. Obwohl sie die tragische Verknüpfung der Lebensgeschichte von Michele und Cordelia wiederholt unterstreicht, endet der Krimi nicht in einem billigen Happy End, das die Frauen zu reinen Marionetten schicksalhafter Ereignisse werden läßt. Vielmehr erscheinen am Ende der Geschichte die Widersprüche klarer und bearbeitbar statt undurchsichtig und gottgewollt. — Dieser Krimi ist eine Übersetzung wert. Die Komplexität der Hauptpersonen, der abgebildeten

gesellschaftlichen Verhältnisse sowie der Handlung ist selten in Lesbenkrimis. Darüber hinaus ist der Roman außerordentlich spannend. P.S.: Die Gewaltszenen waren mir bisweilen zu grausam, aber damit kann ich leben. Die Sexszenen waren erfrischenderweise nicht romantisiert und recht realistisch. Die Anerkennung der Tatsache, daß auch lesbischer Sex instrumentalisierbar und ausbeuterisch sein kann, ist Anzeichen für die steigende Vielfältigkeit und die Enttabuisierung von Sex als Thema selbstkritischer Auseinandersetzungen innerhalb lesbischer Kreise in den USA.«

Votum 7 — Nachtrag zu Votum 1
»Nach Lektüre der anderen Voten bin ich noch mehr als vorher dafür, den Krimi zu bringen. Votum 3 stürzte mich zunächst in Verwirrung zwischen Verständnislosigkeit und Selbstzweifel. Ich war ja herumgelaufen und hatte verkündet, dies sei der schönste Krimi, den wir überhaupt je gelesen haben. Wie konnte ich allen Ernstes glücklichglühend begeistert sein von einem offenbar durch und durch antiaufklärerischen, miesen Schmöker, frauen- bis menschenverachtend, dümmlich und platt? Mußte ich nicht ein schlechtes Gewissen haben, weil mir, die ich nicht feministische Geschichte mitgeschrieben habe, die ich noch nicht einmal eine alte Häsin der Bewegung bin, all das nicht auffiel, oder gar unwichtig war bei meinem schnöden, naiv-konsumierenden Lesegenuß? Dann bekam ich den Verdacht, daß frau das Buch einfach sehr unterschiedlich lesen kann. Bei Ariadne aber geht's um das umfassende Anlegen von verschiedensten Bausteinen einer Kultur des aufrechten Ganges für Frauen — und nicht darum, daß *jede* Heldin für *alle* Leserinnen *das* Vorbild schlechthin ist. Ich werde dem Impuls widerstehen, jetzt den ganzen Krimi zu erklären, wie ich ihn sehe, und schlage statt dessen vor, daß wir ihn nehmen, übersetzen, und im übrigen die Leserinnen, die ich *nicht* als zu schützende (also unmündig-naive) Jugend auffasse, sondern als leidenschaftlich kritisches Publikum kenne, weiterdiskutieren lassen.«

Was ist nun gut, was schlecht an Redmanns hard-boiled-Epos? Wir würden uns freuen, wenn die Diskussion weitergeht, unter Euch Leserinnen und auch mit uns. Schreibt bitte dazu!

Ariadne Forum
Argument Verlag

Rentzelstraße 1
20146 Hamburg

Ariadnes Lieblings-T-Shirt gegen das Leisesein

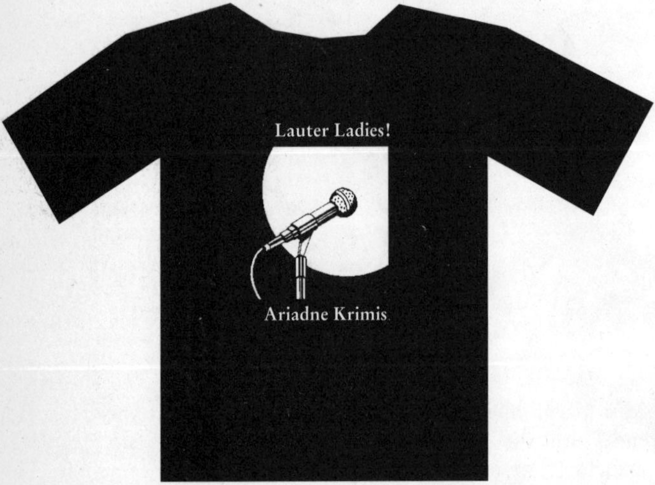

Aus schwarzer Baumwolle, mit gelbem Aufdruck.
Größe XL. 15,- DM + Versand.

Zu bestellen bei:

Argument-Vertrieb
Reichenberger Straße 150
10999 Berlin